经典小说解读

孙绍振 ◎ 著

中外许多小说解读之所以陷于无效或低效，其根本原因在于满足于作为读者被动地接受现成的文本，真正要读出小说深层的艺术奥秘当设想自己作为作者进入创作过程，分析出其当中为这样写，而没有那样写，这是鲁迅和海德尔都曾揭出过的。

2015.11.20

上海教育出版社
SHANGHAI EDUCATIONAL PUBLISHING HOUSE

中外许多小说解读之所以陷于无效或低效，其根本原因在于满足于作为读者被动地接受现成的文本。真正要读出小说深层的艺术奥妙，得设想自己作为作者进入创作过程，分析出其当初必这样写，而没有那样写，这是鲁迅和歌德当年曾揭示过的。

孙绍振
2015.11.20

目　录

自序　小说理论：打出常轨和情感错位 ················· 1
导言　解读方法：以作者身份与文本对话 ················ 1

第一编　经典小说个案微观分析 ····················· 1

《社戏》：杂文的讽刺与人性的抒情的统一 ················ 3
《故乡》：审美"故乡"的必然失落和"新的生活"的无望向往 ······ 8
《祝福》：礼教的三重矛盾和悲剧的四层深度 ··············· 16
　　　附：鲁迅笔下的八种死亡 ······················· 30
《孔乙己》：鲁迅为什么最偏爱《孔乙己》？ ··············· 35
《阿Q正传》：阿Q死到临头还不痛苦是不真实的吗？
　　　——以喜剧写悲剧 ··························· 47
《铸剑》：英雄赴义的颂歌和荒谬死亡的反讽 ··············· 51
　　　附：语文课本中的鲁迅作品问题 ··················· 58
《三顾茅庐》：对英雄的诗化、神化和宿命的悲剧化 ··········· 65
　　　附：鲁迅是否忽视了《三国演义》的奇谋决定论？ ········ 71
《林教头风雪山神庙》："雪"在情节中的作用 ·············· 74
《范进中举》：双重的喜剧性 ························ 80
《香菱学诗》：诗话体小说 ························· 88
《林黛玉进贾府》：妙在情感互动的错位脉络 ·············· 95
刘姥姥初进贾府：王熙凤的五个"笑"字 ················· 100
《虬髯客传》：以侠义之轻财表现政治远见之豪爽 ············ 106
《山地回忆》：以进攻姿态表现亲密感情 ················· 113
《百合花》：在非爱情关系上的两性心理错位 ·············· 118
《陈小手》：对救命者任意枪杀的"委屈" ················ 123

《十八岁出门远行》：寻找精神的"旅店" ·· 126
《我们看海去》：如何拉开人物心理的多维错位 ···································· 133
《我们是怎样过母亲节的》：幽默、讽刺和抒情的交融 ························· 135
《墙上的斑点》：以无序的自由联想揭示思想的不自由 ························· 140
《沙之书》：尽信《书》则不如无《书》 ··· 146
《项链》：一个女人心灵的两个层面 ·· 153
　　附：美国新批评对《项链》的分析 ·· 160
《珠宝》：假珠宝一旦变成了真的 ·· 163
《麦琪的礼物》：最没有用的最美 ·· 165
《最后一片叶子》：潦倒的画家变成诗化的英雄 ····································· 172
《变色龙》：喜剧性的五次递增 ··· 178
《装在套子里的人》：挣不脱精神"套子"的悲喜剧 ································ 185
《娜塔莎》：有情人之间的情感"错位" ··· 191
《最后一课》：表层心理与深层心理的反差 ··· 203
《不会变形的金刚》：和变了形的心灵对照 ··· 210
《我的叔叔于勒》：少年感觉中对叔叔三重评价的荒谬 ·························· 215
《艺术品》：好心导致尴尬的循环 ·· 218
《黑珍珠》：生理的长大和心灵的成长 ·· 222
《一个人需要多少土地》：人性贪婪的虚妄 ··· 225
《黑羊》：人类社会深邃的荒谬 ··· 228
《皇帝的新装》：以没有个性的共同心理奥秘取胜 ································· 231
《猫的天堂》：在物质富足和精神不自由之间 ·· 235
《牛虻就义》：面对刽子手的精神优越 ·· 240
《保修》：现代科技带来的黑色幽默 ·· 244

第二编　经典小说人物分析 ··· 247

薛宝钗、繁漪和周朴园是坏人吗？
　　——真、善、美的统一和错位 ··· 249
关公不顾后果放走曹操为什么是艺术的？
　　——人物的情感逻辑超越人物的理性逻辑 ······································· 255
赤壁之战的魅力何在？

——评鲁迅对诸葛亮"多智而近妖"论 ………………… 259
为什么猪八戒的形象比沙僧生动?
——拉开人物感知、动机和行为的距离 ………………… 262
安娜·卡列尼娜回家看儿子
——在情感冲击下的感知变异 …………………………… 269
另眼看曹操:多疑和不疑 …………………………………… 276
关公崇拜的奥秘:史家的人和民间的神的统一 …………… 297
李逵杀四虎为什么不及武松打一虎生动? ………………… 300

第三编　经典小说艺术技巧分析 …………………………… 313

情节中的"补笔"和"伏笔"
——从《碾玉观音》到《杜十娘怒沉百宝箱》………………… 315
孩子杀死婴儿后为什么情节中断?
——从外部的临界点和内心的临界点来阐释作品 ……… 319
中国古典小说的叙事传统和海明威 ………………………… 322
叙述语言为什么不精练?
——评改一段《白鹿原》…………………………………… 324
什么才叫叙述的精练? ……………………………………… 328
风景描写和肖像描写:情感特征的主导性 ………………… 331
小说对话中的心口"错位" ………………………………… 336

后记 ……………………………………………………………… 350

自　序

小说理论：打出常轨和情感错位

一般读者阅读小说作品，仅凭直觉就能判别小说的档次。但是，课堂上的阅读，或者专业的阅读要有理论的指导，才能更好地挖掘出小说作品的审美价值。然而，并不是所有的文学理论都是可靠的。有些错误的、甚至荒谬的理论，极可能破坏读者的艺术感受。

目前，在中学和大学的课堂上，有一种关于小说情节的理论广为流行：一分析情节就是"开端、发展、高潮、结局"四个部分。这是个非常荒谬的理论，并不符合现代小说的实际情况，因为有的小说没有高潮，有的没有结尾，有的没有开端。其实，到了 19 世纪下半叶，以契诃夫、莫泊桑和都德为代表的短篇小说家就已经废弃了全过程式的情节，代之以"生活的横断面"结构。这种结构不追求传记式的连续性叙述模式，而是从生活中截取一个侧面来表现主题。最明显的不同是，开端显得很不重要，往往是从事件当中讲起，开端退化为后来的某种不着痕迹的交代，更不在乎严格意义上的结尾。比如《项链》，明明知道耗费了十年辛劳的项链是假的，却戛然而止了。按照传统的小说模式，结尾应该是把真项链拿回来以弥补马蒂尔德青春耗损的代价。但是，小说却不了了之。早在五四时期，胡适就在《论短篇小说》中说，所谓短篇小说，并不是篇幅短小的意思，而是有一种特别的性质。他为短篇小说下了一个定义："短篇小说是用最经济的文学手段，描写事实中的最精彩的一段，或一方面，而能使人充分满意的文章。"①

他把这种现象比喻为树身的"横截面"，看了"年轮"就可能知道树的年龄。胡适以自己翻译的都德的《最后一课》《柏林之围》和莫泊桑的《羊脂球》《二渔夫》为例，说明这种描写"事实中最精彩的片断"的情节构成方法，针对的就是传统所谓的有头有尾、环环紧扣的情节构成。这在五四时期新锐小说家那里几乎已经成为共识。鲁迅有时走得更远，他的《狂人日记》几乎废除了情节。而《孔乙己》则把"孔乙己之所以成为孔乙己"的故事全都放在背景的交代中去，只写了酒店里的三个场景，写到第二个场景时孔乙己还没有出场。

---

① 《中国新文学大系·建设理论集》，上海良友图书印刷公司 1935 年版，第 272 页。

关于全过程的情节理论，据我考证，是从苏联学者季莫菲耶夫的《文学原理》那里来的。这个《文学原理》原为苏联教育部核准的文学理论教材。原文是这样的："和生活过程中任何相当完整的片段一样，作为情节基础的冲突也包含开端、发展和结局。"在阐释"发展"时，又提出："运动的'发展'引到最高度的紧张，引到斗争实力的决定性冲突，直到所谓'顶点'，即运动的最高峰。"①这个补充性的"高峰"，后来就被我国某些理论家和英语中的"高潮"（climax）结合起来。半个多世纪过去了，苏联的文艺理论早已被废弃，季莫菲耶夫的"形象反映生活""文学的人民性""文学的党性""社会主义现实主义"早已被历史所淘汰，而"开端、发展、高潮、结局"的情节教条仍然在我国的中学语文甚至大学文学教学中广泛流行。

这个理论是很落后的，20 世纪 80 年代花城出版社出版了英国作家福斯特的《小说面面观》。此书继承了俄国形式主义者把情节和本事（素材）加以区别的精神，把情节和故事加以划分。提出仅仅是时间上的连续，只能是故事。比如，国王死了，然后王后死了，还不是情节。要成为情节，其中必须有一个因果关系，国王死了，然后王后也死了。因为王后悲痛过度而死。有这个因果关系，就是情节了。②

这个理论讲得很通俗，但实际上它是很古老的。亚里士多德在《诗学》里讲情节、动作，就是一个"果"，一个"结"和一个"解"。"结"就是打一个结，然后把它解开。从一个结果来寻求原因。③比如说《俄狄浦斯王》，它先有一个"结"，这个孩子生下来，祭司就预言他将来会杀父娶母，人们千方百计逃避这样一个结果，然而阴差阳错，种种巧合，他最后还是杀死了他的父亲，娶了他的母亲，逃避的原因变成了逃避不了的结果。这就是"结"和"解"的关系。我想福斯特的理论最初源头就在这里。但是，用这样的理论解读小说还不到位，因为原因和结果的关系多种多样，可能是一种很科学的原因：这个人死了，因为得了癌症。林黛玉死了，为什么？肺结核、胃溃疡、神经衰弱。这还不成其为小说。理性的因果关系构不成小说的情节，小说情节的因果不是理性的，不是实用的。好的小说是一种非常感性的因果关系，是由情感来决定的。从理论上来说，就是审美情感要超越实用价值。所以罗斯金说，少女可以为失去的爱情而歌，守财奴不可以为失去的钱袋而歌。为钱袋则为实用，而为爱情则为情感的审美。

有了情感的因果关系，还没有深入小说的特征，为什么呢？因为一些奸情凶杀案，也

---

① 福斯特《小说面面观》，花城出版社 1984 年版，第 75—76 页。
② 福斯特《小说面面观》，花城出版社 1984 年版，第 75—76 页。
③ 伍蠡甫主编《西方文论选》，上海译文出版社 1979 年版，第 60 页。

是情感的因果关系,但那是真人真事,所揭示的人的内心世界往往是实用性质的(如为了钱财),就是有情感成分,深度也是有限的。小说不满足于真人真事的因果关系,其目的是超越实用价值,深挖人心理深层的奥秘。这就需要想象,通过假定性、虚拟,在想象中自由地探索,哪怕是超现实的因果、荒诞的因果,只要具有开拓心灵深层的功能就是好小说。有一种讲求绝对真实的小说理论,认为武松打虎所用的方法不真实,因而得出否定的结论。但是,几百年来的阅读实践却否决了这样的理论。这种理论的致命弱点就是没有把小说当作一种艺术来看,而艺术形象如莱辛所说都是"逼真的幻觉",一切艺术都应该是真实的,但是,真和假是对立的统一,用我国的古典诗话来说,就是真假互补、虚实相生。用歌德的话说,艺术是通过假定达到更高程度的真实。

关于小说的理论可谓五花八门,但很少有解读小说艺术功能的。比如,目前很权威的西方叙事学,热奈特的《叙事话语》,讲究叙述的次序、延续、频率、心境与语态。而托多罗夫的《叙事作为话语》则分别论述叙事的时间、语态和语式。它们都离开了审美价值、情感世界去讲话语,除了托多罗夫时有真知灼见外,大多都满足于描述、概括和演绎,并未提出评价小说优劣的准则。因此,我们不能一味对他们进行疲惫的追踪,应该从中国小说创作和阅读的历史经验出发,概括出中国式的小说阅读理论,解决小说的情节、人物在艺术上的评价问题。

依赖西方大家的文论已成为中国当代文学理论的顽症,许多学者只知道梳理西方文论的来龙去脉,从概念到概念,从演绎到演绎,追踪其变幻,不惜耗费十年甚至数十年的生命,仍然对西方文论的局限无所突破,对具体文本的解读捉襟见肘。殊不知早在20世纪中叶,韦勒克和沃伦就在他们合著的《文学理论》中宣告:"多数学者在遇到要对文学作品作实际分析和评价时,便会陷入一种令人吃惊的、一筹莫展的境地。"[①]既然已经在文本解读上徒叹奈何了,我们还不如直接从自己的经验中进行第一手的概括。虽有难度,但很有可能会另辟蹊径。

回到情节上来,亚里士多德在《诗学》中早就提出过"突变"和"对转"。什么叫突变?就是突然打破了常规;什么叫对转?就是事情向相反的方向变化。对于情节来说,它们的功能是探索人物内心潜在的情感的深层奥秘。在平常状态下,人物均有荣格所说的"人格面具",遇到事变,能够迅速调整其外部姿态,使心理恢复常态。而情节的突转功能就是把人物打出生活常轨,进入一个意想不到的新境界,使之来不及调整,我称之为第二环境。目的是把人物在常规环境中隐藏得很深的心灵奥秘暴露出来,我

---

① 韦勒克、沃伦《文学理论》,刘象愚等译,江苏教育出版社2005年版,第155—156页。

把这叫作第二心态。

仅有情节的情感因果,还不能算是好的情节,好的情节应该有一种功能,就是把人物打出常轨,进入第二环境,暴露第二心态。所谓第二心态,就是人的深层心理结构。它与表层心理结构形成反差。打出常轨,暴露第二心态的理论是我在1986年的《文学创作论》中提出来的。① 人都是有人格面具的,在正常的社会关系里,他维持着社会角色的面具。情节性的小说一旦进入第二环境,客观环境的变化导致心理环境的更大变化,从而迫使人的心理深层奥秘浮现。

比如,都德小说《最后一课》中的那个小孩子不喜欢学法语,他特别讨厌法语的分词和语法,以至于老师提问的时候他都答不上来。要让这样的孩子从讨厌法语课变成热爱法语课,写成小说是多么困难的事。例如,老师教导一番,父母循循善诱,他好像用功了一点,可并不排除他过几天又厌倦了。这样写小说不但费力不讨好,而且不可信。都德采取了另外一种办法,就是把他打出生活常轨。常规环境是天天可以学法语,这是天生的权力,每天都有明天。而非常规环境,这里就是"最后一课",是不可逆的。这个孩子突然变得非常热爱法语课,并且希望这堂法语课永远不要结束。这叫打入极端环境,使他内心深层对母语的热爱之情完全被激发出来,浮到表面。原来这个经常逃课去滑冰、去钓鱼的小孩子的内心深层还有一个隐秘,就是对母语的热爱。这也是这篇小说之所以成为经典的一个重要原因。它的构思就是生活的、情感的横断面,表面上它是没有道理的——你天天不用功怎么今天这么用功了?实际上是他的深层情感被激发出来了。老托尔斯泰说过:

> 有一个流传得很普遍的迷信,说是每一个人有他独有的、确定的品性。说人是善良的,残忍的,聪明的,愚蠢的,勇猛的,冷淡的,等等。人并不是这个样子。我们讲到一个人的时候,可以说他是善良的时候多,残忍的时候少;聪明的时候多,愚蠢的时候少;勇猛的时候多,冷淡的时候少。或者刚好相反。至于说,这个人善良而聪明,那个人卑劣而愚蠢,那就不对了。不过,我们总是把人们照这样分门别类的。这是不合实际的。
>
> 人同河流一样,天下的河水都是一样的,每一条河都有窄的地方,有宽的地方。有的地方流得很急,有的地方流得很慢,河水有时澄清,有时混浊,冬天凉,夏天暖。人也是这样。人身上有各种品性的根苗,不过有时这种品性流露出来,有

---

① 孙绍振《文学创作论》,春风文艺出版社1986年版,第631—658页。

时那种品性流露出来罢了。人往往变得不像他自己了,其实,他仍旧是原来那个人。①

情节的功能就是把人潜在的、不像他平常的那个人暴露出来。

托尔斯泰的这个理论是写在他的长篇小说《复活》中的,事实上,他在写《复活》的时候,遵循的就是这样的原则。《复活》一开头,陪审员聂赫留朵夫公爵道貌岸然地坐在那里,突然发现,那个被控告谋杀嫖客的妓女,居然就是当年与自己发生关系的女仆,因为怀孕而被逐,流离转徙终至沦为妓女,又被诬告谋杀。这就突然把他打入了第二环境,产生了第二心态。他觉得自己才是罪人,于是决心去拯救她,甚至向她求婚,但是,遭到拒绝。等到她被判流放西伯利亚以后,聂赫留朵夫就产生了第三心态——追随她去,直到看到她嫁给一个民粹派。他靠读《马太福音》,最终才得到解脱。

第二心态、第三心态是从一个人的角度来说的,然而小说写的往往不是一个人物,而是几个人物,那么几个人物是从相同的心态变成另外一种心态,就有三种可能:一是完全相同,二是完全不同,三是部分相同、部分不同,本来处于同一情感状态的人物,发生了情感"错位"。阅读经验告诉我们:完全相同的,不像是小说,在一切情境中人物都心心相印,那是浪漫的诗歌;完全不同的,凡事都针锋相对,也令人想起红色文学中写阶级斗争的公式化、把人物简单化的方式;而那些发生情感错位的往往才会在读者心中留下深刻的印象。

在《西游记》中,孙悟空、唐僧、猪八戒和沙和尚去西天取经,一路上都是打出了生活的常轨的。妖怪很多,都被他们消灭了。可是读者却连妖怪的名字都忘掉了。因为,在打的过程中,孙悟空、唐僧、猪八戒和沙和尚的精神状态没有发生错位。都是同心同德,一往无前。这就不是好的情节。但是,有一个妖怪让人印象绝对深刻——白骨精。这是一个女妖怪。她一出现,人物的感觉就发生了错位。孙悟空一看,立刻分辨出这是白骨精变的,一棒下去就把她打死了。唐僧一看,明明是一位善良的女子。我们往西天取大乘佛经就是要救人,让人们都长生不老,经还没有取到,你就把人杀了,这还了得!而猪八戒一看,嘿!好漂亮的一位姑娘!太可惜了。人物心理瞬间发生了"错位"。《西游记》的英雄平常都是无性的,唐僧是以无性为荣,孙悟空是不屑有性,他是石头里蹦出来的。猪八戒是唯一有性感觉的男英雄。当然,沙和尚最木讷,他

---

① 列夫·托尔斯泰《复活》,人民文学出版社1979年版,第262—263页。

不但对女性没感觉,对男性也没感觉。四个人一起前进的时候,都是常规心态,都是和尚嘛,相安无事。但女人一出现就发生了突变,猪八戒的感觉就越出常轨了。潜在的性意识就非常强烈、非常坦率地表露出来,和孙悟空、唐僧的情感发生了错位,而且幅度很大,在他的挑拨之下,孙悟空被唐僧驱逐,造成了严重的后果。平时同心同德的人,内心的错位就浮现出来了,三打白骨精之所以成为经典,就是因为本来是一群志同道合的人,发生了很大的心理错位。

人变得不一样了,就有个性了。

错位的幅度越大,情节就越是生动,人物就越有个性。小小的私心造成大大的严重的后果,构成怪异。这种怪异主要表现在猪八戒身上,在当时的情境下,喜欢女孩子被称为"色",是犯戒的,一般是掩藏在心里的,猪八戒是公然的:一贯如此,非常坦然。吴承恩没有让唐僧被白骨精吃掉,没有让猪八戒的私心造成不可挽回的后果,仅仅让他与孙悟空发生错位,这就使得猪八戒的形象既可恨、可恶,又可笑、可爱,造成了一种喜剧性的效果。

西方许多理论有极强的思辨性,有很高的智性,但是,他们往往满足于描述,而置评价于不顾。我认为,理论的任务,不但要说明,而且要评价,有了评价才能推动创作和阅读实践。因而,剖析它的结构、揭示它的功能并不是最终目的,关键是要揭示它功能的优和劣。什么样的情节是好情节?什么样的情节是不好的情节?孙悟空师徒一路上打了那么多的妖怪,谁能记得住?三打白骨精就记住了。那么多情节为什么都忘记了?因为,没有把人物打出常轨,没有第二心态,特别是没有让志同道合的师徒发生心理错位。三打白骨精的好处,就是有心理深层的第二心态,有师徒的情感错位,而且有喜剧风格,因而是好情节。

总的来说,情节的功能,第一是将人物打出常轨,第二是暴露人物第二心态,第三是造成人物之间的情感错位。

其中最重要的是第三点:错位。打出常轨的效果固然是深层心理,但是深层心理的最佳效果却是使在同一感情结构中的人物产生错位,而正是情感的错位,又激发出情感更深层的奥秘,从而推动情节向前发展。例如,《红楼梦》的最高潮当然是林黛玉之死。这是一个悲剧结局,其原因却是多重情感的错位。曹雪芹在《红楼梦》一开头就表示反对那种以一个小人从中挑拨作为导致悲剧的俗套。悲剧的决定者自然是贾母,但是,贾母并不是因为恨林黛玉和贾宝玉才作出选择薛宝钗的决策,恰恰相反,第一,贾母是因为太爱贾宝玉才选择了薛宝钗,其结果却导致贾宝玉悲痛近疯去当了和尚;第二,正是因为贾母喜欢薛宝钗才选择了她,让薛宝钗冒充林黛玉和贾宝玉结婚,结果是终身守活寡;第三,贾母也不是不喜欢林黛玉,正是由于过分宠爱,才让林黛玉和贾宝玉从小就同吃同住,使二人产生了非同寻常的感情;第四,贾母因为林黛玉"心重",而且看来不是很长寿的样子,如果选择了她,自己将来无法面对地下的丈夫。但是,这样选择的结果却导致了林黛玉的死亡和贾宝玉的出家,按她的逻辑,她日后更加无法面对自己的丈夫。而王熙凤设计让薛宝钗冒充林黛玉,并不是要让贾母陷入悲痛,而是为了讨好贾母,更不是为了害贾宝玉,而是为了给他的病"冲喜"。

所有这一切错位的综合,最终构成了《红楼梦》的悲剧结局。

从这里,可以将前述情节因果乃情感因果的理论深化一步:情感因果的最高层次是复合的错位的因果,错位的幅度越大,审美价值越高。

本书的基本内容是对经典小说的个案文本分析,分析的任务是揭示个案的独特性、唯一性、不可重复性,但若要把这种唯一性分析到位,却不能没有一定的普遍性理论。而目前流行的小说理论,不管是苏联的,还是西方前卫的,不是极其落伍的,就是追求美学化、哲学化,以达到形而上的高度普遍性为务的,而个案文本的唯一性恰恰是形而下的,因而,笔者以为在进入个案文本的解读之前,应该提供一种切实的、具有某种操作性的理论。这种理论的根本精神是把哲学化、美学化的理论在概括抽象过程中牺牲掉的特殊性、唯一性用具体分析的方法还原出来。

导 言

解读方法：以作者身份与文本对话

一

个案的文本解读，不仅是中国的难题，更是世界性的难题。我们曾经把希望寄托于西方文论，尤其是当代前卫文论，但是，它们追求的并不是文学的审美价值，而是文学的文化价值和意识形态价值。

苏珊·朗格在《情感与形式》中开宗明义地宣告：她的著作"不建立趣味的标准"，也"无助于任何人建立艺术观念""不去教会他如何运用艺术中介去实现它"。所有文学的"准则和规律"，在她看来，"均非哲学家分内之事"：

> 哲学家的职责在于澄清和形成概念……给出明确的、完整的含义。①

很显然，西方文论的传统乃是美学、哲学的形而上学，这方面无疑是它们的强项，然而对文学文本的审美解读，恰恰与此相反，须向形而下方面还原，揭示其不可重复的唯一性，这方面却是它们的弱项。近五六十年来，西方文论像走马灯一样不断更新，形势并未有多少改观，以致李欧梵先生在"全球文艺理论21世纪论坛"的演讲中勇敢地提出：西方文论流派纷纭，本为解读文本而来，他把文本比喻为城堡，文论纷纭，旗号纷飞，各擅其胜：结构主义、解构主义、现象学、读者反应，更有新马、新批评、新历史主义、女性主义等等不一而足，各路人马"在城堡前混战起来，各露其招，互相残杀，人仰马翻，如此三天三夜而后止，待尘埃落定后，众英雄（雌）不禁大惊，文本城堡竟然屹立无恙，理论破而城堡在"②。

骄傲的西方文人在此等难题面前不但坦承"一筹莫展"，更有学人公然对文学理论绝望。美国一位文学理论刊物的编辑 W.J.T.米彻尔曾坦言：

---

① 苏珊·朗格《情感与形式》，刘大基等译，中国社会科学出版社1986年版，第1—2页。
② 李欧梵《世纪末的反思》，浙江人民出版社2002年版，第274—275页。

> 现在美国有一种流行的说法,(文学)理论死了,已经终结了。关于理论再也没有什么可说的了。①

在西方文学理论陷入空前危机、文学审美解读被放弃的情势下,对于国人来说,既是严峻的挑战,又是历史的机遇。当西方人徒叹奈何之日,正是吾人当仁不让,勇往直前之时。②

纵观西方文论在此方面之失,一是拘执于哲学化的形而上学的普遍性抽象,二是一味执着于从定义、原理出发演绎。殊不知一切定义、原理在追求最高普遍性的同时,不能不以牺牲特殊性为必要代价,而以演绎法进行文本解读,并不能将所牺牲的特殊性、唯一性、不可重复性揭示出来。目睹西方文论的前车之鉴,我们不能不另辟蹊径,放弃普遍的概念演绎,而从个案文本入手进行具体归纳,将归纳法与演绎法结合起来进行文本分析。当前流行的所谓"多元解读",其失在于放任自发主体性、脱离文本,把英国谚语"一千个读者有一千个哈姆雷特"奉为金科玉律,其实很庸俗。赖瑞云教授说:"一千个哈姆雷特,还是哈姆雷特,解读的任务是在一千个哈姆雷特中揭示其最哈姆雷特者。"③这就需要把归纳建立在具体分析的基础之上。

二

当代阅读学非常强调读者的主体性,流行的阅读方法强调对话,但是,效果仍然不明显,原因在于此等对话只限于读者与现成的、固定的文本对话。拘于读者身份,只能顺着文本的程序驯服地追随,阅读必然陷于被动,而被动则会产生自卑感,对文本采取仰视甚至"跪着"阅读的方式,救助之道乃是改仰视为平视,站起来和作者对话,必要时甚至俯视,不但要看到作者这么写了,而且看到作者为什么不那么写,才能化被动为主动。这个原则是鲁迅在《不应该那么写》中提出来的:

> 凡是已有定评的大作家,他的作品,全部就说明着"应该怎样写"。只是读者很不容易看出,也就不能领悟。因为在学习者一方面,是必须知道了"不应该那么写",这才会明白原来"应该这么写"的。这"不应该那么写",如何知道呢?惠列

---

① 米彻尔《理论死了之后》,李平译,载文化研究网站,2004年7月26日。
② 孙绍振《文论危机和文学文本解读的有效性问题》,《中国社会科学》2012年第5期。
③ 赖瑞云《混沌阅读》,福建教育出版社2010年版,第286页。

赛耶夫的《果戈理研究》第六章里,答复着这问题——"应该这么写,必须从大作家们的完成了的作品去领会。那么,不应该那么写这一面,恐怕最好是从那同一作品的未定稿本去学习了。在这里,简直好像艺术家在对我们用实物教授。恰如他指着每一行,直接对我们这样说——'你看——哪,这是应该删去的。这要缩短,这要改作,因为不自然了。在这里,还得加些渲染,使形象更加显豁些。'"①

经典文本的修改过程,在世界文学中比比皆是。西方文学许多作品的原始素材都取诸圣经和希腊神话,莎士比亚的许多戏剧都有流传故事作为基础。在中国,古典诗话词话、小说和戏曲评点中,这样的文献不胜枚举。如今"推敲"一词已经进入口语,春风又"过"改为又"绿"江南岸的故事脍炙人口。范仲淹写《严先生祠堂记》,最后歌曰:"云山苍苍,江水泱泱,先生之德,山高水长。"拿给李泰伯看。泰伯读之三,曰:"公之文一出,必将名世。"但是,他建议把"先生之德",改为"先生之'风'"。显然这个"风"字要比"德"字好得多。钱穆先生认为:范仲淹以"德"指其人之操守与人格,但此只属私人的。风则可以影响他人,扩而至于历史后代。孔子说:"君子之德,风。小人之德,草。草上之风,必偃。"值得补充的是,"德"的不足,还因为其抽象性,而"风"则是可感的,还能引起"风貌""风神"之联想。一字之易,比出了不应该那样写,读者就有可能和作者一起从被动接受上升到主动创造的境界。其实鲁迅在写《风筝》之前就写过"自言自语"之七《我的兄弟》:

> 我是不喜欢放风筝的,我的一个小兄弟是喜欢放风筝的。我的父亲死去之后,家里没有钱了。我的兄弟无论怎么热心,也得不到一个风筝了。一天午后,我走到一间从来不用的屋子里,看见我的兄弟,正躲在里面糊风筝,有几支竹丝,是自己削的,几张皮纸,是自己买的,有四个风轮,已经糊好了。我是不喜欢放风筝的,也最讨厌他放风筝,我便生气,踏碎了风轮,折了竹丝,将纸也撕了。我的兄弟哭着出去了,悄然的在廊下坐着,以后怎样,我那时没有理会,都不知道了。我后来悟到我的错处。我的兄弟却将我这错处全忘了,他总是很要好的叫我"哥哥"。我很抱歉,将这事说给他听,他却连影子都记不起了。他仍是很要好的叫我"哥哥"。阿!我的兄弟。你没有记得我的错处,我能请你原谅么?然而还是请

---

① 《鲁迅全集》(第6卷),人民文学出版社2003年版,第321页。

你原谅罢!①

自己为二十多年前的过错请求兄弟原谅。兄弟虽然受害,却仍然亲切地称兄长为哥哥。这里有的只是写实性的就事论事,文末原注"未完"。说明作者可能觉得如此写下去,就是作为散文,也可能流于肤浅,无以为继。于是废弃了这个稿子,写了《风筝》,故此稿生前未曾收入自己编的集子,而《风筝》却收入散文诗集《野草》,主题在《风筝》中得以升华,文体也从散文变为了散文诗。其抒情中渗入了哲理:施害者身为兄长,对兄弟无爱,任意践踏风筝,只有快感,而受害者却没有痛感;当施害者觉悟了,出于真诚的爱心,向弟弟忏悔,却没能实现有效的沟通。对于兄长来说,起初是无爱的麻木,后来是爱心觉悟后的无补。而受害者对施害的野蛮没有饮恨,对其忏悔也没有领悟。施害者企图以忏悔求得心灵的轻松,不但没有减轻歉疚反而增加了痛苦,而且对未来失去了"希求"。《风筝》和《我的兄弟》最大的不同已经不是抒情,而是哲理:人与人之间无爱固然是野蛮,有爱也难以沟通,有的只是心灵的错位和隔膜。

朱光潜先生说:"读诗就是再做诗。"②克罗齐说:"要了解但丁,我们必须把自己提升到但丁的水准。"③和作者一起想象写作过程中的提炼和升华,才有可能洞察文本意蕴生成的奥秘。作家的意图是隐秘的,一般只把应该这样写显示出来,读者自发地欣赏,往往囿于知其然,而不知其所以然。只有洞察了不应该那样写的提炼过程,才可能知其所以然,共享作者的匠心,向作家的水准攀登。

当然,我国作家的手稿保存实在是凤毛麟角,不如西欧作家(如托尔斯泰全集,草稿与文稿齐收,达九十二卷)。但是,比之西欧,也有得天独厚的优势,因为版权观念阙如,许多古典小说,往往依托前人之作,或改编或续编。就续编而言,大多是狗尾续貂,而改编的大多成为经典。如《三国演义》之于《三国志平话》,《水浒传》之于《大宋宣和遗事》等。众多文献为文学解读提供了丰富的资料。鲁迅在《中国小说史略》中对《三国演义》刻画人物颇有苛评:"欲显刘备之长厚而似伪,状诸葛之多智而近妖。"④唯独于关公之形象特加肯定。该书写《三国演义》共四页,其中三页分析关公。鲁迅对关公华容道"义释曹操"特别赞赏。为了具体分析,鲁迅不惜篇幅,先是大段引述《全相三国

---

① 《鲁迅全集》(第8卷),人民文学出版社2003年版,第114页。
② 朱光潜《朱光潜美学文集》(第1卷),上海文艺出版社1982年版,第497页。
③ 《克罗齐哲学述评》(第7册)《欣慨室逻辑学哲学散论》,中华书局2012年版。
④ 《鲁迅全集》(第9卷),人民文学出版社2003年版,第135页。

志平话》中有关"赤壁鏖兵"的文字：

> 却说曹操，措手不及，四面火起，箭又相射。曹操欲走。北有周瑜，南有鲁肃，西有凌统、甘宁，东有张昭、吴危。四面言杀。史官曰："倘非曹公家有五帝之分，孟德不能脱！"曹操得命，西北而走。至江岸，众人撮曹公上马。却说黄昏火发，次日斋时方出。曹操回顾，尚见夏口船上烟焰张天，本部军无一万。曹相望西北而走，无五里，江岸有五千军，认得是常山赵云，拦住众官，一齐攻击，曹相撞阵过去。……至晚，到一大林。……曹公寻华容路去，行无二十里，见五百校刀手，关将拦住。曹相用美言告云长："看操与寿亭侯有恩。"关公曰："军师严令。"曹公撞阵。却说话间，面生尘雾，使曹公得脱。关公赶数里，复回，东行无十五里，见玄德、军师，是走了曹贼，非关公之过也。言使人遇着玄德（案：此句不可解）。众问为何。武侯曰："关将仁德之人，往日蒙曹相恩，其此而脱矣。"关公闻言，忿然上马："告主公复追之。"玄德曰："吾弟性匪石，宁奈不倦。"军师言："诸葛亦去，万无一失。"①

鲁迅抓住平话版本和《三国演义》的定本差异，分析出《全相三国志平话》"观其简率之处，颇足疑为说话人所用之话本"。这话说得比较含蓄，实际的意思是，根本就不是小说，而是说书人的一个底稿，为提示说书人的记忆之用。实际上，这一段也的确"简率"得离谱。关公与曹操狭路相逢，居然是"说话间，面生尘雾，使曹公得脱。关公赶数里，复回，东行无十五里，见玄德、军师"。这么重大的战事，这么关键的人物突然"面生尘雾"就让曹操溜了，完全是凭空而来，连构成情节起码的因果关系都谈不上。而诸葛亮对之居然无任何责怪之意，反而为之开脱曰："关将仁德之人，往日蒙曹相恩，其此而脱矣。"而关公要再去追赶。刘备则说：你不太累了吗？（"吾弟性匪石，宁奈不倦。""吾心匪石"典出《诗经·齐风·南山》，意思是我的心不是石头，不会随便转移）而诸葛亮则说我和你一起去。（军师言："诸葛亦去，万无一失。"）②这不但构不成情节，而且人物心理与行为全无错位、矛盾，三人均无个性可言。

鲁迅接着不吝篇幅引《三国演义》第五十回《关云长义释曹操》一段与之对比：

> ……华容道上，三停人马，一停落后，一停填了坑堑，一停跟随曹操过险峻，路

---

① 《鲁迅全集》（第9卷），人民文学出版社2003年版，第134页。
② 《鲁迅全集》（第9卷），人民文学出版社2003年版，第134页。

稍平妥。操回顾，止有三百余骑随后，并无衣甲袍铠整齐者。……又行不到数里，操在马上加鞭大笑。众将问丞相笑者何故。操曰："人皆言诸葛亮周瑜足智多谋，吾笑其无能为也。今此一败，吾自是欺敌之过，若使此处伏一旅之师，吾等皆束手受缚矣。"言未毕，一声炮响，两边五百校刀手摆列，当中关云长提青龙刀，跨赤兔马，截住去路。操军见了，亡魂丧胆，面面相觑，皆不能言。操在人丛中曰："既到此处，只得决一死战。"众将曰："人纵然不怯，马力乏矣；战则必死。"程昱曰："某知云长傲上而不忍下，欺强而不凌弱，人有患难，必须救之，仁义播于天下。丞相旧日有恩在彼处，何不亲自告之，必脱此难矣。"操从其说，即时纵马向前，欠身与云长曰："将军别来无恙？"云长亦欠身答曰："关某奉军师将令，等候丞相多时。"操曰："曹操兵败势危，到此无路，望将军以昔日之言为重。"云长答曰："昔日关某虽蒙丞相厚恩，某曾解白马之危以报之。今日奉命，岂敢为私乎？"操曰："五关斩将之时，还能记否？古之人大丈夫处世，必以信义为重；将军深明《春秋》，岂不知庾公之斯追子濯孺子者乎？"云长闻之，低首良久不语。当时曹操引这件事，说犹未了，云长是个义重如山之人，又见曹军惶惶，皆欲垂泪，云长思起五关斩将放他之恩，如何不动心，于是把马头勒回，与众军曰，"四散摆开！"这个分明是放曹操的意。操见云长勒回马，便和众将一齐冲将过去，云长回身时，前面众将已自护送操过去了。云长大喝一声，众皆下马，哭拜于地，云长不忍杀之，正犹豫中，张辽纵马至，云长见了，亦动故旧之心，长叹一声，并皆放之。

在《中国小说史略》中，这么长的引文是绝无仅有的。这还不算，连题外的"后来史官有诗曰"都引了：

彻胆长存义，终身思报恩，威风齐日月，名誉震乾坤，忠勇高三国，神谋陷七屯，至今千古下，军旅拜英魂。①

鲁迅从中得出的结论是："此叙孔明止见狡狯，而羽之气概则凛然。"这个深邃结论的得出，完全得力于《全相三国志平话》与《三国演义》的对比分析。关公之所以显得大义凛然，根本原因在于使情感逻辑（有恩不报则不义）超越了实用理性（放走曹操，军法从事，有生命危险）。《三国演义》让关公选择了前者，也就是让关公的性格逻辑超越了

---

① 《鲁迅全集》（第9卷），人民文学出版社2003年版，第137页。

生死,艺术上达到很高的审美境界。然而,鲁迅对诸葛亮形象的评价"止见狡狯",似有偏颇。从作者的立场观之,如此重大关头,关公的选择成就了他气概凛然的形象,但于军情则留下了严重的后果。等到关公回军汇报,《三国演义》写孔明曰:"此是云长想曹操昔日之恩,故意放了。但既有军令状在此,不得不按军法。""遂叱武士推出斩之。""玄德曰:'昔吾三人结义时,誓同生死。今云长虽犯法,不忍违却前盟。望权记过,容将功赎罪。'孔明方才饶了",毛宗岗在此评曰:"好做作。"①鲁迅可能是受了毛宗岗的影响,把"好做作"加码为"狡狯"。从理论上说,这就混淆了审美情感与实用理性的界限。从实用理性上讲,诸葛亮深知关公的兄长刘备不可能让他杀关公;但是,从军事纪律而言则不能不执行。"推出斩之"是军法,而刘备求情,则不但是顺水人情,而且责任不在己,而在刘备。这正是身处刘备之下的诸葛亮的两全之计。这不应该是狡狯,而是机智。按照鲁迅的思路,是不应该这样写诸葛亮的,那么应该怎样写呢?不"狡狯",只能是铁面无私,坚决执法,像挥泪斩马谡一样。但是,关公是诸葛亮所献身的主子的结义兄弟,要杀那是不可能的。而马谡不是关公,只是诸葛亮的部下。诸葛亮这样"狡狯"一下,不但成全了关公大义凛然的形象,而且表现了自己的机智和刘备的意气用事。从艺术上说,这样就构成了三种情感逻辑。不但使关公有了强烈的个性,而且连诸葛和刘备也各有其情感逻辑,三者错位,乃各有其个性。《三国演义》写关公多骄,在关公周围部署了那么多崇敬的目光,但是又安排了诸葛亮一双多智的眼睛俯视他,如马超得到刘备的重用,关公作为荆州最高首长居然不服气,要回到蜀中与之比武。这很鲁莽,又很危险,很难妥善解决。《三国演义》让诸葛亮写信给关公,说马超再强,也只能是张飞之流,你和他不是一个档次的。关公很得意,把信给部下传阅。诸葛亮的"狡狯",每每能显示关公的幼稚和虚荣。二者的情感错位,形象相得益彰,乃《三国演义》的拿手好戏。

从《全相三国志平话》中的粗糙到《三国演义》中的精彩,历经了上百年的流传和修改,使《三国演义》取得了艺术上的伟大成就。与时俱进之处比比皆是,只要稍微留意,就不难从中体悟其应该这样和不应该那样写的奥秘。

小说都是虚构的,人物的言行、情节发展都是作者匠心独运的艺术。读者见到的文本,在写作过程中并不是别无选择,而是在多种可能中精心优选的。比如鲁迅的《祝福》,读者看到的是祥林嫂逃到鲁镇,被抢亲,丈夫和儿子死掉后,又回到鲁镇。表面上是祥林嫂自己的选择和环境的逼迫,实际上是都是鲁迅让她这么遭遇的。五四时期,

---

① 陈曦仲等《三国演义会评本》,北京大学出版社1998年版,第631页。

一般婚姻妇女题材,都是寡妇要改嫁,封建宗法势力横加迫害,而鲁迅却偏偏不这样写,而是反其道而行之,让祥林嫂不想改嫁。如果从作者的角度考虑,不难明白,如果写祥林嫂力图改嫁而遭受迫害,则仅仅能表现封建礼教之夫权的无理,而写祥林嫂不愿改嫁,由其婆婆用抢亲的手段强迫其改嫁,则能表现封建礼教族权与夫权之间的矛盾,按夫权不得改嫁,按族权又可用人身侵犯的手段强迫其改嫁,这不仅矛盾,而且野蛮。祥林嫂改嫁后与丈夫、儿子安分守己。可是鲁迅为什么又让其丈夫死掉,儿子被狼吃掉呢?目的是把祥林嫂逼回鲁镇,从而进一步把她逼上死路,先让她碰到一个关心她的柳妈,劝说她去捐门槛赎罪。这一情节的功能是让祥林嫂面对神权:把她锯成两半,分给两个男人。这就不仅仅是野蛮,而且是荒谬了。夫权不讲理,族权不讲理,神权也不讲理,为什么不惩罚强迫她改嫁的婆婆?封建礼教本身的逻辑就是这样野蛮而荒谬,生生把祥林嫂这个本来身体强壮的妇女害得失去劳动力,最后死于非命,原因乃是这种野蛮荒谬的偏见,不但鲁四老爷夫妇,而且与祥林嫂同命运的柳妈都视为天经地义。特别是祥林嫂自己虽然至死有所不甘,最后只因为鲁四奶奶一句看来留有余地的话"你放着罢,祥林嫂"就精神崩溃了。这说明被侮辱被损害者自己也被这种野蛮荒谬的逻辑所麻醉。因而,这个悲剧是没有凶手的。凶手就在每一个人的大脑里,每一个人都有责任。对这样一个悲惨的结局,鲁迅为什么要把它放在年关祝福的氛围中呢?整个鲁镇人都欢乐地祈求来年的幸福,让一个与这个悲剧毫无瓜葛的人"我"来叙述,而且感到不可推脱的歉疚。这是为了表现鲁迅对国民劣根性的批判和思想启蒙的某种悲观,甚至是与希望相同的绝望。

  同样,解读《孔乙己》,根据鲁迅的原则,应该从"不应该那样写"着眼。这篇小说差不多写了孔乙己大半生,在鲁迅的立意中,不应该像《范进中举》那样,把孔乙己之所以成为孔乙己的经历正面写出来。就是以第一人称叙述,也不选择直接参与或者目睹者。鲁迅显然认为应该选择一个与孔乙己的命运毫无关系的小店员,仅写其目光所及的三个场面。第一个场面写他偷书挨打以后,被嘲笑了;第二个场面,孔乙己没有出场,只是酒店中的人兴高采烈地议论其偷书,被打断了腿,推测可能死了;最后一场,孔乙己出现了,但他却被人打断了腿,几乎是爬着来的。明明是和平常不一样了,可人们还是像"平常一样"嘲弄他又偷书了,引起店堂内外的哄笑。正是鲁迅坚决贯彻了不像《范进中举》那样写,小说的主题才不像有些论者所说的是"批判封建科举制度",而是"不把一个科举制度的牺牲品当人看"的问题。小说中的矛盾,一方面是人们以取笑孔乙己的偷书挨打为乐,另一方面是孔乙己矢口否认自己偷书为偷窃行为。即便是理屈词穷,也要在口头上、在字面上予以否认。鲁迅强调,他表现的是孔乙己作为一个人、一个几乎沦落为小偷的人,仍然有他的自尊,有他最后的精神底线,摧残这样的自尊是非常残酷、非常不人道的;但是,这些摧残者却以之为乐,而且在摧残之时毫无恶意,相反见他硬着头皮无效地否认,还以笑来表示几分友好,最终放他一马。鲁迅之所以选择这样的写法,就是为了揭示这喜剧氛围中的悲剧,蕴含着对国民性不可救药的麻木的批判。

有时,许多作品表面明明不应该这样写,作者却偏偏这样写了,然而,却在千百年的流传中成了经典。

作者的匠心,仅以读者的身份被动接受,是不可能看出来的;只有把自己从读者上升为作者,才可能真正理解作家为什么这样写而不是那样写。

三

原稿与定稿的比较属于同类比较,因为有现成的可比性,所以比较容易。有时,单独一篇作品,作为一种孤立的存在,是很难看出来的。而更多的文本,特别是现当代作品,几乎没有可比的文献。是不是命中注定束手无策了呢?不是的。没有现成文献的可以采取"异类比较"的方式。文章不同,作家不同,但凡有一点相通者,皆可比较。例如,杨绛《老王》的意脉是自原本对贫困、身患残疾的车夫老王由同情俯视,到"文革"难中平视,而受赠后,感到"愧怍",在道德上仰视。这本是文章思想情感的高潮,然而,作者却惜墨如金,写到"愧怍"二字后戛然而止。一般读者很难看出其中的微妙来。如果拿巴金的《小狗包弟》来作比较,则深层的艺术奥秘就不难洞察。巴金写到"文革"期间红卫兵肆虐,深恐宠物小狗包弟惨遭残害,乃将其送到医院解剖。巴金这样写自己的类似的"愧怍"之情:

> 在我吞了两片眠尔通、上床许久还不能入睡的时候,我不由自主地想到了包弟,想来想去,我又觉得我不但不曾摔掉什么,反而背上了更加沉重的包袱。在我眼前出现的不是摇头摆尾、连连作揖的小狗,而是躺在解剖桌上给割开肚皮的包弟。我再往下想,不仅是小狗包弟,连我自己也在受解剖。不能保护一条小狗,我感到羞耻;为了想保全自己,我把包弟送到解剖桌上,我瞧不起自己,我不能原谅自己!我就这样可耻地开始了十年浩劫中逆来顺受的苦难生活。一方面责备自己,另一方面又想保全自己,不要让一家人跟自己一起堕入地狱。我自己终于也变成了包弟,没有死在解剖桌上,倒是我的幸运……我好像做了一场大梦。满身的创伤使我的心仿佛又给放在油锅里熬煎。这样的熬煎是不会有终结的,除非我

给自己过去十年的苦难生活作了总结，还清了心灵上的欠债。这绝不是容易的事。

有了比较，就有条件以作者的身份看出杨绛并没有像巴金那样写，她把抒情隐藏在字里行间，没有描写，没有渲染，没有感叹，尽量不用形容词，甚至必要的交代（如"文革"中被扣发工资，剃"阴阳头"）也都省略了。也许把这一切都交代出来，杨绛感觉可能是俗套，她在这一点上是相当极端的，竟然把情感的高潮只用"愧怍"两个文言词语来表达，表面的冷峻和内在的深情之间的张力，令人想起海明威的"电报文体""冰山风格"。海明威追求写出来的只是如露出海面八分之一的冰山，八分之七留在海面以下，让读者去想象才是精彩所在。而巴金的风格无疑是比较传统，比较浪漫，比较絮叨的，难免给人以句意重复的感觉。吾师吴小如先生在四十年代就指出，巴金的作品失之"费词"，五十年代北大中文系主任杨晦先生批评《家》《春》《秋》三部并成一部就够了。① 其切中肯綮皆由于以作者身份和文本对话，才轻而易举地达到叶圣陶所说的把"文章的好坏"读出来的境地。

当然，以作者身份和文本对话的操作方法是一个很丰富的系统，限于篇幅，这里只是举例而已，更多更重要的方法，读者可以在本书的全部个案分析中慢慢体悟。

---

① 孙绍振《北大中文系，让我把你摇醒》，《文学报》2012年11月29日。

第一编 经典小说个案微观分析

《社戏》：杂文的讽刺与人性的抒情的统一

《社戏》收在鲁迅的小说集《呐喊》里，应该是小说，但是《呐喊》里有不少散文式的小说，如《一件小事》等。这一篇并没有传统小说中常见的人物矛盾和情感错位等。文中人物的情感和意向大体一致，很像是散文，但又不是一般的散文，而是抒情散文；如果算是小说的话，也只能是一种抒情性很强的散文化的小说。

文章主体部分叙述了童年时代在农村乌篷船上看草台班子演出的美好体验。而文章开头，写的却是在大城市的正规戏园里两次看戏混乱而烦闷的记忆，这显然是后面美好诗意的陪衬。要在艺术上真正读懂这篇文章，最关键的就是要读懂文章中最后一句话：

> 一直到现在，我实在再没有吃到那夜似的好豆，——也不再看到那夜似的好戏了。

这显然不是一般的对比，而是一种极端化的对比。一方面是极端的好，另一方面则是极端的差。这种对比，如果从客观的角度来看，可能是不太可信的。但是，读者并未对作家产生误解，原因就在于，所有这些对比都集中在主观心理上，把相关词语集中起来看就很明显。

第一次看戏：外面"早听到冬冬地响"，进到里面，"红的绿的"在"眼前""闪烁"，耳朵里是"喤喤的响着了"。座位太高，凳子太细，没有爬上去的勇气。在后来的回忆中，对这一次看戏总的评价是"冬冬喤喤之灾"。

第二次看戏：戏园子里，立足都难。一直在忍耐中等待着名角出场。然而，"看小旦唱，看花旦唱，看老生唱，看不知什么角色唱，看一大班人乱打，看两三个人互打"。充满了不耐烦的情绪。

表现看戏的印象,用了一般为文忌讳的单调、重复的句法,意在暗示作者的忍耐、无奈,甚至反感。不但没有欣赏艺术的感觉,连最起码的娱乐感觉都没有。京戏是歌剧,可是听觉里留下的是噪音,剧场应该是文明的,可是座位的管理却是一片混乱。一味是"冬冬喤喤的敲打,红红绿绿的晃荡"。把大城市、正规戏园里名角的演出写得这样不堪,显然是夸张的,有点漫画化、戏谑化的。把演出说成是灾难(冬冬喤喤之灾),说座位之简陋令人联想到"私刑拷打的刑具",甚至把戏园外面的人,说成是来看"散戏后出来的女人们的",流露出内心的愤激;甚至把戏园里的氛围,两次说成是"不适于生存",更是显然的夸张。"适者生存"本来是当年流行的哲学话语,也是鲁迅所信奉的社会淘汰规律。"不适于生存"就意味着要灭亡,不但是一个人的问题,而且是整个民族的危机。这样的语言,是带着杂文的、讽刺的色彩的。特别是"从九点多到十点,从十点到十一点,从十一点到十一点半,从十一点半到十二点",那个名角,还是没有出来。这本来是流水账,是为文之大忌。但在这里,流水账却有另外一种功能,那就是表现了鲁迅所说的"忍耐的等待"。注意力不在看戏上,而在时间的默默计算上。起初,还是一个小时一个小时的计算,后来,就变成了半个小时半个小时的计算。写的是潜在的心理状况的微妙变化。表现的重点,并不是戏园本身的演出质量,而是作家的焦虑情绪,完全是杂文笔调。

为什么用了这么多的杂文手法?看下去不难发现,就是为了和下面在农村看戏的优美诗情构成对比。

一提起在农村的外祖母家,作家的笔调立即变成抒情诗式的了。把很平凡的,只有二三十户人家、一个小杂货店的小村庄,说成是"乐土"。使我们想起了鲁迅在《从百草园到三味书屋》中把只有破墙野草的园子当成"乐园",目的不过是为了表现童心的单纯和天真。

本文的重心当然是在农村看社戏的体验。

惜墨如金的鲁迅对看戏前的曲折进行渲染,不仅仅在终于成行的一波三折上,而且在心情的变化上。起初是"急得要哭",后来是"幻觉中听到锣鼓的声音"。再接下去,则是"东西也少吃";而周围的小伙伴,则是"叹息而且表示同情"。所有这一切,都是心理的曲折多于外部事情的曲折,目的是为了积累期待的情绪。一旦成行,感情就自然流泻出来:"很重的心忽而轻松了,身体也似乎舒展到说不出的大。"

接着就是正面叙写那次最美好的看戏经历了。

然而,细品那次看戏的过程,似乎戏也并不是特别好看。主要是不如预期的美好,相反倒是充满了遗憾:一是近台没有位置,船只好停在比较远的地方;二是著名的铁头老生并没有连翻八十四个筋斗;三是一个小旦,老是"咿咿呀呀的唱";四是"我"所期盼的蛇精和跳老虎也并没有出现;五是买豆浆却没有买到;六是只能抵抗着倦意,支撑着看,眼睛都迷糊了,忍不住打哈欠,只有一个小丑挨打,算是比较好看的;但是,接着就是遗憾之七:一个老旦唱个不停,以为他抬起手来,就要结束了,可是他竟仍然唱个不停。所有这些接二连三的煞风景,终于使大家"熬不住"了。

从上面分析可见,戏并没有什么特别好看的地方,似乎也并没有就戏的质量和大城市戏园子名角的演出相对比的意思。

那么,为什么鲁迅在结尾处还要说,一辈子没有看过这样好的戏呢?这个戏究竟好在哪里呢?

好的地方很多。在大家发现好戏已经没有指望的时候,通常应该是很扫兴的。但是,当双喜提议"还是我们走的好罢","大家立刻都赞成,和开船时候一样踊跃",而且还"骂着老旦"。很显然,这时候的情绪并不低落。如果低落的话,回顾戏台时就应该有和来时不一样的感觉。鲁迅是怎么写的呢?

> 一离赵庄,月光又显得格外的皎洁。回望戏台在灯火光中,却又如初来未到时候一般,又漂渺得像一座仙山楼阁,满被红霞罩着了。吹到耳边来的又是横笛,很悠扬……

把农村的草台班子的演出说成是仙山楼阁,完全是抒情的诗化。和来时的远景几乎完全是一样的:

> 最惹眼的是屹立在庄外临河的空地上的一座戏台,模胡在远处的月夜中,和空间几乎分不出界限,我疑心画上见过的仙境,就在这里出现了。

这说明,虽然看戏的强烈愿望没有得到满足,但心情却没有什么变化,仍然充满了诗意。这是为什么呢?关键不在于看戏,而在于看戏过程中的人。小主人公为之感动的不完全在戏本身,而是这些陪着他来看戏的小伙伴。是他们来前的主动慷慨(打包票:平安),水路上的能干,看戏时的兴致,甚至他们的骂人、牢骚和失望都是美好的:

> 不多久,松柏林早在船后了,船行也并不慢,但周围的黑暗只是浓,可知已经到了深夜。他们一面议论着戏子,或骂,或笑,一面加紧的摇船。这一次船头的激

> 水声更其响亮了,那航船,就像一条大白鱼背着一群孩子在浪花里蹿,连夜渔的几个老渔父,也停了艇子看着喝采起来。

比起这样美好的情境,戏不如想象中的那样美好,早已忘却了,也就是显得无足轻重。作者所用的完全是诗的抒情笔法。

《社戏》之美,主要体现在以下几个方面:

首先,美在和大自然的美相融合的山水画似的境界上。

其次,戏并不过瘾,令人过瘾的却是纯洁的小伙伴之间纯朴的人情。特别是在偷罗汉豆的情节中,那个叫阿发的孩子,居然主张偷自家的,而不是别人家的,仅仅是因为自己家的豆子长得比别人家好,一点也没有自私的考虑。这是人情美的一个层次;更深的层次则集中在"偷"字上,偷得坦然,偷得愉快,偷得好玩,偷得不像偷。因为偷自己家的,并不完全是偷,稍稍偷别人家的,也是半公开的,就是被发现了,也不怕骂,相反,还敢于回骂。这就是说,完全没有偷的性质。人们之间能够沟通理解,心照不宣。

再次,人情之美更为精彩的层次是,六一公公发现自家的豆被偷了,不但没有骂,相反,倒是很高兴:

> 双喜,你们这班小鬼,昨天偷了我的豆了罢?又不肯好好的摘,踏坏了不少。

可孩子们并不担忧,而是十分坦然:

> 是的。我们请客。我们当初还不要你的呢。你看,你把我的虾吓跑了!

不但没有因为偷而有羞惭的感觉,反倒像是看得起他的意思。连钓虾的注意力都没有转移,反过来还怪人家的不是,可见其无所谓了。

后面最为精彩的是,这个六一公公,因为"我"觉得豆子好吃,"竟非常感激起来"。被人家偷了东西却"非常感激",这是何等纯朴的人情!更为突出的是,六一公公还将大拇指一翘,得意地说:"这真是大市镇里出来的读过书的人才识货!"这可真是把农村的人情的诗意发挥到家了,这就不但是在抒情,而且是带着一点幽默感了。

理解了这一切,才能理解鲁迅在文章最后所说的那句话的含义。不是因为戏和豆的质量,而是因为这样淳朴的人情,在"我"的童心中,是永远也体验不到了。

这是用诗一样的情感来赞美农村人,不但有儿童,而且有成年人。这在鲁迅的小说中,几乎可以说是前所未有的。农村人物在鲁迅的小说中,大都是麻木、愚昧、自私和保守的。即是像长妈妈那样获得鲁迅赞美的,也是愚昧的;即使像闰土那样可爱的,成年以后就变得迟钝、麻木了。但是这里的六一公公却是和孩子们一样无私、可爱,纯朴而富有诗意。

《故乡》：审美"故乡"的必然失落和"新的生活"的无望向往

自从 1921 年《故乡》发表以来，对它的解读可谓汗牛充栋。日本学者藤井省三写成了一部《鲁迅〈故乡〉阅读史》，描述评论的变迁情况。全书分为"知识阶级的《故乡》""教科书中的《故乡》""作为思想政治教育教材的《故乡》""改革开放时期的《故乡》"四个部分。其文献资料的搜罗之广和学术成就之高无疑不可低估，但其理论基础乃是传播美学和接受美学。作者自承"我的目标不是把文学史写成对作家作品的解释，而是从社会史的观念进行叙述"①，这就注定了他无法涉及《故乡》的艺术成就。

改革开放以后，对于《故乡》的解读，最权威、影响最大的无疑是王富仁的《精神"故乡"的失落——鲁迅〈故乡〉赏析》②其核心论点是把鲁迅的《故乡》分为：回忆中的"故乡"、现实中的"故乡"和理想中的"故乡"。对于回忆中的故乡，王富仁概括为：鲁迅笔下的故乡是一个带有神异色彩的美的故乡。它美在"我"在与少年闰土的接触和情感交流中想象出来的一幅美丽的图画。少年闰土并不把少年的"我"视为高贵的"少爷"，少年的"我"也不把少年闰土当成低贱的"穷孩子"，他们在精神上是平等的。第二个故乡则是在现实社会生活的压力下失去了精神生命力的"故乡"，由三种不同的精神关系构成。第一，豆腐西施杨二嫂青春已逝，完全成了狭隘自私的人。把虚情假意当作情感表现，把小偷小摸当作自己的聪明才智。第二，成年闰土变成了一个神情麻木、寡言少语的人。"只是觉得苦，却又形容不出。"他不像少年闰土那样"不懂事"了，所谓的"事"，实际是中国传统的礼法关系所维系着的封建等级观念；再加上"多子，饥荒，苛税，兵，匪，官，绅""苦得他像一个木偶人了"。他已经没有了反抗现实不幸的精神力量，只能承受，只能忍耐。他的精神已经死亡，肉体也迅速衰老。第三，成年的"我"在

---

① （日）藤井省三《鲁迅〈故乡〉阅读史》，董炳月译，新世界出版社 2002 年版，第 5 页。
② 《语文教学通讯》，2000 年第 21—22 期。

自己的"故乡"已经失去了存在的基础,没有了自己精神的"故乡",无法再与闰土进行正常的精神交流。他在精神上是孤独的。人与人之间的平等关系在现在的"故乡"已经不复存在。总之,现实的"故乡"是一个精神各自分离,丧失了生命活力,丧失了人与人之间的温暖的"故乡"。第三个理想中的"故乡"希望现实中的"故乡"也像回忆中的"故乡"那么美好,希望现实中的"故乡"人也像回忆中的"故乡"中的少年闰土那么生意盎然、朝气蓬勃,像少年"我"与少年闰土那样亲切友好、心心相印。但是,现实是无法改变的,改变的只能是未来,在这时,"我"就有了一个理想的故乡的观念。但是,理想中的故乡的实现是很渺茫的。

王富仁的这篇文章可以说是《故乡》阅读史上的高峰之作,但并没有穷尽《故乡》的全部价值。他和日本学者藤井省三在许多观念上是不尽相同的,可在基本理论上又是相近的。那就是以文化批评、政治意识形态为纲,其特点就是将全部任务集中于解读其"社会史的观念",而不是把《故乡》作为一个艺术品,因而偏颇在所难免。最明显的就是把文学仅仅当作民族国家话语建构的文献,于是就有了所谓"故乡与祖国同步"的论断:"《故乡》具体写的是'故乡',但它表现的却是鲁迅对'祖国'的感受和希望。"

这种论断,虽然符合西方文论的"民族国家话语"建构和文化考古的理念,但是,与《故乡》文本对照却不尽相符。首先,这里的三个故乡和鲁迅心目中的祖国并不同构。鲁迅回忆中的祖国,基本就是病态社会不幸的人们,不外是示众和看客,如阿Q、祥林嫂和孔乙己的世界,而少年闰土和《社戏》中的小伙伴,只是愚昧麻木的精神世界里一点倏忽而逝的纯净的诗意的闪光而已。其次,鲁迅笔下现实的祖国是很丰富、复杂的:一个闰土,一个杨二嫂,怎么可能成其缩影?至于把鲁迅所属的阶层归结为:"现代的知识分子是在城市谋生的人。他已经没有稳固的经济基础,也没有政治的权力。"笔者认为,笼统地说现代知识分子,尤其是鲁迅这个阶层"没有稳固的经济基础",似乎并不尽然。鲁迅属于高级脑力劳动者、自由职业者,其基础是建立在工商业城市经济文化之上的。光是工薪,不算稿费,就有二百大洋以上的稳定月收入。比之毛泽东在北大图书馆月收入八块大洋,应该说在中产阶级的上层。至于说没有政治权力,却并不缺乏话语权力,从民国初期到三十年代一贯公开在报刊上发表与当局相悖的言论,这恰恰是古代知识分子所不具备的。

所有这些问题之所以产生,其原因可能在于评论不完全是从《故乡》的文本出发的。作品中的"我"是不是属于失去了经济基础的"现代知识分子"就很值得商榷。"我"至少可以分为几类:第一类,如《狂人日记》中的第一人称叙述者,显然是虚拟的人物;第二类,伤逝中的"我"(涓生),并不是鲁迅;第三类,《祝福》中的"我"最接近鲁迅的精神;第四类,《社戏》和《故乡》中的"我",有相当程度的自传性。在鲁迅写作《故乡》的1921年,处于五四新文化运动的高潮期。正是现代知识分子崛起,推翻传统封建文化话语霸权的历史转折点,鲁迅在当时正是站在文化革命前沿的旗手。

  以现代思想史的普遍性作为演绎的大前提,把鲁迅作为一个例子,可能已经遮蔽了鲁迅的个性;以作家论的概括性结论作为前提,把《故乡》作为例子,则更可能遮蔽了《故乡》文学上的独特性。概括性的作家论,其每一个结论,都是作家诸多作品的共同性,或者最大公约数,是以牺牲每一个具体作品的特殊性为代价的。文本解读是个案解读,其宗旨乃是作品的唯一性、不可重复性,作品的个案不能用作家论的普遍概括的方法,而要用对作品的内在矛盾作具体分析,才能把唯一性还原出来。

  作品中的"我",并不是知识阶层的代表,也不是完整的鲁迅个性的全部,只是鲁迅精神的一个侧面,作品中的"故乡",更不是鲁迅心目中完整的祖国,而是他关注现实的一个侧面,这个侧面主要不是国家的,而是人与人之间的关系。让我们从文章情感脉络开始进行微观分析。

  小说开篇强调的是,眼前的故乡的景色是"苍黄的天底下,远近横着几个萧索的荒村,没有一些活气"。而二十年来时时记忆中的故乡是"美丽"的。"我"解释说,这可能是自己"没有什么好心绪"(出售祖屋:"悲凉",异地谋生)的缘故。到家以后,只看到"瓦楞上许多枯草的断茎当风抖着",这个意象相当精致,草枯已经是衰败得很,加上是"断茎",是枯干了,而且是脆了的结果,还要让它"当风抖着",语言提炼的功力令人想起杜甫的"细草微风岸"。在与母亲首度交谈中,第二次提到了"凄凉"。情景蕴含着两个层次:一是外部景象是不美的,二是内在的心情是沉闷的。这一切可以是序曲,为故乡的另一番景象提供一个阴暗的底色。这个底色既是自然的又是心理的,在这个背景下少年闰土的形象出现了:

  我的脑里忽然闪出一幅神异的图画来:深蓝的天空中挂着一轮金黄的圆月,下面是海边的沙地,都种着一望无际的碧绿的西瓜,其间有一个十一二岁的少年,项带银圈,手捏一柄钢叉,向一匹猹尽力的刺去,那猹却将身一扭,反从他的胯下逃走了。

  这是回忆与现实的反差,鲁迅显然觉得仅是这样一种对比还不够,又以更重的笔墨,写到最初看到他时候的形象:

  紫色的圆脸,头戴一顶小毡帽,颈上套一个明晃晃的银项圈。

但是,鲁迅运笔的宗旨不仅仅是形象外在的、静止的对比,更重要的是在于内心的:

> 他见人很怕羞,只是不怕我,没有旁人的时候,便和我说话,于是不到半日,我们便熟识了。

"我们便熟识了"这一笔看似平常,但在文章的情感脉络上却非常重要,彼时,虽然自己是"少爷",对方只是穷孩子,社会地位颇为悬殊,但是人与人之间却这样容易熟识。这个场景的功能之一,是与成年之后的隔膜形成对比。功能之二,乃是社会地位上具有优越性的"少爷"在听闰土叙述了关于海边的贝壳,特别是在捕鸟的智慧上和对付猹的"危险经历"中,感到"闰土心里有无穷无尽的新鲜事",而自己视野却只限于"院子里的高墙和四角的天空"。

作者反复强调"故乡"原本是"美丽的",美在哪里呢?并不简单地美在海边、蓝天、圆月和戴项圈的孩子,而是美在人与人之间,社会地位不但并不妨碍心灵的沟通,而且不妨碍"少爷"对穷孩子的赞赏和友好。从本质上说,这种美主要是情感上的、童趣的、审美的。

小说的第二个层次则是故乡的美变质了。

首先是在外部形貌上。闰土"先前紫色的圆脸,已经变作灰黄,而且加上了很深的皱纹""头上是一顶破毡帽,身上只一件极薄的棉衣,浑身瑟索着",手里还提着"一支长烟管""那手也不是我所记得的红活圆实的手"。如果单是这样的变化,不过是显示闰土很穷而已,从社会地位的悬殊来说,这与以往没有太大差异。但是,与以往交流不因社会地位而有碍相反,"我"和闰土之间的精神却不平等了。闰土一见面就态度"恭敬起来了",叫"我"老爷。

> 我似乎打了一个寒噤;我就知道,我们之间已经隔了一层可悲的厚障壁了。我也说不出话。

故乡变得不美,更在于这种情感的隔膜双方都无法表达,情感冻结。导致这种不美的原因,"我"的母亲归结为"多子,饥荒,苛税,兵,匪,官绅"。这里当然有社会的客观原因,但鲁迅的着眼点显然并不完全在此,在这样的情况下,这个少年英雄"苦得像木偶人了",更为深邃的是,这个苦人"脸上虽然刻着许多皱纹,却全然不动,仿佛石

像一般":

> 他大约只是觉得苦,却又形容不出,沉默了片时,便拿起烟管来默默的吸烟了。

这才是真正的不美,苦而无言,就是不知其所以苦。这就不仅仅是客观的原因,还有主观的麻木,小说一再提示,首要的是"多子"。明明穷困,却生了六个孩子;明明是苦极却又十分迷信;明明是当年的伙伴,却自觉卑微。这种卑微,既不同于阿Q,也不同于祥林嫂。阿Q和祥林嫂还能有自己的话语,有其最后的(虽然是扭曲的)自尊和独特的逻辑。而闰土的无言只能说明他更为麻木。

小说的意脉本来是与闰土今昔关系的变化,接下来是对未来的希望。但是,当中却跑出来一个杨二嫂。从结构上看,与闰土毫不相干。如果是五四以前的小说,特别是短篇,要一环扣一环的情节,这样的人物与情节无关,可能是赘余。是不是可以设想,把这个人物从小说中删掉,使小说更为精练呢?看来,不行,因为杨二嫂带来了相当浓郁的社会氛围:小城镇贫民的自私和狡黠。虽然如此,从结构上来看仍然有孤悬之虞。但是,近百年来的读者读到此处,只有感到精彩,很少感到突兀的。原因就在于鲁迅此时的小说已经不再拘于传统的情节的连贯性,而是近似于胡适在《论短篇小说》中所说的"生活的横断面"。不过,这里不是胡适所说的一个横断面,而是几个横断面。虽然,杨二嫂这个横断面表面上是断裂的,但在文脉上却是贯通的。关键就在于闰土苦而无言,而杨二嫂不苦却巧舌如簧;闰土纯朴而自卑,杨二嫂却强取而自得。正是在这种相反相成中,文脉有意断笔连之妙,而且变幻多姿。在写闰土的时候,行文的风格是沉郁的,情感是压抑的。而写杨二嫂的时候,却变成了喜剧性的:故作亲近,强加于人,弄得"我"从"愕然"到"更加愕然",却感到"很不平""显出很鄙夷的神色"。明明是想讨好人,却用了伤人的语言"贵人眼高"。在奉承"我"的时候,鲁迅让她这样形容"我"的"阔":

> 阿呀呀,你放了道台了,还说不阔?你现在有三房姨太太;出门便是八抬的大轿,还说不阔?

在"我",这简直是骂人,而在杨二嫂,这是她想象中最值得夸耀的"阔",进一步把"我"弄得"无话可说了,便闭了口,默默的站着"。而她却反而"愤愤"起来,说"真是愈有钱,便愈是一毫不肯放松,愈是一毫不肯放松,便愈有钱……"顺手牵羊拿走了一副手套。

在这里,鲁迅显然用了他擅长的讽刺手法,在杨二嫂的言行里渗入了多重矛盾:一是以强加于人的"阔",成为她顺手牵羊的前提;二是暗指对方的小气(不肯放松),用了格言式概括(有钱和不放松的正比因果关系);三是明明逻辑悖谬,却滔滔不绝、振振有词;四是做着小偷小摸的勾当,不觉得惭愧,反而愤愤不平。对这个形象的内涵,鲁迅用了大笔浓墨,讽刺意味不着一字,在外貌上则稍稍用了一点漫画笔法:"五十岁上下的女人站在我面前,两手搭在髀间,没有系裙,张着两脚,正像一个画图仪器里细脚伶仃的圆规。"这显然是用夸张的手法描写其怪异的形象。

语言上的口若悬河和心态上的自鸣得意使这个"圆规"的形象隐含着漫画式的扭曲逻辑悖谬。

同样是无言以对,对闰土的描写是抒情性的,而对杨二嫂则是喜剧性的,从正反两面强调了有感情和没感情都同样无法沟通。

理解了这一点,就不难理解鲁迅让宏儿出场,并不简单是为了对童年回忆的反观,而是为了把宏儿的愿望(和闰土的儿子相约再见)放在结尾处,由此引发下面这段抒情性话语:

> 故乡的山水也都渐渐远离了我,但我却并不感到怎样的留恋。我只觉得我四面有看不见的高墙,将我隔成孤身,使我非常气闷……我竟与闰土隔绝到这地步了,但我们的后辈还是一气,宏儿不是正在想念水生么。我希望他们不再像我,又大家隔膜起来……他们应该有新的生活,为我们所未经生活过的。

这里的思想焦点显然是把童年的不隔膜和成年的隔膜,提升到人与人的隔膜层面了,因此才有"四面有看不见的高墙,将我隔成孤身"。这里的矛盾深刻性在于:一方面,童年时代的不隔膜是美丽的,但是,又是孩子气的;另一方面,成年时代的隔膜则是社会的必然。社会地位的分化,是不可逃避的必然。现实是严峻的,回忆只能是诗意的想象。

从这里,我们可以看到鲁迅在小说中聚焦的是社会人生、人与人的精神沟通,闰土连痛苦都不会表达,杨二嫂把邪恶都变成夸耀,小说中有一句很重要的话几乎被所有的解读者忽略了:

　　　　母亲和宏儿都睡着了。

　　不但宏儿，就是母亲都没有感到他的"气闷"和"悲哀"，因而他只能默默地忍受自己的"孤独"。宏儿和母亲不理解他的悲哀和孤独是必然的。鲁迅向往下一代宏儿和水生，"不再像我，又大家隔膜起来"，不隔膜，就是"要一气"。焦点就是人与人之间的绝对的无障碍沟通。

　　但是，下面的话却似乎有点混乱："然而，我又不愿意他们因为要一气，都如我的辛苦展转而生活，也不愿他们都如闰土的辛苦麻木而生活。"这里的因果关系有点颠倒。好像下一代的"一气"（不"隔膜"）是可以实现的，但是又说，这种"一气"可能如我的"辛苦展转"和闰土的"辛苦麻木"。小说的情节因果恰恰相反，是自己的"辛苦展转"和闰土的"辛苦麻木"造成了"隔膜"。更不通的是下面这一句："也不愿意都如别人的辛苦恣睢而生活。"别人的（也就是更多人的）"隔膜"好像也是能够打破的，却因为"辛苦恣睢"才使"我"觉得不可取的。三者共同的特点乃是"辛苦"。这个文脉上的硬性转折，事实上使主题发生了转移，本来是"隔膜"和"一气"的问题，是心理上的情感沟通问题，其性质是审美价值。而三个"辛苦"的否定性质引出来的"新的生活"，那就是，不但不隔膜，而且不辛苦，乃是实用价值。我敢断言，这是鲁迅小说中难得一见的"走题"。他可能感到文脉有点断裂了，故在"然而我又不愿意"前面加了六个点的删节号。但是，这于事无补。原因是这种对文章三位一体的总结性观念，不但在逻辑上断裂，而且把文章中那个非常生动的杨二嫂的形象完全遗漏了。如果要总结（起承转合的"合"）得更精密的话，不应该是"别人的辛苦恣睢"，而是杨二嫂的"辛苦自私与自得"。值得一提的是，这里的用词"辛苦恣睢"也显得古怪，"恣睢"，有放任自得和放纵暴戾的意思，把那么多的"别人"说成"辛苦"还说得过去，说成放纵暴戾（"恣睢"）显然不太妥当。

　　这里暴露出鲁迅在立意上的提升和追求，也许他已经意识到，仅仅是人与人之间能纯洁的沟通，毫无社会地位的障碍，是带着孩子气的，在现实中注定是要落空的。因而他对这样的"希望"，不但不能抱"希望"，而且感到"害怕"，他甚至把这与闰土的迷信（"偶像崇拜"）说成是一样的。这不禁令人想起他在《野草·希望》中引用的裴多菲的诗句"绝望之为虚妄，正与希望相同"。但是，在"呐喊"时期，他还不是那么绝望，所以最后还是在鼓舞自己："地上本没有路，走的人多了，也便成了路。"用当下的话来说，就是摸着石头过河吧。小说中的过去、当下和未来，似乎都没有政治意味很浓的祖国的观念，有的只是人生，不管是好人，还是"坏人"都难以交流，能够交流的只有小孩子，小孩子之间纯洁的沟通,是非常美丽的,因而故乡是美丽的,而童年总要过去,注定是暂时的,而成年的隔膜使故乡变得不美丽,令人凄凉、尴尬和孤独却是长期的。但是,童年的回忆仍然是美丽的。希望是渺茫的,把它提高在"新的生活"中是说不清的,但仍然是一种渺茫的安慰。从这个意义上来说,《故乡》所写的并不仅仅是审美性质的"故乡"的必然失落,而且是"新的生活"及其精神美好境界某种无望的向往。

《祝福》：礼教的三重矛盾和悲剧的四层深度①

一、最精彩的死亡

鲁迅是个大艺术家，但是他和巴金、郭沫若、曹禺、茅盾、老舍、张爱玲和钱锺书不同，他不大会写爱情，却很擅长写死亡。他一共写过八种死亡，巴金和他比，可谓望尘莫及。你看巴金《家》《春》《秋》里写了那么多死亡，都是差不多的，有些还是重复的。而鲁迅写死亡，每一种都不一样。今天时间有限，先讲我认为鲁迅写得最成功的一种死亡。你们猜猜，是哪一种呢？（一同学：阿Q!）大家想想，我会不会同意这位同学的看法呢？我提示一下，如果我同意阿Q的死亡最精彩，我今天还会来作这个讲座吗？大老远的，一千多公里呀！我的真实想法是，阿Q的死亡是相当成功的，但还不是最成功，因为阿Q死亡的写法是有缺点的，什么缺点？现在不能讲。我先讲一个写得最成功的死亡——祥林嫂的死亡。

从哪里提出问题呢？问题提得不是地方，就失败了一半。问题要提得好，一是要新颖，就是从人家忽略了、没有感觉的地方开始；二是要深刻，有很深邃的潜在量，有从表层通向深层的可能。就像中医里讲的穴位一样，一点深刺，全身震动。

我从两个地方提出问题。

第一个是鲁迅早期著名的小说《狂人日记》。为什么说是早期，而不说第一篇小说呢？这里有讲究。因为它不是第一篇，这一点现在不方便讲。你们印象中的《狂人日记》里面的关键语句，就是"吃人"，"我翻开历史一查，这历史没有年代，歪歪斜斜的每叶上都写着'仁义道德'几个字。我横竖睡不着，仔细看了半夜，才从字缝里看出字来，满本都写着两个字是'吃人!'"这里有一个矛盾，一方面，这是小说的思想精华所在，甚

---

① 根据在东南大学的讲座录音记录整理

至可以说是历史价值所在。不管有没有读过《狂人日记》,只要是读过中国现代文学史的人都会知道这句名言。但这只是从思想价值而言,若从艺术价值上来说呢?就有值得怀疑之处。因为《狂人日记》所说的"吃人"是象征的,象征只是一种思想,带着很强的抽象性,而不是感性形象,作品中的"吃人",恰恰是狂人的错觉、误解。比如,怀疑医生叫他好好养病,是要把他养胖了吃,自己也曾经和哥哥一起吃过妹妹的肉。陌生女人骂孩子,也造成了被吃的恐惧,等等。几乎所有"吃人"的恐怖,都来自狂人的幻觉。这些不足以支持中国历史全是"吃人"的主题。我的意思是说,作品的思想和作品的感性形象之间并不相称。从艺术上来说,这篇小说的主题并没有完成,思想的宣泄和形象的构成之间还有比较大的距离。

那么,什么样的小说才算是完成了"吃人"的主题呢?我觉得应该是在六年以后的《祝福》里,在祥林嫂的悲剧中。虽然《祝福》中没有"吃人"这样的字眼,但是,祥林嫂的悲剧显示,她是被封建礼教的观念,对女人、对寡妇的成见、偏见"吃"掉的。她的悲剧的特点是没有凶手,如果有说凶手,就是一种观念。这是我要讲的第一个契机。

第二个,有人说鲁迅在日本"弃医从文"并不像他在《呐喊》自序里讲的那样冠冕堂皇:是在上细菌课之前,在新闻短片中,看到一个中国人为俄国人做探子,被日本人抓去枪毙,而麻木的围观者恰恰是中国人。这使他受到了严重的刺激,因此想到"愚弱的国民",即便身体再健康,也只能做两种人:一是杀头的对象,也就是示众的材料,二是围观的看客。因此,中国的问题不是身体的问题,而是思想和精神的问题。有人说,这不一定是老实话。有人甚至提出怀疑,日本细菌学课程之前有没有放映过新闻短片,都还是个问题。

他们说,问题出在鲁迅成绩不太好,有点混不下去了。仙台医学专科学校——一个地处偏远的大专水平的学校,鲁迅的成绩单我在20世纪60年代就看到过,最好的分数是伦理学,讲道德人心的,属于文科性质,是80分,其他的成绩都是七十几、六十几分,其中解剖学就是藤野先生教的。鲁迅在《藤野先生》中说,这位先生特别喜欢他,特地给他添改笔记,还给他打过高分,以至于引起了周围日本学生的怀疑:是不是漏题给他,太偏爱中国学生了?看来,鲁迅的记忆可能有误。成绩单上的解剖学成绩,第一个学期60分,第二学期59分,平均59.5分。这个藤野先生也真够古板的了,这么喜欢的一个学生,就那一分也不饶他。我没有研究过教师心理学,但我有做教师的实际经验。我的学生,如果我觉得他有天分、有前途或者人格高贵,那一定不是59分了,随便加它个20分都是可能的!不知道当时是怎么回事!就是这样一位先生,临走的时候,还拿一张照片送给他,还要写什么"惜别",给人打59.5分还惜别个什么劲呢?所以有人就说鲁迅是因为不及格,混不下去了。我研究了一下,好像不是这样的。为什么呢?按照学校的规定,两门功课不及格才要留级,鲁迅只有一门,还可以升级,无非要补考一下。再往细里研究,鲁迅成绩的排名怎么样呢?全年级一百六十多人,鲁迅考了八十多名,一个中国人,才到日本,用日文考试,在全班是中间可能偏上一点,还算过得去的嘛!要混是可以混下去的。可以相信鲁迅不是为了 59.5 分而退学,而是认为疗救中国的国民性才是当务之急。所以他后来也不去读大学了,就跑到章太炎那里去学文字学,同时拼命自修西方小说,翻译西方小说。

五四期间,妇女婚姻题材的文章很普遍,许多人写封建礼教、仁义道德"吃人",但是成为经典的,能进入我们大学、中学课本,并且不断被改编为戏曲、电影的,只有《祝福》。当然,经典是各种各样的,有些经典只有历史价值,在当时很重要,很有贡献,但今天读起来却索然无味。为什么?因为它的思想、形式和产生的那个时代联系得太紧密了,离开那个时代,后代人读起来就会感到十分隔膜。像五四时期风靡一时的郭沫若的《女神》,其中绝大多数作品,当代青年是读不下去的。而《祝福》却是另外一种经典,不但有历史价值,而且有当代阅读的价值。因为它有不朽的艺术生命力。生命力在哪里呢?就在于它"吃人"的主题比《狂人日记》要深刻、丰富得多。

全篇没有一个"吃人"这样的字眼,但是人物命运的每一个曲折,引起的周围反应都显示:祥林嫂之死没有凶手,凶手是一种被广泛认同的关于寡妇的观念。这种观念堂而皇之,神圣不可侵犯,但却荒谬而野蛮,完全是一种不合逻辑的成见。

要把问题讲清楚,不能从什么是封建礼教的概念、定义讲起,而是应该从文本、从情节中分析出来。请允许我从祥林嫂死了以后各方面的反应讲起。

二、悲剧的凶手:荒谬的自相矛盾的偏见

"我"问祥林嫂是怎么死的?进来冲茶的茶房说:"还不是穷死的。"这好像不无道理,她毕竟是当了乞丐,冻饿而死的。

但这是终极原因吗?在它背后是不是还有原因的原因呢?那她为什么会穷死呢?是因为她被开除了。她为什么会被开除呢?是因为她丧失了劳动力。可是她原本劳动力是很强的呀!最初到鲁家,鲁四奶奶不是庆幸她比一个男工还强吗?原因的原因是,她的精神受了刺激。什么东西使她受了这么严重的刺激呢?这就深入问题的关键了。

一切都因为她是寡妇,而且是再嫁的寡妇。

按照封建礼教的成规,寡妇要守节。五四时期写妇女婚姻题材的小说,大都写封

建礼教要寡妇守节,可是寡妇不甘。鲁迅偏偏不写这个。他写祥林嫂不想改嫁,不写她不能改嫁之苦,如冬天晚上没人陪呀,被子里没有热气呀,屋角破了没有人来修理啊,等等。他写祥林嫂不但不想改嫁,而且从婆婆家溜出来。为什么溜出来?《祝福》里没讲,夏衍改编的电影《祝福》里说,婆婆想把祥林嫂卖掉,给祥林的弟弟娶媳妇。这可信,除了别的原因以外,还因为夏衍和鲁迅是同乡,他对那个地区的风土人情有深刻的体悟和理解。祥林嫂为什么要逃?值得分析,公开出走,像娜拉那样是不行的。因为在农村、山区,封建礼教很严酷。丈夫死了,妻子就成了丈夫的"未亡人",也就是等死的角色。这就是封建礼教的夫权:妻子是从属于丈夫的,丈夫死了,还是属于丈夫的。鲁迅在小说里,情节展开得很深刻:抢亲,违背她的意志,是婆婆卖了她,让她去当别人的老婆,不是违背夫权了吗?不!封建礼教还有一权,那就是族权。儿子属于父母,丈夫死了,属于自己的妻子就自动转账到了婆婆名下。这样,就产生了封建礼教内在的第一重矛盾。就是夫权要求守节,族权可以将之卖出,卖出就不能守节。这种族权违反夫权,以暴力强制为特点,而这种野蛮却被视为常规。

鲁迅如果写祥林嫂想改嫁,那样就只有夫权一重矛盾了,思想就比较单薄。而把祥林嫂放在夫权让她守节、族权强迫她改嫁的矛盾下,其"荒谬和野蛮"就得以深化。按理说写到这一层已经很深刻了,可是鲁迅并不满足。从什么地方看出来的呢?从鲁迅让祥林嫂的丈夫和孩子死掉,让她又回到鲁镇看出来的。小说的情节是虚拟的,鲁迅为什么这么残忍让他所同情的祥林嫂雪上加霜,遭此双重的惨祸呢?就是为了进一步揭示,夫权与族权有矛盾,那是人间的事,那么到了地狱里,到了神灵那里,应该是比较平等的呀!回到鲁镇,让她遇到对她完全是好心的柳妈。

柳妈告诉祥林嫂:你倒好,头打破了,留下了一个疤,可还是改嫁了,在人世留下了个耻辱的标记,这个问题还不大,但你死了以后,到了阎王爷那里怎么办呢?两个丈夫争夺你,阎王是公平的,就把你一劈两半,一人一半。阎王代表什么权力呢?神权。神权居然是这样的一种"公平"。照理说,祥林嫂可以申辩:"并不是我要改嫁,是他们强迫我改嫁的呀,你不能找我算账。真要劈两半的话,应该劈婆婆嘛!"可是,阎王爷是不讲理的。这样,鲁迅之所以让祥林嫂回到鲁镇碰到柳妈的原因就很清楚了,就是要通过她的处境来显示三个不讲理:夫权是不讲理的,族权是不讲理的,神权也是不讲理的。鲁迅把要寡妇守节这一套设置在三重野蛮而又荒谬之中。

礼教不讲理,人不讲理,神都不讲理,这就是鲁迅第一层次的深刻。

鲁迅的第二层次的深刻在于:这种荒谬而野蛮的封建礼教观念,是不是封建统治者、封建地主才有的呢?马克思在《德意志意识形态》中讲过:"统治阶级的思想在每一时代都是占统治地位的思想。"鲁四老爷是封建统治阶级,他有这种思想,看见祥林嫂头上戴白花就皱眉头,鲁四奶奶有这个思想,她不过是不让祥林嫂端福礼,但这不够荒谬。荒谬的是,这种思想不仅他们有,而且跟祥林嫂同命运的人也有,就是柳妈,这种观念在她那里也是根深蒂固的。虽然鲁迅没有点明柳妈是寡妇,但从情节的上下文看来,可能也是寡妇,资深寡妇,何以见得?因为似乎她当寡妇的经验很丰富。没听说她丈夫来看她,她也没像长妈妈那样回家探亲什么的。大体可以断定她是跟祥林嫂同样命运的女人。她坚信菩萨把祥林嫂一劈为二是公正的,劝祥林嫂去"捐门槛"赎罪。这种寡妇罪有应得,被统治阶级也当作天经地义,这才叫可怕。

三、"大家仍然叫她祥林嫂"为什么要特别提出?

荒谬野蛮的观念已经深入被压迫者的潜意识里,并且深入骨髓,荒谬到感觉不到荒谬了。举一个例子。祥林嫂在改嫁被抢亲了以后,很快丈夫得伤寒症死了,儿子被狼吃了,又回到鲁镇。这个时候,鲁迅在《祝福》里面独列一行,写了一句话:

大家仍然叫她祥林嫂。

读者早就知道她叫祥林嫂了,这不是废话吗?其实,这里用意非常深刻。女人没有自己的名字。她为什么叫祥林嫂?因为她第一个丈夫叫祥林。她姓什么,叫什么名字,谁都不知道。但是问题来了,嫁了第二个丈夫,此人名曰贺老六。再回到鲁镇来,是叫祥林嫂还是叫老六嫂比较妥当呢?或者为了全面起见干脆叫她祥林老六嫂算了。你们说说?(众:说不清……大笑声)"大家还叫她祥林嫂"。对这么复杂的文化学术问题,就自动化地、不约而同地"仍然叫她祥林嫂"。这里有一个自动化的思维套路,只有第一个丈夫算数,"好马不配二鞍"呀,"烈女不事二夫"啊,嫁第二个丈夫是罪恶呀!思想的麻木,以旧思想的条件反射为特点。

这虽是一个极小的问题,却可与西方的思维模式作一点文化比较。比如说,在西方,包括在俄国,女人嫁了丈夫以后,是要改姓的。譬如,普京娶了老婆,他老婆的名字后面要加上普京的姓,变成阴性的,叫普京娜。如果从俄语第二格来理解,就是属于普京的。比如说,克林顿的夫人希拉里是个女权主义者,不得了,用美国话来说,是非常 aggressive,也就是非常泼辣的。她嫁给克林顿以后,不久也改姓了:希拉里·克林顿。又比如说,肯尼迪的老婆,她原来的名字叫杰奎琳,她嫁给肯尼迪,就改为杰奎琳·肯尼迪。但是她后来也跟祥林嫂一样,丈夫死了,又嫁了一个丈夫,是希腊的船王，名曰奥纳希思。她的名字后面，加上奥纳希思的姓。她过世之后，墓碑怎么刻呢？美国人也没有讨论。我出于好奇心去看了一下，是杰奎琳·肯尼迪·奥纳希思。嫁了两个丈夫，刻在墓碑上，堂而皇之。但中国人的观念不一样，要叫她祥林老六嫂她一定很恼火。但是叫她祥林老六嫂是很符合逻辑的，"仍然叫她祥林嫂"，是不讲理的、荒谬的、不合逻辑的。但是，大家都习惯于荒谬，荒谬得麻木了，荒谬得失去思维能力了。

被侮辱、被损害，却并不感到不合理，不觉得可悲，也不觉得可笑，这种悲剧，这种悲喜剧，是不是更令人沉痛？荒谬而野蛮的观念，成了天经地义的神圣观念，成了思维的习惯——所谓习惯，就是麻木，思维的套轴。

四、"你放着罢，祥林嫂！"这一句话，为什么会置祥林嫂于死地？

更严重的是，这种观念不仅被统治阶级广泛接受，而且被侮辱、被损害最甚的祥林嫂自己也有。当柳妈告诉她要被劈成两半时，她完全没有反诘，没有怀疑，她只有恐怖：生而不能做一个平等敬神的人，死而不能做个完整的鬼，这太恐怖了。如果祥林嫂有我们今天的觉悟，那就啥事都没有。可她就是非常虔诚地相信了，于是她毫不怀疑地去"捐门槛"。我算了一下，大概花了将近两年的工资。她以为用这样高昂的代价赎了罪，就可以摆脱躯体一分为二的未来，就可以成为平等的敬神者了。可是，她端起福礼的时候，却遭到了打击——鲁四奶奶觉着再嫁的寡妇，不管怎样赎罪，都是不能端福礼的。她跟祥林嫂非常有礼貌地讲"你放着罢，祥林嫂！"她这话说得很礼貌，她没有直接说，你没有资格端福礼，你端就不吉利，而是为祥林嫂留下了很大余地，也可能是你太累了，休息一下吧，也可能是敬鲁家的神，一定要鲁家的人，神才能满意地接受。福礼是什么？我最初不知道，看了夏衍改编的电影《祝福》才知道，在一个漆成红色的木盘上面，放上一条大鲤鱼。端福礼，就是把这个盘子捧到神柜上去。不让她端福礼，祥林嫂一下子，就像被"炮烙"似的——像被滚烫的铜柱子烫了一下，从此以后脸色就发灰了。她的精神受到了致命的打击，记忆力衰退，刚叫她做的事，她立刻就忘掉。接着是，体力也不行了。鲁迅这样描述道：

> 这一回她的变化非常大，第二天，不但眼睛窈陷下去，连精神也更不济了。而且很胆怯，不独怕暗夜，怕黑影，即使看见人，虽是自己的主人，也总惴惴的，有如白天出穴游行的小鼠；否则呆坐着，直是一个木偶人。

鲁迅用外部效果来揭示祥林嫂的精神从恐怖到崩溃的程度,这导致她最终走向了死亡。这说明,神权比之夫权、族权更厉害。受夫权迫害,受族权迫害,她还可以活;但是,神权要残忍恐怖得多,受害者祥林嫂自己相信自己有罪,这比之柳妈相信再嫁有罪更为荒谬,更为残忍。可是,恐怖的原因,杀人的凶手在哪儿呢?没有人提出这样的问题。

鲁迅对祥林嫂,一方面,看到她的苦难是客观原因造成的,叫"哀其不幸";另一方面,看到祥林嫂又很麻木。她不让你端福礼有什么关系呢?不端福礼去睡大觉,身体不是更好吗?记忆力不是更强吗?这就是"怒其不争"了。鲁迅揭示出,祥林嫂中毒就是这么深,中毒到了自我折磨、自我摧残的程度。鲁迅的深邃之处在于,祥林嫂不仅死在别人脑袋里的封建礼教观念,而且死在她自己脑袋里的封建礼教观念。所以,祥林嫂尽管对外部的暴力反抗是很强的,在被抢亲的时候她拼命反抗,头都打破了;从内心来说,直到临死的时候,遇到作品当中的"我"时还要问:"人死了之后有没有魂灵?"说明她有怀疑。在这以前"我"看到的祥林嫂,四十岁左右,头发就花白了,脸上不但没有悲哀,而且也没有欢乐,脸上肌肉不能动了,像木头一样,只有眼珠偶尔一转,才知道她是有生命的。就在问人死了有没有灵魂的时候,鲁迅写了一句话,"她那没有精采的眼睛忽然发光了"。这是她残余的生命凝聚起来发出的"光",是最后的希望。希望什么?希望人死了以后没有灵魂。没有灵魂,家人不能见面,就不会打官司,阎王爷就不会把她一劈两半。她还在怀疑,这样一个有一点反抗性的人,最后还是被荒谬的观念吃掉了。

鲁迅的深邃就深邃在多层次:

第一个层次是封建礼教本身的野蛮和荒谬(夫权、族权和神权)。

第二个层次是周围的人和她自己也迷信野蛮。光是压迫者,少数人有这种观念,可恶,但没有多大杀伤力,当观念被周围大多数人奉为神明时,就具有了杀人的力量。鲁迅自己说过,妇女的节烈观,坚持这种观念,"中国便得救了""是多数国民的意思"[①]。正是因为这样,鲁迅用了相当多的笔墨写了鲁镇人对祥林嫂的歧视、讽刺和伤害。其实祥林嫂对他们没有什么要求,只是想让他们倾听一下而已,然而得到的却是嘲弄。对于这一点,鲁迅是很沉痛的。把别人的痛苦当作谈资,用来嘲弄,就是冷酷,就是没有同情心,就是不人道。

第三个层次,就是写这个凶手的"凶"。其特点是,其一,后果极其惨,但前因似乎

---

① 《鲁迅全集》(第1卷),人民文学出版社2005年版,第122—123页。

并不恶。不管是鲁四老爷,还是鲁四奶奶都没有直接的恶意,不管是柳妈还是鲁镇上冷漠的人,都没有要直接伤害她的意思,然而,后果却这样严重,严重到要了祥林嫂的命。连同是下层人物的茶房也觉得"还不是穷死的",穷了,死了,很正常,一点也不荒谬。这就是软刀子杀人不见血;或者用《狂人日记》中的话来说,就是"吃人",但没有罪恶的痕迹。第二,这些心安理得的人,脑袋里有吃人的观念,曾经参与吃人,然而,却没有任何歉疚感,心安理得,这就意味着没有改变的可能,所以鲁迅在小说的开头反复强调,鲁镇多年没有什么改变。特别强调了和没有什么改变的鲁四老爷的见面,先是寒暄,后是说胖了,最后是大骂其新党。而他的所谓"新党"却是康有为,而康有为早已经在辛亥革命前夕,就成保皇派,已经是旧党了。第三,生活在这种思想麻木到僵死化的环境中,在杀人不见血的悲剧中,整个鲁镇人,不但没有恐怖,相反,都沉浸在年关祝福的欢乐中,恐怖中有欢乐,才是不可逆转的恐怖。

五、与情节无关的"我",为什么占了那么多篇幅?

还有一条重要线索,几乎被所有研究鲁迅的人忽略了:为什么作品要让"我"来叙述?这个"我"和故事情节一点关系都没有,但所占的篇幅还相当大,全文 16 页,在开头和结尾,"我"的情绪描写,把将近五分之一的篇幅给了与情节毫不相干的人物。鲁迅不是说写完之后,至少要看两遍,尽量把可有可无的去掉吗?把"我"拿掉并不影响祥林嫂的命运呀!

但是作为小说,不能。这个"我"有深意。从哪儿讲起?从祥林嫂死了以后的反应讲起。

茶房认为祥林嫂"还不是穷死的",此人的看法和故事有什么关系?似乎没有。能够删节吗?不能。鲁迅意在说明,在茶房看来,穷了就要死是很自然的,没有什么悲惨的,也没有什么值得思考的。可是,鲁迅以全部文本显示的却不是这样,如果她是穷死的,那她的悲剧就是经济贫困的悲剧。但是,《祝福》所突出的祥林嫂的死因,是受了极其野蛮荒谬的神权观念的打击。这种打击不仅是外来的,同时还是她自己的。这不是经济贫困导致的悲剧,而是精神焦虑的恐怖造成的。可是,人们普遍却看不到这种恐怖,因而麻木不仁。

这个"我"特别选了什么时刻去写祥林嫂的死亡呢?旧历年关,一年中最为隆重的节日。为什么小说题目叫"祝福"呢?所有的人,过年都敬神,祈求来年的幸福。祥林嫂死了,在鲁迅看来,其特别悲惨之处就在于,表面上没有刽子手,实际上刽子手就在每一个人的脑袋里。因而,鲁迅花了很多篇幅,正面描写了鲁镇人把她的悲剧当作谈资,当作笑料,当作自己优越的显示,没有一个人意识到这是对祥林嫂的生命的摧残。从这个意义上来说,每一个人对于她的死都负有责任。可是整个鲁镇没有一个人感到痛苦,大家都沉浸在过年祝福的欢乐之中。鲁迅特别写道:女人忙碌地在水里洗东西,手都浸泡红了。还可以闻到放爆竹的火药香,但是听来这爆竹的声音是"钝响"。既然是火药的香,又是欢乐的氛围,如果"我"和大家一样欢乐,听节日的爆竹,应该是"脆响"啊!为什么是"钝响"呢?因为"我"的内心很沉重、郁闷,节日的爆竹声在"我"的感觉中,才是"闷"的,同样的道理,天上的云是"灰白色"的。《祝福》开头这一段,是很有匠心的,许多论者分析祥林嫂的命运时,对于"我"和开头和结尾的大段文章,占了近五分之一的篇幅视而不见。要知道,这里的艺术氛围是多么精深啊!一方面是非常欢乐的祝福氛围,一方面又是非常沉重的悲痛。如下面一段:

> 我乘她不再紧接的问,迈开步便走,匆匆的逃回四叔的家中,心里很觉得不安逸。自己想,我这答话(按:灵魂的有无?也许有也许没有,"我"说不清)怕于她有些危险。她大约因为在别人的祝福时候,感到自身的寂寞了,然而会不会含有别的什么意思的呢?——或者是有了什么豫感了?倘有别的意思,又因此发生别的事,则我的答话委实该负若干的责任……

所有人都不感到悲痛,只有这个和祥林嫂悲剧毫不相干的"我",内心怀着不可排解的负疚感。鲁迅的深邃就在这里,祥林嫂死亡,如果有一个具体的凶手,那就比较好办,比较容易解气了,像《白毛女》,有一个黄世仁,可以拿来把他毙掉;但人们脑子里的封建观念是无法枪毙的。思想观念、国民劣根性是不会轻易消亡的。鲁迅的艺术,就是要启示读者反思,对寡妇的成见,虽看不见、摸不着,但却可以吃人。这种观念,每个人都有,当然每个人又可能身受其害,然而看着他人受害的时候,却又怡然自得。因而鲁迅对于祥林嫂的诸多遭遇,不是正面描写,而是采取幕后虚写的办法,用主要篇幅来描写祥林嫂所遭遇的冷嘲,她那么痛苦却得不到一丝同情,相反却招来毫无例外的精神摧残。鲁迅写她反复讲述阿毛被狼吃掉的自我谴责。她的期待是很卑微的,哪怕是一点同情,只要有人愿意听一下她的悲痛,她的精神焦虑就会减轻了。她反复诉说,引来的却是上上下下普遍的冷漠,拿她的痛苦取乐。

写到这里,我不由想起俄国作家契诃夫的《苦恼》,五四时期胡适从英文翻译过来刊登在《新青年》上。写一个马车夫姚纳,老了,希望让儿子来接班。可是他儿子却突然死了。小说开始时,这个姚纳,在彼得堡夜晚的街上,任雪花落在肩头。他在等待客人。他内心最迫切的需求不是得到车资,而是客人听他诉说失去儿子的痛苦。来了一个客人,他就开始诉说,可是客人没有兴趣,不听。又来了一些客人,兴高采烈,他又开始诉说,客人不但不听,还打他的脖儿拐。而他并不感到太痛苦,只要有人听他诉说,哪怕打他,他的痛就减轻了。一旦这些人消失了,他反而感到痛苦就像大海一样,把他淹没。他只好回到大车店,看到一个人,从床上爬起来。他以为又可以找到一个倾听的对象了。可是那人喝了一点水,倒头便睡。他的痛苦实在无法解脱,只好到马圈里去,把自己的痛苦讲给小马听,小马安静地听着,还用舌头舔着他的手。契诃夫写作的艺术震撼力在于:第一,人与人之间的隔膜以至于此,连马都不如;第二,小人物的心灵需求很卑微,仅仅需要倾听,这对他人并无损失,于主人公,于事无补。但是,就是这一点点同情,人间也极其匮乏。鲁迅显然受到这种美学原则的启发,强调了祥林嫂在精神上已经孤立到没法活的程度。当然,鲁迅把原因归结为封建礼教,而契诃夫认为这不是社会文化的原因,而在于人性本身。人与人之间,竟有这样的隔膜,这样的自私,这样的冷漠,我甚至感到,有一点黑色幽默的性质。

鲁迅的艺术匠心就在于,人们对于这样的惨剧,不仅没有恐怖,相反整个鲁镇沉浸在欢乐的氛围之中,连众神都在享受牲醴和香烟以后醉醺醺的:这一点也是许多论者忽略了的,为了把问题说得比较清楚,我不得不作些引述:

> 我给那些因为在近旁而极响的爆竹声惊醒,看见豆一般大的黄色的灯火光,接着又听得毕毕剥剥的鞭炮,是四叔家正在"祝福"了;知道已是五更将近的时候。我在蒙眬中,又隐约听到远处的爆竹声联绵不断,似乎合成一天音响的浓云,夹着团团飞舞的雪花,拥抱了全市镇。我在这繁响的拥抱中,也懒散而且舒适,从白天以至初夜的疑虑,全给祝福的空气一扫而空了,只觉得天地众圣歆享了牲醴和香烟,都醉醺醺的在空中蹒跚,豫备给鲁镇的人们以无限的幸福。

作品中的"我",可以算是鲁迅,在某种意义上,又不完全是鲁迅。什么地方不是鲁迅呢?这里,"在这繁响的拥抱中,也懒散而且舒适","我"是真的懒散而舒适地不再苦恼自己,摆脱了沉重的、不可解脱的负疚感了吗?当然不是,这是反话,说明他已经愤激到很悲观的地步。更明显的则是,连神、天地众圣也在享受了福礼之后,一个个"醉醺醺的在空中蹒跚,豫备给鲁镇的人们以无限的幸福"。

鲁迅通过"我"的目光,看到祥林嫂的悲惨、绝望,暗无天日的境地:夫权不讲理,族权不讲理,神权不讲理,连同命运的寡妇也不讲理,连自己也不懂为自己讲理,所有的人,都感觉不到需要讲理,连最后一个想讲讲理的局外人,对这种不讲理的世道,也无能为力,也绝望了,也痛苦得难以忍受了,也觉得干脆不讲理,才是一条轻松之道了。

这当然也是反话。恰好说明,这个唯一的清醒者无可奈何的情绪。

鲁迅的深刻之处就在于,他批判的不是一个鲁四老爷,像鲁四老爷这种人,1949年以后"镇压反革命"或者"清理阶级队伍",都弄不到他头上。因为,鲁四老爷对祥林嫂,只是皱了皱眉头,这不算犯罪,最后,祥林嫂死了,他说,死在过年祝福期间,不是时候,可见是个"谬种",这是意识形态问题,谈不上人身侵犯。就是"无产阶级专政的铁拳头",也拿他无可奈何。他写的是一种可怖的观念,习以为常,没有人感到的悲剧才是最大的悲剧。

六、情节连锁性淡出和人物多元感知错位的强化

这里就引出了我要讲的最后一个问题,就是鲁迅给中国小说带来了什么新的突破?他的作品中,显示了一种什么样的美学原则?

我说,他带来一个突破,在这以前,我们的小说是以情节性为主的,直接写人物为主的,叫一环套一环,环环紧扣,都是人物本身的动作和对话的连续性。这种方法,鲁迅是不是继承了?是,如鲁迅提倡过的白描等。但鲁迅并不是照搬,而是加以改造,大大地丰富了。大量本来可以白描的情节、转折的关节在传统小说中是被重点描写的,而在鲁迅写得最好的小说中,常常被放到幕后去,或者省略了,或者变成了在场人物的交代。祥林嫂的主要遭遇都是间接叙述的。鲁迅写死亡的悲剧,最重要的成就不在写死亡本身,而在于死亡的原因和死亡在人们心目中引起的感受。所以,祥林嫂的故事中有好多情节,如逃出来的情节、被抢亲的情节、孩子、丈夫死的情节、"捐门槛"的情节等,都被鲁迅放到幕后去了,只让人物间接叙述,带着补叙的性质。鲁迅正面写的是这些情节的后果,尤其是在人们心目中引起的思绪和感知的错位,这是关键。在鲁迅的小说艺术原则里,事情不重要,情节链可以打碎,可以省略,可以留下空白,可以一笔带过,重要的是周围的人们怎样感觉,或者用叙事学的、结构主义的话来说,关键在于人物怎么"看",用我的话来说,主要是人物的感知如何"错位"。又如,夏瑜在狱中的表现,孔乙己的挨打,子君之归去,七斤之辫子被剪,等等。这些情节,都是有关人物命运的,却以他人口中带出而不是正面描写,被虚写了,略写了。着重写的是什么呢?是事情发生以后,人们纷繁复杂的感受。这些,对于事件来说,本来是所谓"余绪""花边",但在鲁迅小说艺术中,人们多元的错位反应成了重点用墨之所在。

总之,鲁迅的短篇小说,情节变得不重要,情节可以不做完整的交代,情节的连续

性也可以被处理成断断续续；最重要的是，哪些环节能够引起人物之间相互错位的感知，这正是鲁迅为中国现代小说带来的新的艺术天地。

说起《狂人日记》，我的评价是，它基本上是小说。首先，它具有鲁迅小说最根本的艺术特征。它写的不是狂人的系统遭遇，而是他的系统感受，他的感受与具体遭遇是有距离的，是"错位"的。在人物感受和遭遇的"错位"中，营造人物的内心结构，这正是鲁迅所带来的新的美学原则。错位包含着多个层次。第一，感受与事实是"错位"的，对改嫁的寡妇的看法：死了在阎王面前要一劈为二，因而要捐门槛赎罪，这个观念和事实之间的错位的幅度是很大的。第二，更重要的是，各人的感受之间又是错位的。祥林嫂是怎么死的？1."还不是穷死的"，这是茶房的感受；2.死得不是时候，可见是个"谬种"，这是鲁四老爷的感受；3.而一般人又忙着欢乐地祝福；4.一个外来的人士，却背负着沉重的负疚感苦苦挣扎。又如，《风波》中，对七斤辫子的有无，展开了多元的感知错位：1.七斤的感觉：丧气，自卑；2.七斤嫂的感觉：由于丈夫没了辫子而自卑，反复用恶毒的语言辱骂丈夫，绝望，迁怒于女儿；3.九斤老太的感觉：得出哲学性的退化论：一代不如一代；4.赵七爷的感觉：幸灾乐祸、自豪，穿上长衫的象征性；5.村民：畅快，后来又恢复对七斤的尊敬。这一切纷扰均由皇帝复辟引起，但皇帝是不是真复辟并不重要，得知皇帝没有复辟，一切照旧。鲁迅所要表现的，不是皇帝复辟，而是人们因为皇帝复辟引起的感知多元错位的喜剧。又如，革命烈士夏瑜的死，其鲜血被当成治肺病的药方，而他还在牢中鼓动。在华老栓的茶馆里，分化为驼背五少爷、花白胡子等人的自以为清醒的感觉，其中包括"疯了""疯了"的感觉。再如，《白光》，故事本身并不特殊，鲁迅写它就是为了用主人公陈士成落榜的感觉、幻觉和疯痴的行为，来揭示人物的心灵奥秘，感觉从片断性、层次性到意识连贯、推断；从幻视到幻听，最后沉湖。这里的幻觉，可以说淋漓尽致，但可惜的是，只有一个人的幻觉，没有人物之间的错位，因而显得比较单薄。小说的多元感知错位，有利于从多方面冲击读者原来稳定的、自动化的感知结构，让读者感到"惊异"。海德格尔说："哲学本质上就是令人惊异的东西，而且哲学越成为哲学，它就越是令人惊异。"同时，这种惊异，又不仅仅是理念的，而是感性的。在海德格尔的惊异中，还有诗的审美。

在《狂人日记》中的"吃人"以及主人公的那种害怕、他的呐喊救救孩子等，都是他的感受，都是幻觉、错觉。譬如，他写怕，怕什么呢？第一，怕所有的人会吃他；第二，对生命中不相干的细节的恐怖性的曲解，如对赵贵翁的眼色，妇女骂孩子也怕，小孩子也怕；第三，对关切他的大哥也怕，对给他治病的医生也怕。他生活在自己的怕里，每种怕都和生活拉开了错位的距离，每种怕都互相贯通为一个整体。狂人的被吃之怕，读者显然明白,不在真的被吃,"吃人"是幻觉、扭曲的错觉。所以说,鲁迅所带来的就是,情节、事件、人物实际遭遇的隐淡,人物感受的多元错位。一种小说形式美学在他的作品中逐渐形成,不仅仅是写人,而且是写不同人的错位感知,情节的感染力,不在一环套一环的悬念,而是推动感知发生错位的机制。

鲁迅作为现代艺术家,他所理解的人和古典小说家是不太相同的。人不仅会行动、会思想、会说话,人之成为人,还有一个特别的方面,就是同样的事情,不同的人会有不太相同的感知,不同的感知发生错位的现象。人跟人的感觉,好像是相通的,也确有相通的一面;但是,从根本上又是很难相通的。就是讲话,具体语句(能指)好像是听懂了,但是,其实际的意思(所指)往往是另外一回事,是误解的。哪怕关系再好,我要救你,你是感激的,结果却是害了你,譬如柳妈那样的人——一心一意想救祥林嫂,结果却把她推向精神的火坑。鲁四奶奶很含蓄地不让祥林嫂端福礼,她并没有想到,祥林嫂会因此活不成,直到祥林嫂死了,她都没有感觉到。

在鲁迅的作品中,还有一点是十分独特的,那就是他的主人公,表面上是为自己活着,实际上,是为别人对他的看法而活着,不是像祥林嫂这样为之而焦虑、痛苦、精神崩溃,就是像阿Q那样,为了虚幻的优越感而走向灭亡,或者像孔乙己那样,理屈词穷地抵抗嘲弄,维护读书人最后的、可怜的、虚幻的自尊。人实际上是活在与他人对他的感知的错位的、虚幻的世界里。这可能是鲁迅小说重要的美学原则,也是他对中国现代文学的最大的艺术贡献之一。

从鲁迅的小说中归纳,什么样的人物能使读者感动?这样的问题,不能以单独一个人物来回答,应该从人物相互之间的感知的多元错位去回答。

就《狂人日记》而言,一方面,它有感知错位,所以它基本上是小说。为什么说它基本上是小说呢?因为《狂人日记》里面有很多不属于小说的东西。那是什么?最明显的一点,就是最著名的那一段话,"我翻开历史一查,这历史没有年代,歪歪斜斜的每叶上都写着'仁义道德'几个字。我横竖睡不着,仔细看了半夜,才从字缝里看出字来,满本都写着两个字是'吃人'!"这不是小说,这是抽象概念的错位,不是人物的感知错位,这是鲁迅的思想,这是社会文化批评,把思想直接讲出来,讲得清清楚楚,很深刻,这是杂文。为什么不属于小说呢?因为这种思想在小说里找不到充分的根据。狂人讲的"吃人",都是错觉——远方村子里有吃人的传说,古典文献中有吃人的记录以及医生要他好好养病,还有他妹妹死了,说是大哥把她杀了吃的,还有他周围的人要吃他,一个女人对她的儿子大喊一声"老子呀!我要咬你几口才出气!"使他感到马上就要被吃掉的恐怖。所有这一切都是错觉。这一系列的错觉跟鲁迅的结论:中国几千年的历史所写的都是"吃人",而且还说自己"有了四千年吃人履历",这在逻辑上并不合理。仅凭狂人的感受,不可能得出这样普遍性的结论,这是作者把自己的观念匆匆忙忙地讲出来,多多少少有些概念化。写祥林嫂就不是这样,写得很艺术。祥林嫂是被封建礼教观念害死的,但这是艺术形象显示的,作者没有一个字写到礼教杀人,或者"吃人",没有说就是封建礼教把祥林嫂吃了,却让人感到,祥林嫂在包围着她的罗网里,走投无路,不得不死。你叫它杀人也好,"吃人"也好,反正是极其恐怖,毛骨悚然,然而人们却觉得平安无事。这叫艺术。

当然,鲁迅讲抽象的观念,如中国历史满篇仁义道德,实际上是"吃人"。这也是很精彩的。这种精彩不是小说的精彩,是杂文的精彩。这在《狂人日记》里,比比皆是。如果诸位同意的话,我能不能这样说:在鲁迅的心灵深处,有两种才华,都是非常强大的。一种是小说家的才华,以他独特的感知错位为特点;一种是杂文家的才华,以思想的深刻和犀利为特点。两者之间有统一的一面,水乳交融;也有矛盾的一面,互相干扰。例如在《狂人日记》中,统一的时候,有些片断写狂人的幻觉,特别是写到医生说,"不要乱想。静静的养几天,就好了",他就想"养肥了,他们是自然可以多吃",这是一种幻觉,这是小说,因为这是人物之间的错位感受。但是说到中国的历史,翻开来全部是仁义道德,实际上都是"吃人",这是杂文。因为这里的"吃人",与小说中的"吃人",在感性系统上,在理念上,不是错位了,而是脱节了。

两种强大的才能,有时是统一的,有时是不统一的。太不统一的时候,就不够艺术了。《狂人日记》里面杂文的力量更为强大,以致许多论者甚至是学者,只记得中国历史全部都是"吃人"的这个杂文式的辉煌结论。而作为小说,《狂人日记》是试验性的、探索性的、未完成的,是留下了遗憾的。什么根据?鲁迅自己讲的。

《狂人日记》写出来以后,人们异口同声地认为好极了,五四运动的领导者之一、北京大学的学生会主席傅斯年,写信给鲁迅赞扬《狂人日记》说:"文化的进步都由于有若干狂人……一个人去辟不经人迹的路。最初大家笑他,厌他,恨他,一会儿便要惊怪他,佩服他,终结还是要爱他,像神明一般的待他。"[①]鲁迅却告诉傅斯年说:

《狂人日记》很幼稚,而且太逼促,照艺术上说,是不应该的。

按我的理解,不成熟,就在于杂文的、抽象的、直接的正面结论。作为杂文家,五四

---

① 《对于〈新潮〉一部分的意见》,载《新潮》第 1 卷第 4 号(1919 年 4 月)。

时期,已经成熟了,可作为小说家,虽然已经写出《阿Q正传》这样的经典之作,鲁迅自己却觉得没有成熟。

附:

鲁迅笔下的八种死亡[①]

鲁迅作为艺术家伟大在哪里?

我为什么会想到这个问题呢?因为有一件事情的刺激。大概是十年前,我跟随一个代表团到澳门参加学术会议。会上国民党的一个学者,对来自北京的鲁迅专家发难,他说:你们对鲁迅为什么评价那么高?伟大的革命家、伟大的思想家、伟大的文学家,这样讲,我们没有办法对话。我说明一下,早在1942年前后,国民党有个理论家叫郑学稼,写过一本《鲁迅正传》,一开头就否定鲁迅是革命家。理由是什么呢?鲁迅在辛亥革命前夕,当时在日本,参加过"敢死队"。所谓"敢死队"就是从日本回来搞暗杀。快要出发了,鲁迅不干了。为什么?他说:"我死了,我妈怎么办哪?"这不是造谣。鲁迅的朋友许寿裳在《亡友鲁迅印象记》里就写了这件事。关于这一点,我们和这位台湾学者无法争论。为什么呀?因为关于"革命家",双方的理解不一样,不能拿参加不参加"敢死队"作为标准。绝大多数革命家,如马克思、列宁、孙中山都没有参加过敢死队。蒋介石倒是参加过敢死队的,汪精卫是干过暗杀的勾当的,列宁的哥哥亚历山大也暗杀过沙皇。

革命家多种多样,有实践型的,有纯粹思想型的,也有冒险型的,其中绝大多数是不干暗杀这种事情的。由于对革命家内涵和外延,理解相去甚远,我们没有办法讨论问题。我在讲"幽默和雄辩"时说过,要达到雄辩,就要用对方话语、逻辑来证明我的立场,也就是 justify my position in your terms。这位台湾地区学者说,我不跟你讨论革命家的问题,我就问你一个问题,鲁迅作为艺术家,他究竟有什么贡献?

当时,我们一齐把目光射向来自北京的、专门研究鲁迅的学者——他是我的学弟,希望他快刀斩乱麻,几句话把它打发掉。但是,三分钟过去了,他还没有反应。我作为大陆来的学者,感到很郁闷:怎么还不讲话?这样小儿科的问题有什么难度啊?五分钟过去了,还没有发言,我的脸色可能也不对了。过了六分钟,我忍不住了。为什么忍不住了?这太不像话了。可为什么等了六分钟呢?我不是研究鲁迅的,虽然我喜欢鲁迅

[①] 据在东南大学的讲座录音记录整理。

小说。但是,再熬下去,等到十分钟,还是哑场,就太丢人了。我就硬着头皮开口了,是不是允许我来替这位先生回答一下?大家很高兴,鼓掌。

我说,鲁迅究竟伟大在什么地方?我的老师严家炎先生说:"他首先伟大在是一个艺术家,首先是一个小说家,一个杂文家,一个散文诗作家,然后他才是思想家、革命家。"如果他艺术上不伟大,那在思想上是伟大不起来的。而现在我们学者,主要是大陆的学者有一个倾向,就是对这个问题没有感觉。滔滔不绝的演讲,大块的文章,可就是没有回答:在艺术上,他伟大在什么地方?台湾地区的学者如果不同意也可以证明一下,他在艺术上并不怎么样。

我以为,作为艺术家,鲁迅伟大在对中国小说艺术发展有历史性的贡献。这个问题,当时,我不能在现场作全面评论,后来我想到了,鲁迅对中国小说艺术的贡献在于,淡化情节的正面叙写,以不同人物对同样事情的"错位"反应代替传统的环环紧扣的连续性情节模式。但是当时,我只能即兴从这个角度提供一个线索。我说鲁迅在写人的死亡方面,是前无古人、后无来者的。此话怎讲?在鲁迅的笔下,起码写了八种死亡,每一种死亡都不一样。西方文艺理论史上有一种说法,什么主题都是过眼烟云,只有两个主题是永恒的:爱和死亡。我说,鲁迅小说不大写爱情,几乎没有正面写爱情的,爱都是失败的,这在爱情题材风起云涌的五四时期是很诡异的,他的精彩在于写丰富多彩的死亡,算来至少有八种。

第一种死亡,是最有名的小人物阿Q非常悲惨的死亡。鲁迅居然不写他的悲惨,不渲染场面的沉痛,而写他的可笑。鲁迅伟大的艺术魄力就在于,用喜剧性的写法写悲剧性的死亡。当阿Q走向刑场的时候,他最在意的居然不是自己死到临头,而是关注人群里有没有吴妈。就是他曾经跪下来对她说"我要跟你困觉"的那个人,那女人不识抬举,大喊大叫,弄得阿Q挨了棒子,连阿Q最后的家当,一件破棉袄都被没收走了。这样一个给他带来灾难的女人,临死时他还要关注。明明是冤死,还像英雄赴义一样"再过二十年……"这是荒谬的、可笑的。以喜剧性的风格写悲剧性的死亡,这是中国古典小说上没有的。在西方小说史上,据我所知,荒谬到这种程度是极罕见的。

第二种,他不但善于写喜剧性的死亡,而且善于写悲剧性的死亡。主要是《祝福》里面祥林嫂的死亡,死得也很悲惨,但是,鲁镇上压根儿就没有一个人感到悲哀,相反倒是大家欢天喜地祈求来年的幸福。只有一个与这个悲剧毫不相干的人,感到不可推卸的责任,感到沉重,连爆竹听起来都不是清脆的,而是一种"钝响"。与众人的欢乐对比,完全是一个人的孤独的悲哀,沉郁的笔调,不惜笔墨,大加渲染,超过我们中国古典小说史上许多死亡的写法的艺术的高度,甚至跟林黛玉死亡时,让七八个人轮流叠加悲郁氛围的艺术都不一样。

第三种死亡,是孔乙己的死亡。它的特点是什么呢?他将全部生命都投注于科举考试之中。很可惜他不会考试,考了起码几十年,居然连个秀才都没有考上。秀才,按今天的学制去类比,也就是小学,居然,考到死也没有毕业,成了一个废料。这个封建科举制度的牺牲品,只能给别人抄抄写写。又喜欢偷书,偷笔墨纸张。就是这样一个人,这样一个悲惨的人,当他出现的时候,却给周围带来了欢乐。鲁迅强调的是,就是这样一个失败的人,沦落的人,也还是人,因而也还有最后的自尊,最后的精神底线,不承认自己是小偷。而酒店里的人,虽然并没有敌意,但却以摧毁孔乙己的精神底线为乐。鲁迅表现的是,酒店内外的笑声是非常残酷、非常恶毒的,没有一个人把弱者最后的自尊放在心上。这样一个人死了,没有任何人有悲哀,也没有人有快乐。这就是既无悲剧性,也无喜剧性的死亡。作为一个伟大的人道主义者,鲁迅认为这种无悲无喜的死亡应该是让人无限沉痛的,遗憾的是,柜台内外却只有笑声。

第四种死亡,是英雄的死亡。在鲁迅的《呐喊》《彷徨》中,基本上没有正面写过英雄,只有浑浑噩噩的小人物,只有一个英雄,就是《药》里面的夏瑜。这个英雄的死亡虽然是壮烈的,但却是通过小人物的麻木心态反衬出来的。几乎是众口一词地认定英雄的死亡是愚蠢的、疯狂的、活该的、大快人心的。到监狱里还要宣传革命。挨到拳脚,是最理所当然的。"大清的天下"岂是他能够动摇得了的?特别是,他的鲜血,英雄的鲜血,本该是唤醒民众的,却被民众染红馒头,当成治疗肺病的良药,当成笑料,其内在意蕴异常冷峻:牺牲是白费的。这样的死亡是壮烈的悲剧,但又是在荒谬的喜剧性的背景上的。

第五种死亡,是"孤独者"魏连殳的死亡,是冷酷的死亡,这个人临死时嘴巴上还挂着冷笑。这个人本是非常孤傲的,他跟周围公然对立,瞧不起周围的一切人,对世态炎凉、政治上的飞黄腾达、世俗的财富等,都一律采取蔑视的态度。就是这样一个人,最后环境逼得他背叛了自己的信念,去做一个军阀的副官。他有了地位,有了金钱权势,他是用来复仇的。周围的那些俗人、势利者马上就来奉承他了,而他冷眼相对。对这样一个以反抗恶势力开始,以同流合污为代价,来取得复仇本钱的人,最后鲁迅还是把他送上了死路。他死的时候,那些势利的小人表现出悲哀、表示对他的尊敬,可是他脸上挂着冷笑。这个冷笑,鲁迅说既是冷笑这个世界,也是冷笑他自己。鲁迅在讲到《药》的结尾时,曾经提到过安德烈耶夫的阴冷。他说,写夏瑜的坟上有一个花圈,以免像安德烈耶夫那样阴冷。可是,魏连殳的死亡,却有安德烈耶夫式的阴冷,冷到有人哭,但没有人悲,连他自己也不悲,只有冷笑。第五种死亡可以说是冷笑着的死亡。

第六种死亡,是《伤逝》里子君的死亡。男主人公叫涓生。女主人公子君是一个新时代的觉醒者,她反抗封建包办婚姻,声言"我就是我的",毫不忌讳周围的舆论压力,毅然决然地跟自己爱的人同居。她是一个很自信的新女性,面对周围的冷眼、中伤、威胁、压迫,她都无所畏惧,昂首云天之外。但是有一点,她含糊不了,丈夫失业了,局子里把涓生开除了,没有钱吃饭了。涓生寄希望于翻译赚一点稿费,好不容易登出来,只得到了几张书券。这个曾宣称"我就是我的"的女性,对现实不妥协的、非常勇敢的女性,不得不妥协了,回到她所反抗的封建家庭里去,最后死了。这个人物的死亡是很悲惨的。可是鲁迅不是直接写这个人的悲惨,而是写她的爱人涓生的忏悔——忏悔自己不够坚强,忏悔自己跟子君"主张:新的路的开辟,新的生活的再造,为的是免得一同灭亡"。由于这样一个想法,导致了她的覆灭。因而涓生用忏悔自己的软弱,来悼念子君。这种忏悔中交织着多重矛盾,首先是自我批判和对现实的无奈,其次是在透露出对子君的赞美、同情和惋惜,同时也渗透着对其脆弱和沉溺于小家庭的庸俗的批判,悲剧性死亡蕴含着多元的意蕴,又用第一人称独白的抒情话语来表现,其间的悲郁、沉痛和智性的深思构成了多声部交响。鲁迅对主人公是很少抒情的,对阿Q是绝对不抒情的,对孔乙己也是不抒情的,唯一抒情的就两个人:一个是祥林嫂,另一个就是子君。

第七种死亡在哪里?在《故事新编》的《铸剑》里。《故事新编》是根据历史和传说的故事改编的,鲁迅感觉在《故事新编》中,自己最喜欢的就是《铸剑》。这是根据神话传说写的。主人公叫眉间尺,他的父亲是一个铸剑的专家,铸剑技术非常了得。楚王就命令他铸剑,他铸了两把剑。但他知道,铸完剑送给楚王之后,楚王肯定会把他杀了。这是尖端武器,如果再给别人铸,不是太危险了吗?"他必然会把我给杀掉。"他就做了两把剑,一把剑给了楚王,一把剑留在自己家里。对他老婆说,他死了之后,儿子长大了,让他为父复仇,就用这把剑。他的儿子叫眉间尺,长大了以后,他母亲就告诉他这个故事。然后,他就拿着这把剑去复仇了,遇到一个义士黑衣人,愿意替他复仇,他就把头交给他,黑衣人就引诱暴君来看大鼎沸水里的人头,顺手把暴君和自己的头都砍到沸水里去。三个头都煮烂了,大臣们无法分辨哪是暴君的,哪是义士的,只好把三者合葬在一起。而《铸剑》中,慷慨赴义的英雄偏偏和暴君不可分辨,变成了荒诞(解构)。这个死亡的艺术价值,是英雄主义和荒谬主义的融合。

第八种死亡:在《白光》里写一个人,类似于孔乙己去考试,考不中,突然做梦想到自己父亲的遗言,在家里什么地方,有大堆银子埋着。他就做梦想着那个地方了。全篇就是写这个人梦幻,在幻觉中挖来挖去,最后掉到河里就死掉了。这个死亡很特别,也许鲁迅是试试用幻觉来表现人物的深层内心,但是,只有一个人,没有不同人的错位,因而显得单调、贫弱,不能代表鲁迅的艺术成就。总的来说,八种死亡,各不相同,至少有七种是写得很精彩的。

作家写人物的命运,从爱情到死亡,很容易被自己的优长所束缚,免不了自我模仿。越是杰出的成就,越是可能成为套路,好像有一双无形的手在逼迫其自我重复。就是最伟大的作家,如托尔斯泰写死亡,也可以苛刻地说,有未能免俗的痕迹。在幻觉中写死亡的临近,是托尔斯泰的拿手好戏。在《战争与和平》中,安德烈公爵患坏疽病生命垂危,他的心理错觉是:一切消失了,剩下的是关起那道门,他要去关门,但他的腿不肯动。他非常恐惧,觉得自己在向门边爬,但有一种力量在推门,在向里边挤,这是死。他顶住,门敞开了,他死了,他记得自己是睡了,他挣扎着又醒了。感觉思维活动虽然失去了控制,但是却达到了平时所不能达到的深度,混乱的幻觉带着托尔斯泰的理性光辉,这一点和安娜之死的描写是异曲同工的:"她想站起来,把身子仰到后面去,但是,什么巨大的、无情的东西撞在她的头上,从她的背上碾过了。'上帝,饶恕我的一切!'感觉无法挣扎,……那枝蜡烛,她曾借着它的烛光浏览过充满了苦难、虚伪、悲哀和罪恶的书籍,比以往更加明亮地闪烁起来,为她照亮了以前笼罩在黑暗中的一切,摇曳起来,开始昏暗下去,永远熄灭了。"

但是,像曹雪芹在《红楼梦》中那样,鲁迅写了七八个人之死,每一个人的死亡都不一样,从这个意义上说,鲁迅在这方面,可以说是无愧于中国伟大的小说艺术的传统的当之无愧的继承者。

《孔乙己》：鲁迅为什么最偏爱《孔乙己》？①

任何伟大作家的艺术成就都不是一蹴而就的，都有一个过程。鲁迅认为自己的小说艺术到什么时候才成熟的呢？到《孔乙己》时才成熟。鲁迅的学生孙伏园在《鲁迅先生二三事》中有这样一段话：

> 我曾问过鲁迅先生，其（按：指《呐喊》）中，哪一篇最好。他说他最喜欢《孔乙己》，所以译了外国文。我问他的好处，他说能于寥寥数页之中，将社会对于苦人的冷淡，不慌不忙地描写出来，讽刺又不很显露，有大家风度。②

鲁迅为什么最喜欢《孔乙己》呢？因为孔乙己是活在、死在多元的、错位的感受世界之中的。

《孔乙己》所写几乎涉及了孔乙己的一生，但是，全文只有两千八百字不到。这么短的小说，怎么能写得这么震撼人心？

一、为什么让与情节无关的小店员来叙述？

鲁迅在孔乙己的故事之外，安排了一个看来是多余的人物，就是那个小店员。他本来与孔乙己的命运八竿子打不着，不管是孔乙己考试失败还是偷书挨打都和他没有关系，他只是在孔乙己喝酒的时候能够看到孔乙己而已。和孔乙己命运有关的人物很多，如那个打他致残的丁举人老爷，还有请他抄书的人家，一定和孔乙己有更多的接触，有更多的冲突，相比起来，这个小店员就所知甚少。然而，鲁迅却偏偏选中了这个

---

① 根据在东南大学讲座的录音记录整理。
② 孙伏园《关于鲁迅先生》，《晨报·副刊》1924 年 1 月 12 日。

小店员作为叙述者。这是为什么呢？

第一，鲁迅的立意是让孔乙己的命运只在小店员有限的视角里展开。孔乙己的落第、偷书，甚至挨打致残的过程，鲁迅都让它发生在幕后。鲁迅省略的气魄很大，那些决定孔乙己命运的事件，使得孔乙己成为孔乙己的情节，他一个也没有写。这样就可以省略许多场景的直接、正面的描写。

第二，对事件作在场的观看，只能以对受虐者的痛苦和屈辱的感同身受为主。这样的情感缺乏特点，而且很难产生错位，弄不好可能变成浅薄的滥情。而事后的追叙，作为局外人，与直接受虐的凶残拉开了距离，则可能作有趣的谈资。受辱者与叙述者（非当事人）的情感就不是对立而是错位了，其间的情致就丰富复杂得多了。

小店员视角的功能就在于，自由的省略和营造复杂的错位的情致。

遵循小店员的视角，小说只选取了咸亨酒店里的三个场面，而孔乙己本人只出场了两次。从某种意义上来说，这两个场面和孔乙己的命运关系并不大。第一个场面，是他偷书以后，已经被打过了，来买酒，被嘲笑了；第二个场面，他被打残了，又来买酒，又被嘲笑了。如果要揭示孔乙己潦倒的根源，批判科举制度把人弄成废物，这两个场面不可能是重点。如果要表达对于孔乙己的同情，完全可以从正面写他遭受毒打的场面，像《范进中举》那样，正面描写发生在主人公身上的事件、在场人物的反应，等等。但是，鲁迅明显是回避了"在场"的写法。这是不是舍本逐末呢？

关键不在于是否舍本逐末，而在于鲁迅衡量"本"和"末"的准则。

三个正面描写的场面，写作的焦点，是人们如何看待这个人。对于这个完全是局外人的小店员，鲁迅很舍得花笔墨，一开头就花了两大段。动人之处在于，小店员的眼睛带着不以为意的观感，和孔乙己拉开情绪的错位的幅度。小说的全部线索就是这个小店员与孔乙己错位的观感。在他观感以内的，就大加描述，在他观感以外的，通通省略。从这个意义上来说，小说写的并不仅仅是孔乙己。其实，这正是鲁迅的匠心，也就是创作的原则，或者可以说是鲁迅小说的美学原则，重要的不是人物遭遇，而是这种人物在他人的、多元的眼光中的错位的观感。鲁迅之所以弃医从文，就是因为他看到日俄战争时期，中国人为俄国人当间谍，在被执行枪决之前示众，中国同胞却麻木地当看客。在鲁迅看来，为他国做间谍送死固然是悲剧，但是，对同胞之死冷眼旁观，更是悲剧。同样，孔乙己的命运固然是悲剧，但更大的悲剧是人们对这个弱者、失败者、沦落者，没有同情，而是以他的狼狈为自娱的笑料。

人物的感知错位，是相对于人物的动作和对话而言的。我国古典小说以行动和对话见长。曹操、武松、宋江、潘金莲等都是从自身的对话和动作中，显示其艺术生命的。

当然，也有周围人物的感知，如武松打完老虎以后，从化装成老虎的猎户眼中看武松，但是，那是同质的，几个猎户之间并没有各有所感的错位，而且其功能是进入新情节的过渡。又如，三顾茅庐。刘备见了一系列的人，许多人眼中的诸葛亮是一元的，都把诸葛亮当作隐居的高士。就是《红楼梦》中林黛玉初次进入荣国府，见王熙凤、贾宝玉，主观感知很独特，但并未与其他人物不同的感知交错，只是某种静态的场面。特别不该忽略的是，这些一元的、主观的感知，并不是小说的主要成分，而是情节的补充成分。而鲁迅的小说，情节却是被压缩到幕后去，成了次要成分，而人物的感知，不仅是多元的，而且是互动的，形成了某种错综的网络式的动态结构。

为了便于感知错位，他常常通过一个与情节不相干的人物，以第一人称的感知来描述人物和场景。当然，我国古代文言小说已经有第一人称的传统，其功能是以证其实。如《狂人日记》开头的文言小记，好像是真有过这样的事情似的，言之凿凿，此人病愈，已经到某地当官。而《孔乙己》中的第一人物，身处局外，其感知与情节中人物的感知，自然而然地拉开了距离，或者用我在《论变异》①中所提出的，是某种"变异"了的感知，与事件本身错开。一切人物都是其他人物感觉中的人物，就是平常的，也因为感觉的特异，变成独特的、陌生的，用俄国形式主义的话来说，就是陌生化。② 熔多元感知错位于一炉，才造成了海德格尔所说的"惊异"。应该补充的是，小说作为一种文体，并不是一般变异了的感知，而是变异感知的错位结构。所谓错位感知，就是既非简单同一，又非绝对对立；拉开距离，远离真相，然而又部分重合。所感大抵是似是而非，似近而远，似离而合，欲盖弥彰，无理而妙。

二、"笑"的多重意味的错位

叶圣陶说，《孔乙己》小说突出了人生的"寂寞"、冷漠、麻木，③但是，作为一个小店员，他的漠然麻木之所以动人，是因为处于不同的错位感受之中。这个错位的出发点就是"无聊""单调"，所看到的都是"凶脸孔""教人活泼不得""只有孔乙己到店，才可以笑几声"。这里的笑声，不是一般的描述，而是整篇小说情绪的逻辑起点和情绪错位结构的支点。孔乙己按说命运是很悲惨的；然而，恰恰是这样一个人，又给小店带来欢

---

① 孙绍振《论变异》，花城出版社1987年版。
② 俄国形式主义者的"陌生化"其实是一种片面的理论，陌生化与熟悉是对立的统一。详见孙绍振《俄国形式主义"陌生化"批判》，《文艺争鸣》2014年第2期。
③ 夏丏尊、叶圣陶《文心》，三联书店1999年版，第274—275页。

乐,为这个小店员打破沉闷无聊之感。世界与人物遭遇之间、人物与人物之间的错位,就聚焦在悲惨与欢乐之间。惜墨如金的鲁迅,在渲染孔乙己带来的欢乐氛围时,很舍得花笔墨:"所有喝酒的人便都看着他笑",甚至"哄笑起来:店内外充满了快活的空气"。小说错位结构的焦点,显然就在这种"笑"上。对弱者的连续性的无情嘲弄和不放松的调侃,使得弱者很狼狈,越是狼狈越是笑得欢乐,而弱者却笑不出来。错位的幅度越是大,越是可笑,也就越是残酷。残酷在对人的自尊的摧残。孔乙己虽然潦倒、落魄,却仍然在维护着残存的自尊。更为深刻的是,发出残酷笑声的人和孔乙己并不是尖锐的二元对立,并没有太明显的恶意,其中还有知其理屈予以原谅的意味。这就是情感错位的特点。这种错位,不仅表现在情绪上,而且表现在价值上。鲁迅要揭示的不是孔乙己偷书的恶,而是周围人对他冷漠的丑。特别是,传说孔乙己可能是死了的时候,说话的和听话的都没有震惊。"掌柜也不再问,仍然慢慢的算他的账。"对于一个给酒店带来过欢笑的人的厄运,居然一点反应也没有。这里,错位的潜在量很大。那些没有偷窃的人,比这个有过偷窃行为的人可恶多了。孔乙己最后一次出场,已被打折了腿,不能走路,只能盘着两腿,臀下垫着一个蒲包,用手撑着地面"走"。躯体残废到这种程度,在与平常这么不同的情况下,掌柜的"仍然同平常一样,笑着对他说":

孔乙己,你又偷了东西了!

对别人很悲惨的遭遇,本该有惊讶,有同情,至少是礼貌性的沉默,可掌柜的不仅当面揭短,而且还"笑着"。错位到如此大的幅度,说明精神上的残酷伤害已经够可怕的了;更可怕的是,他并没有感到严酷的麻木,对其中包含的伤害性毫无感觉,相反,是感觉到并无恶意,很亲切地开玩笑似的。错位的美学功能,特别有利于揭示微妙的精神反差。所有的人似乎都没有敌意,都没有恶意,甚至在说话中还多多少少包含着某种玩笑的、友好的性质,但是,却是对孔乙己残余自尊的最后摧残。从一开始,他的全部努力就是讳言"偷",就是为了维护最后的自尊,哪怕是无效的抵抗也要挣扎一番。这是他最后的精神底线。但是,这些无恶意的人们,却偏偏反复打击他最后残余的自尊。这是很恶毒的,又是没有明确的主观恶意的。这种含着笑意的恶毒,这种貌似友好的笑,包含着无情和冷酷。这个场景的感染力来自其中的多重错位:第一,是孔乙己的否认偷与被打断腿的错位,不过是幅度更大了,连"跌断"这样的掩饰性的口语,都没有信心说下去;第二,酒店里的人,却都"笑了"。这种"笑"的错位很不简单,一方面当然有不予追究的宽容,另一方面,又有心照不宣地识破孔乙己的理屈词穷,获得胜利的意思。明明是鲁迅式的深邃的洞察,但是在文字上,鲁迅却没有任何形容和渲染,只是很平淡地叙述,"仍然同平常一样,笑着对他说",连一点描写都没有,更不要说抒情了。但是,唯其平静、平常、平淡,才显得如此的残酷无情,由于司空见惯而没有感觉,没有痛苦。寓虐杀性的残酷于嬉笑之间。

> 不一会,他喝完酒,便又在旁人的说笑声中,坐着用这手慢慢走去了。

孔乙己如此痛苦,如此狼狈地用手撑着地面离去,酒店里众人居然一个个都沉浸在自己欢乐的"说笑声"中。人性麻木以至于此,错位的感觉何等惨烈。更有甚者,孔乙己在粉板上留下了欠十九个铜钱的记录,年关没有再来,第二年端午也没有来。人们记得的只是"孔乙己还欠十九个钱呢!"过了中秋,又到年关,仍然没有再来。小说的最后一句是:

> 我到现在终于没有见——大约孔乙己的确死了。

一个人死了,留在人们心里的,就只是十九个铜钱的欠账;这笔账,是写在水粉板上的,是一抹就消失的。生命既不宝贵,死亡也不悲哀,这是怎样的世道人心啊!在世的时候,人们拿他作为笑料;去世了,人们居然既没有同情,也没有悲哀,甚至连一点感觉也没有。这里不但有鲁迅对于人生的严峻讽喻,而且有鲁迅在艺术上的创造性探索。

从鲁迅的追求看来,小说美学就是人物的多元感知变幻学。鲁迅的伟大就在于,发现了人物的生命不仅仅在行为和语言、思想的冲突之中,而且在人与人感受的部分重合、部分偏离的结构之中。各人的感知是各不相同、各不相通的,但又不仅仅是直线对立的,而是多元错位的。在鲁迅的错位感知美学中,他人的感知和自我的感知形成一个有机的结构,变异了自我感知的功能,一元化的自我独立感知失去了自主性。人物对自己的感觉,往往没有感觉,对他人的感觉却视为性命攸关。人物的自我感觉取决于他人,主要是周围人的感知,好像是为了他人的感知而活的,最极端的例子就是,鲁四奶奶不让祥林嫂端福礼,祥林嫂的精神就崩溃了,就活不成了。

三、平静叙述中的"大家风度"

《孔乙己》之所以受鲁迅偏爱,主要原因之一,就是人物感受错位的多元而幅度巨大。原因之二,是在形式风格上,鲁迅为孔乙己的悲剧营造了一种多元错位的氛围。

小说虽是悲剧，却没有任何人物有悲哀的感觉，所有的人物都充满了欢乐，有轻喜剧的风格，但是，读者却不能会心而笑。既没有《祝福》那样沉重的抒情，也没有《阿Q正传》和《药》中的严峻反讽，更没有《孤独者》死亡后那种对各种虚假悲伤的讽刺。有的只是三言两语，精简到无以复加的叙述。这种叙述的境界，就是鲁迅所说的"不慌不忙"，也就是不像《狂人日记》，那样"逼促""讽刺"而"不很显露"，这就是鲁迅追求的"大家风度"。反过来说，不这样写的，把主观思想过分直接地暴露出来，那就是"逼促"，讽刺"很显露"，在鲁迅看来，就不是"大家风度"。拿这个标准去衡量《狂人日记》《阿Q正传》，鲁迅就可能觉得不够理想，不够"大家风度"。这不仅仅是对自己的苛刻，而是对艺术的执着追求。

四、杂文成分对小说构成干扰吗？

鲁迅的第一人称故事从多元感知中展开，构成包括幻觉、错觉和扭曲的感觉。鲁迅的《狂人日记》并不像果戈理的《狂人日记》那样有情节，全文由扭曲的感觉组合而成。这个扭曲的感知世界是鲁迅为中国现代小说开拓的新的艺术世界：如第一段，对赵家的狗，"怕得有理"，其实，读者感到的是"怕得无理"。如果以文言小说的笔法，只能如开头小引所写："语颇错杂无伦次，又多荒唐之言。"但是，无伦次的荒唐之言，却成了小说的主要成分。因为，其中有人物感知的错位。

这样可能帮助我们更深刻地理解《孔乙己》和《狂人日记》，但是，还不能直接帮助我们理解鲁迅为什么不喜欢《狂人日记》。鲁迅也许是有点偏爱吧，那是可能的。但是，为什么会偏爱呢？值得思考。一种可能是，《孔乙己》不像《狂人日记》有那么多杂文的成分。那为什么不说最喜欢《阿Q正传》呢？我猜想，可能是他感觉到《阿Q正传》里面有不少杂文的成分。

鲁迅心中有小说艺术和杂文艺术两根弦，两根弦有的时候构成和弦，有时就会互相冲突。

至于《阿Q正传》的伟大，我跟所有研究《阿Q正传》的人没有分歧。但是，《阿Q正传》里面有没有"太逼促"的东西，例如，漫画的、杂文的成分，这是可以讨论的。有些人认为伟大的经典的就是没有缺点的。其实，这个世界上所有伟大的作品都是有缺点的。

为了防止误解，我概括一下《阿Q正传》的成就。

阿Q处在社会的下层，也就是精神等级的下层，这是严峻的现实。如果安于现实，就没有阿Q了。阿Q不安于现实，但是，追求现实的改变，哪怕是鸡毛蒜皮似的小改变,他也只有失败,只有头破血流。于是他不得不另寻门路,争取精神上的优越。然而,精神上的优越在现实中也不能实现,就在幻想中,也就是在"变异的感知"中达到"假定的优越"。在"假定"中从弱势变成强势,把失败从感知中排除,在受辱中享受荣誉,在排斥异端中自慰,在欺凌弱者中自我陶醉,在惨败中追求虚幻的精神胜利。这是因为,和任何一个小人物(如孔乙己)一样,他有最后的自尊。所以,他的"精神胜利法"就是以虚幻的自尊来摆脱屈辱,其实质是自我麻痹。有意识地"变异感知"、歪曲现实,这就成为他精神存活的条件。

这是鲁迅发现的中国国民的劣根性,是很深刻的,这里不作细讲。我要特别讲的是,在写这个现实中的悲剧的时候,鲁迅是用喜剧的手法来写的,夸张其荒谬性,不和谐,不统一,其间有深邃的思想批判,鲁迅杂文家的才能就不由自主地入侵到了小说当中。有时,这两种文体并不总是达到水乳交融的和谐。为什么呢?因为杂文是可以直接讲出深邃的思想的,而且可以相当夸张地讲,以导致荒谬的逻辑,讲得痛快淋漓。但是,小说,特别是鲁迅的小说,其强大之处则是从人物感知世界的错位中展开,结论是不能直接表述的。稍稍超越人物的感知系统,就变成了作者的思想表达,两种文体就可能分裂了,不统一了,不和谐了。比如,在写阿Q精神胜利了以后,鲁迅这样写道:

> 他永远是得意的。这或许是中国文明冠于全球的一个证据。

这是清朝末期普遍存在于官僚、文人中的精神的自我麻醉。这样反讽的概括,不是阿Q的感知范围所能及的,而是鲁迅的杂文句式。有时候就产生了争议:这在杂文中是深刻而警策的,在艺术上却冲击了感知错位,就像在《狂人日记》里讲整个中国历史上写的都是"吃人"一样。五四时期,就产生了两种意见,不像现在只有一种意见。其中一种意见,在《狂人日记》发表八个月之后有人说:"唐俟君的《狂人日记》用写实笔法,达寄托的(Symbolism)旨趣,诚然是中国第一篇好小说。"① 另一种意见认为他行文"过火",就是说直接发表言论。第一个提出他行文过火的人是谁呢? 不是评论家,而是诗人朱湘,一个非常有才华后来自杀了的诗人②。后来有一个评论家叫张定璜,这个人对

---

① 《书报介绍》,《新青年》1919年2月1日。
② 转引自张梦阳《中国鲁迅学通史》,广东教育出版社2001年版,第53页。

鲁迅无限崇拜,他认为鲁迅写得"不过火"①。这就形成了两种不同的意见。张定璜说鲁迅的特点是三个方面:第一冷静,第二冷静,第三还是冷静。这个后来被李敖学去了,李敖说:"五百年来,写文章写得好的有三个人,第一李敖,第二李敖,第三还是李敖。"

那么,鲁迅写得到底过火不过火呢?是非自有公论。阿Q受了许多侮辱后碰到小尼姑,不由自主地往人家的脸摸一下,被小尼姑骂了。阿Q就说:"和尚动得,我动不得?"他是完全没有根据的,怎么知道和尚动了她?尼姑就骂他:"断子绝孙的阿Q!"阿Q就想,不错,应该有个女人。断子绝孙是个问题呀!这是在阿Q感知系统之内的,断子绝孙有什么坏处呢?下面是鲁迅的原文:

> 断子绝孙便没有人供一碗饭,……应该有一个女人。夫"不孝有三无后为大"。

我认为"不孝有三无后为大"这是很有文化的人才知道的经典语录,鲁迅用来讽刺阿Q,是鲁迅式的反语,不是变异,不是错位,而是脱位了,脱离了阿Q的感觉了。阿Q没有这么文雅。下面就更严重了,用了《左传》的一个典故:

> 若敖之鬼馁而,也是一件人生的大哀,所以他那思想,其实是样样合于圣经贤传的,只可惜后来有些"不能收其放心"了。

"若敖之鬼馁而"是《左传》里的典故,就是说,人死了,没有人供饭呀,就像若敖一样做鬼也饿死了。这句今天连我要彻底弄懂都要查注释,"'若敖之鬼馁而',也是一件人生的大哀",阿Q会有这样文雅的语言吗?至于"样样合于圣经贤传的""不能收其放心",这绝对是在阿Q想象之外的。这种杂文的反语,要对中国古典文献相当熟悉才能说得出。而且由此,鲁迅还代阿Q想下去,"即此一端,我们便可以知道女人是害人的东西"。下面原文是:

> 中国的男人,本来大半都可以做圣贤,可惜全被女人毁掉了。商是妲己闹亡

---

① 张定璜《鲁迅先生》,《现代评论》1925年1卷7期。

的;周是褒姒弄坏的;秦……虽然史无明文,我们也假定他因为女人,大约未必十分错;而董卓可是的确给貂蝉害死了。

这是杂文,这不是小说呀!阿Q的感觉再变异、再错位,也不至于错到这种程度,这就是过火地放纵了杂文的议论,破坏了小说的感知结构了。

从阿Q之死来讲,鲁迅写阿Q的画押,画了个圆圈,因为他不会写字,那是用喜剧的手法来写悲剧。

> 阿Q要画圆圈了,那手捏着笔却只是抖。于是那人替他将纸铺在地上,阿Q伏下去,使尽了平生的力画圆圈。他生怕被人笑话,立志要画得圆,但这可恶的笔不但很沉重,并且不听话,刚刚一抖一抖的几乎要合缝,却又向外一耸,画成瓜子模样了。

阿Q不知道这画了圆圈就算招供,招供了就被定罪,就要被枪毙的;而阿Q却为画不圆而羞愧,这种感知变异,这里有错位,的的确确是小说,没有直接用鲁迅思想的风格来代替人物。接着,阿Q发现人家并不计较他画得圆不圆,把他推进了监牢的栏杆里边。这是鲁迅写的,到此为止,用这个喜剧性的写法,其中带着一种杂文的讽刺和幽默,写阿Q的麻木,二者还是和谐的,不算"过火"。而接下来,阿Q进了监牢,他的感觉是:

> 倒也并不十分懊恼。他以为人生天地之间,大约本来有时要抓进抓出,有时要在纸上画圆圈的。

这写得是不是有点过火了?什么过火?讽刺、夸张过火,杂文风格过火。因为杂文的作者是鲁迅,而画圆圈的感觉却只能是阿Q:

> 惟有圈而不圆,却是他"行状"上的一个污点。

即使麻木,即使变异、错位,也不能错到用"行状"这么有文化的话语的程度。如果对自己的人生有这样的反思能力,就不是阿Q了。下面就写,他感觉到要杀头了,"他突然觉到了:这岂不是去杀头么?他一急,两眼发黑,耳朵里'嗡'的一声,似乎发昏了。然

而他又没有全发昏,有时虽然着急,有时却也泰然",这是阿Q的感觉。但是接下去:

> 他意思之间,似乎觉得人生天地间,大约本来有时也未免要杀头的。

这是明显的过火,一个人到这个时候,知道自己要杀头,居然能有这样的感觉,"人生天地间,大约本来有时也未免要杀头的",对于死亡,这么无所谓呀!怎么可能?杂文家的反讽和小说家心理探索的矛盾,就在这里发生冲突了。杂文家的才能一贯强大,而小说家的才能时强时弱,一不小心就失去平衡。看来这个"人生天地间",鲁迅非常喜欢,第二次写了,还不过瘾,过不久又来了:

> 他不知道这是在游街,在示众。但即使知道也一样,他不过便以为人生天地间,大约本来有时也未免要游街要示众罢了。

鲁迅作为一个伟大的艺术家,完全有自由写悲剧命运而用喜剧的荒谬来展示人的麻木、民众的劣根性。但是作为小说,其人物的可信度是要受到质疑的。第一个对此表示质疑的不是我,而是何其芳先生。他在1956年写过一篇《论阿Q》,在那种鲁迅已经成为圣人的情况下他勇敢地表示了他的怀疑,不过没这么展开,只是点了一句:只是在阿Q上刑场时,写阿Q的麻木,把"文人的玩世不恭、游戏人间"写到了阿Q的头上。他说,自己读来感到"不安"。[①] 这几句话,大概被许多人都忽略了,就是我这个醉心于艺术的人把它死死地记住了。从那时到现在共计50年呀!这句话让我受益匪浅。真正有艺术感的评论家,一句话够你享用一辈子。

从这里,我是不是可以作这样一个假定,那就是,《阿Q正传》没有受到鲁迅的特别青睐,原因可能是,有些局部写得太游戏化、太杂文化了。我刚才讲了,鲁迅强调的不是事情本身、不是情节本身,重要的不是阿Q的死,而是死了以后人们的感觉、各不相通的错位的感觉。可是鲁迅写阿Q的死亡是比较讨巧的,说得不客气一点是比较滑头的。阿Q死的时候是什么感觉?他写,"耳朵里嗡的一声,觉得全身仿佛微尘似的迸散了"。本来灰尘就很小,"微尘"就更轻飘了,还要加上"迸散",这是不是太轻松了?不过反正是"死无对证",不知道他写的是真的还是假的。写阿Q死到临头时,鲁迅也写了阿Q的恐惧——四年前记忆中饿狼的眼睛:

[①] 《何其芳文集》(第5卷),人民文学出版社1982年版,第181—182页。

又凶又怯……似乎远远的来穿透了他的皮肉,而这回他又看见从来没有见过的更可怕的眼睛了。又钝又锋利,不但已经咀嚼了他的话,并且还要咀嚼他皮肉以外的东西,永是不远不近的跟他走。这些眼睛们似乎连成一气,已经在那里咬他的灵魂。

饿狼眼睛的感觉,就是对死亡恐怖的感觉。应该说,有一定水平,但是在世界文学史上,不一定是高水平。托尔斯泰在《塞瓦斯托波尔的故事》中写死亡,一个军官叫布拉斯辛库,他在走路时,前面有一颗炸弹的引线正在燃烧,发出紫色的光,并不断地在旋转,他听到"嘣"的一声,慢慢又有了感觉,"谢天谢地,我还没有死"。他的感觉变异是什么样的?首先是导火线燃烧的紫色,然后联想到与他相好的女人帽子上紫色的羽毛,然后想到遗憾,他大概是要死了,可是,赌输了一笔钱,赌债还没还,真是件很糟糕的事情。然后就感觉到身体很沉重,许多士兵向他身体旁走过来,好像那些士兵把一堵墙推倒了往他身上压,压得他好沉重,以至于他呻吟的声音自己都听到了,一直到停止为止。这是托尔斯泰写死亡时的系统错位感觉。很丰富的,是不是?他不是写痛苦、疼痛,而是写一连串的联想、变异了的感知。就是疼痛,也变成了像一堵墙往身上压。自己的呻吟声音,当然也是疼痛的效果,但又好像不是自己发出的——虽然声音大得他自己都听到了,但,还没有感觉到疼痛。

和托尔斯泰的天才比起来,鲁迅写得很讨巧,"仿佛微尘似的迸散了"。但是鲁迅写得比较精彩的是什么呢?是阿 Q 死了之后人们的反应。孔乙己死了之后没人哭,祥林嫂死了以后没人哭,但阿 Q 死了以后有人哭了,当然不是吴妈哭,是举人老爷全家号啕大哭,但不是为阿 Q。而是因为他们家被偷了,把阿 Q 枪毙了,没处追赃呀,金钱损失无法弥补呀!赵府上也全家号啕大哭,为什么呢?因为秀才上城去报官,被革命党剪了辫子,又破费了二十千的赏钱。阿 Q 被枪毙了,辫子并不能因而长出来,赏钱也不能赚回来了!

这是小说人物感知变异的错位和杂文笔法的统一。

更精彩的是未庄的舆论。阿 Q 死了以后人们怎么评论呀?鲁迅写道:

至于舆论,在未庄是无异议,自然都说阿 Q 坏,被枪毙便是他的坏的证据;不坏又何至于被枪毙呢?而城里的舆论却不佳,他们多半不满足,以为枪毙并无杀头这般好看;而且那是怎样的一个可笑的死囚呵,游了那么久的街,竟没有唱一句戏:他们白跟一趟了。

这是具有荒谬的喜剧性的，带有杂文的讽刺性，但又是多元错位的感知变异。这是鲁迅伟大的杂文才能和伟大的小说才能的结合，表现的是悲剧性的可笑，喜剧性的悲凉。我们说契诃夫写小人物的悲剧是含泪的微笑，而鲁迅的阿Q，是叫你痛苦地笑，笑得很麻木。

所以说，鲁迅作为一个杂文家和小说家，都是很了不起的，以至于我们现在还找不到这样一个人。鲁迅的两种才华的发展（成熟的）速度不一样：杂文家的才华发展速度非常快，在五四运动初期就成熟了；而小说家的艺术才华成熟得慢，经过探索，有过突破的高峰，不断变革，又有挫折，成熟了以后，又有失败，非常曲折。

《狂人日记》并不是鲁迅的第一篇小说，第一篇是在1911年写的，叫《怀旧》。是用文言写的，写一个小孩子在私塾里念书，气氛很沉闷。老师非常野蛮，非常愚蠢，除了逼迫孩子们念书，就没有别的名堂，实在让人讨厌；长得也不好看，是个秃头。有一天来了个乡绅，叫金耀宗，说，不得了，长毛要过境，大难临头了。秃头先生说，没关系，他自有办法对付。什么办法？把他的熟人请来跟他大吃大喝一顿，给他一点钱，买通了，问题就解决了。就在秃头先生非常忙乱、不可开交的时候，"我"却开心极了。为什么呢？因为没人管了，"我"可以捉一只苍蝇来弄死，放到蚂蚁窝边上，蚂蚁出来了，一脚把它踩死。对于蚂蚁窝，"我"去弄点水来灌它，蚂蚁都出来了，把它们弄死掉，感觉非常开心。由此"我"想，长毛来了，秃头先生害怕了，证明长毛是好人。家里的一个看门人叫王翁的告诉"我"，长毛有什么好怕的，他见过，好得很。可小说的结尾说，传说中要来的，不是长毛，而是饥民，结果饥民也没有来，小说就这样结束了。

这就是鲁迅式的新小说。长毛来不来并不重要，重要的是这消息却引起了人们感知的分化、错位——金耀宗、看门的老王、秃头先生，还有小小的学生，每个人都生活在自己的感知里，互相是错位的。这才是人生的奇观！从这个意义上说，这在艺术上是一篇典型的现代小说，虽然是用文言文写的，没有多大影响；但从艺术构思来说，它比《狂人日记》更像是一篇小说。小说的生命不是情节如何，而是写在这样一个不实的传闻中，人们的感觉如何错位，就像祥林嫂、孔乙己、阿Q的命运引起的反应一样。

鲁迅带来的这样一种现代性小说艺术，与古典小说那种重人物外部行动和对话的艺术，那种悬念性强，借助于延宕，情节环环相扣的小说相比，强化读者无意注意的专注，这是另一片艺术天地。

《阿Q正传》：阿Q死到临头还不痛苦是不真实的吗？
—— 以喜剧写悲剧

不管是客观环境的两个极端，还是主观情感的两个极端，大致都可以划分为顺境与逆境两种。在对人的情感进行检验的过程中，二者并不同样受到作家的重视。一般地说，逆境更受作家的重视。列夫·托尔斯泰在《论莎士比亚及其戏剧》中说：

> 任何戏剧的条件是：登场人物，由于他们的性格所特有的行为和事件的自然过程，要他们处于这样一种环境，在这种环境里，这些人物因跟周围世界对立，与它斗争，并在这种斗争里，表现出他们所秉赋的本性。①

使人物"跟周围世界对立"的方法，大体上可以说是让人物处于逆境的方法。让人物和环境闹别扭，让人物不舒服，走投无路，大祸临头，使人物常常处于一种危机或灾难之中。用反复出现的极端的危难来考验人物的智慧、勇气和品性，这在古典英雄传奇和现代侦探小说中是常用的手法。但是设置逆境只是检验人的一种方法，而不是全部方法。把人物安置在极端顺利的环境中，同样也可以打开人物深层情感结构的奥秘。比如，平白无故地给一个一文不名、衣衫破旧的青年一张一百万英镑的钞票，这是极端的顺境了，但这恰恰可以把人最卑俗、最势利的眼光和最纯洁的爱情暴露到生活的表层。这就是马克·吐温在《百万英镑》中做的把戏。

马克·吐温是一个以喜剧性小说见长的作家，因而他不像一般小说家那样热衷于把人物打入逆境，让他们到水深火热中去忍受灾难的考验，虽然这样的小说往往具有悲剧性或正剧性的效果。这种方法是一般作家常用的，要掌握它实在并不困难，把人

---

① 杨周翰编《莎士比亚评论汇编》（上），中国社会科学出版社1979年版，第502页。

物放在逆境中去好了,让他突如其来地倒霉好了。英国作家罗斯金曾经很形象地描述过这种方法的诀窍:写到写不下去的时候,就杀死一个孩子。或者像我们在许多戏剧性小说中看到的那样,让成堆的死人或者横流的鲜血来迫使人物表层情感结构瓦解,把深层的潜在的情感奥秘表现出来。

在茹志鹃的《百合花》中,那个小通讯员向新媳妇借被子,不但借不到,还闹了别扭。如果让他们就这么闹下去,人物的情感老是这个样子,既单调无味也不深刻。茹志鹃突然让那个小通讯员牺牲了,于是那个新媳妇和小通讯员顶牛的表层情感结构瓦解了。待到那小通讯员要入葬时,那新媳妇却坚持把自己的被子放入他的棺中。

从实用价值观念来看这是很奇怪的:人家生前有急用,向你借被子,你不肯;等到人家死了,被子没有什么用处了,你却一定要把被子奉献给他。从人的情感价值来看,这是很深刻的。生前敢于和当兵的顶牛,这并不说明军民关系坏,恰恰相反,说明军民关系好,好到能跟你赌气、顶牛,不买你的账。试想,如果面对一个日本鬼子,她能这样吗?

关于这一点,在作品解读时,往往容易被忽略。

有一种自发的倾向让人们以为,人与人之间的关系好就是一切方面都很好,各方面表现出来的都是友好的、融洽无间的。但实际情况恰恰不完全是这样:人们之间感情越是好,也往往就越是互相苛求。比如,林黛玉和贾宝玉算是倾心相爱了,可他们之间的互相折磨也特别多。那些哭哭啼啼的互相试探,不但不能说明他们之间的关系坏,恰恰说明他们之间关系的密切,他们互相之间对感情的要求很高,不能容忍有任何龃龉。这几乎是个规律。在托尔斯泰笔下,安娜和伏隆斯基也一样,安娜为了伏隆斯基,家不要了,孩子不要了,名誉也不要了,已经达到了不顾一切的程度。然而安娜却不能忍受伏隆斯基心里有任何空间容纳其他的兴趣,不能忍受伏隆斯基哪怕是不把她放在最重要的心灵位置上的刹那。

不管是把人物放在逆境中,还是顺境中,最关键的不是看人物之间外部关系的变化,而是看人物之间内在情感的变化。

由于历史原因,逆境容易导致悲剧性效果,这种效果的不断重复,难免导致艺术构思的老化。要防止乃至克服这种老化,作家得有一个特别机灵的头脑——善于出奇制胜,化腐朽为神奇。通常产生这种老化的原因有一种机械的理解:以为处于顺境中,人物的情感必然是喜悦的;处于逆境中,人物的情感必然是悲苦的。这固然是常规的、一般的情况,但对艺术来说,最重要的不是人物常规状态的情感,而是越出常规的特殊情感。

对艺术家来说，一个人发了财，就高兴得不得了，这没有什么可写的。相反的，如果一个人中了举人，由于太高兴而发疯，这才值得去写。这就是《范进中举》之所以不同凡响的地方。从客观环境来说，是大顺境，可是从主观情感来说，却变成了大逆境、大灾难，这才有性格可挖掘，有戏可唱。吴敬梓心地比较善良，他不忍心让这种灾难持续下去，很快就让范进恢复了正常。由于后果并不严重，因而是一种轻喜剧的效果。如果吴敬梓更冷酷一些，不那么心慈手软，不让他的疯病轻易地好转，那就可能变成悲剧了，鲁迅在《白光》中写的就是这种悲剧。而在《孔乙己》中则又不同，鲁迅没有把孔乙己的悲剧与某种突发的事变直接联系起来，相反，他把命运的变化写得很婉曲，把因偷东西打折了腿这一惨烈的场景放到幕后去，以减少对读者的正面刺激。鲁迅显然不追求事变的突然性，而是在事变之后，用悲天悯人的态度让他出小小的洋相。

从以上几个例子可以看出，把人物放在逆境或顺境中以后，作家如果没有特别清醒的头脑，就有可能落入俗套，走向顺境大喜、逆境大悲的被动公式。作家的创造力在这时面临着考验，如果能摆脱被动，就要有某种魄力，力避客观环境和主观情感同位平行，并使之发生错位。这是作家掌握主动的关键之一。

在使人物在顺境中体验痛苦之后，作家仍然要掌握多种选择的余地。这是关键之二。至于是让人物出一点小小的洋相就适可而止呢？还是让人物的洋相层出不穷，灾难愈演愈烈呢？这就要看作家的风格追求是怎样的了。

《范进中举》和意大利小说《十日谈》所选择的都是适可而止的写法，而《外套》和《一个小公务员之死》所选择的则是洋相层出不穷，灾难愈演愈烈，直至主人公死亡。

要使洋相和灾难不断衍生下去，就得有一种艺术家的想象力，而不能凭朴素的生活经验。试想，如果光从生活经验出发，《一个小公务员之死》的真实性是很值得怀疑的。一个小公务员不可能因为打了一个喷嚏，反复向坐在他前面的将军道歉而不被理解，最终抑郁而死。人就这么容易死吗？

但是追求喜剧风格的作家有权利以导致荒谬的逻辑推演他的情节。恰恰在这里，不但表现了作家创造情节的自由，而且表现了作家驾驭喜剧逻辑的自由。

当张艺谋的《秋菊打官司》上映之时，许多评论家责备他美化现实，指斥他让秋菊在城里遇到的都是好人。但是，评论家们忘记了，这是喜剧性的作品，喜剧赋予作家以让主人公总是遇到好人的权利。

作家要在自己设计的情景中不陷入被动，有一个基本概念是必须弄得十分明白的，那就是不同的风格有不同的真实标准。对于喜剧来说是真实的，拿悲剧去衡量，未必说得上真实。从这一点说，要想做一个称职的教师，除了有其他修养以外，还要有文学风格的高度修养。

在鲁迅的《阿Q正传》中，阿Q被绑赴刑场，他已经意识到这回是去什么地方了，还一心想着出风头，好像英雄慷慨赴义似的。有人认为，还让他麻木是很不真实的。他起码应该为冤枉地被处死而不平，而痛苦，而愤怒，甚至抗争，可是鲁迅却只写他为圆圈画得不圆而遗憾，为没有唱出好戏而失落。批评者忘记了艺术风格，鲁迅在这里的伟大创造是，在中国文学史上，第一个以喜剧来写被冤而死的悲剧性的死亡。鲁迅在这里追求的不是通常的悲剧效果——后果的严重，群众的愤懑，而是严重的后果与阿Q麻木的心灵之间的不相称——由此而形成的怪异之感，不和谐之感——而这正是形成喜剧效果的基础。

把生活中的悲剧当成喜剧来写，这正是鲁迅不同凡响之处，他的想象没有被文学史上悲剧的优势所束缚，而是遵循着喜剧性的歪曲逻辑自由地飞翔。

这对于作家来说是非常可贵的。

同样的情况，我们可以在捷克作家哈谢克的《好兵帅克》中看到。帅克的特点是越碰到倒霉的事，越是作出种种荒唐可笑的反应。甚至在警官书写他的罪状时，他还问有没有什么遗漏了的。

有这样的气魄、获得这样的想象自由的作家是不多的，能分析出作家的这种气魄的教师也是不多的。

《铸剑》：英雄赴义的颂歌和荒谬死亡的反讽

鲁迅在他最后的十年里，把绝大部分的时间和精力都用在写杂文上了，他把杂文当作匕首和投枪来回应社会生活的急迫需要。但是他时时感觉到压力，时时辩解说，不在乎托尔斯泰和连环画的区别，宁愿就写小小的杂文，哪怕是"速朽"也无所谓，但他这样说的时候，内心还是不甘愿，还是认真计划着写小说，而且要写大小说、长篇小说。

他有两次大的计划：第一次计划是想写杨贵妃与唐明皇的爱情故事，还跑到西安去考察了一下。但是，由于工程量浩大，鲁迅最终没有写成。后来，鲁迅又突发奇想，要写革命题材，正好陈赓大将——当时还不是大将，大概是个团长之类的——在根据地受了伤，到上海来治病，通过瞿秋白的引荐，就与鲁迅见面了，他给鲁迅讲红军艰苦卓绝的故事。鲁迅深受感动，当即表示要写红军斗争的长篇小说，或者是长篇报告文学。这时，鲁迅有点过分乐观了，过分迷信自己的才华了，他压根就没有见过红军，怎么写呀！但是，他可能是受了一个小说家的启发。在俄国十月革命时期，顿巴斯的矿工组织的一支红军转移的故事，就有过一个长篇小说叫《铁流》，作者是绥拉菲莫维奇，写得像报告文学一样，文字非常漂亮。

虽然鲁迅最终没有写成长篇小说，但就在这以后不久，鲁迅出版了短篇小说集《故事新编》，在这里，他对小说的形式作了新的探索，企图把杂文式的现实讽刺，特别是对上层知识分子的讽刺和对历史的传说中的英雄、圣贤的描述结合在一起。

在《故事新编》中，鲁迅最喜欢的《铸剑》是个英勇无畏的献身故事。在鲁迅的现实世界里英雄太遥远，他到哪里去找英雄呢？只好到神话传说中去寻找。但是，这篇小说艺术上怎么样呢？我以为，小说艺术家和杂文艺术家的矛盾更加尖锐了。

鲁迅曾说自己写《故事新编》是"只取一点因由，随意点染，铺成一篇""叙事有时也有一点旧书上的根据，有时却不过信口开河"。但谈到《铸剑》却说自有出典，而且认真地说是"只给铺排，没有改动"的。"也许是出自《吴越春秋》或《越绝书》。"钱理群先生在《鲁迅作品十五讲》中说,鲁迅所说的"古书",是《吴越春秋·阖闾内传》与《越绝书·越绝外传记·宝剑》。二者均有干将等为吴王铸剑的事,但复仇的情节却是出自《列异传》和《搜神记》。故事大意是这样的:干将莫邪为楚王铸剑,三年而成,雄雌剑各一,以雌剑献君,藏其雄者。告妻曰:"楚王若知,定杀我。若生男孩,告之为父复仇。"楚王果杀干将。妻生男,名赤鼻,母具实以告,并得剑。其时,楚王梦一人,两眉间尺,称欲报仇,下令通缉。赤鼻亡去。遇生人,欲代报仇。眉间尺乃将己头并剑奉之。此人将头献楚王。以锅煮三日三夜,仍跳荡不已。楚王近察。此人乃以剑拟杀断王头并己头并落锅中。三头俱烂。无以分辨,乃合葬,名曰"三王冢"。

要研究一个文本,作者的自述当然是很重要的,不能不尊重。但作者的说法,往往有其特殊的考虑,不一定十分符合文本。鲁迅说《铸剑》"只给铺排,没有改动",事实似乎并非如此。很明显,小说的第一部分就是原来故事里所没有的。为什么要加上这样一个帽子呢?要抓住不放,抓住矛盾,是深入分析的前提。

主人公眉间尺,最后要完成的任务是需要英勇无畏的气概的。开头部分出现的眉间尺却不是这样的。鲁迅用了不少的篇幅来表现这个孩子最初胆子很小,优柔寡断,性格软弱。杀死一只老鼠,对于一个后来视死如归的人物来说,本该是小菜一碟,但是,鲁迅却非常细致地描述了眉间尺的心理过程:

1. 发现老鼠落水,"很觉得畅快",对老鼠"发生了憎恨"。

2. 看到老鼠咻咻地喘气,"忽然觉得它可怜了"。用芦柴让老鼠爬上来,看到老鼠全身湿淋淋的毛,"又觉得可恨可憎得很",又让老鼠落水。

3. 看到老鼠奄奄一息,又觉得"很可怜"。

4. 等到老鼠复苏,似有逃走的样子,又"大吃一惊",一脚把它踩死;但又觉得老鼠"很可怜""仿佛自己作了大恶似的"。

5. 感到"非常难受""呆看着,站不起来"。

这么细致的描绘,意在表明眉间尺很软弱。鲁迅借母亲的嘴巴说他"性情不冷不热",指出他这样的个性是不能担当复仇的重任的——"看来,你的父亲的仇是没有人报的了。"

这就引出了父亲的故事。讲故事的目的是为了让人物心理发生变化。听了故事以后,眉间尺表示为了母亲所说的"大事",他要"改过"。第一部分的最后,有两句话是很重要的:

"你从此要改变你的优柔的性情,要用这剑报仇去!"他的母亲说。

"我已经改变了我的优柔的性情,要用这剑报仇去!"①

这个开头,表明鲁迅并不认为有什么天生的勇士;即使是大无畏的英雄,也是从优柔寡断的普通孩子成长起来的。

在小说的开头,鲁迅显然是把眉间尺写成了一个小人物。

在鲁迅的早期小说《呐喊》《彷徨》中是没有英雄的,可以说是小人物的世界。不管是阿Q还是闰土,不管是祥林嫂还是爱姑,大抵是被讽喻的对象,鲁迅批判其麻木、愚昧、保守、落伍。但在这里,却让这个本来具有小人物性情的眉间尺一下子变成了义无反顾的英雄人物。这是不是表明鲁迅在探索着中国人心灵中的另一个世界、另一种色彩呢?

当然,这种小人物转化为"大人物",不是在现实世界中寻找到的,而是在超越现实的神话传说和历史的环境中,通过想象塑造的。但小说的第一部分,却是非常写实的描写。从老鼠的溺水到被踩死,到以松明燃烧来说明时间,用写实的语言、细节突出了眉间尺的现实性。

到了第二部分,鲁迅的写作意图变得很明显,他要把眉间尺转化为英雄。这种转化,如果以写实的观念来看,是难以置信的。一个性情优柔寡断的人,怎么可能在一夜之间就改变了呢?特别是听了陌生人的一席话之后,就绝对信任了他,把自己的头割下来送给他了;而且在第一段的最后,还特别点明眉间尺出行之时是"毫不改变常态,从容地去寻他不共戴天的仇雠"。这里的"毫不改变"很值得推敲。"毫不改变",难道是一如既往的优柔吗?小说写人物的转化显然有两个难度:第一,优柔寡断到大无畏,突如其来的心理对转,要从现实的描绘中获得可信性;第二,这种大无畏还要达到毫不改变其平常人物的心态,但又变得临危不惧,平静自如。从艺术上来说,在这样短小的篇幅中,全凭现实性的描写几乎是不可能的。

然而,到了第二部分,作者仍然用写实的笔法展开环境的描写。

1. 从城墙到小贩,特别是楚王的仪仗队经过的声势,其细节都是十分精细的。

2. 把平民百姓,即那些没有名字的小人物作为背景,笔墨中明显带着漫画色彩,其中含着深邃的讽刺。例如,所有在场的百姓,一概都是"看客"的心态,麻木而愚昧。那"伸着脖子"的看热闹的样子,很像是《彷徨·示众》中的群氓。大王仪仗队经过时纷纷下跪,漫画式的笔法中更是流露出鲁迅式反讽的尖锐:

---

① 《鲁迅小说》,浙江人民出版社2012年版,第164页。

这时满城都议论着国王的游山,仪仗,威严,自己得见国王的荣耀,以及俯伏得有怎么低,应该采作国民的模范等等,很像蜜蜂的排衙。

至于那个干瘪脸少年的无聊和恶劣敲诈,更显示出鲁迅式的杂文笔法:从文风上看,这样的写法和第一部分有很大的不同,第一部分用的是写实的正剧笔法,而这里却是夸张的、漫画式的喜剧笔法。这种笔法的主要特点是,字里行间充满了显而易见的矛盾、荒谬、不一致、不和谐,以一种冠冕堂皇的语言,表述着极端荒谬的主张。干瘪少年的振振有词中,包含着绝对无理的逻辑。小说语词的运用,古今夹杂,也显然是有意构成不和谐。"压坏了丹田",尚可称古人的话语,但"保险"则是当代的事,以活不到八十便死作为敲诈的理由,更是不成话,就是到唐朝,也是人生七十古来稀。鲁迅常常以荒谬的逻辑来揭露无理的现实,荒谬绝伦却又振振有词。这在杂文中是反语;而在小说中,作为人物语言,则为讽刺。或者说,在这里,我们体会到了鲁迅小说中的杂文风格。这一点在《故事新编》中是屡见不鲜的。

至此,我们是不是可以得出一个粗浅的结论:作为小说,本文的语言,有时会表现出杂文的尖锐讽刺笔法;这种杂文式的讽刺笔法,比之第一部分的写实性描绘,最大的不同就是突出某种荒谬感,而荒谬感就是超现实感。

在这里,鲁迅自如地从写实性向着超越现实性的境界转移,从心理描写向国民性的解剖转化。

然而,《铸剑》在《故事新编》中并不完全是讽刺风格的作品,其基本格调是带着英雄颂歌色彩。主要人物黑色人是正面的,在这个人物和眉间尺的关系演进中,我们可以发现,个中写法是没有讽刺意味的,而是隐含着赞赏的。

这种写法是写实的吗?

如果是写实的,眉间尺的作为是不可信的。

第一,从优柔寡断到英勇果断,对陌生人的话,一点怀疑都没有,毫无保留地信任,用宝剑把自己的头割下来,交给了他。

第二,割了自己的头,应该流血,应该有血腥的描写,而文中却一点都没有涉及。

如果把鲁迅的《故事新编》和郭沫若的历史小说《秦始皇之死》加以比较是很有趣的,浪漫主义者郭沫若,在写历史人物时,用的倒是写实笔法。

而鲁迅在这里,却用了另一种笔法。

这是神话传说的笔法。神话传说是超越现实的。这种写法的准则与写实和讽喻的笔法不一样。如果拘泥于写实和讽喻,则不可解、不真实。神话传说的写法是不讲究现实的真实,而是遵循超越现实的想象的。当然,想象并不是随意的,并不是任何疯子的呓语都可能成为艺术的。神话性的、传说性的想象,主要不在细节的真实和现实的逻辑性,而在于精神的逻辑性上。也就是只要能把杀死暴君的无畏和无私表现出来,就是合乎神话和传说的艺术逻辑的。

正是在这种超越现实想象的境界中,鲁迅把这为复仇而献身的黑色人写得非常理想化。但又不是一般的浪漫的乐观,而是写得相当阴冷。眉间尺以为黑色人是出于对弱者孤儿寡母的"同情",他拒绝了这样的"赞扬",他的衣着和表情都表明外在和内在的气质是阴鸷的。这样的英雄的内心,并非通常想象的那样,充满慷慨献身的豪情,相反却是充满了感伤,他说:

我的魂灵上是有这么多的,人我所加的伤,我已经憎恶了我自己!

从这样的自我剖析来看,他似乎并不完全是古代侠士,倒是具有现代早期的启蒙主义者的孤独感,带着精神上的创伤。这表现了鲁迅对于英雄人物浪漫化、理想化的警惕。这种警惕不但在英雄本身,而且在英雄与英雄之间的心理"错位",他们之间虽然相互信任,但相互并不理解;虽然并不理解,但并不妨碍他们合作。值得注意的是,鲁迅把这种合作写得令人毛骨悚然。在眉间尺把自己的头割下来,把头和剑一起交给黑衣人以后,这个黑衣人是这样表现的:

他一手接剑,一手捏着头发,提起眉间尺的头来,对着那热的死掉的嘴唇,接吻两次,并且冷冷地尖利地笑。

鲁迅淡化了血腥,可能是为了强化这种精神的孤独,不可能被理解。如果连为他人献出生命这样的壮举,都谈不上同情,把同情的观念当成不干净的,人与人之间当然也就很难有精神的相通了。孤独感、创伤感造成的错位,不但在壮士之间存在,而且在壮士与环境之间也存在着:

笑声即刻散布在杉树林中,深处随着有一群燐火似的眼光闪动,倏忽临近,听到咻咻的饿狼的喘息。第一口撕尽了眉间尺的青衣,第二口便身体全都不见了,血痕也顷刻舔尽,只微微听得咀嚼骨头的声音。

这显然是很残酷、很惨烈、显得分外孤独的，但面对这样的惨烈和凶险，义士却丝毫没有孤独感，相反心情却异常的宁静、冷峻：

> 最先头的一匹大狼就向黑色人扑过来。他用青剑一挥，狼头便坠在地面的青苔上。别的狼们第一口撕尽了它的皮，第二口便身体全都不见了。血痕也顷刻舔尽。只微微听得咀嚼骨头的声音。

义士所处的这个世界，是连狼都没有同伴、没有同情的。这使我们想起曾经影响过鲁迅的"安德列夫式的阴冷"了。这就怪不得黑衣人要把人与人之间的"同情"当作不干净的"放鬼债的资本"了。但义士仍然是可歌可泣的，因为他明明知道世界上没有人与人之间的同情和理解，仍然肯为他人的仇怨奉献自己宝贵的生命。也就是说，不但不需要物质的回报，也不期求精神的回报。用黑衣人的话来说，就是：

> 我的心里全没有你所谓的那些。我只不过要给你报仇！

这一笔显然是象征，鲁迅也许用来象征中国国民的看客心态，麻木而自私。即使没有朋友，没有志同道合者，仍然要奋然前行。这可能是对《铸剑》中的主人公精神底蕴的全部注解，他付出生命的缘由，从主观一面来说就在这里。

但是，这种主观的缘由是不是任意的呢？也不是。因为他复仇的对象是一个十足的暴君。虽然不曾残害过他或者他的家人，但读者从眉间尺父亲的口中得知，"大王向来善于猜忌，又极残忍的"。眉间尺的父亲，就是因为拥有盖世绝技才被残害的。小说文本中暴君的行径比比皆是。从客观上来说，复仇精神的无畏，其社会价值具有反对专制独裁的意蕴。在鲁迅当年，在当时的政治环境下，要从现实中实现复仇是不可能的。鲁迅之所以对眉间尺的传说发生兴趣，可能就是看中了其中的幻想式的复仇方式，单纯地把这当成侠义小说，可能不太全面，但，一味把它当成"革命的复仇的""历史小说"则显然机械而教条。

严家炎先生认为《铸剑》是一出"荒诞又庄严的复仇正剧"，是有一定道理的。它既是严肃的，有鲁迅的人格追求在里边，又是在荒诞的想象中展开的。其情节和环境都是在荒诞的情境中展开的：第一，眉间尺的人头杀了下来，过了几天，不但没有死亡腐烂，相反仍然按着复仇的逻辑活动。黑衣人把眉间尺的头举着给王看的时候，是这样写的：

> 那头是秀眉长眼,皓齿红唇;脸带笑容;头发蓬松,正如青烟一阵。

第二、三个人的头,就是到了沸水里,还能进行搏斗,还能唱歌。第三,等到王的头"确已断了气",复仇的两个头居然"四目相视,微微一笑,随即合上眼睛,仰面向天,沉到水底里去了"。

这种复仇的胜利,是荒谬的胜利。正是因为这是虚拟的胜利,人格和信念的胜利,孤独者的胜利,所以只能是在荒诞的境界中呈现。可见,荒诞的矛头并不完全是针对暴君,同时也是指向麻木愚昧的看客心态的。经过沸水中的长久撕咬,国王和黑色人、眉间尺的头颅终于尽烂,只剩下三具颅骨和一堆毛发。王后、众妃、武士、老臣、侏儒、太监们为辨寻王头,绞尽了脑汁,仍然徒劳无功……只能将三个头骨和王的身体放在金棺里落葬:

> 百姓都跪下去,祭桌便一列一列地在人丛中出现。几个义民很忠愤,咽着泪,怕那两个大逆不道的逆贼的魂灵,此时也和王一同享受祭礼,然而也无法可施。
>
> 此后是王后和许多王妃的车。百姓看她们,她们也看百姓,但哭着。此后是大臣、太监、侏儒等辈,都装着哀戚的颜色。只是百姓已经不看他们,连行列也挤得乱七八糟,不成样子了。

严家炎先生这样分析小说的末尾:

> 这个结尾真是鲁迅式的,充满了深长的调侃意味,既是对专制暴君的进一步的鞭笞和嘲弄,同时又包含着对宴之敖者乃至作者自身的清醒的自嘲。残害百姓的专制暴君尽管已经在一场正义的复仇行动中丧命,但百姓们依旧木然地对着暴君的棺木跪拜不已;几个"义民"更是"很忠愤,咽着泪,怕(黑色人、眉间尺)那两个大逆不道的逆贼的魂灵,此时也和王一同享受祭礼"。有了这一笔,读者才能真正懂得鲁迅为什么要说"群众——尤其是中国的——永远的戏剧的看客"。(《娜拉走后怎样》)有了这一笔,读者才能真正理解黑色人为什么不赞成乃至反感于眉间尺称他为"义士",才能真正理解黑色人何以要冷然、傲然地称"仗义、同情"这些"先前曾经干净过"的东西,"现在都成了放鬼债的资本"。这里划分了站立的人和跪着的奴隶、献媚的奴才的界限。①

从严先生的分析,读者不难看出,作者的文笔,又从荒诞回复到写实和反讽。综观

---

① 《中国现代小说的奇篇——谈鲁迅的〈铸剑〉》,《励耘学刊》(文学卷)2005 年第 1 期。

《铸剑》全文,从思想上当然是一种孤独的,没有群众支持,也不在乎有无群众支持的大无畏的复仇;从艺术上来看,则是多种艺术成分的综合运用。首先,是现实主义小说的写实笔法,表现眉间尺从优柔寡断的孩子变成复仇的壮士。其次,是杂文的漫画笔法,喜剧风格,反讽群氓和官僚的麻木愚昧。再次,是荒诞情节表现精神力量的博大。从这一点看来,严先生所说"荒谬而严正的复仇正剧",是很准确的概括。

但是,严先生的分析并未穷尽解读的可能性,毕竟小说中严格的写实手法和传说超现实的写法,并不是没有矛盾的。如果从现实的手法来看,鲁迅刻画了眉间尺从优柔寡断到听了母亲一席话,就使这个连杀一只老鼠都有所不忍的十六岁的孩子,把头割下来都没有感觉,人物心理发展的统一性从这里看是可以质疑的。特别是那个黑色人,为什么要舍己为人,光是从对暴政的仇恨上去看,不过是共性而已。其独特的心理根据毕竟是不够充分的。当然,如果不把和谐和统一当作小说发展的某种探索,我们可以把它看作是一种"突破"。如果不排除将突破分为成功与失败两种,那么鲁迅的这种突破是不是一定非常成功,是可以讨论的。为什么读者对《故事新编》接受的程度不如《呐喊》《彷徨》?它在艺术上的探索,与后两者相比有所逊色是有一定关系的。如果这一点没有太大的错误,究其根源是不是因为杂文家的鲁迅和小说家的鲁迅的矛盾,在《故事新编》中发展到了难以调和的地步,这一点是不可以以鲁迅的神化来遮蔽的。

附:

语文课本中的鲁迅作品问题

中学语文课本中鲁迅作品的增减,近年来,报刊上时有消息,有时还给人相当"活跃"的感觉。但是,这种"活跃"往往停留在炒作上,时有道听途说、夸张不实之词,并未引起深入讨论。最明显的是,前些年一些报刊突然发表爆炸性消息说"鲁迅作品退出"中学语文教材,这纯是依据某人不负责任的微博,对于编者后来的更正,则并不严肃地检讨。市民对于这样的"热闹"已经习惯,本不足为训,但这种低水平的混乱给教材编者造成了一定的压力,对一线语文教师潜移默化的误导也不能低估。严肃学者,对此不能不作历史的考究和理性的分析,从短期来看,则可以正视听,从长期来看,则有利于提高编撰原则的自觉性。

鲁迅作品自然是经典,不论其艺术思想质量,还是对当时乃至对后世之影响而言,至少是共识,因而,入选的数量以及入选篇目会涉及课本质量和倾向。随着时代发展和社会思想变迁,入选篇目的增减替换,本是顺理成章之事,根本不值得大惊小怪。

从宏观的历史眼光看,在中学语文课本中,鲁迅作品的重要性有一个逐步提升和曲折的过程。例如,五四新文化运动后实行新学制,课本纷纭,被《中国现代语文教育史》认为能够"体现这一时期'国语教材特色的'"是出版于1922年的沈星一、穆济波的《初级国语读本》,其第一册,除了李伯元的《文明小史·楔子》外全是五四新文化时期的白话文,绝大多数是新文学作品,冰心的占了七篇,而鲁迅的作品却只有一篇《故乡》。编者在"编辑大意"明确宣言,其编选标准乃是"适切于现实人生""务求有艺术的价值"。① 如果认真贯彻这个准则,那时鲁迅已经发表的《孔乙己》等作品,难道不比冰心的《笑》和《一个军官的笔记》等要精致得多吗?退一万步说,考虑初一学生的年龄特点,鲁迅的《一件小事》不是比周作人的《小河》更适合吗?这只能说明,在那个时期,《呐喊》尚未出版,鲁迅的权威性尚未达成共识,编者只把他当作和叶绍钧、王统照、刘半农、沈尹默、俞平伯并列,其重要性可能不及冰心。鲁迅的文学价值是随着他创作的发展逐步被认识、被定位的。后来孔德学校编印的《初中国文选读》就收录了《风波》《故乡》《鸭的喜剧》《社戏》等。到了1924年叶圣陶主编的初级中学《国语》教科书,30年代傅东华主编的《复兴初级中学国文教科书》,夏丏尊、叶圣陶合编的《国文百八课》,40年代叶圣陶、朱自清合编的《精读指导举隅》和《略读指导举隅》都选入了比较多的鲁迅作品。散文有《秋夜》《雪》《风筝》《好的故事》《聪明人和傻子和奴才》《藤野先生》,小说则有《孔乙己》《一件小事》《风波》《兔和猫》《鸭的喜剧》,杂文则有《我们现在怎样做父亲》《呐喊·自序》《论雷峰塔的倒掉》《最先和最后》等,据统计总共有24篇。② 种种课本的编者虽然观念并不相同,但是,准则似有息息相通之处,那就是文学上成就较高而且比较适合少年接受者。诸多课本所选鲁迅文章的原则似乎不约而同地超越政治,针对时事的杂文甚少。

抗战前,国民政府只是颁布"课程标准",课本由各书店自行聘请专家编撰,由教育部审定,故百花齐放。抗战爆发以后,乃由教育部编制,实行定于一尊的"国定教科书"制度,始于1940年,不过直到1946年课本始初步编成,由党政要人如朱家骅、陈果夫等人审核。其内容明显具有政治挂帅的性质,塞进了许多国民党政要头面人物的文章和讲话稿,包括蒋中正给他儿子蒋经国的信(似学《曾文正公(国藩)家书》)。此书的发行,名义上由正中、商务、开明、中华等书局分担,但实际上是由政府背景的正中书局独霸。这种国家统一的课本,缺乏权威性,受到学界抵制,许多学校阳奉阴违,虽采用,上

---

① 李杏保、顾黄初《中国现代语文教育史》,四川教育出版社2007年版,第102—104页。
② 张勇《近百年语文书中的鲁迅作品》,《北京青年报》2013年9月10日。

课则另发讲义。由于当时并无入学统一考试,故教师选文有相当的自主性。这种教科书在理论上还受到严厉批判。1947 年《大公报》星期论文版刊载邓恭三的《我对于国文教科书的控诉》,指出书中所收近代现代作品:

> 尽量选取国民党中达官贵人的文章为原则,因此现代文坛上极有声誉的作家,其作品全都未被收进,而收进来的都是上自主席、院长,以及某部、某会的首长,以至于张治中、张发奎、翁照垣诸将军的文札、公告和某种纪念日的演讲词或纪念论文之类。①

贯彻政治第一,极端到政治上显贵人物挂帅的程度,实在是一种党化教育,被排斥的"现代文坛上极有声誉的作家",鲁迅当然是其中之一。但是,国民党政府的行政强制性,并未影响叶圣陶、郭绍虞、周予同、覃必陶另行一套,在《开明新编国文读本》(甲种本)中选入了鲁迅的不少作品,如《一件小事》《孔乙己》《聪明人和傻子和奴才》《故乡》,名义上作为补充读物,实际上,许多学校将之当作课本。

1949 年以后,由于毛泽东的高度评价,鲁迅已被提升到圣人的高度,所以语文课本中的作品数量迅猛增加,据统计已达到 31 篇。②不过此时所增加的主要并不是小说、散文,而是政治性很强的杂文,如 1952 年版本中,批判国民党对日本外交软弱的《"友邦惊诧"论》和歌颂苏联的《我们不再受骗了》。至于极左时期,增加的篇目政治性就更强了,如批判梁实秋的《"丧家的""资本家的乏走狗"》等。到了改革开放以后,随着《毛泽东选集》的注释中有关对梁实秋的评价趋于中性化,这种违背鲁迅自己"辱骂和恐吓决不是战斗"原则的文章也就悄悄消失了。和 1949 年以前相比,鲁迅作品在官方课本中的地位表面上天差地别,但是在政治原则决定性方面则息息相通。

吊诡的是,从五十年代起,鲁迅作为人已经被神圣化,鲁迅的作品也被经典化,但是要进入中学语文课本,则要经过更狭隘的意识形态原则遴选,《中国人失掉自信力了吗》就当然入选,而《阿 Q 正传》则视而不见,因为它表现了农民之"精神胜利法",愚昧落后、保守自私,不符合毛泽东关于"农民是革命的先锋"(《湖南农民运动考察报告》)的观点,与主流意识形态正面宣传劳动者的光辉形象也是背道而驰的。这种情况到了九十年代末,鲁迅研究已经有了突破,鲁迅走下神坛,故入选稍稍有所放松,《阿长与山

---

① 李杏保、顾黄初《中国现代语文教育史》,四川教育出版社 2007 年版,第 230—231 页。
② 张勇《近百年语文书中的鲁迅作品》,《北京青年报》2013 年 9 月 10 日。

海经》虽有女人在城墙上脱裤子,敌人的炮就自行爆炸的迷信,也不再成问题。这时,鲁迅作品进入课本至少从数量上说是空前的。前文所引报社记者称近百年语文书中的鲁迅作品为 31 篇,是很不完全的。

基础教育改革以来,高中阶段的语文课中增加了选修课程。好几家版本都有了《鲁迅作品选读》,并且都经过全国教材审定委员会通过。以实际上是钱理群主编的一套为例,入选的作品就有 44 篇之多。从这个意义上来说,媒体不时掀起什么"鲁迅作品退出教材"实在是很恶劣的炒作。炒作的目的只是为了吸引眼球,广大读者往往被媒体的潜规则忽悠而不自知。

仅仅针对鲁迅作品数量的增减提出问题,实在是很浅薄的。数量增减的背后,隐藏着相当复杂的原因,分析其中的奥秘,对于编撰课本、对语文教学应该有更深刻的意义。

首先引起炒作的是《阿 Q 正传》(片断)从某一课本中"退出",其实是不准确的。后来编者声明,只是说将其编到"课外读本"中去了。原因是许多中学生"思想隔膜""难以理解"。我认为,这个理由是不能成立的,可以说是一种拙劣的辩解。在中学课本中,学生看不懂、难以理解的比比皆是,数理化课本不算,语文课本中,先秦诸子的文章,李商隐、李贺的诗歌,学生看不懂,不是照样成为课文中不可缺少的经典吗?西方现代、后现代的作品,如《等待戈多》《墙上的斑点》更难懂,不是照样入选吗?比较起来,《阿 Q 正传》要好懂得多。同样是面对不能一望而知的课本,数理化老师的天职就是让学生从不理解提高到理解水准。但是,《阿 Q 正传》的难度并不高于某些数理公式和难题,为什么就成为排斥的理由呢?个中原因,首先是广大老师没能真正、深刻地理解鲁迅作品的伟大,也缺少切实有效的教学艺术。其次是当前的发行模式在某种程度上是买方市场。一旦使用方有所不满,编者就怯懦起来,不敢坚持原则高度,而是采取妥协的态度,把水平降低。

其实,从严格的素质教育原则上来说,发现学生对《阿 Q 正传》思想上有隔膜,理解有难度,并不是退缩的理由,有责任感、使命感的编者应该知难而进,在编撰上有所创造。钱理群编撰的《鲁迅作品选读》就是这样,钱先生不同于其他编者,把鲁迅的伟大作品置之于读者之上,让读者在仰望中自卑,他的基本原则首先是缩短青少年与鲁迅的距离,把鲁迅还原成一个人,一个普通人。第一单元,就是鲁迅和自己还是儿童的孩子的关系("父亲与儿子"),从鲁迅书信中选入了十多则极其幽默的片段。如 1934 年 6 月 7 日致增田涉:"我们都好,只有那位'海婴氏'颇为淘气,总是搅扰我的工作,上月起就把我当敌人看了。"1934 年 8 月 7 日致增田涉:"海婴这家伙却非常调皮,两三日前发表了颇为反动的宣言,说:'这种爸爸,什么爸爸!'真难办。"1934年12月20日致萧军、萧红:"代表海婴,谢谢你们送的小木棒,这个我也是第一次看见。但他对于我,大多是一个小棒喝团员。他去年还问:'爸爸可以吃么?'我的回答是:'吃也可以吃,不过还是不吃罢。'今年就不再问,大约决定不吃了。"伟大的思想家在这里俨然变成了被孩子藐视的父亲,但是,又充满了对自己孩子的天真的欣赏和调侃,诙谐幽默之趣洋溢其间。在这基础上,第二单元,选读鲁迅童年的回忆("儿时故乡的蛊惑")、第三单元"人与动物"(入选《兔和猫》等)。在把鲁迅还原为普通人的基础上,由浅入深,进入鲁迅的精神境界。接着入选的是《野草》中的散文诗,有许多课本不敢选的作品,如《死火》《雪》《腊叶》《天地人》。这些散文诗不再是写实性的,而是象征性的,意涵比较隐晦深邃,还带着某种暗淡的悲凉色彩,理解难度相对提高,接下去的五个单元,则是以对中国社会文化的分析和批判为主的文章,如:《聪明人和傻子和奴才》批判国人之奴性;《过客》显示人生历程虽然有美丽的花朵,但是终究避免不了坟墓;《示众》则揭露了国人对于被难者的麻木;《论睁了眼看》则是批判国人不敢正视现实的弱点,"用瞒和骗,造出奇妙的逃路来,而自以为正路"。其中绝大部分在许多编者看来肯定是学生比较隔膜的,难以理解的,但是,一旦理解了鲁迅这方面的思想,对《阿Q正传》的分析就不在话下了。连《阿Q正传》都不敢入选中学语文课本,实在是中国教育的悲哀。

鲁迅作品之所以这么颠来倒去地增减,甚至回避,原因就在于编者的学术准备不足,对最新研究前沿的隔膜。最有代表性的就是一位初中教科书的编者曾言,大学教授编写中学语文课本从来都是失败的。此人似乎对钱理群的《鲁迅作品选读》漠然无视,也似乎忘记了,开明版各类语文教科书的编者大多是如朱自清、郭绍虞、周予同等大学名师。

正因为对鲁迅研究的学术进展,乃至前沿的无知,才导致了鲁迅作品增减的炒作闹剧还有相当的市场。其实,问题的主要方面并不在于数量,而在于对鲁迅作品理解的深度和质量。知识结构陈腐的教师就是讲《孔乙己》这样简明的作品,真正到位的也并不太多,流行的教参教案都把《孔乙己》的"主题"当作是对科举制度的批判。如果真是这样,那它和《范进中举》有什么区别呢? 其实,《孔乙己》着力刻画的是,对这个已被科举制度摧残成废物的人成为生活中的沦落者,国人是如何对待的。在鲁迅看来,他仍然是个人,还有善良的本性,有起码的自尊。全文的关键就是"笑",这个"笑"中隐含着深邃的错位,一方面人们笑他偷书,亲眼所见,另一方面,孔乙己却竭力否认。这是全文的焦点。但是,他否认的理由(窃书不算偷)却很荒谬,因而被嘲笑。但是,孔乙己这种矢口否认中,隐含着这个沦落者最后的自尊。他是一个穿长衫的读书人,至少在口头上他不能承认自己是小偷。在小说结尾,孔乙己因为否认偷书而被打折了腿。在"亲眼看见"的人面前,理屈词穷,又被笑了,笑的人,以其狼狈为乐,哄笑又有某种好意放他一马的意思。但是,这种无恶意的笑,却是对孔乙己最后的精神底线的摧毁。这是恶毒而且残酷的,然而,发出这种笑声的人,却并没有怀着自觉的恶意,相反倒是有点友好的意味。鲁迅的深邃就在于从这种友好的欢乐中洞察了国人对弱者的冷漠和麻木的不可救药。正是因为这样,鲁迅在回答他学生孙伏园《呐喊》中哪一篇最好的问题时,他既没有提《狂人日记》,也没有提《故乡》等,甚至连《阿Q正传》都没有提。

> 我曾问过鲁迅先生,其(按:指《呐喊》)中,哪一篇最好。他说他最喜欢《孔乙己》,所以已译了外国文。我问他的好处,他说能于寥寥数页之中将社会对于苦人的冷淡,不慌不忙地描写出来,讽刺又不很显露,有大家风度。①

同时,鲁迅作品的教学效果,不但取决于编者的学识,而且取决于第一线课堂教学的质量。《鲁迅作品选读》属于专题课,应该有比一般课程更深刻的学理性,但是,像钱先生这样的水平凤毛麟角。多数版本的《鲁迅作品选读》并没有达到起码的研究性。例如,有一个版本的第一篇就是《祝福》,编者采取同页评注的方法。对于一开始对于鲁镇年关祝福的描写,编者评注曰:"通过视觉、听觉、嗅觉营造了一种节日的氛围。"这根本就没有看懂小说的内在精神。祥林嫂的死亡是一个大悲剧,鲁迅的深意乃是把它放在年关祝福的氛围中。表面上是祝福的欢乐,人人祈求来年的幸福。实质上是隐含着沉郁,所以天空的云是"灰白色的沉重的",爆竹的声音是"钝响"。在一片"迎接福神,拜求来年一年中的好运气"的忙碌中,"杀鸡,宰鹅,买猪肉,用心细细的洗,女人的臂膊都在水里浸得通红"。《祝福》是女人的悲剧,而女人却毫无感觉,这里隐含着反讽。妄谈所谓"欢乐的氛围",实在是艺术感觉的阙如。这样离谱的例子,并不仅仅在中学教师,就是在大学教授中也不乏其人,有一位教授把导致祥林嫂死亡的凶手说成是柳妈。② 其实,《祝福》的深邃在于祥林嫂的死亡是没有凶手的,她是死于一种对于寡妇的荒谬的偏见,这种偏见,并不是个别人的,而人人皆有的,连祥林嫂本人也有。

---

① 孙伏园《关于鲁迅先生》,《晨报·副刊》1924年1月12日。
② 原文是:"非压迫者柳妈就成了超个人的社会礼仪体系的直接代理人,由她出手把祥林嫂推向死亡的深渊。柳妈才是封建礼教文化的代表,直接导致了祥林嫂的死亡。"

所以导致她最后精神崩溃的只是鲁四奶奶让她不要端福礼的一句话"你放着罢,祥林嫂"这句话,应该说是很有礼貌的,为祥林嫂留足了面子,但是,却成了压死祥林嫂的最后一根稻草。正是因为人人皆有,连受害者也不例外,这种荒谬野蛮的偏见才有那么强的杀伤力,正是因为要强调悲剧没有具体凶手,凶手在每一个人的头脑中,因而是难以改变的,鲁迅才在《祝福》开头突出了人人皆在欢乐之中,而作为叙述者的"我"却怀着难以摆脱的沉痛的悲郁。为什么要给这个与情节、与祥林嫂的命运毫无关系的人,用去了差不多六分之一的篇幅?原因就是以他的悲郁来反衬整个鲁镇人的麻木。

只有广大师生在解读鲁迅作品的深度方面普遍有所长进,一些忽悠读者的炒作行为才可能失去市场。

《三顾茅庐》：对英雄的诗化、神化和宿命的悲剧化

《隆中对》是历史作品，其根本价值是真实，真实是理性的；《三国演义》是小说，其根本价值是审美，而审美价值的核心，乃是情感，是与理性相对立统一的。《隆中对》写刘备主动去拜访诸葛亮，完全是出于理性的考虑，为了自己的宏图霸业。关键是诸葛亮给刘备出了什么样的主意，制定了什么样的战略。至于三顾的过程，情绪上有些什么样的反应，是无关大体的。所以《三国志》上，只有这么两句话：

凡三往，乃见。

这是根据诸葛亮《出师表》中的"三顾臣于草庐之中"而写的。而对于小说来说，如果这样照搬，就没有艺术感染力了。艺术审美价值要超越历史的真，是通过假定、虚拟和想象来实现的。因而，阅读《三顾茅庐》，首先要把注意的焦点集中在历史素材中没有的、作者虚构出来的东西上；其次要注意《三国志》中素材被《三国演义》改变了的东西。在《三国志》中，"三顾茅庐"只有短短的五个字。而《三国演义》却虚构了那么曲折的一个过程，这是因为《三国演义》是古典传奇小说，重要的是情节。情节的生命之一就是曲折延宕，就是悬念，让读者的关切点悬在那里，作者要有足够的狠心和读者的期待作对。

"三顾茅庐"的主角当然是诸葛亮。他不但是这个片断的核心，而且是《三国演义》作者心目中理想人格的化身。《三国演义》写到第三十七回，也就是差不多三分之一已经过去了，才让诸葛亮出场。和其他人物的出场相比，作者拿出了最大的热情，浓墨重笔，反复地、尽情地渲染。

首先，在他出场之前，《三国志》和《资治通鉴》提供的素材，已经有两个人物给他以极高的评价。这一点到了《三国演义》里，读者期待的氛围得到强化。徐庶说诸葛亮有

"经天纬地之才,盖天下第一人也"。这种评价比之《三国志》已经是拔高了,极端化了,而极端化正是情感的特点,而不是理性的特点。这种情感既是人物的,又是作者的。第二个是司马徽,说诸葛亮的才能超过他自比的管仲和乐毅,可比姜太公和张良。对这个司马徽,《三国演义》不但写他智商很高,而且写他身上有一种神秘的超凡的气质。他料事如神,料定徐庶因母而去曹营,其母却因之而死。事实证明果然如此。对于诸葛亮的出山,和《三国志》里的极力推荐不一样,他是有保留的,(怪徐庶,"惹他出来呕心血也")甚至可以说是反对的,预言诸葛亮肯定不能成功。刘备留他不住,他径自出门仰天大笑,曰:

"卧龙虽得其主,不得其时。惜哉。"言罢,飘然而去。玄德叹曰:"真隐居贤士也!"

作者显然是要强调此人的预见是正确的,被日后的历史所证明。诸葛亮命中注定的失败,有点宿命的必然性。把极端有智慧的人写得超凡脱俗,这种方法恰恰就是作者渲染诸葛亮的方法,这种人格风采其实就是诸葛亮出山之前的风格。极其高贵的人格中,隐隐约约显出一点悲剧性的味道,目的是为小说中诸葛亮的结局安排伏笔。从这里读者已经可以感到,《三国演义》的作者对于诸葛亮这个理想人物的创作原则,就是神化、诗化、英雄化和悲剧化的交织。后来受到《三国演义》的同类人物,如《水浒传》中公孙胜,《说唐》中徐茂公的影响,虽然不乏神化仙化,却因为神化仙化而避免了悲剧性。这种悲剧化的深度,要等到诸葛亮鞠躬尽瘁、身死五丈原之后才能显示。而在这以前,把隐逸化的境界加以诗化,抒情化。这种诗化,又并不是直接的抒情,而是通过曲折的过程把悬念层层强化。所以,三顾等于把读者的期待强度乘以三次方,每一次方都交织着多层次的诗化。

第一顾有三个层次。

第一层次是,荷锄耕于田中的农人的歌谣。提示诸葛亮看透了世俗的荣辱,不过是游戏而已(陆地似棋局),而自身却是漠不关心(高眠卧不足)。

第二层次是,应门童子出来,刘备报了一大堆头衔,童子却说"记不得许多名字",反衬出刘备太俗气。与之相对照的则是孔明踪迹不定,随心所欲,不知何往,归期亦不定。完全摆脱了世俗的功利目的。隐士出世的心态与入世的功利追求形成对照。

第三层次是,孔明之友崔州平。这个人不是孔明,但其远见卓识,又有孔明的风范。给刘备泼了一盆冷水。崔氏把司马德操的宿命论大加发挥了一通,不过带上了历史循环论哲学的色彩。治乱循环是规律,如今正好碰到由治而乱的节骨眼上,想要改变这种规律,恐怕是"徒费心力耳"。这又把孔明未来的悲剧性加重了一笔。这是第二个反对孔明出山的人,但其外部风貌却和孔明如出一辙:

> 容貌轩昂,丰姿俊爽,头戴逍遥巾,身穿皂布袍,杖藜从山僻小路而来。

他非常直率地宣言:"愚性颇乐闲散,无意功名久矣。""言讫,长揖而去。"这和司马德操一样的"闲散",是诸葛孔明"不求闻达于诸侯"的精神的投影。

　　作者之所以要让他像孔明,像到被误认为是孔明的程度,就是为了从自然环境和人事环境两个方面来渲染孔明的超凡脱俗。这种氛围越是得到强调,刘备的目的就越是难以达到,情节的悬念也就越强。这种情节,这种悬念是很特殊的,一般的悬念不确定,大都是因为人事有矛盾、有阻力。但这里却没有人事上的反作用力,只有背后的议论而已,一切都有待诸葛亮自己决定。可是,诸葛亮的环境却越来越明确地暗示,刘备的功名心与诸葛亮的超凡脱俗是冲突的。

　　一顾茅庐的过程与其说是情节,不如说是情景的链锁,也就是环境的转移,阻碍诸葛亮出山的氛围越来越浓。

　　到了第二顾,进一步把诸葛亮诗化、雅致化。

　　先是对联"淡泊以明志,宁静而致远"。这本是诸葛亮的训子名言。接着又是一首赋,其中有"聊寄傲于琴书兮,以待天时"。好像是出山的意向比较明确了,岂料又生出一段曲折。原来这个正在读书的人并不是诸葛亮,而是他的弟弟。得到的信息则是诸葛亮又出去"闲游"去了。这个"闲"字很关键,就是无目的,超越功利。

　　刘备又白跑了一趟,失望归去。却冒出来一个老先生,让刘备,包括读者误以为是诸葛亮来了,因为他的形象着实有点儿仙风道骨的味道:

> 玄德视之,见小桥之西,一人暖帽遮头,狐裘蔽体,骑着一驴,后随一青衣小童,携一葫芦酒,踏雪而来。

这是一幅充满古典诗意的文人画:骑驴,而非骑马,说明并不追求富贵;随一小童,显示生活安闲,琐事不用操心;携一葫芦酒,乃是逍遥的情致;踏雪而来,以不避风寒为美。作者唯恐如此诗意被读者忽略,又让这个人物口吟歌颂雪里梅花的诗歌。文章做足了以后,让刘备诱导读者以为"此真卧龙矣",却发现此人又不是诸葛亮,而是他的丈人。而那首很高雅的诗,却是诸葛亮所作。情节起伏跌宕之妙,尽在其中。

这里所用的全是烘托之笔:表面上孔明没有出场,实际上他的志趣,他的人格,他的情操,他的风格都已渗透其间了。毛宗岗在评点《三国演义》第三十七回时这样说:

> 此卷极写孔明,而篇中却无孔明……孔明未得一遇,而见孔明之居,则极其幽秀;见孔明之童,则极其古淡;见孔明之友,则极其高超;见孔明之弟,则极其旷逸;见孔明之丈人,则极其清韵;见孔明之题咏,则极其俊妙。不待接席言欢,而孔明之为孔明,领略过半矣。①

毛氏的意思是,虽然经历了曲曲折折还是见不到孔明,但这见不到孔明之处,无一不与孔明的心灵境界息息相通。其居之幽秀,乃孔明之幽秀;其童仆之古淡,乃孔明之古淡;其友之高超,乃孔明之高超;其弟之旷逸,乃孔明之旷逸;其丈人之清韵,乃孔明之清韵;其俊妙之题咏,乃孔明之格言。所有这一切,都高度统一于孔明的志趣高逸,格调高雅,充满高人逸士的幽雅环境之中。既是淡泊以明志,"不求闻达于诸侯",又透露出"以待天时"的志向。

等到第三次光顾,终于见到了诸葛亮。

如果用欧·亨利的手法来写,其结尾肯定是急转直下,情节曲折的密度加大,然而,叙述时间的长度趋向于零,小说戛然而止,意义却发生了倒置。因为《三国演义》是长篇小说,又是传奇故事,所以它最后的曲折并未成强弩之末,而是柳暗花明。毛宗岗在《三国演义》第三十八回前的总评中,用"九曲武夷"来比喻刘备第三次光临见到孔明前的反复和曲折。我们不妨用数字在括弧里分别标明这"九曲":

> 玄德第三番访孔明……使一去便见,一见便允,又径直没有趣矣。妙在诸葛均不肯引见,待玄德自去,于此作一曲。(一)及令童子通报,正值先生昼眠,又一曲。(二)玄德不敢惊动,待其自醒,而先生只是不醒,则又一曲(三)。及半晌方醒,只不起身,却自吟诗,则又一曲(四)。此未见前之曲折也。及初见时,玄德称誉再三,孔明谦让再三,只不肯赐教,于此作一曲(五)。及玄德又恳,方问其志若何:直待玄德促坐,细陈衷悃,然后为之画策,则又是一曲。(六)及孔明既画策,而

---

① 陈曦仲等《三国演义会评本》(上),北京大学出版社1986年版,第460页。

玄德不忍取二刘,孔明复决言之。而后玄德始谢教。则又一曲。(七)孔明虽代为画策,却不肯出山,直待玄德涕泣以请。然后许诺,则又一曲。(八)及受聘,却不即行,直待留宿一宵,然后同归新野,则又一曲。(九)①

《三国演义》向来被认为是"七实三虚",一般认为,得力于《三国志》有七成之多,但这里,恐怕是一实九虚,那些最生动之处,完全是罗贯中虚构的。这种虚构充满了神秘感,充满了古典隐士的清高和文人雅士的诗境。这种意境是《三国演义》的核心价值之所在。那就是奇才决定胜负,对于奇才无条件的崇拜。孔明是奇才中的奇才,因而要拥有尊崇之上的尊崇。表现理想化的君王对此等人才极尽殷勤卑微之能事,不厌其烦的曲折不是后果严重的大起大落,而是幽雅情境的曲折变幻。

从初顾到三顾,多到近二十回合的曲折,很可能造成沉闷和单调。但是,读者却没有这样的感觉,就连易中天这位对《三国演义》持批判态度的人都认为,"实在很精彩,也很有意思"②。这里除了情境本身的变化以外,最精彩之处是刘备的亲信张飞和关公的反衬。关公比较有修养,只是委婉地表示怀疑,而张飞竟然前后三次表示愤怒,这就不仅仅是环境的渲染了,而是人情的阻力。张飞把诸葛亮看成一个"村夫",说"使人唤来便了"。这本是刘备当初对徐庶说的话,《三国演义》为了塑造刘备求贤若渴、诚恳殷勤的形象,把这话转送给张飞,从内涵上说,显然是反衬了刘备求才的诚恳;从艺术上说,却是强化了故事的生动性。前面氛围的烘托,全是高雅的、诗化的,而张飞的这几笔却是另一种路子,比较粗俗。这种粗俗有另一种趣味,那就是有点好笑,也就是有点谐趣。第二顾的人情阻力是关公发难,仍然写得非常委婉:怀疑诸葛亮徒有虚名,故意"避而不见"。所用的语言全是书面文言,这符合夜观《春秋》的关公的修养。而张飞第二次提出他的"村夫"论:

量此村夫,何为大贤!今番不须哥哥去;他如不来,我只用一条麻绳,缚将来!

这样的曲折,不仅是情感的错位,是性格的错位,而且是语言(书面语与口语)的分化,比第一次更加强化了。但是,作者并不以此为满足,还有第三次:等到明确了孔明就在家里,只是"昼寝未醒",刘备只好拱立于阶下,等了半晌,居然还没有动静。张飞大怒,

---

① 陈曦仲等《三国演义会评本》(上),北京大学出版社1986年版,第473页。
② 易中天《品三国》,上海文艺出版社2006年版,第153页。

谓云长曰：

> 这先生如何傲慢！见我哥哥侍立阶下，他竟高卧，推睡不起！等我去屋后放一把火，看他起不起！

张飞的介入使本来单纯曲折的雅趣、诗趣，渗入了一些俗趣和谐趣。《三国演义》的价值观是比较宏观的精英价值，主要是高级的谋略价值，很高雅，然而，《三国演义》毕竟是一种大众文化，因而，不时要请张飞出来，增添一种平民视角。这在通篇都是雅致的诗化氛围中渗入一点诙谐趣味，显得趣味盎然。因而，叶昼假托性格率真的李贽评语说：

> 孔明装腔，玄德作势，一对空头，不如张翼德，果然老实也。①

当然，叶昼这样的批语对于孔明是冤枉的，人家本来就反复强调不想出山，没有见到真正的知己是不轻易下决心的。但是，对于刘备这样的批评，并非完全没有道理，毕竟《三国演义》的作者太过在意刘氏的正统王朝地位了，千方百计美化刘备，弄到有点做作了。鲁迅批评《三国演义》为了抬高刘备而把他弄得有点"似伪"了。在最后，诸葛亮还是不想出山，"玄德泣曰：'先生不出，如苍生何！'言毕泪沾袍袖。衣襟尽湿"。② 一个四十多岁的军阀，眼泪会像自来水那样容易流出来吗？叶昼托名李贽评曰：

> 玄德之哭极似今日妓女。可发人笑也。③

这当然有些苛刻，但也不无道理。如果排除罗贯中那种正统观念，把《三国演义》当作一部艺术品看待，完全可以称赞罗贯中的笔力，把一个军阀写得有点虚伪，可能并不一定是《三国演义》的缺点。对于诸葛亮的超凡才智，《三国演义》的作者更是极力尊

---

① 陈曦仲等《三国演义会评本》（上），北京大学出版社1986年版，第471页。
② 托名李贽评点本作："玄德哭泣曰：'先生不肯救济生灵，汉天下休矣！'言毕，泪沾衣襟袍袖，掩面而哭。"
③ 陈曦仲等《三国演义会评本》（上），北京大学出版社1986年版，第477—478页。

崇。鲁迅批评说:为了表现其多智,有点"近妖"了。罗贯中不能回避的一个问题是,最后诸葛亮并没有实现他和刘备所预言的那种结果,命令一位上将,率领大军北伐,老百姓就一致拿着慰劳品前来欢迎,恢复汉室的霸业就唾手可成,这明显是一种浪漫主义的空想。特别是历史上的诸葛亮只是一个行政的干才,在军事上"奇谋为短"。六出祁山,身死军中。蜀汉最后还是灭亡了。这样的历史罗贯中不能不面对。为了把理想人格、理想才干和历史真相统一起来,罗贯中虚构出一种理论:那就是曹魏得天时,孙吴得地利,而蜀汉得人和。得人和就是得民心,但老天不帮忙。不得其"天",不得其"数",只能鞠躬尽瘁,死而后已。一代英才就这样无可奈何地面对悲剧的宿命,正如司马徽在开头时所说:"卧龙虽得其主,而不得其时。"这也是《三国演义》的矛盾,一方面是绝对明智,能对未来作绝对准确的预测,另一方面则是绝对的无奈,总是有点悲剧的阴影,总是在最明智的英雄头顶上盘旋。

附:

鲁迅是否忽视了《三国演义》的奇谋决定论?

关于《三国演义》在艺术上的评价,鲁迅在《中国小说史略》中说"据旧史"杂用野史、平话:

> 杂虚辞复易滋混淆,故谢肇淛(《五杂组》十五)既以为"太实则近腐",清章学诚(丙辰札记)又病其"七实三虚惑乱观者"。至于写人,亦颇有失,以致欲显刘备之长厚而似伪,状诸葛之多智而近妖;惟于关羽,特多好语,义勇之概,时时如见矣。……又如曹操赤壁之败,孔明知操命不当尽,乃故使羽扼华容道,俾得纵之。而又故以军法相要,使立军令状而去,此叙孔明止见狡狯,而羽之气概则凛然。与元刊本平话,相去远矣。①

在艺术上,关公形象被一笔抹杀,究其原因,第一,是把小说的虚构和想象与历史混淆了,即"杂虚辞复易滋混淆"。而把旧小说抬上正统地位的胡适的批评更是尖锐,其理由与鲁迅相反,说它"拘守历史的故事太严,面想象力太少,创造力太薄弱",但是,两位大师对《三国演义》的文学价值、形象塑造的贬抑却是异曲同工。胡适的话是这样

---

① 《鲁迅全集》(第9卷),人民文学出版社2003年版,第135—136页。

说的：

> 这部书现行本(毛本)虽是最后的修正本，却仍旧只可算是一部很有势力的通俗历史讲义，不能算是一部有文学价值的书。为什么《三国演义》不能有文学价值呢？这也有几个原因。第一，《三国演义》拘守历史的故事太严，而想像力太少，创造力太薄弱。此书中最精采，最有趣味的部分在于赤壁之战的前后，从诸葛亮舌占群儒起，到三气周瑜为止。三国的人才都会聚在这一块，"三分"的局面也定于这一个短时期，所以演义家尽力使用他们的想像力与创造力，打破历史事实的束缚，故把这个时期写得热闹。我们看元人的"隔江斗智"与此书中三气周瑜的不同，便可以推想演义家运用想像力的自由。因为想像力不受历史的拘束，所以这一段能见精采。但全书的大部分都严守传说的历史，至多只能在穿插琐事上表现一点小聪明，不敢尽量想像创造，所以只能成一部通俗历史，而没有文学的价值。①

这一直是个值得争论而又未能展开相应规模争论的学术问题。认真读过《三国演义》的读者，如果具有独立的艺术欣赏力，一定会觉得困惑不解，在这本号称经典的文学名著中，充斥着那么多跑龙套式的人物，许多人物只是像影子一样一晃而过，在几句平淡的叙述中，还没有来得及给读者留下任何印象，就再也见不到了。这样的人物在《三国演义》中为数在百个以上。按照写小说的基本要求是可有可无的，理应删去，然而罗贯中舍不得。这就产生了一个现象：《三国演义》中没有生命的人物比《水浒传》中顺便带过（以凑满一〇八将）的要多得多。

我想许多读者在潜意识中也一定有过这种感觉，只是慑于《三国演义》的经典权威不敢多想，把发现真理所必要而正当的怀疑精神自行扼杀了。鲁迅的批评，当然不能说没有道理。例如，赵云在刘备溃败之际，于乱军中血染数重征袍，救得刘备的独子，刘备却掩盖着喜悦之情，把宝贝儿子扔在地上说，为了一个小毛孩子，险些损失了我一员大将！这恐怕是做作，但写出一个军阀在败亡之际作出这样的姿态，正是抓住了刘备的个性。这种个性本身的虚伪成分，罗贯中也许感觉不强，但作为艺术形象，能让读者感觉到他言不由衷的"虚伪"，不正是艺术上成功的表现吗？

鲁迅对《三国演义》的批评也有自相矛盾的地方。他在《中国小说的历史变

---

① 欧阳哲生编《胡适文集》，北京大学出版社1998年版。

迁》一文中说："描写过实。写好的人，简直一点坏处都没有；而写不好的人，又是一点好处都没有。"他举曹操、刘备、关羽为例，至少论点与例证不相符。罗贯中把刘备的"长厚"写过头了，因而有使刘备近于虚伪之处，这就是说好人也有坏处了。至于说曹操，作者的厌恶之情是十分强烈的，多数写他的凶残、虚伪、忌才，但对于他的求才若渴和文韬武略也没有完全抹杀。当然从历史评价的角度来说，这个奸雄的性格内涵还是相当复杂的，其间的原因鲁迅没有深入分析，其实是涉及了的，那就是"文章和主意不能符合"。用今天的话来说，就是作家的主观动机和艺术的客观效果不统一。

以鲁迅批评最多的诸葛亮形象来说，"多智而近妖"，大体指的是"借东风"之类。这里有个古代英雄传奇的超现实智能的共同历史规律问题，姑且不论。就以"借东风"之多智逼出周瑜之多妒而言，使并肩对敌处于生死攸关之境地的战友，心理上距离层层拉开，引出后来的"三气周瑜"，使之死前说出"既生瑜，何生亮"的名言。周瑜由妒才致死的性格逻辑如此独特，以至于在中国乃至世界文学史上都找不到第二个。仅就这一点来说，诸葛亮作为一个人物是不能孤立评价的。诸葛亮和他所反衬的周瑜形象是一个统一的结构，其关系是有机互动的，结构不但大于要素之和，而且会发生质变。另外，乃是鲁迅对于《三国演义》的中心主题缺乏准确的把握。在我看来，《三国演义》中临机应变、足智多谋的战略战术不胜枚举，但其基本思想是争取正统王位的"奇才决定论"。曹操求才而忌才，孙权雄才而重才，关公恃才，周瑜妒才，诸葛亮以才报知遇之恩。只有刘备是例外：无才。但身为正统，倾心用才，有奇才者则平等待之如兄弟、尊之如师长。一部《三国演义》就是一部求奇才、争奇才、斗奇才的心灵交战图。

《三国演义》许多大大小小的战役往往因为一才之得或一才之失而决定胜败。这和《西游记》一样，因一法术、一仙之助而渡过难关。《水浒传》的许多征战也有类似的特点，打到十分困难的时刻，便有人献策争取某一能人，哪怕是用欺骗的手段也好，只要引进人才就能逢凶化吉。如果《三国演义》满足于这样的套路就没有它独特的魅力了。值得庆幸的是《三国演义》在"奇才决定论"的老套之下展开奇才人物之间复杂错综的心灵搏斗图。正是因为这样，《三国演义》语言上的缺陷（诸多陈词滥调，斗智多为理性）才被掩盖了，对于艺术上没有独立分析能力的读者来说，简直可以略而不计。

《林教头风雪山神庙》:"雪"在情节中的作用

林冲在《水浒传》中可谓是"逼上梁山"的典型形象,他本来是统治集团中的上层人物,东京八十万禁军教头。他的职责是镇压造反,但最终却不得不走上造反的道路,其原因用"逼上梁山"概括再准确不过了。《水浒传》这个"逼"字的艺术,就是让人物接二连三地遭遇身不由己的挫折,不但被打出了生活的常轨,走向了职责的反面,而且是从心理上、从性格上打出了常轨,让他从一个正统人物变成了造反到底的人物。

一、四重逼迫的功能:把林冲打出常轨

林冲出场的时候,是被作者当作正统英雄来表现的,高级军官的地位决定了他武艺高强,外表温文尔雅,他对外表粗豪的鲁智深一见如故,当即结拜成兄弟,表现出惺惺相惜的英雄气质。但是,要从内心深层把这个高贵的正统英雄逼成义无反顾的强盗谈何容易。作者让他遭遇多重的侮辱和灾难,两度置之于死地,终于把外表儒雅的英雄心理深层的凶残逼迫了出来。

第一重逼迫:正当他和鲁智深相见恨晚之时,丫鬟来报,自己的妻子遭到非礼。这种侮辱是任何英雄都不能容忍的。《水浒传》写道:"林冲走到跟前,把那后生肩胛只一扳过来,喝道:'调戏良人妻子当得何罪!'恰待下拳打时,认的是本管高太尉之子高衙内……先自手软了。"这个"软"字对英雄来说,用得太狠了。待到鲁智深匆匆赶来帮他"厮打"时,林冲反而为高衙内打圆场,说他不认得自己的妻子,若惩罚他,"太尉面上须不好看。自古道,'不怕官,只怕管',权且让他这一次"。这次事变,本来性质很严重,但是这位英雄竟然忍了。如果林冲的故事到此为止,就太不像英雄了。这说明,英雄在心理上受职务地位的约束,有点逆来顺受,这个事变没有把他打出常轨。

第二重逼迫:作者让林冲自幼结交的朋友陆谦骗林冲的妻子到他家,让高衙内调戏。林冲得知后,把"陆虞候家打得粉碎",还带了一把"解腕尖刀"找此人寻仇。前后

寻了三天没有寻到,在娘子的苦劝下,这才作罢。这说明,顶头上司的儿子不敢碰,与自己称兄道弟的人却不能饶过。英雄毕竟是英雄。应该说,此时的英雄还没有被打出常轨,仍然是高级军官,只是心理上稍稍出了一下常轨,很快又恢复了。

第三重逼迫:林冲被骗,中了高太尉的计,带刀误入白虎节堂,被判流放沧州。这次打击,其特点是使林冲从社会地位上被打出了常轨:从一个高级军官变成了一个脸上刺着金印的犯人。特别是在野猪林,差一点儿就被高太尉买通的解差杀害。幸而有鲁智深暗中跟随,才保住了性命。此时林冲的心理是不是与社会地位同步,改变他逆来顺受的常轨呢?没有。当鲁智深提出要杀"这两个撮鸟"时,林冲却说,"尽是高太尉陆虞候两个分付",他们"怎不依他?你若打杀他两个,也是冤屈"。林冲被逼如此,明明可以杀了解差,义无反顾地造反,却继续带着枷乖乖当他的罪犯。林冲的性格在层次上很有特点:一方面是社会地位的丧失,一方面是反抗性的丧失,逆来顺受有过于娘子受辱。

第四重逼迫:高太尉派陆虞候、富安来追杀。这是最后一逼,目的是要把林冲的最深层的心理毅然决然、义无反顾、杀人割头的造反气概逼出来。如果让情节直接进入高潮,本当易如反掌。但是,直截了当让林冲杀人,在艺术上没有多少出彩的地方。《水浒传》的写法,其高明不在于逼反的结果,而在于林冲从逆来顺受到杀人不眨眼的过程,这个过程的精致决定了林冲形象的艺术高度。

二、李小二在林冲心理过程中的作用

正因如此,《水浒传》把叙述线索放在林冲从发现到确认高太尉派人来追杀的过程上。这个过程没有直接连续,而是荡开一笔,写他遇到一个不相干的人物,那就是当年东京的酒生儿李小二。林冲曾有恩于他,故来往亲热,似乎是个闲笔,但是,草料场之火是高太尉派陆虞候、富安来伙同当地差拨所为,须让林冲知道才能引起杀机。如果用补叙手法,像鲁智深野猪林救林冲那样,一口气把前因说出来,不但手法重复,而且粗糙。作者不等情节发生以后再作说明,而是为后果先安排前因,这叫作伏笔。在金圣叹评点中叫作"草蛇灰线法""骤看之,有如无物,及至细寻,其中便有一条线索,拽之通体俱动"[①]。对于这一点,金圣叹有理论性的阐释:"文自在此而眼光在后""文自在后而眼光在前""如酒生儿李小二夫妻,非真谓林冲于牢城营有此一个相识,与之往来

---

① 陈曦仲等《水浒传会评本》(上),北京大学出版社1981年版,第20页。

火热也。意自在阁子背后听说话一段绝妙,则不得不先作一个地步,所谓先事而起波也。"①李小二夫妻在情节中的功能在于"阁子背后听说话一段",但小说中,并不让小二妻子(读者)听清全部,只听得其中片断"高太尉""好歹结果了他性命"。金圣叹评说:"阁子背后听四个人说话,听得不仔细,正妙于听得不仔细。"②表面上是不让小二妻子一下子就知道,实际上是让林冲慢慢感知。从情节上说,是有曲折;从人物上说,是感知有过程,为杀人割头后果的最初布置前因。

整回情节,都是叙述和对话,几乎没有直接的心理描写,但其构思却是把林冲的心理感知作为纲领,一步步打出常轨。这个过程是起伏跌宕的。第一层:林冲断定来人系陆虞候,也曾戴着解腕尖刀,但是三五日不曾寻着,那复仇的心思就慢慢淡化了。第二层:不但没有危机的苗头,反而得了个比之看天王堂更好的差事。第三层:接管草料场。从此以后,情节的最后关键就是让林冲亲耳得知,放火烧草料场并想烧死自己的,就是高太尉派来的陆虞候。

三、林冲变得冷血的关键不是"火"而是"雪"

作者此时用的是第三人称全知全能式的叙述视角,实际上,又是循着林冲的单一感知来叙述的。要让林冲当面听到陆虞候自述来此烧死林冲的阴谋几乎是不可能的。对于作家采取的叙述策略,金圣叹的评注,说其好处在于反复强调了许多"火"字:

> 此文通篇以火字发奇,又于大火之前,先写许多火字,于大火之后,再写许多火字,我读之,因悟同是火也,而前乎陆谦,则有老军借盆,恩情朴至,后乎陆谦,则有庄客借烘,又恩情朴至,而中间一火独成大冤深祸,为可叹也。夫火何能作怨,一加之以人事,而恩怨相去遂至于是……文中写景处,都要细细详察,如两次照顾火盆,则明林冲非失火也,止拖一条絮被,则明林冲明日要归来,今止作一夜计也。如此等处甚多。③

金圣叹很有艺术眼光,在当时可能是最有文学评论才华的,他看出了作者为草料

---

① 陈曦仲等《水浒传会评本》(上),北京大学出版社1981年版,第204页。
② 陈曦仲等《水浒传会评本》(上),北京大学出版社1981年版,第204页。
③ 陈曦仲等《水浒传会评本》(上),北京大学出版社1981年版,第205页。

场之被火烧的结果细心地部署下了前因。这种"草蛇灰线法",表明"作者之胸下有经有纬"①。对于古典小说情节之逻辑严密,特别是细节之前后照应,在金圣叹应该是一大发现。在评注武松打虎时,他反复强调打虎之前,"哨棒"被反复提及了17次。但是,这个优长似乎被他看得太过了。其实"哨棒"之有无于武松打虎,不在其有,而在其未见老虎便夸口怕老虎的不是好汉,见到老虎时却是把酒都做冷汗出了,而且唯一的武器哨棒,打不准,用力过猛,打断了。说明武松一时惊慌失措。这里,金圣叹对"火"的强调也是一样:一方面,事前反复提醒读者"文中写景处,都要细细详察",在草料场,"火"隐藏危机的可能;另一方面,也没有忽略,"两次照顾火盆,则明林冲非失火也"。特别是第二次,临走时,特地交代林冲"恐怕火盆内有火炭延烧起来,搬开破壁子,探半身入去摸时,火盆内火种都被雪水浸灭了"。金圣叹也明说,后来的火"不是失火"。既然不是失火,那么反复提及的好处在哪里呢?金圣叹语焉不详,只是含糊地说"夫火何能作怨,一加之以人事,而恩怨相去遂至于是"。但是,火是情节的结果,而不是情节的原因。对于情节来说,重要的不是结果而是什么原因导致的结果。

其实,金圣叹在这里多多少少有点儿看走了眼,对于林冲的感知程序来说,重要的不是火,而是雪。如果不下那么大的雪,林冲很可能被烧死在草料场内。这一回中,有几次通过林冲的感知提醒读者,第一次是走草料场之初,"彤云密布,朔风渐起,却早纷纷扬扬卷下一天大雪来",金圣叹于此处评注曰:"一路写雪,妙绝。"第二次是写林冲出门去买酒"那雪下得正紧",金圣叹又评注曰:"写雪妙绝。"第三次是林冲买了酒回来又写"看那雪,到晚越下得紧了",金圣叹又评注曰:"写雪妙绝。"一连三次赞叹雪写得妙,说明金圣叹感觉到了雪的精彩,却并不明白精彩的原因。其实,金圣叹被自己的理论遮蔽得厉害。这一回的回目是"林教头风雪山神庙",可见关键在风雪。再说,林冲回到住处,"那两间草厅,已被雪压倒了"。这本已足够暗示雪在情节中的作用,作者还恐怕读者粗心,又在叙述以外,加上难得一见的评说:"原来天理昭然,佑护善人义士,因这场大雪,救了林冲的性命。"这还不算,在金圣叹所修改的原本(一百二十回本)一开头就有一段"诗曰",其中有"若非风雪沽村酒,定被焚烧化朽枯"之句。另外,在去草料场的路上和沽酒回来的路上,对雪还以诗语加以渲染,其中之一是这样的:

凛凛严凝雾气昏,空中祥瑞降纷纷。须臾四野难分路,顷刻千山不见痕。

---

① 陈曦仲等《水浒传会评本》(上),北京大学出版社1981年版,第205页。

> 银世界,玉乾坤,望中隐隐接昆仑。若还不到三更后,仿佛填平玉帝门。

由此可见,作者对于雪的重视已超过了一般的写景。金圣叹感觉雪写得"妙绝"是对的,但却不明白雪在情节中的妙用。以金圣叹的艺术感受力,觉得这些诗语实在并不高明,就在改编的 71 回本将之通通删除。但他没有意识到其中的合理性在于,雪在情节中起着非同寻常的关键作用,否则,林冲被雪压死,情节将无以为继。按照金圣叹的理论,林冲不死是后事,而草蛇灰线法则要为之安排前因,那就是让他去沽酒。为了让他去沽酒,先让原本看守草料场的老军人告诉他附近有市井,可以沽酒。为了让他在草屋塌倒以后有个去处,在沽酒路上,先安排他"看见一座古庙"。在古庙里让他"顶礼道:'神灵庇佑,改日来烧纸钱。'"有了这样的伏笔,林冲才不得不在草厅倒了以后,来到这所古庙。不来到这里,就不可能亲耳听到陆虞候述说高太尉派他们来害死林冲的来龙去脉。在野猪林林冲对待要害他性命的解差董超、薛霸,因为是奉高太尉的差遣,所以劝鲁智深不要杀他们。而在这时,虽然听出来仍然是高太尉的差遣,但是,这一笔可以用压死骆驼的最后一根稻草来形容,林冲内心长期积聚的愤恨和屈辱瞬间爆发了,在心理上被彻底地打出了常轨:这个温文尔雅、逆来顺受的英雄,化作了尽情杀戮的屠夫。《水浒传》对林冲的杀人,用了相当淋漓的笔墨,描写了一连杀死三个人的过程。特别是对卖友求荣的陆谦,写得更是痛快淋漓:先是痛骂,然后是"把陆谦衣服扯开,把尖刀向心窝里只一剜,七窍迸出血来,将心肝提在手里"。值得注意的是,林冲杀人的过程,并不以杀为满足,杀得很有程序。先将差拨的头割下来,挑在枪上。从心理到动作都很有程序,显得格外从容。

> 把三个人的头一并割下来,头发结做一处,提入庙里来放在山神庙前供桌上,再穿了白布衫,系了膊膊,把毡笠子戴上去,将葫芦里冷酒都吃尽了。被与葫芦都丢了不要,提了枪,便出庙门投东去。

从一个高级军官已经成了杀人犯,心理上该有多么大的震撼啊,但是,林冲毕竟是林冲,毫无心慌意乱之感。居然把杀人的事情做得如此镇静,镇静到还有闲心"将葫芦里冷酒都吃尽了",这可真是中国传统小说叙述的大手笔了。特别是冒着严寒,走到一个庄子外面,向人家买一点酒来挡挡寒气。遭到拒绝后却变得暴躁起来,不说自己不讲理,而是说:"这厮们好无道理!""把手中枪看着焰焰着火的柴头,望老庄家脸上只一挑,又把枪去火炉里只一搅,那老庄家的髭须焰焰的烧着。"还把在场的庄客赶打跑了,把人家的酒拿来喝了个"快活"。结果是醉倒在雪地里,被人家吊起来打。这个外表温文尔雅的高级军官,杀人时都没有暴躁,却在杀了人以后,变得无理暴躁起来。这是在向读者显示,刚才他憋在心里的一股怨气发泄在不相干的人身上。这就怪不得金圣叹在《读第五才子书法》中要说:"林冲自然是上上人物,写得只是太狠。看他算得到,熬得住,把得牢,做得彻。都使人怕。"①

真正从内心里被打出常轨的林冲和那个刚出场时外表温文尔雅,"手执一把折叠纸西川扇子"的林冲,妻子受上司儿子的侮辱而忍气吞声的林冲,差一点被解差杀了而逆来顺受的林冲,似乎是另外一个人了,但是,正是因为好像是另外一个人了,才显得他更是林冲这个人物了,他内心深处被压抑得越是苦,爆发出来的力量越是强,人物内心越是有立体感。

---

① 陈曦仲等《水浒传会评本》(上),北京大学出版社 1981 年版,第 19 页。

《范进中举》：双重的喜剧性

一、从原始素材的实用理性上升到审美情感

《范进中举》并不完全是作者的虚构，它是有原始素材的。清刘献廷的《广阳杂记》卷四中有一段记载：

> 明末高邮有袁体庵者，神医也。有举子举于乡，喜极发狂，笑不止。求体庵诊之。惊曰："疾不可为矣！不以旬数矣！子宜亟归，迟恐不及也。若道过镇江，必更求何氏诊之。"遂以一书寄何。其人至镇江而疾已愈，以书致何，何以书示其人，曰："某公喜极而狂。喜则心窍开张而不可复合，非药石之所能治也。故动以危苦之心，惧之以死，令其忧愁抑郁，则心窍闭。至镇江当已愈矣。"其人见之，北面再拜而去。吁！亦神矣。①

最后一句："吁！亦神矣。"用今天的话来说就是："哎呀！袁医生的医术真是棒极了。"可以说这句话是这段小故事的主题：称赞袁医生的医术高明。他没有用药物从生理的病态上医治这个病人，而是从心理方面治好了他。

这件事本身有一点生动性，读起来也相当有趣，但若拿来和《儒林外史》比较，就会觉得相去甚远，因为这个故事的全部旨趣都集中在实用价值方面——袁医生出奇制胜地用心理疗法治愈了精神病。实用价值、理性占了优势，以至于这位活生生的新举人的特殊情感状态——为什么开心得发狂——完全不在作者的关注范围之内。在治愈的过程中，与之相亲的周围人士有什么情感特点则完全没有展开，有的只是一个理性

---

① 李汉秋《儒林外史研究资料》，上海古籍出版社1984年版，第170页。

的结论:心病就得以心理疗法治之。

而《儒林外史》中"范进中举"一段则展开了一幅多彩的情感变幻的神妙图景。这种神妙性大大超越了医术的神妙性。用学术语言来说,就是审美价值超越了实用价值。

在《范进中举》中,吴敬梓把袁医生治病的方法改掉了。这说明,在医生看来最重要的东西,在吴敬梓看来是不重要的。他把治好范进的药方改为胡屠户的一记耳光。吴敬梓借范进中举这样一个突发的事件,把人物打出常轨,让人物本来潜在的情感得以层层深入地显现,让读者看到,人物似乎变成了另外一个人,而这另外一个人和原来的那个人,恰恰混为一体,精神从表层到深层立体化。

在考秀才以前,吴敬梓写范进,直接描写比较少,主要借考官周进的眼光看他:

落后点进一个童生来,面黄肌瘦,苍白胡须,头上戴一顶破毡帽。广东虽是地气温暖,这时已是十二月上旬,那童生还穿着麻布直裰,冻得乞乞缩缩,接了卷子,下去归号。

这还是外表的寒酸,而后来交卷,显得猥琐的是精神状态:

只见那穿麻布的童生上来交卷,那衣服是朽烂了,在号里又扯破了几块。……周学道问那童生道:"你就是范进?"范进跪下道:"童生就是。"学道道:"你今年多少年纪了?"范进道:"童生册上写的是三十岁,童生实年五十四岁。"学道道:"你考过多少回数了?"范进道:"童生二十岁应考,到今考过二十余次。"学道道:"如何总不进学?"范进道:"因童生文字荒谬,所以各位大老爷不曾赏取。"周学道:"这也未必尽然。"……范进磕头下去了。

三十多年没有考取最起码的秀才,如果可以类比的话,就和今天的小学毕不了业差不多。而范进一点也不觉冤屈,居然自认"文字荒谬"。这并不完全是谦虚,更多的是自信心匮乏,人格卑微。吴敬梓揭示了这个人物在科举考试体制下精神被折磨得如此委顿。但这个对自己的才能一点没有自信的人,却顽强地屡败屡考,在无望中不断挣扎。而周学道此人,也曾经苦读几十年书,秀才也不曾中得一个,也曾经在考试场所哭得晕过去。这个人的眼光,是对范进绝望境地的渲染,同时又是为后来得中发疯设置的一个背景。

二、胡屠户的优越感和范进的自卑感

为范进中举发疯而设的第二个反差性环境,是通过其丈人胡屠户的嘴巴来展示的。屠户在当时社会地位极端低下,和读书人是不能比的。但是,由于范进屡考屡败,经济上陷入极端的困境,在精神上又极端自卑,胡屠户就敢于在任何场合,公然表示对他女婿的轻视。就是范进考中了秀才,他带着猪大肠来庆贺,其行为和所说的话,都不像是庆贺:

> 我自倒运,把个女儿嫁与你这现世宝,穷鬼,历年来不知累了我多少。如今不知因我积了甚么德,带挈你中了个相公,我所以带个酒来贺你。

这哪里是庆贺?首先,这根本就是辱骂(现世宝、穷鬼);其次,这是自我表扬,而且是毫无道理的自我表扬,连范进中了秀才都是因为他"积了甚么德"。再次,"教导"范进,即便有了秀才身份,从此对他自己"行事"里的人,也不能"装大",而对于一般做田的(扒粪的)、"平头百姓",也不能"烂忠厚""拱手作揖,平起平坐",因为这样会弄得胡屠户"脸上都无光""惹人笑话"。如此粗野无理,把祝贺变成了训斥和奚落,充分表现了胡屠户心灵深处的病态自尊和粗野的自大。他在范进面前,怀着满腹的优越感,认为把范进压得越低,他自尊和自大的冲动就越是得到满足。但是,读者看得很清楚,这种精神上的优越感完全是虚幻的。因为他的言行完全是违反社会礼仪的,他的优越充其量不过是物质上的而已。事实是,本来在精神文化上占有优势的范进,对于丈人如此粗野的欺凌却没有任何反抗,相反还说:

> 岳父见教的是。

这一段简单的对话太精彩了,充分显示了物质上的贫穷如何导致范进精神上的自卑。他中了秀才,又想考举人,向胡屠户借旅费,胡屠户不但不借,而且丝毫不顾及范进的自尊心,将自己的精神优越感转化为野蛮的行为"一口啐在脸上",公然地侮辱他,还大言不惭地说,举人是天上文曲星下凡的,应该像城里举人府上的老爷那样,一个个方面大耳,可范进却尖嘴猴腮,应该撒泡尿照照自己,"不三不四就想吃天鹅屁"。他的用语极端恶毒,依照的完全是一种迷信愚昧的逻辑,对自己女婿的狼狈和贫困,不但没有同情,反以侮辱为乐。而范进却并没有什么特别的愤懑。吴敬梓的叙述话语惊人地简洁而深厚：

> 一顿夹七夹八,骂的范进摸不着门,辞了丈人回来。

一个读圣贤书的人被人损到这种程度,居然一点反抗都没有。吴敬梓正面写的是胡屠户对范进的蔑视,侧面暗示的是范进对这种精神上的侮辱、损害已经习惯了。对于人格和自尊的被糟蹋已经完全麻木了。

三、胡屠户的荒谬迷信逻辑导致"妩媚"的喜剧性

后来范进中了举人,却疯了。为了治疗范进的疯狂,有人建议胡屠户打范进一耳光,告诉范进根本没有中,他却不敢了。精神优越感顿时变成了精神自卑感。这时的胡屠户好像变成了另外一个人;但是,他的情感逻辑却是一以贯之的。在他的情感深处,真诚地以为举人都是天上的文曲星下凡,即使为了救这文曲星的命,他也缺乏勇气。他这样说:

> 虽然是我女婿,如今却做了老爷,就是天上的星宿。天上的星宿是打不得的!我听得斋公们说,打了天上的星宿,阎王就要拿去打一百铁棍,发在十八层地狱,永不得翻身。

吴敬梓的天才集中表现在胡屠户的恐怖来源于他自己的个性逻辑。这种逻辑的特点是:第一,表面上是迷信逻辑,实质上是一种根深蒂固的势利;第二,这种逻辑是极其荒谬的、可笑的,带着很强的喜剧性。齐省堂增订本《儒林外史》评语说:

> 妙人妙语。这一作难,可谓妩媚之至。①

胡屠户这样的语言,明明是很丑恶的,怎么会"妩媚之至"呢？这是因为胡屠户的势利,具有迷信的显而易见的逻辑荒谬。这种逻辑之所以可笑,不但因为它荒谬,而且因为胡屠户的执着,执着到自相矛盾却不自知。一方面是,前后反差巨大,本来应该会引起惭愧之感的;另一方面是,这本来应该是内心的隐私,一般人是不会公然讲出来的,而

---

① 李汉辑校《儒林外史会校会评本》,上海古籍出版社1984年版,第45页。

这个胡屠户却心直口快地说了出来,而一旦说出来,他往日那种病态的自尊、自大,那种精神优越感就变成了自卑感。这种自卑固然可鄙,然而又可怜、可笑。此时的胡屠户已经不是施害者,而是自己为自己的观念所苦的人了。这就不但是可笑,而且有点天真,有点可爱,有点"妩媚"了。在这里,吴敬梓对胡屠户当然有所揭露,但同时也有调侃;在调侃中,又有悲悯之情。越到后来,胡屠户越为自己的观念所苦,吴敬梓就越来越宽容了。胡屠户还从一个滥施侮辱者变成了被嘲弄者。邻居内一个"尖酸"的人说道:

> 罢么!胡老爹,你每日杀猪的营生,白刀子进去,红刀子出来,阎王也不知叫判官在簿子上记了你几千条铁棍;就是添上这一百棍,也打甚么要紧?只恐把铁棍子打完了,也算不到这笔账上来。或者你救好了你女婿的病,阎王叙功,从地狱里把你提上第十七层来,也未可知。

这表面上是邻居的嘲弄,实际上是吴敬梓遵循着胡屠户的迷信逻辑,推导出和胡屠户相反的结论,使胡屠户处于荒谬的两难之中,越发显得可笑。接下去的"连斟两碗酒喝了,壮一壮胆",虽然仅仅是叙述,但是也很精彩,写出胡屠户为自己的迷信所苦的可笑,又为情势所逼的可爱。他硬着头皮打了范进一耳光,使范进清醒过来以后,胡屠户的感觉,肯定是吴敬梓的神来之笔:

> 不觉那只手隐隐的疼将起来;自己看时,把个巴掌仰着,再也弯不过来。自己心里懊恼道:"果然天上'文曲星'是打不得的,而今菩萨计较起来了。"想一想,更疼的狠了,连忙向郎中讨了个膏药贴着。

这是吴敬梓对胡屠户的调侃,又进一步使胡屠户变得更加可笑、更加可恨、更加好玩、更加可爱了。可恶的胡屠户变得可笑、可爱的原因是,他的虚幻的自卑感变成了严重的负罪感。吴敬梓改变原始素材的功力,就在于超越了实用的价值,进入人物的非理性的情感世界。感动我们的不再是实用的心理治疗方法,而是不实用的情感变幻奇观。

四、胡屠户的负罪感转化为优越感

到此,胡屠户的内心已经经历了三个阶段。第一个阶段是自尊自大,充满物质和精神的优越感;第二阶段是丧失了优越感,充满了自卑感;第三阶段则是自卑变成了自我折磨的负罪感。但吴敬梓对他的调侃还没有完结,接着是第四个阶段:当人家嘲弄他说,他这打过文曲星的手杀不得猪了。胡屠户说:

"我哪里还杀猪!有我这贤婿,还怕后半世靠不着也怎的?我每常说,我的这个贤婿才学又高,品貌又好,就是城里头那张府和周府这些老爷,也没有我女婿这样一个体面的相貌!你们不知道,得罪你们说,我小老这一双眼睛,却是认得人的。想着先年,我小女在家里长到三十多岁,多少有钱的富户要和我结亲,我自己觉得女儿像有些福气的,毕竟要嫁与个老爷。今日果然不错!"说罢,哈哈大笑。

他如此迅速地忘却了自卑感和负罪感,迅速恢复了自豪感。而这种自豪感,比之起初所说的那些恶毒的话更加自相矛盾、更加荒谬、更加虚幻、更加不可信。这种大言不惭的自白,除了自我暴露、自我安慰、自鸣得意以外,没有任何人相信。吴敬梓把胡屠户置于这样一种境地,他所说的一切,目的是让听者尊敬自己,可是实际上却是自我丑化。这已经很可笑了,更可笑的是,胡屠户自己却没有任何可笑的感觉。这与此前范进感觉不到自己的可悲一样深邃。请看范进回家时的情景:

屠户和邻居跟在后面。屠户见女婿衣裳后襟滚皱了许多,一路低着头替他扯了几十回。到了家门,屠户高声叫道:"老爷回府了!"

这里十分深刻地提示了胡屠户的自豪感是建立在对权势者的依附感上的。等到他视为"老爷"的张乡绅光临,他就"连忙躲进女儿房里,不敢出来"。他大呼小叫的自豪感是和自卑感互为表里的。

五、作者对范进肉麻奉承的麻木反讽

范进的内心又与胡屠户互为表里,也经历了三个发展阶段:第一阶段,是完全麻木的自卑感;第二阶段,是没有正常感觉的疯狂和昏迷;第三阶段,最鲜明的表现则是范进和张乡绅见面的一幕。原文这样写道:

张乡绅攀谈道:"世先生同在乡梓,一向有失亲近。"范进道:"晚生久仰老先生,只是无缘,不曾拜会。"

张乡绅说的明明是假话,当范进穷得叮当响的时候,富有的乡绅哪里会把他当作"乡梓"?哪里会有意来和他"亲近"?范进的回答也是假话,连自己杀猪的丈人都对他无端侮辱,哪还敢拜会什么有权有势的人士?范进和张乡绅的对话最明显的特点,就是所说的话与实际相去甚远。虽然完全不顾事实,却符合官场身份和礼仪规范。吴敬梓的才华在于,让他的人物把假话说得心照不宣,一点儿没有心理障碍。吴敬梓揭示出,这不是一般的客气话,而是客套话。一般的客气话是虚伪的,而客套话就是说着虚伪的话而没有虚伪的感觉,甚至是肉麻的话也没有肉麻的感觉。张乡绅送了五十两银子,叫他权且收着,又看着范进的破草屋,说"这华居其实住不得,将来当事拜往,俱不甚便"。马上又奉送三进三间的房屋,特地说明目的不过是自己"早晚也好请教些"。所有这些用语,都以与实际情况尖锐反差为特点。一连串的假话充满反讽,连他的破草屋都说成"华居",白送住房,不说是为了奉承,而是说为了自己拜会,为了自己来请教方便。范进此时,虽然对于成套的假话对答如流,但是,对于突如其来的厚礼还未习惯,不免有点书呆子气地"再三推辞",而张乡绅却说出这样的话:"你我年谊世好,就如至亲骨肉一般。"对于"年谊世好""至亲骨肉"这样肉麻的话,范进从容应对,但毕竟如胡屠户所说的"烂忠厚",还是和张乡绅有一点距离。这一切对答如流的假话,越是假得不可开交,喜剧越是强化。

六、尾声:老太太之死——悲喜剧的交融

范进中举的喜剧性已经是够淋漓尽致的了,可吴敬梓还觉得不过瘾,特地又加上了一个尾声(许多中学课文删节):接着又有许多人来送田产、送店房,甚至投身为奴仆的,两三个月之间,范进家里,不但陈设豪华,而且仆妇成群。他的母亲,还以为房子家具是从他人那里借用的,叮嘱家人不要弄坏了。当得知这一切都属于自己之时:

> 老太太听了,把细磁细碗盏和银镶的杯盘逐件看了一遍,哈哈大笑道:"这都是我的了!"大笑一声,往后便跌倒。忽然痰涌上来,不省人事。

最后竟然不治而死。同样一个人,中举前后,遭遇发生如此这样巨大的反差,这就难怪范进得知自己真的中举,要兴奋得发狂了。从这个意义上来说,吴敬梓在这里,揭示了范进性格产生的社会环境。中举之前,备受欺凌和侮辱;中举之后,受尽无端的馈赠。这样的社会陈规,就造成范进的精神心性的麻木,先是由于卑微而麻木,后是因为暴喜而发疯(这是最大的麻木),最后是在虚伪的奉承中不觉虚伪的麻木。这种喜剧性

的发展暴露了一个"烂忠厚"的读书人的灵魂走向泯灭的过程。

范母之死,可以说是神来之笔,把喜剧性发挥得痛快淋漓,是范进中举昏迷的高潮之后的又一高潮。这个经典片断因此就具有了双重高潮。难能可贵的是,这种双重性,不仅仅是形式上的,而且是风格上的。第一度高潮,是单纯喜剧性的;第二度高潮,带来了一点悲剧的色彩。大喜付出大代价,幸运与代价成正比,使悲剧的死亡变得可笑。悲喜的反差更加显出喜剧的怪异。范进的喜极而狂能得救,而其母却喜极而亡却无救。这其中包含着多层次的对照:一是其母乐极生悲与其子范进乐极生悲、悲而复乐的对照,二是死亡之悲,与整个富贵喜庆氛围的对照。多重对照使得结局的荒谬意味变得非常丰富。

我国古典悲剧大都受大团圆模式束缚,但是《范进中举》却对这个模式有所突破,悲喜交加,大喜大悲交织。可惜的是,这一点没有得到后来者,包括作家和评论家的充分珍视。

《香菱学诗》：诗话体小说

诗的概括性与小说的特殊性在构成艺术形象的规律上是矛盾的，以写诗的办法写小说，可能缺乏性格的特殊性。西方叙事性的"史诗"，英语叫作 epic，其实是和 poem 没有什么关系的，西方的短篇和长篇小说中很少有诗，以诗来展示情节和人物在西欧小说家看来是不可想象的。中国小说则不然，《三国演义》《水浒传》中都有大量的诗词。《西游记》的原始版本是《大唐三藏取经诗话》，《金瓶梅》一书的全名叫作《金瓶梅词话》。但是，其中的诗词大多脱离人物的现场感知，多为孤立的静态描写的赋体，颇多陈词滥调。《水浒传》原本中的诗赋与人物性格无关，故被金圣叹大量删节。《红楼梦》中的诗更多，但大多与人物性格、命运密不可分，成为情节不可分割的有机部分，这在世界文学史上可能是绝无仅有的。

"香菱学诗"作为《红楼梦》的一个片段，其特殊性在于，并不直接以诗见长，而是带着诗话的属性。也许可以叫作"诗话小说"。一些老师的教学仅仅把它当作小说，孤立地分析香菱的"语言、神态和动作"，以期把握其"性格特征"，似乎有隔靴搔痒之嫌。香菱的语言、神态和动作，特别是陷入"诗魔"境地的描写颇有特点，但是孤立起来看并不特别精彩。这是个悲剧性的人物年幼时被骗子拐走，十二三岁时被薛蟠强买为妾，改名香菱。生得纤巧可人，本分娴静，被强霸为妾后就是半个奴才，可谓红颜薄命。后为薛蟠正妻夏金桂所妒，备受折磨。但在《红楼梦》"金陵十二钗副册"中位列第一名：册页上画着一株桂花，下面有一池沼，其中水涸泥干，莲枯藕败。后面书云：

  根并荷花一茎香，平生遭际实堪伤。自从两地生孤木，致使香魂返故乡。

《红楼梦》甲戌本在"根并荷花一茎香"下有双行夹批曰："却是咏菱妙句。"联系最后一句的"香魂"说明指的是香菱，在作者的构思中，她最后的命运是死亡。据高鹗续书,甄士隐与贾雨村对话,薛蟠出狱后,把香菱扶了正,后难产而死。但按"金陵十二钗副册"的画图,上面一株桂花当指夏金桂,下面池沼,水涸泥干,莲枯藕败意指香菱,作者原意,香菱应是被夏金桂折磨致死的。

但是,在"香菱学诗"这个片断中,不但没有写她的娴静贤淑,也没有悲剧的暗示,只是反复地写她学诗入迷。此文出自《红楼梦》第四十八回,为曹雪芹之原作,看来,作者不过是借此表现香菱身为半个奴才,命运悲惨,却与袭人不同,有相当聪颖的天资和诗的禀赋,在大观园高度的文化氛围之中得到相当的发挥,此回目为"慕雅女雅集苦吟诗",意在表现其"慕雅",也就是有某种为妾者难能可贵的高雅。

如果仅从其对话、动作观其性格,与《红楼梦》中其他结社吟诗场景相比,并不见得特别突出。然而,留给读者的印象却相当深刻。原因似乎并不仅在于小说对香菱性格的刻画,而且也在于对诗的渐次有所领悟。从这个意义上来说,这个片断的价值应该兼有某种诗话的性质。虽然在方法上多取小说的对话,却是相当长的议论。议论的抽象性应该与小说有矛盾,但此处矛盾并不太明显,原因是曹雪芹把议论放在香菱与林黛玉、贾宝玉、薛宝钗的情感中,造成了相当幅度的错位。

小说不同于诗,写人并不是写孤立的人,而是写人与人之间情感的特殊错位。把阅读的焦点孤立地放在香菱的语言、神态和动作上,不但不得要领,而且可能缘木求鱼。这一片断之所以是小说,而不仅仅是诗话,关键在于香菱的作诗入魔,在黛玉、宝玉、宝钗的观感中展示了情感的错位。所谓错位,就是在支持她称赞她写诗,众人是一致的,但情感态度又各有不同。这种情感的展示还有一个特点,众人的议论不是直接矛盾的,也不是连贯的,而是分散的,仅仅是谈笑而已,效果不强烈,并未构成线性因果情节,不像西洋画法的焦点透视,更有中国画法的散点透视的韵味。

对于文化水平并不太高的香菱学诗,林黛玉的口气显得很大,"既要作诗,你就拜我作师"。还说写诗很容易:"什么难事,也值得去学!""不过是起承转合,当中承转是两副对子,平声对仄声,虚的对实的,实的对虚的,若是果有了奇句,连平仄虚实不对都使得的。"林黛玉显然是把作诗说得太简单了,其理论也并不全面。就情思而言,将我国传统的诗言志,宋朝以后的诗话的神韵、格调等一概置之度外。且所说又只是近体诗中之律诗一体。骚体、汉魏古诗,唐以后的古风歌行等全然不在眼里。且不谈情思,只讲形式。基本上是据元人杨载和清人金圣叹以起承转合说诗,其实起承转合基本上是八股文的套路。这从理论上来说是很粗疏的。就是散文也不一定全是起承转合,而诗的意脉如杨载所言,"承""转"则有之,"合"则是散文的结论,于诗则未必。林黛玉这样的大话,这样的泰然自信,是很罕见的:在大观园的众姊妹中，林黛玉讲话一向是含蓄的、婉转的，对香菱居然这样大言不惭。说明她在才情方面有非同小可的自得。但是，讲到对仗的时候，曹雪芹却让林黛玉犯了个常识性的错误，"虚的对实的，实的对虚的"至少在对子中就不通，应该是实词对实词，虚词对虚词。于律诗当然是理论错误，但是，小说却能表现林黛玉自信满满，脱口而出，说走了嘴。

当然，作者笔下的黛玉毕竟不是等闲之辈，她的诗学观念确有不俗之处，如强调"意趣"高于"词句"："若是果有了奇句，连平仄虚实不对都使得的。""词句究竟还是末事，第一立意要紧。若意趣真了，连词句不用修饰，自是好的，这叫作'不以词害意'。"曹雪芹在这里显然很有分寸，既没有把林黛玉写成诗歌理论家，也没有让她凭空自信。她的真正杰出之处，在于她的艺术直觉：当香菱称赞陆游的诗"重帘不卷留香久，古砚微凹聚墨多"时，黛玉道："断不可学这样的诗。你们因不知诗，所以见了这浅近的就爱，一入了这个格局，再学不出来的。"陆游的这首诗前有小序："书室明暖，终日婆娑其间，倦则扶杖至小园，戏作长句二首。"说明有"戏作"的性质。整首诗如下：

> 美睡宜人胜按摩，江南十月气犹和。
> 重帘不卷留香久，古砚微凹聚墨多。
> 月上忽看梅影出，风高时送雁声过。
> 一杯太淡君休笑，牛背吾方扣角歌。

全诗表现闲适悠然而自得自如的情趣，应该算是比较符合回目上的"慕雅"的"雅"的。但是，林黛玉却对其中的"重帘不卷留香久，古砚微凹聚墨多"嗤之以鼻。无非是嫌其"浅近"。钱穆先生则认为不仅仅是浅近的问题：

> 放翁这两句诗，对得很工整。其实则只是字面上的堆砌，而诗背后没有人。若说它完全没有人，也不尽然。这个人在书房里烧了一炉香，帘子不挂起来，香就不出去了。他在那里写字或作诗，有很好的砚台，磨了墨，还没用。则是此诗背后原是有一人，但这人却教什么人来当都可，因此人并不见有特殊的意境与特殊的情趣。无意境，无情趣，也只是一俗人。①

---

① 钱穆《中国文学论丛》，三联书店2005年版，第110—111页。

说此诗缺乏强烈的个性也许不无道理,陆游诗的开头:"美睡宜人胜按摩,江南十月气犹和。"格调不高,所写无非就是十月小阳春,暖得人百无聊赖,懒洋洋而已。颔联上句"重帘不卷留香久"仍然不见起色,意思是,室内焚香由于窗帘不卷而得以长期享受,这种享受承接了开头的"美睡",仍然停留于感官,故格调并未有所提升。钱穆先生批评其无"特殊的情趣。无意境,无情趣,也只是一俗人"也许正是出于此。但是,接下去"古砚微凹聚墨多"应该说比较好一点,"古砚微凹"显示长期磨墨,砚台都凹下去了。趣味就不但超越感官,而且超越现场和现时,诗人在静观默察中透露了自得,表现得比较细致精微,应该说,格调有所提升,可见林黛玉的贬抑并不公允,然而,就小说而言,却很好地表现出了她的心高气傲。钱穆先生说,这背后有人,说"但这人却教什么人来当都可",则有牵强之嫌。其实,这人显然是默默自我欣赏的文人,发现了砚之凹,是过去长期用功之结果,"聚墨多"则是现时命笔之沉吟。最后一联"一杯太淡君休笑,牛背吾方扣角歌",一下从写作转到饮酒和牛背扣角而歌上去,从执笔沉吟到"牛背扣角"而歌,其趣味应该是比较雅,很难算是俗,并不是任何人都能达到的境界。我想,陆游晚年追求用语直白,表现潜在细致的心理,而不显苦吟,颇为得意,因而不止一次重复用其意、用其语。在《闲中》一诗中:"活眼砚凹宜墨色,长毫瓯小聚墨多。"林黛玉的不满可能在于,拿这样的诗作和她推崇的杜甫的七律那种情感脉络的"沉郁顿挫",境界上的"阔狭顿异"相比,实在是小家子气。对于香菱这样学诗的人来说,取法乎上,仅得其中,陆游此诗在宋诗中也只能属于中等,取法乎中,仅得乎下。这说明林黛玉心高气傲。这种傲气在日常交往中是很少直接表白的。许多论者在分析这个片断时,都忘记了这里与其说是表现香菱,不如说借香菱来反衬林黛玉。

在黛玉的启发下,香菱对诗有了初步的体悟:"诗的好处,有口里说不出来的意思,想去却是逼真的。有似乎无理的,想去竟是有理有情的。"这个体悟把"无理"和"逼真"对立起来,举出"大漠孤烟直,长河落日圆"为例:"想来烟如何直?日自然是圆的:这'直'字似无理,'圆'字似太俗。合上书一想,倒像是见了这景的。"又举"日落江湖白,潮来天地青"为例说:"这'白''青'两个字也似无理。想来,必得这两个字才形容得尽",而且像橄榄一样富有余味。最后举'渡头余落日,墟里上孤烟':这'余'字和'上'字,难为他怎么想来!还说,这令她想起来京时所见过的景观。这个理解有相当深刻之处,所谓"无理"的范畴,是十七世纪中国诗话家贺贻孙在《诗筏》中提出的"妙在荒唐无理"①,贺裳和吴乔提出的

---

① 郭绍虞编选《清诗话续编》,上海古籍出版社 1983 年版,第 191 页。

"无理而妙""痴而入妙"①。说的是,诗的情感逻辑不同于理性逻辑。曹雪芹生活在他们差不多百年之后,不难获知这个中国诗学特有的范畴,故让他的人物随口说出来,但是,曹雪芹没有让这个初学者对"无理"的范畴有充分的理解,而是让她似是而非地把这个情感的范畴当成了可视的"逼真"的图画。殊不知诗往往并不以逼真取胜,而以"逼真的幻觉"取胜。正如冒春荣在《葚原诗说》中所云:"极世间痴绝之事,不妨形之于言,此之谓诗思。以无为有,以虚为实,以假为真。"

　　写到这里,已经达到了当年中国诗论的尖端了,如果继续在诗学理论上纠缠下去,就不成小说了。接着曹雪芹把香菱这个"诗痴"现象,让宝玉、黛玉、宝钗等疏疏落落地展开错位观感。首先,在香菱看来,不过是"学着顽罢了"。而宝玉则认为不应当这样对自己的禀赋"自暴自弃"。第二,观感的错位幅度更大的宝钗虽然不反对香菱学诗,却说她是"自寻烦恼",把自己弄成了"呆子"。可是宝玉却认真地说,她们的诗被抄了出去,却让外面的"相公"们"真心叹服"。第三,黛玉和探春这些水平更高的姐妹则认为,自家园子里的诗作不应该拿到外面去。《红楼梦》为什么要花那么多篇幅写大观园里众姊妹结成诗社吟诗作对呢?主要原因就在于,完全是自娱自乐,超越功利目的,表现心气之高洁;与贾宝玉所厌恶的八股文的"仕途经济"的功利目的相对立,显示这些仕女在才情上远远高于大观园外的那些世俗文人。究竟高在何处,如何才能高起来呢?曹雪芹让黛玉为香菱命题"月",作三首律诗一一比较,第一首:

> 月挂中天夜色寒,清光皎皎影团团。
> 诗人助兴常思玩,野客添愁不忍观。
> 翡翠楼边悬玉镜,珍珠帘外挂冰盘。
> 良宵何用烧银烛,晴彩辉煌映画栏。

　　宝钗的评价是:"这个不好,不是这个作法。"黛玉的评价则是:"意思却有,只是措词不雅。皆因你看的诗少,被他缚住了。"《红楼梦》没有细述"不雅"在何处,在什么地方"被缚住了"。这里蕴含着相当深邃的修养。第一,全诗都在表现月光的美,所用"夜色""皎皎""翡翠楼""珍珠帘""悬玉镜""挂冰盘""烧银烛""映画栏"都是

---

① 郭绍虞编选《清诗话续编》,上海古籍出版社 1983 年版,第 209、225 页,477—478 页。

华丽的套话。至于"诗人助兴""野客添愁"更是如此,没有一点儿属于这个悲剧女性自己的感受。黛玉让她"只管放开胆子去作"。也就是从现成话中挣脱出来,写出别人没有写过的话。香菱由此废寝忘食,在宝钗看来是"疯了",而宝玉却认为像香菱这样一个天赋聪慧的女孩,不这样,反而是白白"俗了"。《红楼梦》在这里,让宝钗针对宝玉捎带一句,"你能够像他这苦心就好了,学什么有个不成的"。指的是宝玉的正业八股文,这可击中了宝玉的要害。"宝玉不答",只一句拉开了两人内心价值观的错位距离,正是这样才使得这个本来讨论诗法的对话,没有成为枯燥的诗话,而成了小说。

香菱在黛玉指导下,写出了第二首:

非银非水映窗寒,试看晴空护玉盘。
淡淡梅花香欲染,丝丝柳带露初干。
只疑残粉涂金砌,恍若轻霜抹玉栏。
梦醒西楼人迹绝,余容犹可隔帘看。

黛玉道:"自然算难为他了,只是还不好。这一首过于穿凿了。"黛玉的评价是"过于穿凿",其实,和第一首一样,还是华丽辞藻的堆砌:"映窗寒""护玉盘""露初干""粉涂金砌""霜抹玉栏"也就是黛玉所说的"被缚住了",且未突破对于月光的视觉描绘。林黛玉之所以说"自然算难为他了",意思是有些进步,主要表现在尾联:"梦醒西楼人迹绝,余容犹可隔帘看。"有一点忧愁,而且是在梦醒之后,孤独地隔着窗帘静静地看着月亮。这里有微妙的情绪转折,但是,孤独感和前面几联的华彩完全不相称。

挨了批评以后,香菱又苦心孤诣地经营,其情状为宝钗嘲为"诗魔",居然在梦中得了灵感,写成了第三首:

精华欲掩料应难,影自娟娟魄自寒。
一片砧敲千里白,半轮鸡唱五更残。
绿蓑江上秋闻笛,红袖楼头夜倚栏。
博得嫦娥应借问,缘何不使永团圆!

众人看了笑道:"这首不但好,而且新巧有意趣。"黛玉、宝钗也都称赞。这一首当然比前两首好一些。主要是"新巧有意趣"。"新"在不一味拘于描绘月色,而是以情感作为全诗的意脉。开头一联"精华欲掩料应难,影自娟娟魄自寒",不再被动地写月光之美,而是说,这样的美就是要遮蔽也很难,其影自美,其魄自寒,这样宁静自然的美不在乎任何外在的观赏。最后一联"博得嫦娥应借问,缘何不使永团圆",借助嫦娥的典故有了女性的孤独感,超越了一味描绘,用直接抒情的句式,道出不得"团圆"的憾恨。这就与香菱的命运有点联系,多多少少找到了香菱的自我感觉了。虽然如此,曹雪芹并没有把香菱变成一个天才诗人。诗的当中两联留下了不足,应该是故意的,那就是完全是现成语言的堆砌:"砧敲千里""鸡唱五更""绿蓑""闻笛""红袖""倚栏"从整首诗的意脉来说,和孤独女性的隐忧完全是绝缘的。这说明香菱的作品仍然很幼稚,仍然不能摆脱套语的束缚。

其实,曹雪芹在众姊妹结社吟诗时,其佳作远远超过这一首。例如,写菊花的,光是题目,不是被动地描绘菊花,而是主体的"对菊""问菊""访菊""供菊""簪菊"等。如果从诗歌史上写月亮的作品来看,拘泥于描绘月色的,大都带着咏物诗的局限,这种写法,王夫之认为虽"极镂绘之工"仍为"卑格"。月亮的意象到了李白手中,早已改变了它作为观赏对象的潜在成规,而是在主观驾驭之中变幻万千了。李白在月亮的这个意象上突破了该意象公共的单一性,赋予月亮以自己的生命,随李白的情感而变幻万千。虽然皎然也曾模仿过李白,写出"吾将揽明月,照尔生死流"咏月诗句,但也只是借月光的物理性质,而不见其丰富情志。从这个意义上来说,香菱的第三首还是相当幼稚的,黛玉姐妹对之称赞,所表现的并不是诗的真正水准,而是她们对香菱这样一个"诗魔"的宽厚。

《林黛玉进贾府》：妙在情感互动的错位脉络

关于《林黛玉进贾府》的研究文章，仅从超星阅读器的搜索结果来看，自2003年至今在中文期刊上就多达976篇，其中多数为教学设计、课堂实录，对其艺术内涵的理解多流于表面，重复率之高，实为罕见。其中对文本、对林黛玉形象的独特性、唯一性作正面深入分析的可谓凤毛麟角。个中缘由，可能是作者多为中学一线语文教师，对于文本解读，尤其是小说的文本解读缺乏必要的理论基础。

当然，在诸多文章中，亦不乏稍有新意者，作者多为大学教师，往往借助西方叙述学之"叙述视角""视角聚焦""叙述功能"话语对文本进行分析。如以林黛玉为"叙述焦点"，以陌生的眼光观照贾府，"提高了读者的阅读期待"，黛玉作为"被看"的对象，聚焦了贾府中众多重要人物的视线，在"众人错综视角"中呈现。"作为'镜子'映照出这些人物的主要性情""直接叙事和间接叙事"自如地转化，在宏大的排场中让人物一一登场，同时表现林黛玉"所见所闻""所思""所言所行"。但是，西方叙述学对所谓"视觉聚焦""视角错综""看"与"被看"等话语，对小说人物的个案解读，作为理论并不够用。就是西方大师据之所作的实际分析（如美国新批评之干将布鲁克斯和沃伦的《小说鉴赏》①），质量亦平平，显而易见之失亦非罕见。前述国内文章能够解读出林黛玉内心"步步留心，时时在意，不轻易多说一句话，多行一步路，惟恐被人耻笑了他去"，归纳出其"自尊和敏感"，已经属超越了叙述学的发挥。② 西方叙述学之局限在于：第一，作为西方现代理论，以回避古典审美价值为务，故缺乏审美情感范畴，而《红楼梦》乃古典文学之经典，故二者难免凿枘难通。第二，以古典的审美价值原则解读《红楼

---

① 布鲁克斯、沃伦编著《小说鉴赏》，世界图书出版公司2006年版。
② 参阅《"林黛玉进贾府"的叙事视角》（《语文建设》2012年第3期），《"林黛玉进贾府"：人物的出场及文本功能》（《语文建设》2011年第7—8期）。

梦》，亦停留于审美之抽象观念，缺乏对审美情感特殊规律的深入探究。盖汉语之情与动天然相联系，故曰动情、动心、触动、感动、激动。动则为情动于衷，不动则为无动于衷。英语亦然。其感动词根来自 move，是从空间之移动引申为内心之变动。故欲深入解读《林黛玉进贾府》当以审美情感为纲，而欲透视其审美情感之艺术奥秘，当以情感之动、之变幻为线索。

此文节选自《红楼梦》第三回"荣国府收养林黛玉"。此回的特点有四。第一，从林黛玉的主观视角去写贾府的豪华显赫，不像西方长篇小说以静态的笔法描述建筑、楼层、家具的文化意味。第二，用林黛玉的眼光移步换景使贾府等级森严的日常礼仪、规矩动态化，避免了静态冗长的罗列使读者读后忘前，不能在瞬间构成有机统一的感受，难以在"无意注意"间享受被吸引的乐趣。第三，移步换景，景之动，限于外部视觉，其动人之处有限。白居易《与元九书》云："感人心者，莫先乎情。"景之动人，不完全在景，王国维曰"一切景语皆情语"，动人在景中之情，故其实质乃移步变情，景之丰富不足以动人，唯情之变幻乃能感染人。第四，仅仅如此，乃诗之属性。诗之情为单线，而小说乃多人共处，人物关系错综复杂，人之关系互动，情变随之错位。在错位变幻中显现出人不见于表，不欲明言，却隐于内心深处的奥秘。

诸多论者习惯于引用原文现成的概括：林黛玉"步步留心，时时在意，不轻易多说一句话，多行一步路，惟恐被人耻笑了他去"，把这一点当成全部，无异于把变幻的动态脉络变成静态的一点，给读者造成一种错觉，似乎林黛玉此种心态自始至终都不变，不变的静态则与西方传统长篇小说平面罗列景物之弊略同。以审美情感互动观之，则应着眼于情之因人而动，感人心者，非在情之不变处，而在情之互动起伏、转折错位之过程。论者所谓林黛玉"自尊与敏感"，固然有理，这种自尊起初具有消极防备的性质。如饭后漱口饮茶的程序，"黛玉见了这里许多事情不合家中之式，不得不随的，少不得一一改过来"。又如，贾母问黛玉念何书。黛玉谨慎地说："只刚念了《四书》。"（实质上可能是打了折扣的）黛玉又问姊妹们读何书。贾母道："读的是什么书，不过是认得两个字，不是睁眼的瞎子罢了！"后来贾宝玉问她"可曾读书？"黛玉就改口说："不曾读，只上了一年学，些须认得几个字。"这充分说明黛玉敏感、乖巧、随机应变，不想让自己高出众姐妹，其防备性的自尊以自谦来表现，正是小说在多人的情感互动中，发生错位的心理效果的规律性表现。

林黛玉的步步留心，时时在意，不敢多说一句话，只是初始的谨慎小心，出于其潜在的社会地位的自卑。但是，这种初始心态和她所受到的隆重而热情的接待发生了矛盾。这一回的回目是"荣国府收养林黛玉"，其实这个"收养"作为题目与内容并不切合，因为林黛玉并非小户人家的孤女被富贵人家"收养"，而是投奔至亲。所受到的接待是极其隆重的。她的船一到，"便有荣国府打发了轿子并拉行李的车辆久候了"。先是轿夫抬轿，进门以后是衣帽周全的小厮抬轿。轿子停下，众婆子上来打起轿帘，扶黛玉下轿。进入内室，几个穿红着绿的丫头，便忙都笑迎上来，说："刚才老太太还念呢，可巧就来了。"于是三四人争着打起帘笼，一面听得人回话："林姑娘到了。"轿夫、婆子、小厮等的服务，不过是礼仪上的隆重，小丫头们所言，则显示是阖府的欢迎，以最高权威的老祖宗贾母为首的热切期待。这种期待不是一般的，在性质上是真挚的亲情：贾母将之"搂入怀中，心肝儿肉叫着大哭起来""黛玉也哭个不住"。贾母对黛玉说在诸儿女中"所疼者独有你母"为之一哭、再哭。此时之哭，就其性质而言，其疼爱超越其他儿女，故对黛玉，亲情之爱超越探春、迎春、惜春自不待言，故黛玉防备之心渐趋渐淡。

从情感脉络来看，与贾母相见形成一个小小的高潮，这只是文脉的第一环节。

第二个环节，即第二个小高潮是王熙凤的到来，把林黛玉的地位提高到新的高度。

"一语未了，只听后院中有人笑声，'我来迟了，不曾迎接远客！'"甲戌侧批曰，此文妙在"未见其人，先使闻声"，①其实是只见其一，不见其二和其三。王熙凤之出现有三重功能：第一，表现了她的声气夺人的个性；第二，表现了林黛玉情感的变动，由防备转化为惊异。"黛玉纳罕道：'这些人个个皆敛声屏气，恭肃严整如此，这来者系谁，这样放诞无礼？'"贾母笑道："你不认得他，他是我们这里有名的一个泼皮破落户儿，南省俗谓作'辣子'，你只叫他'凤辣子'就是了。"从情感互动和小说营造的氛围来说，这是亲切之悲化为惊异之喜。这一情感脉络的转折甚大，原来是在老祖宗面前的规矩礼数严谨，如吃饭时"外间伺候之媳妇丫鬟虽多，却连一声咳嗽不闻。寂然饭毕"。王熙凤一到，突然由老祖宗带头轻松调笑，而且从礼貌语、书面语变为轻松之口语。第三，这种欢笑氛围又落实于林黛玉受贾母之宠上。王熙凤对林黛玉的赞美："天下真有这样标致的人物，我今儿才算见了！况且这通身的气派，竟不象老祖宗的外孙女儿，竟是个嫡亲的孙女，怨不得老祖宗天天口头心头一时不忘。"把称赞林黛玉落实到老祖宗身上去。在当时的场景中，这是最高的称赞。接着又为林黛玉母亲早年过世而"用帕拭泪"，经贾母劝说，王熙凤立刻"转悲为喜道：'正是呢！我一见了妹妹，一心都在他身上了，又是喜欢，又是伤心，竟忘记了老祖宗。该打，该打！'"王熙凤出场的打趣使氛围从温馨变为热烈，伤感变为调笑，这里既有点儿表演性，也有不无真诚的表示："在这里不要想家，想要什么吃的，什么玩的，只管告诉我，丫头老婆们不好了，也只管告诉我。"王熙凤将林黛玉在贾府的地位提高到极点。这

---

① 冯其庸《脂砚斋重评"石头记"汇校》（第三回），文化艺术出版社 1989 年版。

时,林黛玉当然会明白,在老祖宗面前表现对自己的特殊宠爱,居然是可以"放诞无礼"的。为了夸张地表现对自己的特殊亲密,就是"放诞无礼"也能讨老祖宗的欢心。自己在老祖宗心目中的尊贵当不难体悟。此时的林黛玉恐怕初始的"步步留心,时时在意,不轻易多说一句话"紧张陌生防备的心态理所当然地为与这种新的上下一致的亲情融化了。当然,这种融洽毕竟是在礼数之内的,因而,在拜见贾赦之后,邢夫人留她吃饭,她以尚未拜见王夫人、自己不能先用餐而婉谢。

  第三个高潮则是贾宝玉出场。宝黛初会,其情感互动错位之强烈,使本回达到真正的高潮。这是本文最为精彩之处,但几乎被所有论者忽略了。在《红楼梦》中王熙凤当然是重要的,故作者用了重笔,先以未见其人,先闻其声,转换现场氛围,再以赋体诗语对其风貌进行描写渲染。贾宝玉比王熙凤更重要,对其出场,作者用了更大的手笔,更多的层次,更强烈、更奇妙的效果。首先是未见其人,先闻其评,而且不是好的评价。王夫人预告贾宝玉是个"孽根祸胎""混世魔王"。"嘴里一时甜言蜜语,一时有天无日,一时又疯疯傻傻。""以后不要睬他",作者又让林黛玉回想起早先的风闻:衔玉而诞,顽劣异常,极恶读书,最喜在内帏厮混,外祖母又极溺爱,无人敢管。及至黛玉初闻宝玉将至,竟以为"不知是怎生个惫懒人物,懵懂顽童",等到宝玉出现,首先是用赋体语言渲染其风貌:"面若中秋之月,色如春晓之花。""虽怒时而若笑,即嗔视而有情。"黛玉一见,"便吃一大惊,心下想道:'好生奇怪,倒像在哪里见过一般,何等眼熟到如此!'"这还不算,作者又让宝玉换了便装,再次亮相,让林黛玉的感觉深化:原先预期的"惫懒人物,懵懂顽童"变成了"天然一段风骚,全在眉梢,平生万种情思,悉堆眼角"。从心理学观之,这显然是一见钟情之潜意识萌动。此时的黛玉早已有点忘神,原先"步步留心,时时在意"的理性防备之心早已消解。在中国小说戏曲史上,写男女之一见钟情者甚多,但是,即使如《西厢记》张生初见莺莺"兜的便亲"只是在意识层次,《红楼梦》之突破在于进入了潜意识层次,只觉得眼熟到吃惊,而不知爱情。作者的手笔之大,不止于此,宝玉见了黛玉,同样是一见钟情,其心理效果要奇特、奇异、奇妙得多。宝玉认真看黛玉,同样也用了赋体渲染。但是,没有衣饰的描写,甲戌本眉批说:"不写衣裙妆饰,正是宝玉眼中不屑之物,故不曾看见。"光写"黛玉之举止容貌,亦是宝玉眼中看、心中评"。①这种赋体文字,在章回小说中,虽然不无未能免俗之笔,然在这里却大大超越了《三国演义》《水浒传》人物出场的套语,原因在于,不但写黛玉之面,而且是写宝玉之心。更突出的是,宝玉看罢道:"这个妹妹我曾见过的。"这表面上

---

① 冯其庸《脂砚斋重评"石头记"汇校》(第三回),文化艺术出版社 1989 年版。

是活见鬼,实质上是大手笔,大就大在一样是潜意识里的心心相印,在黛玉是放在心里吃惊,而宝玉却是笑着公然说出来。其精彩在于人物间情感的神秘互动,其表现形式之不同,不但在于语言,而且在于动作。这里的动作不是一般的动作,而大幅度的、惊人的、不要命的动作。

宝玉没头没脑地问黛玉:"有玉没有?"黛玉回答没有"宝玉",宝玉登时发作起痴狂病来,摘下那玉,就狠命摔去,骂道:"什么罕物,连人之高低不择,还说'通灵'不'通灵'呢!我也不要这劳什子了!"吓得众人一拥争着去拾玉。贾母急得搂了宝玉道:"孽障!你生气,要打骂人容易,何苦摔那命根子!"所谓"命根子",是指宝玉失去这块玉就会失魂的。宝玉满面泪痕道:"家里姐姐妹妹都没有,单我有,我说没趣,如今来了这么一个神仙似的妹妹也没有,可知这不是个好东西。"初次见面,就闹出这么大的危险动作来,这是从外在效果上写一见神仙似的黛玉对宝玉心灵的冲击,这种效果充分显示出人物情感错位的性质:从现实性来说是潜意识的强烈作用,从神秘性来说则是绛珠仙子和神瑛侍者的关系。

第四个环节是文章的尾声,但对于全书、对于林黛玉的性格展示来说,却是开端。

安排房舍时,林黛玉被安排在贾母同一套间中,把贾宝玉的"碧纱橱"让给她,而宝玉则睡在其外。这样的安排,对于黛玉来说,亲密的程度与贾府男性接班人宝玉相比有过之而无不及。但是,这种厚待与尊贵并没有让林黛玉感到荣幸,也没有感到快乐,相反却让袭人发现"林姑娘正在这里伤心"。林黛玉自述:"今儿才来,就惹出你家哥儿的狂病,倘或摔坏了那玉,岂不是因我之过!"这一笔既显出有情人情感互动的错位特征,也点明了林黛玉防备性的自尊变成了多愁善感。对她来说,哪怕是积极性的好事也会引起消极性的痛苦,这将是她未来在全书中展示的性格核心。故蒙古王府本侧批曰:"后百十回黛玉之泪,总不能出此二语。"①

至此,本回林黛玉心理脉络得以完整呈现,先是小心防备,后是自然融入、坦然接受超优厚待遇,再是吃惊于一见钟情之潜意识萌动,得到心心相印的呼应,最后引起的却不是庆幸,而是忧伤。对于本回而言是极具特色的尾声,对于林黛玉的性格核心而言,则是逻辑的起点,对于全书,尤其是对宝黛爱情而言,其心灵的错位和统一,仅仅是开端。

很明显,全文动人的是人物情感错位的互动起伏的脉络,而西方叙述学的"视角聚焦"之所以不着边际,关键在于"聚焦"只在固定的一点,而小说人物的艺术魅力在于多元线性错位变幻的曲折过程。

---

① 冯其庸《脂砚斋重评"石头记"汇校》(第三回),文化艺术出版社1989年版。

刘姥姥进贾府：王熙凤的五个"笑"字

许多读者甚至专家不能真正读懂《红楼梦》的艺术，其中最主要的原因是，只看其写了什么，而忽略了它没有写什么。显赫贾府光是府第就占了一条街，按西方小说的写作套路少不得要对其建筑进行上千字静态的细节描写，但是《红楼梦》不然，它所遵循的是中国史家记言和记事的传统，笔墨全在动作和对话上，除了特别重要的人物（如贾宝玉、王熙凤）出场用赋体外，很少静态的形容和铺排。但是，贾府的豪华和显赫又是书写的中心。刘姥姥初进贾府，曹雪芹采取了反复以人物行为和对话的办法，从心理效果上展开。

通过对话和行为，表现的主要不是建筑、陈设，而是人物心理上的新异感。这有点像俄国形式主义者所说的"陌生化"。但是，俄国形式主义所说的陌生化，只是字词的陌生化，而不是情感的陌生化。日尔蒙斯基说："诗的材料不是形象，不是激情，而是词。"①"雅可布森说得更坚决："诗歌性表现在哪里呢？表现在词使人感觉到词，而不是所指之对象的表示者，或者情绪的发作。"②相当多数的评论家盲目地把陌生化引用到中国文学的解读上来，殊不知《红楼梦》是汉语的艺术，和俄语那种复杂的名词性分阴阳，数分单复，格分六级不同，恰恰不是字词的陌生化，而是感觉、知觉和情绪的陌生化或者新异化。

在刘姥姥初进荣国府之前，冷子兴在第二回就对荣国府作了鸟瞰式的演说，提出了这个贵族世家男性接班人的危机集中在贾宝玉身上，顺带提到目前女性掌门人王熙凤，说贾琏"自娶了他令夫人之后，倒上下无一人不称颂他夫人的，琏爷倒退了一射之

---

① ［俄］什克洛夫斯基等著《俄国形式主义文论选》，方珊译，生活·读书·新知三联书店1989年版，第83页。

② 《马克思主义文艺理论研究》编辑部编选《美学文艺学方法论》，文化艺术出版社1985年版，第530—531页.

地。说模样又极标致,言谈又爽利,心机又极深细,竟是个男人万不及一的"。这种女性胜于男性的新异、陌生之感,突出的是王熙凤。脂砚斋甲戌本侧批说:"未见其人,先已有照。"后来林黛玉初进荣国府,又极其谨慎地体验了贾府的新异感,也是将贾宝玉和王熙凤对比着感受的,其高潮是在以贾母面前,森严肃穆的等级氛围为王熙凤的任性张扬所打破,表现她得心应手地博取贾母的欢心。作者的匠心显而易见,写贾府是离不开对王熙凤的新异感。不过冷子兴的新异感是局外人的,林黛玉的新异感带着贵族的自尊和警惕。曹雪芹显然觉得才气还没有用够,让刘姥姥进贾府,则是换一种性质不同的视角,以贫苦百姓卑微的新异感来看荣国府。

这种新异感集中在强烈的反差上,其基础当然是物质豪华和贫穷,但是,荣国府的府第、排场在刘姥姥的眼中,只有极其简略的几句话:"荣府大门石狮子前,只见簇簇轿马""几个挺胸叠肚指手画脚的人,坐在大板凳上"。这显然是有意简略。请注意,这里不但没有背景描写,而且几乎没有表情衣着,面对"挺胸叠肚"旁若无人的大汉,写刘姥姥的胆怯,只用了一个"蹭"字,外加一句非常谨慎、恭敬的话:"大爷们纳福。"作者没有写这些大爷们的表情,只是"那些人听了,都不瞅睬,半日方说道"。这个"半日方说",只是叙述,虽只有四个字,但其心理潜在量是很深的。不但没有起码的礼貌,而且是公然冷落,接着由一个好心人指不要误人家的事了,指点刘姥姥到后街后门去找。这里强调的是,贾府看门的这样拿大,刘姥姥在心理上并未引起特别的反感,世态炎凉,她已经见怪不怪了。

接着写周瑞家的,居然一个管家的也有雇佣了小丫头。周瑞家的猜着几分刘姥姥来意,相当热情,这并不完全是为了帮刘姥姥,而是为了显示自己在贾府的"体面"。所有这一切都是衬笔、蓄势,脂砚斋甲戌本评曰:"此回借刘妪,却是写阿凤正传,并非泛文。"侯门深似海不在府第,而在礼数、人情的曲折复杂。光是见一下王熙凤就有许多陌生的规矩和讲究。由此,带出了周瑞家的一番对王熙凤的评论"少说些有一万个心眼子。再要赌口齿,十个会说话的男人也说他不过"。日常事务全靠她"周旋迎待"。

"周旋迎待"这是关键,下面的一切可以说全是王熙凤的"周旋迎待"。笔法集中在刘姥姥和王熙凤的对话给刘姥姥带来的新异的心理感受上。

先是进入房间一阵香气弄得身子如在云端一般。满屋中之物都耀眼争光的,让她头悬目眩。刘姥姥"惟点头咂嘴念佛而已"。心理效果很简洁,并无繁复的细节,只简略写刘姥姥惊异到说不出人间的话来。见了平儿满身绸缎,穿金戴银,错以为是凤姐,发现不过是有体面的丫头而已。接着刘姥姥对自鸣钟响起来"唬的一展眼"还没有来得及惊异,才让小丫头紧张地通告,凤姐要出场了。正是"摆饭"的时候,又让刘姥姥在外面等候一会儿纷纭,一会儿鸦雀无声的排场过后,才让她见到了王熙凤。

除了情节的必要,《红楼梦》是不写人物穿戴的,这一次只略带几笔:"那凤姐儿家常带着秋板貂鼠昭君套,围着攒珠勒子,穿着桃红撒花袄,石青刻丝灰鼠披风,大红洋绉银鼠皮裙,粉光脂艳。"全文的精彩都在凤姐的动作和对话上。只见她:

> 端端正正坐在那里,手内拿着小铜火箸儿拨手炉内的灰。平儿站在炕沿边,捧着小小的一个填漆茶盘,盘内一个小盖钟。凤姐也不接茶,也不抬头,只管拨手炉内的灰,慢慢的问道:"怎么还不请进来?"一面说,一面抬身要茶时,只见周瑞家的已带了两个人在地下站着呢。这才忙欲起身;犹未起身时,满面春风的问好,又嗔着周瑞家的怎么不早说。

全是叙述,好似轻描淡写,完全是中国史传文学的史家笔法,不取心理描写,只以外部可感的动作和对话暗示。第一,平儿给她捧着茶,她不接茶,说明根本没在意,注意力全在手炉上。"也不抬头"这四个字,用意太深了。口头上"怎么还……",似乎是专心等待客人良久,连头都没有抬起来,完全是心不在焉。问为什么不请客人进来,好像等待得有些着急的样子,但是,行动上的"不抬头",问话又是"慢慢的",说明根本是漫不经心。待"抬身要茶时",才发现周瑞家的已经进来了。这说明,在她心目中,等人的心情还不如接茶。接着曹雪芹的史家笔法继续发挥:"这才忙欲起身;犹未起身时,满面春风的问好,又嗔着周瑞家的怎么不早说。"一方面是"满面春风",热情之至,但是,"忙欲起身",却又"犹未起身",活脱脱的装模作样,却怪周瑞家的没有及时通告。

这就是周瑞家的所说的"周旋迎待",完全靠叙述性的动作和对话的功力,精彩就在一个会说话,一个不会说话。曹雪芹先表现凤姐会说话:

> 凤姐儿笑道:"亲戚们不大走动,都疏远了。知道的呢,说你们弃厌我们,不肯常来;不知道的那起小人,还只当我们眼里没人似的。"

对于一个疏远的穷亲戚的来意,凤姐早已心知肚明,轻易打发就是,精彩就在装模作样地把甜蜜的假话说得比真话还动情。但是光是言不由衷的甜言蜜语,就不是"凤辣子"了。凤姐的"辣",就是在甜言蜜语中也要流露出来。明明长期疏远,是地位不相当,人家高攀不上,凤姐却说人家"弃厌"。这是倒打一耙,但是,隐含着期盼之意。甜中最辣的是,带出一个没来由的"小人"来,好像很怕被人家误解,可又不指名地骂"小人"。凤姐这些话完全是虚假的,在现场也是多余的,但是,凤姐还是要讲。难怪脂砚斋甲戌本侧批说:"阿凤真真可畏可恶。"凤姐的语言有一种于甜蜜中的刻薄,的确叫人有点可怕。这就暴露出她内心有一种本能:即使做好事、说好话、给人以亲切感的同时,也要流露一点厉害,给一点伤害,享受其中的快感。

这么厉害、伤人的话,却是笑着说的("凤姐笑道"),这是第一个"笑"字。这就应了前面周瑞家的所说:"少说些有一万个心眼子。再要赌口齿,十个会说话的男人也说他不过。"

凤姐这样"会说话",就是老于世故的刘姥姥也不是她的对手,只好老老实实说自己"家道艰难",穷,怕被府上"管家爷们"瞧不起,不敢来。

凤姐儿笑道:"这话没的叫人恶心。不过借赖着祖父虚名,作了穷官儿,谁家有什么,不过是个旧日的空架子。俗语说,'朝廷还有三门子穷亲戚'呢,何况你我。"

曹雪芹先让凤姐显而易见虚假地自谦:"赖着祖父虚名,作了穷官儿","空架子"而已。如果仅仅如此,不过是一般的哭穷。对于一般人来说,这可能就算是"会说话"了,但凤姐的"会说话"却有特点,就是自谦,也带着辣味:"这话没的叫人恶心",这对一个弱者、老者是没来由的恶语。难得的是,曹雪芹还让凤姐笑着说出来("凤姐笑道"),这是第二个"笑"字,内涵很丰富。表面上是笑脸相迎,平心静气,家常谈笑,实质上却是笑着骂人家"恶心"。怪不得第六十五回兴儿说她"嘴甜心苦,两面三刀;上头一脸笑,脚下使绊子;明是一盆火,暗是一把刀。"

兜圈子兜够了,终于轮到多多少少也是老于世故的刘姥姥说明来意了,曹雪芹难得直接心理描写:这里只用了"忍耻"两个字,即硬着头皮说实话了:

"今日我带了你侄儿来,也不为别的,只因他老子娘在家里,连吃的都没有。如今天又冷了,越想没个派头儿,只得带了你侄儿奔了你老来。"……凤姐早已明白了,听他不会说话,因笑止道:"不必说了,我知道了。"

这里的关键是刘姥姥说出求助的来意,是老老实实的。可凤姐觉得她"不会说话"。王熙凤觉得自己"会说话",那就是不能实话实说,要把假话说得真切,把好话说得难听。这一点,事后周瑞家的给点明了:"我的娘啊!你见了他怎么倒不会说了?

开口就是'你侄儿'。我说句不怕你恼的话,便是亲侄儿,也要说和软些。蓉大爷才是他的正经侄儿呢,他怎么又跑出这么一个侄儿来了?"虽然是疏远的关系,毕竟也是侄儿辈份,但是,不能说"你侄儿",这称谓太亲近。本来,在刘姥姥是抬高凤姐的辈份,可在王熙凤听来,这穷人套近乎套得离谱了。"会说话"的王熙凤感到说奉承话变成得罪人,水平太低。凤姐不让她说下去了,"因笑止道",曹雪芹又用了第三个"笑"字,透露出王熙凤的宽容,其实是出于口才方面的优越感。

王熙凤已经从周瑞家的那里知道了婆婆的意思:"今儿既来了瞧瞧我们,是他的好意思,也不可简慢了他。"有什么要求,任她"裁度",也就是适当应付、打发一下,但是,话一到王熙凤嘴里,就有一番"周旋迎待"的艺术,虚情假意就变得柔情蜜意:

> 凤姐笑道:"且请坐下,听我告诉你老人家。方才的意思,我已知道了。若论亲戚之间,原该不等上门来就该有照应才是。但如今家内杂事太烦,太太渐渐上了年纪,一时想不到也是有的。况是我近来接着管些事,都不知道这些亲戚们。二则外头看着虽是烈烈轰轰的,殊不知大有大的艰难去处。"

王熙凤的话虽然简短,但可分五个层次。第一,检讨自己,本该主动关心,不该弄得人家上门求告。第二,自己的婆婆一时顾不上主动照顾。第三,自己近来管事,情况不了解。这完全是临时编出来的谎言,但是,居然说得头头是道,条理分明。四是哭穷,"大有大的艰难去处",让刘姥姥不要指望太高。以上是序言。第五才是正经:

> 今儿你既老远的来了,又是头一次见我张口,怎好叫你空回去呢。可巧昨儿太太给我的丫头们做衣裳的二十两银子,我还没动呢,你若不嫌少,就暂且先拿了去罢。

钱是要给的,但却是从给丫头们做衣裳的银子里挪用的。甜蜜的谎言含义很深:首先是为了刘姥姥,自己不惜挪用;其次,这样的挪用的机遇,不可能再有,把刘姥姥今后任何奢望都断绝了;再次,不嫌少就暂且拿去,意思是她本来应该给更多的,如今你不能指望更多。但是,曹雪芹用了第四个"笑"字("凤姐笑道"),这个"笑"和刚才的笑("听他不会说话,因笑止道")的口才优越感有所不同,有让刘姥姥满足到无以复加,又不能有更高的企望的意味。这一下果真让刘姥姥感动得把掏心窝子的话都说了出来,主要是二十两银子,在那时可不是小数目。后来在贾母的宴会上,一个鸽子蛋掉在地上,刘姥姥想去拣,立马就被丫鬟拿走处理掉了。刘姥姥说,一个鸽子蛋,一两银子,一个菜二十几个,就是二十几两,够庄稼人过一年的了。这里曹雪芹让刘姥姥喜出望外,变得更"不会说话"了,居然不说这太多了,不好意思,太感谢了,而是这样说:

> "嗳,我也是知道艰难的。但俗语说的:'瘦死的骆驼比马大',凭他怎样,你老拔根寒毛比我们的腰还粗呢!"周瑞家的见他说的粗鄙,只管使眼色止他。凤姐看见,笑而不睬。

刘姥姥太兴奋了,用了两个俗语,意在奉承贾府的富贵,可在王熙凤,则是很不得体,好像这一点钱,不算什么似的,连周瑞家的,都觉得"粗鄙",但是,曹雪芹在这里,让王熙凤"笑而不睬",并不计较。这是第五个"笑"字了,并不显得重复。为什么呢? 人打发了,乡下人欢喜得过了头,不会说话,把本该感恩的话说成区区小意思。水平这么低,王熙凤一笑,说明她感到了自己应付裕如的优越。

曹雪芹一连用了五个"笑"字,一点形容词都没有,但是,每一个"笑"字的内涵都不一样,这是中国传统史家笔法的精粹。如果让一个欧美现实主义或者浪漫主义作家来写,至少也得在五个"笑"前面加上各不相同的形容词和动作。受到欧美文学影响的新文学作品,很少有脱出这样的窠臼的。20 世纪 50 年代美国海明威提出"电报文体","冰山风格",避免用形容词,尽量用动词和名词,因为是美国人的,就引起了一些聪明的作家、评论家众口一词地称道,但是,难得有几个人知道,对曹雪芹来说,这一点在中国从春秋《左传》以来的史家笔法中,不过是小儿科而已。

《虬髯客传》：以侠义之轻财表现政治远见之豪爽

本文系唐传奇之名作，属于文言小说，和话本小说出于民间艺人不同，作者为文人。鲁迅在《中国小说史略》第八篇《唐之传奇文》上中探其源流曰："传奇者流，源盖出于志怪，然施之藻绘，扩其波澜，故所成就乃特异，其间虽亦或托讽喻以纾于牢愁，谈祸福以寓惩劝，而大归则究在文采与意想，与昔之传鬼神明因果而无他意者，甚异其趣矣。"可见，志怪所传皆为奇闻，意在将怪异作实事记载，非有意虚构。而唐传奇则是"作意幻设"，也就是"有意识的创造"，鲁迅将其与志怪相比，赞其"甚异其趣"。用今天的话来说，就是在虚构中其情趣有所超越。此类文字往往"篇幅漫长，记叙委曲，时亦近于俳偕，故论者每訾其卑下，贬之曰'传奇'，以别于韩柳辈之高文"。在当时被命名为"传奇"是贬意的，虽用古文，可是与韩愈、柳宗元的正统古文还不是一个档次的。但是此类文字，流传甚广，文人作此，号称"行卷"（行卷，早期还是以诗赋为主，中唐以后，因为传奇中可体现史才、诗笔、议论以及其他才情辞藻等，所以一度流行以传奇行卷），用于"投谒"，就是在正式考试之前，投送京师权威，以期留下良好印象。

魏晋六朝志怪，文皆片段，怪异皆在外部世界，变化往往单一曲折而止，文字"粗陈梗概"，唐传奇则情节曲折起伏，其异不仅在外部，更在人物情感变幻。描写手段也较骈文灵活、丰富，在表现人物内在情感上也有了重大发展，把中国文言小说史带上了一个新的阶段。

从骈文的套路解脱出来，恢复使用秦汉古文，这样微小的进展，竟然经历了上百年的过程。隋唐间王度的《古镜记》、初唐无名氏的《补江总白猿传》、武后时张鷟的《游仙窟》还有相当程度的志怪痕迹，骈体文的对偶句尚多，如《游仙窟》叙张氏自叙奉使河源，夜投大宅，逢十娘、五娘，其宴饮欢笑场景如下：

十娘唤香儿为少府设乐，金石并奏，箫管间响：苏合弹琵琶，绿竹吹箜篌，仙人鼓瑟,玉女吹笙,玄鹤俯而听琴,白鱼跃而应节。清音咷叨,片时则梁上尘飞,雅韵铿锵,卒尔则天边雪落,一时忘味,孔丘留滞不虚,三日绕梁,韩娥余音是实。

如此句式,典故堆砌,几成套语,于表现人物心态无补。这说明初唐传奇作为一种叙述性文体,其表现手段不足,不能完全独立,不得不依赖于骈句。

积累了差不多一百年,到了中唐,传奇从内容到形式发展到鼎盛:题材由神仙怪异转向现实,语言由骈体转向散体古文。产生了蒋防的《霍小玉传》、白行简的《李娃传》、元稹的《莺莺传》、陈鸿的《长恨歌传》等一批杰作。作者为精英文士,在韩愈、柳宗元古文运动的影响之下,故其文句大抵自由、简洁、灵活。骈句、铺张描写告退,古文之叙述功能大大加强,情节遂能曲折展开。鲁迅说唐传奇皆突破六朝志怪"施之藻绘,扩其波澜",可能指初唐的骈体。到了中唐,则不在藻绘上炫耀,其情节波澜,亦不凭文采渲染。此时古文相对于骈文,以《史记》、《汉书》、先秦之文为楷模。这一点可以从作品的命名上看出,几乎所有杰作皆以"传"为名,说明有意追随司马迁开创的史传文体。

《虬髯客传》作于晚唐。文言小说已经相当成熟,在表现爱情方面取得了很高的成就,《莺莺传》《霍小玉传》《李娃传》等杰作大抵皆以女性为主角,以多情、丽容为美。男子往往为美貌吸引,以文才获得青睐。而此传则标明为"虬髯客",主角为男性,以髯为美,似非才子,不以文才取胜。然在女性美的表现方面仍有早期的余脉,多种版本似有不同作者加工之痕迹。

北宋王谠《唐语林》《虬须客》开头如下:

> 虬须客,姓张氏,赤发而虬须。时杨素家红拂妓张氏,奔李靖,将归太原。行次灵桥驿。既设床,炉中爨肉。张氏以发长垂地,立梳床前。靖方刷马。忽虬须客乘驴而来,投革囊于炉前,取枕敧卧看张氏梳头。①

没有骈体的场景和体态的排比对仗,显然是古文风格:基本上是叙述,虬须客的外貌只是"赤发而虬须"而已,极简。此后之描写亦不同于骈体静态的铺陈:"乘驴","投革囊于炉前,取枕敧卧看。"主要靠人物动作来表现,没有多少静态细节描写。红拂这个被后世与虬髯客和李靖并称为"风尘三侠"的人物只有"奔李靖"一个大动作,无重大原因。"长发垂地",引起虬须客的坦然欣赏,重心在虬须客。这个单薄的女性在宋人

---

① 《四库全书·子部》,小说家类,杂事之属,唐语林,卷五。

张君房((公元 1001 年前后在世))《云笈七籤笈》卷一百十二中有所发展：

> 炀帝末司空杨素,留守长安。帝幸江都,素恃权骄,蔑视物情。卫公李靖时担签谒之,因得素侍立红拂,姓张第一。知素危亡不久,弃素而奔靖与同出西京,将适太原税綍于灵石,与虬须相值①……（虬须客)投布囊于地取枕欹卧看张妓理发委地。②

情节有了因果,女子奔李靖的原因是政治上的远见(知素危亡不久)。但是,其"长发垂地",不再是正面抒写,而是侧面从他人眼中看出,显得不重要了。冒险奔李靖,缺乏充分的情感性质的动机。人物显然还不够完整,到了《太平广记》一百九十三《虬髯客传》中有了重要的变化,当李靖向杨素进谏之时：

> 一妓有殊色,执红拂,立于前,独目靖。靖既去,而执拂者临轩,指吏问曰："去者处士第几？住何处？"吏具以对,妓领而去。
>
> 靖归逆旅,其夜五更初,忽闻叩门而声低者,靖起问焉。乃紫衣戴帽人,杖揭一囊。靖问："谁？"曰："妾,杨家之红拂妓也。"靖遽延入。脱衣去帽,乃十八九佳丽人也。素面华衣而拜。靖惊。答曰："妾侍杨司空久,阅天下之人多矣,未有如公者。丝萝非独生,愿托乔木,故来奔耳。"靖曰："杨司空权重京师,如何？"曰："彼尸居余气,不足畏也。诸妓知其无成,去者众矣。彼亦不甚逐也。计之详矣,幸无疑焉。"问其姓,曰："张。"问伯仲之次,曰："最长。"观其肌肤、仪状、言词、气性,真天人也。

红拂的形象有了重大提升,写美女不以容貌为先,而是先用表情(独目靖),次用动作,主动奔李靖居所,再次用对话：主动说明来奔出于政治远见,弃权重一时之显贵,来奔贫穷"处士"李靖：三者之异常,皆为丽人主动。动作为主,没有骈体擅长的容貌描写,而是"素面",衣着虽是"紫衣戴帽",仅为衬笔,只有"脱衣去帽"才看清"乃十八九佳丽人也"。此后才从李靖的眼中见出此女之美,"观其肌肤、仪状、言词、气性,真天人也",虽然说其是天人,然而没有细节,"肌肤、仪状、言词、气性",写得很概括。最堪注

---

① 《四库全书·子部》,道家类,云笈七签,卷一百十二。
② 《四库全书·子部》,道家类,云笈七签,卷一百十二。

意者为道具"红拂",一般为佛道高人手执之物。作者意图似从形象上改变"妓"的气质,后世称此女为红拂,道具提高了人物形象,主动投奔又改变了人物的性质,与李靖的关系不再是侍妾与权贵,而是佳人与才子。

此女并非小说主角,二人关系从立传的准则来说,应为以大唐开国功臣李靖为主,红拂为辅,但是,在这里,红拂主动,李靖被动,政治识见在李靖之上。奔来之后,追索声中,李靖惊惧,而红拂反之。虬髯客无礼卧看红拂梳发时,李靖怒而红拂冷静交谈,遂致结拜。

大约作者承中唐儿女情长传奇之余绪,不愿怠慢了美女配角,但亦不想喧宾夺主,这个传主,原本当为李靖,但是,接下来文章把主要笔力用在了虬髯客身上。虽为史传文体,毕竟是野史,不是为功臣而是为侠客立传。

虬髯客形象之展示,大致亦如红拂,用史家传统笔法,不取心理描写,仅取记事(叙述动作)和记言(对话)。虬髯客出场之动作:初为卧看美女梳头,次与李靖对饮:"开革囊,取一人头并心肝,却头囊中,以匕首切心肝共食之。"如此血腥而从容,颇有惊心动魄之效。其缘由则由对话说明(天下负心人)。虬髯客之越礼、豪雄,与红拂李靖之佳人才子,形成强烈对比。

此后,虬髯客遂取代红拂成为小说主角。其形象并未沿着血腥暴力的线索强化,而是悬念层层展示,反复突出其神秘性,逐步揭示其政治性。先是欲借李靖见太原有"异人",获得同意,却不与李靖同行,而是与李靖相约异日异地相见:

"期达之明日,日方曙,候我于汾阳桥。"言讫,乘驴而去,其行若飞,回顾已失。靖与张氏且惊且喜。

"异人李氏",就是后来的唐太宗。天下大乱之际,对政治人物前景的预测所见略同,是很投缘的事,但是,行事却很神秘,引起李靖心理上的"且惊且喜"。人物形象具有神秘性。表现为一去无影,来却有信。相期太原,如约而至。目的是通过与李靖相识的刘文静(亦系历史人物,唐开国功臣),亲见欲见"李氏异人"。但是,又不直接说明来意,而是有借口精于相面者欲见。

使回而至,不衫不履,褐裘而来,神气扬扬,貌与常异。虬髯默然居末坐,见之心死。饮数杯,招靖曰:"真天子也!"

唐太宗出场，穿着便服，可能是避免用骈体渲染，但是，光凭其"神气扬扬，貌与常异"，使坐在最远处的虬髯客"见之心死"，绝对崇拜，并且对李靖作出"真天子也""十八九定矣"的判断。照理应该拜见如仪了。这是第二度神秘性了，这位政治上有远见的人物，提出还要让一位道兄观察一下。第三度神秘化则是要李靖和红拂复入京城：

某日午时，访我于马行东酒楼，下有此驴及瘦骡，即我与道兄俱在其上矣。

就这样"又别而去"。此番神秘表现有三：一是并不直接言明为什么要请道兄观察一下；二是作为辨认标志为什么是驴？这头驴在虬髯客出场时就出现过一次，作者觉得读者可能忽略了，又一次把它点出来。比之马，驴是比较廉价的，骡子没有生殖力，也比不上马的高贵。这些都在暗示其经济并不富裕。

情节的神秘性次第展开：初似一落拓不羁之平民，后流露出某种政治图谋。神秘性的来去构成悬念，传奇之精神乃在奇，奇不在一曲而显，悬念递增，此乃传奇常用之逐步透露法。

李靖和红拂准时到达，果见驴骡。上酒楼，见"虬髯客与一道士方对饮"。告之："楼下柜中有银十万"。一个出行只用驴的人，居然有这么多的钱财，这是第四度神秘了。

第五度神秘是：并不马上贡献，而是相约异时异地相见。

李靖与红拂如期而至，道士弈棋，请李世民观棋。李世民一来，其形象"精采惊人，长揖就坐，神清气朗，满坐风生，顾盼炜如"，道士乃罢棋局，谓虬髯客曰："此世界非公世界也，他方可图。"用今天的话来说，就这个天下不是你的了，你只能到别的地方去谋求发展。这是从政治上预言了后来的历史。虬髯客决心把钱财奉献给李世民了。

第六度神秘是，前此说银子就在楼下，如今却说请到另外一个"小宅相访"。"言毕，吁嗟而去"，神秘地消失了。

李靖红拂如期而至。起初果然是小宅（一小板门）但是，进入以后，完全意外的是门第森严。这是第七，也就是最后一度神秘：

延入重门，门愈壮丽，婢四十人，罗列庭前。奴二十人，引公入东厅。厅之陈设，穷极珍异，巾箱、妆奁、冠镜、首饰之盛，非人间之物。巾栉妆饰毕，请更衣，衣又珍异。

等到虬髯客出来，竟是和李世民差不多的褐裘而来，不过多了一顶"纱帽"，但"有龙虎之状"。虬髯客的形象突然变得豪贵起来。与第一次出场的骑着驴子,随便躺在地上看女郎梳开鞭囊,食人头相反,完全是豪门贵族气派。当其对饮之时:

陈女乐二十人,列奏于前,若从天降,非人间之曲。

这样的豪华宴饮,若是以骈文出之,当有极尽华彩之铺陈,然而,此为古文小说,"二十人列奏于前""若从天降""非人间之曲度",就足够反衬向时出场之落拓不羁了。

家人自堂东舁出二十床,各以锦绣帕覆之,既陈,尽去其帕,乃文簿锁匙耳。虬髯曰:"此尽是宝货泉贝之数,吾之所有,悉以充赠。"

这就不但一反向之贫态,而且也比前此所云银十万,更增百倍。磬其所有,无条件相赠。不但是财富的赠予,而且"命家童列拜曰:'李郎、一妹,是汝主也。'"自己只带妻子和一个随从,骑一马飘然而去。

这是神秘的最高潮。这样豪爽,万金不惜一掷。这种气质,显然带着传统文化中的侠义之气。

这种豪富馈赠,不仅仅是出于一时之侠义,而是出于政治理性的考量。最后,谜底揭晓,本来此人也是有政治宏图的:

当或龙战三二十载,建少功业。今既有主,住亦何为?太原李氏,真英主也。

说得很谦虚,说是"建少功业",然而,政治上雄心是很大的,"龙战三十载",至少是独霸一方。侠义之气与政治宏图结合起来,表现为果断和豪爽:既然确认了真正的"英主",就自我放弃了。这种放弃不是一时的心血来潮,而是经过多方神秘考察得出的最后结论,有了此人,"三五年内,即当太平"。最高的原则,是"太平",亦即结束混战,国家统一,定于一尊。联系到晚唐军阀割据,混战连年,生灵涂炭,这种政治远见指导下的仗义轻财的特点,乃是义无反顾的果断,不是没有能耐,而是有了更能耐的人物,不但不参与争夺了,而且无条件地舍己为人,帮扶真主。

公据其宅,乃为豪家,得以助文皇缔构之资,遂匡天下。

不但如此,连李靖的兵法也是虬髯客所传,"卫公之兵法,半是虬髯所传也"。

在唐统一以后,虬髯客在东南海隅自立为王。最后,作者似意犹未尽,还不以史传太史公曰、君子曰、论曰之体式,直接发表议论,对混战中的野心家发出警告:"人臣之谬思乱者,乃螳臂之拒走轮耳。我皇家垂福万叶,岂虚然哉!"

当然,从思想上来说,本文还有些前后不甚统一之处,开头强调隋炀帝幸洪都,杨素骄横,天下方乱,似乎乱在杨素之擅权轻士。与后文之李世民雄才大略,将主天下,在思路上,没有因果关系。从文学上来说,结构尚未达到有机统一,人物刻画上也有疏漏:前文中得到比较充分表现的红拂,后来就完全失去了自己的动机,完全为虬髯客主导,李靖更是如此。这种缺陷可能与作者过分执着于图解防止混战,把唐太宗的形象过度理想化有关。

虽然如此,唐传奇仍是中国文言小说之高潮。此后宋人之文言小说渐入颓境,可能由于白话小说进入更广泛的市民社会传播,吸引了更多异才。直到清代蒲松龄的《聊斋志异》才使长期失去生命之文言小说恢复了生机。

《山地回忆》：以进攻姿态表现亲密感情

《山地回忆》和《百合花》有相似之处，写的都是战争期间的军民关系，又都是男战士和女孩子之间的冲突，在冲突中表现军民关系的美好。当事人虽为异性，但均不涉及爱情，所写的两个女孩子，情感都富有诗意。茹志鹃刻意用"百合花"象征，而孙犁则以"山地蓝"粗布做的袜子作联想的线索。仅此一端，就可以看出，孙犁的风格要朴素得多，孙犁要比茹志鹃从容、老练得多，趣味也要淳厚得多。

这里的趣味主要是从对话中表现出来的。

全文主旨是表现军民关系的美好，但是，一开头，恰恰不是表现美好，而是表现他们的冲突，细写女孩子对八路军战士的无理。这种笔法和《百合花》有近似之处。在《百合花》里，也是以新娘子故意不借给小战士被子来表现军民关系的良好的。但是，在茹志鹃那里，尽可能把冲突抑制于潜在的、未爆发的状态，只是在情绪上顶牛，就是这种顶牛状态，新娘子也被表现得不是没有道理的。一是，人家是新娘子的新被子；二是，借被子的战士不善于讲话。冲突的转化以小战士的牺牲为转折点，小说充满了戏剧性，情节大起大落。而《山地回忆》中的冲突则有所不同，没有那么严峻的流血背景。当然，冲突也是尖锐的，女孩子的抗议"那么严厉"，男战士心里也"挂火"，顶起嘴来，达到狂风吹着"愤怒"的程度。在这方面，孙犁是很放得开的，他把女孩子挑起冲突写得完全"无理"，在下游洗菜的女孩子的语言是相当"野"的：

菜是下口的东西呀！你在上流洗屁股洗脸，为什么不脏？

在这么粗野的话语面前，战士妥协了。虽然作家在字面上说，"不知道为什么，我一时心平气和下来"。其实小说中是有明确揭示的，因为他看到了群众在抗日战争中所遭受的苦难：

十月严冬的河滩上,敌人往返烧毁过几次的村庄的边沿,在寒风里,她抱着一篮子水沤的杨树叶,这该是早饭的食粮。

在民族苦难面前,个人的意气变得渺小了。如果冲突到这里解决,小说的意义也就很有限了,不过是记录了一次军民间偶然的口角而已。这篇小说之所以经得起半个世纪的考验,仍然富于艺术生命力,就是因为它在尖锐的、甚至用上了野蛮语言的背后表现了军民之间的美好温情。作者表现老百姓对抗日部队的热爱,一是用吵架来表现,越是敢于吵架,越说明双方感情的深厚;二是用争执过程中敢于不讲理来表现。战士已经承认"错了",又作了让步,"不洗(脸)了",照理说,她已经取得了全面的胜利。但是:

她冷冷地望着我,过了一会儿,才说:
"你刚才在那石头上洗了脸,又叫我站上去洗菜!"

这里的"冷冷地望着我"很有分析的余地。本来取得了胜利,应该是满心喜悦的,而这里却是"冷冷地",说明她没有胜利的感觉,相反有点失望。不但有点失望,而且觉得有点失落。失落什么呢?人家一认错,架就吵不下去了。"过了一会儿",为什么要"过了一会儿"?从下文来看,战士的对抗性消解了,自己的对抗性却不想放弃。但是,作家显示,她坚持的堂而皇之的理由却是无理的。人家在上水流洗,她抗议说下水弄脏了,人家让步,让她到上水去洗,她还是说不行。这不是太蛮了吗?但是,小说的对话,好就好在这个"蛮不讲理"。恰恰是这样的"蛮不讲理",透露出这个女孩子的任性。敢于在士兵面前用上粗野的语言进攻,恰恰说明军民关系的亲密无间。这种和谐的关系,不但表现在语言上,而且还发展到行动上。道理说不过人家,但也不妥协,不让你轻松。

"怎么办?我还得往上走!"
她说着,扭着身子逆着河流往上走去了。

这样的任性,这样的不合逻辑,却并不给人蛮横的感觉。为什么呢?主要因为这里有一个"扭"字,"扭着身子"有故意张扬,故意气气你,故意让你难受一下的意思,但是又不过分。为什么这样能表现军民关系良好呢?因为这里有暗示,不管我怎么气你,我都拿稳了,你就是奈何我不得。但如果一味这样表现,又可能让读者产生故意欺负八路军的感觉。这当然不是孙犁所追求的。孙犁追求的是军民鱼水之情,是充满了诗意的。这种诗意的特点,是人物的行为和语言越来越不合逻辑。在女孩子如此不妥协的行为以后,她居然是这样的:

  登在一块尖石上,把菜篮浸进水里,把两手插在袄襟底下取暖,望着我笑了。
  我哭不的,也笑不的……

  先前的坚决不妥协,已然变成了主动的和解。就是在向他表示,我不过是和你开开玩笑、逗逗你而已。原来吵架呀、发火呀、骂人呀,都是假的,你紧张个什么劲呀?一个女孩子居然把一个军人当小孩子,弄得他哭笑不得。这就不仅仅是表现军民关系的良好,而且表现这个女孩子的个性是如何的率真,如何的淘气了。正是因为这样,孙犁才显出了比之茹志鹃更高的艺术水准。
  本来在战争环境中,抗日军人是群众的保护神,从政治觉悟、文化水平到防卫能力都是强势的一方,但在这里却变成了弱势。这种弱势,是一种心理上的弱势,哪怕是在军人占有明显优势的方面,也变成了弱势。以女孩子下面的一段话为例:

  "我们是真卫生,你们是装卫生!你们尽笑话我们,说我们山沟里的人不讲卫生,住在我们家里,吃了我们的饭,还刷嘴刷牙。我们的菜饭再不干净,难道还会弄脏了你们的嘴?为什么不连肠子肚子都刷刷干净!"说着就笑得弯下腰去。

  这里所提示的,明明是军人在个人卫生习惯方面的先进、优势;而且表明,在军人来到这个山区之前,这里的人,对刷牙的卫生习惯还一无所知。但这里却用落后的不理解的眼光,把先进的文明的一方说得很荒谬,很可笑;同时,当然也暗含着落后的一方的天真、不解与任性的推理。而且,口头上是说人家可笑,可自己却笑得弯下腰去了。实际上是显示自己只是说说笑笑而已。与其说是嘲笑人家,不如说充满着自嘲自娱的成分。
  作家显然很担忧这样的写法,因为这可能有一个副作用,就是把山区人民写得很不卫生,故连忙在接下来的一节里,带上一句:"她在笑着的时候,她的整齐的牙齿洁白的放光。"这就是说,她虽然嘲弄了刷牙的习惯,可是她自己还是学会了刷牙。从这里可以看出,孙犁对于农民基本上是一种诗化的,尽量回避任何可能的丑化。

孙犁特别强调,女孩子伶牙俐齿的优势,在她面前,男战士总是节节败退。她总是滔滔不绝地进攻、调侃,即使这位战士承认失败,她也不放弃进攻的姿态:

> 那是假话吗?你们一个饭缸子,也盛饭,也洗脸,也洗脚,也喝水,也尿泡,那是讲卫生吗?

这里表明,她喜欢以山区农民固有的生活习惯为准则来评价八路军的生活习惯,因而感到不解,感到好奇,觉得有趣。孙犁笔下这个女孩子的个性焦点之一就表现在:她总是在进攻中,在不无蛮气、野气的嘲讽中,掩藏着对八路军战士的特别关切。个性焦点之二是,虽然她有意帮助战士,但她并不直接提出,而是转弯抹角把战士引向她预设的话题,把自己的有意化为无意间的顺便提起。这种转弯抹角之所以有趣,就是因为她的转弯并不十分顺理成章,相反却是不合逻辑地转移话题,从抗战胜利一下子转到光脚,从光脚转到卫生。以巨大的逻辑跳跃,以紧逼性很强的反问来切入话题:

> "我问你为什么不穿袜子,脚不冷吗?也是讲卫生吗?"
> "咳!"我也笑了,"这是没有法子么,什么卫生!从九月里就反'扫荡',可是我们八路军,是非到十月底不发袜子的。这时候,正在打仗,哪里去找袜子穿呀?"
> "不会买一双?"女孩子低声说。
> "哪里去买呀?尽住小村,不过镇店。"我说。
> "不会求人做一双?"
> "哪里有布呀?就是有布,求谁做去呀?"
> "我给你做。"女孩子洗好菜站起来,"我家就住在那个坡子上,"她用手一指,"你要没有布,我家里有点,还够做一双袜子。"

这个女孩子个性焦点之三在于,明明是她主动关心,但她还是要以层层紧逼的启发,逼得战士说出迫切无助的话来,进而千方百计把自己的主动变为被动。这里充满了农村女性的委婉。虽然是军民一家亲,但毕竟是第一次见到这个陌生的男战士。一旦战士发出苦于无助的话语,她转弯抹角的诱导就变成了坦然主动的承担。这里又流露出北方人的纯朴豪爽之气。两个陌生人的心理距离就大大缩短了。

当战士听从她的提议,来到她家的时候,一进门,她就说:"你这个倒实在,叫你来就来了。"这是很没有礼貌的,但是,礼貌只适用于心理有距离的人们,这就说明,关系更加亲近了。战士说,做袜子要给钱,女孩子说:"你又'装假'了,你有钱吗?"当战士说到战胜日本法西斯,女孩子就用他政治性的口头禅"占了北平,就一切齐备"来调侃他。嘲弄而不引起见外,不但表现出自家人的亲密,而且促使这种亲密的氛围更加浓郁。

所以老大娘(祖母)对客人说她"不会讲话",而战士却说她"很会讲话",好在二者所指不同。老大娘说她不会说话,指的是,她调侃客人,不讲礼貌,而战士说她很会说话,指的是她善于表达对部队的热情,创造了融洽的交流氛围。

孙犁善于表现农村年轻女性在艰苦的物质条件下心灵的纯朴善良。作为女性的委婉和大方豪爽,善于劳动又伶牙俐齿。在这篇小说的后半部分,写了一段购买纺线买织机的情节,似乎和做袜子的核心情节不完全统一,但是,这一段却有孙犁的匠心。这个女孩子肯定是很美好的,但是,细心的读者也许会感觉到,孙犁回避了对这个女孩子形貌上的描绘。尽可能不从男性的视角去观察她。这是因为,小说写在1949年底。当时的思想潮流,对于女性美是淡化的,对爱情是回避的,尤其是部队和群众之间的爱情。因而,女性的美主要表现为:第一,在政治上,对于八路军的热爱,无私地奉献出自己家里的最后一块布料;第二,就是从劳动方面。这么一个美好的妇女,肯定是会劳动而且是善于劳动的。在孙犁笔下,那些漂亮而又不爱劳动的女性,是很容易在政治上或者道德上出现问题的。对这样的女性,孙犁是要采取批判态度的。在他的《白洋淀记事》《风云初记》和《铁木前传》中就有不少这样的形象。

《百合花》：在非爱情关系上的两性心理错位

孙犁的许多小说，虽然内容不同，但往往有一点是相同的，那就是所写的都是普通的小人物。而茹志鹃的《百合花》所写的，则是另一种类型，是英雄，为救民工而牺牲了的英雄。二十世纪五十年代，这种英雄形象在一般作家笔下都是豪情满怀，英勇无畏，道德高尚，光彩照人的。当时这不但是流行的模式，而且有严格的理论规范，甚至有着法定的强制性，违背或者越出这种规范，就可能遭到批判甚至行政处罚。这样的形象虽然因缺乏个性而受到读者的怀疑和抵制，但却仍然风行一时。茹志鹃的这篇小说，恰恰是对僵化的英雄模式进行了突破，让英勇献身的战士有了一点个性，结果就引来了侧目。

小说写成于一九五八年。写的是在战争期间，一个男战士和一个女干部之间的关系。茹志鹃小心翼翼地避开了爱情的感觉，这不但在战争期间是禁忌，而且在和平年代的文学作品中也属于某种禁忌；而小说情节的焦点，又是在两性之间的感觉上，在非爱情关系上展开两性心理关系，这样做有如在政治上和艺术上走钢丝。

茹志鹃后来回忆说，她所写的是一首"没有爱情的牧歌"。

一开头花了相当长的篇幅，写女干部眼中的男战士在女性面前的拘谨：刻意回避与异性直接的接触。明明是带路，却要拉开一段距离，不和女干部并肩走，尽量避免面对面讲话。紧张存在于两性之间，可是并没有带来什么情节。但是，就是这样一点隐隐约约的两性感，在当时也是十分忌讳的，因而小说遭遇退稿的命运。后来，《解放军文艺》把它转到陕西省的文学刊物《延河》，意思可能是这样的情调在部队文艺刊物上发表不适宜，拿到地方发表，会淡化一点敏感性。小说发表以后，遭到不少非议。幸而茅盾在三个月后，发表的题为"谈最近的短篇小说"的文章高度评价了《百合花》："我以为这是我最近读过的几千个短篇中间最使我满意，也最使我感动的一篇。"茅盾着重从艺术上为之辩护，说它"有它独特的风格……清新、俊逸。这篇作品说明,表现上述那样庄严的主题,除了常见的慷慨激昂的笔调,还可以有其他的风格"。①

享有权威的茅盾以艺术风格的多样性掩护了《百合花》,使之越过了主流意识形态教条主义的藩篱。

其实茅盾的赞誉,多多少少是过誉的。说茹志鹃的这篇小说"结构上最细致严密""结构谨严,没有闲笔",当然不无道理,但若细细推敲,也不是没有一点烦琐之嫌的。仅是开头这一段,表现小通讯员在女干部面前的紧张就用了三页篇幅,而整篇小说一共才十页。这种紧张不过是为后来的冲突,即在新娘子面前借不到被子提供伏笔。这一段对于情节来说是附属性的。在整个情节的发展上,没有独立的价值,若严格追究的话,这个依附性的零件,占了全文的三分之一,有点冗长。好在写得不太沉闷。原因是女干部的心理层次比较丰富:起先是对小通讯员"生气",接着是对他产生"兴趣",再后来是对他"着恼",跟着就是对他的"拼命忍住笑",后来是觉得他"可爱"。当女干部有意挑战性地挨近他坐下来的时候,字里行间渗透着幽默感:

> 他立即张皇起来,好像他身边埋下了一颗定时炸弹。局促不安,掉过脸去不好,不掉过去又不行,想站起来又不好意思。我拼命忍住笑,随便地问他是哪里人。他没有回答,脸涨红得像个关公,讷讷半晌,才说清自己是天目山人。原来他还是我的同乡。

这种幽默感还表现在小通讯员和她的交谈,不像是谈话,"倒有些像审问",居然紧张得出了"一头大汗"。这些在异性面前的紧张心理显而易见是没有必要的,小通讯员显得很幼稚,很单纯,有点可笑,又有一点可爱。这里的幽默就集中在对他的调侃上。这一点给读者留下了深刻的印象。如果让欧·亨利来写,或者让契诃夫来写,可能是要把前面这三页的篇幅压缩掉两页的。接着就是情节和人物——小说刻画的核心部分了。

按照小说传统的情节构成,开头有所表现的人物个性特点,是要在后来的情节中起作用的。这就是说,开头让小通讯员在异性面前紧张本身并不是目的,目的是在后来的发展中造成后果,以推动情节的发展。但是,情节的发展只有一个人物的情感特

---

① 茅盾《谈最近的短篇小说》,《人民文学》1958年6月。

点是不够的,要靠人物与人物之间情感的错位。这就得有另外一个人物偏偏和他的这种个性拉开距离,为了把这种矛盾在某种程度上激化,还得有一些特殊的条件,甚至更为精致的构思。茹志鹃说,通讯员必须是尚未涉足爱情、婚姻的小战士,他所碰到的人物必须是新娘子、新媳妇,而不是比较老练的大姑娘、大嫂子,要借的又得是新婚才用三天的新被子。① 为什么呢?这里艺术上的考虑和当年的意识形态的严酷限制是结合在一起的。如果没有小通讯员的特别紧张,又没有新婚才用了三天的新被子,而是一个普通的大姑娘、大嫂子的旧被子,反正就是不借,那就是军民关系欠佳。如果是这样,小说在政治上就失去了生存的空间。茹志鹃之所以再三强调小通讯员和新娘子的特殊心理特点,目的无非就是既要让他和群众发生冲突,又不让这种冲突越出当时政治上许可的限度。

在为个性冲突设定了安全系数以后,茹志鹃便从三个方面来刻画小通讯员。

第一个方面是,他是个英雄,他的牺牲是为了掩护民工。当敌人的手榴弹"在人缝里冒着烟乱转"的时候,他让民工趴下,自己英勇无畏地扑了上去。在一般小说中,这个方面无疑是本质,是重点,是高潮,在当时的许多作品中,是要浓墨重彩地正面抒写的。但是,茹志鹃却只是让一个民工在事后用几句话交代了过去。这种侧面叙述的方法表现了茹志鹃的艺术匠心。虽然从意识形态上,这是个重点,用当时的理论话语来说,是人民战士的本质,但是,这不是小说的重点。因为简单地再现战士的英勇无畏,早就成了流行的俗套,光是写这些并不能表现茹志鹃对英雄个性的发现,也没有艺术的创造和突破。

第二个方面,与在冒烟的手榴弹面前英勇无畏相反,他在异性面前却十分腼腆。按当时主流意识形态的教条来看,这一切都是现象,不是本质,是不值得过多花费笔墨的。光是腼腆,在女干部面前腼腆,最多只是显示他幼稚、单纯。茹志鹃的匠心在于把这种在部队在异性面前的腼腆,打入另一种环境,在战争激烈的平常时刻,在群众工作中和老百姓发生冲突:借不到被子,完不成任务。

从工作上来说,这是一个失误。按当时的理论,对于一个英雄,这是非本质的。但茹志鹃却把这个非本质的方面正面展开,大书特书。正是在这里,读者看到了小通讯员的个性:在异性面前笨拙,对群众讲话生硬,才遭到新媳妇的拒绝。而新媳妇本人倒是落落大方,胸有成竹,再次见到他,忍着笑,明明是笑他没有水平,而他还在赌气"绷着脸",不认输。结果是"慌慌张张",把肩膀上的衣服撕破了一个角。这一切都显示

---

① 孙露茜、王凤伯编《茹志鹃研究专集》,浙江人民出版社1982年版,第53页。

出,他在两个女性面前,充满了孩子气,"傻乎乎"的,不但一点精神优势没有,相反,成了一个被嘲弄的角色。读者完全能够认同叙述者所说的:"又好笑,又觉得可爱。"关键是这个英雄不像当年小说常见的那样,是崇高的观念的化身,一切都是崇高的,在炸弹面前是英勇的,在女性面前也应该是英勇的。而正是这个看起来并不崇高的人物,这个在女性面前胆怯的人物,在炸弹面前却英勇无畏,这才是一个活生生的、有血有肉的人物。首先是这样一个看来是非英雄的人,他在手榴弹面前的无畏的英雄姿态才显得深邃。英雄虽然是大无畏的,但又是平凡的,平凡到腼腆、幼稚、可笑。正是因为他平凡、可笑,他才显得可爱、崇高。茹志鹃显然把重点放在战士的个性上,有了平凡的个性,这个人物就活了,因而对于他的英勇无畏,哪怕只是简略地交代过去,同样也能感人至深。

第三个方面,仅有这样一些直接描写,这个战士的个性还不能达到目前这样的饱满程度。这得力于茹志鹃把新娘子作为战士的一个陪衬,一种反照。新娘子对战士的拒绝,甚至在某种意义上和他的顶牛,不是说明和他关系的对抗,相反,恰恰正是说明关系融洽。设想如果不融洽,如果是在日本鬼子面前,她敢这样放肆吗?敢于争吵正是亲密、不怕得罪的表现。茹志鹃的才气正是把这种争执处理得相当有分寸、有特色。这种特色表现为:一方面是生前拒绝借被子,可是另一方面,在小战士牺牲以后,就坚决地把自己宝贝的被子放到棺材中去。被子由于失去了实用价值,显得更加富于深情。这种深情,又由于一个细节的强调而显得分外生动。那就是小战士牺牲后,新娘子还坚持给他缝补衣服上的破缝。在审美价值超越实用价值上,和被子是同样的道理。

为了表现这一点,作家在结构方面确实是匠心独运。在这一点上,茅盾洞察幽微地称赞说它"结构上最细致严密,同时也是最富于节奏感的"。"结构上最细致严密"这一点很好理解。凡在后面有结果的,前面一定有伏笔、有交代。比如,为了表现牺牲后新媳妇坚持为他缝合刮破了的衣衫,事先作了交代,不但交代如何刮破,而且在离去之时,还看到他的破布片在肩头一飘一飘的。又如,为了对牺牲的小战士表现怀念之情,"我"无意触摸到身边干硬的"馒头",事先就特别作了交代,战士生前如何放在路边石头上,说是给她开的饭。这就是茅盾所说的:"没有闲笔。""善于用前呼后应的手法布置作品的细节描写,其效果是通篇一气贯串,首尾灵活。"①这一切,都使小说情节的各个部分富于有机联系。

小说的好处不仅仅在于有机统一,而且在于在统一和连贯中,还有匠心独运的变

---

① 茅盾《谈最近的短篇小说》,《人民文学》1958年6月。

化。茅盾所说的"节奏感"主要指的是人物情感的起伏。

最明显的是小通讯员和新媳妇的冲突结束,小通讯员上前线去了。接下来的情节就是如何发现他英勇牺牲了。但是在这两者之间,插进来一段"闲笔"。作家突然提醒读者这一天是"中秋节",好像是漫不经心地写到了月亮,写到了家里做的"月饼"。接着就来了一段抒情:

> 啊,中秋节。在我的故乡,现在一定是家家门前放一张竹茶几,上面供一副香烛,几碟瓜果月饼。孩子们急切地盼那炷香飞快地焚尽,好早些分摊给月亮娘娘享用过的东西,他们在茶几旁边跳着唱着:"月亮堂堂,敲锣买糖……"或是唱着:"月亮嬷嬷,照你照我……"我想到这里,又想起我那小同乡那个拖毛竹的小伙,也许,几年以前,他还唱过这些歌吧!我咬了一口美味的家做月饼,想起那小同乡大概现在正趴在工事里,也许在团指挥所,或者是在那些弯弯曲曲的交通沟里走着哩!……

这是一段抒情话语,和情节的进展没有关系,似乎可以说是"闲笔",但是,其作用正是要缓和情节的过分急促。从情绪上来说,下面接着就是小通讯员的牺牲,在紧张的悲剧到来之前,来一点美好的抒情。情节的连贯中,使其有某种中断,在悲痛到来之前,插入一点欢乐,构成一种情绪的起伏。

第四个方面,作者不无匠心地让被子上绣着百合花,这与小说着重表现的军民关系有关。这种关系没有定位在英雄主义的颂歌上,也回避了在男性与女性之间可能产生的爱情的联想。茹志鹃把它定位在军民关系的纯洁和美好上。百合花有利于构成抒情的氛围,用诗一样的抒情来歌颂军民之间的鱼水之情。茹志鹃显然发挥了自己女性作家特有的细腻情感,赋予这个本来政治性很鲜明的主题以柔婉的情调。茅盾说"它又富于抒情诗的风味"[1]所指的就是这一方面。

作家很从容地层层深入地展开了对这个英雄人物的刻画,正是因为这样,茅盾才说:"它的人物描写也有特点:人物的形象是由淡而浓,好比一个人迎面而来,愈近愈清,最后,不但让我们看清了他的外形,也看到了他的内心。"[2]

---

[1] 孙露茜、王凤伯编《茹志鹃研究专集》,浙江人民出版社1982年版,第53页。
[2] 茅盾《谈最近的短篇小说》,《人民文学》1958年6月。

《陈小手》：对救命者任意枪杀的"委屈"

这是一篇小说，但又不是一般的小说，有传奇的性质。全篇大部分是用传统笔法写的，但结尾却是比较现代的，明显是受了西方的影响。小说的题目叫"陈小手"，很显然这个人物是作家刻画的重点。这个人物有什么样的特点呢？

首先，他生活在一个比较封闭的地方，是一名妇产科男医生。从世俗之见来看，做的是"丢人没出息的事"。

其次，陈小手作为妇产科医生，"专能治难产"。为什么呢？因为他的手小。这就充满了民间传说的色彩和趣味。

再次，为了渲染传奇性，作家又为他设置了一匹白马。这是在水乡，水乡交通多用船，而马是比较稀罕的，所以他被称为"白马陈小手"。这也是一种传奇手法。正如古代英雄，如关公有特别的坐骑赤兔马，张飞有特别的武器丈八蛇矛一样。

这样的传奇人物具有传奇的活人的医道，是理所当然的。作家描绘陈小手"活人多矣"，救人性命，来和马的铃声，去也是和马的铃声联系在一起的。这好像很自然，然而并不轻松，作家特别点出，他每次救活产妇出来时都是"满头大汗"的。

写到这里，篇幅已经占去了三分之二。给人感觉，陈小手的医术是很有特色的。我们分析《范进中举》的时候说过，吴敬梓把原始素材中高明的医道改为屠户的一记耳光，超越了实用价值。那么在本篇中，汪曾祺为什么要停留在陈小手的医道上呢？

正是因为小说一直停留在医道上，陈小手的个性似乎还不能算鲜明。下面的情节主要就不是属于陈小手的，而是另外一个人，一个军阀团长的。这个军阀团长的老婆难产了，请陈小手来救命。写这个人物的出场，汪曾祺只用了一句话，但却显得很有个性：

大人，孩子，都得给我保住，保不住要你的脑袋！进去吧！

这是公开的蛮横,大言不惭得无法无天,土匪的神态跃然纸上。

情节发展到这里,就产生了悬念。读者的预期是,陈小手如果不能救活女人和孩子,在这个土匪阎王面前肯定性命难保。但若情节就往这个方面发展,则显然比较俗套。现在我们看到的是,陈小手费了九牛二虎之力,累得筋疲力尽,终于把孩子"掏"了出来,而且是个男孩子,团长对此非常满意。如果情节就是这样,则皆大欢喜。但这一切充其量不过是在说明陈的医术实在高明而已,那么这篇小说,从审美价值来说,就是一篇平庸之作。

行文至此,已经是全文的十分之九。

然而,这篇小说并非平庸之作,而是一篇公认的经典作品。也就是说,这篇小说之所以成为经典,主要是由于那剩下的十分之一的篇幅。

读过这篇作品的读者都知道,最后,这个团长是要把陈小手杀死的。在那种情况下,他无法无天,想杀就杀,他完全可以顺手一枪,要了陈小手的性命。但如果这样处理,又太简单了,太没有这个土匪团长的非同寻常的个性了。在这最后十二行的篇幅中,作家安排了高密度曲折的情节:

第一个是,团长"摆了一桌酒席"宴请陈小手。

第二个是,团长拿出二十块大洋,送给陈小手。

第三个是,团长在陈小手骑上马以后,一枪把他打下马来。

第四个是,宣布把杀死他的理由:"我的女人,怎么能让他摸来摸去!她身上,除了我,任何男人都不许碰!这小子,太欺负人了。"

最后一个是:"团长觉得怪委屈。"

在开端发展阶段,情节进展得很缓慢;而到了结尾处,情节发生了突转,这是西方现代小说里惯常的手法。汪曾祺就是利用这样的情节结构,来表现这个匪性十足的军阀的个性特点的:

第一,把医学上救人的外科手术和他自己的性事活动混为一谈。

第二,救了他女人和孩子性命的医生的性命,在他看来,仅仅因为"摸"过他的女人,就应该死。他的封建男权思想,于此可见一斑。

第三,就是把救命之人打死了,他还觉得挺委屈。可见,在他心目中,这一"摸"是多么的严重。他的滥用权力,草菅人命,已经习以为常。

第四,既然要杀死人家,那就干脆开枪算了,为什么还要请人家吃酒?还要给人家二十块大洋?可能是,在这个团长看来,虽然该死,但毕竟是救了女人孩子的性命,感谢还是要感谢的。两笔账,一笔一笔算,分得很清楚。但是,就是在这样的矛盾中,他的愚昧和野蛮,他的残酷和兽性,集中表现为荒谬的江湖气。

　　从这个意义上来说,这篇小说虽然以陈小手的名字命名,但是真正的主人公并不是陈小手,真正有个性的,其情感和思维的逻辑不可重复的,是那个野蛮的团长。陈小手的高明医术,虽然花了不少篇幅,但也只是一个背景,有一种烘云托月的功能。

《十八岁出门远行》：寻找精神的"旅店"

这篇小说最早发表于《北京文学》1987年第1期，是余华的成名作，其情节因果都极其荒诞。小说中的人物、行事的原则，显然不合情理，违背常识。这样怪诞的人物和生活，在现实生活中是不可能存在的，但这篇小说却成了当代小说的经典之作。

从艺术上来说，其探索性非常明显，肯定不是传统意义上的现实主义小说。因为现实主义经典小说，情节的发展要合情合理，要有着鲜明的逻辑因果性，人物之间建立友好的关系——作为一个结果，肯定会有相互表现善意的原因。但探索性小说，则有可能粉碎这种因果性，代之以反因果性。例如，在这篇小说中，"我"以敬烟的方式对司机表现出善意，司机接受了"我"的善意，却引出被粗暴地拒绝乘车的结果；"我"对他凶狠呵斥，他却十分友好起来。整个小说情节的原因和结果都是颠倒的，似乎是无理的。半路上，司机车子发动不起来了，本来应该是焦虑的，但他却无所谓。车上的苹果被人家给抢了，本该引发愤怒和保卫的冲动，他却无动于衷。"我"本能地去和抢夺者搏斗，却被打得头破血流，"鼻子软塌塌地不是贴着而是挂在脸上"，本该非常痛苦，却一点痛苦的感觉也没有。一车苹果被抢光了，司机的表情却"越来越高兴"。抢劫又一次发生，"我"本能地奋不顾身地反抗抢劫，被打得"跌坐在地上，再也爬不起来"。司机不但不同情"我"、安慰"我"，还"站在远处朝我哈哈大笑"，这就够荒谬的了，可是作者显然觉得这样的荒诞还不够过瘾，于是对荒诞性再度加码。抢劫者开来了拖拉机，把汽车上的零件等东西，能卸下来的全都拿走了。司机是什么反应呢？作者这样写道：

> 这时我看到那个司机也跳到拖拉机上去了，他在车斗里坐下来后，还在朝我哈哈大笑。我看到他手里抱着的是我那个红色的背包。他把我的背包抢走了。背包里有我的衣服和我的钱，还有食品和书。

如此荒诞,是不是绝对荒唐,绝对无理呢?如果真是这样,那么小说就不成其为小说,而是一堆呓语了。仔细研读,你就会发现,在表面上绝对无理的情节中,包含着一种深邃的道理。这个道理,至今还没有一个广泛认可的归纳。夏中义在解读这篇小说时,抓住"十八岁"这个关键词——成人的开始。他认为,小说中冲突的性质是童年经验和成人世界:

> 余华的这一短篇,受西方现代主义流派的影响,试图用反理性、反常识的眼光,表现十八岁的"我",初涉成人内心世界的体验,从更深层次来说,表达了作者对世界和社会的一种独特的理解……孩子通过"递烟"这种成人方式其实根本无法求得成人的接纳,暴力才是成人世界的潜规则。如果说,"我"有意无意的粗暴获得了成人的接纳,证明了暴力的合法性、有效性,才是成人的,那么司机的"笑嘻嘻",则是成人对孩子屈同暴力的认可,满足,甚至得意。后来抢苹果的人里面有一些孩子,"几个孩子朝我击来苹果"也就不足为奇了,因为孩子也会被允许模仿大人的暴力,暴力才得以在人类世界延续和生长。
>
> 为什么司机的苹果被抢,"我"为他打抱不平遭打,司机不但无动于衷,还站在远处朝我哈哈大笑,最后竟加入到抢劫者的队伍中把"我"的背包也抢走了?司机是不是也同样享受着"遍体鳞伤的汽车和遍体鳞伤的我"带来的快乐?原来人可以在暴力中"哈哈大笑",可以体验到极大的快感和满足感。在余华眼里,暴力不是一种外在的手段,恰恰是世界的内在本质,它潜藏在每个人的心里,一有机会就奔泻而出,孩子也不例外。何况在一个本质暴力的世界,唯一的存在方式只可能是暴力。抢劫者和被抢劫者在这样的世界面前可以是"同谋"。受虐着同样也施暴着。以暴抗暴,以此取乐,暴力的循环获得了滋长的蔓延的土壤。更可怕的是,肉体暴力的背后是一种根深蒂固的更为强大的精神、文化暴力在强暴年轻人的梦想。所以青春年少,怀揣着无限梦想出门远行却被抢劫一空的"我",感到了青春的残酷,世界的可怖。①

这样解读,把小说的立意明明白白地说清楚了,就是让孩子来感受成人世界,成人世界的残酷暴力的确使孩子内心感到震动,使他"无限悲伤""像汽车一样浑身冰凉"。这种震惊感,就是青春心理的一个阶段性的总结。

---

① 夏中义《大学新语文导读》,北京大学出版社2006年版,第18—19页。

但我觉得，这个解读还可以继续深入下去。小说展示成人世界的暴力，特别强调其荒谬性，那么，荒谬的焦点在哪里？不是抢劫者的快乐，而是被劫者的快乐。如果只有抢劫者的快乐，就没有荒谬感了，就没有现代派小说的艺术探索了。小说的荒谬感虽然是双重的，但是，施暴者的快乐与受虐者的快乐，在小说里并非半斤八两，而是有所侧重的。

首先，被损害者对于强加于己的暴力侵犯，毫无受虐的感觉，相反却感到快乐；其次，被损害者对为之反抗抢劫付出代价的人，不但没有感恩，相反却对之加以侵害，并以之为乐。再次，除了施虐和受虐，还有更多的荒谬渗透在文本的众多细节之中。这篇小说，有时很写实，有时又好像漫不经心。然而，妙就妙在这种漫不经心上。常常自由地、突然地滑向极端荒诞的感觉，比如，"我"被抢苹果的人群打得很惨："被打出几米远。爬起来用手一摸，鼻子软塌塌地不是贴着而是挂在脸上。"在写这样的血腥事件时，居然连一点疼痛的感觉都没有涉及。如果用传统现实主义"细节的真实性"原则去追究，恐怕是要作出否定的判断。然而文学欣赏不能用一个尺度，特别是不能仅从读者熟悉的尺度去评判作家的创造。余华之所以不写鼻子被打歪了的痛苦，那是因为他要表现人生有一种特殊状态——感觉不到痛苦的痛苦：在鸡毛蒜皮的小事上痛苦不堪、呼天抢地，而在性命攸关的大事上却麻木不仁。这是人生的荒谬，而人们对之却习以为常，不但没有痛感，反而乐在其中。

不明白这一点，就不能理解余华为什么要通过一个孩子的眼睛来看这种现象。孩子第一次看到，就不可能因为习以为常而视而不见，于是，人生的怪异、人生的荒谬就凸显出来了。车子上的苹果被抢光了，车轮胎都被卸走了，"我"为了保卫苹果被打伤了，鼻子挂在脸上，司机却站在远处朝我哈哈大笑。从现实主义的情节因果逻辑来说，这是缺乏合理性的。然而余华不是现实主义作家，他有意向传统情节的因果性挑战。在小说结尾，他并没有承担给读者揭示谜底的责任，相反，他好像无缘无故地让这个司机跳到了拖拉机上，把"我"的背包抢走，坐在拖拉机上还朝"我"哈哈大笑。

这是现实的悲剧，然而在艺术上却是喜剧。这让我们想到了阿Q死到临头还想要出风头。鲁迅也把人生的悲剧当作喜剧来写。

喜剧的超现实的荒诞，是一种扭曲的逻辑。然而这种扭曲的逻辑，会启发读者想起许多深刻的悖谬现象，甚至是哲学命题：为什么本来属于你自己的东西被抢了你却感觉不到痛苦？为什么自己的一大车东西被抢了无动于衷，把别人的一个小背包抢走却会沾沾自喜呢？缺乏自我保卫的自觉，未经启蒙的麻木、愚昧，从现实的功利来说，是悲剧，从艺术哲学的高度来看，则是喜剧。

从这个意义上来说,在这最为荒谬的现象背后潜藏着深邃的睿智:没有痛苦的痛苦是最大的痛苦。

当然,余华这个短篇小说的价值,还在于他的语言所创造的一种荒谬而又真实的张力。"我"走在山路上,找不到旅店,就想搭车。站在路旁朝汽车挥手,"努力挥得很潇洒",可是司机看也没有看就"他妈的过去了"。他就追,"一直追到汽车消失之后,然后朝着自己哈哈大笑",但是又马上"发现笑得太厉害会影响呼吸,于是我立刻不笑"。在接着走路的时候,"心里却后悔起来""后悔刚才没在潇洒地挥着的手里放一块大石子"。

所有加着重号的词语,在正常的语境中都是不通的,但在这里却很有艺术性。原因何在?搭车本来是有求于人,应该是很有礼貌的,但却用了"潇洒"一词,好像是无所谓的样子,与达到目的的有效性背道而驰。在司机不予理睬开过去以后,本来是不该怪人家的,可他却用了个粗野的词语"他妈的"。这无异于自暴其野。没有达到目的,本来应该是有点失落的,却哈哈大笑起来。看来,这是一种极端随意、怪诞的感觉,然而又不完全是怪诞,在怪诞中有某种深沉的启示。

为什么追不到车,起初没有懊丧,反而哈哈大笑?这里的原因比较复杂。首先,主人公还年轻,这是第一次出门远行,对人生的险恶还没有体验,对自己生命和前途还没有多少痛苦的思索,因而把人与人之间的冷漠只当作好玩。其次,在觉得好玩之后,或者在更深的意识深处,就产生了仇恨——在这纯洁的心灵上居然冒出了后悔没有抓起一块石子去砸司机的邪恶念头。而这种邪恶的可怕,在于主人公并不觉得邪恶,相反却觉得好玩。

在余华看来,对于是非善恶的麻木,并不仅仅是成人世界的特点,在未成年人的世界里,也同样存在着,同样也有暴力的潜在动机。只是和成人世界相比有程度上的不同。这实在是人生的荒谬。但这种荒谬有余华的特点,他与许多作家肯定人的善良不同,他刻意突出人性之恶。从这个意义上来说,这是严峻的现实,并不完全是作家艺术想象中的荒谬。作家以无理的外部形式揭示了内在的邪恶,这是思想上的也是艺术上的创新。

正是因为这样,我们不能从一般意义上去学习这篇小说的语言。在一般语境中,"哈哈大笑"是欢乐的表现,而在这里一共三次,却有无理而又有理的复杂内涵。

再比如文中关于胡须的描写:

下巴上那几根黄色的胡须迎风飘飘,那是第一批来定居的胡须。所以我格外珍重它们。

在通常情况下,刚刚长出来的胡须是很稀少又很短的,不可能"迎风飘飘"。这里却把它写成"迎风飘飘",是有意的夸张,表示对自己的调侃。明明没有几根黄毛,还自以为很神气的样子。至于"定居",也好像用词不当。本该慎重地用在居民长期的迁入上,是相对于临时居住而言的。此处用这个词,是表示对胡子一旦生出来,就不会消失了的那种新鲜的感觉。"我"还对这几根不成气候的胡须格外"珍重",这种大词小用的方式,有自我调侃的味道,进而构成一种幽默感。我们在读鲁迅的文章时,经常会遇到这种藏在字里行间的反讽意味,具有幽默效果。如在鲁迅的《铸剑》结尾描写君王出丧的场面:

于是现出灵车,上载金棺,棺里面藏着三个头和一个身体。百姓们都跪下去,祭桌便一列一列地在人丛中出现。几个义民很忠愤,咽着泪,怕那两个大逆不道的逆贼的魂灵,此时也和王一同享受祭礼,然而也无法可施。

庄严隆重的葬礼,忠于君王的义民,却不得向杀死君王者同时下跪。在这种尴尬中隐含着鲁迅对于愚昧的臣民的讽刺。更加讽刺的是接下去的文字:

此后是王后和许多王妃的车。百姓看她们,她们也看百姓,但哭着。此后是大臣,太监,侏儒等辈,都装着哀戚的颜色。只是百姓已经不看他们,连行列也挤得乱七八糟,不成样子了。

一方面是所谓忠愤的义民的尴尬,显示其愚忠,另一方面是一般百姓最大的兴趣集中在看王妃、王后上。一旦王妃、王后的队伍过去了,百姓们的队伍就乱七八糟了。文章中的"忠愤""哀戚""乱七八糟",其语义不仅在词义的表面,而且在字里行间。

余华的行文风格虽然与鲁迅有很明显的不同,但在以超出常规的用词构成反讽方面,和鲁迅有异曲同工之妙。我们再来看一个例子,当他看到汽车停在公路边,司机正在埋头修理:

我看到那个司机高高翘起的屁股,屁股上有晚霞。

这不是有点不和谐,搭配不当吗?晚霞应该是很诗意的,为什么要让美丽的晚霞和司机的屁股联系在一起呢?而且这样的用语,在后面还反复使用。这说明作家刻意追求的恰恰不是诗意，不是美化，而是一种反诗意，一种丑化，造成一种煞风景的趣味。因为，作家要表现的不是人们美好的、善良的方面，而是丑恶的、麻木的、愚昧的方面。不仅如此，他还故意夸张地显示出自己对于这类人性的一种厌恶。

这种反讽的修辞在这篇小说中还有很多。当然，余华的语言艺术不仅是煞风景的反讽，还有相反的一面，那就是颇有诗意的象征。

在这篇小说中，有许多词都是重复使用的（如哈哈大笑、屁股）。但重复率最高的是"旅店"这个词，竟然重复了15次之多。文章语言忌重复，为什么作家要这样不厌其烦地提醒读者呢？

原来，这个"旅店"，是"我"原本追寻的目标，他在路上走了整整一天，已经"看了很多山和很多云"，他反复提示读者，他"为旅店操心"，这一句是带有象征意义的，也就是说，人生已经有了一定经历，需要找一个歇脚的地方，一个人生的阶段性休整，当然这不是体力的休整，而是精神上的休整。因为一时还没有"旅店"，所以才有"搭车"的念头，才有了汽车的观念。在某种意义上，"搭车"和"旅店"是对立的。这个词有着丰富深邃的哲理内涵。人生是个旅程，旅程的象征是汽车，汽车是不断运动的，但人生又要有驿站，需要有旅店来休整身心。汽车、旅程是如此残暴，如此野蛮，和休整身心的要求是不相容的。但是，小说写到作者对汽车的感觉的一段文字是小说的思想的另一个焦点，可惜几乎被所有的解读者忽略了，这里不能不作一次冗长的引述：

> 天色完全黑了，四周什么都没有，只有遍体鳞伤的汽车和遍体鳞伤的我。我无限悲伤地看着汽车，汽车也无限悲伤地看着我。我伸出手去抚摸了它。它浑身冰凉。那时候开始起风了，风很大，山上树叶摇动时的声音像是海涛的声音，这声音使我恐惧，使我也像汽车一样浑身冰凉。
>
> 我打开汽车门钻了进去，座椅没被他们撬去，这让我心里稍稍有了安慰。我就在驾驶室里躺了下来。我闻到了一股漏出来的汽油味，那气味像是我身内流出的血液的气味。
>
> 外面风越来越大，但我躺在座椅上开始感到暖和一点了。我感到这汽车虽然遍体鳞伤，可它的心窝还是健全的，还是暖和的。我知道自己的心窝也是暖和的。我一直在寻找旅店，没想到旅店你竟在这里。

整篇小说似乎都在通过"旅店"和"汽车"的对立，强调汽车象征着人生的险恶，人生的荒谬，精神无处归宿。可到了这里，突然没有了荒谬感，没有了邪恶，相反有了诗意的、温暖的归宿。而这个归宿恰恰就是象征心灵没有归宿的汽车。

这里作家显然是在向读者显示，虽然人性是邪恶的，世界是荒谬的，但是被抢掠、被剥夺得如汽车那样，也还有一点值得注意：残存的座椅、漏出来的汽油，都使他的心灵稍有安慰，因为"那气味像是我身内流出的血液的气味"。这就是说，被损害者、被剥夺者，虽然遍体鳞伤，但心灵并没有被剥夺，心灵并没有遍体鳞伤。作者唯恐读者不明白，又从正面提示说，"汽车……心窝还是健全的，还是暖和的"，而"自己的心窝也是暖和的"。正是在这个意义上，在"心窝"未曾受到摧毁这一点上，这部受尽伤害的汽车，成了"我"心灵的旅店，成了我精神健全、心窝温暖的确证。

正因如此，小说的笔调从最初的反讽，到最后变成了象征的抒情。

这里还有一个关键词"红背包"，它和"旅店""汽车"一样是有象征意义的。

在小说结尾，这个被司机抢去了的红背包又出现了。作者把背景选择在"我"十八岁，父亲让"我"出门，为"我"准备好这个"红背包"，对"我"说："你已经十八岁了，你应该去认识一下外面的世界了。"

他就这样，背着"红背包"，"像一匹兴高采烈的马一样欢快地奔跑了起来"。整个故事本来是很灰暗的，为什么作者要让背包是红的？红色的象征意味，虽然不一定是革命的，但肯定不是邪恶的，而是带着光明和希望的色调。

这就是说，作者显然有意在结尾不让读者太悲观、太灰暗，这个光明的尾巴是作品主题的一个重要组成部分，显然是很重要的，但为什么会被绝大多数的读者和评论家忽略呢？无非有两种可能：一是读者和评论家太粗心，二是作者的这一转化表现得不够充分、不够饱满。我认为后者应该是主要原因，因为作者表现人性的邪恶采用了独创的荒诞方法，真是别出心裁，引发读者沉思，让读者感到惊异。而小说结尾处，主要用诗意的象征手法，这一手法，就其形象的感染力和手法的独创性来说，可能略逊一筹。

《我们看海去》：如何拉开人物心理的多维错位

赏读台湾作家林海音的小说《我们看海去》，深深体会到一部真正具有艺术生命力的作品是不受时间和空间的限制的。

20 世纪 80 年代，这篇小说被著名导演吴贻弓搬上银幕，大获成功，在我国大陆和新加坡都得了奖。

本来，小说写的故事很平常：一个收破烂的哥哥，为了让读小学常考第一名的弟弟升学，甚至出国，他不惜自己去当小偷，终于被捕。如果把这个故事平铺直叙地写出来，也许是很陈旧的，很难越过时空的限制获得大陆读者和观众那样广泛而深刻的共鸣。

林海音把这个有点陈旧的故事变为一个创新的艺术品，主要依靠一种拉开心理距离的手法。她不让这个故事出现在世俗价值观念已经固定化了的世界里，因为在这个世界里，小偷就是坏人，这样的观念是不会有任何疑问的。如果小说简单地把这个哥哥按照英子家的保姆宋妈的观念写成一个坏人，而且大家都一致同意，这样就不但没有艺术，而且连小说都没有了，只剩下一种小报上的新闻花絮。

艺术的起点就在小主人公和宋妈的观念拉开距离的时候。

林海音把这个故事放在一个天真烂漫的小学生的心灵中展开，她正是小偷那考第一名的弟弟的同学。

她逐渐被这个小偷的纯朴的"厚嘴唇"和重重心事所吸引，并且不知不觉地对他有一种亲近感。即使在模模糊糊地意识到他就是小偷的时候，这种亲近感也没有削弱，反而因发现他就是那位第一名的同学的哥哥而更加强烈了。

林海音确实非常有力地拉开了两种价值判断的距离——孩子的感知和世俗的距离越来越大。为了强化这种距离，林海音并不满足于情节的发展，同时她运用了意象象征。

正因为这样,小说中才反复强调英子在理解诗歌《我们看海去》时,分不清蓝色的天空和大海,而在生活中她也分不清好人和坏人。

这种反反复复的象征意象是对读者反反复复的暗示。应该说林海音是用得相当自然的,虽然有时十分直露,但是比之聂华苓在《一捻红》中反复提示的"一捻红"还是更加隽永,更加有机。

在情节之内融入某种象征性意象以突出作家的尖端思绪,是当代小说家常用的手法。但是,这种手法的大忌是过露和不足:过露则容易流于概念的图解,不足则令人感觉莫名其妙。

林海音的象征虽然有过露之嫌,但是,尚未造成对艺术形象的含蓄性的损害,其原因在于她的主要焦点并不完全在于象征,而在于象征的基础——那就是互相亲近的人们之间的心理距离越来越大,从而造成读者情感的多方向的张力。这不但表现在宋妈与英子之间,而且表现在小偷和他所爱的弟弟之间。他越是爱弟弟,他就越是要做小偷,在这种反向逻辑中存在着艺术的奥秘。

更为精彩的是小偷和英子之间关系的错位。英子越是被小偷的为人所吸引,就越是常到草丛中去,期望与他会见;越是期望与他会见,就越是可能把小偷的秘密暴露给密探。

当作者写到英子的大意,把一个铜佛随便给了一个路人,导致了小偷的被捕,难能可贵的是作者的叙述语言仍然那样平静,林海音甚至都没有让小英子猛然地意识到自己伤害了小偷,而是神经性地发作起来。这是传统现实主义和浪漫主义作家常常大显神通的地方,而受现代主义影响的林海音在这里却十分克制,只写了一句:"我很想哭。"而且她妈妈这时还在期望小英子将来把这个"坏人"的故事写成一本书,终于引起了小英子的反抗:"不!"心理错位的幅度在故事结束以后还在扩大,给人以余音不尽之感。

《我们是怎样过母亲节的》：幽默、讽刺和抒情的交融

这是著名的加拿大幽默作家斯蒂芬·巴特勒·里柯克写的关于母爱的故事。通篇没有一句直接写母爱的无私，但读者却深深感受到了母爱的无私；通篇没有一句话写到丈夫和子女的自私，但全篇无处不在显示丈夫和子女的自私。

错位随着故事的进展一层又一层地展开，但不是表面上的，而是隐藏在字里行间的。表面上都是为了爱母亲，没有任何错位，所有公开的、堂而皇之的字眼（能指），都是为了母亲，而实际内涵（所指）恰恰是丈夫和孩子为了自己。这就构成了错位，也就定下了以后贯穿全篇的反讽基调。

第一个层次在字面上和潜在的含义之间的错位似乎并不特别明显，只是表现了在一再强调的"隆重"和漫不经心的"否决"之间，充满了能指和所指的错位。

一方面是丈夫和子女主动提出，为了报答母亲终年的操劳，要在母亲节这一天，"做一切力所能及的事，让母亲高兴"。大家都请假回来，庆祝母亲节。这里的关键词是"隆重"。"隆重"的具体表现是：用鲜花和格言装饰房间；女孩子隆重地购买了新帽子，男孩子则隆重地购买了新领带。另一方面，所有让母亲开心的举措都一个一个被否决。开始是为母亲买一顶新帽子的提议被轻易地否决了。一旦母亲说自己更喜欢旧的，女儿就说那顶旧帽子，母亲戴了更合适。

这里的反讽不是特别明显，因为是母亲自己提出不要新帽子的。但被否决的过程，毕竟有点轻率，这就消解了前面特别强调的"隆重"。

第二个层次在字面上和潜在的含义之间的错位不但明显，而且越来越尖锐化了，为母亲制定出游的目标及其消解过程。

一方面是大家决定租一辆汽车让母亲到乡下去郊游，享受一番，免得她在家里总是忙得不可开交。父亲提议，与其出游，不如钓鱼，有了"目标"，更能提高母亲的兴致。另一方面，则又慢慢透露，钓竿是父亲昨天才买的，暗示了钓鱼和父亲的目的联系在一

起是多么巧合。父亲口头上说,钓竿"实际上"是为太太买的。注意这个"实际上"透露了本来不是为母亲买的。这个错位本来可以展开,但被母亲的一句话淡化了。她说:"她宁愿看父亲钓鱼,她自己却不想钓。"

这里的暗示是,父亲很有心机,嘴巴上说得好听,实际上却一味考虑自己,而母亲为了亲人的乐趣,早已习惯于放弃自己的乐趣。

为了把故事推向高潮,作者设置了一个矛盾,汽车太小,必须有一个人留在家里。这时,父亲潜在的动机和表面堂而皇之的话语之间的错位就显得更突出了。他主动提出自己留在家里。如果光是这样说,也就没有什么反讽可言了。他接下来说的话,言内和言外就有点错位了。他先说,自己留下来可以在花园里干点活。这也还没有什么潜在的意味可言。接着,他说可以干点"粗活和脏活",比如"挖个垃圾坑"什么的。这种话语的错位是:表面上是自己主动留在家里,实际上是要让人感觉到他在大家郊游的时候,却承担着繁重的劳动。作者的功夫在于,不是一下子把父亲的底细全部兜出来,而是逐渐透露,在程度上逐渐加强:一点一点把言外之意强化到超越字面的意思。父亲叫大家不要"顾虑"他"三年来"一直没有过过一个"真正的假期"。这里的错位在于,字面上叫大家不要顾虑,实际上却是在提醒大家,事情有点严重:三年来都没有过一个真正的假期了。这些话语中的逻辑重音,应该落在"三年来"和"一个真正的假期"之间的对比上,是不能不叫人顾虑的。这里矛盾虽然明显,但父亲的情绪还没有超越语言的表层。下面的话,就近乎牢骚了:"他想过个什么节就是想入非非。"如果真是这样,就根本不是顾虑不顾虑的问题,而是要不要对这个赌气的家长给予补偿的问题了。

通俗地说,字面表层含义和深层含义"不一致"时,在具体上下文中,深层含义占上风的情况叫作"反讽"。在这篇小说中,表面上说自己应该留下来,而实际上,留在逻辑空白中的意思很明显,要他留在家里是不公平的。

说反话的修辞技巧,在鲁迅的《从百草园到三味书屋》和《阿长与〈山海经〉》中大量存在,但那里的反语属于幽默的性质。因为鲁迅对长妈妈充满了同情和怜悯,并没有要揭露她什么动机的目的。在这里,作者写父亲,也用了反语,突出他千方百计地掩饰自己的自私这一点,而且,他的言内和言外存在着显而易见的矛盾,暴露了他强烈的自私心理。这样,幽默就转化为讽刺了。

幽默与讽刺的相同之处,是都有反语,但幽默是温情的,非对抗性的,而讽刺则是严峻的,带着刺的。

下面写孩子们的考虑也充满了反讽意味。一是让父亲留下来不合适。原因是虚无缥缈的,"他准会闯祸"。而排除另一种选择即两个姐妹留下来的理由,则更荒谬。

因为"她们买了新帽子不戴一戴,未免太使人扫兴了"。这个理由的微不足道,和文章开头强调的要"做一切力所能及的事,让母亲高兴","隆重"地庆祝母亲节形成了错位。这一大家子人,除了母亲以外个个都很自私,讽刺意味十分强烈。

如果文章就写到这个程度,当然也可以了,但可能给人太直露的感觉。

作者笔墨的深邃之处是:父亲和孩子都自私,但他们似乎并没有觉得自己自私;母亲无私,却也同样没有觉得自己无私。

一方面强调把母亲留在家里,大家都觉得有充分的理由,即可以让她痛痛快快地休息一天,但另一方面,又把这种理由说得不成理由,因为需要她准备午饭。这不还是不能休息了吗?矛盾是留在逻辑的空白之中的,由读者去判断。让母亲留下来还有一条理由更为荒谬,室外有点凉,"父亲担心母亲着凉"。明明是为自己考虑,却偏偏说是为母亲考虑。父亲越是努力自圆其说,越是漏洞百出,越是漏洞百出,作者的讽刺就越是显得精彩。下面这一段,可以说发挥得淋漓尽致。父亲说,正当她"本来可以好好休息"的时候,如果他"硬拉"母亲到乡下去转悠,一下子得了重感冒,他"永远不会原谅自己"。尤其是考虑母亲为大家"操劳了一辈子",大家有责任让她"安静、安稳地多休息"。不让她郊游,是让她避免了一场"折腾"。本来大家提出让妈妈郊游,是为了让她休息,可是经过父亲这么一演绎变成了"折腾",而且很危险。这是明显的荒唐。但越是荒唐就越是可笑,越是可笑,就越是显出父亲的虚伪——千方百计掩饰自己的自私,明知自私,还要坚持为自私寻找冠冕堂皇的理由。这样的讽刺就有深度了。

文章对孩子的自私,当然也是有讽刺的,但相对比较温和,可以说,讽刺意味比较少,幽默意味比较多。因为,孩子不像父亲那样有意掩饰自己的自私,他们比较单纯,比较天真,在大多数情况下,他们没有觉得自己自私。

全文都从孩子的视角来叙述。在许多明显自私的地方,孩子们并不像父亲那样做出一副为母亲考虑的样子。在把母亲留下来以后,作者在分寸上很有讲究。孩子们向母亲"欢呼了三次"。虽然有些自私,但总还有些天真烂漫,应该说自私得有点无知,还没有学会为母亲设想,正是因为这样,孩子们的自私就显得不虚伪,有点坦然,因而不无可爱之处,属于幽默范畴,而父亲却表现得对妻子特别多情:

> 母亲站在阳台上,从那里瞅着我们,直到瞅不见为止。父亲每隔一会儿就转身向她挥手,后来他的手撞在车后座的边上,他才说,他认为母亲再看不着我们了。

明明是最自私的,却表现得最多情。挥手,要挥到手碰到车后座,越过了表达感情的限度,这里就有一种对比,过度的外在动作和贫乏的内在情感。

接下去的文章突出了感受上的反差,用词比较夸张。一方面孩子们出游的感觉是度过了"最愉快的一天",玩得"痛快极了"。回来以后,母亲为他们准备了"热腾腾的饭菜",这是"最豪华的筵席""吃得有趣极了"。另一方面,母亲还给父亲拿来手巾和肥皂。这样"忙"了一阵以后,吃饭的时候,母亲又不得不"屡次三番地站起来"帮着上菜。

所有这一切语言,都在构成一种热烈的家宴氛围。但是,所有这一切又和前面宣称的宗旨相违背:让母亲留在家里,是为了让她"安静"。所有用来描述家庭喜庆场景的词语都是与休息、安静背道而驰的。这就是含蓄的讽喻。

文章的正面描写处处透露出父亲和孩子们的自私,但没有一句说出"自私"这两个字,同样没有一个字正面说明母亲是如何的无私。全文的功力在于反讽,但是,又不限于反讽,同时有歌颂,反讽父亲和孩子的自私,恰恰反衬出母亲的无私。这二者相辅相成,父亲和孩子有多么自私,母亲就有多么无私。

说好了过母亲节,要让母亲休息,感恩她的操劳。结果,母亲不但没有外出休息,也没有在家里安静,却更加操劳了一天。而这个母亲不但没有感到这种矛盾,而且心安理得。不但母亲没有感到任何异常,孩子们也没有感到任何异常。一方面有这么多夸张的对比(安静和忙碌),另一方面母亲又表现得异乎寻常的平静。作者对母亲几乎没有多少正面描写,基本上都是简洁的叙述、讲话、做事,甚至连细节都没有,都是概括性的叙述。而对父亲和孩子们却用了大量的细节。只有当孩子们去吻母亲,母亲说这是她有生以来过得"最快活的一天",孩子们觉得她的"眼里含着泪水"。这是描写妈妈的唯一的细节,也是最意味深长的细节。一个本来要让她休息安静的节日,却过得这么劳累,说明她并没有把自己的劳累放在心上,她之所以感到愉快,就是因为她看到丈夫和孩子们的快乐。

最后一句,可以说是神来之笔,孩子们在看到母亲眼睛里含着的泪水时,居然产生了这样的感觉:

> 我们所做的一切得到了最大的报偿。

这里面的含意可真是太丰富、太奇妙了。

表层的意义是,在孩子们的感觉中,母亲最幸福的一天是他们给予的。而全文所显示的恰恰是孩子们提出要让妈妈休息、安静,可最后的结果是妈妈既没有休息,也没有安静。他们本来打算为妈妈做的都没有做。他们做的无非就是两个方面:第一,保证了自己郊游,却排斥了母亲;第二,把本来允诺的安静取消,代之以忙碌操劳。对于这一切,他们没有一点惭愧,相反,却感到这是对母亲的奉献。在孩子心目中的"最大的报偿",在母亲本该是"最大的剥夺"。这是显而易见的荒谬,越是荒谬,讽刺的意味就越明显。但是,"最大的报偿"不仅仅是讽刺,还有另外一层含意,那就是母亲并没有感到自己被剥夺,相反她把这种被剥夺当成了幸福。这就不是反讽,而是抒情了。同时,这种抒情中还隐约带着反讽,而孩子没有感到自己对母亲的剥夺。孩子毕竟是天真的,天真把讽刺意味淡化了,幽默意味就更突出了。同样的倾向还表现在吃饭以后,孩子们"争着帮忙擦桌子,洗碗碟,可是母亲说她情愿亲自来做这些事,我们只好让她去做了,因为这一次我们也总得迁就她才行"。明明是母亲无私奉献了自己的一切,却被说成是"迁就",好像不是自己不懂得体贴母亲,而母亲有什么古怪脾气似的。这些地方,都是幽默、讽刺和抒情深邃的交融之处。

从这里可以看出,作者对这个家庭的关系虽然有所批判,但并不太严厉,孩子们并不是有意自私,而是习惯了被母亲照顾,以至于失去了主动照顾人的意识。正是因为这样,讽喻是很有分寸的,就是对父亲,作者也是有节制的。母亲吃饭时,老是站起来为别人服务,"父亲注意到这种情况","他要她歇会儿,于是他自己便站起身到碗橱里去拿苹果"。大人毕竟是大人,至少在口头上意识到该让妻子休息一下了。这种描写虽然并不完全是肯定的,但也并没有给人明显装模作样的印象,多多少少也淡化了讽刺的程度。从这样的分寸感上,可以看出作者的老到,他没有把父亲简单化,没有把人物关系漫画化。

《墙上的斑点》：以无序的自由联想揭示思想的不自由

要读懂《墙上的斑点》这篇小说，关键是要抓住它的流派特点。初读此文的狐疑是：这样的作品能算小说吗？既没有连贯的情节，也很难说有什么人物性格，更没有人物与人物之间的心理错位或者矛盾冲突。只是一个不知姓名，没有形貌，没有行动，停留在原地的女性，在随意地、即兴地、断断续续地进行自我内审，毫无头绪地联想、回忆。而引起这一切的，只是墙上的一个斑点，她一直以为是个钉子，想了相当长的一段时间（六千多字）后，才发现并不是钉子留下的痕迹，而是一只蜗牛。

这样随机、漫长的感受，完全是个人内心无形、无声的自白，有些还是"幻影"，几近于胡思乱想，和一般读者预期的小说相去甚远。是不是有点接近散文？似乎也不太像，其自言自语并不抒情，既不美化墙上的斑点，也没有叙事，它仅仅是浮想联翩、纷至沓来的感觉，并不构成连贯的思绪，其间的联系只是边缘性近似切线的相近性。这样的自由随想，也许有点像西方人所擅长的随笔，如《瓦尔登湖》，可随笔也有一定的智性逻辑性贯穿其间；而《墙上的斑点》谈不上任何智性的一贯性。

那么，它为什么叫小说，又获得了举世的公认呢？

这是因为，它具有小说的基本功能即对于人物外部感知和内心情志的深度探索，表现作者对于人的内心感知和情志的独特理解。这属于特殊流派的小说即文学史上所谓的"意识流"小说。

传统的小说，不管是现实性的还是超现实的，多多少少都有或强或弱的情节，情节的功能就是把人物打出常轨，让人物遭遇意想不到的灾难或者幸运，进入非常环境，迫使人物在常规情况下隐藏在人格面具下的、隐藏在深层的、甚至连自己也觉察不到的情感、思绪涌到表层。《项链》中那个追求虚荣的女人为了不被当作骗子，艰苦备尝，付出十年的青春代价，表现出"英雄气概"，堂堂正正地偿还了那条项链。《最后一课》中，那个讨厌法语的小学生变得无限热爱法语。所以，托尔斯泰在《复活》中说："人往往变得不像他自己了,其实,他仍旧是原来那个人。"①情节把人物打出常轨的另一功能是使相互之间本来亲密或者敌对的人物关系发生变幻、产生"错位"、矛盾,推动情节的发展,人物的心理就得到更奇妙、更独特的展示。《范进中举》中胡屠户本来对于范进怀着极强的优越感,公然对之辱骂。一旦范进中了举,就极其自卑,为了给范进治疯病,打了他一记耳光,居然觉得得罪了天上的文曲星,遭到惩罚,手痛得弯过来了。这种情节性,是古典主义、浪漫主义、现实主义乃至部分超现实主义小说的不二法门。但是,伍尔芙显然是对几百年来的艺术成规发出挑战:难道这是唯一的、别无选择的吗?在《墙上的斑点》中,作者让人物停留在原本的环境中,没有外来的干扰,没有亲人、友人、情人,也没有关系紧张的敌人,更没有外来的幸运和灾难,能不能表现人物感知的独特,揭示人物深层的心理奥秘呢?

  艺术的生命就是革新,就是突破,《墙上的斑点》表现了艺术家的大气,对一向被视为天经地义的情节进行了勇敢的颠覆。作品和打出常轨的情节小说相反,让人物在常轨之中,没有事变,甚至没有动作,人物就静静地坐在那里,情思如万花筒一样,迷离、纷纭、偶然、无序、如梦如幻。这就显示了和传统小说根本的不同,传统小说以人物的动态情思为脉络,而这种小说则是表现人物的静态。不仅环境是宁静的,心理也是宁静的。这有什么东西可写呢?她在追求什么呢?伍尔芙曾经这样叙述自己的追求:"把一个普普通通的人物在普普通通的一天中的内心活动考察一下吧。心灵接纳了成千上万个印象:琐屑的、奇异的、倏忽即逝的或者用锋利的钢刀深深地铭刻在心头的印象,它们来自四面八方,就像不计其数的原子在不停地簇射。"这就是她追求的"真实的生活"。文学作品就应该"按照那些微尘纷纷坠落到人们头脑中的顺序,把它们记录下来""追踪它们的这种运动模式"。在《墙上的斑点》中伍尔芙这样宣称:

  我希望能静静地、安稳地、从容不迫地思考,没有谁来打扰,一点也用不着从椅子上站起来,可以轻松地从这件事想到那件事,不感觉敌意,也不觉得有阻碍。

  这样安谧地、从容不迫地思考有什么好处呢?不仅因为,这是她所认为的真实,而且还有一种好处,它们叫作"自由联想":首先,"可以轻松地从这件事想到那件事",这就是说以事件之间是跳跃性和传统小说事件的连贯性分道扬镳。这样的革新是大胆的,但带来一个严峻的问题:一般来说,情节上有时间的连贯性,情感逻辑的因果性,有

---

① 列夫·托尔斯泰《复活》,人民文学出版社 1979 年版,第 262—263 页。

发展变化,有悬念,有转折,才能吸引读者的不由自主的注意(在心理学上叫作"无意注意")。若放弃时间上的连贯性,情感逻辑上的因果性,展示一片散漫的感知,凭什么让读者专注呢?这当然有风险、有难度,最大的难度应该是感知"自由联想"是无序的。"自由联想"虽然在时间空间上是自由跳跃了,可自由不是绝对的。第一,所有的感知、回忆、遐想、幻影总是围绕着一个焦点:墙上的斑点。斑点既是联想的起点,也隐约沉浮于联想的过程,最后结尾则是突然的、简洁的对转,那不是钉子的痕迹,而是一只蜗牛。从某种意义上说,斑点作为核心意象既是有序在无序中时隐时显,又在整体中首尾呼应。第二,墙上的斑点引起的纷纭的联想是随机的,但微妙的联系仍然有迹可循。从墙上的"斑点",联系到"炉子里的火""黄色的火光",壁炉上有"菊花",壁炉的炭块是"火红"的,联想到城堡上"鲜红的旗帜",从而又带出"红色骑士"。这完全是"幻觉",甚至是"无意识"的,但并不绝对是散漫的:"炉火""黄色的菊花""鲜红的旗帜""红色骑士",不但同属于色彩,而且大体为暖色调,就是这样的暖色调把纷纭的感知、幻觉统一起来。作品后来从斑点猜想到在更高处可能有粉红、蓝色、"玫瑰花形状的斑块",联想到莎士比亚,这不是脱离斑点了吗?但是,斑点是和炉火联系在一起的,因而伍尔芙让莎士比亚坐在椅子上"凝视着炉火"。绝对的自由联想可能本来是无限的,而在伍尔芙这里,控制着它们只能向边际相关的方向延伸过渡,即使在时空上有些大幅度的跳跃,也马上又回到核心意象斑点上来。

伍尔芙营造了这样隐含着有序的背景,就让人物的"思绪""一哄而上,簇拥着一件新鲜事物"。传统小说里情节的功能就是让人物在历时性的动荡中展示其内心的新异的动荡。而这里则把人物放在共时性、瞬间的宁静中,人物的情思也在运动,也有新异的变幻。只不过不是通过外部可感的动作、行为、语言,而是通过内心非逻辑的自白。这正是伍尔芙的追求:这才是人的内心的"真实",人在宁静的状态下,人的心灵,人的感知,人的回忆,是如此活跃、丰富,有一种"一哄而上""簇拥新鲜"的感觉。这种既纷纭又新鲜的感觉正是小说对读者的感染力来源之一。

伍尔芙显然觉得,传统小说把人物放在大变动的过程中,有条有理地按着清晰的逻辑去行动或者说话,其实并不"真实"。这样的想法有一定的心理学的根据。美国心理学家威廉·詹姆斯在他的《心理学原理》中指出,人类的思维活动是一种斩不断的"流",不是自觉地、有序地衔接的,而是随机变幻、错综交融,因此将之称为"思想流""意识流"。法国哲学家柏格森则认为"意识"一直存在于"不可分割的波动之中"①。

---

① 郑克鲁《意识流》,《外国现代派作品选》(第二册),上海文艺出版社1985年版,第1页。

这种心理学对于20世纪初的小说家影响很大,以致在一些小说家中形成一种共识:只有把这样的无序的意识之流,以内心自白的方式描述出来,才是"真实"的。这就形成了一种文学流派,叫作"意识流"派。很快便产生了一些意识流的经典小说,如法国作家马塞尔·普鲁斯特的《追忆似水年华》、英国作家詹姆斯·乔伊斯的《尤利西斯》、美国小说家福克纳的《喧哗与骚动》。

伍尔芙固然受到詹姆斯的"思想流""意识流"影响,但作为艺术家,她有自己的创造,她并不以为人的思绪仅仅是单线的、平面的、长期的自由联想,在《墙上的斑点》中,她把意识和感知的流动集中到暂时的、瞬间的感知中来,从意识到潜意识,从现场感知到超越时空的回忆,展示为立体的隐显的过程,这个过程,不是单线的,不是浮于表层的,而是从五官的感知、想象、意识和潜意识向智性的判断深化的。在《墙上的斑点》中她这样自白:

> 我希望深深地、更深地沉下去,离开表面,离开表面的生硬的个别事实。让我稳住自己,抓住第一个一瞬即逝的念头。

不写事件,回避连贯性,乃是为了"离开表面的生硬的个别事实"。在她看来,实际上情节就是"生硬的"。"生硬"有什么坏处呢?那就是妨碍她深入到人物内心深处去。那么,用什么办法突破事件的"生硬"外壳呢?那就是她自己在作品中所说的"抓住第一个一瞬即逝的念头",从感知的纷纭中,向智性深化,这样,意识流就不仅仅是感知的流动,而是感知一方面向潜意识,一方面向智性深层流动。

小说向智性深化的第一个层次,就是将斑点不像是钉子的痕迹深化为观念:"事件发生后""没有人能够知道它是怎么发生的",从而引导出"偶然性"这个富于哲理意味的感叹:"生命是多么神秘;思想是多么不准确!人类是多么无知!……和我们的文明相比,人的生活带有多少偶然性啊。"接着是把"偶然性"循着感性来加以扩展,从遗失的物品、地铁射出、到纸袋扔进邮包等,都是"偶然"的。

思绪深化的第二个层次是时间的流逝,在"绿色茎条""杯盏形花"等背景上,把"偶然性"从外延拓展到人的生命:为什么人要投生到这里,而不是投生到那里,不会行动,不会说话,无法集中目光,在青草脚下,在巨人的脚趾下摸索呢?至于什么是树,什么是男人和女人,人们再过五十年也是无法说清楚的。在这个层次里,时间和空间都有大幅度跳跃,但也还是有意象的关联性:"一朵花"的出现,显然从开头壁炉上的"三朵菊花""夏天残留下来的玫瑰花瓣"过渡来的,"老房子的地基上掌声雷动堆里开了一朵花"。因为"花"的意象具有关联性,时空的跳跃不是很突兀。

在"花"的意象(紫色的花穗)的带动下,思绪进入了第三个层次,从"偶然"性向"真实"性过渡。人们总是美化自我:"在头脑里把自己的形象打扮起来",本能地"崇拜自己的形象","偷偷地,而不是公开地"美化自己,如果"镜子"打碎了,浪漫的虚象消失了,"在这样的世界里是不能生活的"。意思是说,人总是不能面对"真实",没有浪漫的打扮,没有自我欺骗,人就不能活。由于照镜子(在公共汽车和地下铁道里的时候,我们就是在照镜子)的欺骗性,人们像小说家一样,把现实"排除",以"追逐""幻影"为务,接着就把这种感性的"幻影"拓展到社会意识形态:"社论""内阁大臣"等的套话,"正统"的"必须遵循"的标准,经典的(希腊人、莎士比亚就是这样想的),不然,"就得冒打入十八层地狱的危险",但事实上"毫无价值"。这就是对统一的思想规矩进行直接批判了,传统套话束缚着人们本来可以自由的、多样的想法。每一件事都只有一个规矩,连桌布的黄色小格子都一样,换了一种花样就"不能算真正的桌布"。

第四个层次,引申出作者对女权主义的直截了当的宣告:究竟是什么掩盖了生活中"真实","男性的观点支配着我们的生活,是它制定了标准"。所谓神圣的"尊卑序列表",森严的、固定的社会等级:"排在坎特伯里大主教后面的是大法官,而大法官后面又是约克大主教。每一个人都必须排在某人的后面。""最要紧的是知道谁该排在谁的后面。"但是,这是僵化的,不自由的,只有它遭到讥笑,被扔进垃圾桶,人们才可能获得"自由感",尽管这种自由感是"非法的",却是作者向往的,认为是非常"奇妙"的。

这样的思绪的深化,似乎离开斑点太远了,于是第五个层次,又回到斑点上来:以漫画的笔法抨击所谓"学者",他们投身于古墓、白骨的研究,搜寻证据,除了蹲在洞穴和森林里熬药草、盘问地老鼠,记载巫婆和隐士的后代,他们什么也不会做。这是对经院哲学,对奉为神圣的"知识"的反讽。正统的"知识"事实上是迂腐的、不自由的、僵化的、迷信的,可人们却在崇拜它们。这就是说,一切神圣的学问,其实都迷信、都虚假而可笑。归根结底,是不自由的。

第六个层次则是作者正面的理想,那就是思想自由。现有的"知识"都是迷信,颠覆对这些知识的"迷信",才能"想象出一个十分可爱的世界……这个世界里没有教授、没有专家、没有警察面孔的管家,在这里人们可以像鱼儿用鳍翅划开水面一般,用自己的思想划开世界"。在看来纷纭无序的感知、回忆、幻觉、潜意识的流动中,居然升华出了对知识霸权如此尖锐的批判,实际上是对摆脱遮蔽,争取思想自由的宣言。

这是多么勇敢,多么深邃,多么彻底! 作者说这种理想的、打破了迷信的世界,是"可爱的",但是,作者显然意识到这又是多么不现实,只能在"两百年后"才有可能。

"大自然(按:现成的社会秩序)忠告你说,不要为此感到恼怒(按:不要怀疑现成的等级序列),而要从中得到安慰;假如你无法得到安慰,假如你一定要破坏这一小时的平静,那就去想想墙上的斑点吧。"这就是说,去看看墙上的斑点,去自由地联想是唯一的自由。但是,这种自由是虚幻的,在文章最后,回到墙上的"斑点"上来,发现那并不是想象中的钉子的痕迹,而是一只蜗牛。这最后的一笔可谓真正的天才的一笔,既是现实的无奈,也是对自我的调侃,蕴含着深沉的黑色幽默。

她对情节的批判:"表面的生硬的个别事实",包含着两个意思:第一,情节是"表面""生硬"的,被她用自由联想瓦解,故能达到思想的深度。还有一点不可忽略,那就是"个别的事实"。情节总是个别人的个别事情。而《墙上的斑点》达到的哲学高度是普遍的,不是个别人的个别事件。把哲理的普遍性作为艺术的追求,不但是意识流小说家的追求,也是整个西方现代派文学的追求。

作者在扑朔迷离的浮想之中,居然蕴含着如此深邃的哲学性意义上的自由追求,在意识流小说中堪称一绝;但若从小说艺术的精练性来说,作品的主题是不是太复杂了一点,起初关于"偶然性"的思考和后来对正统的霸权"知识"不自由的批判,是不是有机统一的,很值得怀疑。17世纪的斯宾诺莎提出:"凡是仅仅由自身本性的必然性而存在,其行为仅仅由它自身决定的东西叫作自由。反之,凡一物的存在及其行为均按一定的方式为他物所决定,便叫作必然或受制。"[1]自由和必然处于对立和有机的统一之中,不管是启蒙主义还是马克思主义都肯定了这个命题。伍尔芙在这里把自由和偶然联系在一起,显然缺乏内在的统一性。也许正是因为这样,才耗费了多达六千余云雾漫漶的文字,对有相当耐性的读者也是一种折磨。语言的拖沓和玄虚并不是伍尔芙一个人的缺陷,而是意识流小说家,包括经典小说家普鲁斯特、乔伊斯、福克纳等的共同症候,因此意识流作为一个流派,从20世纪60年代到80年代,在中国也一度影响了白先勇、王蒙等作家,他们具有意识流风格的小说也曾风靡一时,而其作为文学流派则是昙花一现,至今只在为数不多的诗歌中显示着并不旺盛的生命力。

---

[1] 斯宾诺莎《伦理学》,贺麟译,商务印书馆1983年版,第4页。

沙之书：尽信《书》则不如无《书》

阿根廷作家博尔赫斯的《沙之书》是一篇令一般读者甚至语文教师都感到迷惑的小说，笼统地说它是小说不一定很准确，因为它带有很强的寓言性。全文没有个性鲜明的人物，人物的心理也不合常理，十分怪异，但全世界的读者都公认它是小说。这应该不无道理，因为它有一般短篇小说所具有的情节，但情节也相当异类。

一般短篇小说情节的核心，大都是一个道具（如《项链》）引发事变，一个人物命运（如《范进中举》）的突变，或者情绪（如《最后一课》中的孩子不爱学法语）的转换，在变化之前以其悬念引起读者的关注，在转折之后触发读者的意外体悟。情节核心大抵都是现实的、具体的，即使是幻想的，如孙悟空大闹天宫，也是感性的人情物理，不过是披上了神幻的外衣。《沙之书》的核心道具虽然是一本感性的"书"，但是这本书是用沙做成的，这根本不可能。沙是流动的，不能构成书页，不能翻动，不能书写，即使书写了，也不能留下稳定的、超越时空的系统符号。这个情节核心是超现实的，带着某种荒诞意味。小说前面引了乔治·赫伯特的诗：

……你的沙制的绳索……

引这句诗，显然是为了提示小说有某种悖论性质的寓意，沙是松散的，是不能构成以连贯为特点的绳索的，但是，诗句的中心语又明明是"绳索"。

作者是想说明，他的故事不同一般。一般故事是具体的，作者说如几何学一样：由点连成线，由线组成面，由面构成体积，按着科学的理性逻辑运行。用我们传统的说法就是环环紧扣。作者说，他不采用这几何学的方法，其更深的含义是，几何学（自然科学）是客观现实的，不能虚构，而他写小说、讲故事，却不能不采用虚构的方式，在英语里小说叫 fiction，就是虚构的意思。可是他又说他的"故事一点儿不假"。这就把悖论摆在读者面前，推动读者思考，为什么明明是虚构的故事却一口咬定是真实的，"一点儿不假"，在貌似荒谬的悖论后有什么寓意？小说中"一点儿不假"的东西到底是什么呢？这是解读时不能回避的。

故事就在真和假的矛盾中渐次展开。

从情节上看，两个人物是现实的，富于真切的细节：来人是推销员，卖《圣经》的，"身材很高"，"外表整洁"而"寒酸"，"提着一个灰色的小箱子"。两个人的对话很世俗，充满了生意经，"我"说自己家里有好几种版本的《圣经》，来人说，他带来的是"一部圣书"，吹嘘比《圣经》还神圣。对这本圣书的描绘更是精细：八开大小、布面精装，具有异乎寻常的重量。书脊上面印的是"圣书"，而且还是个古董（"看来是19世纪的书"），两个人的谈话有一搭没一搭，但不乏隽永。推销员说他不过是经过这里，过几天就走，可又谈起哲学家休谟和诗人罗比·彭斯。"我"本以为此人要把这本圣书送给大英博物馆，此人却提议把这本书卖给"我"，要了一个高价。"我"明明对这书有好奇心，却假装很淡然。最后不惜用退休金和传家的花体字《圣经》来交换。推销员居然变得不在乎钱了，并不讨价还价，立即成交。小说写这场买卖除了少许神秘之笔（推销员要了个高价，但是，最后成交，似乎不在乎钱）外，大部分写得比较现实，行文与一般的现实主义、浪漫主义小说没有多大区别，但小说的主要情节仍然是怪诞的。

这本神秘的"圣书"是小说的核心意象，"我"用不菲的代价换来，却觉得好像不是书。其不现实之处，不仅表现在书的性质和材质上，而且表现在书的内容上："里面的文字是我不认识的，""每页上角有阿拉伯数字，""逢双的一页印的是40,514，接下去却是999。我翻过那一页，背面的页码有八位数。像字典一样，还有插画。"但是，合上以后，再翻到原处，原本的铁锚图案却不见了。这样的情节令读者不能不迷惑：第一，缺乏书的连贯性；第二，页面不可分；第三，图文没有固定性；第四，推销员告诉他，这本圣书，是无始无终的；第五，其功能却是惊人的，可以成为印度连影子都不可接触的贱民的护身符。

一方面是圣书，极其神圣；另一方面，极其虚幻而神秘。矛盾并不静止，而是在衍生中运动发展。

在付出不菲的代价获得这本沙之书以后，作者阅读的经历更加神秘。这本书不能一页一页打开连续阅读，没头没尾，既没有第一页也没有最后一页。更加怪异的是"我"阅读时相当丰富的心理反应，各个层次之间十分曲折无理：和前面两人交易的现实性不同，曲折的怪异心理层次带着鲜明的超现实性。《沙之书》的情节就是现实与超现实的对立统一，不过超现实的心理过程却是小说的主要方面。

作者强调的是，这本号称圣书的书，看不出什么了不起的神圣的内容，"其中一页印有一个面具。角上有个数字，现在记不清多少，反正大到九次幂"，从通常的心理反应来说,这本来是要感到迷惑,感到失望,甚至感到上当的。然而,作者不但没有,相反却想把它藏起来。读者可以推想,藏起来是不是意味着特别珍贵。这是获得圣书的第一层次的心理。

接着第二个层次提示这本怪书在作者心目中的地位。不是正面陈述,而是侧面提示:

> 我从不向任何人出示这件宝贝。

用了这么大的代价买下了一本完全莫名其妙的书,"我"居然当作"宝贝",这显然很荒谬。然而这就是小说的情节特点所在。一般小说的情节是外部事件的变化,由变化引发事件的突变,而这里,事件没有变化,而是心理发生荒谬的层次丰富的变化。

每一个层次都是荒谬感的强化,如果荒谬感 强化是绝对错乱的,那可能是呓语,小说精彩的 是荒谬感的强化,自有其荒谬的逻辑。其间蕴含着特殊的因果关系。当了一回冤大头,并没有感到上当受骗,而是感到"幸福",因为它被当作了"宝贝":

> 随着占有它的幸福感而来的是怕它被偷掉。

这是情节的第三个层次,是荒谬逻辑的进一步衍化。因为是宝贝,所以感到"幸福",而"害怕"说明幸福感、珍贵感强烈到生怕失去。第四个层次是,由于害怕失去,就寸步不离,隔绝了与朋友的来往:

> 我有少数几个朋友;现在不往来了。

这是荒诞逻辑衍化从客观向主观的转化:在孤独中忧虑到自己都感到"精神失常"了。

第五层次是更进一步,不但拒绝朋友的来访,而且自己不敢再上街,因为离开家,这件"宝贝"就可能被偷。到这个层次,读者不难感到,获得"宝贝"的幸福感正在消失。这是小说情绪转折的开始。

第六层次,自己投身于精心排除其假货的可能和修复。着迷到这种程度,他自己都感到成了 这本书的"俘虏"。这就是说,"幸福"不但失去了,而且在走向反面,读书本来是为了自由思考,而如今成了"俘虏",是思想成了书的"俘虏",失去了自由。

第七个层次,可以说是情节真正的高潮,"幸福"变成了不折不扣的痛苦:第一,"觉得它是一切烦恼的根源";第二,领悟到所谓"圣书""把自己也设想成一个怪物""是一件诋毁和败坏现实的下流东西"。这就不仅仅是痛苦,不仅仅是失去自由思考,而且是把自己败坏了,让自己感到自己成了"怪物""下流东西"。荒谬逻辑的演绎层次越来越深,转折的幅度越来越大,读者的惊异感也越来越强,同时思绪也越来越深化,所谓"圣书"异化为灾难的后果越来越突出。书本来是人类智慧创造的结晶,人崇拜书就是崇拜智慧,崇拜的结果却是人被书所统治,使自己成了书的"俘虏",成了"怪物",失去了智慧和创造的自由。

这既是外部情节的转化,又是内在思想的转化。从哲学意义上说,这就是马克思所说的"异化"。人被自己的创造所统治,人创造得越是精深,精深到成为比《圣经》还要高的圣书的程度,反而成为人的统治力量,使人失去了自由,也就是使人变得荒谬,变得愚蠢。

最后的尾声更是意味深长:"我想把它付之一炬,但怕一本无限的书烧起来也无休无止,使整个地球乌烟瘴气。"这就是说,异化严重到这种程度,即使人幡然醒悟,摆脱崇拜的"异化",但已经不可能了。就是以一种最彻底、最坚决的手段将其付之一炬也无效了,因为沙之书是无限的,烧起来也会"无休无止",只会对环境造成污染。

在人与这种异化的正面斗争中,没有获得胜利的希望,人彻底打败了自己。

最后只好把它藏到图书馆的暗室里,有意忘记它在哪一层,从此连图书馆所在的街道也不再去了。这就意味着,不仅是再想找很难,而且是根本就不想、不敢再接近它。这就是说,人不能正面战胜它,唯一解救自己的办法就消极逃避它,这是不是意味着,不读书,人就会恢复自由呢?这就是博尔赫斯提出的问题,博尔赫斯没有回答,但这就是《沙之书》的主题。这个主题既是荒谬的,又是严肃的。最关键、最要害的特点是,一切书是有限的,而这本书却是无限的。这是违反常识的,是荒谬的、超现实的、不真实的。作者是不是在和读者开玩笑?不是的。他开头就说,他的故事不符合自然科学(几何学),实际上不是现实理性的,但是,作者又说,他的故事"一点儿不假"。这本荒谬的书,是极其真实的。这不是自相矛盾吗?好像不是。关键在于,这本不是书的书,并不是一个现实的引发事变的道具,而是一种象征,象征着一切书的内在矛盾。书作为人类文化积累、传播、传承的载体是神圣的;书作为语言的载体,代替有声、直接、现场对话,以无声的象征符号作超越时间和空间的间接传播,是人类文明的伟大进步。纸张和印刷术的发明与生产技术、生产关系进步一样,是推动社会发展的动力,它成为人类超越时空的文明积累的宝库,是人类文明进步的阶梯,但是,对书籍的绝对崇拜造成了人的愚昧。不管什么书,其文化知识不能不是有限的,而人类的、自然的、宇宙的知识却是无限的,因而人们的所知必然是零碎的、有限的。如庄子说,"吾生也有涯,知也无涯,以有涯随无涯,殆矣。"宇宙和人的心灵奥秘是无限的,用数学语言来说,是无穷大的。而书本知识是有限的,如果以无穷大为分母,以知识为分子,不管有多少有限知识作为分子相加,甚至乘上九次方,还是有限,与无穷大的分母相除,其值为零,所以孟子说:"尽信《书》则不如无《书》。"迷信书、经典、圣书,将之当作天经地义的、无所不包的、系统的真理,事实上就是迷信人的有限性。怀着这种迷信观念的不仅是推销员和作者,还是整个人类。宇宙人生的一切是无限的,而人的知识是有限的,即使是最神圣的书,也是有限的,包含一切真理的、无限的、没有终点的书是虚幻的。可是人们习惯于把有限的知识当成绝对真理,比《圣经》还神圣,甚至有着超现实的功能,其实书中难免蕴含可怕的谬误。真正的经典阅读应该是幸福的、沐浴清化的,但是迷信阅读就成了"一切烦恼的根源"。这从现代科学来看更是相当有道理的。人类目前文明高度发达,但是,据科学家估测,人类所享有的知识只占天体、宇宙、暗物质、生命起源、大脑机制等宇观、宏观、微观奥秘的百分之四。就是万有引力还不足以维持天体之不坠落。人类目前就以百分之四的知识对宇宙、人生作百分之百的解释,还把它写成书,这是很荒谬的,很危险的。可是人类却自以为是,狂妄至极。这就是博尔赫斯在开头所说他的故事"一点儿也不假"的根据。对于《沙之书》,文艺理论家南帆这样说:

> 这是一个涵义丰富的象征——书籍包含了一切。博尔赫斯的恐惧暗示了一个问题:书籍会不会成为统治人类的另一种可怕的专制?书籍包含了一切,同时也就吞噬了一切。人们还能不能创造书籍之外的生活?确实,我们常常天真地觉得,我们在书籍面前拥有绝对的主动。无论书籍之中正在上演什么——无论是精彩纷呈的辩论、剑拔弩张的格斗,还是勾心斗角的阴谋、生死不渝的恋爱,只要我们用力合上书本,所有的故事都会哗地一声退回原处,锁在封面和封底之间而无法溢出。这些故事又怎么可能对我们的生活构成威胁呢?可是,如果不是盲目地乐观,我们还会想到另一些问题:我们周围还有没有书籍之中未曾描述过的亲子关系、性爱模式、战争动机、享乐欲望、权力向往——一句话,我们还有没有未曾让书籍覆盖的人性?如果完全毁弃书籍的教诲,我们还有没有能力安全地生存和繁衍?①

---

① 南帆《沉入词语·南帆书话》,浙江人民出版社,1997年版。

南帆说的是人文学科,其实这篇小说之所以给人一种扑朔迷离的感受,原因还在于,这是一篇特殊流派的小说,它不是现实主义的,也不是浪漫主义的,甚至也不是一般现代派的小说,现代派的小说还是承认理性的,从思想上来说,这篇小说的主题是后现代的,思想是解构主义的——对天经地义的、不言而喻的观念的颠覆,被当作真理、本质膜拜的一切观念都要批判。从表现方法上来说,整个人物的心理逻辑是荒谬的,作者好像并不想刻画两个人物的性格,推销员没有个性,"我"也没有明显的个性。两个人物的功能不过就是为了演绎沙之书的理念。如果从一般现实主义或者浪漫主义小说来说,这是抽象的、概念化的,但是,小说并不像一些干巴巴的概念化的小说那样枯燥,令人困惑的同时又引人入胜,原因就在于有一种深邃的理念渗透在既现实又荒谬的逻辑中,这正是当代前卫解构主义的哲学反本质主义的理念。一切知识(真理)不是绝对永恒不变的,都是一定历史条件下的建构,随着历史条件的改变,知识和真理都要被新的建构所代替。因而崇拜永恒的圣书,就像把写在沙子上倏忽消逝的字当作永恒的真理一样。当然,这种哲学对于僵化的迷信思想是一种解放,但是,像一切事物和思想都有它的局限性一样,它也有局限性,例如声称一切真理不是发现的,而是建构的,甚至是"制造"的,那就不能不是真理的虚无主义了。真理,固然有其历史的相对性,但是这种相对性不是绝对的,还有它的相对的历史积累性和进化性,特别是在一定的历史条件下,真理还有它的相对普适性。否定了这一点,人类数千年来的文明就可能毁灭。

　　博尔赫斯作为国家图书馆馆长,专门著文考察过书籍崇拜的历史,这种崇拜致使"书籍不再是达到目的的手段,而是成了目的本身";博尔赫斯甚至认为中国秦始皇焚书是为了废止过往的历史,重新开创时间。这就是说,以往的书上所说的一切都是假的,而他所写的"沙之书"则是"一点儿也不假"。对于这一点,南帆说:"如果完全毁弃书籍的教诲,我们还有没有能力安全地生存和繁衍?"正是因为这样,博尔赫斯在不断写他的书,成为拉丁美洲文学的巨星。他并没有把自己写的书烧掉,而他的《沙之书》,是不可能存在的,即使存在也是要逃避的,这就明白地表现了他的自我否定,解构主义在这里像是一只蜻蜓在吃自己的尾巴。

　　当然《沙之书》的主要成就并不是解构主义的哲学图解,它是艺术品位相当高的小说。他对小说情节的突破在于情节表层的荒谬蕴含着并不荒谬的深层哲理。它之所以成为情节,因为它具有情节的基本因素,那就是亚里士多德在《诗学》中所说的因果"对转":从比《圣经》还神圣的书变成怪物。从幸福到恐惧,所有这一切"对转"间的因果关系,表面上不合逻辑,很荒诞,但是蕴含着对人类一种共识的批判和颠覆。作者是

20世纪以来的拉美文坛巨星,大师为读者设置的不是一般情节的情感奇观,而是以迷宫式的情节,领导着读者去重新思考普遍认为是天经地义的、不言而喻的共识。

小说还表现了一种新的艺术追求,它不是现实主义的社会批判,也不是浪漫主义的个性解放,也和现代主义不同,拉丁美洲有魔幻现实主义,但它也不是,如果是魔幻现实主义,这个沙之书应该变幻起来。硬要给它一个主义的帽子,是很难准确的。但是,说它的特点是在荒诞逻辑中的寓言哲理,可能不致太离谱。从文体上说,绝对要说它是小说,也不无勉强,如果说它更像一篇寓言、一篇散文也不是完全没有道理。

《项链》：一个女人心灵的两个层面

不少中学语文教师在讲解《项链》时，喜欢以小说的情节、人物和环境这三要素为理论基础。作为初级常识，这应该说没有大错，但这只是某些现实主义的、古典性质小说的特点，并不是所有小说都具备这三要素。有些小说，包括现实主义小说，就是没有情节，以非情节性见长，还有些现代派色彩比较浓的小说，根本就回避具体的地域和历史时代的环境。而说到情节，一些老师常常倾向于把开端、发展、高潮、结局作为情节的必要成分。这一点好像没有太大问题，西方和中国小说中有许多都是以情节的一贯和完整见长的，我国古典小说强调一环套一环，环环紧扣，就体现了这种特点。但若细究起来，并非所有小说都是这样。如《孔乙己》这篇小说的主要情节，像孔乙己偷书被打，特别是后来被打折了腿，都是被作者有意安排到幕后去的。在小说中，读者看到的只是被打以后的三个场景，没有发生什么情节。这不但算不上什么环环紧扣，相反，作者的匠心倒是让主要环节隐藏到幕后去了。特别值得注意的是情节性很强的小说，如这里的《项链》，全文的绝大部分，虽然都是环环紧扣的，但是到了最后一环，发现那带来灾难的项链并不是真的，而且是不值多少钱的假货，这对主人公过去和未来的命运，是关系重大的一环，然而小说到这里却戛然而止。下面将要发生的环节，也被作家有意地省略了。

作为结局的环节省略了，这就产生了一个问题：省略导致情节不完整，是不是恰当呢？如果不恰当，算不算是一个缺点呢？如果恰当，从什么地方可以看出这是一个优点呢？

要说清这个问题，必须要弄清楚情节最根本的功能是什么。许多老师都知道，情节的功能是为塑造人物形象服务的。也就是说，情节的发展取决于人物个性心理的刻画。

问题的关键在于，情节是如何为人物服务的。

情节的特点是什么呢？在一般情况下，开端、发展、高潮和结局的说法是有一定道理的。在这四个环节中，哪个环节最能表现人物呢？从理论上说，应该是高潮最能表现人物。在玛蒂尔德得知自己为之付出十年青春代价的项链竟然是假货时，她的内心从十分虚荣到非常刻苦都已经表现得很充分了，但这个高潮，使人物的欢乐和悲哀突然获得了一种新的意味——落空的、无谓的、反讽的意味。此后的一切，哪怕是人物在经济上得到了补偿，甚至在精神上也有所安慰，然而，为了对于假货的误会，居然付出十年青春的巨大代价。这个代价，本来是迫不得已的，甚至表现出人物的坚强来，但是，假货却使这种付出变得无谓而又无奈。导致如此重大牺牲的原因却只是为了在晚会上出一次风头。这个代价，就不是假货的代价，而是出风头的、虚荣的代价。

可见，情节的戛然而止，情节环节的省略，并未削弱人物内心的深度和韵味。

如果说，这个高潮之所以深邃，就因为作家充分描写了失去项链以后，主人公为之辛苦劳碌的充满"英雄气概"的十年。这十年的过程，应该是作者表现的重点，但作者并没有用多少笔墨，突出的特点却是用语极简练；而作为重点表现的却是当年舞会上大出风头的一幕。原先的她，爱慕虚荣，爱出风头。出风头的特点，就是把自己在别人心中的地位的优越看得比什么都重要。文章浓墨重彩，写得细致入微。以星期日为中心的十天左右的事情，就用了两千字以上的篇幅，尽情展示了主人公丰富的心理层次的变幻：

第一层：在得到晚会的邀请之初，因为没有华丽的服装而用"恼怒的眼光瞧着"丈夫，继而又是"哭泣"又是"悲痛"。

第二层：丈夫把全部积蓄都奉献出来定制时装以后，她又为没有相应的首饰而"郁闷、不安、忧愁"，为"在阔太太中间露穷酸相"而预感到"难堪"。

第三层：想出了借首饰的主意的惊喜——高兴得心跳、手发抖——出神、迟疑——狂热地亲吻……

第四层：在舞会上获得巨大成功，得到众人的追捧艳羡，虚荣心得到极大满足。

第五层：玛蒂尔德懂得了穷人生活的艰难。她一下子显出了英雄气概，毅然决然要偿还这笔可怕的债务。她辞退了女仆，迁移了住所，租赁了一个小阁楼住下。

她懂得家里的一切粗笨活儿和厨房里的讨厌的杂事了。她刷洗杯盘碗碟，在那油腻的盆沿上和锅底上磨粗了她那粉红色的手指。她用肥皂洗衬衣，洗抹布，晾在绳子上。每天早晨，她把垃圾从楼上提到街上，再把水从楼下提到楼上，走上一层楼，就站住喘气。她穿得像一个穷苦的女人，胳膊上挎着篮子，到水果店里，

> 杂货店里,肉铺店里,争价钱,受嘲骂,一个铜子一个铜子地节省她那艰难的钱。

而对十年的苦难却写得十分概括,没有场面的展示,只有简洁的叙述。从语言的驾驭来说,这是需要气魄,也是需要功力的。

本来表现一个人物十年的辛劳和艰难,作家至少有两种选择:一是正面叙写这十年的生活,那将耗费许多篇幅;二是一笔带过,十年过去了,青春消逝,她变成了一个穷苦人家的粗壮的、耐劳的妇女。但过分简括到简单,简单就可能变成简陋了。作家采取另外一种方法,简洁不是简单,而是简练。就这么几句叙述,把十年交代过去,但又让读者感受到这十年对路瓦栽夫人的重大影响,从一个上流社交社会追求优雅的女士变成了一个粗笨、甚至有点粗野的女人,全靠叙述中夹带着富于特殊性的细节。整整十年,悬殊的变化,丰富的内蕴,只用了十多个细节:辞退女工,租小阁楼,刷洗碗碟,在盘沿上、锅底上磨粗了手指,洗衣服,将抹布晾在绳子上,从楼上把垃圾提下来,把水从楼下提上去,喘气,挎着篮子,讨价还价。细节虽有限,却把玛蒂尔德十年的辛劳、甚至"英雄气概"的轮廓勾勒出来。

如此简练,是小说的重点吗?好像不是。如果真的是重点,应该是浓墨重彩的,但这并不妨碍它动人。其动人的奥秘何在?在于这不是一般的对比,而是两个极端的反衬:最初追求时髦、高雅、出类拔萃,其特点是在物质上和精神上出人头地,超越自己的社会地位,进入更高一层的社交领域,进而在美貌和气质上赢得赞美。而在项链丢了以后,她却放弃高雅的追求,甘于贫贱,只讲世俗的实用,不在乎粗野,唯一的考虑就是节约,完全不在意自己在别人心目中的形象:

> 她胡乱地挽着头发,歪斜地系着裙子,露着一双通红的手,高声大气地说着话,用大桶水洗地板。

一个为了一条项链而煞费心机的妇女,居然变得如此世俗、粗野,和小说开头所展示的刻意追求高贵判若两人,这是一种对比,动人之处就在这种对比中。因为这不是一般的对比,而是对称结构的功能大于要素之和,结构性质的对比是整体性的,但实际进入对比程序的却不是全部,而是人物内心极端化的两极。在极端的这一侧是:

> 她比所有的女宾都漂亮、高雅、迷人,她满脸笑容,兴高采烈……
> 她狂热地兴奋地跳舞,沉迷在欢乐里,什么都不想了。她陶醉于自己的美貌

胜过一切女宾,陶醉于成功的光荣,陶醉在人们对她的赞美和羡妒所形成的幸福的云雾里,陶醉在妇女们所认为最美满最甜蜜的胜利里。

一方面是如此爱慕虚荣,把自己在他人眼中的出色看成是最大的幸福光荣;另一方面则是艰苦备尝,排除万难,完全不在乎他人对自己的看法。当然,这样做的好处是:适合短篇小说的文体要求,以少胜多,以最有特点、最有想象冲击力的内涵,刺激读者的想象,召唤读者的经验,迫使读者把两极之间的心灵体验补充出来。在数十篇分析《项链》的文章中,这一点似乎还没有引起足够的注意。原因在于许多作者只是离开了作品的艺术追求,对人物进行所谓的分析,可往往并不能到位。一些解读文章认为,小说中的女主人公是一个虚荣心很强的、追求享乐的女人,一心往资产阶级上流社会的高层爬,她的虚荣是她精神贫乏的表现,莫泊桑尖锐地讽刺了这一点。与此相联系的是,指明了以金钱为中心的资本主义社会中,妇女唯一的出路只是饰物。① 而另一些解读者则认为,她追求自身的幸福,是她的权利,她"爱美",这无可厚非;她"单纯",因而她不辨真假;她"勇毅","面对残酷的困境,不气馁,不悲观,不走歪门邪道,更不出卖自己美丽动人的容貌,完全依靠自己的意志、精神和力量"②。

在这些评论者笔下,玛蒂尔德好像完全是两个人。一个是浅薄的、世俗的,以虚荣为特点,为虚荣而白白耗费了十年青春;另一个则是清白无辜的、纯洁善良的、勇敢坚强的。二者好像水火不相容,但实际上这是同一个人的两个方面。这第二个方面,是深深地埋藏在她的内心深处,平时是不会表露出来,不但她周围的人不知道,就连她自己也不知道。

艺术家的任务,就是要探索人物内心深层的奥秘。

通常情况下,人都有自己的人格面具,社会和伦理的角色定位是固定的,因而在常态中,人的深层潜意识埋藏得很深,掩饰得很严密,外界即使有些事变,也可能本能地调节,保持常态。只有在来不及调整、无法调整或常态瓦解时,深层的精神奥秘才会被逼出来。用什么手段呢? 郁达夫说,就是突发事件(accident),这种突发事件,就是情节,情节的功能就是把人物打出常轨,逼迫到非常规境地,或者叫作第二环境,使得人物无法按常规来调整自己的心态,这时,隐性的潜在的意识,非常态的第二心态就会冲破表层的日常面具,人物心理的纵深层次的奥秘就会流露出来。

---

① 李定青《马蒂尔德与女权主义》,《语文教学与研究》1998 年第 9 期。
② 王丽编《中学语文名篇多元解读》,广东教育出版社 2006 年版,第 278—280 页。

情节中的突发事件是一种假设,一种假定。通过假定来测试人物的内心深处。只有把人物打出常轨,才能迫使其第二心态暴露出来,而其中的关键就是突发事件和人物的心态变幻。只要产生了超越平常的心态,情节的审美价值就完成了,其完成的过程便显得可有可无。通过假定的事变,迫使人物的心态发生变幻,莫泊桑对于这一点似乎是自觉的,在小说中有一段女主人公的心理描述,可能是某种透露:

> 要是那个时候,没有丢掉那挂项链,她现在是什么样一个境况呢?谁知道呢?谁知道呢?人生是多么奇怪,多么变幻无常啊。极细小的一件事,可以败坏你,也可以成全你。

作家说,极细小的一件事,也可以改变一个人的命运。在《项链》里,本是假货,可以说是一件小事,不足以引起主人公心灵的巨大震动。莫泊桑的杰出之处首先就在于,让主人公误认为是价值巨大,摧毁她常态的小日子,打破了第一心态,把主人公的潜在心态从隐性逼到显性层次上来,这就完成了情节的功能。至于后来,发现项链是假货,对于主人公来说,大事又变成了小事,经济上可以得到补偿,但是,对于艺术来说,此后的事情,只是回到人物实用价值的常态,写下去会破坏本来已经相当深刻的审美心态的揭示。情节的任务就是让读者窥探一番潜在的心态,而完整的过程则可能使审美情感价值贬值。这种通过假定性的事变来检验人物内心深层奥秘的小说结构,和传统的小说有所不同。传统小说写的是整个事变,可能一波三折,环环紧扣,目的在于展现全过程。而在这里只要一次事变,一次波折就足够了。

其次,莫泊桑的杰出之处在于他并不在乎这种第二环境是实在的,还是误解的,并不一定要让她真的遭受灾难,哪怕是误会,哪怕是可以纠正的事变也一样,只要能把人物潜在的心理逼迫出来,就完成了艺术的探索功能。所以,他特别强调,这个失落贵重饰品的突发事件是假定的、误解的。但是,这种假定和想象,却比真实发生的事变更为艺术。这是因为:第一,它完成了对于人物潜在心态的探测任务;第二,由于它是假定,其后果的严峻性造成了一个女人的青春不再,就显得更加无价值、更加无奈、更加可笑。恰恰是假项链引出了真伤害,假项链可以复原,而人的青春年华却一去不复返,其中所含的无奈和反讽是一般的现实灾难所不能相比的。

莫泊桑的杰出还在于他的语言,不管是对女主人公舞会上的成功,还是对她日后十年辛劳的"英雄气概"的描述,在第三人称全知全能的叙述中,隐含着某种讽喻。这种讽喻主要表现在用语的情感分量的过重,略带夸张的过度形容比比皆是。让我们重新来品味莫泊桑的女主人公在舞会上的描写：

> 她比所有的女宾都漂亮、高雅、迷人，她满脸笑容，兴高采烈……她狂热地兴奋地跳舞，沉迷在欢乐里，什么都不想了。她陶醉于自己美貌和胜过一切女宾，陶醉于成功的光荣，陶醉在人们对她的赞美和羡妒所形成的幸福的云雾里，陶醉在妇女们所认为最美满最甜蜜的胜利里。

所有这些心理描写，反差都十分强烈，从事前的极度郁闷，到舞会上的极度兴奋，都仅仅是为了一条项链。对心理效果形容的程度，都是叠加的、排比的、积累性的，构成某种极端的色彩。漂亮、高雅、迷人、狂热、兴奋、沉迷、欢乐、陶醉、美貌、成功、光荣、赞美、幸福的云雾、最美满、最甜蜜的胜利……所有这一切都集中在一个焦点上，那就是"陶醉于自己美貌胜过一切女宾"。这显然不可能是绝对客观的，不可能有人作过这样精确的比较，显然是产生于女主人公自我的主观感觉，正是在这样的的词语中，流露出作者微妙的讽喻，特别是最后："陶醉在妇女们所认为最美满最甜蜜的胜利里。"显然更透露出作者的保留：这种"最美满最甜蜜的胜利"，只是上流社会妇女们的主观感受。作者的保留和女主人公的毫无保留的美满感，形成了微妙的不统一。讽喻之意就隐含其中了。至于后来写到项链掉落以后，女主人公的艰苦奋斗，则以"英雄"二字为纲领，显然是大词小用。通常语言中的英雄应该为国、为民、为集体、为人格、为精神、为理想而作出的超越常人的奉献，而这里却是为弥补自己一时的风头而造成的后果。二者之间的不统一构成反讽。

当然，讽喻的意味在于作家超越了女主人公，和她的感觉拉开了距离的视觉。作家好像有点冷眼旁观，看着女主人公在情感上大起大落，她的虚荣的衣饰带来了胜利和欢乐，但结果却是更大的痛苦。在经受了痛苦以后，到头来却发现，一切的痛苦居然都是白费，不管是欢乐，还是痛苦，都一下子变得可笑起来。归根结底，是谁作的怪，谁作的孽呢？是胜过一切女性的社会风气，也就是主人公的自我折磨。这里就渗透着作家的讽喻意图。

当然，不可忽略的是，在这虚拟的境界之中，主人公经历的磨难，却必须是真实的、符合生活和情感逻辑的。极端虚荣的女主人公被逼迫到灾难性的境遇中，居然能激发出如此坚强的意志，显出如此强烈的反差。她好像变成了另外一个人，可是这另外一个人，并不是别人，而是她自己。是她心灵里所潜藏的自己冒了出来。这又不是人格分裂，而是有机统一的。她什么都可以不顾，什么都可以付出，什么都可以忍受，破产的风险，"未来的苦恼""残酷的贫困""肉体的苦楚""精神的折磨"，都不在乎，唯一不能放弃的是她的自尊:一切的一切,都是为了偿还朋友的项链,最不能忍受的是朋友把自己"当成一个贼"。这就是她的道德底线。正是这条底线把两个互相矛盾的方面有机地统一为一个人格的整体。

从情节的构成来说,同样要求符合逻辑的必然性。项链由真到假,假得要有因果的充分缘由。情节的发展要经得起读者的怀疑和挑剔。否则就可能损害其可信度,故中国古典小说,强调后来结果,先前要有伏笔,叫"先时伏着"或者"草蛇灰线"。项链是假的,在先时也有"伏着"。这些伏笔的基本要求,是很隐蔽,表面上看来,好像是闲笔,可有可无,但实际上,是把结果的必然性大大加强了。如当他们夫妇二人到商店去寻访时,商家说,他们只出卖过盒子,并没有出卖过项链。又如,当玛蒂尔德乐得狂热,拒绝破旧的外衣,逃得远远的,已经埋下了丢失项链的可能。

当情节完成了探索人物的心灵隐性奥秘之时,其任务也就完成了。如果继续写下去,物归原主,从人物的心灵检测来说,并无大碍,而于情节本身则是一种贬值,从审美层次陷落到实用层次,而且是对读者想象和参与创造的一种阻断。

最后不可忽略的是,《项链》作为一篇杰出的短篇小说,其不朽的艺术价值还在于它的结构。它采取生活的一个片断来带动人物的整个命运的转折,用一条项链构成单纯的情节核心。这种结构方式,打破了传统的有头有尾,环环紧扣,属于古典的叙事方式。把情节的核心集中在一个道具上,一条项链的真假、得失就够了,目的是使人物精神层次的奥秘得以显现。与此相连的是小说只写一个人物也就够了,其他的人物,如她的丈夫,只能是属于背景性质的。其功能就是用来推动情节发展的,因而,她的丈夫就成了影子式的人物,甚至可以说是道具式的。作者让他在情感上从最初的稍有差异,到后来完全一致地同甘共苦,这显然是有意让他不具备独立性,不与他的太太发展精神有错位,也就是用牺牲丈夫的艺术生命来突出女主人公的个性。有些论者认为小说的女主人公失去了青春,但是获得了丈夫的爱情,好像丈夫也是一个独立的艺术形象似的。① 其实,要让丈夫真正具有艺术生命,就得让他与太太发生精神错位,例如,让他与她在一些事情上发生争吵,使他在情感逻辑上与妻子拉开距离。再如,让他从原来对妻子的唯命是从,变得心怀怨恨,乃至在行为上分道扬镳。如果真是这样,这个丈夫的个性倒是有了,但小说的情节就要节外生枝,短篇小说就不短了,其生活横断面的优越性就可能被消解。短篇小说的优越性是与它的局限性是对立的统一,让主人公艺术个性充分突出,就得以另一个人物个性的淡化为代价。不给她丈夫个性,不让他有

---

① 王富仁《失落的和获得的》,《解读语文》,福建人民出版社 2010 年版,第 387 页。

精神深度,不是作家的失误,而是驾驭短篇小说艺术的果断的决策。这一点几乎成为许多成熟的短篇小说共同的规律:《最后一课》只让小学生的精神有深度,韩麦尔老师只是影子;欧·亨利的《最后一片叶子》,老画家的精神有立体感,而那两个女画家则是背景;契诃夫的《苦恼》,马车夫姚纳有情感的深度,三拨乘客乃至小马,都是影子;《聊斋志异》中的《婴宁》重点突出的就是婴宁这个形象,她的丈夫和居心不良的邻居都是陪衬。鲁迅的《孔乙己》《祝福》《孤独者》《在酒楼上》莫不如此。对于这一点也有不明确的,如茅盾的《春蚕》在老通定和多多头身上平均使用笔墨,茅盾自己承认,他的短篇往往是压缩了的中篇,事实上是中篇。这种规律,如果要说有例外的话,那么《麦琪的礼物》可以说是一个。

附:

美国新批评对《项链》的分析[①]

这篇小说也是以突然转折而告终:女主人公在丢了那串借来的项链,因而艰苦挣扎了十年之后,才知道那些珠宝首饰到头来却是一钱不值的赝品。乍一想,这一意想不到的事情可能就像一个花招,正如美国欧·亨利的短篇小说《带家具出租的房间》的结尾是一个花招一样。可是,继而一想,就不见得那样,为了确定它究竟是不是花招,不妨先考察下面这些问题。

1. 莫泊桑利用钻石项链是假的这个事实,是作为发展故事情节的出发点呢,还是他姑且利用一下,仅仅作为出现惊人的结尾时的一种花招?换句话说,在钻石项链是假的这个基本事实和玛蒂尔德最终获悉这一消息的事实之间,有一种真正的重要区别吗?即使她一辈子都不知道钻石项链的实情,这篇小说里会不会有讽刺意味?

2. 有些人丢失了一串借来的钻石项链,就会立刻和盘托出,但玛蒂尔德却始终不

---

① 原文载布鲁克斯、沃伦《小说鉴赏》(Understanding Fiction,2005,Pearson Education,inc,)世界图书出版公司2006年版,第89—91页。译者为潘庆龄。西方的前卫文论已经发展到不承认文学的程度,当然坚持文学价值的流派也仍然存在,这主要是美国的新批评。这个流派据说在20世纪60年代早就为文化批评所取代了。但是,文化批评等前卫流派,无能,也不屑对文学文本作具体分析,因而,新批评在大学课堂仍然相当广泛地流行。正因为此,新批评的基本观念(如反讽、悖论、张力)在中国文学理论界亦具有相当的权威性。虽然新批评的这些范畴内涵贫乏,但是,他们致力于文学文本的具体的分析仍然有可观的成绩。他们在这方面究竟达到什么样的水准,国内理论界似乎未加深究,在我看来,比之我们追求的文本的微观解读仍然有不小的差距。

肯供认自己失落的首饰。她之所以不肯坦白出来,有充分的动机因素吗?她的自尊心是一种真正的令人赞赏的自尊心,或者只不过是一种虚假的自尊心?要不然就是两者兼而有之的一种混合物?她在丢失了项链以后的种种行动,可能是由她的性格所决定的。从逻辑上来说这个因素在小说中有什么关系?

3. 这篇小说的基本意义,是取决于丢失项链(不管它是假的还是真的)这个事实吗?换句话说,玛蒂尔德不是那样一种贪图虚荣、了此一生的女人?(在这方面,请重读第一段)。莫泊桑有没有把项链丢失的事件作为一种手段,来加速和加强玛蒂尔德性格已固有的变化的过程?如果这种说法可以成立的话,那么,钻石项链的虚假不就成了这个基本情节的一种象征吗?那就是说,钻石项链的"虚假",不就代表了玛蒂尔德从前所认为的生活价值的"虚假"象征吗?

4. 我们有什么证据来说明作者意欲表示女主人会获得新生?如果这样的话,我们该怎样解释她最后发现自己为这些"真正的"首饰付出了代价?

5. 我们可以说英国作家约翰·科利尔的短篇小说《埋葬》的讽嘲是建立在普通的人生观上,事情都是以惊人的滑稽的方式的,美国作家纳赛利尔·霍桑的短篇小说《年轻的布朗大爷》的讽嘲是建立在普通的人性论上,即对人生表示怀疑。而《项链》的嘲讽是建立在一种更为独特的思想观点上。那你又该怎样形容它呢?

6. 佛来思节夫人关于原来的项链是假的揭示,给我们读者指出了这篇小说的意义,那么,它给玛蒂尔德又指出了些什么呢?

这篇小说给了我们一个良好的机会,去研究小说中如何处理时间概念的问题。小说对玛蒂尔德是从青少年时期一直写到中年时期。她的少女时代在第一段里只是一句带过了,结婚后头几年在第二段至第五段中有所描述。接着,描写舞会那一段时间所占的篇幅相当长,直接描写到的场景有五处,即路瓦栽夫妇谈论衣着,谈论首饰,登门造访佛来思节夫人,舞会本身找寻失物——项链。随后是含辛茹苦地度日,并把旧债偿清的时期,前后一共十年,占了一页左右篇幅。最后是结尾,即在公园里同佛来思节夫人邂逅。

我们可以看到,时间比较长的可用提要方式来写,时间比较短的可用多少富于戏剧性的方式加以直接描绘,但在两者之间务必保持一种平衡。写到比较长的那段时间,除了扫视一遍场景以外,作家还必须抓住一个重要的事实,或者抓住这个时期内最主要的感受。他必须把这篇小说中最基本的东西(比方说,年轻的玛蒂尔德的性格,或者她在十年之中历尽艰辛的方式)集中提炼出来。但是在富于戏剧性(或有场景)的描写中,必须展示这一段时间里运动的进程,又是怎样一步一步得到发展的。比如,路瓦栽夫人是怎样决定要在公园里向她的老朋友说话的,她是怎样走上去和她的朋友搭讪的,她一想到她买的那串项链竟然能蒙骗过佛来思节夫人,又是怎样感到一种出乎意外的喜悦,佛来思节夫人怎样揭露了真相,给我们指出了这一意义的重点所在:路瓦栽夫人的"喜悦",以及她那意味深长的自尊心——哪怕是瞬息即逝的。换句话说,这个场景时间拍下了"特写镜头",而这段要却摄下了"远距离拍摄的镜头"。

　　作家有时在一段提要中所写的,必须远远地不止是一段提要。要知道作家毕竟是在写小说,而小说是要写出人生的感受的,不能仅仅只有干巴巴的事实。让我们细心留意一下,莫泊桑即使在几乎不事雕饰的提要中如何表现艰苦的十年生活的,他只是寥寥几笔,就使得我们仿佛亲身经历了路瓦栽夫妇这种可怕的生活的特性。玛蒂尔德"粉红的指甲在油污的盆盆盖盖和锅子底儿上磕磕碰碰磨坏了。每天清早她还要提水上楼,每一层都得停下来喘喘气"。莫泊桑告诉我们,"她成了一个穷苦人家的粗壮耐劳的妇女了"。接着,他又写道:"她胡乱地挽着头发,歪斜地系着裙子,露着一双通红的手,高声大气地说着话,用大桶的水刷着地板。"我们看到这一切情景全都跃然纸上。

　　有些短篇小说,甚至有些长篇小说,几乎完全通过一些场景和直接描述就可以写下去的。例如,《埋葬》只给我们展示了短短一小段时间,和仅仅从过去岁月中概括出来的篇幅最小的破题。不过,许多短篇小说和几乎所有长篇小说,一定会前后徘徊在或多或少的直接描述和概括在叙述之间,而且这种概括性叙述中或多或少还包含描绘和分析的成分。读者最好能开始注意到,这两种基本描述方法(连同许许多多细致的差异和结合)之间有什么关系。我们一定还要反问自己,某一篇小说的感受,它所讲述的故事内容的逻辑性,以及它所给予我们的影响,同作家对这个时间问题的处理手法究竟有多大关系。当然,这里也没有一定惯例可说。我们一定要想方设法尽可能仔细而又坦率地考察我们自己的反应,并且针对每个不同的实例,想象它要是采用了另一种不同的方法,将会产生什么样的效果。

《珠宝》：假珠宝一旦变成了真的

莫泊桑《项链》的成功在于，以一条真项链，后来发现是假的，从一个表面看来十分虚荣的女人心灵发掘出勤劳坚韧的品行。为了更全面地说明问题，我们再来看莫泊桑的另一篇小说《珠宝》。作家运用了差不多同样的手法，围绕珠宝的真假问题，把另一个女人的隐秘的心灵揭发了出来。这些珠宝，包括一条项链，她丈夫原来以为都是假的，可在她死后，丈夫却发现珠宝都是真的，而且价值相当昂贵。

就在这一假一真之间，读者发现，原来的女人变成了另外一个女人。

在这篇小说中，作家采用了第三人称视角，在这以前，作家说她"仿佛是规矩女人的完美无缺的典型，每一个明智的年轻人都梦想把自己的一生托付给这种典型的女人。她的纯朴美里有一种天使般的贞洁的魅力"。在他人的眼中则是："娶她的人肯定会幸福。再也找不到比她更好的人。"在结婚以后，这种视角渐渐过渡到丈夫的视角中："跟她在一起，他幸福得简直难以用笔墨形容。"在她突然死了以后，她丈夫"差一点儿跟她进了坟墓"。

所有这一切都在说明，丈夫对她的爱非常深厚。然而，就在这个女人死了之后，却发现，原本以为不值钱的假首饰，原来都是真的，价值竟超过他年收入的五六十倍。确切的线索证明，全部系一富豪所赠。为一个女人奉赠如此昂贵的饰物，个中缘由不言自明。作家没有让这个富豪出场，实是匠心独运。不然就可能耗费巨大的篇幅，还可能造成对短篇小说这一文体的危害。发现是真的，不过是为了揭示此女人内心深处的秘密，以及这种秘密包含着金钱与情感交易，对丈夫不忠的性质。这就足够了。至于出钱的人物，与她的具体关系的描写，已经不是这篇小说的任务了。

作家把视点集中在丈夫的感觉上。先是让读者追随丈夫发现了另外一个妻子，然而又顺理成章地展现，这就是他的妻子。这是一个把自己的不忠和虚荣掩饰得近乎天衣无缝的妻子。妻子当然是作家深挖的对象，在这一点上，和《项链》一样。

但如果完全一样，莫泊桑就不值得再写这一篇《珠宝》了。

不一样之处在于作家对妻子的不忠点到为止,有意让她突然死于非命,不让她有任何让丈夫发现可疑的线索,不仅节省了篇幅,还给读者增加了想象空间。

让妻子突然死亡还有一个目的就是把丈夫的心灵作为揭秘的对象。这一点和《项链》中把丈夫当作背景有很大的不同。可以说,在这个短篇中,丈夫并不像《项链》中那样成为一个跑龙套式的道具,而是一个具有独立价值的人物,他同样有着双重反差悬殊的心理层次。在他对自己妻子的不忠毫无所知的很长时间里,他似乎是个幸福的、痴情的丈夫。妻子在世的时候,面对妻子的珠宝,他是一个心地单纯的被欺骗者。意识到自己的感情被欺骗以后,他的灵魂深处便发生了剧烈的震荡:

> 可怕的疑窦掠过脑海。莫非她?这么说,其余的珠宝也都是礼物了!他觉得地在摇晃,觉得面前的一棵树倒下来;他伸出双臂,倒在地上,失去了知觉。

他的痛苦绝对是真实的。如果作家仅仅满足于这样写,就和当年二流小说家笔下的以纯洁的爱情为生命的浪漫男性没有什么两样了。然而,莫泊桑是个严峻的现实主义者,在他笔下,男性比之女性要虚假得多。《羊脂球》中那些道貌岸然的须眉男子,内心深处还不如一个他们共同藐视的妓女。然而,这些男人都是公然的施害者,而在《珠宝》中,这个男人却是一个受害者。是不是因为他受害,莫泊桑就高抬贵手了呢?不!就是受害者,他也没有放过这个表面上多情单纯而内心却极度丑恶的家伙。起初,他还为自己拥有出轨妻子的珠宝的钱财而感到羞耻。甚至作家还为他设置了第一次去支取金钱,完全是出于饥饿的逼迫。越过第一次,羞耻感就被讨价还价的斤斤计较所代替。大量的金钱进入他的口袋以后,他感觉自己"身轻如燕"。走在街上,"恨不得向行人嚷叫:'我也有钱,我有二十万法郎!'"到了小说最后,作家居然让他"和妓女混了一夜"。从这里可以看到,莫泊桑借假珠宝向真珠宝的转化,发现了和通常情况下多情丈夫完全不同的另外一个人。而这个,恰恰是托尔斯泰所说的,他还是原来那个人,只是,变得更丰富、更立体了、更深刻了。

小说的核心,与其说是揭露那个不忠诚的女人,还不如说是揭露这个内心丑陋的男主人公。作家严峻地提出,哪怕是受欺骗的男人,哪怕是在受骗以前非常安分守己的男人,在另一种条件下,也可能暴露出无耻的嘴脸。

小说无疑用了一系列对比手法,但又不是简单的对比,而是在这个男人心理的两个极端之间设置了过渡层次,使这个男人从感到可耻到全无可耻地吹牛、夸耀自己的财富,如果采取常见的直接转化的形式,就会显得很粗糙。

《麦琪的礼物》：最没有用的最美

小说写一对夫妻，在圣诞节把自己仅存的、最好的、最贵的财宝变卖了，买了礼物，奉献给自己所爱的人。在一般情况下，所送的东西应该是最有用的，成为对方最珍惜的礼物。如果小说的情节按这样的思路发展，夫妻双方拿到对方的赠品，非常合用，一起欢喜不尽。这就不但没有了《麦琪的礼物》这样的格调，而且连一般小说的水平都达不到了。为什么呢？因为物质的满足淹没了情感，就难免落入俗套。如果换一种写法，夫妻双方买了礼物，根本都没有用，两个人都生气了，甚至发生了争吵。这样写会不会更好呢？当然不会。因为仍然是物质压抑了情感。

《麦琪的礼物》中的这对夫妻都把自己最宝贵的东西卖了，买了自以为是对方最有价值的东西，结果却成为对方最没用的东西，表面上看来是"愚蠢"的，但最后作者站出来说，这恰恰是"最聪明"的。

物品对于人来说，有两种价值：一种是有用的，很实惠的；另一种是情感价值。如果丈夫的表没有卖掉，表链当然是很有价值的。价值就在实用性上，在美学理论上叫作实用价值。但是，小说情节提出的问题是，表链没有实用价值，是不是就绝对没有任何价值了呢？小说强调的是：没有实用价值的东西还有另一种价值，那就是情感价值，充分表现了夫妻之间深厚的爱情，这种价值是比实用价值更高的价值。小说让我们看到了情感价值的特点，它可以超越实用功利，成为深厚情感的载体。情感价值，在美学理论上叫作审美价值，审美价值是不实用的，正是因为超越了实用价值才更为强烈、更为自由。想必很多读者都读过张洁的《挖荠菜》和《拣麦穗》，拣了麦穗，换了钱，作嫁衣，是带着少女的幸福幻想的。一旦幻想失落了，嫁衣的实用价值并没有变化，可审美价值却随之失落了。在现实生活中，实用价值占着绝对优势，它压抑着、统治着情感，因而情感是不自由的；而在文学想象中，情感却可以从实用功利中获得解脱，让心灵深处的情感获得自由。

从这里可以看出，情感价值的超越与自由是和艺术感染力成正比的。在《拣麦穗》里，小女孩希望嫁给卖糖老汉，明明是毫无实用价值的，可是卖糖老汉却仍然非常疼爱小女孩。在这样的价值反衬中，才更显得情感超越物欲的自由，才更加显示出人与人之间的美好真情。

《麦琪的礼物》的作者是美国人，《挖荠菜》的作者是中国人，虽然文化背景不同，但在审美价值观念上却是一致的。

张洁的《挖荠菜》是抒情散文，《麦琪的礼物》当然也有抒情的一面，二者的共同之处是通过叙事来表现主题。《麦琪的礼物》有一系列情感洋溢的场景，可以说写得淋漓尽致。比如，德拉非常在意自己的外貌在丈夫心目中的感觉。她把头发卖掉了以后，紧张地在家里等待着丈夫，当她听到丈夫回家的脚步声时，"紧张得脸上失去了血色"。心里还在祈祷："求求上帝，让他觉得我还是漂亮的吧。"丈夫进门以后，她一再絮絮叨叨地诉说自己的头发会"很快"长起来，祈求他"不会在意"。

这些都是情感的强烈表现，具有抒情的力量，可在这样的抒情话语中，读者不应该忽略的是其中浸透着叙述者的调侃，作家让读者感到她太在意外表形象，心理过分紧张是没有必要的。她紧张，她怕自己外貌的改变会被丈夫一眼看出来，就刻意抢在他有反应以前先入为主。而丈夫恰恰是反应迟钝，"绞尽脑汁也没弄明白这明摆着的事实"。有点"白痴"一样的"恍惚"。其中就流露出来一种不同于抒情性的语言风格，从趣味来说，就是幽默感或者谐趣，从小说来说叫作喜剧性。

这种喜剧性在情节的构成方面，表现为一方面是极端的巧合，另一方面又是感觉、知觉和想象的"错位"。

小说虽然写的是两个人的故事，但是正面描写的只是妻子德拉的行动和心理，丈夫一方是从妻子的眼光看出来的。如果仅仅是妻子一方的线索，强调妻子在穷得只剩下漂亮头发的时候，为了丈夫的金表更为堂皇，把头发卖掉买表链，这样也可以写成一篇小说。不过，那将只能在抒情上展开，其结果可能有点平庸。欧·亨利显然不满足于这样的平庸，他把妻子买表链作为明线在读者面前正面展开，同时又让德拉的丈夫把自己的表卖了，并让其在幕后进行，也就是作为暗线。两者构成的反差和错位就有了幽默感，引发读者会心一笑。康德说过：

> 笑是一种从紧张的期待突然转化为虚无的感情。①

---

① 康德《判断力批判》，宗白华等译，商务印书馆1987年版，第180页。

等到丈夫归来,妻子发现自己买的礼物是无用的,同时发现丈夫为自己买的礼物是有用的。如买来一件长期向往的衣服,这样的构思,当然比之只有妻子一方卖头发要艺术一些,但只会让妻子卖头发的期待这一条线索落空而已,还是不够幽默。用这样的构思和欧·亨利最后写出来的相比,还是显得平淡,不能成为世界短篇小说之杰作。欧·亨利的杰出就在于,丈夫买来的礼物是一套梳子,由于妻子的头发已经卖掉,这个礼物也变得没有用处。这样,表链和梳子构成了双重期待的落空,也就是幽默结构的双重对称,喜剧性的幽默效果得以双重强化了。小说的杰出还在于双重的落空。从世俗观念看来,他们的决策是不聪明的,"傻乎乎的"。英文原著用的是"foolish"一词,是日常的口语词汇。但是恰恰又是"最聪明"的。原文用了一个高雅的词语"wise"。这是用来形容基督诞生时,给他带来礼物的东方三贤人麦琪的(the Magi: the three wise men from the East who brought gifts to the infant Jesus)。作者难得地在小说最后站出来宣称,他们在一切接受礼物和赠送礼物的人中,是"最聪明的"。他们"也就是这两个年青人""就是麦琪"(They are the Magi)。聪明和愚笨完成了一次对转。笑不仅仅是期待的落空,而且是在落空之后在另一条逻辑线索上的落实,是落空和落实的"错位"结构。①

在这样强烈的双重反衬结构中,奉献和爱情结合起来,将主人公的精神推向了崇高的境界。

但是,欧·亨利并没有把他们的精神境界理想化。相反,在对他们的描述中,充满了反讽、调侃和揶揄。在欧·亨利笔下,这两个人物的爱情观念是超越世俗功利的,同时,他们身上也充满着美国式的世俗观念。

作家对他们的反讽,首先表现为以财富为荣,对贫穷生活感到自卑。描述德拉和杂货店老板、菜贩子讨价还价,掂斤播两,她的感觉是"羞愧难当""丢人现眼"。作家从字里行间流露出来的这种自卑,并不是十分必要的。其次,反讽还表现在主人公生活观念中的虚荣。如对吉姆名字全称和信箱的描述:

> 楼下的门道里有个信箱,可从来没有装过信,还有一个电钮,也从没有人的手指按响过电铃。而且,那儿还有一张名片,上写着"詹姆斯·迪林厄姆·杨先生"。"迪林厄姆"这个名字是主人先前春风得意之际,一时兴起加上去的。那时他每星期挣三十美元。现在他的收入减到二十美元。"迪林厄姆"的字母,也显得模糊不

---

① 孙绍振《审美价值结构与情感逻辑》,华中师范大学出版社2000年版,第241页。

清,似乎它们正严肃思忖着是否缩写成谦逊而又讲求实际的字母D。

反讽表现在哪里呢?一个星期挣二十元的窘境,读者已经通过德拉的感觉体会到了,仅仅多了十美元,每周三十美元,却用了"春风得意"来形容。原文是"period of prosperity",兴旺发达的意思,"prosperity",在英语里是相当高雅的词汇,显而易见和实际情况隐含着不协调、不一致,这在幽默学中叫作"incongruity",这就产生了一种调侃的效果。门铃、信箱之类的设备好像属于小康之家,中产阶级,但笔墨间却强调其为空摆饰,功能空缺。而名字三个部分的全称,常常用在上流社会人物的正式职务履历方面,但在吉姆却根本就没有用处,而妻子对他简称(吉姆),亲热劲十足,实用而简洁,这种反衬,突出了有情的却不正规,而正规的却没有意义。正是因为这样,那个"迪林厄姆"的字母才显得模糊不清,才给人一种考虑着是否缩写成不起眼的字母D,因为这样才显得"谦逊而又讲求实际",这就把"迪林厄姆"这样正规的写法实在是不讲求实际的意思隐含在其中了。所有这一切都在显示,作家对他们既赞赏又同情,在同情中又带着调侃和讽喻。

对主人公的反讽还渗透在对他们的描写之中。如对德拉的头发,用语极其夸张,说她只要把头发晾晒,就连示巴女王都要妒忌;吉姆把怀表拿出来看一下,连所罗门的财富都要黯然失色。① 这些都是以夸张失实为特点的幽默话语,尽量把事情说得显而易见的不切实际。字面意思是说,吉姆的表如何了得,实际上是说男主人除此之外没有什么值得夸耀的了。表面上说女主人公美貌,隐含的意味却有除了头发,没有其他引以为傲的了。

小说的反讽还表现在对女主人公爱美的调侃上。把她的爱美和穷酸的镜子结合在一起,这一段文字是很精彩的:

> 两扇之间有一面壁镜……一个非常瘦小而灵巧的人,细看一连串的竖条影像,可能会对自己的容貌得到一个大致精确的概念。

---

① 示巴古国在阿拉伯西南,即今之也门。《旧约·列王纪上》载示巴女王带了许多香料、宝石和黄金去觐见所罗门王,用难题考验所罗门的智慧。据圣经记载,所罗门王是以色列联合王国的国王,公元前971年至公元前931在位。在耶路撒冷做王40年,是大卫的儿子,犹太人智慧之王。相传著有《箴富》《所罗门智慧书》《雅歌》《传道书》等作品。

作家不是直接说穷得连一面完整的穿衣镜都没有，也不说虽然有一面穿衣镜，但是，破得不能照出完整的面貌和躯体，而是说只有"非常瘦小的人"才能使用。让读者去想象，如果是胖子或者正常人，就无法从镜子里看到自己的身影。即使是瘦小的人，还要看一连串的竖条的影像。意思是看一次是不够的，而要从多次的观看中综合起来才成。可见，这个穿衣镜是何等狭窄了。如果光是这样，还只是对物质穷困的调侃，欧·亨利的幽默还在于，调侃身处贫穷中的女主人公，在这样的镜子面前，仍然不改爱美的天性：

> 德拉身材苗条，已精通了这门子艺术。

"德拉身材苗条"，这既是对镜子狭窄效果的强调，又是对女主人公身材的赞美，而"精通了这门子艺术"，则是对她的调侃。实际上说的是，她已经从多次的练习中掌握了在狭窄的镜子面前照出自己全部容貌的法门。这本是迫不得已的事，而作家却用"一门子艺术"来形容。就是说，要把自己的全貌照出来，要像进行艺术创作那样专心致志。这种比喻本来是不伦不类的，从描绘女主人公来说，甚至是比较离谱的，然而对于表达作家对她的调侃来说，却相当准确，正是在这二者的"错位"上，构成了幽默感。

就是对作家非常赞赏的爱情，其用笔也充满了调侃，字里行间流露出谐趣。如写到德拉卖掉了头发之后：

> 回家之后，她的狂喜有点儿变得审慎和理智了。她找出烫发铁钳，点燃煤气，着手修补因为爱情加慷慨所造成的损失，这永远是件艰巨的任务，亲爱的朋友们，——简直是件了不起的任务呵。

本来是说，虽然从情感上说，为了爱情可以牺牲漂亮，但是牺牲了以后，漂亮还是要的，而且是要极力弥补的。对于这样的努力，作家用了这样的词语："由爱情加慷慨所造成的损失""极其艰巨的任务""了不起的任务"。这明显是大词小用。原文比课本上的译文更加明显：

When Della reached home her intoxication gave way a little to prudence and reason. She got out her curling irons and lighted the gas and went to work repairing the ravages made by generosity added to love. Which is always a tremendous task, dear friends—a mammoth task.

译为"狂喜"的那个字是"intoxication",更准一些应该是"陶醉",有点晕晕乎乎的感觉。而一般课本上翻译为"损失"的那个字,原文是"ravages",应该是"蹂躏"和"劫掠后的痕迹"的意思。试想一个爱美的女人的头发遭到了"蹂躏",留下一片"劫掠后的痕迹",其中有多少调侃的意味,语言是何等幽默,翻译成"损失"以后,感情色彩就荡然无存了。至于 tremendous 和 mammoth 都是书面的、文雅的、尊重的词汇,说明她是如何在意自己的漂亮,在修剪头发这样一件小事上,用了这么一系列郑重其事的大词(雅语),其语意错位构成了强烈的幽默感。更加富于谐趣的是她用了这样大的努力,结果却是这样:

> 不出四十分钟,她的头上布满了紧贴头皮的一绺绺小卷发,使她活像个逃学的小男孩。

这和女性追求的漂亮已经相去甚远了。而她却仍"在镜子里老盯着自己瞧,小心地,苛刻地照来照去",心里想着丈夫看她一眼,就会把她"宰掉"。一方面是如此认真,一方面效果又是如此之差。作家就这样把同情、赞赏和揶揄恰到好处地结合到了一起。

从人物刻画来说,欧·亨利设计这样的情节,实际上是给自己出了一道难题。难在何处?小说中的人物不管如何情投意合,要具有性格且在行为逻辑上互相拉开距离,最好是构成冲突。如果像恋爱中的人物那样心心相印,行为逻辑完全一致,就只可能是诗歌,要让小说中的人物有性格,就必须让他们心心相错,只有心心相错了,在戏剧舞台上才有戏可演。例如,在同一作家的作品《最后一片叶子》中,两个女主人公是一对好友,在行为逻辑上总是不一致,一个总觉得绝望,没有信心生活下去,因为这样,据医生说,就可能死路一条。这是她的朋友无能为力的。这种情感上的错位,就是个性的差异。如果没有这种错位,就无法构成小说,只能写一首友谊之歌。最后这个矛盾被另一个人(老画家)的一种行为解决了,而这个解决的途径是病人根本没有想到的。有了这样三个人的心灵距离、情感意志的错位,才有了小说的感染力。小说之难,难在要让两个友好的人物在行为逻辑上发生错位,拉开距离。两个人物如果在行为逻辑上如出一辙,就很容易构成性格雷同,此乃小说写作之大忌。但是,作家却选择了夫妻二人行为逻辑完全一致,效果却是相反,产生了特殊的效果,那就是比较鲜明的喜剧性。然而,喜剧性不能违反小说的基本规范,所以作家也在行文中十分注意,把两个人物的行为方式尽可能地加以区分。如女主人公比较神经质,反应比较快,语言比较快速,在丈夫出现的场景中,她不是滔滔不绝地说话,就是"欣喜若狂地尖叫",而男主人公则比较沉稳。这一设计相当艺术。如果不是这样,男主人公和女主角一样敏感神经质,他一进门就会发现妻子的头发变了,马上就有了反应,小说的情节进展就只能是径情直遂,读者期待的紧张感就可能削弱了。而现在则是,女主人公极其紧张地期待着丈夫的反应,不等他说话,就从他的脸上看出了复杂的表情:

> 吉姆站在屋里的门口,纹丝不动,好像猎犬嗅到了鹌鹑的气味似的。他的两眼固定在德拉身上,其神情使她无法理解,令她毛骨悚然。既不是愤怒,也不是惊讶,又不是不满,更不是嫌恶,根本不是她所预料的任何一种神情。他仅仅是面带这种神情死死地盯着德拉。

接着下来,就是德拉滔滔不绝的话语。这样的区别,有利于让两个行为逻辑一致的人物之间的感知距离尽可能地延宕。这正是情节悬念延宕的技巧,也就是俗话所说的"卖关子"的技巧。而这种技巧恰恰又是在人物的个性的基础上的,这就叫作情节与人物的统一。情节既为人物的刻画服务,又是在人物的心理特点上延伸,二者达到水乳交融的程度,从这里可以看出欧·亨利驾驭小说技巧的娴熟程度。

《最后一片叶子》：潦倒的画家变成诗化的英雄

解读这篇小说要特别关注几个关键词：最后一片叶子、杰作、惊人之作、一盏灯笼。

这些词语都很平常，在词典里有其固定的、普通的意义。正因如此，我们在阅读小说的时候，往往会忽略它们。但是，这篇小说的精神含量，基本上就潜藏在这些词语中。我们把它叫作情景语义。相对于词典语义来说，它是艺术家创造出来的崭新的、深厚的意义，而且是极其丰富的。作品解读要落实到文本上，落实到语言上，就是要从词典语义和文本语义的矛盾切入。

要理解这篇小说的特点，先要提出一个要害问题：得了肺炎的人是不是能够活下来，是由病人想不想活决定的吗？

这篇小说，虽然表面上是写实的，有现实的环境，有现实的生活细节，有现实的人物，几乎和经典的现实主义小说一样。但有一点不一样，就是在现实生活中，得了肺炎的人的生命主要是由生理和病理决定的，而在这篇小说里却是由一种对于生命的信念来决定的。小说里的医生对于乔安西的病是这样说的：

"现在十成希望只剩下一成。"医生一边甩下体温表里的水银一边说，"这希望取决于她抱不抱活下去的决心。"

心理对于病理来说，可能有相当的影响，但是，像这样起决定性作用的似乎不太可能。从这里，可以判断作者所要强调的是：如果丧失了对生命的信念，人就注定要死亡；反过来，只要坚持生命的信念，就可以战胜死亡。

把主观情感的重要性放在客观的生理规律之上，在小说里并不罕见。例如，《儒林外史》中有一个著名的例子，就是那个吝啬鬼严监生，临死前因为家里一盏灯点了两根灯草，就老是不断气，弄得家里人莫名其妙。后来还是他的老婆理解他，把灯草退去一根,他才平静地死了。但是,这是一种讽刺。

精神超越死亡,在童话和神话里,或者在抒情诗里比较多见。最有名的是白居易的《长恨歌》,其中的爱情是超越时空局限的。"在天愿为比翼鸟,在地愿为连理枝。天长地久有时尽,此恨绵绵无绝期。"说的是,情感是如此绝对,甚至可以超越无限的时间和空间,成为绝对的永恒。再如,臧克家的诗《有的人》:"有的人活着,他已经死了;有的人死了,他还活着。"强调的是精神是可以超越生死界限。这种超越不是现实的,而是想象的,不是一般的想象,而是诗歌的想象。抒情诗想象的最大特点,就是情感的自由。为人民的幸福而牺牲的人是不死的,他的生命就能永恒。抒情诗表现的并不一定是现实的,而是诗人的情感。感情和理性不同,理性是遵循客观的,而感情却是听从主观的。主观越是超越客观,感情越是动人,越是有诗意。

信念决定生命使这篇小说充满了诗意。

但是,如果用写诗的办法来写小说,可能有概念化之嫌。因为信念是抽象的、概括的。如果让病人直接讲出来,读者是很难感受得到的。为此,作者又在构造情节时,设计了一个相当独特的关节,把生命的信念集中到一个具体可感的事物上去。如果仅是可感,比如,留恋、舍不得情人送的礼物之类,也不是不可以,但这样就极有可能落入俗套。小说中,医生和病人的朋友休易有几句对话,粗心的读者可能没有注意到:

"这位小姐认定自己再也好不了。就不知道她还有什么心事吗?……我是问她心里有没有还留恋的事。比方说,心里还会想念哪位男人。"

"男人?男人还会值得她想?"休易的声音尖得像单簧口琴,"没有这种事,医生。"

这一笔,看起来很平常,却颇有意味,一个女孩子快要死去了,在美国人看来,总有能够引起她对生活的留恋的,还有什么比爱情更强烈呢?连爱情都没有,可见是极其绝望了。小说出奇制胜地设计了一个看得见、摸得着的东西,比爱情更为强烈,那就是叶子,窗外的叶子,一片片正在凋零的叶子。

为什么是叶子呢?

首先,因为她是画家。她对画面最为敏感。

其次,叶子很平凡,但在这里,作家赋予它以生命在凄风苦雨中顽强生存的意味。这就不完全是现实的描写,更多的是诗意的象征。作者赋予这片叶子的意义远远超越了叶子本身。女主人公乔安西不厌其烦地提起：

等最后一片叶子掉下来，我也就完了。
要是天黑前我看到最后一片叶子掉下来就好，见到了我也好闭眼。
我只愿像没了生命力的败叶一样，往下飘，飘。

最后一片叶子，成为生命的一种象征，不是一般的象征，而是战胜死亡的象征，是诗意的象征。它象征着生命的信念，告诉人们：精神的力量可以战胜病魔。

然而，这种精神的力量，女主人公原来是不具备的，她曾经把自己比作"弱不禁风的藤叶"，是另外一个人物以生命为代价改变了她。

值得欣赏的是，乔安西从失去生活的信心，到重新获得生命的信念，本来是很抽象、很复杂的一个过程。对于作家来说，要恰当地表现这个过程无疑是一个艰巨的任务。如果正面去写可能会吃力不讨好，而欧·亨利却驾轻就熟，只是在对话中用了几个细节就完成了一个人的生命观念的转化。

起初是医生的话：

如果病人盘算起会有多少辆马车来送葬，药物的疗效就要打个对折。要是她能问起今年的冬天的大衣袖时兴什么样式，那么我对你说罢，她的希望就不是一成，而是两成。

只用了送葬车和大衣袖这两个细节，就说明了生死之别。后来乔安西病好转了，读者从她的外表就可以看得一清二楚。但是她的内心如何呢？欧·亨利同样也是用对话的方式作了精练的交代。当然，如果接着医生的话头说下去，乔安西打听起时兴的大衣袖的样式了。这就既不真实，也不艺术，甚至有点傻乎乎了。他让乔安西说话，实际上是回答了医生提出的问题：

休易，我太不应该。不知道是怎么鬼使神差的，那片叶子老是掉不下来，可见我原来心绪不好，想死是罪过。你这就给我盛点鸡汤来，还有牛奶，牛奶里搁点葡萄酒——等等！先拿面小镜子来，再把几个枕头垫到我身边，让我坐起来看你烧菜。

一共才用了五个细节：鸡汤、牛奶、葡萄酒、小镜子、坐起来看烧菜。这些细节说明，她对饮食、打扮、生活琐事又充满了情趣。这是简练的手笔，一来表现出作者对短篇小说这种形式的娴熟驾驭，二来透露出作者明快的风格追求。

导致乔安西转化的人物贝尔曼，无疑是作品中的英雄。但对于这个英雄，作者好像故意把他写得毫无英雄的光彩。先是他的外表：他老了，年过六十，其貌不扬，红眼睛不住地流泪；其次是，他四十年作画，一事无成，穷困潦倒；再次，说话粗鲁，用的都是下层百姓的口语，在英文原著里，充满了发音的错误。说明他没有受过多少正规的教育。中学课文所用的译文，除了用语粗俗以外，无法把他口语中透露出来的文化上的弱点充分表现出来。试举老贝尔曼和休易的说话为例，短短的几句话就说错了许多：

You are just like a woman！"yelled Behrman."Who said I will not bose? Go on. I come mit you. For half an hour I haf peen trying to say dot I am ready to bose. Gott！dis is not any blace in which one so goot as Miss Yohnsy shall lie sick. Some day I vill baint a masterpiece, and ve shall all go away. Gott！yes.

对英语有兴趣的老师可以看出，他把 pose 说成 bose，with 说成 mit，have 说成 haf，been 说成 peen，God 说成 Gott，this 说成 dis，place 说成 blace，good 说成 goot，paint 说成 baint，we 说成 ve，甚至连女主人公的名字 Johnsy 都说成了 Yohnsy；这可能是暗示读者：他是欧洲某国移民，在美国属于那种"unsettled"（尚未融入）的、社会地位很低的一类人。

到小说结尾，读者才明白，正是这个老头子在窗户上画出一片叶子，表示那最后一片叶子没有凋零，给了女主人公以生命的信念。他是在雨中画的，弄得"衣服、鞋子全湿了"，受了风寒，得了和女主人公一样的肺炎，他牺牲了生命，女主人公却因此获得了生命的信念，最终战胜了病魔。

由此可见，这篇充满了诗意的小说所歌颂的，不仅仅是生命的信念，还有为了他人生命的信念而作出自我牺牲的一种精神。贝尔曼无疑是个英雄，但却平凡异常。他一点没有英雄的自我意识，他也没有意识到自己会牺牲，这正是他的平凡之处。然而，作者又暗示，这样平凡的人物，又是不平凡的。

这种不平凡的暗示，主要集中在关键词语"杰作"上。

这个"杰作"，一连几次都带有反讽意味，直到最后一次才是抒情的。这种手法和鲁迅在《阿长与〈山海经〉》中几次用"伟大的神力"一样有异曲同工之妙，前面一直是反讽的，直到最后一次才是歌颂的。

贝尔曼出场的时候,作者强调他在艺术上一直没有什么成就,但是又一直强调,老头子念念不忘要有所成就,念叨着要画出"惊人之作"。可是,他把画架支起来25年了,还没有开始画上一笔。这么一把年纪,没有什么成功的希望了。单纯从这一点上看,小说的笔调语带嘲讽,在原文中是很明显的。可惜我们选用的译文,却都没有充分把欧·亨利式的调侃风格传达出来。然而,到了小说的结尾处,作者借休易的嘴巴说:

现在你看墙上还趴着最后一片藤叶,你不是奇怪为什么风吹着它也不飘不动吗?唉,亲爱的,那是贝尔曼的杰作。在最后一片叶子落下来的晚上,他又在墙上补上了一片。

这里的"杰作",才是真正抒情性的话语,点出了挽救生命的叶子,原来出自这个不成才的画家之手,讽刺意味就变成了歌颂。

最后一片叶子的内涵是多重的。不仅仅是生命信念的象征,还是平凡的自我牺牲的象征。"杰作"在这里是个双关语,表面上是绘画,可要真正从绘画的角度来说,根本没有什么了不起的成就;从精神境界上看,是作出奉献、而又没有奉献之感的象征。只有从这个意义上来说,才是难能可贵的,是真正的"杰作"。

不论从思想上,还是从艺术上,这都是小说的焦点,关键词中的关键词,就是这个"杰作"。然而,作者却采取了一种很奇特的写法,不正面写这个英雄,也不正面写获得生命信念的乔安西,正面着笔的是休易的感觉。这个人物在故事情节中没有起多大的作用。她的任务只限于通过她的眼睛和嘴巴,让读者体验了情节、人物的发展和变动,其中包括老贝尔曼的英雄行为。最后通过她的嘴巴作了简单得不能再简单的叙述,连一点描写都没有。

这不是本末倒置吗?不是。

这正是欧·亨利构思独特的地方。如果直接正面写贝尔曼如何在夜里搬了梯子,拿着画笔,忍受细雨和寒风,艰难地完成了那最后一片叶子,也不是不可以。但那样篇幅会很长,悬念也没有了。现在这样写道:

头一天看门人在楼下房间发现他难受得要命,衣服、鞋子全湿了,摸起来冰凉。谁也猜不着他在又是风又是雨的夜晚上哪儿去了。后来他们发现了一盏灯笼,还亮着,又发现楼梯搬动了地方,几枝画笔东一枝,西一枝扔着。一块调色板上调了绿颜料和黄颜料。

这种写法最明显的好处是精练。只用了几个细节,就把一个人死亡的整个过程表现出来了。一盏灯笼,说明是夜里,而且还亮着,微妙的暗示隐现在字里行间。梯子搬动过,说明是往窗户的高处画。衣服鞋子都湿了,是雨中工作的结果。几枝画笔,东一枝,西一枝,说明零乱,是受冻以后艰难支撑的痕迹。

真正的好处还在于把悬念和思想的焦点都放到了最后一句:"亲爱的,那是贝尔曼的杰作,在最后一片叶子落下来的晚上,他又在墙上补上了一片。"

这正是欧·亨利式的结尾:突然把故事的谜底揭示出来,人物突然被思想照亮,前面的故事有了新的意义,对人物的评价发生对转:贝尔曼从一个穷愁潦倒的人物变成了一个崇高的英雄,"杰作"从绘画的意义上升到人格的意义,这不但非常具有戏剧性,而且非常深邃。这样曲折深沉地把故事的价值提升到一个新的层次的结尾,话说得越少,越是具有潜在的力量,不但是思想的,而且是艺术的。这样的叙述就不是一般完成故事情节的交代任务,而是把想象的空间留给读者,促使读者掩卷沉思。欧·亨利在结尾处常常利用这样的发现,让读者得到艺术和思想的双重享受。

《变色龙》：喜剧性的五次递增

这篇小说很短,俄语原文只有一千多个单词,翻译成中文也才两千字,却成了世界短篇小说的经典。为什么呢？带着这个问题,我们来看第一段,一望而知它特别精练：

警官奥楚蔑洛夫穿着新的军大衣,手里拿着个小包,穿过市集的广场。他身后跟着个巡警,生着棕红色头发,端着一个箩筛,上面盛着没收来的醋栗,装得满满的。四下里一片寂静……广场上连人影也没有。

这个警官是小说贯彻首尾的、唯一的主角,可对他的外貌却没有任何描写和形容,只是叙述他"穿过市集的广场"。这不是偶然的,而是契诃夫在艺术上的一种风格。他的《万卡》开头也是这样的：

九岁的男孩万卡·茹科夫三个月前被送到靴匠阿里亚兴的铺子里来做学徒。在圣诞节的前夜,他没有上床睡觉。他等到老板夫妇和师傅们出外去做晨祷后,从老板的立柜里取出一小瓶墨水和一支安着锈笔尖的钢笔,然后在自己面前铺平一张揉皱的白纸,写起来。

对万卡的外貌衣着,也是不着一字。用干净利索的叙述代替细致的描写,这是作家的一种追求。他曾经写信给年轻的高尔基说："如果我写'一个人坐在草地上',这就容易懂,因为它清清楚楚,不妨碍注意力,要是我写'一个高高的窄胸脯的、留着棕色胡子的人坐在绿色的已经被行人践踏过的草地上,一声不响地、心虚地、战战兢兢地往四下里看'那就相反,这句话变得不好懂……"契诃夫所说"容易懂"和"不好懂"是很含蓄的口语,其实他要说的是,对人物的描写,要害不在外貌,外貌描写越是简洁,形象越是鲜明,相反,越是详尽反倒越是模糊。这样的说法可能有点片面,但是不要忘记,契诃夫是一个短篇小说圣手,他没有写过长篇,只写过中篇小说《第六病室》。而长篇小说就不同,如托尔斯泰的《复活》,对主人公马丝洛娃第一次出场的肖像就有上百字,而且还反复修改了多次。不少一线教师在分析小说时,少不得要说到"肖像描写""动作描写""景物描写""心理描写"等,殊不知,在短篇小说里,这一切并不是必要的。考虑到短篇小说的特点,对契诃夫这样简洁明快的开头,就很值得钻研。

  他的最高目标是:"一点多余的东西也不应有。凡是与小说没有直接关系的东西都应毫不容情地去掉。"根据这一目标,《变色龙》的开头,警官"穿着新的军大衣"应该是必要的,其所以必要,或许是因为"军大衣"其实是新制服,心态上有点志得意满,但是,这一笔的必要却不限于此。读者读到后面会看到,这个外套还有更多心理暗示的功能。值得研究的是,主角没有什么外貌描写,配角却有:"他身后跟着个巡警,生着棕红色头发,端着一个罗筛,上面盛着没收来的醋栗,装得满满的。""棕红色头发",说明不是纯粹欧洲人的血统,属于混血的下层人物,而手里捧着的醋栗则是"没收来的",还"装得满满的"。不言而喻,这个警官刚刚干了鱼肉百姓的勾当。而这个配角,连名字都没有。配角的名字对于短篇小说来说并不重要,可有可无。但是,读者会在后来警官的话中,知道他叫"叶尔德林",就够了,若在开头交代他的名字就不够精练了。

  接下去:

> 四下里一片寂静……广场上连人影也没有。小铺和酒店敞开大门,无精打采地面对着上帝创造的这个世界,像是一张张饥饿的嘴巴。

  现场"一片寂静",店门附近连"人影也没有",有必要吗?看下去就知道,为的是下面一下子冒出许多人:"像是从地底下钻出来的一样"喧闹起来作铺垫。接着是"小铺和酒店敞开大门,无精打采地面对着上帝创造的这个世界"。"无精打采地""上帝创造的",有必要特别点明吗?对于描写场面好像不完全是,但这些并不是客观对象的特点,而是作家对这个"世界"的反讽。上帝创造的世界应该是美好的、公正的,而这里却注明是"无精打采"的,酒店的大门又像是"饥饿的嘴巴",这样的形容语句,不是为了表现场景,而是暗示作家对这个场景带着反讽的心态,这种意味显示了一个原则,那就是描写越少越好,如果能够带着微微的调侃就值得带上几笔。作家不说人们纷纷冒出来看热闹,而是说"带着睡意的脸纷纷从小铺里探出来",就隐含着对这些人的无聊的讽喻了。

打破这宁静的是"商人彼楚京的木柴场里窜出来一条狗,用三条腿跑路"。这里的叙述采用了第三人称视角。先是看到狗,再是发现它用"三条腿跑路",只用一个细节就足以说明它受伤了。接着才看到追赶的人是商人彼楚京。开头的配角没有名字,这个商人配角为什么有名字呢? 因为"彼楚京"在俄语里,就有愚蠢的意思,就值得点一下了。契诃夫难得用的外貌描写也用上了,让他"穿着浆硬的花布衬衫和敞开怀的坎肩。他紧追那条狗,身子往前一探,扑倒在地,抓住那条狗的后腿"。这里的反讽意味就更强了。穿着"花布衬衫"而且是"浆硬的",说明他的打扮是讲究的,但是,他的背心却是"敞开的",暗示追赶很匆忙,而扑倒在地时抓住狗的后腿的动作却显得非常狼狈。他向警官陈述被狗咬时,脸色是"半醉的",就是说,这个人,即使是不清醒时,神情也是恶狠狠的。说明其麻木、愚蠢而可笑。他"举起右手,伸出一根血淋淋的手指头给那群人看""那根手指头本身就像是一面胜利的旗帜"。手指受了伤,还在流血,可是在受伤者心目中却像"胜利的旗帜",表明此人不在乎受伤,而是为证据确凿而自得。

契诃夫简练的细节中,渗透着显而易见的矛盾,充满了不和谐,这种不和谐、不统一则是反讽、幽默,在叙事和戏剧文学中就是喜剧风格。与此相反的和谐统一,就可能是正剧。

契诃夫认为"简练是才能的姊妹"。他认为"写作的技巧,其实并不是写作的技巧,而是删掉写得不好的地方的技巧"。他虽然追求简洁,可并不是没有原则的,片面的简洁也可能沦为简陋。契诃夫说:"一定要等到他所需要表现的思想和形象在他已经变得完全清楚的时候,他方动笔写。"简洁的原则、必要的原则就是要让"思想和形象"得到"完全清楚"的表达。

从前面的分析中可以看到,《变色龙》所追求的是带着幽默喜剧性风格的"完全清楚"。而这种风格,这种"形象"是有"思想"的。对于思想来说,语言风格还只是风格的序曲,真正的喜剧性,不能仅靠叙述,主要还是通过情节动作来实现。从戏剧学来说,动作包括外部动作和内心动作。而在《变色龙》中,外在动作比较少,内心动作则比较强,外部动作只是内心动作的补充。

引起内心动作的焦点是这条咬人的狗。小说虽短,但由狗引起的动作却是多层次的。

第一个层次是,商人要求狗主人给予赔偿,振振有词,把问题的性质提到"法律"的高度。警官同意他的原则,"严厉地"表示"要拿点颜色出来管管不愿意遵守'法令'的老爷们了!"下令彻查狗是谁家的。他的言词显得很严厉,读者不难想象他当时斩钉截铁的态度。可在得知狗是"将军"(在当时是文官的职称)家的时,他马上就变了色：先是内在心理发生了巨大的震动，"叶尔德林，把我身上的大衣脱下来。……天好热！"说明这个家伙很势利，一听说是将军家的狗便心生恐惧，让他在生理上感到发热了。作家并没有直接写这种变动，而是由外在效果表现出来。小说开头第一句交代他穿着新大衣的必要性，其在情节中的功能衍生了。这一笔无疑带有漫画色彩，但是，并没有过分简单化。小说的精彩在于，这个警官并没有绝对武断地否定自己刚刚作出的判断，而是给这个判断提出论据："难道它够得到你的手指头？它身子矮小，可是你，要知道，长得这么高大！"据此他严厉地指斥对方是想讹诈，"要人家赔你钱"。这个家伙为自己口若悬河而志得意满，他的前后自相矛盾显而易见，这种不一致已经构成了一定的喜剧性。如果是一般的作家，可能满足于这样揭露这个沙皇爪牙在权势者面前的奴颜媚态，在平民百姓面前的暴君嘴脸。但是，契诃夫之所以是契诃夫，就在于对这样单层次的喜剧性，他显然感到不过瘾。他追求的是让这种喜剧性层层递增。

这样就有了第二个层次：巡警提出这条狗不是将军家的。他马上又变了脸，不但赞成巡警的判断，而且为他提供论据，说将军家里的狗都很名贵，都是良种狗，这条狗则是下贱坯子。他立马反过来，对刚才还被他骂成"魔鬼"的商人加以安慰："你，赫留金，受了苦，这件事不能放过不管。"马上要对狗主人教训一下，而且还对那些不管什么"法律不法律"的世道表示不屑。这样一来其逻辑的荒谬感，就等于以几何级数乘了二次方。但是，契诃夫的喜剧性才华还没有发挥完毕。接着是巡警和周围的人又提出可能真是将军家的狗。

这就有第三个层次的喜剧性。"嗯！……叶尔德林，给我穿上大衣吧。……好像起风了。……怪冷的。"这里的喜剧性就更强了，第一次听说将军家的狗是浑身发热，第二次则是相反，发冷。这件开头亮相时的新大衣第二次发挥了揭示其心理变态的功能，这充分表现了契诃夫对细节运用的独具匠心，带着漫画性的夸张对比，在对比的过程中使喜剧性递增。在这一点上，他是有意为之的，他在致友人的书信中说过，"如果你在第一幕在墙上挂上枪，到第三、第四幕就应该把它放出去，如果你不准备放出去，那在第一幕不要把它挂在墙上。"这里新大衣这个细节的精彩，就是随着它被运用的层次而递增的。这还只是外在的暗示，而内在逻辑的荒谬和卑微，则由警官用自己的语言表达出来：他命令下属把狗送到将军府上，还要特别说明"这条狗是我找着，派你送去的"。而对那个刚才还表示过同情的商人则施之以斥责："你，蠢货，把手放下来！用不着把你那根蠢手指头摆出来！这都怪你自己不好！……"

到了这里，这位警官在同一件事情上自打嘴巴已经反复了三次，契诃夫还是意犹未尽。于是,再让他出一次洋相,让他的讽刺艺术升上第四个层次。契诃夫运用巧合,让将军家的厨师偶然经过,并且断然说"将军家从来也没有过这样的狗!"这下子,契诃夫让警官觉得有把握了,态度变得很干脆,其实是契诃夫回避和前面几次可能的重复(在中国古典小说中,类似情节的重复叫作"犯"),没有让他说出一大套荒谬的理由来,而是让他相当武断地宣布"这是条野狗!用不着多说了。……既然他说是野狗,那就是野狗。……弄死它算了。"这是第四个层次的喜剧性,如果在这里结束,把它当作高潮,也可能收到戛然而止的效果,但契诃夫却没有这样做,他超越了这个简洁的高潮又制造了一个真正的高潮。他让这位厨师指出,这条狗虽然不是将军家的,却是将军哥哥家的。契诃夫的才华在于,他没有让这样的判断一下子说出来,而是等警官粗暴地宣布要弄死这条"野狗"以后,再让他出一次更大的洋相。这个洋相要出得比前几次更彻底,即使是将军亲哥哥家的狗,他的态度也马上又来了一次一百八十度的大转弯。他的凶暴立即变成了奴颜婢膝:

"莫非他老人家的哥哥来了?乌拉吉米尔·伊凡尼奇来了?"奥楚蔑洛夫问,他整个脸上洋溢着动情的笑容。

即使到了这样的地步,契诃夫的讽刺一点也没有流露在字面上,而是在字面以下:把将军哥哥称呼为"乌拉吉米尔·伊凡尼奇",这在俄语里是尊称。俄国人的名字分为三个部分,顺序和汉人相反,不是先是姓,后是兄弟辈分,最后是自己的名字。而是第一部分是自己的名字,第二部分是父亲的名字,第三部分才是姓。家里人亲切的称名,尊敬的称法,是把父名和姓连在一起。比如列宁的名字全称叫作"弗拉基米尔·伊里奇·列宁"。他自己名字就是弗拉基米尔(在家里爱称为伏洛佳)。在一般关系的人中,则称姓,如列宁同志。要表示特别尊重,就把父名和姓一起称呼:"弗拉基米尔·伊里奇。"这里警官的"乌拉吉米尔·伊凡尼奇",就是把将军哥哥的父名和姓一起称呼,有很尊敬的意味。

这里不难看出,这篇小说在形式上精练到这种程度,除了前面已经讲过的原因之处,还有一个原因,就是它几乎全部由对话构成,情节的发展完全由对话推动。好像是一出独幕剧,情节的过程,叙述成分减少到最低限度,人物动作和表情的描述几乎完全被废除。但是,读者仍然能感受到这个人物讲话的神态和心态活灵灵的表现。主要原因是对话中隐含着人物的表情和心灵的动作。警官对将军哥哥尊敬之感延伸到小狗身上,说它"挺伶俐",夸奖"它把这家伙的手指头咬一口":

哈哈哈哈！……咦，你干吗发抖？呜呜，……呜呜。……它生气了，小坏包……好一条小狗崽子……

这里的"哈哈哈"代替了叙述警官自己开怀大笑，"……咦"则是提示他的关注转向了小狗，"你干嘛发抖？"表明小狗并没有因为他的尊敬而快乐，相反仍然在"发抖"，他的话语转向，不但显示了他情绪的转折，而且代替了对小狗的描写。至于他发出的象声词"呜呜，……呜呜"代替了对小狗在发出"呜呜"的描写，同时表现出他对小狗极力讨好的神情。"……它生气了"前面的省略号，提示时间的停顿，表明没有达到讨好小狗的目的，发现小狗不领悟他的自我解嘲。"小坏包……好一条小狗崽子……"表面上是骂小狗，实质上是只有最亲近的人才有以骂表现亲热的权利。这样精彩的对话，令人想到鲁迅在《花边文学·看书琐记》中说：

高尔基很惊服巴尔扎克小说里写对话的巧妙，以为并不描写人物的模样，却能使读者看了对话，便好像目睹了说话的那些人。（八月份《文学》内《我的文学修养》）中国还没有那样好手段的小说家，但《水浒》和《红楼梦》的有些地方，是能使读者由说话看出人来的。

这种"并不描写人物的模样，却能使读者看了对话，便好像目睹了说话的那些人"的精彩，就在于对话中不但表现心理的动作性，而且隐含着躯体的动作性：这在警官的最后一句话中表现更为明显了：

"我早晚要收拾你！"奥楚蔑洛夫对他威胁说。

读者完全可以想象他对商人由谄媚的笑脸一下子变成恶狠狠的威胁时的情状。正是通过这些对话描写，读者不但看到了对话本身，而且看到了人物的动作和表情、心理变幻、甚至肖像（如"独眼龙"）。这种以话语效果暗示比直接写出来更容易引发读者想象力的参与。

面对着同样一个事实，而且在即时、现场，毫无铺垫地作出完全相反的判断，甚至还反复提及是根据"法律平等"。写作时间是 1864 年。这是 1860 年农奴制改革以后，从这里可以看到当时的时代背景。

面对同样的对象而作出相反的判断，在小说中是屡见不鲜的，如《我的叔叔于勒》，但它却没有这样明显的喜剧性，有的只是严峻的讽刺。作家选择了从天真无邪的孩子的视角来感受对同样一个叔叔，父母竟有三种评价：先是"坏蛋"，后来从来信中得知他发了财，就变成了"正直的人，有良心的人"，成了全家"唯一的希望"，他的信就成了"福音书"。待到发现他并不是什么富翁，而是一个穷困潦倒、又老又脏、满脸皱纹的水手、靠在轮船上卖牡蛎维持生计时，就又被认为是一个"老流氓"，是一个"贼"，唯恐被他"拖累"。这样极端的反差，通过一个孩子的视角来看，其好处是，父母的表情和语言的前后不一被放大了。从前后反差这一点来说，和《变色龙》在基本方法上是一致的，批判当时的拜金主义，拜到连自相矛盾、自打嘴巴都感觉不到廉耻的程度。但是，在具体的表现方法上却是不一样的。《变色龙》中的主人公那种明明自相矛盾，却自鸣得意的心态，读者在这种反反复复的自我否定、不能自圆其说的过程中，感到夸张的、漫画式的幽默感，契诃夫的立意是让这个变色龙不断出洋相，因而这个变色龙不但可恶而且可笑，甚至有点儿好玩。而《我的叔叔于勒》中，却不是出洋相，完全没有漫画式的夸张，读者感到这对夫妻只是可恶、可鄙。孩子出于同情，给了于勒叔叔10个铜子的小费，他母亲的反应居然是"吓了一跳"，说："你简直是疯了！拿10个铜子给这个人，给这个流氓！"这不是出洋相，而是无情、丑恶，显然是严峻的批判。

《装在套子里的人》：挣不脱精神"套子"的悲喜剧

在契诃夫的短篇小说中，主人公一般是没有外貌描写的，不管在负有盛名的《万卡》《变色龙》《一个小公务员之死》，还是在《苦恼》中，人物都直截了当地出现着、行动着、感受着，对外在肖像往往是不着一字。就是在《文学教师》中，表现整个恋爱和结婚过程中的尼基丁，看她的恋人居然也没有外貌方面的描写，只是让他听到别人说她是"一朵鲜艳的玫瑰花"。

而在《装在套子里的人》中，却浓墨重彩、相当夸张地展开了对别利科夫的外貌描写：

> 哪怕天气很好，也总要穿上套鞋，带着雨伞，而且要穿上暖和的大衣。他的雨伞装在套子里，怀表装在套子里，有时他掏出小折刀削铅笔，那把刀也装在一个小套子里。就是他的脸似乎也装在套子里，因为他总是把脸藏在竖起的衣领里。他戴墨镜，穿绒衣，耳朵里塞着棉花。每当他坐出租马车，一定吩咐车夫支起车篷。

这在契诃夫的作品中颇为特殊，因为契诃夫说过："描摹寻常的外貌恐怕多此一举。"这样的写法是不是违背了他的宗旨？请注意，他说的是"寻常的"外貌描写，别利科夫的外貌如果是"寻常的"，篇幅又这么长，则肯定是如他在另一个地方所说的，是会令读者烦闷的。原因在于这里的外貌描写有着不寻常的意味。第一，它具有超出外观的内涵：这不仅是身体的套子，而且是精神的套子。小说明确指出"这个人永远有一种难以克制的愿望——把自己包在壳里，给自己做一个所谓的套子，使他与世隔绝，不受外界的影响"。第二，契诃夫写别利科夫的外貌似乎不避琐碎：雨伞、套鞋、大衣、小刀、墨镜，甚至还细到耳朵里塞着棉花，这琐碎的一切，没有导致契诃夫一向警惕的冗长，因为有显而易见的精神套子的象征性使之统一起来。第三，更重要的是，作品语言中隐含着一种趣味:一方面尽量让读者感到,这一切都不必要,没有道理,无谓地折腾;另一方面,从主人公看来,却是很认真、很严肃,一丝不苟。这就显出了不和谐、不合理,有点荒谬感。从修辞的角度来看,这就是反讽,这种反讽构成了一种趣味,不是一般的情趣,而是谐趣。

如果小说仅限于此,那也只是由西方幽默学中的"incongruity"(不一致,不和谐)构成的幽默感,但这里似乎不仅仅是幽默,因为幽默是轻松的会心的笑,而这里却并不轻松。因为这个人不仅性情古怪,而且暗示着他精神上的病态。这种病态有着严肃的社会性根源:"在他看来,只有那些刊登各种禁令的官方文告和报纸文章才是明白无误的,既然是规定晚九点中学生不得外出,或者报纸上有篇文章提出禁止性爱,那么他认为这很清楚,很明确,既然禁止了,那就够了。"契诃夫把别利科夫的思想病态引入更加荒谬的境地,哪怕是禁止性爱这样荒谬绝伦的、毫无可行性的主张,只要是在报纸上刊登的,就是天经地义的,但是,却将之与并不太荒谬的中学生的纪律并列。不管大事、小事,都失去了判断力和思考力,奉官方的、公开的见解为金科玉律,这就显得更可笑更可悲。对这种极端荒谬的事,作者也是平静地叙述,幽默感因为平静而显得格外隽永。

然而,别利科夫的可笑并不完全限于这些,更在于他的焦虑是无端的,明明没有什么可怕的,都会引起他的焦虑。他的焦虑出于一种莫须有的可能:"千万不要惹出什么事端。"这句话的大意在小说里重复了九次之多。他的焦虑变成了无端的恐惧,以致在睡觉的时候,都要用被子蒙着头,生怕厨子谋杀他,生怕窃贼溜进来,还"通宵做着噩梦"。这完全是神经质的自我折磨。契诃夫进一步将这种荒谬的恐惧深刻化,使之转化为对周围的人的折磨。有些论者把这一切仅仅归结政治性质:沙皇的专制统治。可能不无道理,但是,契诃夫点明别利科夫担忧"千万别传到当局那里去",只是一种主观的神经质,当局倒是并没有任何这方面严厉的政策和相应的措施。契诃夫最深刻的地方在于:这种几近疯狂的精神强迫症,不是单方面的,而是和正常人互动的。小说中的叙述者说,周围的人都是知识分子,都是"有头脑的正派人",可是恰恰"问题就在这儿":这些"有头脑的正派人",却"常常屈服于某种压力,一再忍让",而这些压力不过是他的唉声叹气,他的牢骚和坚持不懈的纠缠,对人们产生了一种无形的逼迫感,"连校长也怕他三分",为了息事宁人,不得不向这个"没头脑"的人让步。其后果严重到:弄得太太小姐们不敢在星期六下午安排家庭演出,神职人员在他面前不好意思吃荤打牌,把全城人弄得"谨小慎微""怕大声说话""怕写信""怕交朋友""怕读书""怕周济穷人""怕教人识字"。实际上是一切正常人的生活,包括娱乐和一切善良的好事都被扼制了。

契诃夫在这里揭示的是这样的荒谬：有头脑的人屈服于没有头脑的人，而这个没有头脑的人并没有什么权力，也没有什么强制性的手段，却使恐惧氛围弥漫全城，事情严重性到这样的程度，这就不仅仅是轻松的幽默，而是尖锐的讽刺了。其矛头不仅指向别利科夫，同时也指向自己认为是"有头脑"的人。这些自认为有头脑的人，真正有头脑吗？小说里两次提到"问题就在这儿"，显然是对读者的提醒：情节深处隐含着套子不仅仅是别利科夫的。

对于这样的套子，契诃夫是非常厌恶的，厌恶到要把它往坟墓里送。怎么送呢？仅仅依靠别利科夫周围这些自称"有头脑"的人是不可能的。于是，契诃夫设计了两个外来人物把别利科夫和他周围的人打出常轨，看能不能打破套子。一个是史地教师柯瓦连科，一个是他的姐姐瓦莲卡。这两个人不但种族不同（小俄罗斯人，亦即乌克兰人，同属东斯拉夫语族）而且思想作风迥异。柯瓦连科敢作敢当，爱憎分明，而他的姐姐瓦莲卡则在周围沉闷的套子氛围中间显得横空出世：她活活泼泼，吵吵嚷嚷。"不停地哼着小俄罗斯歌曲，高声大笑，动不动发出一连串响亮的笑声：哈，哈，哈！"让大家感到一位"新的阿芙洛狄特（按：此是罗马神话的说法，在希腊叫作维纳斯）"。契诃夫难得地对一个人的外貌加以反复描写：

> 她双手叉腰走来走去，又笑又唱，翩翩起舞。她动情地唱起了一首《风飘飘》，随后又唱一支抒情歌曲，接着再唱一曲，我们大家都让她迷住了。

契诃夫把这个女郎拉进了这个无形的套子，是为了把这个"女神"和未婚的别利科夫导向婚姻的前景。契诃夫先用一句话让在场的人包括别利科夫被她"迷住"，但是，要让这样一个生命力旺盛、对一切成规毫无顾忌的姑娘和死气沉沉的别利科夫谈起恋爱来，对于艺术家来说，进展的层次是不能不精致的。契诃夫显然成竹在胸，首先，把她的年龄放在三十岁以上，到了婚姻的紧迫期；其次，让她和弟弟柯瓦连科在一起生活得"不大愉快""成天争吵不休，还互相对骂"，即使有外人在场也是一样。让她"很想有个自己的窝"；让她意识到"已经不是挑挑拣拣的时候了""嫁给谁都可以"。凭着这些，契诃夫让"瓦莲卡对别利科夫表现出明显的好感"。为了情节的可信性，契诃夫又拿出最后的办法，那就是议论："人们由于无聊"就什么"蠢事"都干得出来。大家突然想到了撮合这两个人，就一下子"兴致勃勃"，人们"仿佛一下子找到了生活的目标"。让别利科夫生平第一次享受到一个长相不错的女人的爱，而且"温存而又真心实意"地对待他。如果真是这样,其结果就是套子被打破,瓦莲卡夺走他的套鞋和雨伞等等。周围的人"仿佛一下子找到了生活的目标",这一句本来是为情节过渡服务的。但是,一箭双雕,透露出周围人之所以一直为别利科夫所挟持,原因就在于生活没有目标。这一点虽然一笔带过,但是很重要,涉及本文的主题。

  契诃夫的立意:一是爱情和婚姻唾手可得,也打不破别利柯夫无形的精神套子,注定了他们要分手;二是在他们彼此产生好感,甚至考虑到结婚这样的大事以后,制造一个突然事故,不但让他们分手,而且把这个套子里的人送进坟墓。为此,契诃夫设置了三个环节。第一,别利科夫的"可别惹出什么事来"的逻辑,使他犹豫。第二,契诃夫设计了一件"荒唐的事",中断了别利科夫可能的求婚。他收到一张漫画,调侃他和瓦莲卡"坠入情网",使他"脸色铁青""嘴唇发抖",恰在此时,瓦莲卡骑着当时还是很罕见的自行车在他面前飞驰而过。契诃夫让别利科夫按着他的性格逻辑这样反应:"脸色由青变白,像是吓呆了""不住地打战。"女人骑自行车!"这成何体统?"契诃夫让他感到"致命的一击"。第二天,他到瓦莲卡家去兴师问罪。正好碰上一向十分痛恨他的她哥哥柯瓦连科。当他提出"教师骑自行车是有伤风化的""既然没有批准,那就不能做"。柯瓦连科立即粗暴地反驳后,他又纠缠不休,"为了避免别人歪曲谈话的内容,若出什么事端",要"把谈话的内容向校长报告"。而柯瓦连科并不害怕这样可耻的"告密","揪住他的领子,只一推,别利科夫就滚下楼去"。第三,契诃夫让瓦莲卡正好回来目睹了别利科夫的狼狈相,还以为他是不小心摔下来的。"她忍不住放声大笑起来,笑声响彻全楼",契诃夫果断地用一句话让情节结束:

  这一连串清脆响亮的"哈哈哈"断送了一切,断送了别利科夫的婚事和他的尘世生活。

  小说展示的是两个人物:一个在套子里,一个在套子外。二者冲突的结果是,瓦莲卡没有把他拉出套子以外,也没有夺走他的套鞋和雨伞,仍然风风火火地活着,而他只因不能改变瓦莲卡在套子外的生活,他就活不成了。

  这个死法,表面上看起来太不合理、太可笑,但是却太精彩、太有喜剧性了。只有在喜剧中,这种荒谬的因果逻辑才是艺术的,从现实的正剧逻辑来看,因为这一跌、一笑,就导致一个人的死亡是不真实的。但是,喜剧性来自情节逻辑的荒谬。这种荒谬一直贯穿在别利科夫的外貌和行为之中,荒谬到导致这么严重的后果,使喜剧性达到了高潮,荒谬的极端也就是喜剧性的高潮,同时更是思想的高潮:只有在套子中才能生

活,脱离了套子,就意味着死亡,但是,套子是这样顽强,哪怕是死亡也不能改变:

> 他躺在棺木里,面容温和,愉快,甚至有几分喜色,仿佛很高兴他终于被装进套子,从此再也不必出来了。是的,他真的实现了他的理想!

死亡居然成了"理想"的"实现"。契诃夫的反讽语言把悲剧性的死亡化为喜剧性的调侃。小说开头的幽默到这里渗透了更深刻的讽刺和严厉的批判。如果后果不是这么严重,比如,他后来生了一场大病之后痊愈了,一如既往。这就不够喜剧,也不够深刻了。

这样的喜剧性结局对契诃夫而言并不罕见,《一个小公务员之死》也是这样,因为打了喷嚏,以为唾沫星子飞到了前座"将军"的光头上。反复去道歉,将军并不在意,反而因为他的不断纠缠而发火了。这个小公务员就在误解和恐惧中死去了。

而《装在套子里的人》在喜剧的深度上要超越前者,前者只是个别的事件,而这里作者特地指出,此人的套子是这样顽固,不但人物到死也不能改变,而且套子造成的全城死气沉沉也没有因为他的死亡而改变。一个别利科夫死了,"将来还会有多少套中人啊!"问题在哪里呢?"问题就在这儿"。细心的读者会想到小说前面已经点到的:生活没有"目标"。

对这一点,我们语文课本的编者有点麻木,居然把别利科夫在棺材里的那些反讽话语删节了。不但如此,还把原文两个人物给删节了。故事是在兽医伊凡和中学教师布尔金的对话中展开的,最后伊凡说道:

> 我们住在空气污浊、拥挤不堪的城市里,写些没用的公文,玩"文特"牌戏——难道这不是套子?至于我们在游手好闲的懒汉、图谋私利的讼棍和愚蠢无聊的女人们中间消磨了我们的一生,说着并听着各种各样的废话——难道这不是套子?……忍气吞声,任人侮辱,不敢公开声称你站在正直自由的人们一边,你只好说谎,赔笑,凡此种种,只是为了混口饭吃,有个温暖的小窝,捞个分文不值的一官半职!

更可惜的是,课文编者还删节了伊凡最后的结论:

> 不,再也不能这样生活下去了!

这可以说是小说的副主题句。这句话并没有触动中学教师布尔金，他睡着了，伊凡却睡不着，"他索性爬起来，走到外面，在门口坐下，点起了烟斗"。把这样意味深长的语句删节就相当于把小说的思想阉割了。其实，这恰恰是契诃夫本人思想探索的焦点，他晚年一直为生活缺乏"目标"（中心思想）而苦恼。

本文写于 1898 年。在 60 年代农奴解放以后的几十年，俄国的知识精英为了国家民族的命运进行了多方探索。陀思妥耶夫斯基一度有很激进的革命思想，被判处死刑上了刑场，获得沙皇赦免之后，皈依了宗教，和托尔斯泰一样主张"勿以暴力抗恶"。"托尔斯泰主义"则主张贵族应当忏悔，在道德上自我完善，主动把财产分给农奴。民粹派（代表作家为乌斯宾斯基）强调走向民间，不惜用恐怖手段暗杀沙皇并承担后果，作家们往往把作品当作政治宣传的工具。到了 90 年代，以普列汉诺夫为首的马克思主义开始宣传社会主义学说。在作家中，高尔基可为代表。虽然契诃夫与托尔斯泰和高尔基等都有交往，但是，契诃夫的思考却不是政治性的，而是人应该怎样才能摆脱思想上的奴性和满足于个人幸福追求的庸俗，获得真正的人的自由。晚年，他在日记中这样写道："世界上没有一个地方像我们俄罗斯这样，人们受到权威的如此压制，俄罗斯人受到世世代代的奴性的贬损，害怕自由……我们被奴颜婢膝和虚伪折磨得太惨了。"他在 1894 年的《文学教师》中写一个爱情幸福、生活美满的教师尼基丁，隐隐感到除了他甜蜜地生活的这个小世界以外，还有另外一个世界。"他忽然生出热烈迫切的愿望，一心想到那个世界去，在一个工厂或者什么大作坊里做工，或者去发表演说，去写文章，去出版书籍，去奔走呼号，去劳累，去受苦……他需要一样东西抓住他的全身心，使得他忘记自己，不关心个人幸福，这种幸福的感觉是那样单调无味。"这个人物在日记中写道："我的上帝，我是在什么地方啊？我让庸俗团团围住了。乏味而渺小的人……再也没有比庸俗更可怕的，更使人感到屈辱，更叫人愁闷的了。我得从这儿逃掉我今天就得逃，要不然我就在发疯了。"

我们课本的编者胆子太大了，其原因在于我们对于契诃夫的了解太少了。

《娜塔莎》：有情人之间的情感"错位"

一、浪漫爱情：爱欲的绝对之美

在托尔斯泰的《战争与和平》中，娜塔莎是贯穿首尾的人物，人民教育出版社高中语文《外国小说欣赏》以"娜塔莎"为题，节选了高植译本的两个片断，第一个是小说第二卷第三部的第 14、16 节，第二个是第五部的第 15 节，编者在"话题：人物"中介绍说，娜塔莎在这部作品中是"最具光彩的人物之一"。在这部鸿篇巨制中，"她由一个天真可爱的小女孩长成多情多梦的少女，到进入热情奔放的青春时代，到情爱毁灭，到绝望服毒""到最终进入几乎完美无缺的幸福人生"①。

对所选第一个片段，编者的概括是：表现"娜塔莎第一次参加大型舞会前的兴奋、激动与焦虑的心情"。临出发只剩下五分钟，可娜塔莎对自己装束的种种细节反复折腾，让母亲、女仆、闺蜜索尼亚等人围着她团团转，耽误了一个多小时的时间。这里固然有"兴奋、激动与焦虑"，甚至"天真可爱"，可是很难给读者留下"光彩"的印象。相反，会让人感到过分虚荣。在舞会上，她期待着自己被仰慕、被追捧，当她发现第一个被邀请跳华尔兹舞的不是自己，而是她的母亲时，居然"几乎要哭了"，这就不但是虚荣，而且是自私到没来由的妒忌了。直到受到安德烈公爵的邀请，她才感到了"狂喜"和"幸福"。她也让安德烈感到"陶醉"。编者概括说："双双在心中埋下爱情的种子。"但是，编者忽略了托尔斯泰不无深意的提示，这时的娜塔莎并不绝对美丽，比起那个美丽但浪荡的海伦，"她的光脖子和手臂又瘦又不好看"。

编者明显没有意识到托尔斯泰对娜塔莎的美是有保留的：第一，她的美，是从家人的宠爱，从安德烈公爵饱含爱恋的眼神中看出来的；第二，她的美是不成熟的、任性的、

---

① 《外国小说欣赏》，人民教育出版社 2007 年版，第 60 页。

内心极不稳定,绝对以自我为中心,甚至在容貌上也多少有点青涩。

如果说课本所选第一部分只是显示了她的不成熟的带着青涩的美的话,那么第二部分,则是她的精神危机。她与安德烈公爵陷入热恋。安德烈出国,她感到寂寞,无限思念,此时遇到了一个花花公子就不顾一切地准备与他私奔。

仅仅凭着编者所选的这两个片断,读者怎么可能感到娜塔莎是"最具光彩的人物"之一呢?

但是,娜塔莎在《战争与和平》中的确是最具光彩的。这种光彩是深刻的美学光彩,从小说艺术的驾驭上、人物内心的丰富和深邃上,其成就应该是超越了安德烈和皮埃尔的。

从小说的叙述语言就可以看出她是最受作者宠爱的。娜塔莎的全名是:娜塔莉娅·伊利尼奇娜·罗斯托娃。按俄国的姓名规范,第一部分娜塔莉娅是她的本名,第二部分伊利尼奇娜是她的父名,第三部分罗斯托娃是她的姓(女性叫罗斯托娃,男性则是罗斯托夫)。作者叙述其他人物都用自本名,如安德烈、皮埃尔、索尼亚,但对于她,从来没有直呼其名娜塔莉娅。只有在最为庄重的时刻,才把本名和父亲的名字连在一起,如她受阿纳托里的骗,皮埃尔告诉她此人已经结过婚了,用了"娜塔莉娅·伊利尼奇娜"。在全书的叙述中一直用的是娜塔莎,在俄语中,这是爱称,只有自家人,或最亲密的人才能这样称呼。作者并不掩饰他对娜塔莎的宠爱。有研究者指出这个形象中有托尔斯泰夫人原型的痕迹。

即使对她宠爱有加,托尔斯泰仍然在提示读者,娜塔莎的美存在着负面成分。早在她十二岁的时候,就率性地和一个男子鲍里斯接吻,有过山盟海誓,尽管在四年以后对方仍旧爱着她,神魂颠倒,她有时也向他卖俏,妈妈告诉娜塔莎,他爱她爱得发疯,她却笑着,似乎只觉得好玩。托尔斯泰提示,她独自一人时,想着自己不可能像闺蜜索尼亚一样爱上一个人就始终不渝,她憧憬着爱上又漂亮、又聪明、又神气的男人,想着想着,就幸福地睡着了。这是娜塔莎形象的第一个层次。

在这个层次上,娜塔莎的美有两点值得分析,第一,她的美是复杂的,丰富的,包含着矛盾的。她向往强烈的、绝对的爱情,这就是说,她并不把爱情专一当作一回事,爱情对她来说,似乎只是好玩,因而,她并不珍视来得太容易的爱。托尔斯泰毫不回避她的美中有着不成熟、不慎重、甚至自私的因素。车尔尼雪夫斯基说托尔斯泰对于人物心理擅长于"心灵的辩证法"①,也就是在统一中蕴含着矛盾,娜塔莎一方面是清纯、善

---

① 《俄国作家批评家论列夫·托尔斯泰》,中国社会科学出版社1982年版,第32—33页。

良,渴望浪漫的爱情,另一方面是对于造成别人的痛苦漫不经心,甚至得意。第二,正是因为蕴含着矛盾,所以她的美是动态的,在美与不美的矛盾中发展着,变化着,在特定条件下会遭遇危机,向反面转化。托尔斯泰特别强调她是经历了严峻的情感灾难后才"走向完美幸福的人生",这种"完美"不仅是世俗的专一,而且是精神上的责任感。

在这一层次上,托尔斯泰表现她的美,首先是用安德烈的眼睛看出来的,让她在不经意间给安德烈以灵魂的震撼。本来安德烈从寒瓦斯托波尔战场上受伤归来,妻子难产死亡,感到生活"枯燥无味",觉得自己才三十一岁就已经没有希望没有幸福可言了。使安德烈惊异的是,她不但漂亮,而且"总是笑声不停""快乐而幸福"。安德烈听见她在楼上探身窗外,在唱歌,在和闺密索尼亚说话:"咳,怎么能睡呢!你来瞧瞧,多么美呀!真的美极了!索尼亚,你醒醒吧!"她说话的声音几乎是含着泪的。"这么美的夜,从来没有过,从来没有过。"索尼亚不乐意地回答了一声。"不,你瞧瞧月亮!咳,真美呀!你到这儿来。亲爱的,我的好姐姐,到这儿来吧。你可知道?就这么蹲着,就这么蹲着,把膝盖抱得紧紧的,尽可能地抱紧,整个人都缩得紧紧的,——这样就会飞起来了。你瞧!""算了,别跌下去。"他听见挣脱的声音和索尼亚不满意的声音:"已经一点多了。""咳,你这个人只会把什么都给破坏了。好了,你走吧,你走吧。"一切又寂静了,可是安德烈公爵知道她仍然坐在那儿,他时而听见轻轻的移动声,时而听见叹息声。①

娜塔莎对着月亮,感到可以飞起来,少女无牵无挂、纯洁无瑕、天真烂漫、洋溢幸福的心灵,无拘无束的自白,对于安德烈来说,"与他的全部人生观是大相径庭的",这就产生了强烈的冲击,在潜意识中萌动着一种情思:"不知为什么他在盼着她提起他,但是又害怕她提起他。"托尔斯泰别出心裁,不强调视觉容貌,而是用听觉表现娜塔莎心灵世界的纯洁无瑕。这种精神的美不用直接描写,而是从她对安德烈的心理效果上渲染的。也许可以用中国画的皴法来形容,不是一次性的,而是多重的,用墨越来越重。安德烈在回家的路上,因为受到娜塔莎精神的感染,情绪发生了重大的转变。可是就在不久前,他驱车来到这里时,看到一棵老橡树,给他的印象是苍老的、缺乏生命的,和春天格格不入的:

路边立着一棵橡树。它大约比林子里的桦树老十倍,粗十倍,比桦树高两倍。

---

① 列夫·托尔斯泰《战争与和平》(第二卷),刘辽逸译,人民文学出版社1989年版,第345页。

> 这是一棵有两抱粗的大橡树,有些枝杈显然早先折断过,树皮也有旧的伤痕。它那粗大笨拙、疙瘩流星的手臂和手指横七竖八地伸展着,像一个老态龙钟、满脸怒容、蔑视一切的怪物在微微含笑的桦树中间站着。只有它对春天的魅力不愿屈服,既不愿看见春天,也不愿看见太阳。"春天,还有什么爱情,幸福!"这棵橡树似乎在说,"你们对这老一套毫无意义的愚蠢欺骗怎么不觉得厌倦呀!永远是这么一套,永远是欺骗!既没有春天,也没有太阳,也没有幸福。"①

但是,回去时的印象却是:

> 那棵老橡树完全变了样,它伸展着枝叶苍翠茂盛的华盖,呆呆地屹立着,在夕阳的光照下微微摇曳。不论是疙瘩流星的手指,不论是伤疤,不论是旧时的怀疑和悲伤的表情,都一扫而光了。透过坚硬的百年老树皮,在没有枝杈的地方,钻出鲜亮嫩绿的叶子,简直令人不敢相信,这么一棵老树竟然生出嫩绿的叶子。"这就是那棵老橡树,"安德烈公爵想道,他心里忽然有一种春天万物复苏的喜悦感觉。他一生中那些美好的时光,一下子涌上心头。……"不,才活了三十一个年头,并不能就算完结。"②

娜塔莎的魅力是如此之强烈,竟在一个陌生人悲观的心灵中激起了生命的活力,这应该是她的美的形象的第二个层次。

如果说,这第二个层次的美,还是间接的,等到在盛大舞会上,才进入了直接的正面的表现。娜塔莎因为没有第一个受邀跳舞,霎时脸上产生绝望、屏息不动之时,受到安德烈邀请,她一下子"欣喜若狂""容光焕发""露出幸福、感激、孩子气的微笑"。而安德烈也"觉得自己精神复苏了,变得年轻了"。娜塔莎也"从来还没有像今天这么觉得幸福。她沉醉在极度的幸福之中"。托尔斯泰总结说:"凡是处在这种状态的人,就变得十分善良和美好,不相信人间会有罪恶、不幸和悲哀。"这里,娜塔莎的美表现为极端的纯净,天真无邪,晶莹剔透。她觉得"爱所有的人"。"所有参加舞会的人一律都是

---

① 列夫·托尔斯泰著《战争与和平》(第二卷),刘辽逸译,人民文学出版社1989年版,第343页。
② 列夫·托尔斯泰著《战争与和平》(第二卷),刘辽逸译,人民文学出版社1989年版,第346页。

善良的,可爱的,高尚的,相亲相爱的,谁也不会欺侮谁,所以大家都应当快乐。"

在这里,有一点是不能忽略的,那就是托尔斯泰表现娜塔莎的美并不是孤立的,自始至终,是在她和安德烈的情感互动、互相交融和"错位"中展开的。

在这个阶段,托尔斯泰把两个人的爱情处理得相当浪漫,用了大笔浓墨,安德烈感到了从来不曾体验过的喜悦和幸福,全部生活焕然一新。他对朋友说:"我本来不相信我会恋爱的,可是,感情战胜了我。我过去等于没有活过。现在才刚开始生活,可是,没有她我就活不下去。"娜塔莎觉得,早在第一次看见安德烈公爵的时候就爱上他了。再度相逢,意外的幸福便把她惊呆了。

托尔斯泰强调娜塔莎陷入热恋到了这样的程度,在等待安德烈父亲的回音时,焦虑到神经质、哭泣、悲观、恐惧、自我欣赏、自我安慰,自我陶醉反复交替。当安德烈向她求婚时,她的幸福感是"他现在是世上我唯一最宝贵的人"。激动得大哭起来:"嗨,我太幸福了!"如果仅仅是这样浪漫下去,一见钟情,应该是生死不渝,那么托尔斯泰和屠格涅夫笔下的爱情就很难有区别了。在屠格涅夫的《贵族之家》中,美丽清纯的丽莎爱上的拉夫列茨基,其妻浪荡,早已在国外失踪多年,当丽莎准备与之结婚时,这个浪荡的妻子却回来了,结果是丽莎进了修道院。在尾声中与拉夫列茨基不期而遇,丽莎目不斜视,只是在擦肩而过时,丽莎的肩膀微微耸动了一下。但是,托尔斯泰对人的理解显然要比屠格涅夫更深邃,他不满足于感情静态的浪漫,按照车尔尼雪夫斯基所说的"心灵的辩证法",读者可以看到这种带着绝对化的浪漫感情存在内在的矛盾,在一定条件下会向反面转化。等待着她的情感的惊心动魄的危机,从爱欲的疯狂到痛不欲生的羞愧,以人物内心层次的深邃把艺术形象推向炫目的辉煌。

二、从形而下的爱欲向形而上的爱的升华

为了揭示他最为钟爱的人物的心灵奥秘,托尔斯泰为他心爱的主人公设计了一系列外来的干扰,意在把人物打出常轨,让娜塔莎从一个极端走向另一个极端。首先是安德烈的父亲提出了一个不容置疑的条件"把婚期推迟一年,到国外走一趟,养养身体",看看爱情是不是经得起时间的考验。这本是很小的波折,但在娜塔莎的心灵中,激起了不小的波澜。她觉得一年的等待,是太久了,太煎熬了。这显然是在强调娜塔莎的浪漫情感是极端的,完全为感情所俘虏的。为了揭示这种极端的情感是否有同样极端的可靠性,托尔斯泰让安德烈不像娜塔莎这样任性,这样为感情俘虏,而是让热恋中的安德烈保持着理性,甚至冷峻。让相爱的人物心灵上发生"错位"才能使人物的内心深处的奥秘得以突显,下面的对话是不能忽略的:

> 安德烈说:"我是为您担心。您不了解自己。"
>
> 娜塔莎全神贯注地听着,极力想听懂他的话,但是,没有听懂。①

这里,最深刻的,首先是娜塔莎"不了解自己",其次是,娜塔莎"没有听懂"。托尔斯泰在前面以叙述者的身份提醒读者:"她沉醉在极度的幸福之中,凡是处在这种状态的人,就变得十分善良和美好,不相信人间会有罪恶、不幸和悲哀。"所有的人"都是善良的,可爱的,高尚的,相亲相爱的,谁也不会欺侮谁"。托尔斯泰的深意在于,娜塔莎这样天真烂漫的情感,不但对他人,而且对自己都是不设防的。这种浪漫情感是美好的,但是托尔斯泰冷峻地看到,这也是肤浅的。"心灵的辩证法"将不以她的意志而起作用,一旦遇到特殊的条件就会走向反面,她和安德烈的情感错位将会扩大,发生情感的危机是必然的。为了揭示浪漫感情的深层奥秘,托尔斯泰让安德烈给她一年的自由,如果爱上他人,可以悔约。安德烈强调"有一年的时间您就会认识自己"。这其实是让读者更深刻地理解天真的、率性的感情的惊险。但是,娜塔莎说"这太可怕了!""等一年要把我等死的",还因此而大哭起来。娜塔莎自以为爱情是绝对的、永恒的,托尔斯泰让他心爱的女主人公爱情的强烈浪漫性质隐含着深刻的矛盾:"不能等待"具有唯一的、排他性的一面,但是,也具有与之矛盾的一面,那就是由于"不能等待"而转移。

托尔斯泰为了提醒读者关注这个矛盾,特别在娜塔莎身边设计了第二个错位人物:闺密索尼亚。让她先后两次想到她不能像"索尼亚爱尼古连卡怎么就爱得那么稳定,那么平静,而且那么长久地、耐心地等待着!"她想。"我办不到!"这就是安德烈所说的"您不了解自己"的内涵了。托尔斯泰不无冷峻地直接揭示:"爱别人和知道别人也在爱她,已经不能使她满足了;她现在需要、立刻就需要拥抱心爱的人,而且把她那满腔的情话倾吐出来,同时也听他诉说爱情。"这说明娜塔莎的爱情带着某种形而下的爱欲的性质。而托尔斯泰则是用精神的形而上的目光俯视着她心爱的女主人公。

在这种情况下,托尔斯泰设置了第二个外来的干扰,把娜塔莎的心灵打出了常轨。让一个美男子阿纳托利·库拉金出现在她面前来考验娜塔莎,让浪漫的爱情与爱欲的矛盾以一种恶性爆发性的形式表现出来。她的爱情从"不能等待"、排他的这一极端,在几天之内就转向另一极端,浪漫的爱情变成了疯狂的爱欲。当然,托尔斯泰没有简单化地处理娜塔莎,没有把她写成像皮埃尔的妻子海伦一样是水性杨花的浪荡女人,

---

① 列夫·托尔斯泰著《战争与和平》(第二卷)刘辽逸译,人民文学出版社1989年版,第397页。

也就是不让她的感情的美和道德的恶混同。托尔斯泰在处理情感的美与理性之间的关系时,其艺术分寸感表现在:小心翼翼地让她在形而下的爱欲与形而上的道德感之间备受煎熬。

娜塔莎感到阿纳托利在欣赏她,这使她愉快。当她和他的目光相遇时,感到他有"一种不正当的意图",她恐惧地感觉到,他和她之间完全没有她和别的男人之间通常所感到的那种羞怯的隔膜。托尔斯泰让她忽然想起安德烈公爵,不觉吓了一跳:"我的上帝!我完了!"她也曾挣扎,自我欺骗,永远不再见到他,可是本能告诉她,从前她对安德烈公爵爱情的纯洁性全完了。

其深度在于,首先,最初的爱情虽然是纯情的,但又是肤浅的、经不起引诱的。有美男子喜欢她,使她的虚荣心得到了满足。其次,她为自己的感情与道德的矛盾而恐惧。显然,托尔斯泰让娜塔莎有道德上的负疚感,让她有所挣扎、有所抗拒:"不要对我说这种话吧,我已经订婚了,爱着另外一个人。"可是,这并没有阻碍浪漫的爱情转向形而下的爱欲。当她听阿那托利说他爱她爱得发疯以后,她"兴高采烈,而又惴惴不安,睁大吃惊的眼睛环顾四周,她仿佛比平时更快活"。最后当他们单独相处时,"滚烫的嘴唇紧贴到她的嘴唇上,就在这顷刻之间,她觉得她又自由了"。就是在这种情况下,托尔斯泰用了很大的篇幅来强调娜塔莎浪漫爱情动摇的煎熬:"一个不能解决的问题折磨着她,她爱谁:爱阿纳托利还是爱安德烈公爵?她爱安德烈公爵——她清清楚楚地记得她是多么强烈地爱他。但是她也爱阿纳托利,这是没有问题的。""为什么这事不能两全呢?"她完全糊涂地想:"现在我得选择,两者缺少一个,我都不会有幸福。"当阿那托利在秘密情书中提出私奔:"秘密地把她带到天涯海角"。她彻底地转向了背叛最初的感情"是的,是的,我爱他!"娜塔莎想,她反复把信读了二十遍。

托尔斯泰在这里,进一步拉开了她与安德烈爱情的错位幅度,开始揭示娜塔莎心灵的第三层次。

人民教育出版社高中语文选修课本的选文的第二部分,正是从动摇在两者之间转向眼前的爱欲开始的。托尔斯泰作为艺术家的魄力就在于,毫不手软地让他宠爱的娜塔莎的爱欲不顾一切地走向疯狂。从小说艺术上来说,把她与安德烈情感的错位的距离拉得越大就越是能撼动读者的心灵。但是,如果让二者的感情从错位变成脱离,娜塔莎的形象就可能变得很庸俗。托尔斯泰让闺密索尼亚发现了阿那托利的信,责备她看见阿那托利三次就把安德烈忘记了。娜塔莎的回答是,"我已经爱了他一百年"。她完全陷入了狂热之中:"我直到现在才感受到这种爱情……我一看见他,我就觉得,他是我的主人,我是他的奴隶,并且我不能不爱他。是的,奴隶!他命令我做什么,我便做什么。"并且宣称,自己"没有意志了"。不惜说不怕"毁掉自己"。甚至说,如果索尼亚反对,她就是她的"敌人"。

娜塔莎的情感不是完全背离了与安德烈的海誓山盟了吗?错位不是变成了脱离了吗?但是,这种正视爱欲的疯狂实在是托尔斯泰比屠格涅夫深邃的地方。

然而,托尔斯泰对这种爱欲的极端疯狂性,并没有像在《安娜·卡列尼娜》中那样,让有夫之妇卡列尼娜顶不住伏隆斯基的进攻,将全部生命投入热恋,不惜抛弃家庭儿子,名誉地位,公然与其私奔、同居。托尔斯泰本来有提示其恶的意图,可是越刻画其情感的丰满,越违背初衷,超越了恶,把她写得越来越美。这种美的特征就是沉睡的爱情,一旦被唤醒就发出生命的华彩,超越于世俗的理性善恶观念之上。如果按照安娜·卡列尼娜的逻辑,娜塔莎疯狂的爱情有可能得到完全的同情和理解,甚至赞美。但是,在这里托尔斯泰为娜塔莎设置了道德的善的底线。他让索尼亚提出阿那托利提出私奔,而不"公开向你求婚",可能"有些什么样秘密"(课本用的高植的译本,译作"有些什么样秘密",刘辽逸的译本译作"不可告人的原因")。索尼亚的怀疑让她"惊恐"了。她反对索尼亚怀疑他"不高尚"(高植译本,作"如果不是高尚的人",刘辽逸的译本作"如果不是正派的人")坚定地认定他是"高尚的"。显然,托尔斯泰在这里,为娜塔莎与安德烈的错位留下了最后一点摇摇欲坠的重合:她的爱欲是建立在对对方道德高尚、正派的轻信上。

就在不绝对违背道德的前提下,托尔斯泰让娜塔莎正式写信给安德烈的姐姐,正式解除了和安德烈的婚约,而且让她"看来,这一切都是这么简单明了,轻而易举"。

托尔斯泰在此揭示了娜塔莎心灵的第四个层次。这个层次在时间上是短暂的,但是,由于错位幅度达到极限,艺术形象的感染力是惊心动魄、酣畅淋漓的。

课本的编者说,娜塔莎是《战争与和平》中最具光彩的人物之一,她的光彩在哪里呢?上述四个层次给读者的印象可能是适得其反的。

在这里,必须强调的是,托尔斯泰把人生理想确定为"道德自我完成",他对娜塔莎这样处理,显然是对她只顾眼前爱欲的批判,但是,这种批判中隐含着对纯情少女感情冲动的理解、呵护甚至掩饰不住的赞叹。第一,托尔斯泰事前让安德烈理性到给她一年的自由,并且直接指出娜塔莎不成熟,并不了解自己,她的爱情起初是真实的,但是只是表面的、肤浅的,并不是永恒的,在特殊情况下很有可能会动摇的。第二,托尔斯泰把这个阿那托利写成一个骗子。这很关键。她对爱情的背叛,不但是因为她相信他是正派的、高尚的,而且因为她不知道他是已婚的男人,情感灾难的根源在于她的绝对纯洁、轻信，"不把人往坏处想"，以为所有的人"都是善良的，可爱的，高尚的，相亲相爱的，谁也不会欺侮谁"。第三，这种呵护，还在于让阿那托利的拐骗没有得逞，私奔的计划被索尼亚发现，阿那托利图谋失败，不负责任地逃之夭夭。托尔斯泰对娜塔莎批判的深刻之处，还在于让她在得知可能受骗以后，一面"哭得全身颤动"，一面还认为阿那托利"比你们谁都好"，甚至从母亲口中得知阿那托里已经结过婚了，还不相信，还希望不是真的，但是，她所信任的皮埃尔告诉她"是真的"，她还要求他发誓，皮埃尔发了誓。结果她服了自己偷偷弄到的砒霜。她吞了一点，就吓坏了，把索尼亚叫醒。幸好及时采取了解毒的措施，虽然脱离了危险，但仍然大病一场。

　　托尔斯泰作为现实主义小说大师，他的伟大之处在于，这一切并没有使得她与安德烈的情感错位幅度缩小，相反，保持二者之间的错位距离。让他的姐姐提示读者"他的高傲性格不许他露出他的感情"。明明仍然爱着娜塔莎，却依旧表面上谈笑风生，他在回答皮埃尔的问候时，甚至冷笑了，只有皮埃尔明白他的冷笑是说："我很健康，但我的健康已经没有人需要了。"就是在皮埃尔对他说，娜塔莎命在旦夕，他仍然是冷笑。还请皮埃尔转告娜塔莎过去和现在一样，她是自由的。他声称自己不能原谅"堕落的女人"，也不可能高尚到重新向她求婚。

　　这时，托尔斯泰向读者展示了娜塔莎内心深处的第五个层次，娜塔莎在道德上溃败了，虽然说出了请求"原谅"，但是，连自己也没有信心："我知道一切都完了……那永远不可能了。"虽然如此，她仍然请求"宽恕，宽恕，宽恕我的一切"。她变得极端自卑而绝望。皮埃尔对她说，自己愿意做她的朋友，听她的倾诉，她的回答是："不要对我这样说吧，我不配！"皮埃尔劝她说"生活道路还远着呢"，她怀着羞愧和自卑的心情说："全都完了。"

　　但是，托尔斯泰对于娜塔莎的剖析并没有到此为止，还有第六个层次，因为没有这个层次，娜塔莎的形象就是不完整的。只有在这个层次上，才真正显示出托尔斯泰式的形而上的爱情的升华。为此，托尔斯泰让娜塔莎与安德烈重逢，但此时安德烈已经受了重伤，并且生命垂危。在他死亡的边缘上，她们爱情的错位却奇迹似的重合了，然而这种重合不是形而下的大团圆，而是在安德烈死亡之前，娜塔莎表现出对安德烈的深沉的爱。爱情就上升到超越爱欲，上升到形而上的精神高度，带着基督教爱的哲学境界。这个境界从安德烈垂死之际的幻觉中生动地想起了娜塔莎开始，但不是像以前那样只想她使他喜悦的迷人魅力；而是想到她的灵魂。他明白了她的痛苦、耻辱和悔恨。他懂得了他的拒绝是多么残忍，看出他和她的决裂是多么无情。"我多么希望再见她一次。只要一次，看着那双眼睛。"在昏迷之后醒来时：

娜塔莎,那个活生生的娜塔莎,在世界上所有的人中他最愿意用他刚得到启示的那种全新的、纯洁的上帝的爱来爱的娜塔莎,跪在他面前。他明白这是真的、活的娜塔莎,他并不惊讶,只是感到安详的欢愉。娜塔莎跪在那里,吓呆了(她不能动弹),忍着哭泣,望着他。她面色苍白,没有表情,只是脸的下部在颤抖。安德烈公爵舒了一口气,微微一笑,把手伸给她。"是您吗?"他说。"多么幸运!"娜塔莎跪着向他移近,小心地握住他的手,低下头来吻它,用嘴唇轻轻碰了碰。"原谅我吧!"她抬起头来看着他,低声说。"原谅我吧!""我爱您,"安德烈公爵说。"原谅我!""原谅什么呀?"安德烈公爵问。

"原谅我做的事,"娜塔莎用几乎听不见的、断断续续的低声说,开始更频繁地用嘴唇轻轻吻他的手。"我比先前更爱你,更知道怎样爱你了,"安德烈公爵说,用手托起她的脸来看她的眼睛。这双充满幸福泪水的眼睛,怯生生地、同情地、含着爱情的欢乐望着他。①

读到这里,读者不要忘记,娜塔莎是《战争与和平》中最具光彩、最受作者宠爱、最美的形象。但是,这时在安德烈眼光中,"娜塔莎那张瘦削而苍白的脸,浮肿的嘴唇,实在不好看,而且显得可怕"。但是安德烈公爵没看见这张脸,他只看见那双光辉的眼睛,那双眼睛是绝美的。

"不好看"甚至"可怕",是生理的感觉,是形而下的,如果仅仅是形而下的,那就庸俗了。托尔斯泰强调的是另一方面:"光辉的眼睛是绝美的。"这种美是灵魂的,是形而上的。两个人情感的错位弥合了,灵魂达到了高度的统一。在半昏迷状态中他把嘴唇贴到她手上的时候,他哭了,流出平静、欣喜的眼泪。当初,在他感到自己生命垂危的时候,他对自己说"死就死吧,那更好"。可是,对娜塔莎的爱情默默地潜入他的心里,又使他依恋人生了。这里,托尔斯泰写娜塔莎用的仍然是和安德烈初见娜塔莎时同样的手法,娜塔莎的美有一种唤醒生命的力量。

而娜塔莎的爱也升华到超越死亡的幸福境界。

从那天起,娜塔莎都不离开安德烈,医生不得不承认,他没料到一个姑娘竟然这么坚强,竟然这么擅长看护伤员。娜塔莎和安德烈的贴近,感到"狂喜,她的脸焕发着光彩"。在最后的那几天,她觉得她已经不是在看护他,而是"看护最亲切的回忆"。他们

---

① 列夫·托尔斯泰《战争与和平》(第二卷),刘辽逸译,人民文学出版社 1989 年版,第 273 页。

的感情是那么强烈,死亡表面的、可怕的一面对他们已经不发生作用了,他们没有必要去触动哀痛。安德烈从生理上感到她的接近,不但唤醒了他对生命的珍惜,而且能够使垂死的他感到"面前展现一种新的幸福,一种与人不可分的幸福"。即使他感到"离死更近"了,他仍然在清醒地思考:"爱干扰死。爱是生。只是因为我爱,我才明白一切,一切。只是由于我爱,才有一切,才存在一切。只有爱把一切结合在一起。爱是上帝,而死,意味着我这个爱的小小粒子回到万有的、永恒的本源。"这些思想使他享受着幸福,拥有了"一种超越物质的力量,不受外界物质影响的幸福,一种纯粹精神的幸福,爱的幸福!"这里,当然有"托尔斯泰主义"的说教:"爱邻人,爱自己的敌人。爱一切——爱上帝所体现的一切。爱一个亲爱的人,用人类的爱来爱就行了;但是爱敌人,只有用上帝的爱才办得到。"但是,通过这一切,托尔斯泰明确无误地向读者宣示,这就是娜塔莎灵魂的第七个层次,其性质是超越生死的、带着基督教义的最高层次。在这个层次上,娜塔莎的爱,超越了少年青春时代与天真无邪相混杂的爱欲的疯狂,进入了纯粹的精神的境界,只有理解了这个层次才能理解,为什么娜塔莎是《战争与和平》中最光辉的人物形象。

当然,就最完整的形象体系而言,托尔斯泰笔下的爱情并不绝对是形而上的,爱情的形而上是与形而下的婚姻和家庭结合在一起的。所以在《安娜·卡列尼娜》中,他让那个为了爱情不顾一切的安娜最后因为爱情的不满足而卧轨自杀,而与之相对的吉蒂却获得了幸福的婚姻和美满的家庭。在《战争与和平》中,托尔斯泰也让娜塔莎最后与忠厚善良的皮埃尔结合,变成一个克尽天职,不修边幅,超越虚荣的幸福的妻子和母亲。这里托尔斯泰明显有为东正教婚姻观念图解的成分。从艺术形象来看,娜塔莎作为贤妻良母的形象显然不及从爱欲的疯狂到自卑的绝望、精神崩溃那样具有震撼力。正如在《安娜·卡列尼娜》中恪守妇道的吉蒂显然不如把爱放在生命之上的安娜的形象那样动人、丰富、深邃。这是因为审美价值在小说和诗中的表现是不同的,在诗中,心心相印、生死不渝的爱情是美的,而在小说中则相反,如果娜塔莎和安德烈一见钟情、生死不渝,那就没有性格可言了。俄国形式主义者斯克洛夫斯基曾经总结爱情小说的模式说:

> 故事需要的是不顺利的爱情。例如当 A 爱上 B,B 觉得她并不爱 A;而 B 爱上 A 时,A 却觉得不爱 B 了。……可见故事不仅需要有作用,而且需要有反作用,有某种不一致。①

---

① 乔治·艾略特等《小说的艺术》,社会科学文献出版社 1999 年版,第 86 页。

这里的"反作用""不一致",用我的话来说,就是有情人之间的情感"错位"。在错位而不脱离的前提下,错位的幅度越大,人物的性格越是鲜明深刻。这是托尔斯泰一以贯之的小说美学原则。

在《复活》中,聂赫留朵夫少爷引诱了女仆卡秋莎,导致怀孕被逐,沦为妓女玛丝洛娃,遭受谋杀冤狱受审之时,聂赫留朵夫身为陪审团成员发现此女乃当年之卡秋莎。决计忏悔并赴监求婚,以期赎罪。托尔斯泰让玛丝洛娃拒绝。聂赫留朵夫追随被流放的玛丝洛娃到西伯利亚。玛丝洛娃明知聂赫留朵夫出于真情,托尔斯泰仍然不让"有情人终成眷属",最后玛丝洛娃嫁给了一同流放的民粹派革命家。一连串的错位,构成了《复活》的不朽的艺术。同样在《战争与和平》中,娜塔莎和安德烈在艺术上最为惊心动魄的地方,就是情感发展到几乎完全脱离的边缘;更精彩的是,在这个边缘上,托尔斯泰设置了多重错位:第一重,明明阿那托利是个骗子,娜塔莎却认为他是个"高尚"的人,声言甘心做他的"奴隶"并不惜"毁灭"自己;第二重,闺密索尼亚出于对她的真诚关切,对阿那托利的正派、高尚表示怀疑,娜塔莎却认为"她这样想就是自己的敌人";第三重,得知为阿那托利所骗之后,她绝望甚至自杀,自卑到感到觉得没有资格"请求原谅",而明明爱着她的安德烈却装得若无其事,谈笑风生,拒绝宽恕,残酷地声称自己不能原谅"堕落的女人";第四重,等到情感错位恢复到完全重合之际,安德烈却死了。正是因为这样大幅度的多重的错位,娜塔莎的形象达到了审美价值的辉煌的形而上的极致。这也就是编者所说的"最具光彩"的地方。而在这以后娜塔莎和诚实善良的皮埃尔结合以后,和吉蒂与列文一样,夫妻之间完全没有"错位",其形象达到善的极致,也就是编者所说"完美无缺的幸福人生",但是,这恰恰是形而下的境地,而其审美的光辉却暗淡了。

《最后一课》：表层心理与深层心理的反差①

都德的《最后一课》是经典名篇，从五四时期被翻译成汉语以来，各种各样的中学语文课本，差不多都要选入。在不同的历史时期，不同的意识形态背景下，都被当作经典，其中的奥妙是很值得研究的。

小说不过是写一个小学生本来十分贪玩，对于复杂的法语语法极其厌倦，常常逃学去掏鸟窝、滑冰。要让这样一个孩子转变，从贪玩变成好学，并把这个过程写得令人信服，该是多么艰难。试想，在现实生活中，这样的转变要花多少时间，经历多少曲折？就算转变了，是不是一劳永逸了呢？会不会一遇到新的诱惑，又依然故我？按照传统小说有头有尾、环环紧扣的写法，从开端、发展、高潮到结局，要花多少笔墨？但是在这篇小说里，作者只用了三千多字，就成就了世界短篇小说的经典，主人公从极其厌倦学习法语课变成极其热爱法语课，前后只花了一个小时左右的时间，而且，没有一个读者会怀疑这种转变的真实性。

这是为什么呢？

都德并没有为孩子的转变设置漫长复杂的故事，甚至也没有虚构完整的情节。他只是把孩子放在短短的一堂法语课上。

这堂法语课不是一般的法语课，而是非常特殊的，特殊在这是最后一堂法语课。如果不是这样，孩子肯定不会转变，而且只能是一如既往地讨厌法语的分词规则。

---

① 关于《最后一课》有一个重要的事实须要澄清：文中描述的被德国侵占的法国领土最初属于德国而不是法国，当地居民本来就说德语而不是法语……普法战争结束，阿尔萨斯重新成为德国领土后，150万居民中只有5万说法语的居民。但在《最后一课》中，写的似乎全阿尔萨斯的人都把法语当母语，显然和历史大相径庭。虽然如此，当年德国当局，强迫说法语的只能学德语，也是野蛮的。如今，阿尔萨斯地区的居民大都能讲三种语言：阿尔萨斯语、法语和德语。德法之争的那一页已经成为历史，今天的阿尔萨斯是一个语言多元化的地区，在学校里，孩子们不仅学法语和德语，也学英语和西班牙语。

这种写法,是所谓"横断面"的结构方法。这是19世纪以后的短篇小说,在结构上,和之前欧洲与中国的短篇小说不大相同。

这种结构原则的关键在于把人从日常的、常规的心理惯性中冲击出来,使之进入例外的、反常的环境,然后表现其心理结构的变幻。但是,要把人物打出常轨是不大容易的。

一个人的心理有其内在的结构,从表层到深层,都具有相当的稳定性,即使外部条件有了某些改变,例如,父母的责备、老师的鼓励等,人物心理也许会在表层作出一些调节,如痛下决心、用功读书之类,但其深层是超稳定的,一般表层的调节不会影响到深层的稳定。因而表层的调节,尽管是真诚的,但不用多久,就会被深层结构的反调节所消解。

都德给这个孩子设置的外部条件,不是一般的变化,而是重大的变故。

这是最后一堂课,从此以后,就不再有法语课了,这个冲击就特别强烈,因为进入了例外的、超越常规的,而且是不可逆的环境里,这就不仅冲击了表层心理,而且引发了深层心理震荡。深层心理震荡、心理失去平衡也是不可逆的,这就不能不产生一种深层的调整,这种调整也是不可逆的。正是因为这样,这最后一堂课,在时间上是短暂的,但对深层意识的冲击,却比漫长曲折的过程还要强烈。

按照小说中老师所说,贪玩的孩子,平常总把自我调节的余地放在时间上("算了吧,有的是时间,明天学也不迟"),但是,小说设置的例外环境把这个余地也排除了。这就显示出,作者的构思抓住了心理变幻的要害:不是从外部现象上探索孩子厌学的原因,而是从内心的深处探索最深邃的根源。

作为一个法国的孩子,却讨厌学母语,这是很不正常的。原因何在呢?

如果从表面看,原因可能很多。例如,法语的教学方法有问题,小说多次提到了分词的变化规则,死记硬背白白浪费了时间和精力,不但不能激起学习的欲望,反而摧毁兴趣,必然的结论就是改革母语教学。又如,小说快结束的时候,老师自己作了检讨:没有尽到当老师的责任,有时上课让学生给自己浇灌园子,有时老师自己去钓鱼。再如,学生家长不太重视孩子的学习,为了增加收入,宁愿让孩子去工厂或者田间去打工。

如果按照这样的思路写下去,就没有《最后一课》这样的艺术杰作了。因为,这样的思路,是改进教学实践的思路,属于实用价值,而不是小说的艺术价值。艺术价值是情感价值,小说的价值集中在人身上,人的心理,尤其是人的情感是核心,至于教与学的因果关系,在这里,不很重要。

作者提出了另外一种因果，孩子不爱念法语这个"果"，是由另外一种"因"造成的。

这是因为，学习法语是天然的权利，这种权利与生俱来，自然享有，在正常情况下，永远不会失去。结果是，不但不觉得美好，反而成了沉重的负担，更谈不上珍惜。小说构思的高明之处在于，不是跟孩子讲大道理，而是把孩子直接打出常轨，逼迫到另一种不可逆的环境中去。在这个特殊的环境中，学习母语的权利不再是天然的、永远不会失去的，而是即将被剥夺的。

设置这样的环境的目的，是把平时隐藏在心理深层的奥秘暴露出来。

人的心理是个丰富多彩的立体结构，隐藏在深层的和浮在表层的，并不一定很一致。在一般情况下，深层情感是隐藏得很深的，连人物自己都不大了解。只有发生了极端的变化，心理结构受到突如其来的冲击，来不及或者永远无法恢复平衡，长期潜在的、与表层情感相异的深层情感，才可能暴露出来。这时，人物好像变成了和平时相反的一个人，可是从本质上来说，却更是他自己了。

都德之所以要把孩子打入这样的困境，就是要把他内心最深层的情感揭示出来。原来，他并不是不热爱自己祖国的语言，相反，他是非常热爱的。一旦面临学习母语的权利被剥夺，即将被迫学习德语时，他对祖国语言的天然情感就充分显露出来了。

都德把描写的重点放在孩子心理感受的临界点上，使临界感受层次分明地展开，让孩子的感情来一个"晴天霹雳"（法语原文是 bouleversèrent，意为颠覆、骚乱）。但这种写法，算不得多大的发现，一般的作家也写得出。接着是"后悔"，这就比较深刻了：

> 我再也学不到法文了！只能到此为止了！……我这时是多么后悔啊，后悔过去浪费了光阴，后悔自己逃学去掏鸟窝，到沙亚河上去滑冰！我那几本书，文法书，圣徒传，刚才我还觉得背在书包里那么讨厌，显得那么沉，现在就像老朋友一样，叫我舍不得离开。

这是转折关头的心理独白，话很平常，语言上没有多少花样，也没有多少修辞技巧，但却很动人，因为这里有矛盾。就在不久以前，他还讨厌法语，琢磨着要逃学。这样的矛盾很突然，突然就是对于读者想象力和记忆的冲击，能激起读者自己的记忆和想象的参与，于是突然的矛盾，就转化为自然。

孩子已经转变，都德的构思似乎已经完成。但是，如果就此草草收篇，似乎太过单薄。都德作为艺术家的才气，恰恰表现在，他没有草草罢笔，他的创作经验告诉他，孩子"后悔"的感觉，虽然很自然，但光有这一点儿，似乎内心的感觉还不够饱和，因而也就不够动人。凭着艺术直觉就能感到,这个"后悔"的感觉里,蕴藏着巨大的潜在量,不把这个潜在量发掘出来,心理结构的探索就可能半途而废。以这种后悔为中心,他展开了层层相因的深化:

第一层是:孩子被老师叫了起来,不争气,背不上分词规则:

> 可是开头几个字我就弄糊涂了,我只好站在那里摇摇晃晃,心里挺难受,头也不敢抬起来。

后悔深化了,带上了羞愧:

> 天啊,如果我能把那条出名难学的分词用法从头到尾说出来,声音响亮,口齿清楚,又没有一点儿错误,那么任何代价我都愿意拿出来的。

第二层是:老师意外地没有责备他,他所受到的心灵的惩罚,由老师说了出来:

> 我也不责怪你,小弗郎士,你自己一定够难受的了。这就是了。大家天天都这么想:"算了吧,时间有的是,明天再学也不迟。"现在看看我们的结果吧。唉……

这一段,如果不让惭愧和忏悔在孩子的感觉中展开,而是把忏悔渲染一番,来一点抒情,对于都德应该是驾轻就熟的,但是,他却让老师长篇大论地发表议论。对于小说来说,议论太多,可能会造成抽象概念泛滥,这本该避免。但作者为什么甘心冒这个风险呢?可能就是为了下面这些话:

> 唉,总要把学习拖到明天,这正是阿尔萨斯人最大的不幸。现在那些家伙就有理由对我们说了:"怎么?你们还自己说是法国人呢,你们连自己的语言都不会说,不会写!……"

让一个小孩子讲这样的话,是不真实的。把不能讲自己祖国语言的痛苦上升到民族国家的高度,只能让成年人来完成。还有,老师说到法兰西语言时,也超越了孩子的感知:

> 法国语言是世界上最美的语言——最明白,最精确;又说,我们必须把它记在心里,永远别忘了它,亡了国当了奴隶的人民,只要牢牢记住他们的语言,就好像拿着一把打开监狱大门的钥匙。

从这里,可以感觉到都德的匠心。本文情节的进展追随孩子的视角,在孩子的感觉之内展开。好处是孩子气的天真的话语很自由,很丰富,但是也有局限,就是比较理性的话语,多数都超越了孩子的感觉世界。而且这样的话语,诗一样的、愤激的话语,在当年的历史背景下,作者肯定认为是极其重要的,老师所讲的,其实就是都德自己要讲的,非讲不可的。

不能让孩子讲,就只好让孩子聆听了。

这些话,就是现在看来,也是很动人的,这是思想和激情的交融。

作者没有在这样闪光的思绪中过多流连,这种思想性很强的语言,不能太多,否则,就给人说教的感觉。都德很快明智地回到孩子的视角中来。

这样,就进入了孩子感觉世界第三个层次。

这是一个在肃静中沉思的层次。为了强调教室里的肃静,作者一连三次用了反衬的笔法,先是,"只听见钢笔在纸上沙沙地响"。其次是连金龟子飞进教室都被感觉到了。再次,是在学校的屋顶上,有一群鸽子在低声咕咕,我一面听着,一面想:

> 他们该不会强迫这些鸽子也用德国话唱歌吧!

这一笔最为精彩,它又一次深入到孩子的心灵深处,完全是孩子气的感情和想象。这种想象和老师的慷慨激昂,不但异曲同工,而且异趣同工。在对德国侵略者的仇视方面是一致的,但是,感觉和想象又不同,成人的感觉和孩子的感觉属于两个世界。二者相反相成,相辅相成。孩子的想象和老师的慷慨陈词,互为生动的注解,可以相通,却不能相同。

让人物生活在各自的感觉世界里,而且拉开错位距离,这就是小说艺术。

这篇小说的主体是孩子的转变,但是,在孩子的转变完成之后,小说并没有戛然而止,相反,小说又花了六分之一的篇幅,从孩子的视角来感受老师的情绪。这是不是多余的呢?

好像不是。

小说的中心虽然是孩子,但是,前面已经说了,光有这个孤立的孩子,他的感知境界是有限的,他的转变,仅仅从他的角度来看,其意义可能是狭隘的,无非就是从厌倦法语课到热爱法语课。但是当孩子精神关注的焦点集中到他的老师身上时,这个老师不但构成了他感知世界的精神背景,而且成了精神亮点。正是这个亮点把孩子和小说的思想境界提高到一个新的高度上去了。

老师这个人物在思想的意义上是重要的,但是作者并没有像刻画孩子那样,采用主体自我感知的办法。这种主体自我感知,没有充分地从细节逐步展开,老师只是被当作孩子感知的客体。凡是孩子经验范围以内的,孩子关注的,都有所表述,在孩子感知范围关注焦点以外的都被省略。纵观整篇小说,给予老师的篇幅只有三个片断。第一个片断是,孩子进入课堂所看到的老师,这里包括他异乎寻常的衣着,宣布这是最后一课,他的慷慨陈词。第二个片断是,孩子对老师过去的回忆,他长期的执教生涯,其中有一些精致的细节,很有表现力。如他的眼光里流露出对这所乡村学校的留恋,四十年没有变化的教室,而课桌却是被磨光了,还有那长高了的核桃树。为什么要强调四十年不变的环境?这意在说明,他是一个很普通、很平凡的老师,四十年来,没有多少成就。留在孩子记忆里的是课堂里的乱糟糟,还有戒尺。他的教学似乎乏善可陈,他显然没有得到过升迁的机遇,然而他忠于职守。正是由于忠于职守,他才在最后一课穿戴整齐,像主持庄严仪式似的。

有一句话,孩子重复了多次:"这个可怜的人。"法语的原文是:pauvre homme,应当译为"可怜的人哪!","这个"是多余的。如果这一点没有离谱,那么它的含义是很丰富的。

首先,老师看来可怜,却在下课时,表现出了一种崇高、神圣的爱国感情。

都德把这个最后的姿态,用孩子的视觉表现得很"高大",而且安排在象征和平的午祷钟声和象征侵略的普鲁士军号声中:

> 韩麦尔先生站起来,脸色惨白,我觉得他从来没有这么高大。

一方面是可怜的人,另一方面却从来没有这么高大,这都令人想起鲁迅在《一件小事》中对人力车夫的感觉。但是,这个高大的人物,却不像刚才那样慷慨陈词了,他的内在情感得不到充分的表达:

> "我的朋友们啊,"他说,"我——我——"
> 但是他哽住了,他说不下去了。他转身朝着黑板,拿起一支粉笔,使出全身的

力量,写出两个大字:

"法兰西万岁!"

在小说的高潮部分喊政治口号,这在文学作品里是有一点冒险的,但都德在这里却把政治热情和人物的激情恰到好处地结合起来,表现一种崇高的、庄严的、神圣的感情。作者并没有以伟大而洪亮的声音表达,而是相反,这个人物有一种拙于表达的特点。

这仅仅是表现他由于过分激动,而一时说不出话呢?还是因为作者要突出表现他毕竟是个平凡的小人物呢?

整篇小说的精神无疑是崇高的,但是,和这个"可怜"的老师一样,作品中的孩子也不能算是一个崇高的人物,他也很平凡,甚至看到占领了自己家乡的普鲁士军队在家乡的土地上操练,也没有表现出任何反感,一心只想逃学。作者是不是有意把崇高的主题让渺小的人物来表现呢?这是可能的。事实上,在普法战争失败之后,法国丧权辱国,法兰西作家在表现本国人民崇高的爱国感情的时候,大都选择了平凡的小人物。左拉的《磨坊之役》写一个庄园主的女婿,原本是一个浪荡鬼,可是在抵抗侵犯家园的德国侵略者之时,变成了一个英勇无畏的战士。莫泊桑的《二渔夫》也是一样,主人公最后坦然牺牲的导因,只不过是因为钓鱼。小人物受到赞颂,而大人物在国难当头时的表现则是受到批判的,在莫泊桑的《羊脂球》中,上层人士在德国占领军面前的表现是无耻的,还不如一个妓女正直。

《不会变形的金刚》：和变了形的心灵对照

毕淑敏的《不会变形的金刚》作为小说，有一点非常重要，那就是在孩子的精神成长过程中和母亲发生的矛盾，集中在一个道具"变形金刚"上。这是把孩子漫长的、不可见的成长过程集中起来，使之变得具体可感的通用办法。同样的办法，我们在莫泊桑的《项链》和鲁迅的《药》中都可以看到。

成长如蜕的题旨，说起来轻松，实际上并不是一帆风顺的。从词语的本来意义来看，蜕变，就是脱去原来的皮壳换一层新皮壳，如蚕、如蛇、如蝉，肯定是有痛苦的，甚至是有危险的。

阅读本文，还有一点不可忽略，就是本来表现的是主人公成长的过程，但却不像前面一篇那样直接用孩子自己的感觉来写，而是通过母亲的感觉来写。这是为什么呢？

这种第一人称的写法在这里是非常必要的。为了回答这个问题，我们必须把小说的情节用"还原"的办法来分析。

小说里发生了什么事情呢？

第一件，孩子在商店希望得到一个变形金刚玩具。意识到母亲的经济力量不足，就表示对之并不感兴趣。但妈妈舍弃了为自己买绿色毛线，为儿子买了变形金刚。第二件，孩子把变形金刚和同学交换来玩。同学小胖把他的变形金刚弄坏了，他原谅了小胖。第三件，他把另一个同学的更为昂贵的玩具弄坏。父亲的巴掌，被母亲挡住了。第四件，儿子理解母亲心爱绿色毛线，向小胖索赔，为母亲买了绿色毛线，引起母亲极大的震惊，动手打了他。

如果正面用孩子的第一人称来讲述这个故事，应该是很平淡的。但是作家用母亲的眼睛来表现这几件小事，就显出了强烈的戏剧性。这是因为，每一件在儿子心目中很平常的事，在母亲心目中，都很不平常。例如，儿子明明心爱变形金刚，却故意说，自己对变形金刚不感兴趣。儿子的话说得平平淡淡,但母亲却从他的眼神中看到了迷恋。平淡和迷恋形成的反差就有了一点潜在的戏剧性。当然这种冲突不是外部的,而是内在的。一方面是儿子极力隐瞒,一方面是母亲洞若观火。当然这种戏剧性,不是外部的动作,而是内在心理的动作。

可贵的是,这样的内心动作只是一个起点,接下去,还发生了一系列衍生性的连续性动作:母亲"真不知道怎样感谢儿子的懂事","诅咒"那些制造变形金刚的商家,亲了儿子的额头,感到他的汗是咸而微甜的。

但是,儿子的脚却焊在地板上,目不转睛地盯着变形金刚。母亲与儿子"对峙",最终母亲的心软了下来。母亲努力作出打消自己买绿色毛线的盘算,自我安慰。儿子像向遗体告别似的,离开了柜台。母亲想到儿子是品学兼优的,体悟到孩子清清澄澄的灵魂,自责"太自私",终于为儿子买了变形金刚。

看到儿子玩变形金刚的着迷样子,她为自己"决策的英明果断"而自豪。

应该承认,这样的内心动作,都是无声的,不可见的,是儿子用第一人称所不能表现的。在一般人的心灵中,也许有过类似的体验,只因那是瞬息即逝的,往往很容易被忽略,但作家却把这一切用强化的、夸张的手法,以强调性的语言表现了出来,把一件本来是很小的事变成了一件内心的大事。

正是因为这样,本文的最大特点,就是于微妙的曲折中,充满了内心的动作性,外部动作则很少,这种动作构成的戏剧性,是一种心理的戏剧性。

这种特点贯彻全文的始终。如果不是用这样夸张的内心动作,光是变形金刚的小事情,是很难显现出生命成长的危机与压力的。

接下去的事情是发现儿子有了一个新的变形金刚。母亲的心理变化层次如下:

严厉地追问——对孩子说谎和盗窃有恐惧

——得到正常的回答

——感到内疚

——决心改正

——暗暗称赞乖孩子

第三件事:孩子的变形金刚被同学小胖弄坏了。母亲以忧虑的情绪看着儿子的反应:

看着儿子如受伤的鸽子

——让儿子自己决定

——听到儿子的声音里充满了愤怒

——希望儿子内心把宽容看得比心爱的玩具更珍贵

——相信自己平时对儿子的教育效果

——欣慰地听到儿子说"没关系"

又一次吻儿子的额头,感到他的汗咸而微甜。

孩子这些本来平淡的反应,就是因为母亲的紧张的期待和担忧,变得充满着内心的变动,富有内在的戏剧性。

第四件事,是儿子弄坏了别人的更加昂贵的变形金刚。儿子平静地出去向人家道歉。母亲的反应是:

——母亲的心像被钓住后急待挣脱的鱼

——期待对方的宽容,如儿子宽容小胖一样

——儿子归来,"起了巨大的变化"流过眼泪了,人家要赔

——儿子提出,让小胖赔偿

——母亲反对。儿子问为什么?

——对不起是一种礼貌

——不是能用金钱来计算的

接着母亲对儿子讲起道理来,当自己宽容了别人,可他人并不宽容自己的时候,为什么还要宽容别人。儿子并不太服气。

到这里为止,可以说,是小说的一个思想关键,冲突只有两条心理线索,就是母亲和儿子,本来已经够强烈的了。然而,作家似乎觉得光有这样两条线索,戏剧性还不够丰富,又加进来一条父亲的线索。

这个线索的加入显然为小说带来了更为强烈的戏剧性。父亲回来以后,母亲和孩子的心理变得复杂起来:

儿子可怜巴巴地望着我,希望我别说,又希望我快说。

我不想说,又不得不说。想晚说,又想干脆早说。人有时飞快地迎着到一个东西跑过去,其实是为了躲开它。

这是写得很有才气的,在两个人的心目中,有同样一件事要做,非做不可,可又不能做,想马上做,又希望推迟做。人物与人物之间的内心发生错位,人物自己的感性与理性发生错位,往往是小说最为精彩的地方。

接着发生的事情就更为精彩。父亲在发泄了一通之后,动手要打儿子。

丈夫抡圆了胳膊,呼地拍了过来。我用手臂架住,只觉得半边身子一震,电触般地直麻到指尖。

儿子惊恐地愣了刹那,才哇地大哭了起来。这是一个情绪和思想的关节点,但还不是要害,不是高潮,相对于高潮来说,这仅仅是一个伏笔,在结构上是为了和结尾处的高潮对照。在高潮出现之前,作者放慢了节奏,先是让母子关系缓和,儿子知道母亲喜爱绿色,为母亲买了绿色毛线。

母亲欣喜之余,又感到怀疑,怀疑钱是偷来的,怀疑之余又让她感到是对儿子的亵渎。终于孩子说出了是向小胖要来的。母亲为自己的孩子说出这样的话时,那种没有丝毫怯懦的勇敢而感到震惊。在这里,作家发挥了一下:

我的头立刻像蜂巢一样嗡嗡作响。所有的含辛茹苦,所有的谆谆教导,所有的设计,所有的希望,都被这孩子的目光击得粉碎。

母亲为儿子这样的行为感到愤怒,而儿子却无动于衷,于是母亲打了儿子。

从结构上来说,这是一笔对比,父亲打儿子,是因为儿子因不慎给家庭带来了经济损失,为这样的事打儿子,母亲是要保护的,而儿子因为他们不能原谅自己,就对另一个同学反悔当初的原谅,在母亲看来,这不是一般的反悔,而是儿子未来希望的破灭。

为什么会有这样严重,作者没有直接说明的话语,正像在《黑珍珠》中,最后的钟声,没有正面说明一样。但是,不说明并不意味着没有阐释,相反作者在最后作出相当具体的暗示:以后,每当一扇门被风吹开,又被风缓缓合上的时候,我都以为会有一个胖胖的圆头圆脑的小家伙出现。

小胖却再也没有来。他还了钱,也不要那个破碎的变形金刚了。

那个巨大的大力金刚,被我用胶粘好了。高高大大威威武武,给我家平添了一股富贵奢侈之气。

现在,我们家有两个变形金刚了,可惜都不会变形。

儿子也从不去动它们。

这一切有三重象征意义:一重是钱赔了,人与人之间的友谊却没有了;二重是金刚是粘好了,可是却不会变形了;三重是金刚威武,可是孩子为之着迷的兴趣却没有了。

这一切和《黑珍珠》中教堂的钟声一样丰富而隽永。

成长如蜕,成长并不完全是甜蜜的,相反,有时也会有痛苦伴随。关键是,付出痛苦的代价后,能否得到精神的高度升华。

《我的叔叔于勒》：少年感觉中对叔叔三重评价的荒谬

从内容上来说，《我的叔叔于勒》和《范进中举》风马牛不相及，地域和时代也各不相同。但是，有两点却如出一辙。首先作为小说，都是揭示同样一个人，由于处于不同的社会地位，在同样的亲属的心目中，竟然产生截然不同的评价和观感。在《范进中举》中最为明显的是胡屠户，范进中举以前，视之若粪土；中举以后，奉之若神明。《我的叔叔于勒》也是这样。他在自己亲兄弟心目中的地位，前后经历了三次起落。

第一次，他作为一个浪荡子，是全家人的"恐怖"。因为他把自己应得的那部分遗产挥霍得一干二净之后，还大大占用了自己哥哥应得的那一部分。这样，他就被归入"流氓""无赖""坏蛋"之列。

值得注意的是，作家在表现这样的变化的时候，采用的不是描写、叙述或者抒情的表达方式，而是议论的方式：

> 据说他当初行为不正，糟蹋钱。在穷人家，这是最大的罪恶。在有钱的人家，一个人好玩乐无非算作糊涂荒唐，大家笑嘻嘻地称他一声"花花公子"。在生活困难的人家，一个人要是逼得父母动老本，那就是坏蛋，就是流氓，就是无赖了。

这是一种议论，因为他讲的是普遍现象，而不是个别的、个体的情况。议论的最大特点，就是概括的、普遍的甚至是抽象的；而描写则是具体的、特殊的、感性的。但是在这里，议论固然是普遍现象的概括，但又是很感性、很形象的。因为议论本来应该是概括抽象的道理，可是这里讲的恰恰是没有道理。同样的事情发生在不同经济状况的人身上，就有截然相反的评价。这样的道理，明显不合理。把不合理的事情用肯定的语气说出来，用极其明显的反差使其表现出显而易见的荒谬，这就使之具有了反讽的意味。

小说的主题并没有直接说出来，但是，全都包含在这样的议论之中。

小说接下来所表现的，就是对于勒的第二种评价，以反差极其强烈为特点。由于他写信说，自己赚到了一笔钱，希望能够赔偿哥哥的损失，而且有望改变他哥哥的贫困状况。其结果，这个被视为"坏蛋"，分文不值的于勒，立即就变成了"正直的人，有良心的人"，而且成了全家"唯一的希望"。以后，于勒又宣告他发了财，于是，他的信就成了全家的"福音书"，成为到处炫耀的资本。

对于勒的第三种评价，贯穿在小说的高潮和结局之中。他的哥哥和嫂子发现他并不是什么富翁，而是一个穷困潦倒、又老又脏、满脸皱纹的水手，后来又了解到他被认为是一个"老流氓"，欠债累累，靠在轮船上卖牡蛎维持生计。这时他的哥哥和嫂子立即改变了对他的评价：把他当成了"贼""讨饭的"，唯恐被他"拖累"。

显然，这是一种对比。作者的立意，在于极端的反差。

但是值得注意的是，这种反差，如果仅仅在于对于勒的评价，那还不是作家的追求，因为评价毕竟是理性的，作家集中笔力揭露的是哥哥嫂子的情感。如果作家采用《范进中举》那种第三人称的视角也未尝不可。事实是，作家采取了第一人称描述，可又并不是哥哥嫂子的第一人称自述。如果哥哥嫂子的自述，内在情感当然是可以得到自由的表现，但是那样可能显得太直露，一览无余。作家选择了从天真无邪的侄子的视角来感受眼前的事变。这就是说，他父母的潜在的情感不能直接抒发，要靠孩子所看到、听到的语言动作和表情来表现。这样的视角有一个好处，就是父母的表情和语言的前后不一，经过孩子的眼光被放大了。从前后相反这一点上说，它和《范进中举》在基本方法上是一致的，也就是对同一个人，前后相反的评价来表现那个时代的拜金主义，拜到连自相矛盾、自打嘴巴都感觉不到廉耻的程度。

但毕竟是不同的艺术作品，二者在艺术风格上的不同还是很明显的。

吴敬梓笔下的胡屠户，当然是势利小人，利欲熏心。但是，吴敬梓只是把他写得挺可笑，并没有把他写得十分可恨。写他除了势利以外，还喜欢吹牛，而且是不高明的、欲盖弥彰的吹牛，自我表扬的结果，其实是在自鸣得意中自我暴露。吴敬梓还把他写得很迷信，迷信得很愚蠢，迫不得已打了范进，以为天上的文曲星真的来惩罚他了，自我迷惑到有一点自我折磨，在这过程中，有一点天真，显出一种傻乎乎的样子。因而，胡屠户的形象是一个喜剧形象。在可恨之中又有一点好玩、可爱。而《我的叔叔于勒》的作者对待于勒的兄嫂，却并不宽容，对之所用的方法，是纯粹的揭露、讽刺和批判。因而，这两个人物形象，一点也不像胡屠户那样丰富，那样可恶又可爱，可恨又可笑。莫泊桑对这两个人物势利到在未来的女婿面前，连起码的虚伪都没有赋予他们，到了

最后,孩子出于同情,给了于勒叔叔 10 个铜子的小费,他母亲的反应居然是"吓了一跳",说:

> 你简直是疯了!拿 10 个铜子给这个人,给这个流氓!

仅仅是因为穷苦,一下子就变为道德上的不齿,而且为了不再见他,回来的时候,换乘了一条轮船。

小说的情节设计得相当巧妙。情节的难点在于,于勒在国外,他自己是不会回来的。要让作品中的父母亲眼看到他的穷愁潦倒,就得让他出国。可是要让这个陷于穷困的家庭出国旅游,在经济上又是不可能的。于是,作家精心设计了另一条线索,那就是姐姐的婚事。新郎就是因为得知于勒叔叔有钱才向姐姐求婚的。在婚礼之后,决定到外国一个地方去旅游。这里有几句话,对于读者来说,很可能被忽略,然而对于作家来说,却是十分关键的:

> 哲尔赛岛是穷人们最理想的游玩的地方。这个小岛是属于英国管的。路并不远。乘小轮船渡过海,便到了。因此,一个法国人只要航行两个小时,就可以到一个邻国,看看这个国家的民族,并且研究一下这个不列颠国旗覆盖着的岛上的风俗习惯。

要让这一个经济贫困的家庭一起到国外旅游,至少要有三个条件:一是有非同小可的缘由,二是十分经济实惠,三是名义上必须是堂皇的、风光十足的。而把这一家人送到国外,是为了让他们亲眼看到于勒的困境,从这里,可以看出作家的技巧,从中国小说来说,就是"针脚绵密"。

《艺术品》：好心导致尴尬的循环

　　这一篇和欧·亨利的《麦琪的礼物》一样，都是幽默感很强的。小说的构思和《麦琪的礼物》也有相似之处，属于期待落空的那种喜剧性的幽默模式，但是又有不太相同之处。欧·亨利的那一篇，是读者和人物（德拉）都蒙在鼓里，和女主人公一起体验期待失落的心理历程。而这一篇却是读者站在明处，知道那个独生子斯米尔诺夫送给医生的，就是医生"以邻为壑"送出去的雕有裸体女郎的古铜大烛台。独生子萨沙报答医生救命之恩的期待落空了，而读者早就料到他必然落空的期待却落实了。这样的落空和落实的错位结构，显然更具喜剧性。

　　从结构艺术上来说，这一篇比之欧·亨利的那一篇要更为精致。这是因为小说采用的是一种首尾相交接的环形结构：那个裸女烛台，在被医生逃避之后，又经历了两个人物的逃避，最后却因为病家的一片诚心又回到医生面前。这是欧洲喜剧常见的模式：以核心道具的消失、反复追寻和骤然得到为特点。

　　有一部喜剧叫作《意大利的草帽》，情节是这样的：一顶意大利草帽被一匹马给吃掉了，只有在巴黎才能有同样的草帽。必须不惜任何代价把它找来代替丢失的那顶。但每当人们要弄到手之时，帽子总是不翼而飞。主角疲于奔命，追随主角的一大帮人东奔西跑，经历千辛万苦，终于以为要找到那顶巴黎的帽子的时候，却发现它不是巴黎的那顶，而正是被马吃掉了的那顶意大利草帽。原来马吃掉的草帽和最后的意大利草帽合二为一，绕远而行的意象突然和原本的意象重合。这种环形情节的好处在于歪打正着，表面上看来是一次次远离目标，实际上却突然接近目标。

　　《艺术品》也是这样。医生把裸女烛台送给了自己的朋友，朋友又把它送给自己的朋友，朋友的朋友则把它卖给了收古董的商人。看来这个可能给医生带来麻烦的烛台离开医生越来越远。读者的心理追随着医生，阅读期待是医生也越来越安全了。这种安全的期待经历了三次：第一次是医生送给律师，第二次是律师送给了演员，第三次是演员又把这卖给了收古董的。在萨沙把裸女烛台拿到医生面前之前,读者对医生的安全期待越来越递增,却突然发现这种递增的期待落空了。因为读者早就知道这个烛台就是当时医生送出去的烛台。小说的艺术结构十分严密。这个烛台并不是绝对偶然地回到了医生手里,其中有相当严密的逻辑结构。为了让这个烛台回到医生手中显得合情合理,作家在这之前埋下了几处伏笔。在一开头,萨沙就声言,自己的母亲是收购古铜器的商人,为最后烛台被当作古铜器收购准备了条件。其次,萨沙在送礼的时候,就为烛台只有一个而不是一对而感到遗憾,这是第二个伏笔。这个伏笔本来已经足够,可是作家似乎担心粗心的读者可能忽略了,隔了几行,又提醒了烛台只有一个而不是一对,这就成了第三次伏笔。这一切使得烛台最后出现在医生面前显得十分必然,情节结构天衣无缝。这就是说,喜剧性和幽默感不但产生于前面的读者的期待的落空,而且产生于细心的、有艺术欣赏能力的读者期待的落实。这样的巧合,又这样的必然。正是这种落空与落实的结合,使得这篇小说不但显得十分幽默而且十分有智慧。读者在阅读中发现情节的环形结构的巧妙之时,就不能不莞尔而笑。

读者笑什么呢?这很值得研究。

当然,可笑的是生活中充满这么多偶然,人往往不能逃脱被自我迷惑的命运。人对自己行为的结果,其实根本不能把握,即使是赠送一件艺术品,而且又是出于真诚的善意和友情,也会阴差阳错,导致人家处境狼狈。医生越是想远离裸女烛台,它就越是像鬼魂一样尾随而来。律师虽然很喜欢这个艺术品,又苦于怕人误解,不得不"以邻为壑"。到了演员那里,则造成了诸多不便。一件美好的艺术品,却成了事端的缘由。

问题出在哪里呢?契诃夫强调的是,关键是人们不把艺术品当艺术品,他们看到的只是赤裸裸的肉体。医生、律师、演员本人在口头上认同这是艺术品,但实际上却又害怕家人尤其异性把它当作赤裸裸的肉体。律师自己对这个艺术品起初"喜之不尽",但后来又表现出害怕母亲和客户有看法。作家在行文中,显然在竭力把这些人士,写得很可笑。一方面,他们是社会上有地位的人士——医生、律师、演员;另一方面,又对肉欲有着不正常的顾忌和兴趣。律师在独自一人对着烛台的时候,甚至还"伸出手指头去把它前后左右都摸了一阵"。这说明他最初看到这个艺术品时的喜欢,并不是喜欢它的艺术,而是出于肉欲。而在演员的化妆室里,就是因为有了这个烛台,就涌进来许多男人,弄得房间里"充满了兴奋的叫喊声"。可是就是这些人,却在大庭广众之间装着道貌岸然。

作品中唯一真正懂得艺术的人就是送礼物的萨沙。当医生说这个烛台"太不文雅""妖形怪状"时,他是这样说的:

> 要知道这是艺术品,您瞧嘛!那么美丽,那么优雅,使人的心里充满敬仰的感情,泪水禁不住涌上喉头!见到这样的美,就会忘掉人世间的一切。……您瞧,多么活泼,什么样的氛围,什么样的神韵啊!

这个人物的任务,是正面地指出艺术的高雅和世俗肉欲的区别。他是个好人,应该是属于正面人物了。作家是如何处理这个正面人物的呢?值得注意的是,作家赋予他的,除了真诚地感谢医生和指出艺术与肉欲不同之外,并没有给予他什么光彩照人的品性。作家并没有因此而美化他。斯米尔诺夫和其他人物一样,这个人物并没有外表的(肖像)描写。在整篇小说中,既没有什么描写,也没有什么抒情,哪怕是推进情节也是一样,连必要的叙述都很少。表现人物几乎只用一种手法,那就是对话。而这个正面人物的说话并不十分艺术。在一开头把礼物送给医生,说明来意,是这样的:

> 我妈妈问候您,伊凡·尼古拉耶维奇,吩咐我向您道谢。……我是母亲的独根苗,您救了我的命……治好我的重病。……我俩都不知该怎样向您表示谢意才好。

医生客气了一下,他接下去说:

> 我是我母亲的独根苗。……我们是穷人,当然,没有办法报答您出的力……我们很难为情啊,大夫,不过呢,妈妈和我……我母亲的独根苗,恳切地要求您收下我们的谢礼……喏,就是这个东西……它很贵重,是古铜的……珍贵的艺术品。

话说得断断续续,当然为了表现他的激动。但是也明显缺乏条理,而且充满了重复,光说自己是母亲的独根苗,就重复了三次。道谢的意思(道谢、谢意、谢礼、报答)重复了四次,颠颠倒倒,语无伦次。就是在说出相当警策的句子时,也是一样:

> "当然,用世俗的眼光来看,"萨沙说,"那么,当然,这个具有高度艺术性的作品就变成另一种东西了……不过,大夫,您应该比俗人站得高些,特别是因为您不肯收,就深深伤了我和妈妈的心。我是我母亲的独根苗……您救了我的命。……我们把我们最宝贵的东西送给你了……"

说到艺术理论的时候,要求医生比俗人站得更高些,这相当到位;可说到自己的时候,又陷入重复自己是母亲的独根苗的车辘轳话中。这充分显示了契诃夫对人的理解:人都是平凡的,社会地位高的,平凡;社会地位低的,哪怕是对艺术品有见解的,也很平凡。但平凡的社会地位掩盖不住他内心的美好。在契诃夫笔下,即使是英雄也是平凡的,光从言谈举止上是看不出来的。契诃夫有一篇小说《跳来跳去的女人》,其中有一个人物叫戴莫夫,这个人后来被证明是个"英雄",但是在日常生活中,却很平凡,很木讷,长相也很一般,连他那一直在寻找英雄的妻子都没有感觉到他有什么可敬之处。直到他因为救治生白喉的孩子,用嘴巴去吸他喉头的脓,受到传染,不治身亡以后,他那一直在寻找英雄的妻子,才意识到他就是英雄,但为时已晚。

《黑珍珠》：生理的长大和心灵的成长

这篇课文所显示的是十六岁少年精神的升华，我们可以在小说的开头和结尾找出点题的、互相呼应的语句。

第一个，就是第一自然段的最后一句："我还没有长大。"

第二个，在最后一段中最后那几句话："钟声在城市上空回荡，钟声也在我心头回荡，因为这是崭新的一天，我成为大人。"

这个"我成为大人"和前面的我"还没有长大"，在思想上显然相呼应，构成了文章的意脉，不但把青春期精神成长的主题点明了，而且使小说的结构变得更加严密。当然不把这两个互相响应的词语突出来，也可能对主题不会发生误解，但是作为技巧，是应该注意的。这个故事比较长，人物关系比较复杂。作者是一位儿童文学作家，作品是写给孩子们看的。也许写给成人看的作品就不一定要这样点明了。

对于这里的"长大"，要稍微作些分析，一般说的"长大"是指生理的，但这里却不是，主要是精神的，成为大人，就是说不是小孩子了。

那个孩子——"我"，在这篇小说中的成长，经历了多少"蜕变"呢？

如果是在现实生活中，在一般人，精神的蜕变、升华，是缓慢的、渐进的、默默无声的，是看不见、摸不着的，是微妙的，有时甚至转瞬即逝。一般情况下，是体验不到的，甚至在某些粗心的人那里，连感觉都没有的。用一句俗话说，就是潜移默化的。这个潜移默化的过程，是断断续续的、头绪纷繁的、杂乱无章的。但这种成长，这种精神的变动是深邃的，对一个人的未来意义重大。它决定一个人的品性，生活道路的选择，生命价值的确立。表现这丰富的精神变动，不能照生活中那样，有那么长的过程，那么纷繁的头绪，那么缺乏连贯性，这就得有一种办法，把它漫长的过程集中起来，把杂乱的头绪单纯化，把不可直接感知的，变为看得见、摸得着的。于是就有了本文构思的焦点：黑珍珠。

它既是集中的，也是可感的，也是单纯的，而且还是可持续发展出曲折的情节来的。

在情节起伏发展的过程中,我们看到,围绕着这颗黑珍珠,孩子在与自然环境的冲突中,在与周围人的冲突中,对于黑珍珠的观念发生了蜕变。

小说的特点,就是以黑珍珠为焦点。围绕着黑珍珠,出现了多样的人物。每一个人物,都觉得黑珍珠无比宝贵,但不同的人物对宝贵的感觉各不相同。每个人物对它都有不同的想法,不同的感觉,不同的想象,不同的行为逻辑,不同的价值观念。让这些不同的想法、感觉、想象、行为逻辑扭结在一起,发生错位、冲突,产生波澜起伏的情节。在曲折的情节中,孩子精神成长的阶段逐步表现出来了。

第一阶段,他不喜欢在珍珠行里做珍珠买卖,不喜欢在墙缝里监视渔工采摘珍珠,他要自己出海采珍珠。

他面临的第一重挑战是大海的凶险。这就是说,他成长中的第一个层次是和大自然作斗争。如果这种凶险仅仅是限于海上风浪,这就可能太没有特点、太老套、太没有深度了。作者把凶险转化为黑珍珠和神秘的怪鱼的取舍。为了强调怪鱼的凶恶,作者采取了两个办法。第一,一次又一次让它重复出现,让印第安人讲述关于它的令人毛骨悚然的故事。第二,让它带上神秘的、不可捉摸的、甚至可能带来灾难的特性。

如果光是这种性质的凶险,那就只能表现孩子和大自然作斗争的英勇,而英勇是为了采到黑珍珠。按照世俗的观念来看,黑珍珠的价值是一种巨额的物质财宝。但,老印第安人认为私人拥有可能会带来灾难,应该把它还给怪鱼,也就是神秘的大自然。孩子不同意,孩子的父亲就把它献给了能够保护渔民平安的圣母,以为这样就会让船队航行平安无事。孩子的精神经历了第一阶段的成长:冒着生命危险获取珍珠,是为了个人的目的;把珍珠奉献给圣母有利于航行安全,则是有利于公众的利益。但是,把黑珍珠奉献给圣母以后,还是发生了海难,而这次海难的受难者,恰恰又是孩子的父亲。于是孩子决定把圣母像上的珍珠偷下来,扔到海里去。虽然,这说明他听信了老印第安人的说法,但这一决定,说明他是为了公众的利益。不过在这以前,是自发的,听从父亲,而这次是自觉抉择。只是这种正义的抉择,竟然是以偷的形式来实现的,更增加了故事的趣味。

如果说,以上关于黑珍珠的价值观念的转折,都是显性的,在故事情节表层的,那么,还有一条隐性的线索慢慢地显现出来,那就是和路易斯的价值观念的冲突。在路易斯的感觉中,黑珍珠只有成为他私人的财宝才有价值。在这以前,价值观念的矛盾并没有爆发为行为上的冲突,而这个矛盾最后转化为行为上的冲突,升级为生死搏斗。在惊心动魄的搏斗中,孩子是弱势,但自然暴力的象征——怪鱼的出现,使强势的路易斯葬身鱼腹。

最后孩子还是把黑珍珠献给了圣母。

在小说的结尾,作者并没有把主题说出来,而是非常含蓄地抒情,在大幅度的抒情文字中向开头的"还没有长大"隐隐约约地呼应:

> 我走进教堂,看见一张悬赏一千比索捉拿偷盗圣母珍珠的窃贼的布告,我撕毁了它。然后来到圣母玛丽亚面前,把黑珍珠放在她的手掌里。我又爬上教堂的钟楼,拼命地拉动钟绳,人们不知道发生了什么事情,都挤进教堂里。谁也没有注意我,我溜出教堂,金色阳光洒在屋顶上,钟声还在城市上空回荡,钟声也在我心头回荡,因为这是崭新的一天,我成为大人。不是到"赛拉查父子珍珠行"的那一天,也不是找到黑珍珠的那一天,而是在这一天。

这个结尾写得很精彩,可能是这篇小说里最为精彩的部分,虽然用的篇幅不及写得相当精彩的和怪鱼搏斗的场面,但从艺术的角度来说,要精彩得多。为什么呢?因为其中的内涵是多重的,几乎是难以穷尽的。

为什么长大了,不是到"赛拉查父子珍珠行"的那一天,这个问题很好回答,因为那仅仅是当一个商人的接班人。为什么不是采到黑珍珠的那一天,因为黑珍珠在开始采到的时候,还只是物质价值,其精神价值的确立还要经历一场惊心动魄的斗争。而这一天,恰恰是黑珍珠的价值得到升华的一天。它不在于个人拥有,个人拥有仅仅是物质的,而物质的贪欲,可能令人变成路易斯那样的邪恶者。偷偷地把它从圣母手中拿走和偷偷地又还回去,其中的意义有相当大的反差。偷出去的时候,是为了还给大海,保证航行平安;还回去的时候,已经知道,即使它不一定能够护航,但,仍然要奉献给圣母。把财宝还给圣母的意味相当深长。这种深长的意味,似乎是不可穷尽的,至少是可以多方面来阐释的。如从对怪鱼的恐怖中解脱出来;如对宗教进一步理解,并不一定是当场兑现的救赎,而是一种精神的升华,那就是对一己私利的超脱。这可能与作者的宗教信仰有关,肉体是有罪的,精神需要救赎,献给上帝的才是最崇高的、永恒的。

为什么要大张旗鼓地敲钟呢?也许这是一种庆祝,庆祝自己从物质的私欲中获得解放,而且这种解放,不仅仅是个人的私事,还是一件对公众生活意义重大的事件,对上帝的皈依,是值得隆重庆祝的。

意义这么重大的事件,孩子这么重视,意图是什么却没有宣布,而是偷偷溜出了教堂。这可能是说明,成长是默默的,是看不见、摸不着的,应该是慢慢在内心体悟的。

《一个人需要多少土地》：人性贪婪的虚妄

列夫·托尔斯泰的《一个人需要多少土地》是一则寓言，也可以称之为寓言式的小说。

这里有情节的曲折，有人物的心理，有突变的因果，为什么不说它是小说而要说它是寓言呢？因为它虽有情节和人物，但似乎并不着意刻画人物的特殊性格。如果是小说，人物就应该有个性。这里有没有呢？

这个人物的心理线索的发展变化大致如下：

起初，他很贫困，辛勤劳动，养家糊口，但他却没有自己的土地。他的目标是有朝一日能拥有自己的土地。

后来他尽自己最大的努力，终于买到了五十公顷土地。他买地的目的就是维持自家的生计，因为没有自己的土地，生活根本无从谈起。

在他过上小康生活以后，对生活得更好的前景"充满了渴望"。为此他搬迁到一个新的地方，"生活比以前强了十倍"。但是，他并不就此满足，他想拥有更多的土地。他开始变得有点儿贪婪了。

于是，他来到巴什基尔买地，因为这里的地更便宜：只要他一天之内能到达最远点，再能够回到原地，他所经过的面积都属于他。这时，他所要的土地，已不再是他的生计所需，甚至也不是他维持小康生活的必要，而是满足他越来越膨胀的贪欲。耗尽生理的能量以后，他得到了最大限度的土地，可是他却被活活累死了。

作者的笔墨完全用来描写欲望逐步膨胀的过程。这种欲望起初是为了实用，为了维持生计，在达到足够的保障以后，虽然也曾有过满足的感觉。但是，贪欲却无休无止地膨胀，以超越生计需求为特点，最后贪欲极端膨胀，走向了反面，终于摧毁了生命。

这里情节的主人公是一个人，但其心理却并不是一个人的，而是代表着普遍的人性。因为作者描述贪欲膨胀的递增，并没有引起多少矛盾，没有让任何一个亲近的人与之发生矛盾,拉开心理错位,因而并没有显示出不同人物的不同个性的逻辑。这样,我们就有理由说,这不完全是小说,在更大的程度上是一篇寓言。

《皇帝的新装》和本文有些相似,尽管《皇帝的新装》有众多的人物,但人物并没有什么个性。这一篇则更是如此,揭示的是人的贪欲永远没有止境。欲望本来是为了人类的生存而起,但是,欲望的膨胀却脱离了人类生存的基本目标,当它膨胀到极端,就会导致对人类生存的危害。

这篇寓言最为精彩的是作者的构思。首先,他把这个主人公设计为一个贫苦农民,而不是一个富豪人士。其意旨在于,导致人物死亡的贪欲,并不仅仅存在于富人心中,而且存在于穷苦人的心中。这是人类在心理上的共同弱点。其次,他让这个农民的贪欲毫无障碍地实现。这就说明,作者的目的不在揭示贪欲造成的争夺、罪恶等,相反,一切贪欲,都是面向大自然的,面向原始的、土地私有观念很薄弱的群体的。在这样的构思中,贪欲没有引起贪欲的障碍,一方面有贪欲,一方面则没有。主题就单纯化了。这就有利于揭示人类心灵普遍存在的而不分社会阶层的贪欲。农民拥有了比维持生计多十倍的土地之后,心理有了这样的变化:

> 即使在这里生活他也不满足。他想种更多的麦子,但是属于自己的土地太少。如果这些土地都属于我,该有多好啊!

从无可厚非的,到略嫌过分的,到导向贪婪的过程都是渐进的,没有矛盾冲突的。有了十倍以上的土地,他又想得到"比现在多十倍的土地"。贪婪与进取之间,距离并不遥远。其间的渐变性,使得人们不易觉察自己从求生走向毁灭。

这种邪恶的贪欲,并不是一下子就显出了可恶、可笑、可悲,而是有着发展、变化、转化的过程的。主人公原来也是善良的。在转化的过程中,有时也富有农民对于土地的朴素的热爱:

> 他成了一个地主,耕种自己的土地,在自己的土地上晒干草,砍自己的树,在自己的牧场上放牛。当他去耕地或者察看庄稼、草地的长势时,心中充满了欢乐。那时生长的青草与盛开的鲜花在他看来都与众不同。

这是作者和读者都可以理解和同情的。这种贪欲的丑恶成分在哪里呢?作者并没有刻意写他的贪婪导致对长工和家人的苛待或者冷酷。作者要强调的是,这样的贪欲只给自身带来了致命的损害。这种恶不是奴役他人的恶,而是一种自我奴役的恶。当他感觉到自己难以承受疲劳之时,他也有过思想矛盾。他睡意沉沉,他不敢休息,他自甘受罪。因为他想:"现在受一小时的罪可以换来一生的幸福。"在这个过程中,他有过"太贪心"的自责,有过"疲劳而死的恐惧",但是他并未适可而止。读者看到的结局是他并没有走向幸福。与其说他死于疲劳,不如说他死于自己不可克制的贪婪。

文章最后,对于人类贪婪的悲剧,不是一味地批判揭露,而是流露出温和反讽的情调。作者构思的巴什基尔人的买地规则,其实就是一种游戏。这种游戏的矛头是指向人心的贪婪的。占有欲越大,即带来越多的土地,就越带来落空的危机。这其中隐藏着对贪婪者的嘲弄。作者如果仅仅是严峻的批判,那么他完全可以让这个过度贪婪的农民,最后回不到原来的起点,彻底失败。但是,作者让他处于尴尬的两难之中。要么保险一点,贪婪之心收敛一点;要么冒险一点,失败落空的风险增大一点。作者没有让这个农民完全落空,而是选择了让他的"梦想"落实了以后,即走到了原来出发的地方,获得了他所追求的土地。从这个意义上来说,他是胜利了;但是,作者让他在获得胜利的时刻死去了。这样就构成了强烈的反讽效果:一方面如愿以偿,获得了广阔的土地;另一方面付出了生命的代价,使得这样的获得变得毫无意义。当然,这个农民的家人可能因此而占有了这么多的土地,但是,对于一个死去的人,这样大量的土地,其意义何在?作者用了这样几句话来表现:

> 他的仆人捡起那铁锹,在地上挖了一个坑,把帕霍姆埋在了里面。帕霍姆最后需要的土地,只有从头到脚六英尺那么一小块。

死亡的巨大代价,使得贪婪变得渺小而可笑。这样可笑的、甚至可以说有点黑色幽默的结尾,包含的意味是非常丰富的。从这里我们可以感到,作者所讽喻的不仅仅是这样一个农民实际所需的有限和贪欲的无限,而这样的矛盾正是人类心理的共同弱点。

《黑羊》：人类社会深邃的荒谬

这是一则寓言，其中的人物是没有具体国家、民族、时代特点的，甚至连性别都没有。好像不是小说，但却可以看成是小说的一个变种。读这种作品的价值是，只有知道什么不是纯粹的小说，才可能更理解什么是小说。

这里的人物都是只有共性，没有个性的。正因为这样，它所表现、所揭示的，不是人物的特殊命运，而是人类的共性，即人性的某一个方面。这则寓言也不像一般的寓言那样，以教人为善为主题，相反揭示了一个人人都偷的恶性循环。这篇寓言最主要的特点是人物和情节，却是极端反常、极端荒谬的。

要读懂这篇寓言，就要抓住"荒谬"的特点。

荒谬的第一层次：首先，是人人都偷，从习惯于互相偷窃，严重到只有互相偷窃才能维持生存的秩序；其次，是大家都"幸福"地生活在一起，没有富人，也没有穷人。

值得注意的是，荒谬到极点同时也是正常到极点：大家都是贼了，就都没有了贼的感觉。大家都偷，从正常理性来看，是道德堕落的表现，可是大家都偷，且是互相偷，就没有了偷与被偷的矛盾。这个逻辑一面显得荒谬，一面又有道理。这就是说，荒谬而有理。

荒谬的第二个层次：正常的人、诚实的人、不偷的人反而变成了不正常的人。

原因是，一人不偷，就造成另一个人不能偷。因为正常，却打破此间的正常。他不偷，弄得人家没有了口粮。从正常逻辑来说，这是无理的，但从这个特殊的环境来说，又是符合逻辑的，可见这不是一般的理，而是一种歪理。这是第二个层次的歪而有理，是歪理的第二次歪推。

荒谬的第三个层次：诚实人离开了家，让人去偷他家里的东西，但是自己不偷别人的东西。久而久之，没有被偷的人变得富有了，而老是偷诚实人家的人，因为没有东西可偷就变穷了。

从表面上看，这是符合这个环境里的现实的，是有道理、合逻辑的。但是，从实质来看，用这样的逻辑来解释穷人和富人的分化又是很荒谬的。

这歪理歪推的第三个层次，是一个很关键的层次，但是，这里的歪理似乎比之前的歪理有些不同。那就是从字面上看来，是歪的，但是，从实质上来看又是歪中有正，正在哪里呢？富人的财富是偷来的，是从诚实人家里偷来的。

这一点很深刻。至少代表一种很严肃的经济学派观念，所谓偷财富，其实就是阶级剥削。但寓言又不是在图解马克思主义的经济学观念，他的观念和这个学派的阶级剥削的观念是有些不同的。

这就产生了第四层次的荒谬：富人停止偷窃，雇佣穷人偷窃，造成富者愈富，穷者愈穷，进而达到两极分化。

这同样是荒谬的，又符合这个特殊环境的逻辑。第四个层次的歪理歪推，仍然是歪中有正。不过歪和正的反差更加强烈了。歪得更加无理，正得更加深刻了。

第五层次的荒谬：富人不能停止偷窃，一旦停止，就会变穷。于是雇佣穷人来看守财富，免除了被偷的可能，久而久之，人们就忘却了偷和被偷，只说富人和穷人。

这是极其荒谬的，但是，其中又蕴含着极其严酷的真理。作者唯恐读者不明白，最后又加上一句：

但他们个个都还是贼。

人人都是贼，这不是马克思主义经济学派的观念，而是卡尔维诺的观念，是人性恶的观念。在他看来，人的本性中，就有某种自私的、偷窃的本能。不仅富人如此，穷人也是如此。社会现实弄成这个样子，富人要负的责任应该比穷人多一点。因为正是他们雇佣穷人去偷窃，又去看守他们的财富，使得穷人要偷也不可能了。

整个情节是很荒谬、很可笑的，然而又是十分深刻、十分严峻的。可笑，令人感到些许幽默；深刻，令人感到冷峻。这是一种冷峻的幽默。这里似乎很难找到罪魁祸首，有的只是恶性循环。从这个意义上来说，这有点黑色幽默。

另外一个版本的结尾，在文字上和这个版本有些差异。如下：

因此他们又雇了穷人中的最穷者来帮助他们看守财富，以免遭穷人行窃，这就意味着要建立警察局和监狱。

这就更加深刻了。深刻在把警察和监狱的性质,定性为富人服务的暴力工具。文章最后还有一句:

> 唯一诚实的只有那个诚实的人,但他不久便死了,是饿死的。

这里的意味更加深长,但是也更加绝望了,世间唯一诚实的人死了。活在世上的都是贼,都是在相互欺骗的人们。这太可怕了,人性太黑暗了。卡尔维诺是一个思想很深刻的作家,但是他的文章风格却是十分朴素的。在《黑羊》中,通篇都是简洁的叙述,连起码的描写都没有。但是,就凭着这样的叙述,他却使得他的作品发出震撼人心的力量。

《皇帝的新装》：以没有个性的共同心理奥秘取胜

这是一篇有点接近于小说的童话，但又不是小说。

其含义已经越出了童话，进入了日常语言，即使没有读过《皇帝的新装》的人，也会懂得这个典故的意思是：心照不宣的谎言。按照何其芳的"典型共名"说，一个文学形象，成为口头或者书面交往中人所共知的话语，意味着成为家喻户晓的典故，这是文学作品的最大成功。在中国文学经典中，类似的还有"画皮"（《聊斋志异》）、东郭先生（《中山狼传》）、诸葛亮、张飞（《三国演义》）、李逵（《水浒传》）、贾宝玉、林黛玉（《红楼梦》），等等。

《皇帝的新装》是一篇外国作品，之所以有这样大的影响，其中一个重要的原因就是这篇童话有某种寓言的性质。它不仅仅是一个童话故事，而且超越了一般童话的想象和道德教化的价值，揭示了人类中一种普遍的心理现象——在权势者面前，人们包括那些位高权重的大人物，对于显而易见的谎言都是随声附和的。

因为要揭示的是普遍性的、跨越时代历史的社会心理，所以童话故事一般并不强调具体的地点和时代：

> 许多年前，有一个皇帝，为了穿得漂亮，不惜把所有的钱都花掉。

不但时间、地点是不具体的，连皇帝的名字、年龄也都是含糊的。这样写的好处，是便于突出某种普遍性。这是寓言的特殊功能，它所讽喻的不是某一个国家的皇帝，也不限于某一个时代的大臣，而是人类生活中一种普遍的精神现象。

《皇帝的新装》这样的故事是荒诞的，这自然是作者的虚构。读者和作者有一种默契：这样的情节在现实世界中是不可能发生的，只有在想象世界才可能发生。但这种想象的虚构却必须是可信的。不但讽喻的内容要可信，而且情节的发展也要可信。而要让这个荒诞的故事情节发展的每一环都可信,这个难度是很大的。

不仅要让皇帝,而是要让大臣都睁着眼睛说瞎话,无一例外地对客观事实视而不见,大家心照不宣,就必须有一个心理根据。

在我国古典文言小说中,《崂山道士》是以视而不见作为故事情节的核心的,但那是道术。修炼不到家,是要碰钉子、闹笑话的。在梁释慧皎撰的《高僧传·晋长安鸠摩罗什》中也有过类似的想象:

> 如昔狂人,令织师绩线,极令细好,织师加意,细若微尘,狂人犹恨其粗。织师大怒,乃指空示曰:"此是细缕。"狂人曰:"何以不见。"师曰:"此缕极细,我工之良匠,犹且不见,况他人耶。"狂人大喜,以付织师,师亦效焉。皆蒙上赏,而实无物。①

这段原本是一个寓言,用来说明大乘佛教"有法皆空"的精义。从性质上来说,是宗教哲理。孤立起来看,这故事里视而不见的原因是心理的迷狂。首先是,狂人自己要求太高,明明是极细之织物,却嫌织得不够精细。后来,什么也没有,却盲目相信"良匠",由自卑而迷信,以不见为见。从性质上来看,这就是一个心理变态、扭曲的现象。

从这一点来说,这个故事和安徒生的《皇帝的新装》有相近之处。

但是,在安徒生的作品中,视而不见并不是由于道术。它不像道术那样须要超越现实的利害,一旦有了非分的功利之心,道术就不灵了。在这里,首先是由权力决定了利害,使皇帝、大臣、世俗人等明明没看见任何新衣,为了避免给自己带来不利,就随大流说皇帝的新衣如何美好。除了孩子以外,没有一个人敢讲真话。如果光有这样一个原因,就来构成故事情节,显然还比较勉强。安徒生作为一个艺术家,还特地为整个情节的因果性提供了一个更为深邃的心理基础,他让两个骗子提出,他们缝制出来的最漂亮的衣服有一个特点,就是:

> 任何不称职的或者愚蠢得不可救药的人,都看不见这衣服。

骗子是要骗人的,然而,骗一个人容易,要骗许多人还是有困难的。但是,有了这一条,就可以使许多人一起顺理成章地自我欺骗并相互欺骗。这个原因虽然同样是心理性质的,而安徒生的天才表现为,不像《高僧传》中那样,是单个的狂人,一次性的自

---

① 释慧皎《高僧传》,汤用彤校注,中华书局 1992 年版。

我蒙蔽,这里的自我欺骗是连锁性的。除了那个孩子,每一个人都陷入了矛盾:要么承认自己不称职或者愚蠢,要么就用谎言来掩饰这一点。结果,大家都不约而同地选择用谎言来自欺欺人。

到这一步,就不仅仅是个人的心理现象,而是带上哲理的性质了。自欺欺人不单纯是一个人的心术不正,而是人与人之间的恶性循环。

要对这种现象彻底加以艺术的批判,光是简单地揭露一下是不够的。这篇童话的精彩,就在于用层次丰富的故事尽情地展示这种自欺欺人是如何构成显而易见的荒谬的。自欺欺人是一样的,但每个人的表现又各有不同。两个大臣都被皇帝认为是"诚实"的,都害怕被证明是愚蠢或者不称职的,对此,安徒生用了稍稍不同的文字来表现。至于皇帝前来的时候,心理也是一样的,但是,文字也是有明显差别的。

这在美学上叫作统一而丰富。光有统一的情节可能会单调,可是,一味曲折,也可能显得芜杂。比起小说来,童话这种形式更加强调统一,以统一的因果性达到单纯的效果,因而除了文字上的差异以外,人物的心理并没有多大差别。如果是在小说中,可以肯定,那两个大臣在个性上肯定是要有巨大的反差的,甚至可能会产生矛盾乃至冲突。这是因为,在童话中人物的普遍性比人物的特殊个性更受到重视。

值得注意的是,皇帝穿着所谓的"新装"游行的时候,睁着眼睛说瞎话的人,并不限于大臣和武士,还有许多普通百姓:

> 这样,皇帝就在那个富丽的华盖下游行起来了。站在街上和窗子里的人都说:"乖乖!皇上的新装真是漂亮!他上衣下面的后裙是多么美丽!这件衣服真合他的身材!"

这说明,自欺欺人的并不一定是统治阶级,连普通老百姓都一样陷入了这个欺骗的罗网。

这样的讽喻已经相当警策了。如果安徒生仅仅揭露到这个程度上,当然也是相当深刻的,但似乎还不够全面。谎言虽然可以被盲目地认同,可它毕竟是脆弱的。为什么安徒生最后安排了一个小孩子来揭穿这个谎言?这说明,首先,谎言并不难识破,只要具备最普通的人的感觉就足以认清。其次,谎言并不拥有特殊的力量,只要小孩子喊一声,它的真相就会暴露。第三,"所有的老百姓"也并不顽固,只要有人,哪怕是小孩子,带头振臂一呼,就觉醒了。第四,皇帝对真理也没有特别的抵御的感觉,他得知自己身上没有任何衣服,他甚至"有点儿发抖"。这就揭示了一个朴素的真理:谎言是不堪一击的纸老虎,这是比盲从谎言更为深刻的一笔。

但这还不是最深刻的。安徒生接着揭露:滑稽戏并没有因为百姓和皇帝都意识到而立即结束。

> 不过他自己心里却这样想:"我必须把这游行大典举行完毕。"因此他摆出一副更骄傲的神气。他的内臣们跟在他的后面走,手中托着一个并不存在的后裾。

这说明,安徒生虽然是在写童话,在幻想世界里自由地想象,但他却很现实。意识到荒谬、虚假、欺骗,并不意味着马上就能改变。要真正改变现实世界的不合理的事情,还有很长的路要走。

《猫的天堂》：在物质富足和精神不自由之间

题目"猫的天堂"显然是虚拟：天堂是人的观念，猫是不存在天堂的问题的。全文以猫的第一人称自述，就更是虚拟的了。最后的结尾又来了一句，单独成一段："我说的是猫的事。"这不是废话吗？显然不是，因为文章写的是猫，实质并不是猫。与其说是一篇写实性质的小说，不如说是一篇寓言，或者寓言性质的小说，小说性质的寓言。中学生课本中有不少寓言，如《农夫和蛇》《愚公移山》《中山狼传》《皇帝的新装》，等等。写的都是超越现实的动物和人物，但是，所指的却都是现实的人，揭示做人的道理。《愚公移山》是讲人的毅力的；《伊索寓言》中农夫和蛇，阿拉伯人的渔夫和魔鬼的故事和中山狼的故事，都是讲对恶人不要有任何幻想，要以机智取胜；《皇帝的新装》则讽喻思想随大流，闭着眼睛人云亦云的人性弱点。这说明寓言与一般文学作品的不同之处是：一方面讲的是超现实的故事，一方面又讲现实的道理。寓言表达的道理通常比较简明、具有格言性质，若是直接说出来，就是抽象的、难以感动人的，而通过具体的、个别的人和动物的故事，则会变得形象生动、具体可感。

这篇《猫的天堂》也讲道理，但这个道理是从故事的特殊逻辑中显现出来的。一只猫过着非常舒适的生活，有相当豪华的物质享受，受到主人的百般宠爱，但它却感到厌倦烦腻，一点儿也体会不到幸福，于是就产生了一个愿望——逃离舒适的生活环境，到屋顶上过自由自在的生活。这个愿望成了它的"信仰"，当然，这种生活究竟如何，猫并不清楚。但是它觉得"不可知"就是"理想"。"不可知"，为什么要加上引号呢？这就提醒读者注意，暗示有悬念。理想、信仰、幸福，究竟如何，是有疑问的。

这个寓言性的小说的特点，首先在于，它是一种双重的对称结构。

第一重对称，发生在猫身上。先是明明无忧无虑、生活安逸，却感到不舒服，不幸福，讨厌、愁闷、烦腻得要作呕，想要逃到外面去。为什么会产生出这种逃离的"信仰"呢？"一生中，除了煮得半熟、带有鲜血的肉以外，总应该有些别的东西。"这就是说，物质上的富足太单调了,还要丰富一些。从具体描述来看,它向往自由自在的生活。但是,左拉暗示,它的这种自由自在的"信仰"有一个前提:生存的物质条件是不在考虑之列的,在每一扇关着的窗子后面都有现成的肉。

门的那一面可就是人家藏着的肉。

与此相对称的是,一旦到了窗子外面,自由自在是不成问题了,可生存却成了问题,尤其是丰裕的物质条件丧失了,饥饿和寒冷使得"信仰""幸福"都变了质。自由成了灾难,感觉发生了倒转,原先烦腻的一切变成了向往,渴望逃离变成了渴望回归。

第二重对称发生在猫与雄猫之间。同样的在艰难的物质条件下,对物质的匮乏和精神的自由有着两种相反的选择:一个是选择放弃自由,一个是选择坚守自由,将艰难的物质生活视为享受。

文章的寓意因情节结构的双重对称而显得特别鲜明。

从宏观上来说,这是左拉在艺术构思上的胜利;但宏观的构思只是骨架,微观的、精致的细节才是血肉。

左拉的艺术细节很精致。一方面是人,有人的思想情感,而且有时能够上升到哲学层次:"'不可知'就是理想。"但如果全是人的思想,就没有多少趣味了。要知道人的思想和猫的感觉有很大的区别,在自然状态中是互相冲突的。艺术想象的任务,就是要把人性和动物性水乳交融地、自然地结合起来。像米老鼠有孩子的情趣,但是必须在小老鼠的感觉限度之内;孙悟空必须是人性和猴性的统一才好玩,才经得起欣赏。他被二郎神追赶,化作鱼、化作鹰,都很不错,但并不是最动人的,后来,化作庙,可是尾巴没有地方藏,只好把它化作旗杆,立在庙的后面。结果被二郎神识破:旗杆只能立在庙门口,哪有立在庙后的,这比之鱼、鹰就更为生动。因为有不可更改的猴性(尾巴),有孩子的顽皮和粗心。人性和动物性,二者不是并列的,而是融合的。左拉的细节全从猫的感觉出发:例如,它感觉中好的肉是煮得半熟的,带着血的。它感到烦腻的是主人的抚摩,它向往的"快乐"和"真正的幸福"是可以在屋顶上随意滚来滚去、打架、晒太阳等。左拉的创造力就在于把人和猫不着痕迹地结合起来。在人看来,打架、在地上滚算什么幸福呢?可是对于在屋子里关得太久的猫来说,是很有趣味的。在猫的种种感觉中,厌倦现成的、安逸的生活,又和人的精神息息相通,就显得特别有意味。作家的功力就在于把有趣和有意味既相错位又相统一地交融起来,在猫到了外面以后,猫的感觉和人的感觉的错位幅度拉开得更大了,趣味就更浓了:

> 这屋顶有多么美啊！屋顶四周，有水槽围绕着。从水槽中，发出一种甜美的气味。我畅畅快快地循着这水槽；我的脚就踏在槽底的烂泥里。这烂泥的温和与柔润是无可形容的：我就好像在天鹅绒上走路一样。

"甜美的"和"水槽","烂泥"和"温和与柔润""好像在天鹅绒上"一样，一方面在猫的感觉中是有理的，而在读者的感觉中却是无理的。强烈的错位，显而易见的荒谬，反差越大，趣味就越浓，反讽的效果就越强。下面的"快乐""有趣""美""好"和读者的阅读观感的反差继续扩大：

> 啊！现在是远离了你姑母的温存了，我要喝水就在水槽里喝。那美味是调糖的牛奶绝对比不上的。我觉得一切都好，都美……

荒谬感，带来了幽默感，猫感到肚子饿了，问它的朋友老雄猫，应该怎么弄到东西吃，老雄猫"带着一种学者的态度说：'找到什么就吃什么。'"左拉强调了"学者的态度"和找东西的艰难之间的反差：显示了左拉的幽默。在偷肉被打之后，老雄猫教导它，晚上到"街上的垃圾堆里去找食吃"。煞风景的"垃圾堆里去找食""像个硬心的哲学家"之间的严肃之间的错位使得幽默强化了。如果事情到此为止，左拉的幽默还算是比较温和的，但是，困境不仅仅在于饥饿，而且在于寒冷，外加生存的威胁。这就使猫的感觉发生了变化，原来一切美的感觉都变丑了："现在的街道在我看来多丑啊！它已没有从前那样美好的热和光。"曾经"在上面畅心快意打滚的阶沿上满是泥浆"，能够得到的食物只能是垃圾堆里没有肉的骨头。生存的困境是严峻的，左拉的幽默上升到理性的层次，变成了反讽：

> 啊！该死的街道！该死的自由！我是多么想回我那牢狱啊！

反讽就是反话、歪理、不合理。牢狱，怎么可能变成向往的地方呢？如果从这只猫的角度来说，这是合乎逻辑的，它不能忍受生活的艰难，自然就想回到那可以坐享其成的安乐窝里去。但是，从人的思维来说，还有一层逻辑错位：猫怎么可能有这样抽象的思维力度呢？怎么可能有自由、牢狱等观念呢？

这就是文体所赋予的自由：寓言故事的象征性允许把动物拟人化。这不是动物的感觉和观念，而是人的。人的共识，也就作家和读者的共识，就是自由的价值高于一切,不自由,毋宁死。自由的价值高于活命的价值。可是,这里却反其道而行之。显而易见的荒谬感构成了反语讽刺。其特点是字面上的表述,是对自由价值的否定,内在的含义恰恰是以自由价值对活命哲学的批判。也许左拉对他的读者的理解力不够放心,接着就借老雄猫的嘴说道:

> 像你这样一只肥头胖耳的猫,生来就不配享受自由中的艰辛的快乐的。

这显然是全文的思想焦点:首先,自由是一种享受。其次,享受的不是物质的丰裕,而是艰辛,只有艰辛才是快乐。自由是有代价的。在这里就是饥饿、寒冷和为生存而奋斗的精神。在世俗观念中,也就是猫的感觉中,艰辛是痛苦的,但是,自由选择的艰辛却是快乐的,是一种享受。这就是说,自由使艰辛转化为快乐。反过来说,不自由,就是安享尊荣,也是痛苦的。小说的结尾,写出两种立场的分化。猫决定回到主人那里去享受物质的富足,宁愿牺牲自由,向雄猫发出友好的邀请。但是,遭到雄猫的严词拒绝:

> 闭上你的嘴!你这个蠢东西!在你那安乐窝中,我非死不可。你那丰腴的生活只有杂种贱猫觉得好,自由的猫决不愿意用牢狱的代价来购买你所吃的肉和你那羽毛的枕头。

这时,寓言已经进入了思想的交锋层次,这可以说是作家左拉的自由宣言。把自己的思想通过人物的嘴巴说出来,在一般文学作品中,是用得比较谨慎的,因为这容易造成概念的宣泄。也许出于这种考虑,左拉在最后又回到感性中来,它让猫这样感觉:

> 我进了屋子,你的姑母拿起掸帚把我教训了一顿,我也用我的深挚的欢悦的心承受了。我大大领略了一番这温暖的挨打的欢欣。当她打我时,我早在做着大美梦,知道她打完了就要给我肉吃了。

这明显是对于耽于物质享受的精神麻木的反讽,对奴性的强烈批判。但是,左拉的激情不可克制,接着又用了一个单独的小段落把反语讽刺进一步地发挥:

> 真正的幸福与天堂,就是关闭在一间有肉吃的屋子里挨打。

这是点题,文章的题目是"猫的天堂",这里给天堂下了一个定义,显然是反讽。关闭、挨打,就是不自由、受凌辱,是谈不上精神上的幸福的,但是由于物质上的丰足(有肉吃),不自由、无人格却变成了幸福。这是反语,意思是奴性的麻木是可悲的。反语虽然没有直接表述,可是在这里却比直接、正面的表述更为惊心动魄。

左拉唯恐读者忘记了这是他对人的麻木的批判,在文章的最后,又一次使用了反语:"我说的是猫的事。"实际上,关于自由、关于幸福、关于天堂,明明已经超越了猫的感觉。这是读者已经心领神会的了,但是,左拉的这一提示,妙在用反语。如果,不用反语,而是用正面的话语:"我说的不是猫的事,而人的事",就大煞风景了。因为,反语含蓄,把思索的空间留给读者;而正语,则把现成的结论硬塞给读者。

《牛虻就义》：面对刽子手的精神优越

　　文章第一段本来极其重要，对革命家牛虻"判决枪毙"，这在法律程序上是必须极其严肃的，在情感上也是极具震撼力的。但是，作者却从两个方面强调其微不足道的性质。一是判决本身，官样文章而已，文章中有关词语值得注意：如"走过场""预先起草""无事可做"等；二是牛虻的反应，几乎是无动于衷，有关的词语是"不耐烦地挥挥手""毫无影响""仅此而已"。

　　这样表现牛虻视死如归的精神，已经是很突出了。但作者显然不满足，又采取了一系列手段来衬托这个英雄的形象。这种衬托主要是周围人物的反应，或者叫作"效果"。这是小说常用的手法，不从正面刻画人物，而从人物的对立面，即从敌人的反应中，展现出人物精神力量的强大。这种对比不是一般的对比，而是有精神层面的反面衬托的意味。从现实力量的对比来说，肯定是敌人强大；但在这里，作者强调的是，在精神力量上恰恰相反，不是敌人强大，而是即将被处决的人更强大。这种强大，是从执行吏的外部动作中表现出来的。军曹、统领本来是执行判决的，通常都很冷酷无情，但在这里他们都被感动了，"快要哭出声来""在职权范围内作出些小小的让步"。

　　这种反应，不仅有外部可视的，而且有心理不可视的。牛虻的英勇、高贵，竟然使得统领"常常私下觉得自己所扮的角色可耻"；到了行刑之时，行刑者的感觉竟是，让牛虻死于他们之手，"这对他们来说，就是去熄灭天上的明灯"。

　　这种反衬是相当夸张的，也可以说是把人物的精神力量的强大理想化了。然而，正是这种理想化，构成了这部小说浓烈的浪漫主义风格。但这种反衬只是一种背景，目的是直接表现英雄人物。对于人物，作者同时从正反两方面进行刻画。听完宣判以后，军曹感动得哭了，而牛虻却无动于衷地忘记了应该是回牢的时刻了。后来，他又拒绝了向神父忏悔。如果是一般无神论者的拒绝，并不见得有多么鲜明的个性，精彩的是牛虻的回答：

> 我什么都不要，只求安静。

　　这就是说，不存在有神和无神的信仰问题，而是连提一下都是浪费精神，哪怕是神父好心，在他看来，纯粹是对心灵安宁的打扰和破坏。更有特点的是，他说这句话的时候，"语调沉闷、平静，没有挑衅或忿怒的意味"。说明牛虻在死刑宣判之后，内心是多么平静。实际上，当他面对敌人的时候却不平静，对于行刑者常常抱一种嘲笑的、调侃的、甚至挑衅的姿态。这种姿态最大的特点就是自觉无畏、强大，看穿了行刑者心灵的孱弱。要求在行刑时不要按常规遮住眼睛，这本来已经够骇人的了，应该是他深思熟虑的决策，说出来应该是相当严肃的、相当认真的，但是牛虻却说得很随意，好像是偶然想了起来，差一点就"忘了"。

　　行刑的场面是本文的核心。作者追求的是英雄精神强大和敌人内心孱弱的对比效果。一方面是受刑者，一直"面带微笑"，一方面是执行者，被惨烈的场景震撼得"呻吟颤抖起来"，枪在手中不停地抖动，难以瞄准，甚至"被突如其来的恐惧抓住"，连指挥执行的统领都"打了个冷战"；而受刑者，身体伤残，几乎难以站立，还是平静地面对枪口，神态自若。其精神力量的强大，大致可以从以下几个方面去分析。

　　第一，面对即将到来的死亡，他居然还能对刽子手们发表演说，而演说的内容又充满了对他们的挑衅和调侃。这种调侃是牛虻写杂文时的一贯风格。如："早上好，先生们！""这次会面可比上一次愉快多了，是不是？"情节是悲剧性的，但是悲而不惨，悲中有壮，壮中有烈，悲中有喜剧性的幽默感。这比义正词严地斥责敌人，其精神优势要强大得多。

　　第二，悲剧性的受刑和愉快的"聚会"二者发生错位，所构成的不是一般的幽默，而是带着思想上蔑视的讽刺。这是一种冷峻的幽默感，不像一般的幽默感中蕴藏着温情、同情，而是批判。这种幽默或者可以叫作"冷幽默"。牛虻的壮烈，冷峻的反讽、嘲弄、甚至开玩笑的语气结合在一起，就构成了英雄的精神优势，他对敌人总是采用一种嘲弄的语气，不但嘲弄他们精神上的紧张，而且嘲弄他们的枪法不准。当他们未打中，他嘲笑说："枪法太糟糕了，伙计们"，声言自己要来"调理他们"，最后竟然是他向执行者发出向自己开枪的命令。但是敌人还是射偏了，又遭到他的嘲弄："又射偏了，再试一次"，好像敌人的枪法准确，并不能增加自己生命的危险似的，好像不是向他自己，而是向别人开枪似的。最能说明这一点的是他对神父的嘲弄。神父说："难道你竟要开着玩笑直到上帝面前吗?"牛虻接过话头来说,当轮到我们"收拾你们的时候""我们就会用大炮来代替这半打破旧的马枪的,那时候,就会真正领教我们是多么能开玩笑的"。值得注意的是,两个"开玩笑"的内涵是绝不相同的。在相同的词汇中隐含着相反的语义,这就构成了冷峻的幽默感。

牛虻如此之英勇,精神强大到让敌人心理上恐惧、生理上失常,显示了某种超越常人的特质,这是不是不真实,把人神化,不可信呢?这个问题要从两个方面来理解。

文学并不是生活的照搬,而是作家精神特征和生活特征的猝然遇合,这里的牛虻,不但是当年意大利革命生活的反映,而且是伏尼契理想人格的表现。理想总是超越现实的。对英雄人物的理想化的追求,并不是个别作家的孤立现象,而是一类文学作品的共同倾向,也就是浪漫主义的风格特点。《西游记》《三国演义》中的孙悟空、诸葛亮,《水浒》中的武松,果戈理《塔拉斯·布尔巴》中的布尔巴,鲁迅《故事新编》中的黑衣人,郭沫若《屈原》中的屈原等人物,都是超越现实的。

当然,如果一味超越现实,也可能歪曲生活,甚至可能使作家的精神流于空洞,导致人物的超人化,变成英雄概念的图解,使得人物形象枯燥无味,缺乏形象的感染力。牛虻的形象,表面上看来似乎有一点理念化,例如,牛虻不管受到什么样的折磨,经受什么样的生理上的摧残,都是毫无痛苦的感觉,好像一架抗拒痛苦的机器一样。如果仅仅是这样,形象就有变成概念图解的危险。但是,牛虻的形象,在全书中又是非常丰富的,只是一般课文在节录的时候,无法把牛虻精神的许多侧面系统地呈现出来。但是仍然有一些地方,透露出牛虻精神的另外一些方面,比如,他的痛苦和孤独。文中有这样一个片断:

> 礼拜三早晨,日出时,他们把牛虻带到院子里。他的腿瘸得比往常更明显了,他重重地靠着军曹的胳膊,走得异常困难、痛苦,但他脸上所有的倦怠的温顺都无影无踪。空寂中把他压垮的幽灵似的恐惧、虚幻世界里的幻象与梦境,都随着产生它们的夜消失了,而一旦太阳光芒四射,敌人出现在他面前,他便激起斗志,再也无恐惧可言了。

这里明明写到了牛虻也是有"消沉、温顺"的,也是有"恐惧"的,也曾经被恐惧"压垮"的,但是,那是在夜间,一个孤独的时候,一旦阳光普照,一旦敌人出现在他面前,他的情感就会发生变化,他与敌人对抗的意志立即会把恐惧驱赶得一干二净。

另外,文中还有一个地方透露出牛虻的痛苦和悲哀。那就是他怀里藏着他的亲生父亲蒙太尼里丢下的手绢：

> 整整一夜,他一直拿着那手绢亲吻,哭泣,仿佛那是有生命的。

这是因为,蒙太尼里是他的生父。准确地说,他是这个天主教神父的私生子。但他年轻的时候,是一个虔诚的教徒,对此并不知情,把蒙太尼里当作偶像。他把对上帝和宗教的信仰当作生命。同时他又参加了意大利激进的革命派,从事秘密斗争。他和一个同志共同深爱着美丽的琼玛。后来,他在忏悔的时候,向另一个神父说出自己因为爱情妒忌过自己的同志,不经意泄露了起义的日期,而这个神父却向当局告了密。琼玛怀疑他由于情妒而出卖同志,打了他一记耳光。他觉得自己受了宗教的蒙蔽,就伪装自杀,潜往南美洲去革命。当他归来时,不仅脸上带着伤疤,而且内心也变得冷酷起来。一个当年纯洁、虔诚的教徒,如今变成了一个对宗教,尤其是对天主教满怀强烈仇恨的激进革命家。他的杂文,以尖锐、辛辣、无情的讽刺而著称,故而他取笔名为"牛虻"。他临刑前那些嘲弄刽子手的语言和他的杂文风格是高度一致的。这一点增加了人物性格的内在可信性。

当然,他的仇恨对象,也包括反对革命的蒙太尼里。但是,他又不是一个仇恨的符号,在心灵深处他对自己的生父怀着深深的爱。在一次起义失利时,他本可以逃生,可却遇到了蒙太尼里,他的手枪不由自主地垂下了,因而被捕。这说明,他对反革命的生父的感情是如何的深沉。他在临刑之前,仍然拿着蒙太尼里的手绢哭泣。这和他在敌人面前的坚定无畏简直判若两人,这就是牛虻性格的另外一面。正如托尔斯泰所说:"人有时变得不像他自己了,可是却更是他自己。"这就是说,牛虻虽然表面上以对敌人的仇恨为主要特点,但是,又对作为政治敌人的生父充满了爱。这既是牛虻的特点,也是作家伏尼契的特点。这就是一个人道主义者所理解的人性。政治立场的坚定、无情,只是人的一个方面,甚至可能是表面。不管人与人之间有多少仇恨,但人毕竟还是人,人情具有不可抗拒的力量。

《保修》：现代科技带来的黑色幽默

解读文章，就是要从看起来没有问题的地方提出问题来，找出深刻理解文本的途径。提出的问题应该不是一般的、表象的、肤浅的，而是涉及文章特征的问题。就本文来看，大致可以有这样几个——

首先，星新一的《保修》似乎是一篇小说，但却没有小说那样的人物性格。人物只有两个：连名字都没有的顾客和推销员。顾客虽然有名字，却是一个字母，和没有差不多，可见其不重要。人物不但没有名字，而且也没有外貌描写，连年龄、性别都没有。根本就谈不上个性。从这个意义上来说，它好像不是一篇小说，它不以独特的人物个性感人，而是通过揭示现代社会普遍的社会心理给读者以启示。

其次，本文最有趣的是情节。这个情节有一个起因，推销员为画家"解除烦恼"。画家原来没有任何烦恼，经过推销员的启发，画家感觉有了一点小烦恼，就是头发太乱，而且太稀疏。推销员成功地说服画家使用生发水。所用的语言，都是读者早已熟悉的商业套语。但是，结果却超出读者的预期。这并不是通常的商业欺骗，恰恰相反，药品效果奇好。更加超出预期的是，由于效果奇好，产生了副作用，头发太多，带来新的烦恼。于是，推销员以"保修"为由，成功地推销了染色剂。效果奇佳，又产生了新的副作用，如此再三"保修"，推销员成功地推销了发蜡、专用脱发剂、自动理发机。

文章构思的精彩处在于，每一次成功的保修都为顾客解除了旧烦恼，但因为过分成功，又带来了新的烦恼。这就构成了一种循环不已的悖论：解除烦恼变成了产生新烦恼的原因。

画家在最初的几个阶段，每一次都对保修的效果赞不绝口。所用的词语几乎是同样的"像做梦一样""惊人的效果""伟大的胜利"。但是，到了最后一个阶段，却不能不"叫苦"说，自己是"噩梦引起的悲鸣"了：

我必须不断地,不断地打发蜡。要花费很多钱,简直没有办法。再加上每天都得用自动理发机理发,要花费很多时间,简直没办法! 我已经不能为画画而去旅行写生,收入也开始减少。这样下去,会彻底破产的。

　　最高科技的商品,最有效的保修,却带来了最不可开交的麻烦。这不是很荒谬、很可笑吗? 作家所追求的正是这种可笑的效果,这种荒诞的效果,可以称之为"喜剧性"。

　　这种喜剧性,不但表现在情节上,而且表现在对话上。一般来说,小说里的人物对话,很讲究个性,很忌讳重复,而这里却恰恰相反。人物多次做成买卖,基本上没有多少动作和表情的描写,完全通过对话来表现,但是,除了最后一次,每次说的话基本上都是一样的,卖方和买方每次都重复着原来所说的话。好像是录音机一样。这里就很怪异、很荒诞、很有趣、很有喜剧性。

　　作家用这种喜剧的荒诞性来讽刺什么呢?

　　当然是讽刺商业推销的骗术。

　　顾客反反复复,来来回回,花了许多钱,买了多套商品,结果却不得不经历反复折腾,变得过分茂密的头发用自动理发机清除掉,恢复到原来的状态。在经历了一系列的无效折腾以后,画家不但不感到委屈,不感到愤怒,相反却十分兴奋,发出赞美的呼声:

　　了不起,像做梦一样。完全脱发了,恢复原样了,好像是复活了似的。幸亏没有造成破产。惊人的效果,伟大的胜利……

　　花了这么多钱,又浪费了这么多时间和精力,居然还感到兴奋,感到"复活了似的"。正因为有这些折腾之苦,才有了这种解脱之快。但从另一个方面来看,这又是很荒诞的。这种荒诞性,表现了即使有文化如画家,也会身陷商业的、科技的统治之中而不自知。这就很明显,并不是讽喻画家一个人,而是对现代、后现代生活的批判,从这个意义上来说,这种喜剧有一点冷峻的特点。

　　值得注意的是画家的语言,"做梦一样""惊人的效果""伟大的胜利",在全文中重复了好几次,如果说,在此之前的几次,都是因为保修的效果良好,画家发自内心的话,那么这一次,当然也是画家的真心,但是,在读者看来,却明显有一点讽刺的意味了。因为头发都被清除了,恢复到原来的样子,等于白白折腾了这么久,怎么能说是"伟大的胜利"呢? 应该是"彻头彻尾的失败"才更符合实际。另外,"做梦一样"原本是赞美的,而这里却意味丰富,从表面上看,的确是画家在赞美,从深层次来说,又是对画家被骗上当而不自知的调侃。至于"惊人的效果",意味也是双重的,一是当时的感觉,二是讽喻。最后的"惊人的效果",就是消除最初的"惊人的效果"。

同样的词语包含着不同的内涵,激起读者丰富的感受,是喜剧性作品常用的手法。鲁迅的《阿长与〈山海经〉》,两次用的"空前的敬意""伟大的神力",成为全文意脉的关节。第一次是幽默性质的反讽,第二次是抒情式的赞美。

本文更明显的反讽还在于,那架已经完全多余的"自动理发机",由推销员主动提出"降价四分之一"退货。

而画家却不但不感到丧气、吃亏,相反却万分感谢:

你们是多么出色的梦境般的有良心的经营方针啊!
而推销员也说,
是啊!对于本公司保修的完美程度,无论哪一位顾客都是这样称道呢……

这就是反语了。明明是浪费了人家的时间和金钱,却一点儿也没有惭愧之感,相反却大言不惭到如此程度。反反复复保修,明明是圈套,顾客却没有上当的感觉,而推销员也没有惭愧之感,双方都觉得挺满意。如果仅仅这样,作家的讽喻对象,就仅仅是商家。事实上,作者的讽喻显然不仅仅针对商家,而且有更深的含意。

成功的科技产品,由于过分成功,就变得不成功,带来了麻烦;成功的保修,解决了麻烦,又由于过分有效,又变成了新的麻烦。从一系列的成功保修来说,是良性循环;从保修造成的麻烦来说,又是恶性循环。身受其害,而乐在其中、沉迷不醒,这就是作者对于当代人的反讽。

这样的喜剧性,其中有一点幽默,当然,不是一般的幽默,而是带着冷峻色彩的幽默,也叫作"冷幽默",或者"黑色幽默"。从这种幽默中,作家似乎在诱导读者对于当代社会高科技和人生作更深刻的反思。作家似乎要给读者这样的思维冲击,并不是科学技术越发达,人的生活越幸福,相反,过分发达的科技设备,倒是可能给人带来麻烦。这样就产生了一个悖论,为了省却麻烦,才要发展科技,可是过分依赖科技,又会带来更大的麻烦。在这种解决麻烦、又带来麻烦的循环中,人不是越来越轻松,相反倒是越来越狼狈。这就是后现代小说和戏剧中风行的人生的荒谬主题。

第二编 经典小说人物分析

薛宝钗、繁漪和周朴园是坏人吗？
——真、善、美的统一和错位

大自然是吝啬的,人是被迫遵循大自然的规律才勉强满足了自身迫切的生理需求的。人类征服物质世界,凭的是自身的理性,却牺牲了情感。情感被抑制着,被压迫得处于沉睡状态,或者叫作潜意识状态。在人的小丘脑的下部,有一个机制,就是压抑人的自发性欲望的。在人的种种欲望中,最强烈的是性欲和食欲。光有小丘脑的控制是不够的。为了不使人们在满足欲望时发生暴力争夺,除了法律的他律,还有道德的自律,让人自己分辨善恶。为了最有效地获取生活资料,便有了科学,追求客观的真,排除虚假。一个人从懂事开始所接受的就是道德的善恶和科学的真伪教育。

这自然是很重要的,但是对全面发展的人来说,仅有这一点是不够的,因为人的情感的美,是人的生命不可缺少的组成部分,其特点就是超越善与真的。

小孩子看电视往往问大人,某个角色是好人还是坏人,这类问题有时很好回答,有时不好回答。越是简单的形象越好回答,越是丰富的形象越不好回答。这是因为形象越简单,情感价值与道德的善和科学的真之间的矛盾越小;形象越是丰富,意味着情感越是复杂,与善和真之间的矛盾也越大。

为了说明这个问题,试举曹禺《雷雨》中的繁漪为例。她是周朴园的妻子,却与周朴园的大儿子周萍发生了感情,而且有了肉体关系,从某种意义上来说,这是乱伦。当周萍要结束这种关系,带着女佣四凤远走矿山时,她为了缠住周萍,不惜从中破坏,甚至利用自己儿子周冲对四凤的爱情,强迫他出来介入周萍和四凤之间。

单纯从道德的角度来看,她肯定是自私的、邪恶的、不善的,是一个道德上有污点的人物。但看完《雷雨》以后,观众和评论家却很难把她当作坏人看待。

这是因为，虽然她的物质生活很优裕，但她在精神上受着周朴园的禁锢，她炽热的情感在这种文明而野蛮的统治下变得病态了，这就造成了她恶的反抗。她绝不为现实的压力而委屈自己的情感。她寻找情感的寄托，而且不把情感寄托当成可有可无的，相反她把自己与周萍的关系当成生命。曹禺在她第一次出场时，对演员和导演作出如下的描绘和分析：

> 她的脸色苍白，面部轮廓很美。眉目间看出来她是忧郁的。郁积的火燃烧着她，眼光时常充满了一个年轻的妇人失望后的痛苦和怨望。她经常抑制着自己。……她的性格中有一股不可抑制的"蛮劲"，使她能够忽然作出不顾一切的决定。她爱起人来像一团火那样热烈；恨起人来也会像一团火，把人烧毁。

曹禺在这里所作出的，并不是一种道德善恶的鉴定，而是对她情感世界的揭示。他不在乎她是好人还是坏人，甚至也不分辨她的哪一部分行为是善的，哪一部分行为是恶的。对这些，作者自然是有某种隐秘的倾向性的，但那是一种侧面效果。作者正面展示的是这个人物的"郁积的火"，亦即受压抑的火，这种潜在感情是矛盾的：她外表忧郁，甚至沉静，而内在状态，却是以"不可抑制的'蛮劲'"能够激发出"不顾一切的决定"，"她爱起人来像一团火那样热烈；她恨起人来也会像一团火，把人烧毁"，不管这种"火"是纯洁的火，还是邪恶的火，都是人的生命的一种状态，而这种状态，是一向被人们视而不见的。曹禺对那些越出道德的善和认识的真的范围的情感并不采取排斥的态度，而是当作一种可贵的发现，让读者在体验这种感情的过程中，体验到生命的丰富和复杂。

而情感的丰富和复杂的发现，就是美的发现。

一个普通的有道德善恶观念的人和一个有强烈审美倾向的艺术家的区别就从这里开始。艺术家并不满足于作出道德的和科学的评价，这不是他的主要任务，他追求的是在此基础上作出审美的评价。在艺术家曹禺看来，这种感情压抑不住，窒息不死，没有顾忌，一爆发起来就不要命，甚至在儿子面前都不要脸的女人才表现了女人的内在的情感，才是一个充满了生命的女人。而那个害怕自己感情的周萍，则是软弱而空虚的，他总是在悔恨中谴责自己的错误，他缺乏意志和力量，"他痛苦了，他恨自己，他羡慕一切没有顾忌，敢做坏事的人"。

然而，这个不再敢做坏事的人，尽管在道德上并不是负面的，在情感上却是苍白的，在审美上是被否定的。他肯定不是《雷雨》中的正面人物。

要提高对经典文学作品的艺术欣赏水准，在这一点上是绝对不能含糊的——必须把艺术形象的情感价值放在最重要的位置,哪怕这种情感与理性的善和真拉开了某种距离也不能手软。

正是在此基础上,曹雪芹把林黛玉和薛宝钗放在对称的位置上。她们之间有对立,但基本上不是道德的对立,而是情感的对立。

林黛玉的情况和繁漪有一点相似,那就是她为情感而生,为情感而死,情感给她的欢乐大于痛苦。她的情感是这样敏锐,这样奇特,以至于她和她最爱的贾宝玉相处也充满了怀疑、试探、挑剔、误解和折磨。这是因为她爱得太深,把情感看得太宝贵,甚至比生命更宝贵,她不能容忍情感中有任何可疑的成分、牵强的成分,更不要说有转移的苗头了。让这样强烈的情感出于她这样一种虚弱的体质,这在曹雪芹看来可能并不是出于偶然或随意,也许他正是要把情感的执着和生命的存活放在尖锐的冲突中,让林黛玉坚决选择了情感之花的盛开而不顾生命之树的凋谢。从理性的实用来说,这是负价值,而从情感上来说,则是正价值。

古希腊人把关于人的学问分为两类,一类是理性的科学,一类则是和理性相对的,包括情感和感觉的科学,翻译成英文叫作"aesthetics"。但是,关于科学理性的学问比较发达,关于情感和感觉的学问,好像比较逊色。直到后来鲍姆嘉登才把这门学问确定下来。汉语里没有一个相对应的词语,日语把它翻译成"美学",也就是讲究情感的学问。但是,这也给人带来了一种感觉,似乎美学就只涵盖诗意盎然的审美,跟丑没有什么关系似的。

这就造成了一种事实,大凡与美相对立的,往往就变成了恶。其实美的反面是丑,而善的反面是恶。美的不一定是善的,而恶的不一定是丑的。真善美三者不是完全绝对统一的,而是互相错位的。所谓错位,是价值的交错,而不是绝对的对立或者分裂。

薛宝钗是林黛玉的"对立面",即林黛玉是美的、善的,那么薛宝钗肯定是恶的吗?道德上一定是卑污的吗?其实,在道德上宝钗并无多少损人利己之心。有些研究者硬把薛宝钗描写成一个阴险的"女曹操",和这一形象本身的倾向是不相干的。薛宝钗的全部特点在于她为了"照顾大局"而自觉自愿地,几乎是毫无痛苦地消灭了自己的情感,不管是她对贾宝玉可能产生的爱,还是对王夫人逼死金钏儿以后可能产生的恨,她都舒舒服服地化解掉了。她在人事关系上取得了极大的成功,她克制自己的情感,不让自己和任何人发生冲突,甚至把自己的青春和爱情都没有认真当一回事,结果是她自己成了生命的空壳。和情感强烈但没有健康的美人林黛玉相反,她成了一个健康却没有情感的美人,一朵没有生命的纸花。

她时时要服食一种"冷香丸",其实这正是她心灵的象征:她虽然很美,但情感已经冷了，没有生命了。从审美价值来说，这就是丑。

从这个意义上，我们可能会对周朴园有比较深刻的理解。

许多学术论文几乎异口同声地论断周朴园是个道德上十分虚伪的家伙。我以为，这样的理解可能太浮浅了。如果他仅仅是一个虚伪的人物，那只不过是说明他恶而已。但文学作品的价值追求，不在于善恶，更重要的在于美丑。繁漪是恶的，但从审美价值来说，她对情感的不顾一切的执着，说明她还有审美的一面。薛宝钗是善的，但她也有丑的一面。说周朴园是恶的，并不一定比说他是丑的更深刻。

问题在于，周朴园自己倒是觉得自己是有恶行的，但那是过去年轻时的事，而他为此时刻忏悔着，家具的布置也一直保持着当年侍萍生孩子时的原样——大热天，连窗子都如当年一样关得紧紧的。这一切并不是做样子给谁看的，而是他的一种向善的心意。有些论者把他发现当年的侍萍就在眼前时，给她开了一张支票，也说成是虚伪，这多多少少有点强词夺理。因为在他们心目中，只有道德善恶一种价值观念。其实，这张支票并不是空头支票，而且是他主动开出来可以兑现的。问题不在于虚假，而在于真实。他真真实实地认为，这张支票足够补偿三十年前他欠下的情债。他的问题出在他诚实地认为，这些金钱大大高于侍萍所付出的情感价值。把情感价值放在实用之上，是美。而把实用价值放在情感价值之上，这就是情感枯窘，从美学意义上说，这就是丑。

这种丑，在他对待繁漪的问题上，也同样得到充分的表现。他对繁漪，从道德上来说，应该是善的，他花大价钱请了德国医生为她看病。他逼迫繁漪服药，是很"文明"的。最严重的，也不过是让大儿子下跪。在这方面，他并没有做任何缺德的事，所以称不上恶。但是，他所做的一切都是对情感的漠视。他看不到妻子在精神上被自己压抑得已经变态。他对任何人，包括自己的儿子和妻子，都没有感情上的沟通。

他和薛宝钗一样是个感情的空壳。

从这个意义上说，他是丑的，但是，并没有多少显著的恶。

用同样的道理，我们可以解释安娜·卡列尼娜与卡列宁的冲突，主要不是在道德上，更不是在政治上，而是在情感的生命上，也就是在审美价值上。卡列宁对安娜说："我是你的丈夫，我爱你。"安娜的反应却是"爱这个字眼激起了她的反感"，她想："爱，他能够吗？爱是什么，他连知道都不知道。"

连爱都不会，这并不是不道德、不善，而是不美。卡列宁是丑的。

这正是托尔斯泰修改安娜这个形象，找到安娜这个人物的生命的关键。在这以前，托尔斯泰原本企图把安娜写成一个邪恶的道德堕落的女人的，而后来安娜却变得美了。安娜和伏隆斯基发生了关系,怀了孕,卡列宁并没有张扬,也没有责骂她。她在难产几乎死去时,卡列宁与伏隆斯基已握手和解了。她也表示:今后就与卡列宁共同生活下去,不再折腾了。可等到她痊愈之后,她却感到,卡列宁一接触到她的手,她就不能忍受了。从科学的理性说,这不是理由,可是从情感和感觉的互动关系来说,这是很充足的理由。

在这一点上,不彻底的作家往往只能写出格调不高的作品来。中国古代有一些劝善惩恶的小说,在艺术上都是软弱的。就是在新时期的初期,有些曾经轰动一时的得奖小说,如《窗口》《赔你一辆金凤凰》之类,甚至《明姑娘》那样的作品,都很快就被读者遗忘了。倒是因为付了五块钱旅馆费而破坏性地在旅馆的沙发上一跳的陈奂生,却成了富有艺术感染力的形象。

自然,让审美价值和实用道德理性拉开距离并不是无条件的,这个条件就是不可直接与道德的善对抗,亦即不可诲淫诲盗。拉开两种价值的距离是为了在错位中充分展示情感结构的奥秘,把作者的道德理性结论隐蔽起来,让读者在潜移默化中有所感受。

许多语文教师都希望文本分析有一个较高的起点。审美价值的相对超越就是高起点,如能在这一点上不含糊,就有了摆脱无效阐释的可能。

为了说明科学真和艺术美之间错位的关系,举一个当代文学的例子。

1985年5月19日,国足与香港足球队争夺进入世界杯足球赛的入场券,国足只要打平就可达到冲出亚洲的目的,但结果却输了,巨大的心理落差引起了球迷的一场骚乱。第二天新华社电讯历数"害群之马"的行径之后这样说:

> 更为恶劣的是,少数人在工人体育场附近故意拦截外国人的汽车,恣意辱骂……北京体育场发生的这一事情,是建国以来在北京体育比赛中最严重的有损国格的事件。这种愚昧野蛮的行为与首都的地位极不相称。北京的政法部门将依法严惩肇事者。

报道的无疑都是事实,从科学的认识来说,肯定都是真实的。但把科学上真实的事实,拿到艺术中就可能变成虚假的。正因为这样,刘心武在以此事件为题材写作《五一九长镜头》时,虽然主人公滑志明是当天的肇事者,但却没有把他处理成一个野蛮的罪犯,而是一个相当善良的人。

刘心武着力展开的不是他如何破坏,如何犯罪,而是他在一种失落的感情掣动下,感觉如何变幻,他自己如何"跟着感觉走",终于懵懂地走向推翻汽车的行动。

展现在读者面前的是他失落感变幻的层次。

首先是一种倒霉、背时、自卑的感觉。个子小,学历文凭都不如人;好容易找了个对象,第一次领回家,就被父亲当着人家的面训了一顿,以致忘了下次约会的时间;借来了录像带,还没有享受到现代文明,却因不会播放而洗掉了,只好赔钱。由于缺乏文化而百无聊赖,完全凭着迷茫的感觉来到球场。感受着球迷们的狂热自信,又承受不了输球以后巨大的心理落差,在盲目的哄闹以及肆无忌惮的发泄中,这个缺乏主心骨的人长期埋藏在心灵深处的不满和郁闷终于被激发了出来,但并没有立即发作,待到他走出了球场,由于一个好像是偶然的因素的推动,他不由自主地卷入了掀汽车的行动,最后导致被捕。

这是一个被缺乏文化和法律观念的麻木感觉牵着鼻子走的人,在盲目发泄郁闷的群众潮流的裹挟下走向犯罪道路的人。

这里展示的不是他犯罪的外部动作过程及其社会危害性(这是实用价值),而是他追求时髦和物质文明的表面感觉和潜在的缺乏文化的麻木情绪互相催生的过程(这是审美价值)。如果在这两个过程中看不出差别,作品就可能概念化了,让这两个过程拉开一点距离,才能创造出富有感染力的形象。自然,情感的美对认识的真的超越也是有限的,不能是绝对的、无限的。超越以不歪曲生活的根本性质(或者叫作本质)为限。在拉开距离以后,从根本上歪曲生活的性质无疑是应该警惕的。

事实上,对艺术家而言,把握真善美之间既统一又矛盾的错位关系是十分重要的。完全否认其间的矛盾,可能导致公式化、概念化;而无限夸大其间的矛盾,则可能导致诲淫诲盗或胡编乱造。真正的艺术家能游刃有余地控制真善美的互相错位而又不让它们分裂。

关公不顾后果放走曹操为什么是艺术的？
——人物的情感逻辑超越人物的理性逻辑

许多作家都在刻意追求人物或性格的塑造，但成功者往往是少数。一般认为，这是因为作家没有抓住人物的个性，过多地把注意力放在了共性上，这个说法不无道理。但是，如何才能抓住人物的个性呢？这是需要进一步探究的问题。其实个性是一个外延很广泛的概念，可以有思想的个性，也可以有民族的个性，而这都不是人物个性的焦点，人物个性的焦点是情感的个性，亦即情感的独特的逻辑性。

要分析人物，应该从人物的独特情感和理性之间的矛盾开始。情感有它独特的逻辑性，不但作家不能任意左右它，就是人物自己的意志和理性也不能随便改变它。

《三国演义》写得最精彩的并不是诸葛亮，因为在诸葛亮身上表现得最突出的并不是情感，而是理性和智慧。凡写他的理智如何强大的地方，在艺术上都不是十分成功。相反，写他理性与情感有矛盾的地方，如挥泪斩马谡，就比七擒孟获要动人多了。像"草船借箭"这样紧张的军事斗争，不可能万无一失，而孔明居然没有任何紧张情绪。作者的目的是为了强调人物的智慧超群，但把智慧强调到绝对的程度，就可能影响人的感情，削弱形象的感染力。鲁迅在《中国小说史略》中批评《三国演义》把诸葛亮写得"多智而近妖"。鲁迅的用语相当尖锐，不说他是被神化了，而说他是被妖化了。

鲁迅在《中国小说史略》中，特别称赞的形象是关云长。这是因为，关云长在理智上不是那么强大，时常感情用事。他的理智时时与感情矛盾，而且经常被感情所役。鲁迅在《中国小说史略》中曾特别引用关公在华容道释放曹操那一段。因为那一段把关公放在了理智与情感的尖锐矛盾之中。

在这之前，作者特别交代，诸葛亮不相信关公能够完成俘虏曹操的任务，而关公却主动请命，并且立下了军令状。这对关公的理性来说，已经到了别无选择的地步了，可是到了关键时刻,作者却听任关公的感情选择了违背理性的行动。

从理性逻辑来说,关公放走曹操是不忠于刘备事业的表现,其后果是危及事业和自身的生命,而俘虏曹操则是忠于刘备事业的表现,肯定能得到升迁和厚赏。然而按关公的情感逻辑却不然,曹操当年俘虏了他,不但不杀他,反而抬举他,还请傀儡皇帝封他为"寿亭侯",三日一小宴,五日一大宴,的确有厚恩于他。关公此人十分重视"有恩必报"的原则。曹操身边的程昱很懂得关公这种感情用事的性格,提议曹操和关公算一算情感的旧账。《中国小说史略》写《三国演义》一共才三页,光是引用关公放走曹操,就差不多占了大半页:

> ……华容道上,三停人马:一停落后,一停填了坑堑,一停跟随曹操过险峻,路稍平妥。操回顾,止有三百余骑随后,并无衣甲袍铠整齐者。……又行不到数里,操在马上加鞭大笑。众将问丞相笑者何故。操曰,"人皆言诸葛亮、周瑜足智多谋,吾笑其无能为也。今此一败,吾自是欺敌之过,若使此处伏一旅之师,吾等皆束手受缚矣。"言未毕,一声炮响,两边五百校刀手摆列,当中关云长提青龙刀,跨赤兔马,截住去路。操军见了,亡魂丧胆,面面相觑,皆不能言。操在人丛中曰:"既到此处,只得决一死战!"众将曰:"人纵然不怯,马力乏矣;战则必死。"程昱曰:"某素知云长傲上而不忍下,欺强而不凌弱,人有患难,必须救之,仁义播于天下。丞相旧日有恩于彼处,何不亲自告之,必脱此难矣。"操从其说,即时纵马向前,欠身谓云长曰:"将军别来无恙?"云长亦欠身答曰:"关某奉军师将令,等候丞相多时。"操曰:"曹操兵败势危,到此无路,望将军以昔日之言为重。"云长答曰:"昔日关某虽蒙丞相厚恩,某曾解白马之围以报之。今日奉命,岂敢为私乎?"操曰:"五关斩将之时,还能记否? 古之大丈夫处世,必以信义为重。将军深明《春秋》,岂不知庾公之斯追子濯孺子之事乎?"云长闻之,低首良久不话。当时曹操引这件事,说犹未了,云长是个义重如山之人,又见曹军惶惶,皆欲垂泪,云长思起五关斩将放他之恩,如何不动心,于是把马头勒回,与众军曰:"四散摆开。"这个分明是放曹操的意。操见云长勒回马,便和众将一齐冲将过去。云长回身时,前面众将已自护送操过去了。云长大喝一声,众皆下马,哭拜于地。云长不忍杀之,正犹豫中,张辽纵马至。云长见了,亦动故旧之心,长叹一声,并皆放之。(《三国演义》,第五十回"关云长义释曹操")

程昱抓住了关公情感逻辑的要害:"傲上而不忍下,欺强而不凌弱;人有患难,必须救之,仁义播于天下。"更关键的是"丞相旧日有恩于彼处",曹操心领神会,提起往事,希望关公放他一马,以报答当年的厚恩。关公的情感逻辑是:有恩自然要报。但是,只要报过,就一笔勾销了。当年他已经替曹操斩过袁绍的大将颜良与文丑,解了他的白马之围,今天不能含糊。曹操顺着关公的情感逻辑进而提出:所有上述一切都已报答过了,可以一笔勾销,然而关公在出逃之时,过五关斩了曹操六员大将,曹操并没有派人去追赶,这笔恩情还没有报答。这番话击中了关公的要害,关公按自己的情感逻辑思忖,的确还欠着曹操一份恩情,只有放过曹操的残兵败将才能求得恩义的平衡。

关公的这种行为,好就好在不合理性逻辑。军事斗争中你死我活,是实用的,而关公的情感逻辑显然不管这一套。他的情感逻辑是违反理性逻辑的,却仍然要贯彻到底,哪怕个人、事业受到严重的危害,也要"义无反顾"。

如果说,在罗贯中笔下,关公"义"的逻辑遇到理性逻辑就不中用了,那么关公的性格就显得软弱而苍白了。关公的形象之所以动人,就在于这种奇怪的不合理性的逻辑被一贯到底,甚至关公自己也控制不住自己,自己违反了自己的本来愿望。情感逻辑达到这样的一贯性和彻底性,人物性格就达到了相当的饱和度。《三国演义》写关公放曹操的一段之所以有个性,就在于他的情感逻辑的彻底性。

正是因为这样,鲁迅对《三国演义》虽多有保留,但对关公这一节,在《中国小说史略》中却破例大篇幅引用,一面说"孔明止见狡狯",一面称赞"羽之气概则凛然"。

让人物进入这种自我失控的情感逻辑中,是使人物获得个性生命的关键。有时,这种逻辑是相当曲折的。

在《水浒传》中,宋江本来一直用理性抑制他对梁山朋友的感情,他力求在当县府小官的理性与同情梁山朋友的情感之间求得平衡。然而,由于阎婆惜与张文远的风情,宋江维持不了理性的优势,终于"一时性起",杀了阎婆惜,走上了去梁山的道路。可是走到半路上,他那暂时压抑下去的理性又冒了出来,趄回家中。然而这又引来了更大的灾难,弄得他被绑赴法场,这才使造反的情感占了上风,终于上了梁山。

这不是中国古典小说的特殊现象,而是外国经典小说也具有的共同特点。安娜·卡列尼娜从第一次见到伏隆斯基,就一直强迫自己抑制那被伏隆斯基吸引的感情,她甚至匆匆忙忙地逃离了莫斯科,却仍然不能摆脱伏隆斯基的吸引。后来,她陷入情网,并且怀了孕;安娜在难产垂危中,让卡列宁与伏隆斯基和好,自己也表示,待她病愈就与卡列宁和好。但这只是她理性的语言,待到她病愈以后,她的情感仍然不能接受卡列宁,终于和卡列宁离婚而去。

巴金的作品中有许多成功的人物,其中最成功的就是《家》中的觉新了。这是因为觉新和其他人物不一样,他的理性和情感的矛盾最为突出。不过,他和关公、宋江、安娜不同,他的理性总是抑制着情感。在行为上,他按照封建家族长子的规范作出惨痛的自我牺牲。不仅牺牲了自己的爱情,牺牲了梅表姐的幸福,而且又牺牲了自己贤妻瑞珏的生命,但他始终没有扑灭自己的情感。正因为这样,他每次牺牲都不是弱化了他的情感,而是更强化、更激化了他的情感与理智的矛盾。这使他永远处于错误和悔恨之中。

即使他悔恨、流泪、哭喊,也无法改变自己在封建教条、迷信面前的软弱,而且还将继续错下去。这正是他性格悲剧美之所在。如果巴金手软,不让梅和瑞珏死去,或者让觉新的理性和情感统一了,觉新这个形象的生命也就完结了。

对于一个小说家来说,最危险的事情就是以理性逻辑代替情感逻辑。由于理性逻辑在日常实用和科学研究及学校教育中,占据天然的优势,因而一个人的社会经验越丰富,文化教育的水平越高,理性逻辑的优势就越强,以理性逻辑代替人物情感逻辑的可能性就越大,也就意味着概念化的危险越大。倒是在小孩子和文化水平不高的原始民族那里,情感逻辑往往具有相对优势。当然,每一个文明的成年人,特别是具有审美心理素质的人,都具有相当的情感体验。但是由于这种情感的逻辑性在日常生活中是不实用的,因而很容易被忽略、被忘却;又由于它的逻辑性与理性的科学性相矛盾,因而在学校教育中处于受压抑的地位。教育学中虽然提出美育的要求,但由于对美的理解众说纷纭,有些理解甚至局限于政治化的"五讲四美三热爱",因而很难集中到情感的教育上来。

然而,对于艺术家,尤其是小说家来说,他在接受理性教育时,要特别留意保持情感的活跃,不让它被优势强大的理性逻辑所吞没。同时,除了自我保护、自我体验以外,还要认真关注不同人物情感的特殊性。这一切,从表面上看来,是作家不可缺少的职业训练,实质上,应该是我们人文教育的一个重要组成部分。可惜的是,直到现在,我们的文学教育还没有形成切实可行的系统方法。

赤壁之战的魅力何在？
——评鲁迅对诸葛亮"多智而近妖"论

鲁迅在《中国小说史略》中批评《三国演义》对诸葛亮的描写"多智而近妖"。他所说的"近妖"主要是指草船借箭和借东风这两个赤壁之战中的重要关目。本来在《三国志》和《资治通鉴》中，对此战的正面描述非常简单，既没有庞统的连环计，也没有周瑜打黄盖的苦肉计，连草船借箭都没有一点影子。火攻的战术倒是黄盖的计谋，那东风却是天公作美，突然来了个"时东南风急"。蒋干中了周瑜的反间计，并不是在赤壁之战的前夜，而是在其后。凡此种种，在史家看来都是混淆，但作为文学作品则是神来之笔。

赤壁之战无疑是大手笔，但这手笔大在哪里，至今还没有一个研究者作出正面的回答。从艺术的根本上看，连环计、苦肉计、草船借箭、借东风等，都是杰出的想象；但是把这些杰出的想象连缀在一起，并不一定能产生杰出的文学形象。类似的想象，在才智不足的作者手中，也可能构不成有机结构。在《三国演义》成书以前，《三国志平话》中也写"借箭"（非草船）、苦肉计、蒋干中反间计、借东风等，但都显得芜杂凌乱。而在《三国演义》中，这些相对独立的情节却被组合成一个环环紧扣的有机体，把情节和思想推向高潮。除了《三国演义》的作者有更强的文字驾驭能力之外，其主要原因在于罗贯中将这一切集中在诸葛亮与周瑜的矛盾中统驭全局。他把这些情节安排在内外两条线索之间：一条是外部的，曹操与孙刘联军的军事斗争；另一条是内部的，主要是周瑜与诸葛亮之间在心理上和才能上的较量。外部的军事斗争的惊心动魄自不待言，但也许并不是特别难能可贵的。《三国演义》作者的天才就在于他不满足于外部动作的热闹，而是深入地表现了三角军事关系内部的心理错位和冲突。诸葛亮草船借箭之所以能够冒险成功，是因为诸葛亮拿准了曹操多疑的性格。连环计之所以能得逞，又因为多疑的曹操在心理上有对自己军事才能过分自信的一面。借东风的惊人并不完全在于诸葛亮超人的智慧,而在于周瑜和诸葛亮在较量才能上的胜负。在军事三角中,作者又安排了一个心理三角。虽然不是今天最容易吸引读者的爱情三角,但是比之爱情三角更为惊心动魄。这里没有爱情的地位,占据冲突中心的是军事才能和领导才能的较量。曹操恃才、爱才,有时也忌才。周瑜也恃才,一般并不忌才;但对于同一阵营中的诸葛亮,却一贯在才能上与之争胜,仿佛不置之死地自己就活不成。所以周瑜每有奇谋,直接是针对曹操的,而间接却是针对诸葛亮的。他总是力图在智谋上压倒或者刁难他的对手。《三国演义》作者的大艺术家魄力就表现在,他在中国小说史上第一次在命运与共的军事同盟者之间,在心理上拉开了极大的错位幅度。"多智"不能孤立地从科学的真上评价,而应该从与其盟友和敌手之间的关系上来审视。诸葛亮的多智是由其盟友周瑜的多妒逼出来的,而多智的冒险主义雾中进军,又被多智的诸葛亮料定多疑而不敢出战,于是多智的冒险主义取得了伟大的胜利,使得多妒的更加多妒,多疑的更加多疑。军事上胜负的重要性不但常常放在军事的胜负之上(如曹操兵败华容道,见诸葛亮没有伏兵,觉得在这一点上,自己的才能在诸葛亮之上,便哈哈大笑起来),而且常常放在生命之上(如诸葛亮三气周瑜,周郎自知才能不及,乃吐血而亡,最后还发出"既生瑜,何生亮"的名言)。

在赤壁之战中,诸葛亮的超人智慧是情节和人物性格发展的一个动因。正如在一些爱情小说中第三者的插入是人物和情节发展的一个动因一样。诸葛亮每一奇谋、每一超人的智慧,都使曹操这个"反面人物"更加多疑,使周瑜这个"正面人物"更加多妒。这就使无声的心理三角战争和有声的军事三角战争更加错综复杂,以至于经过历史的考验,成为中国战争文学的最高经典。

批评诸葛亮"多智而近妖",自有其科学道理,谁不知道诸葛亮借东风的准确性超过了今日的天气预报?但是文学作品毕竟与科学不同,罗贯中在原始素材中增加了诸葛亮算准了三天之后有大雾。诸葛亮如此的多智引发周瑜的多妒,激化了两个同盟者之间的心理矛盾,同时引发了曹操的多疑(大雾进军怕有埋伏),使得战争的胜负不取决于军事力量的强弱,甚至也不完全取决于才智的高下,而在很大程度上取决于对才能的情绪化反应。在《三国演义》以前的《三国志平话》中虽然早已写到了苦肉计等,但是却没有抓住二者内在心理的隐秘冲突。其作者往往把笔力用在外部的动作上。例如,把诸葛亮写得像张飞一样鲁莽,在周瑜帐前杀了曹操的来使,明显是败笔。赤壁之战之所以成为大手笔,主要不在于表现了当年英雄的斗智,因为斗智毕竟属于理性,并非文学的审美价值取向之核心。激动读者心灵的主要是由于斗智引出的斗气,由斗气而引发的变态心理,导致战争胜负的逆向转化。20世纪50年代,何其芳曾经发出《三国演义》之谜的慨叹,说《三国演义》都是简略的叙述,缺乏精细的描写,为何却有数百年而不衰的艺术生命力。这个真诚的艺术家之问至今仍然无人能够回答,实乃怪事。其实只要不过分拘泥于历史事实,不要被外部战争的热闹所蒙蔽,把目光紧紧盯住在外部战争之下的心理之战,尤其是关于人的才能高下的无声的战争,就找到了《三国演义》艺术奥秘的真谛。把斗气看得比生命更重要,这正是把审美价值放在实用价值之上的美学原则。从这一点上说,周瑜和林黛玉、安娜·卡列尼娜是同一艺术价值观念的产物,林妹妹和安娜也都是把情感放在生命之上的。正因为这样,大观园内和卡列宁府上无声的战争,其激烈的程度绝不亚于赤壁之战。

为什么猪八戒的形象比沙僧生动？
——拉开人物感知、动机和行为的距离

从人物形象的情感逻辑、人物的感知结构和对话的表层语义和深层意向之间的关系来研究小说的特性是不够的，因为仅仅把人物作为一个孤立的个体来加以考察，还没有涉及小说区别于诗歌、散文的根本特点。在诗歌和散文中，作者可以抒写一个人的情感，但是在小说中（除了在意识流的小说中），绝大多数是描述人与人之间的心理交流的，因而孤立地研究一个人物的心理结构，其局限性非常明显。当然，单个人物的心理结构研究可以作为多个人物心理关系的研究基础。

在诗歌和散文中，也可以写一个以上的人物，但是在诗歌中，各个人物的情感往往有趋同的倾向。白居易在《长恨歌》中写李隆基与杨玉环的恋爱是一见钟情、至死不渝的，所谓"在天愿为比翼鸟，在地愿为连理枝""天长地久有时尽，此恨绵绵无绝期"，说的是爱情不受时间的限制，爱是永恒的，绝对地超越了时间。自然，在诗歌和散文中也有写到不同人物感情分化的，但是这种分化是有限度的，没有引起人事关系和心理结构的连锁变化。丰子恺在抗战期间的一篇散文中写他经过颠沛流离，终于在"大后方"安顿下来时，把儿子放在膝盖上，问他最喜欢什么，儿子答："最喜欢逃难。"如果丰子恺与儿子的情感完全一致，例如同仇敌忾，那就有点诗意，但是他们没有趋同，而是分化了，这样就没有诗意了，反而有点散文的味道。如果由分化而引起连锁反应，比如，儿子因之而出逃战区，就可能把人物打出常轨，引发一系列混乱，甚至产生严重的后果。这样就可能构成情节，变成小说了。

在小说中，由于人物越出了各自的轨道，原来微妙的分化了的变异感知变成了激烈的矛盾甚至冲突。由于冲突，人物各自变异的感知之间的距离就更加扩大了。

人物心理的距离保持扩大的趋势是小说艺术的根本特点。

传统理论认为小说的特点是情节、性格、环境等，其实都没有说到点子上。情节产

生于人物心理错位的扩大,性格也依赖于人物心理拉开错位的趋势,而环境则是一种把人物心理打出常轨,强化变异感知,拉开距离的条件。

小说艺术的根本奥秘就在这里。

在一定限度内,人物心理(感知、情感、语言、动机、行为等)拉开的距离越大,其艺术感染力越强;人物心理的距离越小,其感染力越弱;当人物之间的心理距离等于零时,小说不是变成诗,就是走向结束或者宣告失败了。因而同样是李隆基与杨玉环的爱情故事,在诗人白居易看来,两个人要心心相印才有诗意,尤其是七月七日长生殿里那一段生死不渝的誓言,可谓淋漓尽致。可是在小说家鲁迅看来恰恰相反,经过一场冲突以后,二人的真正感情已经完结,才需要赌咒发誓以取得对方信任。郁达夫在《历史小说论》中回忆说:

> L先生(按:指鲁迅)从前老和我谈及,说他想把唐玄宗和杨贵妃的事情来做一篇小说。他的意思是:以玄宗之明,哪里看不破安禄山和她的关系?所以七月七日长生殿上,玄宗只以来生为约,实在是心里已经有点厌了,仿佛是在说"我和你今生的爱情是已经完了!"到了马嵬坡下,军士们虽说要杀她,玄宗若对她还有爱情,哪里会不能保全她的性命呢?所以这时候,也许是玄宗授意军士们的。后来到了玄宗老日,重想起当时行乐的情形,心里才后悔起来了,所以梧桐秋雨,就生出一场大大的神经病来。一位道士就用了催眠术来替他医病。终于使他和贵妃相见,便是小说的收场。

这份材料所说的事实,在冯雪峰的《鲁迅先生计划而未完成的著作》中提到过,鲁迅在给山本初枝的信中也有过类似的意思,大意是,1924年因为想写关于唐朝的小说,到西安去了一次。可见,鲁迅这个念头动了很久,创作的冲动很强烈,很可惜,这篇小说并没有写出来,而且连带着这份重要的思想材料也被研究者们忽略了。

鲁迅对李隆基和杨贵妃的恋爱关系的看法和脍炙人口的《长恨歌》大相径庭。粗略看来,这仅仅是不同作家的不同风格所致,但仔细研究其间的差别,则不然。在白居易看来,那最富诗意的是生生死死、超越了时间和空间、永恒不变的爱情;可是在鲁迅的眼中恰恰是爱情已经不可挽回了,已经死亡了,而且在关键时刻被出卖了的表现。至于后来的天上人间的寻觅,只不过是神经病和催眠术而已。很显然,在诗人白居易眼中,以情感的永恒来强调诗意的地方,在小说家鲁迅看来恰恰是情感走向反面、绝对煞风景、毫无诗意可言的地方。

白居易和鲁迅对同一题材的不同理解,恰恰是诗意和反诗意的、追求诗意和逃避诗意的矛盾。在诗人看来感情的永恒是令人震惊的,让人感动的;可是在小说家看来,一见钟情,心心相印,不但毫无性格可言,就是连情节也无从发展。如果两个人不闹别扭,不发生摩擦,则永远是心灵的表层现象,二人的性格恰恰是潜藏在深层之中的。

形式主义者什克洛夫斯基分析了普希金的诗体小说《叶甫盖尼·奥涅金》之后,提出一个爱情小说的模式:

当 A 爱上 B,
B 觉得她并不爱 A;
在 A 经过努力,使 B 终于感到她已经爱 A,
A 却觉得不爱 B 了。

这不是诗意的心心相印,而是心心相错。但这恰恰是小说的艺术生命所在。这不但可在成熟的古典小说中,而且可在现代、当代的小说中得到广泛的印证。它不但可以解释《欧也妮·葛朗台》和《安娜·卡列尼娜》中男女主人公之间的关系,而且可以解释《红与黑》和美国小说《飘》中男女主人公的关系。说起来有点奇怪,那些越是写得好的爱情小说,男女主人公往往越是陷于互相折磨的恶性循环中。相反,如果男女主人公一点矛盾也没有,没有互相折磨,没有心口不一,也没有动摇和变态,小说就没有什么看头了。然而在诗歌中,特别是在古典诗歌中,情形却恰恰相反。所以在诗人白居易看来,唐玄宗在"七月七日长生殿"讲的话是心口如一的:这一辈子爱不够,下一辈子再爱。可是在小说家鲁迅看来,这只是情感的表层,其深层的意思则是:宣布今生甚至永远爱情的死亡。一个已经加入了德国籍的朋友认为鲁迅比白居易深刻,白居易骗人,但醉心于古典诗歌的读者可能觉得被骗得很舒服,鲁迅不骗人,可让人觉得不舒服。

抓住潜在的心理错位并使之适当强化,是小说家的职责。

为什么《西游记》中最富于艺术感染力的人物不是沙僧,而是猪八戒呢?这是因为猪八戒和孙悟空、唐僧之间的心理距离拉得很大,而沙僧则一贯随大流,自己没有与别人迥然不同的动机和行为。在那些写得最好的章节中,一旦发生事故,唐僧、孙悟空、猪八戒之间本来已经平衡的心理关系就要失去平衡,他们对同一对象的感知、思维就要发生分化。白骨精一出现,在孙悟空的眼中是一个邪恶的妖精,在唐僧眼中是一个善良的姑娘,而在猪八戒眼中则是一个颇具魅力的女性,唯独沙僧没有什么感觉。由于感知不同,就产生了不同的情感、动机和行为。孙悟空一棒子把白骨精打死,如果唐僧竖起大拇指大加赞赏:好得很!那就没有心理距离可言,也就没有性格可言,没有戏可唱了。正是由于感知的不同,造成了情感、动机、语言、行为的分化,而且发生了连锁反应,使分歧变得越来越大。猪八戒出于对女性的喜欢,常常挑拨孙悟空和唐僧的关系,以致孙悟空被唐僧开除了,错位幅度扩大了,这时,猪八戒、孙悟空和唐僧的性格才有了深度,他们的个性才有足够的反差。而沙僧,由于没有任何心理距离,也就没有任何艺术生命。

传统的小说理论强调人物要有个性,要在矛盾斗争中表现人物,这也许都没有错,但其缺点是离开了人物心理错位结构的具体分析。本来,每个人都生活在共同的世界里,但是由于情感的冲击,感知变异的分化,每一个人又都生活在各自感觉到的世界里。每个人物会感知到不同的色彩和音响,此人物感到的,彼人物可能完全麻木不仁。同样一阵风吹来,一万个人物有一万种不同的变异感觉,在不同的感觉基础上产生了不同的动机。

如果在唐僧和孙悟空面对白骨精拉开了感觉距离之时,猪八戒完全同情孙悟空,或者与唐僧的感觉完全一致,那么,他就不可能有任何艺术生命。猪八戒之所以有艺术生命,就是因为他的感知和情感既不同于孙悟空,也不同于唐僧。在对待白骨精的问题上,猪八戒有他自己的潜在动机。他觉得自己平时总受孙悟空欺负,此时正好乘机刁难他一下。这种刁难并不纯系恶意报复,其中还包含着猪八戒意识不到的愚蠢和性意识。他与孙悟空为难,并非出于对唐僧取经事业的忠诚。他那猪耳朵中藏着二分银子,随时随地都准备在取经队伍散伙后,当作路费回到高老庄去当女婿。由于有了这样潜在的朦胧的深层动机,猪八戒就有了更加不同于孙悟空和唐僧的想象、梦幻、判断,乃至思维的逻辑。而且这种与唐僧、孙悟空拉开距离的感知和情感还相当强烈。而沙僧之所以缺乏艺术生命力,就是因为他在任何事变面前,都没有不同于上述三个人的动机、幻觉、情感和推理逻辑。在关键时刻,吴承恩不是把沙僧忽略、留在叙述的空白中,就是把他拉出来无感知、无动机地跑龙套。在《西游记》中有那么多妖魔鬼怪,艺术生命力普遍不强,原因就在于他们都只有一个共同的动机:千方百计吃唐僧肉,以求得长生不老,却没有任何在感知上、情感上互相拉开距离的特性。

拉开人物的感知距离,同时得拉开动机的距离。这里的动机主要不是意识层的动机,而是潜意识中的动机。人的感觉器官对于情感、动机,包括潜在动机以内的信息最为灵敏,而对于在此以外的信息则相当迟钝,有时甚至视而不见、听而不闻、嗅而不觉。

对文本分析来说,关键是要善于辨析人物潜在初始动机的微妙差异。初始动机的差异也许极其细微,但经过反复打出常轨的连续性反应,后续动机的差异就可能递增性地扩大,从而引起整个心理系统的距离扩大。如果不善于作这样细致的辨析,则可能离开人物自身的心理深层运动,而求诸外部的表面动作。

越是在关系亲密的人物之间洞察潜在的动机,反差就越是强烈。

巴金在小说《家》中,写了那么多的爱情,其中写得最动人的是觉慧和觉新的悲剧,写得最不动人的是觉民的爱情。这是因为觉民和琴不但在感情上水乳交融,而且在行为上互相支持。在任何事变中,他们的动机都没有任何错位,因而其感知也完全统一,没有拉开任何距离。而觉慧与觉新在各自的爱情中,与对方在动机上都发生了微妙的错位。高老太爷要把鸣凤送给六十多岁的冯乐山为妾,鸣凤去找觉慧,如果顺利地告诉了觉慧,事情就不至于严重化。然而由于觉慧忙于办刊物,很少在家,拖延了时日。到了期限的最后一天,心急如焚的鸣凤不顾一切地冲进觉慧的房间。鸣凤的动机是把危机告诉觉慧,而觉慧却因忙得不可开交,请鸣凤等一两天,他会主动去找她。仅仅因为这一点小小的时间上的错位,便导致鸣凤产生了后续动机——自杀殉情。这是因为,在关键时刻,两个人处在不同的感知世界里。他们之间不但拉开了心理距离,还拉开了行为上的距离,而且是永远不可能缩短的距离,因而产生了悲剧的震撼力。如果巴金在此时心慈手软,把两个人暂时的动机错位取消,使之重合,二人的感觉、知觉、动机、行为逻辑很快合二而一,觉慧就可以带走鸣凤,发出比翼齐飞的豪言,这就成了郭沫若式的诗的概括了,恰恰与小说形式的审美规范背道而驰。

觉新的爱情悲剧更动人,这是由于他处在爱的三角关系中,每一方的动机都有相当大的错位,每一方的动机都不像觉慧那样单纯,都不是由一个因子,或者正反两个因子构成的,而是由一系列因子交错而成的。因而在他的情感结构中包含着错位的潜在量。觉新和梅相爱甚深,然而不能结合。觉新和瑞珏结婚后,二人也甚相爱。但觉新由于梅的存在,与瑞珏有距离;梅与觉新之间则由于瑞珏的存在也有距离。梅与瑞珏在爱情上虽有矛盾,但在相处之间却互有好感。觉新沉溺于瑞珏的温存抚爱之中,又不能忘情于梅,他对梅的追寻和询问,得到的只是梅的回避。觉新的形象被有些评论家称为"世界性的典型",其特点是当他内心的动机与屈从外部环境的动机矛盾的时候,他总是在行为上扼杀自己内心的动机,然而在许多场合又杀而不死,还在行为上表现出来,结果是他的动机经过多层次的变异,变得畸形而扭曲。这种扭曲了的动机就注定他总是与自己喜爱的、应该保护的人之间拉开心理距离。

拉开心理距离的规律在古典小说中就普遍存在,在现代小说中表现得更为明显。古典小说特别是在草创前期,免不了受到当时已经很发达的诗的影响,因而在《十日谈》中,在唐宋传奇乃至宋元话本中,常常有男女主人公一见钟情,生死不渝,永远不拉开心理距离的故事。如《倩女离魂》《碾玉观音》《卖油郎独占花魁》之类,一旦爱上了,就永远心心相印了。但小说艺术越是发展,人的情感的纵深结构表现得越是复杂,爱的错位就越是突出。中国古典小说到了《杜十娘怒沉百宝箱》的时候,可以说小说艺术开始脱离诗的影响而走向独立发展的道路了。至于作为小说艺术的顶峰,《红楼梦》则更是把相爱的贾宝玉和林黛玉置于心理永远不能完全重合的错位境地,甚至直到林黛玉死去,也没有让他们心心相印,他们始终生活在不同的感知世界里。

自然,拉开距离越大,就越能提高小说的艺术感染力,但也不是绝对的,而是有条件的。第一,拉开距离的人物必须有相当紧密的情感联系,如兄弟(觉新、觉慧)、情人(宝玉、黛玉)、战友等。严格地说,越是处在亲密的情感联系之中,越是拉开心理距离,就越能提高形象的审美价值。第二,如果距离拉得太大,大到完全失去联系,比如梅出嫁以后,就再也不到觉新面前来了;觉新有了瑞珏以后,就把梅淡忘了。这样就不但不能导致审美价值的提高,反而会使审美价值下降。正是因为这样,巴金才找了一个避难的借口,让梅又出现在觉新面前。托尔斯泰也并没有让伏隆斯基不爱安娜,如果真正不爱了,就如心心相印一样,是很难激起人物心理立体纵深结构的充分调节和翻腾的。

这一点不但体现在情节的设计上,而且渗透在小说的一切细部之中,例如,许多第一人称小说中的"我"往往成为多余人物,原因是他们常常与某一主人公的心理完全重合。而在鲁迅《祝福》中的那个"我"和在《孔乙己》中的那个小店员,因为与祥林嫂和孔乙己拉开了距离才有了生命。如果祥林嫂问"我"人死了以后有没有灵魂,"我"回答说:"没有。"祥林嫂的心灵痛苦自然会减轻些,可是《祝福》的悲剧性却被大大削弱了。如果那个小店员不是对孔乙己怀着不以为意的态度,而是完全同情的,那《孔乙己》中轻喜剧的调子就该变成抒情的了。

中国古典小说中的大团圆之所以不好,除了不真实以外,还不艺术。人物的心理都重合了,还有什么好看的呢,所以近代西方小说避免写大团圆,即使不得不写这样的结尾,也大都写到接近大团圆就戛然而止了。有时情节已经结束了,作者还不罢笔,如果那不是败笔,就是很值得欣赏一下的了。例如,海明威在《老人与海》的结局之后加上了一个尾声。老人历尽千辛万苦得到的是一副鲨鱼骨架,横在海滩上,这副鱼骨头的尾巴被潮水冲得晃来晃去。这时来了一群旅游者，其中一个女人问明白了这是鲨鱼骨头后大为赞赏起来：

"我还不知道鲨鱼有这么漂亮的、样子这么好看的尾巴呢。"

"我也不知道。"

在路那边，老头儿又睡着了。他依旧脸朝下睡着，孩子在一旁守护他，老头儿正梦见狮子。

这个女人很欣赏鲨鱼骨头的美，但是她并不了解这个老头儿真正的美（那是一个海明威式的硬汉，一个失败的英雄）。她和老头儿都沉浸在自己的感知变异的世界里，老头儿梦见的狮子和女人赞赏的鲨鱼拉开了错位的距离，这就使老头儿的孤独感和女人的肤浅形成了反差，因而使整个小说的尾声变得特别意味深长。这种意味对于读者是一种推动，让他去想象生活中人与人之间的种种隔膜，同时也是一种享受。聪明的读者一定会因为自己懂得了这情节以外的心理距离的作用，领会了艺术家的匠心而感到喜悦，并且会因为意识到自己的悟性高出于一般读者而自豪。

安娜·卡列尼娜回家看儿子
——在情感冲击下的感知变异

托尔斯泰的杰作《安娜·卡列尼娜》，有许多读法，最流行的是从作品中去找寻托尔斯泰对当时俄国社会，特别是对官僚专制、土地制度、宗教、法庭的批判，这就是所谓社会评论的方法。在《复活》和《安娜·卡列尼娜》中，对当时俄国土地制度的批判，对教会制度、审判制度的批判，虽有较高的社会认识价值，但这些部分大都写得比较枯燥，在读者心目中没有留下多少深刻的印象。在读者情感中激起波澜，在记忆中留下烙印的毕竟还是作品中人物的命运，人物的心理活动。因而即使从社会批判的角度去看托尔斯泰的作品，也不能离开作品中人物心理结构的深度和广度。只有人物的命运、人物心理结构的刻画撼动了读者的心灵，读者的情感、想象、思维都受到了冲击，作品中那些社会批判的成分才能成为艺术的有效功能。如果不是这样，脱离了人物命运和心理结构的刻画去阅读作品，就可能把概念的说教当成艺术。

进入小说艺术之门，要从小说艺术形象的实际情况出发，而不能从小说作家的宣言和议论出发。不管作家有多么光彩的思想，如果这种光彩的思想不是渗透在刻画人物命运、人物心灵结构变幻的过程中的，那就可能是外加的、生硬的概念。所谓艺术欣赏，首先要欣赏人物心灵结构的变幻如何被艺术地表现，其次才是这种心理结构的运动过程渗透着什么样的思想，它是深刻的还是肤浅的，复杂的还是单纯的，进步的还是保守的，等等。

欣赏安娜回家看儿子这一段，首先就是欣赏安娜回家的心理结构变幻的奇观。

本来安娜为了爱情，不顾名誉地和伏隆斯基逃到西欧，但是，对儿子的想念使她的心灵不能安宁。于是她又不顾一切从西欧回到俄国，目的是看望儿子，为儿子庆祝生日。她前一天就选购好了玩具作为儿子的礼物，这在心理学上叫作动机。心理学告诉我们，动机在人的心理活动中占据极其重要的地位，人的行为、人的意识活动、人的感觉知觉、人的记忆和语言，无不受到动机的制约。在动机范围以内的心理活动常常被强烈地记忆和感知,而在动机以外的心理活动往往就容易遗忘或者很难被感知,有时甚至视而不见,听而不觉,感而不知。正因如此,我们在一般小说中看到的人物动机往往是很明确的。动机与人的行为、语言、记忆、想象、思维之间有着直线的联系,但这样的描述和刻画,往往并不太动人。因为人的心理活动是很复杂的,动机和人的其他心理要素处于一种复杂的有机结构之中,每一个要素都与其他一切要素互相依存,一个要素的变动必然引起其他相关要素的相应调节。这个变幻和调节的过程就是我们要欣赏的心理奇观。

安娜回家之所以成为艺术品,就在于托尔斯泰通过安娜淋漓尽致地写出了我们既熟悉又陌生的心理变幻,既唤醒了读者的潜在记忆,又发现了人物心灵的深层结构。

安娜看儿子的要求,遭到丈夫卡列宁的拒绝。她决意反抗,不取得卡列宁的同意就闯去看儿子,她"买了玩具,想好了行动计划""手头预备下给门房和仆人的钱"。所有这一切都是一种理性规划,都属于她的动机。如果托尔斯泰让安娜的理性规划——她明确意识到的动机——圆满地实现,那么这一段就没有什么可看的了。

小说艺术的特点就在于让人物的心理活动越出理性的常轨。导致这种越轨的动力,就是人的情感。由于情感的冲击,人的心理结构失去了平衡,越出了理性的规范,于是人的感觉、知觉、记忆、思维、语言、行为都发生了变异,这种变异就是心理恢复平衡前的调节或反馈。

在安娜进入家门时,突然产生了很狼狈的感觉,这就使她的听觉越出了常轨,失灵了,当门房的新助手问她"找谁"时,安娜狼狈得居然没有听到他的问话,因而也没有回答。她没有预料到丝毫没有变化的门厅会这样深深地打动了她。这种感觉激起了她的记忆,使她忘记了自己来这里的最初动机。她一时不知道自己是来干什么的,这就是环境的刺激使她早已被遗忘的情感记忆活跃了起来,淹没了一切,而前来看孩子的动机却被遗忘了。这是情感奇妙的分化作用,使一部分沉睡的记忆复活,使另一部分新鲜的记忆麻痹。

对于听觉,这种分化作用就更奇妙了。一方面她在走上那熟悉的楼梯的时候听不明白老门房说的话,另一方面她单凭小孩子打呵欠的声音,就知道这是她儿子,而且这种听觉影响了她的想象,使她"仿佛已经看到他在眼前了"。看到儿子以后,安娜的听觉的分化就更奇妙了:

> 她听着儿子的声音,注视着他的脸和脸上表情的变化,抚摸着他的手,但是她却没有听明白他所说的话。她知道在卡列宁出现以前,她非走不可,非离开他不可——这就是她唯一想到和感觉到的事。她听到走到门边咳嗽着的瓦西里·卢

基奇的脚步声,她也听到了保姆走近的脚步声;但是她好像成了石头人一样地坐着,没有力量开口说话,也没有力量站起身来。

用还原的方法来分析安娜的感觉:在通常情况下,近处的听得清晰,远处的听不清晰,可是在这里,由于害怕看到她即将到来的丈夫的焦灼感,一种特殊的情感冲击使她的生理功能发生了相反的变异,空间距离相近的儿子的语言听不清,空间距离远的卢基奇和保姆的脚步声反而听清楚了;情感距离近的听不清,情感距离远的反而听清了,这是一种感觉功能的越出常轨。这种感知变异,也许只是一种表面现象、表层结构。决定这种表面现象、表层结构的是深层的情感的作用。深层的情感和深层的焦灼使安娜的感觉特别是听觉发生了变异。深层的情感是看不见、摸不着、感觉不到的,可由于情感冲击而变异了的感觉、知觉(在这里是听觉)却以一种变异的形式,而成为一种强化的效果出现了。

要把人物的感觉原生状态想象出来,就得想象出人物感知的正常状态。在正常状态中,安娜的听觉和语言功能是没有障碍的。但是由于人物关系和客观环境越出了常轨,导致安娜的情感也越出了常轨,越出的幅度是如此之大,不但使她的听觉发生了变异,而且使她的语言机能也发生了障碍。当老家人认出了安娜,默默地向她低低地鞠躬,说"请进,夫人"时:

她想说什么,但是她的嗓子发不出声来。

当她迫于形势终于不得不离开她儿子时:

她不能够说再会,但是她面孔上的表情说了这话,而他也明白了。……以后她想起了多少要对他说的话呀!但是现在她却不知道怎样说好,而且什么话都说不出来。但是儿子明白了她要对他说的一切。他明白她不幸,而且爱她。

这里就出现一种心理奇观了,语言是一种传达思想的交际工具和文化载体,在人所使用的工具中,语言是一种特殊工具,它的特点就是并不是完全被动的。相反,人有时却多少有一点被动,不是人说话而是话说人——在特别强烈的情感冲击下,人失去自由运用语言的能力。在正常情况下,失去了语言表达能力的人,是不能和他人交流思想情感的。但是奇迹出现了,安娜失去了发出语音的能力,却并没有妨碍她与儿子交流思想和情感。这是因为在特殊情感的冲击下，语言并不是交流思想和情绪的最有效工具。这时有一种比语言更有效的交流手段，那就是人的表情。语言是以声音为媒介的概念符号系统，它传达的是概念。概念对丰富多彩的情感来说，太贫乏了。而表情虽然不及概念那样明确，但它是一种直觉，直觉的丰富性是任何概念都比不上的，孤立的直觉虽然不如概念深刻，但在艺术里，表情作为直觉的对象不是孤立的，而是处在一种复杂的人物情感结构之中。结构的功能大于要素之和，一个很平常的表情都可能有比概念深广丰富的含义。比如，安娜的表情在别人看来只是一种别离时的悲抑而已，而在她的儿子看来内涵就要丰富得多了。

人的内心情感活动是一个很复杂的整体，如果仅仅限于上述知觉和语言的层次，那还是比较表面的。托尔斯泰的高明之处就在于他不但揭示了知觉和语言的变异，而且直接深入到情感的深层结构中去，剖析其中丰富的变幻。

通过还原，我们知道，正常的人物的主要情感特征是比较稳定的、明确的，但不是一成不变的，它在外部刺激作用下会发生多彩的变异而产生瞬时的变态情感，如安娜憎恨、厌恶卡列宁。在安娜来到她过去的家之前，由于见儿子的要求遭到拒绝，这种憎恨化为一种受到屈辱的痛苦，引起她一种毅然反抗的情绪。一旦她进入了她过去的家就变化了，当一个不认识的门房助手问她来找谁的时候，她感到狼狈了，而当她熟悉的门房助手向她深深鞠躬的时候，她的眼光却是"羞愧、恳求的"。走上楼梯的时候她的运动机能不正常了，"套鞋绊着梯级"。后来当保姆通知她卡列宁即将出现的时候，她的儿子看到她脸上露出"惊惶和羞愧的神色"。在正常情况下，那么无畏地反抗世俗道德，蔑视、厌恶、憎恨卡列宁的她，居然惊惶、羞愧而且害怕了。

由此可见，在正常情况下，人的情感固然有一种稳定的基本性质特征，但这种基本性质不是固定的、僵死的，相反，它在外界环境和语境的作用下，会不断变幻出派生的性态来。写出这从属性态的丰富的变幻，正是托尔斯泰作为艺术家的过人之处。同样的情状到了才能不济的作家笔下也许就变得缺乏变化，只剩下憎恨这样一个僵化的性质了。

许多作家缺乏这样的能耐，其原因不仅在于缺乏这样的追求，而且在于不了解情感知觉之间互相影响的规律。

通常，洞察情感冲击感觉，也许并不难，因为感觉、知觉是表层的，情感是深层的，深层决定表层。但是很少有人注意到，二者的作用也可能倒过来，感觉决定情感。在这一点上，托尔斯泰有深刻的发现。当安娜即将与儿子离别时，她感到儿子的表情在问她该如何看他的父亲，安娜说：

爱他;他比我好,比我仁慈,我对不起他。

这是一种歉疚的情感,自认为有罪的情感。这种情感发自内心,是十分真诚的。但这种表白与其说是一种情感,不如说是一种理智。因为这种表白是没有建立在对卡列宁的现场感觉和知觉的基础上的。一旦安娜看见卡列宁,对卡列宁有了现场的感觉和知觉,她的情感就发生了变幻:

亚历克赛·亚历山特罗维奇迎着她走过来。一看见她,他突然停住脚步,垂下头来。

虽然她刚才还说过他比她好,比她仁慈,但是在她匆匆忙忙看了他一眼之后——那一眼把他整个的身姿连所有细微之点都看清楚了——对他的嫌恶和憎恨和为她儿子所起的嫉妒心情就占据了她的心。她迅速地放下面纱,加快步子,差不多跑一般地走出了房间。

由于对卡列宁有了具体的感觉,在具体感觉基础上建立起的厌恶和憎恨就代替了自己的罪恶感。安娜的情感性质又恢复了原状。

在托尔斯泰笔下,人物的情感既是这样具有顽强的稳定性态,又是这样变幻不定,在一切外界的、内部的刺激作用下,它不断发生变异,好像阳光透过多个旋转的三棱透镜发生了令人惊异的奇妙变异,这种变异是那样令人意外,那么偶然,然而又是那样必然,那样合乎人类心灵辩证法的规律,因而也就那样富于认识人类内心的普遍意义。当我们看到这一节的最后一句:

她昨天怀着那样的爱和忧愁在玩具店选购来的一包玩具,她都没有来得及解开,就原封不动地带回来了。

安娜在情感焦灼的优势兴奋中心的负诱导作用下,导致了对送礼物的动机的抑制。如果没有对人的心理活动规律的熟谙,托尔斯泰不可能对人物内心有这样的洞察。

许多作家对人物心理活动的规律性缺乏探索的自觉,因而他们笔下的人物往往不能遵守自己的心理活动规律,致使人物变成了作家的"驯服工具"。人物感情世界的单调和粗率,其实就是作家心灵境界单调而粗率的反应,因为作家内心世界的单调决定了他想象力的缺乏。

最常见的是,当人物与人物发生联系时,常常是注意的主体和被注意的人物之间心理的完全重合。一个人去找另一个人,另一个人的全部注意立刻就被这个人全部占有了。你问他话,他就准确无误地解答;你请他想办法,他就竭尽全力想出最好的或最坏的主意。可是在托尔斯泰笔下,问题并不这样简单,一个人到另一个人的房间和这个人讲话了,这个人也答话了,可是他只与他的表层心理发生了关系,而深层仍然沉浸在自己的情感、感知世界里。例如,在《复活》一开头,玛丝洛娃在受审,法官在投票,都投了赞成票,但这是表层的心理现象,其深层心理都不一样:庭长想着去与金头发的情妇幽会,法官在担心妻子要罢工不做饭。在表态要不要判决玛丝洛娃有罪时,一个法官的内心根据居然是面前公文号码的数字加起来能否被3除尽,而副检察官之所以坚持要判处她有罪完全出于成见和对自己口才的自我欣赏。人的表层心理机制与内心深层心理机制的重大区别,不但被托尔斯泰发现了,而且被他表现出来了。在安娜这里,她见了儿子以后,并没有占据她儿子的全部心理纵深层次。起初她只唤醒了孩子的表层意识。孩子看到安娜,如果让我们的作家来写,肯定是大叫一声,全部情感都苏醒了。这样,孩子的心理结构就显得单调了。托尔斯泰把人的心理情感结构理解得相当复杂。安娜起初并没有唤醒孩子的深层意识:孩子看到妈妈,脸上浮出了幸福的微笑,又闭上了惺忪的睡眼倒在妈妈怀中,并且在她怀中扭动,使身体各部分都接触到安娜的手。但是孩子并没有真正清楚地意识到发生了什么,他还处在半梦半醒状态,因而他非但没有完全醒来,反而是进入了抑制状态:

  他又睡着了。

  有些作家往往把人的情感的纵深层次看得很简单,他们是绝对不会也不敢这样写的,想象力达不到这样精深微妙之处。等到安娜哭了,孩子才"完全醒来了"。全部感觉、知觉、想象、思维、语言、心理结构的各纵深层次才彻底苏醒,充分兴奋起来,开始与安娜的心灵进行全方位交流。在这以前,他与安娜的交流只是局部的、表层的,在这以后,才达到了深度的、全面的情感交流。这种交流突破了感知的表层,进入了情感的深层,"好像直到现在,看见了她的微笑,他才完全明白是怎么回事了"。

  深度情感交流的特征是不停留在情感上(他不相信别人告诉他的话:他母亲已经死了),而是深入到思维的层次,甚至不通过语言,他也理解母亲的不幸,明白了他母亲与父亲是不能见面的,而且引起了思索:

为什么她脸上会有一种惊惶和羞愧的神色呢？

在这时候，他虽然还没有完全得到理性的答案，却想出了宽慰、挽留母亲的话："不要走，他还不会来呢。"

即使亲密如母子这样的关系，二人相见，要达到心理的完全交融和重合，也需要这样一个复杂的过程，何况是其他关系的人物呢！我们许多作家忽略了这个过程，匆匆忙忙地把结果推到读者面前。而忽略过程，就忽略了心理情感结构纵深层次的丰富性，只能导致审美价值的贬值。如果作家能真正在艺术上读懂托尔斯泰的作品，我想对他们的欣赏力和表达力的提高是一定会有好处的。

另眼看曹操：多疑和不疑①

非常感谢给我这个机会，让我用"另外一只眼睛"来展示一下对曹操的观察。为什么是"另外一只眼睛"？第一，因为已经有很多眼睛看过曹操了，其中包括易中天先生看出来的曹操，很轰动，很精彩。但是，他所看到的曹操，带上了易中天的色彩、易中天的价值观念。我眼中的曹操，和他眼中的曹操是不一样的。第二，为什么另外"一只眼"，而不是两只眼？这是因为，"一只眼"可以看得更清楚一点儿。君不见靶场上瞄准，两只眼全睁开，就休想打中靶心；只有将一只眼闭起来，才能瞄得更准。第三，我声明，我和易中天先生是朋友，我也很为他在《百家讲坛》创造了一个品牌、成为一个文化明星感到高兴；还很为他的智慧和他的感染力感到惊讶。原来他在我的感觉中，并不见得多漂亮，在生活中，他有点老相，没有想到他上了电视，竟这么辉煌，老得很漂亮！（众大笑）

他拥有很多"易迷"、粉丝，我很羡慕。不知不觉我也成了他的一个粉丝，这是连我自己都感到意外的。粉丝一般都是比较年轻的，哪来我这么老的粉丝？（笑声）但是呢，反过来一想，能成为他的粉丝，就证明我还没老。（听众鼓掌）作为朋友，我分析他成功的原因，除了他的智慧、他的口才、他的幽默感以及学术造诣以外，还有一个原因，就是他的勇气——他对权威性的、天经地义的说法表示质疑。这是科学的根本精神。

一、历史科学价值的"真"和文学形象的"美"

《三国演义》定本以来，几百年，经过不同的政治制度、不同的意识形态统治下的各种读者的反复考验，在它以前和以后的许多文学作品"与日俱减"地被淘汰了，可《三国演义》却仍然辉煌地存在着。对这个经典历久弥新的现象，大家觉得天经地义。但是

---

① 据 2007 年 4 月 6 日在东南大学演讲录音整理。

易中天对之表示了怀疑,他说《三国演义》有问题,有许多混淆视听的地方,特别是对曹操的评价。他认为这是很遗憾的事情,所以,他就出来做一点"还原"的工作,"以正视听"。他认为曹操被《三国演义》丑化了,造成了他品质恶劣、大花脸、奸贼的印象,实际上历史中的曹操是个英雄;有人认为他是英雄里的另类,叫奸雄。他说,即使是奸雄,也是个"可爱的奸雄"①。

他这个观点肯定是正确的,但是我又觉得这并不是很新鲜。《三国演义》对历史的虚构早就引起了学者的不满。清朝学者章学诚在《丙辰札记》中说《三国演义》"七实三虚"②,有七分是实在的,三分是虚构的。他说得比较客气,在我看来,起码是五分实的、五分虚的;实的是骨架而已,血肉呢,是虚构的。说他"五骨五肉"是不是更准确些?学者们感到,它造成了混乱。鲁迅在《中国小说史略》里也说它"杂虚辞复,易滋混淆"③,很容易产生混乱。就是五四时期把白话小说抬上正宗地位的胡适,对《三国演义》也没有太大的好感。1922年,他为《三国演义》作序,说它"不能算是一部有文学价值的书",因为它"拘守历史的故事太严而思想力太少,创造力太薄弱"。这个说法和章学诚、鲁迅相反,嫌它"拘守历史的故事太严"④,那就是虚构得还不够。

这三个大学者的说法虽然有矛盾,但共同点是并没有系统地去清理《三国演义》究竟是在什么程度上、如何系统地"歪曲"了《三国志》的。到了20世纪50年代末,毛泽东提出要"为曹操翻案",郭沫若比谁都先得到消息,就写了为曹操翻案的论文。那个翻案翻得很厉害。按当时的主流意识形态,曹操最大的问题是以镇压农民起义起家。郭沫若为他辩护,说他不是镇压了农民起义军,而是把打散了的起义军的"精锐部分组织了起来"。本来这些农民军是破坏性很大的、连吃饭都成问题的,经他一收编,去屯田,既安定了国家,自己也有饭吃了。⑤ 郭沫若这个说法有点强词夺理。可他不满足,又写了历史剧《蔡文姬》。对曹操采取了歌颂的态度,有些地方今天看起来有点惊世骇俗,如第一幕就把曹操的生活写得很是艰苦朴素,一条被子让老婆补了又补,给人一种当时红色文学中共产党员的感觉。易中天最值得称赞的可能是,他是中国第一个系统地清理《三国志》作为正史、官方的、比较可靠的史料,跟《三国演义》的虚构之间的差异的,说明了曹操是在什么样一个广度上被《三国演义》歪曲了,这个可爱的奸雄,是如何

---

① 易中天《品三国》,上海文艺出版社2006年版,第20页。
② 《鲁迅全集》(第9卷),人民文学出版社2005年版,第135页。
③ 《鲁迅全集》(第9卷),人民文学出版社2005年版,135页。
④ 胡适《中国章回小说考证》,上海书店1979年版,389—341页。
⑤ 《郭沫若全集·历史篇》(第3卷),人民出版社1984年版。

被《三国演义》歪曲成一个可恶、政治品质恶劣、十恶不赦的"奸贼"的。

二、多疑：从美化转化为丑化的关键

易中天从哪里讲起呢？是从曹操刚刚出道不久，就杀了对他亲厚的吕伯奢一家开始讲起的。

易中天先生提出，历史上曹操杀吕伯奢这事是有争议的。《三国志》的原文是说：董卓专权，天下大乱。董卓看中了曹操，提拔他，给他封了官，叫"骁骑校尉"，但是曹操很清醒，拿准了董卓成不了气候，老子偏偏不买账，没有去就任，改变了姓名，溜掉了。溜到一个地方，被人家抓住，有人认出就是曹操。出于对这个"天下雄俊"的尊敬，就把他给放了。把曹操当成"天下雄俊"是孙盛的《杂记》里的话，可能因为太夸张，《三国志》把它省略了。曹魏王朝自己的《魏书》说，曹操和几个死党到老朋友吕伯奢家去。此人不在，五个儿子在家，想抓曹操去请赏。在马厩——大概是拉马，准备动手，他就先下手为强，把吕伯奢家的几个人杀了。易中天先生认为，如果按照这样的记载的话，曹操干的事也不是太坏，至少是有防卫性质的。用今天的法律语言说，那是"防卫过当"——误伤。易中天说，魏国的史官对开国的"太祖"，对自家的老爷子的丑事难免要回护一番，打埋伏的可能性很大。易先生并没有回避与之相矛盾的历史资源。在裴松之的注解里，还保留了一些不同的说法：《世说新语》里说，曹操逃出去了，经过吕伯奢家里，正好吕伯奢有事外出，家里有五个孩子。这五个孩子非常有礼貌，热情款待他。但是，曹操有点心虚，他想我是一个逃犯，你们这样来招待我，肯定有问题。他就先下手为强，把人家给杀了。这里就没有"防卫过当"的问题了。① 请大家注意，曹操这个人，当时还是个好人，但有一个毛病：多疑。人家还没动手，他就想"你太热情了，太可疑"。按照曹操的逻辑，你太热情了就可疑了，相反，如果你不热情，就不可疑。这就透露出作者对曹操的批判了。碰到曹操这种人，真是好人做不得，越好越倒霉。这个批评是很严重的。另外一本书《杂记》中也说曹操杀人了，什么原因呢？吕伯奢的儿子好心招待他，他听到厨房里有食器声——锅碗瓢盆之类的响声。易中天就解释了，锅碗瓢盆之类的响声之中，可能还有刀的声音。究竟有没有刀，我们就不去追究了。反正是曹操这个人多疑，与其你下手，不如我下手。把人家给杀了以后，发现杀错了，心里有点"凄怆"，说："宁我负人，毋人负我！"易中天解释说，曹操的意思是：现在我在这种情况下，走投无路了，别无选择。该出手时不出手，等到你出手，我就没命了。没办法，

---

① 陈寿撰、裴松之注《三国志》（上），中华书局2005年版，第4页。

宁可我先对不起你,不能让你对不起我。易中天说,曹操还是有点自我排解、自我安慰、自我解脱,但是,他还是有点"凄怆",还不是天良丧尽,不是恶心透顶,还是有一点善心,虽然这点善心不足以洗刷他的罪恶。

易中天说,可到了《三国演义》曹操就不是"宁我负人,毋人负我",而是"宁教我负天下人,不教天下人负我"。这事情就大了,"宁我负人,毋人负我"是非常具体的,针对的范围是几口人,就事论事,没有说到其他的事;而"宁教我负天下人,不教天下人负我",则是事情的普遍化,不是这一件事,而是所有的事情。这是他的人生观,生活的准则,从来如此,一贯如此,而且将来还如此,大言不惭,理直气壮。这事情就可怕得多了,这个人的品质就恶劣、歹毒多了。那就是个最大的奸贼了。①

易中天说,《三国演义》把曹操彻头彻尾,从里到外地抹黑了。

易中天痛切地感到,文学艺术的力量是很大的,影响力超过了历史著作。它用历史的题材、历史的人物写小说,它的虚构和真实混为一谈,造成虚虚实实、半真半假的效果。本来曹操在历史上的记载并不一致,有一点"扑朔迷离"。有了《三国演义》就更加"暧昧"、更加稀里糊涂了。他感到更大的忧虑是什么呢?人家都不是先看《三国志》再看《三国演义》,有些人一辈子只看过《三国演义》,压根儿就没看过《三国志》,这就造成了一种可怕的先入为主的印象,至死也不知道曹操是个英雄,也不知道曹操是个"可爱的奸雄"。这是一个令有历史知识的人非常痛苦的事情。他当然承认,文学形象、民间形象虽然不是事实,它的流行也不是没有道理的,文学的张冠李戴、移花接木、无中生有也能给人教益。他说,他要做的事情是,研究这种虽然不符合历史事实的民间形象、文学形象那么流传究竟是什么道理?这话是非常对的。

可直到现在为止,我看到的《品三国》,他前面一件事做得非常好;后面一件事,明明是假的,为什么受到广大群众的喜爱?这个道理他始终没有真正地研究过。

正是因为这样,作为易中天的朋友,或者"粉丝",我应该帮他做一点事情。我认为粉丝有两种:一种是一味地跟着崇拜对象跑,像追"超女"一样疯个没有完;第二种是奋发有为的,像易中天怀疑《三国演义》一样,怀疑易中天的一些说法。怀疑和挑战是科学发展的动力,这是很古老的话了。易先生是根据历史的精神来廓清《三国演义》的虚构的。历史的价值标准是什么呢?就是真实。历史是不能虚构的:真的,才有历史的科学价值;假的,就是造谣的、骗人的,就没有价值。《三国演义》中那么多假的、虚构的,对历史来说,无价值。但是,价值准则是多元的,不仅有历史科学价值,也有艺术价

---

① 易中天《品三国》,上海文艺出版社 2006 年版,第 15 页。

值。《三国演义》虚构得特别有天才,在当时的中国文学史上、世界文学史上,可谓天下第一。

此话怎讲?我从易中天分析的曹操杀吕伯奢一家的故事开始说起。

易先生说,《三国演义》的虚构丑化了曹操,这个说法不完全对。《三国演义》的虚构,不仅仅是丑化曹操,而且还美化了曹操。《三国演义》不仅写曹操很清醒地拒绝了董卓的信任,还虚构了他在那些中央大员因为董卓专权,把皇帝当傀儡,一个个只是痛哭流涕,计无所出之时,哈哈大笑,主动提出自己去行刺董卓,借来一把宝刀,趁董卓睡觉时去行刺他。这不能不说是非常勇敢的,一个人单干,搞恐怖活动,绝对是个热血青年呐!(笑声)算得上是个愤青吧?(大笑声)很可惜,他事前踩点不到家,没考虑到董卓的床,靠里面有面镜子,他一举刀,董卓就看到了,喝道:你干嘛?曹操很机智,就说:我得了一把宝刀,正要送给你。董卓可能反应迟钝,比较傻:送给我?很好很好!曹操就此得以脱身。可董卓事后一想,不对啊,他事前没有禀告,莫名其妙地送一把刀,他莫不是要杀我啊?他和干儿子吕布一琢磨,这才醒悟过来。在这之前董卓是非常相信曹操的,还送他一匹好马,曹操就骑上这匹马,溜出城门去了。董卓再派人去追,哪里还追得上!再去抓他的家属,曹操早就把他的家里人全部转移了。在这里,《三国演义》不仅仅没有丑化曹操,而且对曹操大大地美化了一番,这是一个有理想、奋不顾身的热血青年,是个大大的义士啊!

后来,曹操逃到陈留县被抓住了,县长叫陈宫,请记住这个名字。

《三国演义》又虚构了曹操在死亡面前,大义凛然,英勇无畏,视死如归的精神。他慷慨激昂地宣言:姓曹的世食汉禄——祖祖辈辈都吃汉朝的俸禄,拿汉朝的薪水,现在国家如此危难,不想报国,与禽兽何异!也就是说,不这样做就不是人了。燕雀焉知鸿鹄之志哉!——你们这帮小麻雀哪里知道我天鹅的志向啊!今事不成,乃天意也——今天我行刺不成,是老天不帮忙,"我一死而已"!用20世纪五六十年代形容英雄的话语来说,就是在死亡面前,面不改色心不跳。这时候的曹操就是这样一个英雄,"老子横下一条心,今天就死在这了,完蛋就完蛋!"(笑声)没有想到,他这一副不要命的姿态,反而把审判他的陈宫给感动了。感动到什么程度?这也是虚构的,说:我这官也不当了!身家性命、仕途前程都不要了,咱哥们就一起远走高飞吧。从文学手法来说,这叫作侧面描写,或者用传统的说法叫作烘云托月,也就是写曹操,却用他在陈宫心理上的效果来表现曹操的大义凛然。这里又把曹操大大地美化了一番。

从艺术上来说,这样的虚构好在哪里?

好在写他原来不是个坏人,是个好人,大大的好人,英勇无畏,慷慨赴义,后来却变成了坏人、小人、奸人。《三国演义》的了不起,就在于表现了其间转化的根源在这个人物的特殊心理。这个好人、义士,心理上有个毛病:多疑。原来素材里也说他多疑,"以为屠己",光凭食器声,就把人家给杀了。那么,《三国演义》虚构得为什么更精彩呢?他这个多疑不是一般的多疑,而是一种可怕的多疑,罪恶的多疑。人家热情招待他,他不但不感激,反而怀疑人家的动机不纯。《三国演义》的精致,就在于加了一句话:听到里边在商量,要不要绑起来啊?这就增加了怀疑的程度。疑就是不确定。绑什么呀?绑起来干什么啊?都不确定。而曹操却断定,肯定是要杀自己了。这就揭示了曹操的心理的特点,根据极其薄弱,而结论却十分、非常、绝对的肯定。然后告诉陈宫,陈宫这个时候也蛮崇拜曹操的,可能是曹操的"粉丝"——"曹迷"(笑声),那就决定:干他娘的。两个人一下子杀了人家八口。杀到厨房里一看,糟糕!原来是绑了一头猪在那里,和曹操比,陈宫这个人的神经比较正常:糟糕!老曹啊,我们怀疑错了,杀错好人了。两个人就赶快溜。

以下的虚构就更为冷峻,更为深邃了。

二人碰到吕伯奢骑着驴,驴鞍上有酒瓶,手里拿着蔬菜和水果:贤侄啊,怎么不在我家里待着,我叫家里杀猪款待你啊!这就更加证明曹操当时怀疑好人的错误了。曹操就胡说了:我这个避罪之人,不敢在一个地方久留,赶快溜比较安全啊。吕伯奢走过去以后,曹操突然回过身来,说:吕老伯啊,你看那边,来了个什么人?吕伯奢一回头,曹操咔嚓一刀,把他给杀了。这时候陈宫就说了,刚才我们不知好人坏人,是误杀,现在知道自己杀错了人,现在杀人家好人,是"大不义也"!要知道"义"在《三国演义》里是非常重要的。为什么《三国演义》开头就是"桃园三结义"?一个人要是不义就会被人不齿的。曹操怎么回答?《三国演义》就把文献资料上的"宁我负人,毋人负我"变成了"宁教我负天下人,不教天下人负我"。

这个虚构,在艺术上真是太精彩了!

一般评论说,曹操多疑,这是不准确的。《三国演义》中曹操的疑有特别深刻的特点。

罗贯中虚构了曹操性格逻辑的转折点——多疑。正是这个心理要素,推动曹操从被动防御到主动杀人,从奋不顾身的义士变成血腥的屠夫。罗贯中的深邃之处,不但在这里,而且在后来,每逢情节发展,这个多疑往往成为关键,成为曹操的性格核心。特别是他晚年得了头痛病,本来华佗是可以替他开刀治疗的,但是,他多疑,以为华佗要他的命,就把华佗关起来,折磨死了。《三国演义》的伟大就在于把曹操的形象以多疑为核心,作为性格逻辑一以贯之地展开。

怀疑之为怀疑,其特点是不确定,有多种可能性。怀疑一个人的动机是不是良好,有两种可能,一是善良,一是安了坏心眼。但是,曹操听到的是碗具声,作为怀疑的动因,更带有不确定性。他根据不确定的响动之声,就断定人家肯定要杀他。曹操怀疑的特点是几个极点。1.根据极端薄弱,结论极端确定。2.确定对方有恶意,就不是一般的恶意(如告密之类),而是最极端的恶意。可以说,曹操的怀疑,是一种极恶疑。3.一般的疑,内在心理是不确定的,行动就更不确定。汉语里,有"犹疑""迟疑""狐疑不决"这类词汇,就说明行动是迟缓的。但是,曹操的疑,带着迅速行动、果断出手的特点。其多疑的逻辑是,由极疑变成极恶,由极恶变成极凶、极血腥,所谓穷凶极恶,此之谓也。

极恶的出手就造成了更恶的后果:明知是错杀了好人一家以后,不但不悔恨,反而把好心的家长吕伯奢本人也杀了。错杀了、野蛮了、血腥了,以更错、更野蛮、更血腥来保全自己。极端的多疑心理推动了连锁的罪行,构成了恶性循环的性格逻辑。

从误杀到有意杀人本来是极其丑恶的,是极其罪恶的。但是,"宁教我负天下人,不教天下人负我"却成了公开宣扬的人生观,大言不惭,理直气壮,坦然自得。罗贯中对曹操的批判,当然首要在不忠,但仅有不忠,不能引起后世读者的厌恶,而这样的不"义"、无耻却令人战栗。

可以想象,在《三国演义》的写作过程中,"宁教我负天下人,不教天下人负我",完全是神来之笔,灵感的突发。这种情况,只有艺术达到高度成熟的时候才会遇到。把一个复杂的人物的性格逻辑集中到一句话,概括为一句格言,成为丰富而复杂的性格的简明纲领,又成为家喻户晓的日常话语,成为一种精神现象的共同名称,这是高度艺术成就的极致。《三国演义》虚构的天才,重点不在连续错杀了好人,而在他杀错了人之后是什么感觉。这个杀人犯,有什么样的情感,有什么想法,这是历史不一定要考究的;历史从理性的角度看,无非就是一个杀人狂。但是,艺术要探索的是他杀人时的体验。如果他是人,有起码的人性和良知就应该感到后悔、痛苦,这是人性的及格水平,而他却没有。如果是偷偷地杀了人,没有忏悔也就罢了。曹操是在自己的朋友陈宫面前,也不感到羞耻。

易中天引毛宗岗的点评说,他虽然是小人,但是心口如一。易中天的结论是:"大家都装作正人君子,只有曹操一个人坦率地说出了这话,至少,曹操敢把奸诈的话公开地说出来,他是一个'真小人',不是'伪君子'。"① 把内心的黑暗公开讲了出来,做个公

---

① 易中天《品三国》,上海文艺出版社 2006 年版,第 15 页。

开的小人,总比口头上不讲,做起事情来,却和曹操一样要好一点。但我想,公开讲出来是为了忏悔是一回事,而公开出来,引以为自豪,则是退化到动物性的本能上去了。"宁教我负天下人,不教天下人负我",这就是恶棍逻辑,我已经无耻了,不要脸了,我不承认我是人了,你把我当坏人,把我当禽兽好了,我就什么都不怕了。用一句流行的话语来说,就是我是流氓我怕谁。(听众大笑)

《三国演义》虚构的曹操形象的伟大之处就在于揭示了他独特的性格逻辑:从极疑到极恶,从极恶、极耻到无耻,无耻到理直气壮。对无耻无畏的生命哲学作这样的概括,并把它渗透在虚构的情节之中。

问题是,我们读《三国演义》时,对这样一个人,寡廉鲜耻的人、恶人、坏人,一代又一代的读者都在享受着阅读的快感,赞叹这个艺术形象的精彩,一次阅读还可能留下终生的艺术享受的记忆。为什么呢?因为它太深邃了!《三国演义》写的是曹操,但是,又不完全是曹操,而是通过曹操,让我们看到人性中最黑暗的东西。但《三国演义》并不认为这样的黑暗是极恶的人物才可能具有的,作者对人物的洞察之深在于,他从一个慷慨赴义、视死如归的热血青年心灵深处,把这样的黑暗挖掘了出来。这样一个英雄人物,之所以会变成一个血腥的小人,原因不在外部,而在内部,由他心理的毛病——多疑引发了他灵魂中最黑暗的东西,就是极恶、极丑、极耻,无耻无畏的大暴露。

这样的虚构艺术,实在是太伟大了!

当然,不是所有虚构的情节都是伟大的。伟大的虚构并不是从天上掉下来的,而是从不伟大的虚构,经历了好几百年的流传,多少戏剧家、说书人、小说家的反复修改,对虚构进行再虚构,经过多次脱胎换骨才有了今天我们看到的伟大。

在《三国演义》定型以前,有过一些版本在说书人中流传,现在我们能够看到的,有一种是《全相三国志平话》。这个版本里有好多虚构现在看起来很幼稚。比如,《全相三国志平话》里讲到诸葛亮奉刘备之命,到孙权和周瑜那里去说服他们和根本没什么部队的刘备(只有一两万人)联合起来抵抗曹操。就在议事厅里,曹操的来使到了,带来一封信,叫孙权投降。这封信写得水平很低,根本没有曹操的水平。你拉拢人家投降也写得稍微客气一点,也要有点诱惑力嘛,这个曹操的信是怎么写的呢?你赶快投降,孙权!你不投降,"无智无虑",不管你脑袋聪明不聪明,悉皆斩首——如果不投降,我一来就不客气,通通的,死啦死啦的。(听众笑)孙权看了这封信,身为江东一霸,这样一个大帝啊,讨虏将军啊,看了这封水平很低的信,怎么样?居然吓得浑身流汗,"衣湿数重",这要流多少汗啊!(听众笑)这时诸葛亮在场,要知道诸葛亮也是个使者,一个高级代表,在人家的议事厅上,诸葛亮有什么权力,没有啊,他只有等待人家的决定。诸葛亮居然来了一个果断的行动,"结袍挽衣,提剑就阶,杀了来使"。这哪里像诸葛亮嘛!这样虚构出来的诸葛亮完全是神经质。(听众笑)哪里有《隆中对》中那样的战略眼光,《空城计》中那种处变不惊的儒将风度?后来《三国演义》写舌战群儒的时候,这类低水平的情节已经被淘汰得无影无踪了。

情节虽然是虚构的,但虚构也并不是绝对自由的,它有自身的规律。福斯特在《小说面面观》中早就说过,顺时间叙述,只是故事,而不是情节。① 只有在故事中,包含着因果关系,才是情节。其实,福斯特的因果说还不够深刻。关键在于这个因果有什么功能?什么样的因果是好的?什么样的因果是不好的?根据我的研究,好的因果,一般来说,是把主人公从正常的生活轨道里打出来,让他脱离正常的心理轨道,把埋藏在潜意识里的、连人物自己也不知道的东西暴露出来。好的情节的功能就是从生活的非常规发现心理的非常态。② 以曹操为例,原来受重用,一般的常规是,感恩戴德。而他却去行刺提拔他的顶头上司董卓,差一点儿暴露,赶紧溜之大吉。这就是打出正常轨道的第一层次的心理。然后他到朋友家里,怀疑人家可能要杀自己,又把人家给杀了,第二次打出常轨,第二层次的心理。第三次打出生活轨道,是在路上碰到好心的家长,然后他的第三重不正常的心态冒出来,又把好人给杀了。杀完了,朋友怪他,第四重的超出常轨,他把心里的话统统讲出来:"宁教我负天下人,不教天下人负我。"这是第四层次的内心奥秘。原来视死如归、慷慨就义的英雄就这样变成了极坏的、极恶的、极无耻的心理黑暗的冷血动物。

一般的虚构我们留不下什么印象;可这样的虚构,我们就被震撼了。

所以说,《三国演义》最后的执笔者如果是罗贯中的话,在对曹操这一人物的虚构中是表现出了天才的,他把英雄打出了常轨,让他的心态超出常态,揭示了他的心理深层的缺陷会造成这么大的罪恶,而且把他的心理缺陷造成极大罪恶最后归结为一句话,成为他的人生观:成为这个人的一种哲学,一读,就像钉子一样钉在脑袋里。因为它深邃地概括了一种心灵黑暗的密码。

我搜过《四库全书》的电子版,有 24 条与这句话相匹配的,都是形容人的行为和思想极端自私无耻的。这个坏人坏到这种程度,太可恶、太可恨、太可耻了。从这个意义上来说,另外一个人周瑜也很成功,他有一句话概括了他整个的生命,他的人生

---

① 福斯特《小说面面观》,花城出版社 1984 年版,第 75—76 页。
② 孙绍振《文学性讲演录》,广西师大出版社 2006 年版,第 397—408 页

观,那就是:"既生瑜,何生亮?"这也是虚构的,没有历史根据。这太深刻了。如果世界上有一个人,比我强,我就不活了。这多精彩呀!这个周瑜已经死了近两千年了,但他的这种近距离的、对自己战友的妒忌,还活在我们心里。罗贯中早在几百年前,就看穿了人的妒忌心理是有规律的:一是近距离的,二是有现成可比性的。在艺术上达到既生动又具有深邃概括力的高度,是伟大成就的表现。用一句话概括出一个人物、一种人类心理的特殊规律是很了不起的。京戏《大闹天宫》中孙悟空的"皇帝轮流做,明年到我家",《红楼梦》中贾宝玉的"女人是水做的,男人是土做的",《阿Q正传》中的"儿子打老子",《哈姆雷特》中的"活着,还是去死,这是个问题"等都是这样的。

这句话正是曹操性格中最大的震撼源。

对于文学来说,同样是杀了好人,一个人杀了人之后非常难过、痛苦、忏悔、羞耻、痛不欲生,无面目见人。这当然是恶的,但还不一定是丑的,因为有羞耻之心,就是还有人的感觉。如陀思妥耶夫斯基的《罪与罚》,描写穷大学生拉斯柯尔尼科夫,他为检验一下自己,能不能忍受杀死一个放高利贷的老太婆的痛苦而杀人。结果受不了内心的谴责,就去自首了。而曹操杀了好人,不但没有痛苦、没有后悔、没有惭愧,还大言不惭,公开夸耀,为自己的果断出手感到怡然自得。这两种人,从根本上是不一样的。

孔子说:"知耻近乎勇。"这样的人,无耻,不知耻,完全不是人,应该是十分可鄙、可恨的,但是,我们品读《三国演义》时,却觉得曹操虽然是个奸雄,但还是有可爱之处的,读得津津有味。对这样一个寡廉鲜耻的人、恶人、坏人,一代又一代的读者,享受着阅读的快感。这是为什么呢?

历史科学讲究的是真和假,伦理价值讲究的是善和恶,文学艺术讲究的是美和丑。

从历史科学的角度来说,曹操这个艺术形象不是真人,而是一个虚构的人物;从伦理观念来说,曹操这个人物不是善人,而是恶人;但是从文学艺术的角度来说,曹操这个人物,却是一个很复杂的人,是一个不朽的审美形象。为什么呢?因为他把丑恶的人物的内心,他的生存状态,他隐秘的自我感觉表现得淋漓尽致。这样的人,不但是恶的,而且是丑的。我们常说无知则无畏,在曹操那里则是无耻则无畏。读者之所以读得津津有味,就是惊异于他良好的自我感觉,丑得很自豪,恶得很滋润。丑恶得没有丑恶的感觉,恶心得没有恶心的感觉,这叫作审丑、审恶。这不是曹操一个人偶然的、孤立的精神病态,而是让我们想起了许多类似的人,可以说是人性中的一种黑暗。在《三国演义》以前甚至以后,还没有一个作家把人性的这种政治实用主义的邪恶表现得这样深邃。阅读曹操是集审美、审丑、审恶于一体的一种体验,他让读者从一个更高的角度来审视人性。

《三国演义》在短短的故事中,就写出了这样一个人,明知错了,一错再错,不仅不忏悔,不难为情,还为自己坚决果断的不道德而自我欣赏,为自己的不要脸而感到了不起。《三国演义》不但让读者看到这样的丑恶,而且有一个潜在的眼睛引导着读者阅读这样的心理奇观,在字里行间不动声色地让曹操的行为逻辑与读者的良知背道而驰,这在艺术心理学上叫作"情感逆行",就是一味和读者的情感作对,让读者的良知受到打击,感到诧异,感到愤怒、痛苦,这就转化为艺术的享受。洞察人性黑暗是一种痛快,这种痛快,结合着痛感和快感,亚里士多德的《诗学》中叫作"净化",或者用音译作卡塔西斯,有人把它翻译成"宣泄",我看把它理解成"洗礼"也可以罢。

懂得了这一点,才可能理解曹操形象的三昧。但是光有这一些,还不足以阐明几百年来读者欣赏《三国演义》的全部原因,还有一个原因是作者的虚构不同于一般的虚构,不是诗的想象和虚构,而是小说的虚构。

三、陈宫的眼睛在小说结构中的"错位"功能

《三国演义》虚构的精彩,还在于他把陈宫这个本来与凶杀案八竿子打不着的人物拉了进来,用陈宫的眼睛来审视曹操。陈宫原来非常崇拜曹操,愿意和曹操生死与共,后来和曹操一起杀人,等到杀错人再杀人,两个人分化了,"错位"了。这就更有戏了,更有性格了,就有小说了,就有艺术了。这艺术还不够,陈宫就想,这个家伙原来以为他是好人,现在这么赖、这么恶、这么黑,我怎么能和他在一起呢?夜里起来的时候想把他杀了。陈宫转念一想,我当时跟他走,是为了国家,现在我无缘无故把他杀了,也是"不义",我不干了。于是,陈宫溜掉了,跟他一刀两断。

陈宫后来去辅佐吕布,很有谋略。吕布这个家伙,打仗很行,刘、关、张三个人打他一个,也只打个平手,但是他有勇无谋,言而无信。这在《三国演义》里可是很严重的道德缺陷。陈宫很有谋略,但吕布却不听他的良谋。并且,吕布还有一个毛病,相信老婆。在危机之中,由于听老婆的话而拒绝听从陈宫的重要计策。陈宫后来被捕。曹操很得意:你怎么样啊,那天跑掉了,现在又被抓住了!陈宫大义凛然:你明为汉相,实为汉贼!今天我被你抓住了,一死而已!曹操抓住了陈宫的心理弱点——他是个孝子,说:你死得倒轻松,那你老妈怎么办啊?陈宫也抓住曹操的心理弱点,说:你现在提倡以孝治天下,你不会为难我母亲的。曹操居然被他打动了,把陈宫杀了,却很好地对待他的母亲,替他养老。

这里也可以看出来,《三国演义》作者的虚构水平有多高啊!总说人物要有个性,怎样才能有个性呢?这里告诉你,让原来志同道合的人在一件事情上分化,情趣、感觉、意志发生"错位",势不两立。就像在一个美女面前,猪八戒和孙悟空的感觉一"错位",就有个性了。你知错不改,俺就不跟你干了,从此以后势不两立,死在你手里也无所谓。"错位"的幅度越大,艺术水平就越高。我觉得,我有责任来讲一讲陈宫这个人物在小说结构中的功能。

首先,让读者用陈宫的眼睛来看曹操作恶。这是《三国演义》非常成熟的手法。一般的小说只是通过作者的眼光看人物,光是这样,可能单调。除了作者鄙视他,又让另一个人来看他,构成双重视角的错位。这个视角和作者不一样,原来非常尊敬他,情愿为他而放弃官职、身家性命,做他亡命天涯的战友。但是,看到他第二次把对他十分友善的人杀了以后,良心上就受不了。这个人物的功能,就是从崇敬曹操的义举到厌恶曹操的凶残。对这样的人物,我无以名之,暂且名之曰"错位中介人物",让这个人物和主角(一个或者多个)发生感觉的"错位",发生冲突。

这种人物的"错位"结构,正是中国古典小说的想象、虚构走向成熟的一个标志。因为,这种想象和虚构与古典诗歌的审美显示了极大的不同。在诗歌里,情人可以心心相印、生死不渝。而在小说作品中,情人、友人如果一直心心相印、生死不渝,就只有诗意,却没有性格可言了,所以在成功的小说中,情人、友人,不管原来多么情投意合,最后都是要发生分化,心心相错。两个人,各有各的感觉,即使是爱得昏天黑地,也要闹误会、闹矛盾、闹别扭,对同一事物拉开感觉的距离,才有性格可言。《西游记》如此,《红楼梦》亦如此。林黛玉和贾宝玉十分相爱,如果感情知觉没有分化,没有错位,没有误解,没有吵吵闹闹、哭哭啼啼,就没有艺术生命了。而在《西游记》里,一直没有自己的感觉,一直不和朋友的感觉"错位",随大流到底的沙和尚,就一直没有艺术生命力。照此推理,如果陈宫眼看曹操一错再错,一杀再杀,陈宫的感觉如果没有什么分化,一直和他一样,这个人物就浪费了。陈宫之所以有生命,就是因为他很快从情投意合到错位,拉开了情感的距离。陈宫从与曹操有了不同的逻辑起,就活起来了。相比之下,曹操身边许多谋士,如程昱、郭嘉、荀彧虽然有比陈宫更高的智慧,出过许多好主意,但是,艺术上并不见得有多精彩,原因是这些人和曹操的直觉、想象、思绪没有发生严重的分化、错位,从艺术上来说,这么多人都是跑龙套的,加起来还不如一个陈宫。

当时的陈宫是有血性的,他想过杀曹操,但是作者没让他杀成,为什么呢?是不是杀了曹操就没法安排后面的情节了?这是可以设想的。但是,还有一个理由,是为了避免雷同。曹操多疑,一旦对人不满,就动刀子杀人;陈宫一旦厌恶曹操多疑,也杀人,就和曹操一样了,这样,是不是套路太简单了?《三国演义》里说,陈宫想,我追随他,是为了国家,如今如果杀了他,就不义了。这不但是有道理的,而且是很艺术的。在《三国演义》里,知识分子,也就是谋士,都是要依附一个政治人物的,最高的原则是从一而终。要改变主子是非常痛苦的事,内心挣扎是很曲折的。这是当时一般的谋士一下子做不出来的。陈宫一走了之,不但和曹操拉开了距离,而且和其他谋士也拉开了距离。不要以为这是一点小技巧,其实是大艺术。我们当代的不少长篇小说(比如陈忠实的《白鹿原》的某些章节)至今还不懂这个几百年前就已普及了的规律。在他们笔下,许多同道人物在同一场景中,感觉知觉、行为逻辑常常是永不"错位"的。人物处在这样的情况下,是一加一等于零,两人物还不如一个人物。

这是对小说艺术结构的天才创造,正表现了《三国演义》作者的情节虚构的精致。但是,《三国演义》在艺术上的价值,长期没有得到认真的研究,以致一直有一种否定的倾向。当然,否定的往往是大师,易中天可以说是那些大师的追随者。

鲁迅就不太喜欢《三国演义》,他在《中国小说史略》里说:《三国演义》里边主要人物写得不行。诸葛亮"多智而近妖"①,智慧太丰富了,太神奇了,连天气预报都超过中央电视台,(听众笑)还会借东风啊,今天都很难做到,人工降雨,炮打上去也许根本下不了雨,借风?到哪儿借?问谁借呀?但是,诸葛亮借得到。所以鲁迅说他"多智而近妖"。不是人,根本就是妖怪一个。鲁迅还说,刘备写得也不好,老是强调他是忠厚长者,实际上很虚伪。"长厚而似伪。"②我就觉得写一个军阀头子很虚伪,这是成功啊,他完全是个地主阶级政治家嘛,虽然鲁迅对《三国演义》特别不感冒,但是鲁迅也不得不承认,书里有一段特别精彩,是哪一段?"华容道义释曹操。"他在《中国小说史略》中写《三国演义》一共就三页:光是华容道就占去一页,引文很长,有几百字。华容道的情节也是虚构的,但虚构得很好,符合我刚才所讲的。诸葛亮原来安排各路人马去堵击曹操,去扩大战果的时候,所有人都分配了任务,就是没有关公的。关公就不服气了:为什么没有我的事?诸葛亮就说:你干不了的。关公说:我怎么完不成?派我什么事?诸葛亮说:你到华容道去等曹操,把他抓回来。关公想:这是小事一件,残兵败将而已。诸葛亮说:立下军令状。关公说:没问题。什么叫军令状?就是军事保证书。完成任务奖赏;完不成任务,咔嚓杀头。

---

① 《鲁迅全集》(第9卷),人民文学出版社2005年版,第135页。
② 《鲁迅全集》(第9卷),人民文学出版社2005年版,第135页。

结果你们都知道,等到曹操的残兵败将到了华容道,关公一声炮响带领部队杀出来:我奉丞相将令,在此等候多时! 曹操的部队已经溃不成军了,人困马乏,在泥泞中滚爬,根本不成队形了。关羽要催动三军杀过去,可能就如话本小说中所写的一样,"如砍瓜切菜一般"。曹操这个"汉贼",就手到擒来了。但是,关公这个人内心深处有一个毛病,讲一种无政治原则的义气。他在诸葛亮那里夸口的时候,是没有意识到的,一看到曹操以后,就被打出常轨了,就突然冒出来了。曹操说,你放我一马吧。我当年俘虏你的时候,待你不薄啊——上马一提金,下马一提银,三日一小宴,五日一大宴,还请皇帝封你一个官,叫"汉寿亭侯",也就是在寿亭那个地方,可以坐收捐税,拿干薪。关公说,你对我的恩义,我已经报答过你了,白马坡前斩颜良、诛文丑,我就给你立功了,我们两清了。曹操说:固然如此,还有一件你没报答我,你溜走的时候,过五关,斩了我六员大将,当时我部下要去追杀你,我让他们不要追,这点你没报。关公听了以后,长叹一声,因为他有个信条,有恩不报,就是"不义"。关公不能忍受人家说他"不义",哪怕造成杀头的后果也无所谓。这就是关公灵魂深处的毛病,这个毛病,这是他的个性的核心,和曹操的多疑一样,在艺术上异曲同工。他觉得与其做个为刘备立功的不义之将,还不如做个光明磊落的义士,就长叹一声,马头一拨,曹操的残兵败将赶快溜,溜了一半,关公有点后悔,"嗯"的一声,吓得那些人屁滚尿流,感到糟糕了! 关公看那些家伙一个个那个鸟样子,就算了,放走了。

这就是上乘的情节虚构。为什么呢? 第一,把这个人物打出了常轨。第二,让人物内心深处的奥秘暴露出来,关公就是这样一个只讲义气、没有政治原则的人,明明知道回去以后要杀头的,也还是要这么干。第三,让他和诸葛亮发生"错位",又连带让诸葛亮和刘备发生心理"错位"。回去诸葛亮假装发怒,推出去斩了,但是刘备不同意了,"我们当时桃园三结义,不能同时生,要同日死,你斩了他,我也难活了",算了算了。这是"错位",而不是对立,不是冲突得不可开交,而是有拉开距离的一面,又有互相重合的一面。

《三国演义》中这样成功的情节设计比比皆是,例如,在诸葛亮与周瑜的生死搏斗之间,插入一个鲁肃,二重错位就变成了三重错位。

话说回来,用错位作为准则,来分析曹操出逃前后的情节构成,才能洞察艺术家的匠心。

四、不疑背后的智慧优越感

易中天说,曹操这个人是非常丰富、非常复杂的人。但是他讲的是历史上的曹操,他没有分析到《三国演义》里的艺术创造——虚构的情节的审美价值比历史上的曹操要高级多了。

审美形象是艺术的、高级的，它比历史的形象高级在哪里？就是，历史虽然是丰富、复杂的，但是又可能是混沌的，交织着错综复杂的矛盾，其统一性可能是被淹没了的。最明显的就是，连易中天这样的有学问的人都觉得，好几张脸长在曹操一个人脖子上，一点不矛盾，简直是个奇迹。为什么一点不矛盾呢？这一点光看历史是看不清楚的。分析一下曹操的形象就不难看出其中的奥妙。几张脸好像不是一个人的，但是，恰恰又是一个人的。

不管曹操的心理有多么复杂，但又是单纯的，因为其间是有逻辑关联的。他个性的核心，就是多疑。他的多疑虽是多方面的，但是，却是统一的，因而，从某种意义上，他又是相当单纯的。但是，不管多么单纯，也没有陷入单调、单薄。因为，他的性格有矛盾，还有不疑的成分，这就是使得他的个性在对立中深刻地统一了。最明显的表现就是他对刘备不疑。后来的事实证明，刘备是他身边最大的定时炸弹。早期刘备打仗屡败，几度老婆孩子都被俘虏，没地方安身，一会儿投靠袁绍，一会儿投靠曹操。到了曹操手里，曹操知道他是个人物，就养着他，因为刘备是皇叔啊，可能他想作出胸怀宽广的样子。但是刘备有野心，他念念不忘的就是自己是中山靖王之后，按辈分说还是皇帝的远房叔叔辈。这就是他最大的政治资本。他秘密接受了傀儡皇帝的衣带诏，要把曹操给灭了。可他表面上，伪装成胸无大志，庸庸碌碌的样子，也就是装傻，装成没有政治野心，整天在家里种菜、养花，麻痹曹操，让曹操对自己没有警惕，如果曹操一警惕，杀掉他是小事一桩。有一次，曹操把他请到家里的园子里喝酒，"青梅煮酒论英雄"是很有名的。曹操得意了：你看，这个天下逐鹿问鼎的领袖，有哪几个是可以称为"英雄"的？刘备就敷衍说，袁绍是英雄，啊，不行。孙权是英雄，啊，那不行。吕布是英雄，那更差了。问来问去，那没有英雄啦？曹操说，天下的英雄，只有我和使君耳！天下就是我跟你啊，刘备一听，吓得筷子掉在地上。曹操说，怎么你筷子掉了？他说，我从小就怕打雷，刚才打了一声雷，我一吓，筷子就掉在地上了。曹操就更放心了，这个家伙原来胆子那么小啊，英雄居然怕打雷，从此越发放松了警惕。后来呢，刘备就更装傻、装笨，这个也是功夫，一个笨人要想装聪明是不容易的，一个聪明人要装笨更是困难。（大笑声）终于机会来了。有一路人马要来攻打曹操，刘备说，"让我替你效劳吧！"曹操这个多疑的人突然却不疑了，给他五千兵马。命令一发出去，曹操身边的谋士程昱、郭嘉就说，"不行啊，当年早叫你杀了他，你不杀，现在还给他兵马，这是放虎归山，去了肯定不回来了"。曹操一听，赶快派五百人马去追。五百人马哪够啊,率领这支小部队的又是许褚,这是个以赤膊上阵闻名、有勇无谋的人。当然,刘备不会回来。谋士就跟他讲,这说明刘备心里有鬼。曹操怎么样?曹操觉得自己既然决定放他走,就只能是正确的,他不怀疑自己的才能,就说,"我既遣之,何可复悔?"所以说,曹操多疑的特点是深刻的,因为它和对自己的才能的不疑是紧密相连的。虽然多疑,是对别人,但是他对自己的计谋、自己的水平、自己的雄才大略是不疑的。

草船借箭,从诸葛亮的角度来说,他的胜利是冒险主义的奇迹,从曹操的角度来说,他的失败与他对自己的不疑有关。当时情报来了,说诸葛亮来犯,曹操说,诸葛亮平时做事情非常谨慎,今天居然大举进攻,而且江上大雾,肯定有诡计,有埋伏,我洞若观火,不要出战,就用箭射死他。其实他如果不那么自信,而是和身边的谋士稍稍商量商量,结果就会大不一样。赤壁之战前夕,蒋干到周瑜那儿去睡了一觉,周瑜故意弄了一封假信,暗示曹操水军的将领蔡瑁、张允跟周瑜有勾结。蒋干把这封信拿给曹操看,曹操没有怀疑信是假的,一下子把这两个人的脑袋砍了,要知道这两个人可是水军统领啊,马上就要打水上战争了,把熟悉水军的将领杀了,而他从北方带来的部队又不习水战。等脑袋砍下来以后捧上来,曹操终于醒悟,糟糕!上当了,但他是不会承认自己的错误的,他还说,"二人怠慢军法,我故斩之"。

曹操的多疑和不疑既是矛盾的,又是有机统一的,其中包含着相当精致的内在逻辑。他的多疑是疑别人,他的不疑是迷信自己,而且很顽固,不怀疑,就不怀疑到底。就是错了也错到底。历史上的曹操是没有这样丰富、深邃的统一性。在这一点上,曹操与刘备、孙权有极大的不同。在当时,军阀混战,三个方面力量对比,本来悬殊是很大的,刘备、孙权的力量不如曹操。《三国演义》里写刘备之所以像个丧家犬一样被赶来赶去,最后能够成事儿,跑到蜀州去称王称霸,就是因为用对了一个人——诸葛亮。而且赤壁之战之所以能够胜利,就是一连串地用对了人,用对了计策。

《三国演义》是一部军事小说,专门写打仗的。可是它写打仗很奇怪,大致有两种打法。第一种,两军对垒,有的三千人马,有的五千人马,打起仗来,好像几千人马都在站着看热闹。只让两个大将去打,大将打赢了,"哄"一下几千人马就过去了。大将打输了,几千人马呼啦啦地就退回去了。这个事很奇怪,完全是个人的武功决定一切,这种情况,是不是有点英雄决定论?第二种打法,全靠计谋。不管兵力多么悬殊,武将多么神勇,都不会起太大的作用,胜负完全看谁的计谋高,用一个妙计就能打赢。所以我觉得,《三国演义》显示了我们中国知识分子的一种观念,就是"人才决定论"。小兵打仗没有用,会打仗的大将也不一定起决定作用,起决定作用的往往是谋士。这里讲究的不是一般的才能,而是奇才,不是一般的人才决定论,而是"奇才决定论"。什么叫"奇才"?他有奇谋。有时一个人物,就是一个奇谋,会决定一场战争的胜负。哪怕此人后来就不见了,可是这个人物还是很突出,如徐庶、庞统。至于诸葛亮的形象,就更能归结出一个结论叫"奇谋决定论",人才决定一切,奇谋决定胜负。

　　曹操手下的人马是很强的,武将一大堆,谋士水平很高的有三个:荀彧、程昱和郭嘉。这三个人有洞察力,有预见,往往比曹操强。刘备那边有诸葛亮,在孙权那边有周瑜、鲁肃,相比起来,曹操这边的谋士比较多一点。但是孙权和刘备跟他们谋士的关系,与曹操和荀彧、程昱、郭嘉的关系不一样。刘备对诸葛亮"以师视之",把他当作老师,什么都听他的,他自认不如,甚至于他临死之前跟诸葛亮讲,我这个儿子不行,你能辅佐就辅佐,不能辅佐就"取而代之",这样的军阀是很少的。孙权呢,他用周瑜,他肯定不会想,"我比他本事大",孙策把周瑜当成自己的兄弟,两人攻下皖城,有了美女大乔和小乔,就一人娶一个。这比有福同享更进了一步,叫作"有美共享"(众大笑)。曹操不一样,曹操是非常爱才的,一听说某个人有才能,就千方百计把他弄来。大家都熟悉的那个徐庶,原来是刘备的人,他听说这人很行,便千方百计把徐庶弄到手,这样他才觉得很过瘾。有人说,徐庶是个孝子,你把他的老母亲绑架来,他就不能不来了。当然,徐庶骗是骗来了,而他母亲却因此而自杀。这就有了今天的谚语"徐庶进曹营,一言不发"。这说明曹操爱才爱到不择手段,不讲道德,甚至不考虑后果的程度。又譬如说关公,这是个人才啊。投降的时候有个条件,现在找不到我老哥了,我就投降你,如果发现老哥刘备出现了,我还要去找他的。答应、答应、答应。对这样不可靠的承诺,曹操居然就答应下来了。这很是宽厚啊,是吧?也许他想,我对他优待,感情投资到一定程度,他还好意思不为我服务吗?就是后来看出他要溜了,大家说你不要让他立功啊,立功了他就要溜了。可曹操还是让他立功,曹操很自信,我这样尊重他,他还能不感动吗?可见,曹操太迷信自己了,可关公不给他面子,不为所动,还是溜了,溜了一关又一关。报到曹操那里,结果他说,人家"去志已坚,各为其主",不要为难人家。他这样讲了,他底下的部队还在挡着,还卡在那个地方,曹操就干脆发了一道文书,一个红头文件,成全了关公。

　　曹操对人才是多么尊重啊!虽然如此,他跟刘备还是不一样——他不会把底下的谋士当老师。他总觉得自己是领袖,他觉得自己的领袖资格不是由于权力,而是由于他的远见和谋略高出他们一个档次。他有一种优越感,这种优越感和刘备不同。刘备是典型的血统论,血统优越感很强。有了这个优越感,他就甘愿承认自己的智慧不如诸葛亮。而曹操没有这个本钱,他的出身说起来很不光彩,因为他是宦官养子的儿子,他的优越感实际上在行政权力,但是,他的兴奋点也不在这方面。他最大的优越感在智慧方面,我把这叫作"智慧优越感"。他的这种优越感,有时膨胀到非常可笑的程度:不但表现在胜利的时候,就是失败到全军覆没、一败涂地的时候,他还感到优越。比如,到了华容道,两面高山,道路狭窄,残兵败将,人困马乏,累得连走路都走不动,连命能否保住都很难说,他却突然哈哈大笑起来,他笑什么呢?他说,我笑诸葛亮用兵还是不行,如果是我的话,在这埋伏一支部队,我不是当俘虏了吗?当然,他的笑,也就持续几分钟,最多是五分钟吧(听众笑)。我的军事智慧也比诸葛亮强,比你们就不用说了。这对曹操可是一种无上的享受。曹操在任何时候,都不缺乏一种智慧自豪感,就是惨败了,他的自信和多疑也是合二而一的,他自信到什么程度呢?自信到执迷不悟的程度,连环计献上来以后,他的谋士说,这样不行,如果把船连在一起,人家用火攻怎么办?他哈哈大笑,火攻怎么可能?"现在这是冬天,只有西北风,没有东南风,它火攻只能烧到他自己,烧不到我"。罗贯中就故意出他的洋相,诸葛亮会借东风,让他料不到。

  曹操对自己的多疑和不疑,都很迷信,很自恋。他总以为自己的见解高人一等。别人不疑,他多疑,是高人一筹;别人怀疑了,他有把握,也是高人一筹。他那种笑说明什么呢?说明他的智慧优越感是他的生命,他必须让自己感觉自己永远在众人之上。就是在败得很惨,老命都要丢掉半条的时候,如果有那么一点小地方能让他感到自己的才能胜过对方,能让他觉得比自己的部下高出一筹,他就不会把失败当一回事,反而乐不可支。类似的事,在他身上不止一次地发生。曹操的笑,内涵是十分复杂的。以华容道的笑为例,既有自己比对方强上一点点的自豪,又有为了鼓舞士气的高瞻远瞩的做作,可能还有苦中作乐的意味。就像谚语所说,断了脖子的鸭子,嘴巴还是硬的。这么复杂的笑,亏得罗贯中写得出来。我小时候喜欢听评书,听说说书人学曹操的笑,很难,一般学三个月都不一定能到位。这可能是真的。

  曹操的自我感觉太良好了,他自觉是一个领袖,不但是一个军事统帅,而且颇有文学才华,并引以为自豪。你们看赤壁之战前夕,有没有感到奇怪?要打仗了,曹操日理万机,可是他居然跑到江面上去"横槊赋诗"。这不是有点混吗?打仗,那时是冷兵器交接,白刀子进去,红刀子出来,去赋诗有什么用啊?这仅仅有智慧自豪感、智慧优越感还不够,还要加上一感,叫作文采优越感,加上这一感,他的优越感才完整。我不但会打仗,我赋诗也很棒。文韬武略,雄才大略,我哪一样不行啊!所以跑到江面上,"对酒当歌,人生几何?譬如朝露,去日苦多"大唱一番,不过那首诗真是很精彩!在那个时代,早是五言诗的天下了,四言诗早被人忘掉了,他居然用四言诗的形式写了一首千古绝唱。这是曹操对自己的才能的自负和自迷,和他的多疑一起,构成深层的性格张力。

他迷信自己的才能,必然认定他的部下和敌人都不如他,因而,他的智慧优越感有时让他对自己十分讨厌的人也能比较宽容。其中有一个人叫祢衡,他对曹操非常不礼貌,在大庭广众之下,"裸体而立,浑身尽露。坐客皆掩面。衡乃徐徐着裤"。就摆这么个架势——"击鼓骂曹",曹操也没有杀他,不担杀知识分子的名,把他送到黄祖那里去,让那个大草包把祢衡杀了。当然,这可能不是全部理由,曹操可能还觉得,这个祢衡在智慧上不是自己的对手,不足以让他发火。有时,他能宽厚到令人惊讶的程度。有一个文人在曹操的敌人袁绍的阵营里写檄文骂曹操,不但骂曹操,还骂到他的先人那里去了。后来被抓住了,他也没杀那个文人。这个人就是陈琳。这是为什么?可能是因为这个陈琳,虽然也是建安七子之一,可也是没有多少政治智慧的人物,和自己没有什么可比性,与其开杀戒,不如把他放在一边,以显示自己宽宏大量。这也是政治智慧不同凡响的证明。

不过,曹操这个人的性格是非常复杂的,有时候他又会疯狂地杀戮文人。有一个人叫孔融,就是"孔融让梨"的主角,性子比较直。曹操准备南下攻打孙权和刘备的时候,孔融讲了老实话,"不要打,打不赢的,要失败"。曹操不听他的。孔融背后又发了一个议论,"以至不仁伐至仁,焉得不败!"这是他背后发的牢骚啊,有人打了小报告,曹操二话不讲,"杀头"。非常随便地就把孔融杀了,既然这样容不得人,又何必让祢衡来骂呢?何必再让陈琳再活下去呢?这可能是因为,他自信自己文韬武略,智慧文采"冠甲天下"的时候,他随便你骂,他真的要做一件事情,对做这件事,他自信得有点糊涂的时候,你知识分子再来说三道四,老子就杀了你,哪怕是杀错了也无所谓。要杀就杀到底,连孔融七八岁的两个孩子都被铲草除根了。你一旦触碰了他的自信心,他就变得无比凶残。完全为了维护他的权威,绝对正确,一句顶一万句,句句是真理。

最能说明问题的是杨修的事。曹操自信智慧超群,不喜欢部下在智慧上超越于他。他也妒忌,但他和周瑜不一样,周瑜不妒忌自己的部下,只妒忌眼前的盟友、将来可能成为敌人的人,而曹操不能够容忍部下的智慧比他强。在曹操的阵营里,思维最敏捷的人就是杨修。曹操每有所暗示,往往都能被杨修猜出来。这让曹操很恼火,但他表面上不发作。《三国演义》里说,"曹虽称美,心甚忌之""操虽言笑,而心愈恶之"。甚至一连两个"甚忌之""愈恶之"。有一个故事的原始素材是在《世说新语》上的,原意是:他和杨修从一个碑背上见题着"黄绢幼妇外孙齑臼"八字,他问杨修说,你懂吗?杨修说我懂了,他说,你可别讲,让我想想。走了三十里,他才想出来。让杨修另外记在纸上,原来两个人一样。杨修说,"黄绢",色丝也,于字为"绝"。"幼妇",少女也,于字为"妙"。"外孙",女子也,于字为"好"。"齑臼",受辛也,于字为"辞",就是"绝妙好辞"也。曹操就叹气:我才不及你,差你三十里。到了罗贯中笔下,把曹操也猜中了取消,让他在杨修说出来之后,含糊其词地说"正合孤意",一些评点家就说,他根本没有猜出来。要不然,他为什么不像周瑜和诸葛亮那样大家都写在手心里呢?罗贯中艺术家的魄力还表现在,又加上了一些后续的情节,曹操打仗,打得上不上下不下,就考虑退兵。军士来问夜间口令,曹操随口说了"鸡肋",杨修就知道曹操要退兵了,于是命人打点回家。有人问为什么?杨修说,鸡肋,食之无肉,弃之可惜。这事让曹操知道了就"愈恶之"了。曹操的智慧优越感和智慧权威感,屡屡受到杨修的打击,后来终于找个机会把杨修杀了。这是罗贯中对曹操这一性格逻辑的勇敢推演。其实在历史上,杨之死,是因为介入了曹操接班人的斗争,他支持曹植,结果失败了,被曹操处死。一年以后,曹操也死了,曹植的对手曹丕当了皇帝。《续后汉书》上说,就是曹操不处死他,曹丕即位,他也是老命不保。但是,艺术上的曹操,比之历史上的奸雄要可爱、好玩得多。当然,就是光从历史上来说,曹操这样的心态也是一个缺点,一个局限性。所以在唐太宗那样心胸宽广的伟大人物看来,曹操这个人,虽然有些本事,但是,缺乏当皇帝的才能和心胸。唐太宗在经过邺时,为文祭曹操曰:"临危制变,料敌设奇,一将之智有余,万乘之才不足。"[①]意思是这样的人物,作为一个将军,绰绰有余,可当皇帝,万乘之君,囊括天下之人才,以为己用,这样的胸襟,曹操还差得很远。

艺术上的曹操,非常复杂又非常统一,统一在多疑与不疑,爱才与智慧优越感的矛盾之中。历史上的曹操,就没有艺术上的心理这么有机。当然,这只是一条主线。可能是曹操心理的"常态",围绕着这条主线的曹操还有多侧面的心理"变态"。其丰富多彩令人眼花缭乱。往往是,他刚做了一件非常光明磊落的事,马上又做了一件卑鄙龌龊的事;他刚做了一件雍容大度的事,不久做了一件心胸狭隘的事;他做了一件叫人肃然起敬的事,马上又做了一件让人恶心的事。他有时候是和蔼可亲的,有时又是极其阴险凶残的。他是一个野蛮的家伙,但他讲仁政的时候,也不完全是假的,当他作出爱民的样子时候,他是非常认真的,当他残忍起来,又非常恐怖。有一次他父亲要到他那儿去,半路上被一个县的强盗杀掉了,曹操就打过去,要把这个县的人,不管是谁,都给他统统杀光。他有的时候又非常爱民,爱民到什么程度呢?他颁布纪律,说军马不能踩老百姓的麦子,踩了麦子要怎么办?要杀头。结果呢,他自己的马不知道发什么神

---

① 司马光《资治通鉴》(四),甘肃民族出版社1998年版,第2737页。

经,跑到麦田里去了,他居然跑到"纪委书记"那儿去说,请以军法从事。谁敢杀他啊?骗鬼的事,他也做得出。有时候,他非常讲究信义,有时候,他又公然践踏信义。

他的个性固然有着规律性逻辑,但是,也有许多不一定合乎逻辑的东西,具有某种令人捉摸不定的随意性。他有时是通情达理的,有时又是残忍野蛮的(吉平骂他,先打昏后令割其舌),有时是可恨的(杀弱者,如刘琮投降时,答应永守荆州,结果让他到青州为吏,路上又差人把他母子杀了),有时是宽容的,不杀骂他祖宗三代的陈琳,有时又是心胸狭隘的(杀杨修),有时是可笑的(长坂坡被张飞大喊大叫吓得退兵),然而有时又是可怜的:明明权倾天下,把皇帝当成傀儡,当成招牌,但他就是不称帝,很怕在历史上留下篡位的骂名,想学周朝的文王,作为臣子,不担造反夺权的骂名,让他的儿子周武王去消灭暴虐的皇帝。等到他儿子把傀儡皇帝扫地出门了,那他就是文王,他儿子就是武王,却不料他死了以后,他儿子曹丕却封他为魏武帝,自己当魏文帝。可怜他真是白操心。有时甚至是可敬的(放了关公,成全了陈宫,养其父母)、可叹的(华容道上的大笑以为自己的才气胜过诸葛,就忘记了大败)、有时简直是可杀的(借一管粮的小官的头来保持军事秘密)。在汉语中,以"可"为首的词组,是很丰富的,除了上面已经提到的以外,还有可悲、可鄙、可怖、可贵、可欺、可气、可惜、可喜、可憎、可疑,可歌可泣,可杀可剐等,把这些都加起来,都不能穷尽曹操性格的全部丰富复杂内涵,不是易中天一个"可爱的"所能概括周全的。而《三国演义》的曹操形象伟大就伟大在这里。

(录音整理:胡秀娟、游奇伟;统稿:李福建)

关公崇拜的奥秘：史家的人和民间的神的统一

在《三国演义》中，得到最充分赞扬的自然是诸葛亮，他近乎完人，不论在人格上还是在智能上，都无与伦比。关公比之诸葛亮，在这两方面都相去甚远。

关公的人格价值在于他忠于刘氏正统王朝，但是他并没做到无条件的、绝对的忠，在刘备败亡之际，他投降了曹操，只是在闻得刘备并未身死，他才不顾一切地弃绝曹操的厚待，投奔刘备。这样的忠，比之《三国演义》有些战将被俘以后，宁死不屈可是逊色多了。《三国演义》大肆渲染的是他保护刘备妻子，谨守礼节，夜观《春秋》，其实是中国古典小说的一种特色。美国哥伦比亚大学夏志清教授早就指出过禁绝性欲是中国古典英雄的共性。不亲女色是当时英雄的最起码的标准，哪怕是到了《水浒传》时代，一切英雄虽可大吃、大喝、大抢、大杀，但却不可在女色面前有丝毫的动摇。武松因拒绝潘金莲的勾引而光彩照人，而矮脚虎王英见一丈青扈三娘之貌而贪色，出了许多洋相，连其外形体貌都是猥琐的。

说到智能，关羽一点儿不像个大将，他虽然勇力过人，在战术上能出奇制胜，诸如过五关、斩六将、水淹七军等。《三国演义》在字面上夸张地赞扬他"威震华夏"，但是深通战略的《三国演义》的作者，对他是有所保留的。最明显的莫过于关羽在战略上犯的两次重大错误，都是通过诸葛亮具有远大战略眼光的角度来评判他的。第一次，在华容道放走了刘备的死敌曹操。第二次，在诸葛亮看来，他不能担任关键性重任，让他镇守荆州(蜀中的门户)，他又不顾大局，侮辱了孙权，破坏和东吴的统一战线，结果败走麦城，死于非命不算，还迫使孙权倒向曹操，共同对付刘备。蜀汉关系由此走向下坡路，虽然诸葛亮六出祁山，但还是不能改变败亡的结局。

客观地分析，关羽既是蜀汉功臣，也是蜀汉罪人。然而，奇怪的是在中国民间有那么普及的关公崇拜，关帝庙遍及内地市县，而诸葛武侯庙除了在蜀中以外几乎不见踪影。

中国人崇拜关羽什么呢？崇拜他忠于汉王朝的正统观念吗？他的正统观念是打了折扣的，不纯粹的，他放走曹操，说明他并没有把忠于汉王朝放在第一位。他放在第一位的是"义"，他欠下曹操的一份人情，为了这份人情，他就顾不得刘备的事业了，《三国演义》说他"义重如山"，恰恰是不正统的。

可为什么历代的统治者那么自上而下地推动对他的神化和盲目崇拜呢？不但全国各地一直把他加封到"盖天古佛"，到了清朝时，以行政规范对之春秋祭祀达到与孔夫子相等的程度，如今在欧美的华裔小超市中也有关公的辉煌神龛。

也许封建统治者所推崇的是一个空洞的"忠"的偶像，而民间传说所崇拜的是一另外一个关公。这个关公恰恰是不完全遵循"忠"为至高无上的原则，而是把"义"作为超越一切的准则。

《三国演义》中神化关公，如写他死后显灵，以至害死他的吕蒙莫名其妙地死于非命。这种手法并非独独用之于关公，用之于诸葛亮者更多。七星坛借东风不算，"死诸葛吓走生仲达"更神化，但这并未使诸葛亮和老百姓更亲近，虽然蜀汉时期在四川不乏诸葛亮的神庙，但是，此后其他各地则鲜见。这可能是因为他太超人了，因而也就太远离凡尘了。正因如此，鲁迅在《中国小说史略》中，对诸葛亮的形象评价不高，说是《三国演义》的作者为了突出他的"多智"，结果反而给人一种"近妖"之感。倒是智慧不如他、屡犯严重错误的关羽，在鲁迅笔下得到了正面的评价。对于华容道放走曹操一节，鲁迅在《中国小说史略》中说：

此叙孔明只见狡狯，而羽之气概则凛然。①

鲁迅是从文学形象的审美价值角度来评价关公的，关键在于他坚持自己的个性，即使放走曹操，违反军令状有生命之忧，但他仍然坦然地承担一切后果。

而夏志清《中国古典小说导论》中对关公的形象是肯定的。他先引用了胡适认为的《三国演义》最后的定稿者"都是平凡的陋儒，不是有天才的文学家……他们想写一个神武的关羽，然而关羽却成了一个骄傲无谋的武夫"。夏志清显然不同意胡适的观点，认为关羽是罗贯中笔下一个悲剧性人物，是一个为傲慢自大这一弊病所苦的英雄。作者的高明之处在于把民间传说中神武的英雄和历史上破坏吴蜀统一战线的失败将军结合了起来。特别精彩的是夏先生以精细的目光指出，罗贯中一方面在关羽周围安

---

① 《鲁迅全集》(第9卷)，人民文学出版社2003年版，第136页。

排了那么多敬畏者的目光,一方面又特意安排了"一位不动情的观察者——诸葛亮;正是这一点,引起了我们对关羽理解上的不同"。接着夏先生细致地分析了诸葛亮在把荆州交付给关羽时有保留的态度以及关羽死后他对刘备所说的"关公平日刚而自矜,故今日有此祸",并特别指出这是出自不同于民间传说的史家陈寿。

关公作为一个悲剧人物,还在于他的傲气凌人。镇守荆州之重任,战略上的生命线在于和东吴结成统一战线,才能抗衡乃至击败曹操。孙权虽与刘备在荆州问题上有矛盾,但是,出于大局,有意与之结好,提出其子与关公之女联姻,但是,他报之以侮辱性的语言:"虎女焉嫁犬子!"破坏了与东吴的统一战线,注定了蜀汉的败局。就在他北伐节节胜利,威镇华夏之际,曹操拉拢了东吴,孙权抄了他的后路,袭取了荆州。结果是败走麦城,众叛亲离,被孙权所斩。从实用理性来说,这是一个缺点、毛病大得不得了的人,但是,他是个人,不是神。这是一个在体力上、气魄上的超人,但是在精神上却有许多和凡人类似之处,把民间社会的义气至上的观念发挥到极致。

关公在任何紧要关头所遵循的并不像诸葛亮那样以理性为主,相反,他是以自己的情感(非理性)为主。有时,他显得非常任性,如刘备收了马超,称赞马超勇武过人,远在荆州、重任在肩的关羽居然因为感到不服气而要丢下防务去和马超比武。幸而诸葛亮很会糊弄他,按着他的情感逻辑说:马超只堪与张飞为伍,不用劳您大驾,才把他稳住。正是在这里,读者在这个"关圣人"身上看到了他孩子气的天真,这个超人英雄的内心深处充满了凡人的气质。这从客观理性逻辑来说是没有水平的糊涂,然而从艺术上来说却充满了关公的个性逻辑,这种逻辑超越了理性,使关公的肉体消灭了,进而使其性格有了永恒的审美价值。关公之所以在成为民间普遍崇拜的偶像这一点上,超越了诸葛亮,其原因盖出于此。

李逵杀四虎为什么不及武松打一虎生动？[①]

《水浒传》的评点家金圣叹说，《水浒传》里面有一百单八英雄，所有的这些英雄，在某种意义上说，都比宋江强，比宋江有作为，比宋江神气，但是大家都崇拜宋江。论武艺，论人品，一百〇八英雄中，一百〇六个都没有武松那样"超群绝伦"。金圣叹说："武松，天人者""固具有鲁达之阔，林冲之毒，杨志之正，柴进之良，阮七之快，李逵之真，吴用之捷，花荣之雅，卢俊义之大，石秀之警者也。断曰第一人，不亦宜乎？"[②]林冲可算是英雄了，可是赶不上武松。

林冲本来是正派人，逆来顺受。顶头上司高太尉的儿子高衙内调戏他老婆，他都能忍辱负重。遭到冤案，流放劳改，在野猪林，高太尉安排了两个公差要在野猪林把他谋害，幸好鲁智深救了他，可他还是不想造反，还自己跑去服劳役。他希望有朝一日回去，恢复他东京的户口。但是他一旦发现，就是在这种情况下高太尉还不饶过他，派了他的朋友陆虞候来烧草料场，想把他烧死，于是林冲把他那背义的朋友杀死之后开始义无反顾，他变了，变成了一个非常"毒"的人：主动反抗，反对招安，誓将革命到底。"杨志之正"，杨志乃三代将门之后，五侯杨令公之孙，是高干子弟，怎么会造反呢？也是被逼得没办法。"柴进之良"，柴进是皇帝的后代啊，是比较善良的。"阮七之快"，阮小七是很痛快的人，快人快语。"李逵之真"，李逵很直率，没心没肺的。"吴用之捷"，吴用是智多星，动脑子很快。"花荣之雅"，号称小李广，很有文化修养。"卢俊义之大"，是说卢俊义很大气，与小人是相对的。"石秀之警"，说明石秀很机警。可金圣叹认为，所有这些加起来，都不如一个武松。武松是第一大英雄。但是这个英雄，是不是绝对的呢？是不是在一切时刻、在一切条件下，都英雄盖世呢？具体来说，就是在他打

---

① 根据在东南大学的讲座录音记录整理。
② 陈曦仲等《水浒传会评本》（上），北京大学出版社1981年版，第486页。

死老虎的整个过程中,他是不是从头到尾都是浑身是胆的大英雄呢?据我看来,好像不是。这是值得重新思考的。

一、武松神性中的人性

武松远在古代,又近在我们内心。要真正理解一个事物、人物,越古当然越难,因为太遥远了;但是,越近呢,也越难,就在自己心里,可能是更难。正因为武松又远又近,要对武松有真正的理解,真正读懂武松,就不是那么容易,那么简单。不理解、读不懂的大有人在。不但一般老百姓读不懂,就是很高水平的人物,也有读不懂的。

话说到了晚清时代,有一个学者夏曾佑,在近代史上是一个有点重要性的思想家,又是最早的小说理论家,出版过中国第一本《小说原理》,他有一天突然发现武松打虎不可信。他说写小说很难且难处很多,其中之一就是"写假事非常难"。他引用《水浒传》的评点家金圣叹的话说,最难写的是打老虎。他说,李逵打虎,只是持刀蛮杀,不值一谈。而武松打虎,就非常不真实。他说,《水浒传》上写武松用一只手把老虎的头按到地下,另外一只手握紧拳头,猛锤,就把老虎锤死了。这是不可信的。他说,老虎为食肉动物,有个特点,就是它的腰又长又软。你一只手把它的头按到地下,那它的四个爪子,都可以挣扎。不相信,怎么办?到动物园里去试试?当然不行。他说,你家里有没有猫,如果有,可以"以猫为虎之代表"。夏先生说,你用武松打虎的方法打猫,打得成打不成,一试就一清二楚了。① 我就遵照他的教导去试了一下,那猫虽然不像他说的,四只脚都会挠动,但他的后脚却是可以扭过身来,拼命乱捣。(笑声)

这倒真的让我感到,武松打老虎的办法很不科学,因而很危险。

夏曾佑先生提出的是一个相当深刻的问题——艺术形象的真和假的问题。武松打虎的方法是不真实的。不真实,假的,还能动人吗?但是武松打虎艺术生命力特别强,成为经典文本,至今仍然有鲜活的感染力。一般读者并不那么死心眼,去计较武松打虎方法的可行性、真实性问题。

武松作为英雄是神勇的,他的体力是超人的。如果就是超人,完全是个神人,那就太英勇无畏,太伟大了,我们除了崇拜,承认自己渺小,就没有别的可做了。但是,艺术家和我们不一样,他可能觉得人并不那么简单,一个英雄,如果永远伟大,就有点近乎神,如果百分之百是神,一点人味都没有,就有点不够精彩、不够可亲、不够可爱了。如果,我说的是如果,让他碰到一只老虎,这在一般情况下,是不可能的事,是超越常规

---

① 夏曾佑《小说原理》:《中国历代文论选》,上海古籍出版社1980年版,第244页。

的,超越了常规,他还会不会自始至终都那么英勇无畏,那么伟大呢?也许他在伟大心灵深处还有一些更为复杂的、更为好玩的东西呢?

二、为什么不能让老虎把武松吃了?

那就让他碰到一只老虎,如果老虎把他吃了,那也是可能的;但是,他一死,他心里想些什么,就没有人知道了。这不够过瘾。如果,我说的还是如果,也就是假定武松没有死,而是把老虎给打死了,这就超越常规了,看他的内心有什么样的感觉,他还是每一秒钟都那么伟大吗?他有没有害怕过啊?他有没有紧张过啊?这只有假定他没有被老虎吃掉才有可能探索一番的。

这个办法,是一切小说情节构成的最基本的方法,那就是把人物打出生活的常轨,反反复复折磨他,逼得他的心理也越出常轨,检验一下,他还是那个老样子吗?看看他内心深处有什么奥秘。

施耐庵把武松送到景阳冈的目的是什么呢?就是要看看他这个英雄,有什么超越常规的心态。正是为了这个,在遇见老虎以前,先让武松喝酒,超越常规地喝。我们看到,这位武松老哥来到景阳冈下的酒店,门前的招旗就是"三碗不过冈",意思说是,喝酒不能超过三碗。但是,武松就自以为不是普通人,是"好汉",往下一坐,"敲着桌子"要酒。一碗一碗地喝,连喝三碗之后还要喝。店家说,不能再喝了,我们这里是"三碗不过冈"。这酒叫"出门倒",一般人喝过三碗,一出门就要醉倒的。可武松自我感觉特别良好,硬是要继续喝,说"喝醉了不算好汉"。要记住武松的"好汉"这个字眼,好汉是和普通人不一样的,武松觉得他不是普通人。店家好心相劝,他却威胁说,你再啰唆,老爷就把你的屋子打个粉碎,连桌子都给你翻过来。结果他真的一口气喝了十八碗,又吃了好多斤牛肉,竟然没有醉倒。

这里我要说明一下:十八碗酒,这么多,就是十八碗水,肚子也够胀的,弯腰也困难了。他居然还没有醉,这可能有几种解释:第一,当时的酒,度数可能很低,是农家酿的那种米酒,我猜想,类似上海的"酒酿酒"。在《智取生辰纲》中,白日鼠白胜卖的那种酒,可以大口大口地喝,可以解渴有点像今天的啤酒。第二,这是一种假定,吃得多,力气大,在中国古典传奇小说中,是英雄气概的象征。孔夫子说:"食、色,性也。"中国古典英雄在这两方面很有特点。因为在农业社会,吃饱饭固然不容易,但是,食欲有个特点,就是很容易满足,有明显的限度,过度了,肚子就受不了,就痛苦了。但是,英雄不是普通人,在食量方面超越常人,体力才能超越常人,这就不能不令人肃然起敬。第三,这里吃下去的,除了牛肉以外,主要是酒,酒这种食品,和一般的食品不一样。不是饱肚子的,它的特点,是刺激、麻醉神经的。饭吃得过多,人会痛苦,酒喝高了,醉了,不但不痛苦,却能把一切痛苦都忘记了。喝到神经都有点麻醉了,迷迷糊糊,打架还能打出威风来,就更加了不起。所以《水浒传》的理想就是:"大碗喝酒,大块吃肉,大秤分金银。"《水浒传》的英雄观在这方面颇有特点。大凡要让英雄搏击,往往就要让他喝酒。不是随便小饮,而是大喝,甚至喝得有点醉,即使不太清醒了,还能大发神威。第四,酒不但能麻醉神经,而且能解放人的神经。在《水浒传》里,酒是豪杰之气不受羁绊的象征。当精神不清醒的时候,什么规矩啊,法律啊,礼貌啊,都站到一边去了,人就比较自由了。鲁智深醉打山门,因为不够清醒,才不管什么佛门的清规戒律。武松醉打蒋门神,因为醉了,方显出英雄本色。要不然清醒地想想,蒋门神固然是坏蛋,在快活林,收取商家的保护费,你的朋友施恩,不也是仗着自己父亲的权力,收取保护费吗?除了和你武松是哥们以外,在本质上,和蒋门神是一路货色。因为酒醉了,就用不着费神多想了,英雄本色,也就是意气用事,或者叫作快意恩仇,才能淋漓尽致地表现出来。

酒喝足了,平日里受到的社会性的约束就松弛了,人潜在的本性更能自然显示出来。酒在中国英雄事业上,是很重要的,许多英雄的心声都和酒联系在一起,不过意味稍有不同罢了。比如,宋江浔阳楼上醉题反诗,是酒醉把掩饰了多年的豪情壮志解放了出来,于是写道:"他时若遂凌云志,敢笑黄巢不丈夫!"再如,关公温酒斩华雄,酒放在桌子上,还没有变凉,华雄的脑袋已经割下来送到统帅的帐前。现代武术中有一种拳法叫"醉拳"。为什么要醉?就是让精神更加自由,进入艺术的想象境界——假定境界。

这是不是可以称作中国的"酒神精神"?当然与西方的酒神精神有很大的不同,但是在梦幻的境界里,从人的心灵深处,从性灵里升起的这种狂喜的陶醉以及获得力量的、精神的自由,这在中国和西方可能是一致的。

三、从不怕老虎到害怕老虎

武松歪歪倒倒就往店外走,店家告诉他,这不行。怎么不行?这酒是出门倒、透瓶香,三碗都过不了冈,如今你却喝了这么多。武松不买账,店家把官方的文书拿出来,说山上有老虎。他还是不信,就是有,我跟普通人不一样:"怕什么鸟!"话说得很粗,还反咬人家一口,莫不是你想半夜三更,谋我财害我性命,就拿老虎来吓唬老子。这完全是狗咬吕洞宾,不识好人心了。后来证明,他犯了一个错误,用今天的话来说,叫"不相

信群众"。(笑声)

等到了景阳冈上,发现一棵大树被刮去了一块树皮,上面有文字,说得有鼻子有眼的,有老虎。可是他实在太自负了,不相信,以为是店家为了招揽客人耍的诡计。直到在一个败落山神庙前看到了县政府的布告:"阳谷县示",红头文件啊,景阳冈上有大虫,伤害人命,行路客商人等,须于巳、午、未三时结伴过冈。武松这才"方知端的有虎",感到糟了,《水浒传》上这样写道:

> 武松欲待转身再回酒店里来,寻思道:"我回去时,须吃他耻笑,不是好汉,难以转去。"

武松这时最实际的办法就是回去,因为时间很紧迫,政府布告上限定的时间是巳、午、未三时,也就是早上九点到下午三点,还要大伙儿一起过冈。可当时是申时已过,快到酉时,也就是下午五六点钟了。真有老虎,三十六计,还是走为上策。这样比较实用,明显的好处是生命不至于有危险,但武松觉得有一条坏处,"须吃他耻笑,不是好汉"。"须"就是一定,一定给人家笑话。怕被人家嘲笑:"我说嘛,你看这家伙,刚才是个小气鬼,舍不得几个住宿费,现在变成了胆小鬼、怕死鬼。溜回来了不是?"武松受不了这个,就作出了一个决策:继续前进。这样,武松就犯了第二个错误,把好汉的面子看得比生命的安全还重要,这就是上海人讲的,死要面子活受罪。

走了一段发现没有老虎,又乐观起来了,哪有什么老虎不老虎的,人就是会自己吓唬自己。这时,酒劲又冲上来了,看见一块光溜溜的青石板,不妨小睡片刻。你看这个武松又犯错误了,这是第三个,没有看见老虎,并不说明就真的没有老虎。后来证明,这个错误,说得轻一点,就是麻痹大意;说得重一点,就是主观主义。

他还没来得及睡下,忽然刮过一阵狂风,一只吊睛白额大老虎就出现在眼前。这时,武松是什么感觉呢?大叫一声"啊呀!"原来在酒店里还宣称不怕什么"鸟大虫"的武松这么一惊,"酒都做冷汗出了"。原来,他也害怕了,怕得还不轻,都出了冷汗。武松此时几乎面临绝境,只剩下和老虎拼命这一条路了。人和老虎搏斗有什么优势呢?没有。牙齿不如老虎利,指甲没有老虎的爪子尖,连脸上的皮都不如老虎的厚(大笑声)。但是,按照马克思的说法,人有一点比动物厉害,就是能制造工具。武松有什么工具?一条哨棒。这是金圣叹在评点《水浒传》这一段的时候反复提醒的工具,一共提了十七次。可见其极端重要。这条哨棒的性质是什么?是手的延长。我打得到你,你够不着我。照理说,这是武松唯一可以克敌制胜的工具。在敌强我弱的情况下,反击战应该怎么打?首先要"慎重初战"①。这不是我的发明,是毛泽东在《中国革命战争和战略问题》中提出的。当然武松不可能精通这么高深的军事思想,至少他不应该"仓促应战"。但是,武松却用尽吃奶的力气举起哨棒,猛地打下去,只听"咔嚓"一声,老虎没打着,却把松树枝打断了。松树枝断了,问题不大,只要哨棒在手,还可以继续打它个痛快。但是武松用力过猛,把哨棒给打断了。工具失去了长度,就没有手的延长的优越性了。这说明,武松在心理上是多么紧张,如果要算错误,这是第几个?(听众笑答:第四个了)这个错误在心理上,可以定性为"惊惶失措"。这和他在酒店里,一再说"怕什么鸟!"在山神庙里的大大咧咧的武松相比,可以说是另外一个人了。

这下子,武松没有什么本钱了,只能横下一条心,老子今天就死在这儿了。就用了前面被思想家夏曾佑先生怀疑的那种不科学的办法,把老虎给收拾了。这完全是偶然的,是奥林匹克运动会上所说的"超常发挥"。(大笑声)《水浒传》上说,武松怎么把老虎打死的?花了多少时间?可以从《水浒传》所说"五七十拳"推算。现代中国人思想比当时精确,一般说五六十拳,或者是六七十拳。就算中间数,六十拳吧。每拳这么高地砸下去(作挥拳状,笑声),大约是一秒钟,一共是六十秒,一分钟。但是收回来也是要花时间的,就算同样花一秒钟吧,六十秒再加六十秒,就是一百二十秒,两分钟。两分钟,就把一条活生生的老虎打死了,这点时间,我看连打狗都不够。(鼓掌声)打猫怎么样?可能也不太充分。(笑声)但是,老虎被打得七孔流血了,头盖骨破裂了,武松去提老虎时,是在"血泊里",那就是说,砸得稀巴烂了。老虎骨头的质量怎么这么差呀?要知道它的骨头和你拳头里的成分是一样的,基本上都是碳酸钙啊。(大笑声)而武松拳头不但骨头没有发生断裂,而且连皮肤,不管是表皮、真皮,都没有任何破损。可能是那头吊睛白额大虎缺钙,患有骨质疏松症吧。(大笑声)这个,现在是没有办法考证了。但不管怎么说,两分钟打死一只老虎这太夸张了。

这是可以谅解的。因为,作家反正要让武松把老虎打死的。要让他超越常规,表现出那隐藏在内心深处的超越常规的心态嘛。我们可以设想,为了可信度,那就把拳头的数额扩大十倍,算他六百拳,二十分钟,再考虑到起初的拳头,挥得比较快,比较利索,后来的拳头,力量差一点,慢一点,还有老虎快死的时候,武松还可能要喘喘气,把这一切可能性都算进去,再加十分钟,充其量也就不超过半个小时。就是凭着这半小

---

① 毛泽东《毛泽东选集》,人民出版社1967年版,第200页。

时，武松就成了为民除害的英雄，成就了伟大的历史的功勋，半个小时的老本就使得他千古扬名。这就难怪金圣叹在评点这一回时说，武松是"神人"①，至少在胆略和勇气上是如此。但是，有了老本以后，这时"神人"武松变得实际了，他想，这老虎浑身是宝——主要是那时没有野生动物保护法（笑声）——把它拖下山卖出一点银子来，至少可以作老哥武大郎的见面礼。《水浒传》这样写道：

就血泊里双手来提时，那里提得动？原来使尽了气力，手脚都苏软了，动弹不得。

活老虎打死了，死老虎居然拖不动。倒是自己感到"苏软了"这不是怪事吗？这一笔很精彩，这是对英雄也是对人的一种发现。这个"神人"，超人的力量是有限的。这时，施耐庵写武松"在青石上坐了半歇"。是不是休息一下，再拖呢？武松一边休息一边"寻思"："天色看看黑了，倘或又跳出一只大虫，却怎地斗得他过？且挣扎下冈子去，明早却理会。"施耐庵对武松的心理又有了发现：还是趁早溜吧，如果再来一只老虎，可就危险了。他就一步步"挨下冈子去"了。注意这个"挨"，连走路都勉强了。哪知山脚下突然冒出两只老虎。这时，我们神勇的英雄的心理状态怎么样呢？《水浒传》写得明明白白，武松的想法有点煞风景：

阿呀，我今番死也！性命罢了！

用今天的话说，就是这下子"完蛋了"。一向自以为与寻常人不同，夸过海口"便有大虫，我也不怕"的武松，在读者心目中神通的武松，再次看见老虎时竟然还没有搏斗就认输了，悲观到绝望了。

在这个过程中，读者最关注武松打虎的过程的奇妙，但是，那个奇妙的过程却有点经不起推敲。除了前面已经说的以外，经不起推敲的还有，老虎向人进攻，只有三招，一招是，一扑，就是猛地向你扑过来。扑不着，就用屁股一掀。掀不着，就用尾巴一剪，就是一扫。这有什么根据？老虎又没有进过少林寺，哪来这么规范的三个招数？而且用过了这三个招数，就没有其他招数了。把老虎写得这么死心眼，这么教条主义，这其实无非是方便武松取胜。读者如果要抬杠的话，小说就读不下去了。

---

① 陈曦仲等辑校《水浒传会评本》（上），北京大学出版社1981年版，第415页。

四、李逵杀四虎为什么不及武松打一虎？

如果真要讲究杀死老虎的可信性的话，武松打虎远远不如李逵杀虎。李逵一下子杀了四只老虎，战果比武松辉煌多了，可是在读者记忆中留下的印象却很淡，许多读者甚至把它忘记得一干二净了。

李逵上梁山后，想到母亲在家乡受苦，就向宋江请了假，下山去接母亲上梁山来享福。又碰到官府通缉他，只好背上母亲赶路。母亲口渴想喝水，李逵便把她安顿在山岭上，自己盘过两三处山脚，到一座庙里拿石头香炉到山下溪里弄了一点水，回来却发现母亲不见了，只见到草地上的一团血迹。等到寻到一个大洞口，只见两个小老虎，在那里舐着一条人腿，李逵才意识到母亲被老虎吃了。这时李逵，"赤黄须早竖立起来，将手中朴刀挺来，来搠那两个小虎"。描写的重点是杀四虎的特点，第一只是在进攻中被搠死的，第二只在逃走中被搠死的。那第三只又不一样：李逵却钻入那大虫洞中，伏在里面，等到那母大虫张牙舞爪望窝里来，把后半截身躯坐到洞时去。李逵"放下朴刀，胯边掣出腰刀"：

> 把刀朝母大虫尾底下尽平生力气舍命一戳，正中那母大虫粪门。李逵使得力重，和那刀靶，也直送入肚里去了。那母大虫吼了一声，就洞口带着刀，跳到涧边去了。李逵却拿了朴刀，就洞里赶将出来，那老虎负疼，直抢下山石岩下去了。

杀这第三只的特点，是很精彩的，李逵用力如此，把刀插到肛门里，居然连刀给它带走了。李逵恰待要赶，只见就树边卷起一阵狂风，这时，又来了一只猛虎。这次的猛虎不像前三只那样，和武松打的那只一样采取一扑的攻势：

> 那李逵不慌不忙，趁着那大虫的势力，手起一刀，正中那大虫颔下。那大虫不曾再展再扑：一者护那疼痛，二者伤着他那气管。那大虫退不够五七步，只听得响一声，如倒半壁山，登时间死在岩下。

李逵杀虎的可信性比较大，没有可疑之处，因为和武松不同，李逵用的是刀，自然比用拳头搖要容易得多。施耐庵很有心计地让李逵带了两把刀，一把朴刀，一把腰刀。腰刀，不难想象。朴刀，是个什么样子？辞书上说，是一种旧式武器，刀身窄长，刀柄比较短，有时双手使用。施耐庵是江淮一带人氏，在他家乡一带至今口语中还有"朴刀"

这个词语。就是普通的菜刀,厨房里用的。刀柄也是很短的,和我们常见的一样,刀身并不长。施耐庵为什么要让李逵带两把刀,原因很显然,一把插进了老虎的屁股,让老虎带跑了。又来了一只老虎,如果只有一把刀,就要像武松那样用拳头捶。那就和武松打虎差不多了。施耐庵显然是要避免这个重复,很有匠心地让他们杀虎的特点各不相同。所以李逵后来还是用刀割了老虎的脖子,老虎倒下来,"如倒半壁山"。

金圣叹极口称赞李逵杀虎和武松打虎的写法完全不一样。金圣叹在评这一回说:"二十二回写武松打虎一篇,真所谓极盛难继之事也。忽然于李逵取娘文中,又写出一夜连杀四虎一篇,句句出奇,字字换色,若要李逵学武松一毫不能,若要武松学李逵一毫,武松亦不敢,各自兴奇作怪,出妙入神,笔墨之能,于斯竭矣。"①金圣叹的确看出了作者的用心在于与武松打虎求异,但是,他的称赞未免过分了一些。因为,在读者的感觉中,李逵杀四虎绝对不如武松杀虎那样有动人的效果。为什么呢?虽然李逵杀虎比武松打虎更有可信度,但是,读者和作者有默契,就是通过假定的想象,用超出常规的办法,体验英雄的非常规内心,看他在杀虎的过程中,人物内心有什么超出常规的变动。李逵一连杀四虎,他的内心只有杀母之仇。这种仇恨到了什么程度呢?李逵先是看到母亲的血迹,"一身肉发抖";看到两只小老虎在舐着人的一条腿,"李逵把不住抖";等到弄清就是这条老虎吃了自己母亲以后,李逵"心头火起,便不抖"。金圣叹在评点中说:"看李逵许多'抖'字,妙绝。俗本脱。"所谓"俗本",就是金圣叹删改以前的本子,也就是一百二十回本的《水浒全传》,"脱",就是没有的。而他删改、评点的七十一回本,经过他重新包装过、在文字上加工过的,才有一百二十回本的《水浒全传》行世,的确是没有"一身肉发抖""李逵把不住抖""心头火起,便不抖"。事情明摆着,三个"抖"都是金圣叹加上去的。这是金圣叹耍的花招。无疑是在自我表扬。但是那个时代传媒并不发达,没有报纸,也没有电视,就是有人发现了,也不会炒成一个文化盗版事件。(笑声)

问题是他为什么要加?就是因为原来的本子,功夫全花在不让它重复那一扑、一掀、一剪上,而其内心的感受是否超越常规,却被大大忽略了。原来的本子,写到李逵看到地上母亲的血迹时,不是"一身肉发抖"而是"心里越疑惑",看到两只小虎在舐一条人腿,他居然还是没有感觉。倒是让叙述者冒出来了一段"正是":

假黑旋风真搞鬼,生时欺心死烧腿。谁知娘腿亦遭伤,饿虎饿人皆为嘴。

---

① 陈曦仲等辑校《水浒传会评本》(下),北京大学出版社 1981 年版,第 790 页。

这就完全背离了李逵的内心痛苦加仇恨的感受。要知道李逵是个孝子,他回来就是为了把母亲接到梁山上去享福的,结果自己的母亲却被老虎吃了。"假黑旋风真捣鬼",老虎吃他母亲,和"假黑旋风"一点关系都没有;"饿虎饿人皆为嘴",这是旁观者的感受,近乎说风凉话。这完全是败笔。金圣叹把这煞风景的、不三不四的四句韵语删去了,谨慎地加了三个"抖":第一个,是意识到是自己母亲的鲜血,不由得发抖;第二个是看到母亲的一条腿,控制不住自己发抖;第三个是,仇家相对,分外眼红,尽情砍杀,忘记了发抖。应该说,金圣叹加得是很有才气的。但是,并没有从根本改变艺术上的缺陷,李逵在发抖了以后,杀虎过程那么长,内心居然就没有什么触动了。最为奇怪的是,他本是为母亲杀虎的,杀完了四只老虎,他这个孝子应该想起母亲了吧,不管是原本还是金圣叹的本子都是:

那李逵一时间杀了子母四虎,还又到虎窝边,将着刀复看了一遍,只恐还有大虫,已无踪迹。李逵也困乏了,走向泗州大圣庙里,睡到天明。

这也许是想表现李逵杀得筋疲力尽了,毕竟是人嘛!武松打虎以后不是也浑身苏软吗?但是,武松是与老虎偶然遭遇,而李逵是为母亲讨还血债。母亲的鲜血未干,残腿还暴露在身边不远的地方。这个孝子,怎么能睡得着?还能一枕安然,不知东方之既白。刚才失母之痛还使得他发抖,才半天不到,就忘得一干二净?其实,李逵是不会忘记的,而是作者忘记了,他为了刻画四只老虎,让它们死得各有特点,忙中有错,忙中有漏。直到第二天早上才让他想起母亲的腿来,收拾起来,埋葬了。这是一笔交代,可以说是平庸的交代,对一部精致的经典作品来说,好像一架钢琴上一个不响的琴键。

煞风景的还在后面。李逵走下冈子去,下面的情节,几乎是武松打虎以后的低级重复。又是埋伏在那里的猎户,又是不相信,又是上了山,见了死老虎,才相信,又是无限崇拜,又是热热闹闹地把虎抬下山去。这种写法就是毛宗岗评点《三国》所提出的"犯",也就是重复。

金圣叹是个艺术感觉极其敏锐的评论家。就是他也无力从根本上挽救原本李逵杀虎的败笔。金圣叹无限推崇李逵而贬抑宋江,另一个评点家李贽,更是把李逵称为"佛"。但是,就连金圣叹也对李逵在这一段内心活动的平淡,没有多少可以称赞的,金圣叹只好替他加上一些字眼,然后来个台里喝彩。而对武松呢?可称赞的就多了:

尤妙者,则又如读庙门榜文后,欲待转身回来一段;风过后虎来时,叫声阿呀,翻下青石一段;一扑,从半空里揪将下来时,被那一惊,酒都做冷汗出了一段;寻思要拖死虎下去,原来使尽力气,手脚都苏软了,正提不动一段;青石上,又坐半歇一段,天色看黑了,惟恐再跳出一只出来,且挣扎下冈子去一段;下冈子走不到半路,枯草丛中钻出两只大虫,叫声阿呀,今番罢了一段。皆是写极骇人之事,却尽用极近人之笔。①

金圣叹最为欣赏的这些部分,都是"极近人之笔",也就是武松在心理上比较平凡渺小,不伟大的方面。和我最为欣赏的几乎一样,不过,我欣赏的还有一处,就是武松使尽平生力气,一棒子打下来,把哨棒和枯树枝一起打断了,说明他有点惊慌失措。虽然有这么一点小差异,相隔百年以上,有这么多共同点,虽然我们都不是英雄,但也所见略同。(笑声、鼓掌声)

武松这些渺小的方面,在一般人的内心,并不是奇观,但他是英雄,他自己也认为自己是"英雄",不过没有用"英雄"这样堂皇的说法,而是说"好汉"。在赤手空拳和老虎搏斗的过程中,他的英勇,他的无畏,他的力量,都不能不使读者对他肃然起敬,五体投地;不能不同意金圣叹的说法,他是"神人"。这个神人,本来离读者是比较遥远的,谁能喝了十八碗酒还不醉,还能把一只活老虎给打死。这武松真是太厉害、太伟大了。但施耐庵还是让他和老虎遭遇了一下,自以为英雄好汉的心理就越出了常轨,体力上神化了,而在心理上却凡人化了。越来越和凡人,越来越和读者贴近了。他上山打虎并非出于为民除害的崇高目的,而是由于犯了错误。一是他不相信群众,二是也会为面子所累,三是麻痹大意,四是惊慌失措。他的力量也是有限的,也会打死了活老虎却拖不动死老虎。他的心理也平常,打死一只老虎以后,并不是"明知山有虎,偏向虎山行",而是唯恐再有虎,趁早我先溜。再次见到老虎,心理上完全是悲观绝望。这位英雄的体力和勇气是超人的,但他的心理活动过程完全是凡人的,跟你我这样见了老虎就发抖的人差不多。因而,你又不能不同意金圣叹的回目总评,他是"神人",他在心理上却是凡人,小小百姓而已。

经过打虎这样的假定,读者发现了伟大武松的内心深处,还潜藏着一个渺小的武松。这两个武松既互相矛盾,又水乳交融,因而这时的武松比原来的武松更像武松了。而经过杀虎这样的事变,读者所看到的李逵基本上还是原来的那个李逵。不但没有增加多少心灵的奥秘,形象反而有些缺损。例如,他对母亲的感情反而给人淡漠之感;又

---

① 陈曦仲等辑校《水浒传会评本》(上),北京大学出版社1981年版,第415页。

如,他杀虎之前和武松是不一样的。武松是喝酒,不是一般的喝,而是大喝,用文雅的语言来说叫作豪饮。豪饮是豪杰之气不可羁勒,而李逵上山之前,也吃了东西,吃的是什么呢? 人肉。

他回家接母亲,路遇一个小土匪,居然冒充他的名字打劫。他本要手起刀落结果了他,可是,那假李逵却说,他家有九十老娘,杀了他,他老娘可能就要饿死了。李逵是个孝子,就把他放了。走到村子里,肚子饿了,就在一家人家,给了些钱让做些饭吃。不想那就是假李逵的老婆。饭还没有吃,这个假李逵回来了,看到了李逵,就告诉他老婆,说这是江州劫法场的、官家通缉的黑旋风李逵。悬赏三千贯。三千贯,是多少钱?那时流通的是硬通货,是铜钱,当中有个方洞。用绳子把它串起来。三千贯,就是三千串,而一串是多少呢? 一千文,一文,为什么叫文,因为铜钱上有文字,一文,就是一个铜钱。这样算起来,一千文乘以三千,就是三百万个铜钱。这么一大笔钱,可能是一大车子,可真是一辈子都赚不到的。两口子就商量着如何把李逵绑了去领钱。这些都被李逵听到了。他不由分说,三下五除二就把假李逵杀了。李逵肚内饥饿,自己把锅里已经煮熟的饭吃了。李逵的这一顿饭吃得读者惊心动魄:

  三升米饭早熟了,只没好菜下饭。李逵盛饭来吃了一回,看看自笑道:"好痴汉! 放着好肉在面前,却不会吃!"拔出腰刀,便去李鬼腿上割下两块肉来,把些水洗净了,灶里抓些炭火来便烧,一面烧,一面吃。

这样一个吃人肉的人物,又是在母亲血淋淋的现场和老虎搏斗,应该有多少和不吃人肉的武松甚为悬殊的内心活动啊。至少是应该把他打出心理常轨才是。可是,没有。

为什么呢? 第一,要怪施耐庵,他让李逵拿的刀太快了,三下五除二就把四只老虎相当轻松地摆平了。第二,要怪金圣叹,他只让李逵的肉跳了三下就不跳了。如果让他在老虎死了以后,还跳,那就可能有比吃人肉更惊心动魄的情节了。而现在呢? 除了累一点,没有什么越出常轨的心态。同样是在老虎面前,武松却被打出了心理常轨,从而把心理的纵深层次立体感就暴露出来了。

这就是经典与非经典在艺术上的重大区别。

并不是人人都有碰见老虎的运气和晦气的,但是,大英雄的小心眼,活老虎被打死了,死老虎拖不动,却引起我们许多切身的经验和回忆。这种回忆是一种无声的体验。本来我们已经把它忘记到无意识的黑暗深渊中去了,在读到武松如此这般的心理时,我们的记忆一闪，这就叫作感染，心头一动，又叫作感动。这种感动，就是一种享受，一种对自我、对人性、对心灵体验和发现的喜悦。用学术语言来说，就是审美体验。

马克思说:"人不仅通过思维，而且以全部感觉在对象世界中肯定自己。"对人的英勇和平凡光是从抽象的理论去理解是不够的，还要从文学作品中，获得一种感性的体悟。读者在打虎英雄身上确证人类自身丰富的生命，正是因为这样，这种审美享受作为一种心理体验，有着和科学和道德理性同样的重要性。

五、英雄心理的平民化

由此可知，武松打虎比之李逵杀虎在中国文学史上的地位要重要多了。以武松为代表的英雄形象的出现，标志着中国古典英雄传奇对于英雄的理解达到一个新的高度，也是英雄走向平民的一个历史里程碑。我们在这以前的传奇小说中看到的英雄，大都是神化的、圣化的，很少有什么普通人的感觉。比如，有个曹操的大将，眼睛里中了人家的箭，他就把它拔出来，连眼珠子都带出来了。一点儿都没有像武松这样的紧张、冷汗、惊惶失措、悲观等心理反应。关公中了人家的毒箭，骨头都发黑了。医生给他治疗的时候，用刀在骨头上刮，发出咯吱咯吱的声响，关公竟然还谈笑自若地和人家下棋，用当代的话来说，面不改色心不跳，仿佛一点儿生理的痛苦都没有，这是《三国演义》式的英雄。这样的英雄在《水浒传》中也有，但不是最生动的。最生动的是超人的、神化的英雄走向人化的英雄。武松就是这样的代表。武松平时威风凛凛，一副很酷的样子，只有在老虎面前，越出了常轨，才把那深邃的平民心性泄露了出来。

《水浒传》设计武松打虎的情节，其妙处就在假定武松与老虎相遇而且不被老虎吃掉，提示出武松的两面性:一方面是神人、天人，一方面是凡人、小人物。

（录音整理:王梦）

第三编 经典小说艺术技巧分析

情节中的"补笔"和"伏笔"

——从《碾玉观音》到《杜十娘怒沉百宝箱》

作家对情节结构各个组成部分敢于自由调遣,并不意味着他们对小说细部、特别是其中的重要细节采取漫不经心的态度。相反,在一篇成熟的小说尤其是短篇小说中,几乎每一个细节都是不可缺少的。现代短篇小说艺术的发展已经使短篇小说的每一个细节都成为整体形象的有机组成部分,都以一种必然的、不可缺少的要素出现。因而,在阅读教学中,对细节的探究,包括描述细节所运用的话语的分析就是不可忽视的。

本来,亚里士多德把情节分成"结"和"解"两个部分,已经为情节一体化奠定了一种因果性基础——整个情节就表现为"结"(结果,效果)找到"解"(原因)的过程。原因与结果之间的关系越精致,小说的结构就越严密。到了十九世纪,情节因果的精密性,不但表现在因果的连锁性上,而且表现在对因果链以外的一切因素都采取排斥的态度,就是在因果链以内的连续事件,也以裁取其必要的部分而不求其全为原则。因果的精密性不但表现在人物关系、情感的互相推动上,而且渗透在每一个细节中,不能有一个重要细节是没有原因的,也不能有一个重要细节是没有后续结果的。一切没来由的细节都会破坏情节结构的有机性。契诃夫不止一次说过:如果你在小说第一节中把枪挂在墙上,那么到了第三节或第四节就得把子弹放出去。换句话说,如果不准备放出去,这支枪就不应当挂在墙上。

当然,这是一个比喻,只是为了说明在结构严密的小说中,一切细节都没有偶然性的成分。不论是一个道具,还是一个人物的口头禅,不论是一种病态的怪癖,还是一种风俗特征,都不能不对后来结果的必然性产生影响。反过来说,一切外部情节和内部心理的结果,都不应该是偶然的,而应有充分饱和的前提条件。

如果造成情节的原因不是充分的,那么,严重的导致漏洞,轻微些的则造成牵强。

为了避免这种不严密、不艺术的缺陷，小说家们积累了一个经验，那就是为最后到来的结果预先留下伏笔。由于结果通常是意外的，因而伏笔通常是隐蔽的。

《三国演义》的评点者毛宗岗把这种办法叫作"隔年下种，先时伏着"：

> 善圃者投种于地，待时而发。善弈者下一闲着于数十着之前，而其应在数十着之后。文章叙事之法亦犹是也。

他批评一些不谙此道的小说家道：

> 每见近世稗官（小说）家，一到扭捏不来之时，便平空生出一人，无端造出一事，觉后文与前文隔断，更不相涉。试令读《三国》之文能不汗颜！①

最初，中国的话本作家并不完全懂得这个道理，每逢有什么突发事变时，往往会用"补叙"来说服读者，但这毕竟是比较幼稚的手法。我们在中国和西方早期的古典小说名篇中不难找到这种幼稚手法留下的痕迹。

在《京本通俗小说》中有一篇《碾玉观音》，是相当出色的经典话本。写郡王家中失火时，府里一个管刺绣的女仆秀秀，乘乱出动，甚至以威胁的手段，强制管碾玉的手工匠崔宁和她一起私奔。这在宋元时期，是一种非同小可的勇敢行为。对这样一种惊人的动作，在艺术上成熟的小说中必然有与之相称的充分的原因才是。然而，在《碾玉观音》中，作者并没有意识到秀秀这样的行为需要多大的勇气，它需要作者为这一结果作足够的、有说服力的铺垫和埋伏。在这位作者笔下，直到秀秀提着包袱出来撞上毫无准备的崔宁时，才想起来补叙一笔：

> 原来郡王当日曾对崔宁许道："待秀秀满日，把来嫁与你。"这些众人都撺掇道："好对夫妻！"崔宁拜谢了，不则一番。

但是后来郡王忘了，秀秀就采取了私奔的果断行动。对这样一个不同凡响的决策，仅用这样几句补叙，只能起到弥补外部事件因果性漏洞的作用，而对人物心理的因果来说，则显得十分粗疏。在那样的时代，一句话不能兑现还不足以为这样冒险的行

---

① 朱一玄、刘毓忱编《三国演义资料汇编》，百花文艺出版社1983年版，第305—306页。

动提供充分的必然性。要使一个年轻姑娘比小伙子更果断、更不顾礼俗,得有更特殊的心理素质和社会环境的压力才成。

这样的补叙还不能充分启发读者去想象,在她的情感深层从哪里能飞来一股这么强大的爆发力。作者显然没有充分理解心理因果的重要性,在补叙时让崔宁对郡王戏言的反应比秀秀还强烈,而说到秀秀,只是"秀秀见崔宁后生,却也指望"。此时,这么微弱的心理反应怎么会变成失火时那么不要命、不顾一切的决断呢?特别是在小说结尾,读者还会看到,秀秀是一个情感特别强烈的姑娘,即使人死了,魂也要跟着爱人去生活。

补叙这样几句轻描淡写的缘由,对后来那个超现实的神奇结果是太粗疏了。

这自然是技巧的幼稚导致结构的有机性不足,更重要的是它暴露出作者对人物内在情感理解是不深入的。与之相比,《杜十娘怒沉百宝箱》的结构要精致得多。

作者不但使杜十娘最后投江自杀成为必然,而且使那百宝箱的出现和被抛入江中也成为必然。

百宝箱,作为小说的情节核心,最后是要沉没的,因而要提前在读者心目中留下印象。作者在杜十娘辞别女伴时特别写了"描金文具"这样一笔,有如一个特写镜头。后来船到江边时,又写了杜十娘打开这个箱子取银与李甲,以增加读者对它的关注。最后,在投入江中之前,再一次让读者细看其中的百宝,这不仅增加了可信度,而且强化了情感价值与实用价值的巨大反差。

这样几处看似毫无用意的"闲笔",实质上是含而不露地"隔年下种,先时伏着",这个百宝箱突出了杜十娘自杀的必然性。百宝箱本身就是杜十娘追求幸福但又不能完全相信李甲的见证:她明明有钱,却让李甲出去奔走两次;她明明拥有万金,却只给李甲一百多两碎银;她明明已决计与李甲结合,却把全部财宝瞒过了李甲。这说明她希望得到李甲的感情,而且她要求的是纯粹的感情。一旦她的怀疑被证实,感情掺了假,她就让自己和财宝一起毁灭。

《杜十娘怒沉百宝箱》是明代作品,其叙述语言和人物语言都有一些程式化的特点,对人物的心理剖析和把握也还没有达到完全自觉的程度,但是就情节因果的外部事态和人物情感的内在必然来说,大体上已经具备了近代小说的统一与和谐。

阅读文学作品,应该有基本的历史观念,一切艺术成就都是历史积累的成果,因而在阅读经典作品时,要养成一种洞察力——能一眼看出,它和此前作品的不同,哪怕是微妙的差异也要高度敏感。在《杜十娘怒沉百宝箱》中,学生们看不出这在当时的难能可贵,这是因为在当代小说中这已经成了普遍的共识。

如果不能做到外部事件的顺理成章，内在情感的自然而然，而是露出任何粗疏和牵强的痕迹，都将使自己的作品水平降低到时代的水平线以下。

古代作家可以不为情节发展中的次要细节费神，当代作家就不能。因为当代文学细节的严密性已达到相当高的程度，当代读者的文化水平也比古代高得多。他们的推理能力和感受能力都是古代读者很难相比的。古代读者可以原谅的疏漏，当代读者往往很难容忍。

例如，古代读者可以不去追究杜十娘那百宝箱中的财宝是如何运到她同伴家中去而又不被鸨母发现的；后来放在船中，又如何避免引起对财物并不是没兴趣的李甲的关注的；在李甲把一切都告知杜十娘后，她的那一番语含讥刺的反话，其锋芒如此之锐，为什么没有引起李甲的心理变化；特别是当杜十娘一件又一件地把宝物往江里扔的时候，站在一边的李甲、孙富乃至围观者，竟然一个个都没有想到去阻止，除了在一旁发呆外别无所为，甚至在她本人投江时竟然没有一个人去抢救。

现当代小说对细节真实性的要求要严密得多，它要求人物内心变幻有外部细节作为可靠的基础。

高晓声《陈奂生上城》中的精彩部分是陈奂生在五块钱一天的旅馆中的沙发上发泄破坏欲的一跳。在付出了他认为是完全不合理的五元住宿费以后，他的情感从自卑变为报复当然是十分自然的。但仅有这一点还远远不够，外部环境和动作同样要自然。高晓声为了把这个农民送进在当时是十分昂贵的旅馆中去竟费了不少心机。通常情况下，陈奂生是不会去花这种冤枉钱的，即便他要去也不可能，因为他没有介绍信。于是高晓声让他突然生病，发烧到深夜，而且身不由己，又让曾经和他有交往的县委书记把他送进去。为了避免让县委书记给读者留下不体恤穷困农民苦衷的印象，高晓声让书记匆匆出差经过火车站，然后让他的司机去处理这件事。因司机考虑不周而让陈奂生多破费，这样引起的非议就小多了。

当代作家比古代作家要更难一点，他们不但要抓住情感"突转"的临界点，把握住审美的价值方向，而且要把人物放在严密的细节链中，构成可信的逻辑。人物每一次内心的变幻必须以活生生的有特点的真实细节为基础。

因此，作为语文教师就应该具备一种分析关键细节蕴含的潜在意味的能力。若对细节麻木不仁，就是不称职的表现。当然，这是指关键的细节，并不是说每一个细节都值得仔细分析。有些细节只是说明性的，并不蕴含多么深邃的含义，忽略过去也是必要的。对细节不分主次，眉毛胡子一把抓，往往是缺乏艺术感受力的表现。

孩子杀死婴儿后为什么情节中断?
——从外部的临界点和内心的临界点来阐释作品

来自亚里士多德《诗学》中的突转概念,原来讲的是悲剧情节。这是一个比较模糊的概念,亚里士多德并没有更深刻地阐明这个突转是外部事件的突转,还是人物内心情感的突转。从具体行文来看,指的应该是外部事件的突转。

但是,对于一个深刻而精致的情节来说,最重要的并不是外部事件的突转,而是人物内心世界的变幻(包括向相反方向转化)。如果只有外部事件的突转,哪怕是反复的突转,也只能吸引读者于一时,而不能有长久的艺术魅力。许多大众文艺作品,如现代和古代的一些粗俗的武侠小说,都因此而不能进入严肃文学之列。

对一个在艺术上追求创造性的作家来说,人物内心情感的突转才是更重要的,一旦抓住这种变化,外部条件的突转就显得十分不重要了。

在小说发展的早期和中期,不论是意大利的小说还是中国的小说,都十分讲究情节的完整性。中国古典小说特别讲究有头有尾、一环扣一环的连锁性情节;但是到了十九世纪,欧洲和北美的小说却不再讲究情节的完整性,而是采用"生活的横断面"和"纵切面"的结构,把短篇小说这一文学艺术形式推到了一个新的历史阶段。在这种潮流推动下,完整的外部事件被瓦解了,取而代之的是片断性的外部事变,外部事件完整链条的瓦解只是为了突出、强调内部情感世界的奇异。

首先被省略掉的是事件的开端,绝大多数小说都是从中间切入的;其次被省略的是结尾。契诃夫就曾经说过,他要写一种小说,既没有开头,也没有结尾。其实,他不仅写过没有头也没有尾的小说,而且写过把外部事件的高潮(或突转)放在情节结束以后的小说。

他的小说《渴睡》就是典型一例。

有一个小孩在一家商店当童工,白天忙个不停,晚上已经疲倦至极,忍不住要打瞌睡，可是她还得看护睡在摇篮里的小主人。每当她睡意蒙眬进入幻觉中，梦见自己随时随地都可以睡觉，哪怕在雨水潮湿的泥土上都能睡着时，小主人就大哭起来，而女主人就非常凶暴地把她痛打一顿。整篇小说大部分篇幅就写这个孩子苦苦地和瞌睡的生理本能搏斗。然而孩子的意志终于不能战胜她的生理反应，最后她采取了一个极其果断的措施——把她的小主人掐死了。然后，她异常甜美地睡去了。

小说到此戛然而止。

也许按照有头有尾、环环紧扣的原则，还可以写一个外部事件的突转：第二天一早醒来她所面临的灭顶之灾。但是契诃夫坚决省略了这个高潮，以及由此轻而易举地获得的外部动作的戏剧性。这是因为，小孩子的内在情感的突转已经完成了。瞌睡和挨打本来似乎不可调和地矛盾着，现在既能入睡又不挨打的办法找到了。至于杀死婴儿的后果，这完全在她情感和想象世界以外。

由此，读者不但看到了这个孩子渴睡的程度，而且看到她情感逻辑的特点与我们所知道的理性逻辑有多么大的反差。读者还可触摸到这个孩子心灵世界的边界，她不能想象的东西和读者轻易可以想象的东西产生了对比。在这个世界之内和世界范围之外的一切都是那么使人震惊，使人不寒而栗。而这一切，都是孩子内心的突转造成的。

相比起来，未来的外部事件的突转——孩子从甜睡转入更大的苦难——就显得不那么出乎读者的意料了，因而也就显得不重要了。

这个心灵的临界点是双重的，它不但是主人公的，而且是读者的。抓住这种内部心灵的临界点是许多作家的愿望，而真正抓住的并不多，原因是外部动作突转和表面的戏剧性，对于没有水平的作者，甚至审美意识不强的作家，有一种虚幻的诱惑力，以致他们很难抵御。外部的动作比较容易直接感知，很容易看得见、摸得到，而且也是很便于以一种强化的夸大的形式加以表现的。而内部心灵的变幻则很难直接感知，容易被忽略，比较难以想象，因而其审美价值往往易被忽略。

要培养起对审美创造力的高度敏感，第一，要对表面的戏剧性、外部矛盾的肤浅突转保持高度警惕；第二，要对有头有尾、环环紧扣的情节程式进行细致分析，其中每一部分的必要性都不能放过。片面的环环紧扣，开端、发展、高潮、结局的理论套路，长期束缚着教师的想象力，好像离开了这种程式就没有别的分析门路似的。

有雄心的教师对一切形式规范都不要绝对崇拜。当然，遵循它是有必要的，突破它也是有必要的，关键在于是否有利于发现，是否有利于对隐藏在文字以下的人物内在的情感的探索，是否有利于揭示出新的层次、新的奥秘。

自然,对于外部事件的开头和结尾也不能一概抹杀,有时为了特别的需要,它们也可能特别地被强调。鲁迅在《故乡》中,就只写了"我"与闰土交往的开头和结尾,不管是人物外部动作的高潮还是内心的高潮都没有写(自然"我"的内心高潮还是有的,但并非这篇小说的主线)。

有时,为了突出某一种审美效果,不拘一格的作家往往在完整的情节,即开端、发展、高潮、结局之外又加上序幕和尾声。在契诃夫的经典名篇《套中人》的尾声中,那个听了"套中人"故事的人,半夜不能入睡,起来抽烟。叙述者那一明一灭的火光给小说增添了非常深沉的情感参照背景,给这篇充满喜剧性的小说增添了一抹忧郁的色彩。

中国古典小说的叙事传统和海明威

1990年,我在当时的西德特里尔大学图书馆里读到一些西方汉学家的学术著作,他们的许多说法,既让我惊异,又让我欣慰。

历史有时是很有意思的,好像专门爱跟人类开玩笑,有时还不是跟一般老百姓开玩笑,而是跟大人物开玩笑。太远的不说,就拿文学研究来说,历史的发展就跟教授们、特别是美国的汉学教授们开了一个很有意义的玩笑。

早在二十世纪五十年代,由于当时的政治空气,很少有美国汉学家赞扬中国的古典文化。现在我找到的资料中,不乏对中国古典文化的非难之作。就文学方面而言,有一位汉学家认为:中国古典小说缺乏艺术的统一和完整,有些小说中包括与主旨无关的插曲(指话本)。另外,还认为中国小说缺乏个人的独创性,许多故事都是从前人那里借来改编来改编去的。

到七十年代末至八十年代初,政治形势发生了改变,于是就有汉学家站起来反驳这种论断。他们以口头文学(话本)的具体临场表演为由,说明没有抽象的统一性,只有在不同的具体情况下特殊的统一性。话本的统一性,不能由后来欧洲的书面小说的统一性来衡量。至于个人独创性,则不能以故事情节的借用而加以抹杀。一位汉学家很雄辩地说:"在本世纪很少有什么书的独创性能像乔伊斯的《尤利西斯》那样得到更多的仰慕。但是人们往往倾向于忽略在这部小说背后的荷马的故事。就是乔伊斯的独创性也不完全是从这位作家脑子里蹦出来的,而是在仔细研读古典作品后产生的。如果乔伊斯在波甫和德莱登时代写作,《尤利西斯》无疑会被认为是'模仿之作'。"

所有这些问题,由于提出时缺乏深度,因而也就很好解决。但是有些问题却不那么简单,提出时有一点深度,因而就不可能随着政治形势的变化而被三言两语地解决掉。

在西方人看来，中国小说缺乏第一人称传统，而且即使是第三人称的叙述，也越来越不是作为故事的见证者，而是全知全能的第三人称叙述者。这一点，我觉得他们有点少见多怪，中国的文言小说采用第一人称的不在少数。这说明他们未免太主观臆断了。

对这种偏见，即使完全站在为之辩护的立场上的汉学家也不是没有保留的。有一位汉学家甚至不管《左传》并非文学作品，大加赞赏《左传》第三人称叙述者的客观，很少进行主观的评论和介入。这种完全"实录"式的语言达到了非常精练的程度。他举出周天子送给齐桓公一块肉的场景：《左传》只写了齐桓公"下，拜，登，受"这四个动作，把"无关要紧"的语言排除掉的能耐是令人惊叹的，而"在整部《左传》中几乎没有什么形容词，而副词就更少了"。

但是，他又进而提出这种叙述方法也有缺陷，就是作者只报告人物的行为和语言，并不直接进入人物的内心，这就使读者怀疑人物在行动后面的真正动机何在。这位汉学家以《郑伯克段于鄢》为例，说自己不认同许多评论者几乎一致谴责郑庄公"虚伪""阴险""毒辣"，因为从《左传》所记的关于郑庄公的言行来看，郑庄公对于心怀偏袒的母亲以及他野心勃勃的兄弟已经是很宽容了。郑庄公顺从母亲给了弟弟许多特权，直到这位弟弟造反了，他才把弟弟击败，并一怒之下把母亲流放了；后来很快又后悔了，想方设法把她迎回来。在他看来，郑庄公不但不虚伪，相反却充满了真正的人性的困扰。他这样说，本来是为了证明中国第三人称叙述的局限，但结果却显示了其优越，即这种不直接涉及人物内心世界的叙述包含着现实人生更多的复合性内心奥秘，为读者提供了多种理解的可能性，这是被西方现代文学理论大加肯定的一种高度的叙述效果。西方古典文学很重视内心感觉动机的分析和描述，从他们的文化背景出发，对中国古典小说的第三人称叙述，往往不是忍不住发出微词，就是对其艺术效果大惑不解。

1971年英国出版了全译本《金瓶梅》，译者爱格登在前言中也说："《金瓶梅》是用一种电报文体写成的。""在文学技巧的运用上，它最经济地写出了必要的东西。""它的叙述是如此详细以至不须刻意追求气氛的描写。"在中国古典小说的传统叙述方面，许多西方理论家都放弃了理论的解释，其实这是因为他们忘记了他们自己的海明威。海明威就是以"电报文体"著称于世的，他也主张尽可能用动词和名词，少用形容词和副词。西方的心理分析和描写的传统到了二十世纪二十年代在海明威那里已经走向另一个极端，而西方的汉学家至今还没找到海明威和中国的古典叙事方法在逻辑上的联系，这似乎是一个玩笑，然而又不是。这个现象，虽然有中西文化的误解，但是，对于叙述艺术的解读和评价，还是有重要价值的，如果我们能够联系实际，也许对文学批评水平的提高具有不可忽略的意义。

叙述语言为什么不精练?
——评改一段《白鹿原》

在当代文学史中再也没有比"《白鹿原》现象"更令我困惑的了。一些论者把它吹上了天,说是"史诗"之类,和他们争辩,简直是和聋子对话。他们说白嘉轩这个形象好就好在没有自己的情感、知觉,没有自己的个性,活脱脱是一个"仁义"的绝对精神。这涉及文学形象的第一大前提问题,争论起来也很费唇舌。任何学术争鸣都必须有个共识作为前提,如果没有任何共同的出发点,就叫没有共同语言。

说到语言,这倒是一个共同的出发点,总没有什么人否认文学是语言的艺术吧?恰恰在语言的驾驭上,《白鹿原》是很拙劣的。许多论者在鼓吹它的"成就"时,有没有稍稍留心它的语言经常笨重到叫人喘不过气来呢?其实就是作者叙述得最好的场面,语言的啰唆和拖沓也是显而易见的。鲁迅在《答〈北斗〉杂志社问》中说,他的写作经验之一是:"写完后至少看两遍,竭力将可有可无的字、句、段删去,毫不可惜。"①这样的经验广大读者耳熟能详,但是,国人语言之烦琐、芜杂仍然是滔滔者天下皆是也。这是为什么呢?鲁迅在《不应该那么写》中进一步发挥说:"在学习者一方面,是必须知道了'不应该那么写',这才会明白原来'应该这么写'的。"②但是,不应该那么写怎么才能看出来呢?这却是个难题,鲁迅提出的方法是和作者的原稿、草稿相对照。但实际情况是原稿、草稿得以保存的可谓凤毛麟角。读者面对的文本都是似乎只能这么写的声誉甚高的文本,没有什么可以对照的。那就束手无策,无能为力了吗?鲁迅的话不是成了空话了吗?不是的。问题在于,不能停留在字面上去理解鲁迅的话,而是要从精神实质上去体悟其中的原则。其实,鲁迅这些话给我们的启示是:不要仅仅以读者的

---

① 《鲁迅全集》(第4卷),人民文学出版社2003年版,第373页。
② 《鲁迅全集》(第6卷),人民文学出版社2003年版,第321页。

身份对待作品,还要以作者的身份看待作品,不要以为文本都是完美无缺的,它们都是从不完美、有缺陷的草稿中逐渐提炼出来的。从作者的眼光看来,文本提供的并不是提炼的终结,而是提炼的一个阶段。不论从思想上还是从语言上都只是当时他的水准所及,没有发现还有提炼的余地。如果日后作家的艺术水准再有提高,就会发现可以提炼的地方,扬雄"悔其少作"并不是个案特例,而是普遍规律。

在我看来,小说《白鹿原》在这方面颇有代表性。差不多二十年过去了,陈忠实的水准肯定在潜移默化中提高了,如果让他重写一次,可能就会精练得多。而今的读者对他一些语言感到不满,正是站在新时代的水平线上对之俯视的结果。

我认为取《白鹿原》的一个片断,当然是写得最精彩的片断进行解剖,很可能对提高我国读者和作家对文学语言质量的追求是有意义的。《白鹿原》中最精彩的场面要算白嘉轩因其原定接班人白孝文与田小娥通奸而执行族规,对之进行鞭答。应该说对这个场面心理错位的设计是比较好的,不但有白嘉轩妻子仙草的忧虑,而且有政敌鹿子霖的得意,还有长工鹿三的同情和小儿子白孝武的麻木。但是语言中多余的成分太多了,充满了不应该那么写的浮渣。例如:

孝武归来及时替代了不争气的孝文的位置,也及时填充了他心中的虚空。

不但第二个"及时"是修辞上的大忌,而且"不争气的孝文"中的"不争气的"完全是蛇足,因为孝文此时已经不是不争气的问题了。其实这两句话只要并成一句"孝武归来填充了他心中的空虚",这就够了,其他成分读者从上下文中一目了然。陈忠实这样浪费语言,并不完全是他对读者的理解力的不信任,而是缺乏对语言功能的理解。接下去:

孝武领诵完了乡约和族规的有关条款,走到父亲跟前请示开始执行族规。

其中"走到父亲跟前"增加了句子的沉重感,只能使读者的想象空间更狭窄。其实,后面的一句纯属多余,写完孝武诵读乡约和族规后,只要接下去写"白嘉轩从椅子上下来,跳下台阶",读者就会完全明白,而且因自身完成了想象更增加了对现场的感受。对白嘉轩执法的场面描写部分,语言的浮渣就更多了,为了节省篇幅,我将多余成分用括弧标出,请读者明断:

> 白嘉轩谁也不瞅,(端直)走到槐树下,(从地上)抓起(扎捆成束的)一把酸枣(棵子)刺刷……转过身就(把刺刷扬起来)抽过去。孝文一声惨叫(接一声惨叫),鲜血顿时漫染了脸颊。白嘉轩(下手特狠)比上次抽打小娥和狗蛋还要狠(过几成)。这个儿子丢了他的脸亏了他的心(辜负了他对他的期望)。他(为他)丧气败兴的程度远远超过了被土匪打折腰杆的劫难。他(用刺刷)抽(去)这个孽种是泄恨,(是真打)而不是在族人面前摆摆架式。白嘉轩(咬着牙再次扬起刺刷),忘记了每人只能打一下的戒律,他的胳膊被(人)捉住了,一看竟是鹿子霖。

这本是稍有一点文学修养的读者都不难看出的,可是却被不少精通西方文论的批评家忽略了。这里不仅有一个艺术鉴赏的直觉问题,还有一个理论上的跛脚问题。

在文学语言的评论中,近来十分流行的是西方的话语分析。这种分析,作为一种深层意识的开拓是很深刻的,同时对僵化的话语系统的颠覆也相当彻底,因而受到广泛的欢迎。但是这种意识形态的分析只是话语分析的一个流派,亦即爱丁堡学派和法国的福柯等。这个学派的长处已经众所周知,但其短处却是对文学本身特点的忽略。从这一点上来说,它和传统的社会学批评是息息相通的。其实话语分析还有一些流派对于艺术本身并不是那么疏离,如哈罗迪、郝森和迪克等都是很强调语言的微观结构和语境的关系的,在一定的语境中话语的外部结构和内部结构发生作用,于是产生了语言的必要成分和非必要成分。像陈忠实这样的语言,如果作话语分析则可以说是充满了非必要成分的。

这种非必要成分不仅表现在词句的浪费上,而且表现在过程和细节的罗列上。陈忠实的问题就在于把许多非必要成分当成了必要成分。他的语言之所以缺乏艺术家的灵气,就是因为他把必要的和不必要的纠缠起来。例如,白孝文经过一番沦落,后来在县里升了官,回乡探亲完毕,

> 谢辞了(上至婆下至弟媳们的)真诚的挽留,白孝文和太太(于日头搭原时分)起程回县城,他坚辞拒绝拄着拐杖的父亲送行,(白嘉轩便在门楼前的街巷里止步。白孝文依然坚持步行)走出村庄很远了,才和(送行的)弟弟们分手上马。

括弧括出的都是语言上的非必要成分,其实,这个场景是否必要都值得怀疑。

这种场面和过程的奢侈比比皆是。例如,写贺老大在白色恐怖中受刑,本来写到他咬断舌头把血吐在田福贤脸上,乡民们看见断了的舌头在戏台前"蹦弹了三下",也

就够激起读者心理乃至生理的反应了,可是他又写了田福贤如何去踩那舌头,血又如何"像喷泉"从贺老大的下巴流到脖子,流过白布衫和身上的麻绳乃至黑裤子。写枪毙郝县长,本来写到保丁拖着他走时一只脚的"脚尖竟朝后翘起",作者交代"肯定(被)打断了骨头",可还是不放心,又写了"另一只脚尖也朝外翘起",跟下去又洋洋洒洒地写了一大堆对读者想象没有刺激强度的话。前面引的白嘉轩鞭打白孝文,有了第一声"惨叫",刺激量已经足够了;可陈忠实习惯于作量的增加,殊不知第二声惨叫和第二只腿被打折,并没有在刺激量上有什么增加,实际上可能是减少。这就是为什么我国古代诗人没把"满园春色关不住,一枝红杏出墙来"改成"数枝红枝",也没有把"万绿丛中一点红"改成"万绿丛中数点红"的缘故。同样,在海明威早期一篇作品中,写到一个患了伤寒的部长被抬到院子中枪毙,正下着雨,又站不直,士兵扶着靠墙,一开枪,"他就应声倒在泥水里,头耷拉在膝盖上"。有了站不直,倒在泥水中,头耷拉在膝盖上,这就完整了,也够惨的了。要是让我们陈忠实先生写起来非得让鲜血"像喷泉一样",喷出来把墙和整个院子染红不可。

  我们的文学评论家已经把文学当作话语的艺术,几乎把话语当作文学唯一的或最重要的因素。因为他们接受了法国人的说法,认为在话语以外没有人的任何思想和情感可言。可是他们在评论作品时却对话语的渣滓无动于衷,这是话语理论本身的局限还是话语理论的追随者缺乏艺术感受力呢?

什么才叫叙述的精练？

从理论到理论，不能真正解决问题，还是要以具体文本为例来进行分析。

一、《项链》中女主人公的十年艰辛

　　路瓦栽夫人懂得穷人的艰难生活了。她一下子显出了英雄气概，毅然决然打定了主意。她要偿还这笔可怕的债务，她就设法偿还。她辞退了女仆，迁移了住所，租赁了一个小阁楼住下。

　　她懂得家里的一切粗笨活儿和厨房里的讨厌的杂事了。她刷洗杯盘碗碟，在那油腻的盆沿上和锅底上磨粗了她那粉红色的手指。她用肥皂洗衬衣，洗抹布，晾在绳子上。每天早晨，她把垃圾从楼上提到街上，再把水从楼下提到楼上，走上一层楼，就站住喘气。她穿得像一个穷苦的女人，胳膊上挎着篮子，到水果店里，杂货店里，肉铺店里，争价钱，受嘲骂，一个铜子一个铜子地节省她那艰难的钱。

本来表现一个人物十年的辛劳和艰难，作家至少有三种选择。一是，正面写这十年。那样就不可能简练了，光是一场舞会就花去了几百字的篇幅，十年要耗费的篇幅，不但将难以想象，可能破坏短篇小说的结构，还有使小说偏离主题的危险。二是，一笔带过。十年过去了，路瓦栽夫人青春消逝，老了，她变成了一个穷苦人家的俗气的、勤劳的妇女。这是简略了，但是，不是简练，而是简陋，因为不能表现女主人公精神层面的巨大变化。作家采取了第三种方法，用介于叙述与描写的手法，那就是既有叙述的概括力，又有描写的细节。叙述的好处是概括、简练，但弱点是不如描写那么感性，为了弥补这一点，在叙述中夹带特点鲜明的细节，整整十年，悬殊的变化，丰富的内蕴，只用了十多个细节：辞退女工，租小阁楼，刷洗碗碟，在盘沿上、锅底上磨粗了手指，洗衣服、抹布，晾在绳子上，从楼上把垃圾提下来，把水从楼下提上去，喘气，挎着篮子，讨价还价。以如此有限的细节,就把十年的辛劳,甚至"英雄气概"的轮廓勾勒出来。

其动人的奥秘何在?关键在于这不是一般的对比,而是两个极端的反衬:最初追求时髦、高雅、出类拔萃,其特点是在物质上和精神上出人头地,超越自己的社会地位,进入更高一层的社交领域,在高层的社交圈中,在美貌和气质上赢得赞美。而后来,却遗忘高雅的追求,甘于贫贱,只讲世俗的实用,不在乎粗野,唯一的考虑是节约,完全不在意自己在别人心目中的形象:

> 她胡乱地挽着头发,歪斜地系着裙子,露着一双通红的手,高声大气地说着话,用大桶水洗地板。

一个为了一条项链而煞费心机的妇女,居然变得如此世俗、粗野,和小说开头那个刻意追求高贵的女人相比,简直判若两人,这是一种对比,动人之处就在这种对比之中。因为这不是一般的对比,而是结构上的对称。结构的功能大于要素之和,结构性质的对比是整体性的,但实际进入对比程序的却不是全部,而是人物内心的极端化的两极。

二、武松血溅鸳鸯楼以后

武松杀了十几人以后面临着被追捕的危险,他匆匆逃出来时,城门已经关闭,只好从城墙上跳下来,如果让一个平庸的作家来写肯定要写到他内心的紧张,动作上免不了慌乱,然而,《水浒传》是这样写武松的:

> 把哨棒一拄,立在濠边。月明之下,看水时,只有一二尺深。此时正是十月半天气,各处水泉皆涸。武松濠堑边,脱了鞋袜,解下腿绊,抓扎起衣服,从这城濠里走过对岸。却想起施恩送来的包裹里有双八搭麻鞋,取出来穿在脚上。听城里更点时,已打四更三点。武松道:"这口鸟气……今日方才出得松臊。"

杀了这么多人,犯下了弥天大罪,逃出城了,如果是一般人物肯定是三十六计走为上策,可武松居然从容地在月光下看城濠里的水,只有一二尺深。看得这么细致,不愧当过都头,端的是,寓从容于紧迫之中。在这样的危机中,心思不乱,动作还那么有条不紊:脱鞋袜,解腿绊,抓扎起衣服,蹚水走过对岸。竟还顾得上把湿鞋袜也换了,还有闲心去想,干鞋是哪个朋友送的。写武松过河的从容,就是写武松内心的平静。更为精彩的是:"听城里更点时,已打四更三点。"充分写出了他听觉上的放松,而听觉上的放松,恰恰暗示了他心情的放松:"这口鸟气"终于出了。说明他在这以前,一直是憋着一口"鸟气"。憋气憋得这样深,这样冷峻,这样清醒,这样有余暇,实乃《水浒传》之大手笔。

三、海明威:枪毙一个部长的场景

> 清晨六点钟,他们在一家医院的墙根枪毙了六名部长。院子有好些个小水坑,柏油路面上覆满湿淋淋的落叶。雨下得很大,医院的百叶窗都关死了。有一个部长得了伤寒病。两名士兵把他抬了下楼,抬到楼外的雨地里。他们费劲地想扶他靠墙站着,后来那军官说让他站着不行。他们刚一放排枪,他就应声倒到泥水里,头耷拉在膝盖上。

写的虽是非常残忍的枪毙事件,但语词并没有陌生化,保持着日常语义,而且都是叙述,细节好像就是细节,作者的态度似乎很平静,似乎不带任何感情。没有血腥和痛苦,没有恐怖的形容和渲染。这里的语词有限,省略了的应该更多,这就是海明威所追求的"冰山风格""电报文体",也就是所谓废除了形容词,只剩下名词和动词的文体。甚至有"白痴一样的叙述"的说法。他说:

> 我总是根据冰山的原理去写它。关于显现出来的每一部分,八分之七是在水面以下的。你可以略去你所知道的任何东西,这只会使你的冰山深厚起来。①

在这有限的细节中,那省略了的八分之七,仍然以一种强大的浮力激发着读者的想象,潜入读者的意识深处,足以构成深沉悲郁的情调:医院本来是救人的地方,却成了杀人的刑场;百叶窗本来是透气的,却被死死地关着,显得紧张而压抑;生伤寒的人,路都不能走,是垂死的,还要把他抬下来,让他淋雨行刑。特别雄辩的细节是:他站都站不直,按理是不适合枪毙的,但还要扶着。最后一个细节"头耷拉在膝盖上",堪称天才。一般的击毙是应声而仆,这里却是软瘫。从词语来说,没有什么陌生化,但就整体而言,却渗透着恐怖、凶残和惨无人道。不要说光从语词和感知的陌生化去分析是徒劳的,就是仅仅从前面所说的意象的点块、意脉的线索去分析也是不够的,只能用全部意象的有机性,构成的圆融的氛围去阐释。从这一点上来说,中国古典诗歌的意境理论与西方现代冰山风格的叙述,可以说既遥遥相对又息息相通。

---

① 董衡巽《海明威研究》,中国社会科学出版社1985年版,第73页。

风景描写和肖像描写：情感特征的主导性

在许多教材中，有所谓风景描写、肖像描写之类，其实，这种说法并不科学。因为不管是肖像还是风景，都不可能是客观的照相。一切风景，都是意象，都是主观情感特征选择了客观对象局部特征的结构。情感特征才是主导的，决定其性质和功能。小说中的风景，都是由人物情感同化定性的。鲁迅在《故乡》中所写的鲁镇风景是萧索、荒凉的。他自己说：

> 我冒了严寒，回到相隔二千余里，别了二十余年的故乡去。时候既然是深冬；渐近故乡时，天气又阴晦了，冷风吹进船舱中，呜呜的响，从篷隙向外一望，苍黄的天底下，远近横着几个萧索的荒村，没有一些活气。我的心禁不住悲凉起来了。阿！这不是我二十年来时时记得的故乡？我所记得的故乡全不如此。我的故乡好得多了。但要我记起他的美丽，说出他的佳处来，却又没有影像，没有言辞了。仿佛也就如此。于是我自己解释说：故乡本也如此，——虽然没有进步，也未必有如我所感的悲凉，这只是我自己心情的改变罢了，因为我这次回乡，本没有什么好心绪。

情绪不好，景观就"没有一些活气"，故乡"未必有如我所感的悲凉，这只是我自己心情的改变罢了"；而在童年回忆中，情绪充满了怀旧的诗意，就变得大不一样了。在《社戏》中，同样是水上，在船中，那景观简直是童话的境界：

> 一离赵庄，月光又显得格外的皎洁。回望戏台在灯火光中，却又如初来未到时候一般，又漂渺得像一座仙山楼阁，满被红霞罩着了。吹到耳边来的又是横笛，很悠扬……
>
> 两岸的豆麦和河底的水草所发散出来的清香，夹杂在水气中扑面的吹来；月

>色便朦胧在这水气里。……

把农村的草台班子的演出说成是仙山楼阁，完全是抒情的诗化，和来时的远景几乎完全一样：

>最惹眼的是屹立在庄外临河的空地上的一座戏台，模胡在远处的月夜中，和空间几乎分不出界限，我疑心画上见过的仙境，就在这里出现了。

由此可见，纯客观的风景描写是不可能的，故王国维总结中国古典诗话词话诸多说法曰："一切景语皆情语。"情景交融已成为中国传统经典的规律。至于人物肖像，其理亦同。所以托尔斯泰说："要写出一个人的肖像是不可能的，但是，我可以写出对他的印象。"托尔斯泰的话有道理。《诗经·硕人》"手如柔荑，肤如凝脂，领如蝤蛴，齿如瓠犀，螓首蛾眉"一连用了五个比喻，读者只是感到她的手、肤、颈、齿、眉都很美，却还是不能体会出她的具体面貌来。但这并不等于说文学家就束手无策了，托尔斯泰指出，这可以写出"我对他的印象"。这个印象，就带着主观感情了。这个道理在《硕人》中最好的体现是接下来的"巧笑倩兮，美目盼兮"。这比前面的句子要好得多，因为它不直接分别写硕人体貌的各部分，而是写她美貌的间接效果，这是由于语言作为声音符号，不能直接表现听觉以外的形色等感觉，而它作为象征符号的功能却可以唤醒读者的潜在经验，对于文学阅读来说，就是唤醒自己沉睡的情感体验。有了主观感情，就可以超越客体。情人眼里出西施，读者并不在乎是不是西施，而是她能否引起文本作者的情感体验。同样道理，宋玉的《登徒子好色赋》中写道："东家之子，增之一分则太长，减之一分则太短；著粉则太白，施朱则太赤；眉如翠羽，肌如白雪；腰如束素，齿如含贝。"虽然是美的意象的叠加，但还是不如下面的"嫣然一笑，惑阳城，迷下蔡"，因为后者是一种夸张的总体效果，对读者情感体验的刺激力更强。正因如此，这种间接写法被后世许多经典作品采用，从《陌上桑》中罗敷的美导致"耕者忘其犁，锄者忘其锄，来归相怨怒，但坐观罗敷"到《长恨歌》中的"回眸一笑百媚生，六宫粉黛无颜色"都是以心理、动作效果取胜的。其实，这是以效果表现情感的技巧，西方人也和我们不约而同地使用着，如在荷马的史诗《伊里亚特》中写海伦之美，为了争夺她，两个城邦打了十年，当海伦出现在特洛伊城里，其元老院的元老们，一个个都不由得赞叹，这可真是美神啊，为了她打上十年仗也值得。

可见，肖像描写实为情像交融，一切肖像皆"情像"。肖像就是主观与客观的统一。

如何统一呢？首先抓住的不是客体的全部，而是某一特征。鲁迅在《我怎么做起小说来》中说过："要极省俭的画出一个人的特点，最好是画他的眼睛。我以为这话是极对的，倘若画了全副的头发，即使细得逼真，也毫无意思。我常在学学这一种方法，可惜学不好。"①这就是说，不要描写对象的全部，而要抓住对象的最有特征的局部。但是，鲁迅没有说，如何抓住对象的特征。而且他在《祝福》里恰恰写了祥林嫂的头发。虽然四十上下年纪，头发已经花白。似乎有悖于其画眼睛不画头发的主张。实际上其中充满了同情和惊异，因为他回到家乡一切都没有变化，只有祥林嫂变得如此惊人。这就是说，所谓画眼睛而不画头发，意思是要抓住最有特点的局部，鲁迅没有说清的是，有特点的局部并不是单一的，在不同的情感状态中，可能有不同的选择。在这里，情感特征是生命，如情感无特征，则肖像亦可省略，故许多小说中主人公并无肖像。如果情感有特征，而且有深度则可作深度发挥。鲁迅写祥林嫂的头发，其情感并不限于年龄这样的表层次，还有更深层的。他写祥林嫂的面部像木刻似的，毫无生命的痕迹，眼睛间或一轮，才看得出她还活着。就是这样的垂死的人，向"我"问起人死了有没有灵魂的时候，"她那没有精采的眼睛忽然发光了"。这就是鲁迅对祥林嫂的深邃的感知了。虽然接近死亡，但是，那残余的生命仍然凝聚起来，发出最后的光。

可见肖像的动人，不在其外部特征，而在其内在的心灵特征，不仅是对象的心灵特征，而且是作者心灵的特征。理解了这一点，才能真正解开经典文本的肖像惊人的奥秘。

在苏联作家、诺贝尔奖获得者肖洛霍夫的名著《静静的顿河》中，有一个次要而又次要的角色：奥尔加·尼古拉耶夫娜。她是白军李斯特尼次基中尉的同事高尔察科夫的妻子。有一次，高尔察科夫邀请李斯特尼次基到他家中度假，李斯特尼次基遂与奥尔加结识。后来，高尔察科夫受重伤，临死前托李斯特尼次基照顾妻子，其结果是她嫁给了李斯特尼次基。

为了寻找李斯特尼次基第一次见到奥尔加的感觉，肖洛霍夫对手稿进行了多次修改。在最初的手稿上，女主人的形象是这样的：

娇小的脑袋上梳着一个沉甸甸的、高高的发髻，李斯特尼次基仔细地端详着女主人。她脸上的线条是柔和的，虽不十分匀称，但却惹人爱看，眼睫毛浓密而清新，薄薄的嘴唇是玫瑰色的，干涩的……

---

① 《鲁迅全集》(第4卷)，人民文学出版社2003年版，第525页。

如果单纯从所谓"肖像描写"的要求来说,分量已经足够,但是这里肖洛霍夫所追求的不仅是女人肖像,而且包含了男人的感觉效果:"惹人爱看。"可是,"高高的发髻""浓密的睫毛""柔和的线条"并没有提供"惹人爱看"的奥秘,因而肖洛霍夫很不满意,在另一页手稿上,他这样修改:

在午饭的时候,李斯特尼次基才仔细地看清楚了女主人,她脸上的线条是柔和的,虽不十分匀称,但却惹人爱看。可以说,她的脸是一张最平常的脸,唯有嘴部特别引人注目:在这金发女人的明亮的脸上长着一双薄薄的、深红色的、由于无名的焦灼而现出干裂皱纹的嘴唇。娇小的脑袋,与她的身材颇不相称,显出一副高傲的姿态,或许是由于沉甸甸的发髻才显得高傲。

这里增加了许多主观性很强的词语,显示出李斯特尼次基的感觉是逐渐形成的,然而各种感知细节仍然不够统一,为什么脸上线条并不十分匀称,"娇小的脑袋与她的身材颇不相称",可是却"惹人爱看"?光从李斯特尼次基的外部感觉来说,这好像有点纷乱,与他潜在的情绪似乎有关系,但又缺乏必要的暗示。肖洛霍夫又进行了修改:

在午饭的时候,李斯特尼次基才十分认真地看清了女主人,在她匀称的身段和脸上都显示了一种正在逝去的美,这种美在一个度过了三十个春秋的女人身上放着淡淡的光华。但在她的一双透着讥笑意味的、多少有些冷冰冰的眼睛里,在她的举止中,仍然保持着尚未消逝的青春。她脸上的线条是柔和的,虽不十分匀称,但却十分惹人爱看。

这样一改的好处是把奥尔加的主要特征和李斯特尼次基的感受特征结合起来了,客观的信息变成了主观的感知流程,二者结合得相当紧密。从"正在逝去的美"和"放着淡淡的光华"中透露出李斯特尼次基隐隐约约的着迷,这种着迷把冰冷的眼睛,做作的笑容,热情的嘴唇,柔和的线条统一为"正在逝去的美"的直觉。表面上看,这里的感知没有明显的变异,但读者不仅感觉到了李斯特尼次基的表层感知,而且隐隐约约感到在他的潜意识中产生了一种被吸引的感觉。这种表层感觉和潜在感觉的结合,使他的感觉开始由平面趋向纵深。但此时还不太明显,因为被吸引的潜在感觉还不太强烈,两个人之间的关系还相当疏淡。肖洛霍夫就这样把读者引入李斯特尼次基心猿意马的纵深感知结构之中。但粗心的文本分析可能忽略,因而肖洛霍夫不能不以理性的语言提醒读者:

两个月来,除了肮脏的女护士外没有见过女人的李斯特尼次基觉得她分外漂亮。

原来是李斯特尼次基长时间受压抑的潜在的性意识在起作用,这种意识使女主人本来正在逝去的美和那并不美的线条以及冷冰冰的眼神都变得有魅力了。肖洛霍夫事实上已经借助男客人对女主人的观感,写到男客人的骨头里去了。可是他还担心不够强烈,于是又在外部效果上强调了一下男客人潜在的性意识的作用:

他看着奥尔加·尼古拉耶夫娜那姿态高傲的、梳着淡黄发髻的脑袋,时常答非所问。

人物潜在的感觉是很难直接表白的,但可以通过它对人物的语言的抑制(或其他外部行为、表情等),用一再走神间接地表现出来。

肖洛霍夫作为一个艺术大师不同于普通作家之处就在于:哪怕是在这么一个容易忽略过去的细部,他也尽量深入到人物的感觉深处。在一些文艺理论之类的书中,至今仍然有所谓"肖像描写"的说法,其实只要钻研一下大师著作,就可知道这种说法有多么肤浅了。

小说对话中的心口"错位"

一、对话、潜对话和心口错位

人物的感觉世界是多层次的,这是由于人的意识世界是一种立体的结构,由于意识有它的显性层次和隐性层次(潜意识),感觉也才有显感觉和潜感觉。意识的这种复合层次,不仅影响到人的感觉,而且影响到人的行为,因而人往往有下意识的行为,在特殊情况下,还有连意志也控制不住的神经质发作。安娜在伏隆斯基坠马以后的行为就属于这一类。这种行为主要由潜意识控制。这种行为变异,对于人物的社会交际来说是不利的,但对艺术家来说十分珍贵。除行为变异以外还有语言变异。语言变异,就会涉及人物的对话。

通常人们以为人物对话的职能就是把心里想的都说出来,其实,这是一种误解。

事实上,人物心理不是平面的,人物的语言也不是平面的。人的语言也像人的意识和人的感知一样有表层和深层的不同。只有在歌剧和话剧的独白中,人物才倾向于把心灵深处的思绪倾泻出来。在小说对话中,人物很少直截了当地讲真话。只有在很独特的环境和条件下人们才讲真话,如在酒后或者特别的情绪爆发中……总之,是在情绪不受意志控制的情况下。还有一种情况,那就是还没有学会用意志控制自己的语言时,如小孩子或者《红楼梦》中的傻大姐之类。除此以外,人们的对话是比较复杂的。雷班在《现代小说技巧》中说:

> 我们说的话,并不是心里所想的,我们说话时常常转弯抹角加暗示,然后就开始绕弯子,我们用语言掩饰心里所想的。①

---

① 雷班《现代小说技巧》,《外国文学》1982 年第 4 期。

这个说法很精彩,对话的妙处并不是像一些马大哈的电视剧作家想象的那样,是直接表达人物的情感和思想的,恰恰相反,倒是绕着弯子去"掩饰心里所想的"才能显出对话的妙处。

浩然在小说《月照东墙》中写一个农民外出,他妻子难产。老队长尚友朋打算抬这个女人进城到医院抢救,可是他的老伴思想不通。草稿中是这样写的:

> 老头子放下碗,绑上一副担架,就要往医院里抬。尚大娘很生气,上前一把扯住老头,气哼哼地说:"我不能让你去!当队长没领这份钱,干一天活了,刚才你还喊腰痛,再抬个人跑几十里,你还要命不要?"

这话说得很直接,可谓直抒胸臆,但是浩然把它修改了:

> 尚大娘很不高兴,心想,干了一天活,刚才还喊腰疼,这么大岁数,再抬人跑几十里地,受得住吗?于是说:"你呀,越来越不守本分了,这是老娘们的事儿,你可掺乎什么?再说,你还是个叔公辈哩,一点伦理都没有啦。"①

这显然比原来的写法生动多了。第一,老太太心里想的是一回事,说出来的又是另外一回事,她的语言不是表达她的思想,而是掩饰她的思想,不过她要找到一个堂而皇之的、使老伴几乎无法反驳的理由,这样说更符合她的身份,更符合她与老伴关系的特点和当时环境的特点;第二,从读者来说,不但看到了老大娘的表层语义,而且看出了她的深层语义。在表层与深层、在心与口的误差中,读者对人物的心灵有了新的领会。

二、海明威:修改了三十九次的对话

可以说,凡是写得精彩的对话,都有这种心口误差的特点,正是在心与口不一致的地方,人物的对话显出了立体感。斯坦尼斯拉夫斯基的话剧表演体系强调,演员进入角色时,不但要理解人物的台词,而且要想象人物的潜台词。

其实,对话的最高艺术效果是由对话和潜对话的错位结构造成的。

这种很明显的心口误差在中国古典小说中是常见的,但在西方现代小说中,情况就不这么简单了。如果没有一定的修养,是很难看出其中的妙处来的。

---

① 孙绍振《文学创作论》,海峡文艺出版社 2000 年版,第 279 页。

海明威《永别了,武器》①的结尾据作者说修改了三十九次。写的是主人公亨利在第一次世界大战的战火中逃亡,与爱人会合,一起到中立国瑞士隐居,但妻子却因难产死了。作品的结尾就是写男主人公在得知妻子已死于产房后的心情:"我走进房去,陪着凯瑟琳,直到她死去。她始终昏迷不醒,没拖多久就死了。"这时,经历了许多悲欢离合和人世沧桑的主人公亨利先生该有多么强烈的内心震撼啊!但是善于"白痴一样叙述"的海明威,并不让他的主人公像莎士比亚作品中人物那样长篇大论地宣泄他心中的苦闷,也不像司汤达尔那样去剖析他内心的复杂思绪,甚至也不像托尔斯泰那样去展示他的感觉与潜感觉。海明威擅长的是用平静的对话掩盖不平静的潜对话。

在房外长廊上,我对医生说,"今天夜里,有什么事要我做的吗?"

这表明妻子死了,亨利好像很冷静,开始考虑善后。

"没什么。没有什么可做的。我能送你回旅馆吧?"
"不,谢谢你。我在这里再呆一会儿。"

表面上很冷静的样子,可是内心并不冷静。明明没有什么事可做,却还要待在那里。这就留下了极大的空白,这里口头上讲的与心里想的开始有了误差。医生说:

我知道没有什么话可以说。我没办法对你说——

医生实际上要说的是,没有保全他妻子的生命,感到万分抱歉,但医生却无从说起。
海明威全部才能都用来不让人物直接说出自己的心情,人物的语言只是他心情的一种线索,供读者去想象。

"晚安,"他说。"我不能送你回旅馆吗?"

"晚安"在英语中,用来告别,可是告别了,又提出送亨利回旅馆,可见医生的对话

---

① 海明威《永别了,武器》,林疑今译,上海译文出版社 2004 年版。

与潜对话的距离,读者的想象在这里有了激活的可能。

"不,谢谢你。"
"手术是唯一的办法,"他说。"手术证明——"
"我不想谈这件事,"我说。
"我很想送你回旅馆去。"
"不,谢谢你。"
他顺着走廊走去,我走到房门口。

在这一段海明威苦心经营的对话中,最动人之处在于,医生反复提出送亨利回旅馆,实际上是说不出的歉意在反复冲击着他的心灵,而亨利却无动于衷,这是为什么呢?待他走进了停着他妻子尸体的产房,敏感的读者才逐渐有所领悟。

"你现在不可以走进来,"护士中的一个说。
"不,我可以的,"我说。
"目前你还不可以进来。"
"你出去,"我说。"那位也出去。"
但是我赶了她们出去,关了门,灭了灯,也没有什么好处。那简直是在跟石像告别。过了一会儿,我走出去,离开医院,在雨中走回旅馆。

原来亨利潜在的意向是到停尸的产房去和妻子告别,因而他对医生的好意和歉意非常麻木,而且他的这种意向越来越强烈,护士的阻拦只能引起他的暴怒。

平静的应对和强烈的动机形成反差,外在的动作性越小,内心的动作性越大,二者的对比度就越强烈,这样的对话也就越能激活读者的想象力和理解力。

在二十世纪西方现代小说乃至电影的对话中,追求的就是这种对话与潜对话的反差效果,只要将这段对话和笛福的《摩尔·弗兰德斯》中的对话一比较就可以看出,不到三个世纪的历程中,对话作为一种艺术手段已经有了多么惊人的发展。笛福的那篇小说是用第一人称写的:

"亲爱的,"有一天他对我说,"我们到乡间去玩玩好不好?大约一个星期的时间。""噢,亲爱的,"我说,"你要去哪里?""哪里都可以,"他说,"我很想像贵人王公似的过一星期,我们就去牛津。""我们怎么去法?"我说,"我不会骑马,坐马车又太远。""太远!"他说,"乘六匹马的马车到哪里都不嫌远。我要你像个女公爵似的和我出去旅游一番。""好吧,"我说,"亲爱的,这虽然有点胡闹,可是只要你喜欢,我就依顺你。"

这样的对话用现代小说艺术的观点看,有点像中学生的作文,既没有表层语义的趣味,又没有深层的内心动作,更没有二者的反差造成的张力效果,口里说的和心里想的完全一致,甚至比心里想的还要啰唆。像这样的情景,在现代小说中无论如何不适合用对话来表现,而只能用叙述语言带过,甚至连叙述语言也不用,而应该放在叙述的空白中。

尽管现代小说的对话艺术已经高度发展了,可是仍然有不少缺乏经验和才气的小说家用笛福那样毫无对话性的语言写对话,这就造成了当代小说对话水平的低落。有时,甚至在很有才气的作品中也会发现一些废话。许多作者写了多年小说还没有自觉地意识到小说中人物对话与生活中人们对话的区别,更不明白小说对话与话剧、歌剧人物对白、对唱在艺术原则性上的区别。

三、三毛小说中蹩脚的对话

三毛是很会说故事的。这在《哭泣的骆驼》①中,可以清楚地看出来,故事一环扣一环,越读到后来,越让读者紧张。但是,在展开情节的时候,三毛很不善于概括地叙述,而常常用人物对话来发展情节。在《哭泣的骆驼》中,环境和人物命运发生重大波折时,三毛竟用非常啰唆、蹩脚的对话来交代。作品中的"我"问男主人公在这兵荒马乱的时候,回到这么危险的地方来干什么,男主人公回答说是来看女主人公。在这样的情况下用上一两句对话本来是情有可原的,但对话之平淡无奇与情势的紧张简直不能相称。这就使口味很高的读者感到倒胃口了。然而,三毛似乎并不知道自己在对话方面用笔是很拙的,她竟然把这种低水平的对话无节制地写下去。下面是"我"和男主人公接下去的对话:

"(你)一个人?"

他点点头。

---

① 三毛《哭泣的骆驼》,中国友谊出版公司 1985 年版。

"其他的游击队呢?"

"赶去边界堵摩洛哥人了。"

"一共有多少?"

"才两千多人。"

"镇上有多少是你们的人?"

"现在恐怕吓得一个也没有了,唉,人心啊!"

"戒严之前我得走。"巴西里坐了起来。

"鲁阿呢?"

"这就去会他。"

"在哪里?"

"朋友家。"

"靠得住吗? 朋友信得过吗?"

巴西里点点头。

这样的对话至少有两点值得研究:一是不必要的冗长而且稀松,与作者所依仗的情节的戏剧性、变幻的紧张性不相称;二是缺乏内在的深度,人物的口头表达和人物的内心激动没有对比,没有张力。人物内心的复杂变幻本来是要用言外之意去提示的,可是三毛却没有注意到那口头表达不出来的"潜在的对话"的重要性。而没有"潜在对话"的对话是没有人物心理的立体感的。

四、《贾芸谋差》

《贾芸谋差》是《红楼梦》中的一个片断,本来是《红楼梦》有机整体当中的一部分,有其不可分割性;但是,精心节选却使这个片断具有情节和主题的完整性。标题是我们加上的,以"贾芸谋差"为核心,包含着一个对转:谋差从落空到落实。其间还显示了一个原因:走贾琏的门路,不如直接讨好他的妻子王熙凤。贾芸的乖巧、王熙凤的擅权和虚荣,都跃然纸上。

作为小说,本文展示情节和人物的路数,和我们已经读过的小说极其相似,那就是都有大量的叙述和对话。但是这里,叙述成分比西方小说(如《麦琪的礼物》)要少得多;而对话成分占据全文的大部,这和契诃夫的《艺术品》极其相似。但是在《艺术品》中,贯穿人物萨沙的对话有前后对称的特点。萨沙在开头和结尾,说的话包含着同样的意思,但是效果的反差却很强。其他人物,医生、律师、演员等所讲的都是类似的内容,只是表达方式有所差异,在结构上有平行同构的性质,强化了对话的喜剧性。这样的对话,有明显的艺术加工的痕迹,显然是按照喜剧结构的要求而设置的,因而有强烈的形式感。而在《贾芸谋差》中,人物对话却很自然,好像就是日常生活中人与人之间随意的对话,找不到明显的形式感。例如,贾芸和贾琏、和王熙凤的对话之间,就没有什么对称的结构,没有对照形式,一切都是随机即兴似的。

其实,《红楼梦》中的对话是很讲究的。对话与叙述性语言不同,而且是根本的不同。抒情、叙述和描写均是作家的语言,对话则不是作家的语言,而是人物的语言。叙述者的语言可以是书面的,如果是口语的,那他就是作品中的一个人物,即使文化水平不高也是可以的,这要看讲述者的身份。但对话一般是口语的。当然,人的身份不同,口语与书面语可能发生一种相互交错。比如,一个非常有学问的人,讲到天气很热,怎么讲呢?他说"其热无比",这是文言语词。一般的北方市民说天气热,就完全是口语词语了:"这老天热邪门了。"一般人讲这事情令人发笑,如果用口语表达的话,是"挺逗乐的",上海人的口语则是"老有噱头的"。一般来说,除了在特殊的情况下,如特殊人物、特殊个性、特殊语境的情感以外,口语交流很少用文言。李汝珍的《镜花缘》里有一个君子国,日常对话都用文言。酒店的酒保问客人:"要酒一壶乎?要酒两壶乎?"有点怪异。鲁迅笔下的孔乙己和小孩子讲碗里的茴香豆不多了,用口语讲,本来是很简单的,但他却说:"多乎哉?不多也。"口头交谈,而且是对小孩子,他用文言,这就流露出特殊的个性,同时也表现作家的对这个人物的某种调侃。

叙事文学作品中,人物对话一般用口语。当然也有特殊的情况,像歌剧或京戏里,除了丑角,都是书面的语言。一般人对话,基本上用口语。

口语有不同于书面语言的特点。书面语言,常用的完整的句式乃至连接虚词,表现严密的逻辑关系,有比较复杂的句法;而在口语中,很多用复合句表示的因果关系,不用连接的虚词来表现,全凭当时语境(神态、表情、语气、上下文)的暗示。比如,要威胁一个人,可以这样说:"你如果再胡闹,我就送你到警察局去。"但口语往往不是这样讲的,而是:"再闹,送警察局。"如果小说中对话的口语味道不够,办法之一就是把连接虚词去掉。比如,"因为今天下雨了,所以我不想去了",把"因为""所以"以及与之相关的一些词毫不留情地删去,成为"下雨,不去了"。

口语对话与描述语言的区别,不仅在句法,而且在语气的丰富。如《红楼梦》中,贾芸跑到他的舅舅卜世仁家里赊些冰片、麝香,好去王熙凤那里"走后门",到大观园里找个差事做做,混口饭吃。卜世仁拒绝得很彻底,说店里有规矩,凡是赊欠的,都要代赔。贾芸的回答是很艺术的,首先就是在语气的丰富上:

舅舅说得有理,我父亲没的时候,我又小,不知事体。后来听见母亲说,都还亏了舅舅替我们出主意,料理的丧事。难道舅舅是不知道的,还有一亩田两间房子,如今在我手里花了不成?巧媳妇做不出没米的饭来,叫我怎么样呢?还亏了我呢?要是别个死皮赖脸的三日两头儿来缠着舅舅,要三升米二升豆子的,舅舅也还没有法呢。

从句法来说,第一句组是两个并列的分句。第一个句子是:"舅舅说得有理",第二个是对"有理"的说明。如果是书面语言,可能要把这种因果关系交代清楚:"(因为)父亲没的时候,我又小,(而且)不知事体。"但是在口语里,这一切都由现场的语境暗示了,没有必要了。从语气上来说,第一组几个分句都是陈述句,而第二句组中有个"都还亏了舅舅",有了一点感叹的语气。第三句组以"难道"领起,以"花了不成"作结,是反问语气,有加强感情的作用。第四句组的最后是"要是……舅舅也还没有法呢"是假定句和否定语气的混合,比正面肯定更为肯定。这样,肯定的陈述,反问的强调,假定的感叹,仅语气就有三种,因而显得丰富,情绪交流的情境油然而生。

口语的句法和语气有一种现场感,是即时性语言,是针对现场特殊人物的语言。描述语言不具有明显的现场性,它不是写给现场的人看(听)的,而是写给读者看的,是让读者坐下来慢慢品味的,它可以是非常文雅的甚至很古典的语言。即使一些读者看不懂也没有关系,可以回家慢慢琢磨。而口语是现场的,要让对象立时就明白的,当时听不懂,感觉不到,就"过期作废"了,白说了。所以,对话的价值在于现场的明快。

《水浒传》写宋江与鲁智深第一次见面,宋江让鲁智深坐地,鲁智深道:"久闻阿哥大名,无缘不曾拜会,今日且喜认得阿哥。"鲁智深没什么文化,但毕竟当过军官,他在宋江这个"大人物"面前会憋出一些书面语言来,如"无缘不曾拜会"。但他毕竟没有什么文化,接下来就露马脚了,又土里土气地叫人家"哥哥""阿哥"。这里的对话妙在半文不白。宋江是县政府的工作人员,大概相当于现在的主任秘书之类的人,他看到鲁智深,就用了另外一套语言:"不才何足道哉!江湖上义士,甚称吾师清德。"这是用佛家的书面语言说奉承话,实际上是牛头不对马嘴。鲁智深有不少优点,唯独称不上"佛家清德"。做和尚,吃肉喝酒,大闹山门,违反了佛门的清规戒律,德行是绝对称不上"清"的。用佛家准则来衡量,说他有点"混"还差不多。宋江接下去说:"今日得识慈颜,平生甚幸。"奉承鲁智深,说他的长相很是慈祥,也是拍马屁拍到了马腿上。鲁智深长得非常粗犷,脸上横肉很多,可见是滥用文雅语言,"今日得识慈颜"完全是胡说八道。但语言错用却很生动。为什么呢?因为对话语言和描述语言不同,它的功能在现场语境中,暗示人物表面语言潜在的情感。

艺术作品的描述语言,过分形容,在西方叫作 overstatement,也就是过度渲染,不精练,甚至滥情,对话语言更强调 understatement(言外之意),表面上,好像不完整,好像不符合身份,但在深层的心理上,又是非常符合人物潜在的而不是表面的现场情感,使人物的心态跃然纸上。

对话的现场性又派生出另一个特点:即兴性。即兴性就是随意性、非逻辑性,不像书面语言那样有逻辑,从头到尾,一二三四,甲乙丙丁,有条有理,慢慢道来。对话是在现场多种条件的刺激下随机激发的,不是事先准备好的,不像作报告、发表演说,它是脱口而出的,但它自然而生动,如果逻辑过分严正,倒给人一种虚假的感觉。

贾芸的舅舅,拒绝赊欠,就够刻薄的了,可恶的是,还要转过头来教训贾芸:你小人家,也要好好找一个事干干,赚点钱养家,我看着也喜欢。贾芸的回话,可以说是绵里藏针。人民文学出版社的本子上,贾芸的回答是"舅舅说得有理",其实下面所说的事实,从家中毫无遗产,到从来不打扰舅舅挪借,其潜在量很大(用表演艺术的话语来说,就是潜台词很微妙),隐含着舅舅无理。但是在口头上,却说舅舅说得有理。脂砚斋评注的版本上则是:

> 贾芸笑道:"舅舅说的倒干净……"①

这个贾芸,虽然是"笑道",但"舅舅说的倒干净"就是直接顶撞了,显不出贾芸的表面乖巧,实际尖锐了。接着写他见舅舅唠叨得不堪,便起身告辞。卜世仁随机地(并不认真地)说了一句"你吃了饭去罢",这说明卜世仁就是"不是人",虽然已经不像个舅舅了,但还要装面子,作出一个长辈的样子。但他话还没说完,他娘子就说道:"你又糊涂了。说着没米,这里买了半斤面来下了给你吃,这会子还装胖呢!留下外甥挨饿不成?"卜世仁随机的人情,本来就不准备兑现;他老婆不让他留,但她也没有说不留,而是说家里没有米,为了不让亲戚挨饿,最好不留。拒绝让外甥在家吃饭的理由,不是自私而是为外甥着想。卜世仁说再买半斤添上就是了,他娘子便叫女孩儿:"银姐,往对门上奶奶家去问:有钱借二三十个,明儿就送过来。"夫妻两个说话,贾芸说了"不用费事"就跑得无影无踪。这就是对话的随机性的杰出范例,尤其是卜世仁的老婆,她随机撒谎。第一个谎言,说家里没有米;接着又随机撒了一个谎,说如果要留下来我要去借

---

① 冯其庸《脂砚斋重评石头记汇校》,人民文学出版社 1987 年版,第二十四回。

钱。一般的随机性激发,很难有这样的逻辑连贯性,但她的两个随机谎言,居然连贯得这么紧密,说明她多么有心机,多么刻薄,多么伶牙俐齿,又多么虚伪。

作家描述的时候,应该是很有逻辑的(意识流除外),而对话的时候,可以没有逻辑,以具有随机性而没有逻辑者为上。但这里出现了一个伟大的创造,随机得很有逻辑,谎言说得太机智了,太有水平了,实在了得!

人物说话都要遵循一个规律,那就是符合人物的性格、文化水平、气质,符合内心的真实感受,心口如一。但光是这样的说法不够到位,因为这不仅是对话的特点,也是独白的特点。所以,对话的更重要的特点是,它跟独白不一样。我们的小说、电视、话剧中的对话写得不像对话,原因之一就是把对话与独白混为一谈了,甚至把演说当成对话了。独白是讲给自己听的,与之相对的是,描述是给读者看的。讲给自己听的,不会骗自己,所以独白完全是自己的真话,可以是系统的、深刻的、全面的。对话当然也要表现人物的内心,但它不是给自己听的,而是讲给现场人物听的。人际关系不一样,即兴激发条件不相同,再加上叙事文学读者的预期和诗歌歌剧读者的预期不一样,所以随机激发出来的话语,跟人物内心的东西往往不一致,用我们的话来说,就是心头所想和口头所说是一种"错位"的关系。我们把这种现象叫"心口误差"。忽略了"错位""误差"的特点,以为人物对话心口如一,弄不好,就变成了演讲。人要讲真话,但一味讲真话的人物却不生动,不像活人。直抒胸臆,只能说明人的思想,而不能揭示人物感情和感觉的秘密。在《骆驼祥子》中,祥子第一次丢了车,回到车厂,虎妞明明非常惦念他,却偏偏这样说:

祥子,你让狼叼了去,还是上非洲挖金矿去了?

这话说得非常凶狠。不管是让狼叼了去还是上非洲挖金矿去了,不管是交了噩运还是走了红运,都没有希望回来了。把交了噩运说成是狼叼了去,说明虎妞这个实际上已经钟情于祥子的女人,说话是如何狠毒,但又不是完全的狠毒,还流露出想念中的绝望,所以她又叫祥子"快坐下吃饭"。遭逢不幸的祥子明明很感动,但他不能说"好吧"。老实淳朴的祥子也说了一句与他心中实际不同而有点错位的话:"刚吃了两碗老豆腐。"祥子本意是想吃的,但又不好意思,再说,在座的刘四爷还没有表态呢,所以说了一句可进可退的话。先推脱一下,但是,这个推脱是比较脆弱的,老豆腐不解决问题,你再请,还可以再吃。如果说刘四爷的脸色不好看,不吃,也不丢面子。虎妞一把把他扯了过去,像老嫂子扯小叔子一样:

快过来吃饭,毒不死你!

这里有个"毒"字,很有学问。"毒"是不存在的,但这其中有潜台词,意思是说没什么严重后果。这些语言的背后,很明确地表现了虎妞是十分关心、十分钟情于祥子的,但她所用的关键词却很吓人。语义的错位越大,艺术的感染力越强。

电影《赵一曼》中,赵一曼被捕了,作者考虑日本军方首领见到赵一曼时的第一句话,很费了些周折。最后他决定这样写:"你来了,欢迎欢迎!"这明明不是欢迎,而且不但不是欢迎,还充满了杀气,流露出敌人的得意、凶残。

用这个道理来阐释《贾芸谋差》中的对话,可以看出他越是心口"错位",性格越是生动。前面所引的贾芸和舅舅的对话,明明是针锋相对,可是表面的语言却是和气恭顺,表现贾芸嘴巴上乖巧地顺从,心里头愣是顶撞。后面的叙述说贾芸在当时是"赌气"了,心里"烦恼",但是,口头上他一点没有流露出"赌气""烦恼"的痕迹。他明明是在顶撞舅舅,但他说舅父说得"有理"。实际上,具体语言所表达的,与其说是"有理",不如说是"无理"。因为父亲没有留下什么遗产,对于孤儿、寡母,这个舅父并没有办什么值得感谢的事,外甥却说"多亏"了他为父亲办丧事,但是,仅仅限于"出主意",并未有经济上的接济;其次,对于舅舅刚才的责备,口头没有反对,而实际上,硬是顶了回去,说自己亏得没有像别人那样经常来纠缠借贷。从这个意义上说,舅舅倒是应该感谢自己。这么说来,没理的应该是舅舅,"有理"的应该是自己。故庚辰本侧批曰:"芸哥亦善谈,井井有理。"从这里,读者不但可以看出贾芸这张嘴的厉害,也可以看出他看穿了舅舅的无情薄义。可是口头上的语言,又没有任何露骨的犯忌。虽然说不上是笑里藏刀,但也可以说是绵里藏针。

贾芸的口语表达水平,在和舅舅对话的时候,充分展示了其刚性的一面,而在和王熙凤周旋的时候,则表现出柔性的一面。一旦他发现要在贾府寻个差事,与其通过贾琏转王熙凤,还不如直接找王熙凤,就断然借贷,走王熙凤的门子。他随机应变地连续撒谎,其不着痕迹的水平可能并不亚于卜世仁的老婆。只是他的撒谎全是为了讨好王熙凤,是为了生存,故不像卜世仁老婆那样刻薄,在读者印象中,他的谎撒得甜,不讨人嫌。

贾芸见凤姐,是一场经典的口头交锋,双方口头上都很客气,心理上却充满了对抗。贾芸先是缓和戒备,不说是碰运气、走门子来的,先替母亲说谎,说是身体不太好,才没有来看望凤姐。这第一个谎言,被凤姐识破了,说明凤姐一般对奉承她的人,是存有戒心的。面对这样的戒心,贾芸以重咒坚决圆谎:"侄儿不怕雷劈,就敢在长辈面前撒谎?"在撒第一个谎以后,顺带着又编造了第二个谎言。不过这第二个,不是为自己母亲,而是借母亲的口,对凤姐大加奉承,说母亲在家里夸凤姐能干,说她"身子单薄,事情又多,亏得婶子的好精神,竟料理得周周全全,要是差一点儿的,早就累得不知怎么样了"。这第二个谎言颇为乖巧、中听。明明识破了他在撒谎的凤姐,听了这番话之后,戒心也弱化了,居然"满脸是笑,由不住的便止了步"。有了这样的苗头,贾芸接着撒第三个谎,不说自己是借了钱买了香料来走门子的,而说偶然得了一些好药材,母亲觉得"贱卖了,可惜;要送人,也没个人配使这些香料"。把撒谎变成甜言蜜语的奉承,显出贾芸的乖巧:一是强调了母亲和自己的诚意,二是减轻了凤姐接受时的心理负担,三是抬高凤姐品位(没人能配使这些香料)。说到送礼目的这个关键上,又使用了一个非常谦卑的词语"孝敬"。这表明他完全摸准了凤姐的心理弱点:自恃能干,爱听当面奉承的话,又爱贪点便宜。这么一来,凤姐"笑了一笑",舒舒服服着了他的道儿,还夸奖他"知好知歹",这还不够,又借着贾琏的口,撒谎表扬他"说话明白,心里有见识"。凤姐的戒备心理,就这样被贾芸一连串三个甜蜜的谎言消解了。

但到了落实差事的骨节眼上,凤姐和贾琏沟通了以后,发现了贾芸的谎言("弄鬼")。但由于贾芸谎言的功效,凤姐并不恼怒,相反倒是很开心。贾芸把谎言挑明当作进一步奉承凤姐的机遇,他乘机把凤姐的丈夫贾琏贬了一下,半真半假地说出他正为求贾琏而后悔,现在只有"把叔叔搁开",求凤姐,把凤姐抬高到超越贾琏的权力和威望的档次上去,凤姐的虚荣心得到了极大的满足,凤姐原先的戒备和贾芸不敢过度亲切造成的心理距离就缩短到最小,凤姐对于贾芸的戒备就变成了在他面前的得意和权力的炫耀:"早告诉我一声儿,多大点子事,还值得耽误到这会子!那园子时要种树种花,我正想个人呢,早来说不早就完了。"到这里,双方的话语就不再转弯抹角,凤姐的自豪感被贾芸一系列谎言激发出来,就进入了推心置腹的层次,双方的话语也就不以心口错位为特点了。但是,没有前面那些那么曲折的谎言,这样的推心置腹,是一点深度、一点趣味都没有的。

五、李逵见宋江

对话与独白不同,独白可以直抒胸臆,说真话,心口如一,有什么话就讲什么话;而对话却要转弯抹角,既要掩藏自己的真实意图,又要让对方明白自己的意图,让心口发生"错位",这样才有艺术感染力。但这是一般的情况,在特殊的人物那里,则恰恰相反。《水浒传》中"李逵见宋江"中的对话,一方面是宋江与戴宗的对话,充满了书面语言。在戴宗那里有"冒渎""万望恕罪";在宋江那里有"拜识尊颜""慰平生之愿"等。

宋江自称"小可",戴宗自称"小弟";戴宗称呼宋江则多用"仁兄",宋江称呼戴宗也是很文雅的"尊兄""足下",就是见了陌生的李逵,打听他的名字,也是很有礼貌的"这位大哥"。可是,李逵却自称"铁牛",当着生人的面问:"这黑汉子是谁?"戴宗告诉他,不能这样粗鲁,应该用文雅的语言:"这位官人是谁?"仅仅是一个称呼,就可以看出人的修养秉性,或者用本文末了李逵自己的话说,就是"性格"("便知我兄弟的性格")。李逵没有什么文化,故说话文雅不起来,就是得知来人就是他生平一向仰慕的宋江,也冒失地说:"莫不是山东及时雨黑宋江?"其中的"黑"字,通常是背后才说的,可是李逵却在当面说了出来。其不谙礼数,不完全是由于戴宗所说的"粗鲁",而且还因为心直口快,根本就分不清文雅还是粗鲁。

这样的对话之所以有趣,不仅仅是因为词汇,而且是因为违反了初次相见的常情。为了表现对人的尊重,才强调礼貌和语词的文雅。但是礼貌和文雅又必须把自身的原初感知掩盖起来,因此人与人之间的对话往往是转弯抹角,心口错位,口中所讲并非一定是心中所想。如宋江长得黑,一望而知,但由于他在江湖上的地位,人们就把自己的初始感觉加以抑制,不讲出来,讲出来就是没有礼貌。这不但是对宋江的尊重,而且表现自己的修养。李逵的性格却是相反,凡有感知,直截了当,现场表达。戴宗告诉他,他所冒犯的黑汉子就是所景仰的宋江,要他下拜时,他说:

若真个是宋公明,我便下拜。若是闲人,我却拜甚鸟!

这里有两点出格。第一,心里想的直接变成口头说的。这是很反常的,一般是要用心机把这样的思虑隐藏起来,不会隐藏,就可能被人家笑话。但是李逵为了不被笑话,却把一切都讲出来。这就使读者通常的预期落空了,就有趣了。第二,更有趣味的是,他的用词,粗鲁到把"鸟"这个词都直接讲了出来。这不但是通常会话中要回避的,而且在当事人在场的情况下,尤其要省略的。但是,光是这样的话,充其量不过是滑稽而已。接下来李逵的话,却使滑稽变成了幽默诙谐:

节级哥哥不要瞒我拜了,你却笑我。

原来,这是他的自我防御。看来,由于他的社会地位和性格,少不了受人愚弄。在一般人那里,戒备之心是要隐蔽起来的,而李逵却和盘托出。这就不但是粗鲁,而且是率真了。粗鲁是丑的,率真却能化丑为美,粗野的滑稽变成了有品位的幽默。

接下来,场面描写转化为戏剧性的情节,人物的心理有了戏剧性,幽默趣味也变成喜剧性的动作。李逵在确知"黑汉子"是宋江以后,便开始要脸面了,对话就转入一个新的阶段。

原来心口如一的李逵开始吹牛,心口错位。他力图以谎言取得宋江的重视,但谎言编得太粗心,读者从戴宗的话中洞察了他无赖的一面。但是对这种无赖行径,作者无疑采取了回护的态度,让他简单地决计赌一把,想赢了钱来宴请宋江。但是,作者把李逵放到一种自相矛盾的境地之中。他越是急于体面地宴请宋江,他就越要迅速获得银子;越要迅速获得银子,就越要冒赌输银子的风险;越是赌输银子,他越是不可能体面地宴请宋江,越是不可避免地要在宋江面前出洋相。

李逵所卷入的是一种喜剧逻辑。这种逻辑的特点是,自我解围变成作茧自缚,自我解困转化为自我束缚,而且愈束愈紧。为了争得面子,挣得江湖好汉声誉,不得不惜把事情闹大;事情一旦闹大,结果是谎言不攻自破,还要暴露出赖赌的真相,引来戴宗和宋江解围。李逵本来是想赢得尊重,其结果却是愈来愈显得可笑。这本来是狼狈万分的事,但作者太过同情这样的无赖行径了,在李逵拙劣的表演真相大白之时,居然一句也没有写到他的狼狈,相反在字里行间,一再强调他宴请宋江这一目的的无邪。由于宋江的崇高威望,又由于他对宋江的无条件崇拜,因而,他的无赖变得情有可原。尽管如此,作者还不过瘾,他还要让李逵在干不体面的事(赖赌)的时候,在读者心目中留下可爱的印象。作者首先强调,平日里他的赌性是很"直"的,此番的"不直",是偶然的事出无奈,为了对宋江表示敬意,这是其一。算计不周,头脑简单,冒险下注,不留后路,这是其二。等到失败,野蛮赖账也可以,但坦然自陈,此其三也。把可恶写成可爱,这里既有喜剧性的成功,也有道德和法律上的宽容。这种宽容是不是过分了?算不算是《水浒传》的局限性,甚至是中国传统民间文化的糟粕?这是值得思考的。

后　记

　　一个偶然的机遇，我写了一篇《炮轰全国统一高考体制》的文章，其结果就是卷入了中学语文教学的改革浪潮，并主编了一套初中语文实验课本。经教育部审查通过之后，要编一套供一线教师使用的教学参考书。按照常规做法，编写组的同仁搜罗流行的解读文章，适当剪裁串联一下就可以交差了。但是，材料拿到案头，仔细研读之际，我不禁倒抽了一口冷气，其中除了一些随处可查到的常识不无参考价值以外，几乎全是在文本的表层滑行，充满了一望而知的套话。对于经典文本的深层内涵，如木偶探海。此等弊端，可谓滔滔者天下皆是也。究其原因，从理论实质上看，就是机械唯物论和狭隘社会功利论，还有从黑格尔那里来的内容决定形式论，解读就是对所谓内容的演绎，殊不知文学形式，并非原生形式，而是艺术的规范形式。内容是不可重复的，而形式却是在千百年反复运用中从草创到成熟的。规范形式，不但不可能是由内容决定，相反，可能是对内容加以排除、扼杀、制约，按照形式的规范对内容加以同化、升华。文学形象的构成，并不是如美学那样的主观、客观、自由和必然，道与器的二元对立结构，而是客观特征、主观情志特征和规范形式特征的三维结构。客观的生活和作家的主观情志如果直接起作用，就是达到统一，最多也只能是理性的真，只有经过文学形式的规范才能升华为艺术的美。

　　正是因为这样，同样的内容在不同的形式中，内涵就会变化万千。二十世纪八十年代，我在《文学创作论》中曾经说过，规范形式可以强迫内容就范，现在看来，这样讲还不够，还要加上形式按照其特殊逻辑，可以拓展并创造内容(如在诗歌《长恨歌》中李杨的恋爱是超越时间、空间，是绝对的，而在戏剧《长生殿》中，则是二者如果不发生错位、矛盾，则无戏可演)。因此，不能笼统地把小说、诗歌、戏剧、散文当成同样的东西。不同形式的规范的区别可以说是间不容发，故对作品的理解，不能从内容开始，则应该从形式的特殊性中分析出来。对形式的间不容发的区别的理解可以说是阅读水平的标志。

本书之所以将我近十年来对小说文本的分析文章汇总于此,一是为扫荡"开端、发展、高潮、结局"之类的陈腐谬见,二是在"前言"中对小说形式规范略作陈述。之所以简略,是因为理论是普遍的,理论要成为理论,达到普遍性的抽象,牺牲个案文本的唯一性、特殊性乃是必要的代价。而文本解读的任务,则是用具体分析的方法,将其在抽象过程中牺牲了特殊性、唯一性、不可重复性还原出来。正因如此,本书的绝大部分均为文本的具体分析,尤其注重对个案文本的微观分析。有了这样的丰富的基础,对于小说形式规范的宏观理论才可能有切实的理解甚至深邃的洞察。

　　本书在写作过程中,冀爱莲副教授在核对文献方面做了大量工作,中学语文教师石恭作了详细的校对工作,东南大学的素质教育中心为我在该校的演讲,作了系统的录音、整理。没有他们的记录,本书有关鲁迅和武松的部分只能是像美国一部小说的名字一样随风而去。本书的责任编辑张少杰女士,对本书内容的细心校对,对结构的精心安排也为本书大大增色,在此一并致谢。

2015 年 6 月 5 日

图书在版编目（CIP）数据

经典小说解读 / 孙绍振著. — 上海：上海教育出版社，2016.5
（魅力经典丛书）
ISBN 978-7-5444-6333-1

Ⅰ. ①经… Ⅱ. ①孙… Ⅲ. ①小说研究—世界 Ⅳ. ①I106.4

中国版本图书馆CIP数据核字(2016)第090476号

责任编辑　易英华
封面设计　王　捷

魅力经典丛书
经典小说解读
孙绍振　著

出版发行　上海教育出版社有限公司
官　　网　www.seph.com.cn
地　　址　上海市闵行区号景路159弄C座
邮　　编　201101
印　　刷　上海展强印刷有限公司印刷
开　　本　700×1000　1/16　印张 23.5　插页 3
版　　次　2016年5月第1版
印　　次　2025年6月第11次印刷
书　　号　ISBN 978-7-5444-6333-1/I·0056
定　　价　59.80 元

如发现质量问题，读者可向本社调换　电话：021-64373213